解构与重构

新文学伦理叙事研究

宋剑华◎著

人民出版社

目　录

绪论　新文学伦理叙事的三个
维度及相互关系

　　五四新文化运动为我们留下了两份遗产：一份是思想启蒙在精神上激发了民族复兴的巨大能量，一份是"西化"现代性对传统文化所造成的深深裂痕；无论学界是否承认这一客观事实，它都是 20 世纪中国历史的真实写照。若要真正揭示这一内在矛盾的根本原因，我们就必须从《新青年》阵营的启蒙口号说起。陈独秀最早为启蒙制定的思想宗旨，就是在"国家濒于危亡"之际，内反"传统"与外反"强敌"同时进行；[1]但两者权衡选其重，他还是决定把解决中国传统文化的伦理问题，放在了思想启蒙的优先位置。因为在陈独秀本人看来，儒家思想"为吾国伦理政治之根本"，解决其存废问题应是当务之急。[2]

　　所谓"伦理"，其汉语词典的概念释义，是指"人与人之间的道德准则"。[3]"伦理"既然是一种人类文明的道德准则，那么它必然会伴随着社会关系的变化而变化，因此五四启蒙要求调整传统文化的伦理关系，毋庸置疑是一种合情合理的时代诉求。但启蒙精英似乎都忽略了一个重要命题：他们外反"强敌"、内反"传统"的启蒙口号，其本身就是一种自相矛盾的悖论逻辑：外反"强敌"是要建立一个独立自强的民族国家，而一个民族国家当然要有自己的传统文化，可是"反孔非儒"则又意味着要去摧毁这种传统文化；如果没有传统

---

　　①　陈独秀：《我之爱国主义》，《新青年》1916 年 10 月第 2 卷第 2 号。

　　②　陈独秀：《宪法与孔教》，《新青年》1916 年 11 月第 2 卷第 3 号。

　　③　可参见何九盈等主编《辞海》，商务印书馆 2018 年版，第 314 页；罗竹风主编《汉语大词典》，上海辞书出版社 2008 年版，第 1610 页；夏征农、陈至立主编《辞海》，上海辞书出版社 2009 年版，第 1473 页。

文化作为支撑，民族国家又怎能得以自立呢？启蒙精英对此显然是采取了一种回避态度。内反"传统"是要建立一个现代文明的民主国家，而启蒙精英又将"西化"作为现代性追求的唯一目标，殊不知西方文化正是西方列强的精神资源，究竟应该把"强敌"作为否定的对象，还是应该将其视为学习的榜样？他们同样没有从正面去回答这一问题。启蒙精英主张以"全盘西化"去促使"民族复兴"，他们"自以为从西方接受了一整套的启蒙口号和价值观念，就掌握了绝对真理"①，其实只不过是在用一种启蒙理论的圣化构想，去吸引那些辨识力程度不高的民众的兴趣罢了。五四精英试图用启蒙神话去取代儒家思想，一旦迷信于这种"神话"且难以自拔时，"他们捍卫其观点时的狂热甚至残酷无情，就丝毫不令人惊讶了。"②然而，启蒙神话却并没有得到社会的高度认同，胡适说新文化运动只维持了短短的6年时间，"1923年以后无论为民族主义运动或共产革命运动"，都要比"西化"启蒙更令精英知识分子感兴趣。③五四启蒙运动的昙花一现，是由中国人的务实精神所决定的。启蒙强调"个人"是"社会"的基础，从理论上讲这并没有什么过错；但是在一个相互关联性的伦理社会中，抽象的"个人"根本就不可能存在。正是由于知识精英充分意识到了这一点，他们才会彻底地转向社会革命，并将个人纳入到社会中去思考问题，重新去定位两者之间的辩证关系，即："实现中华民族伟大复兴——是每一个中华儿女的共同期盼。历史告诉我们，每个人的前途命运都与国家民族的前途命运紧密相连。"④作为中国现代思想革命的工具利器，新文学恰好生动形象地反映了中华民族伟大复兴的历史进程。因为新文学的伦理叙事，同样是从"个人本位"的狭隘观念，逐渐过渡到了"社会本位"与"民族本位"的立场上来，并最终扮演了一种参与中国现代社会历史变革的重要角色。所以通过考察新文学伦理叙事的三个维度，将会丰富和强化我们对于现代中国革命的思想认知。

---

① 邓晓芒：《批判与启蒙》，崇文书局2019年版，第108页。
② ［美］托马斯·索维尔：《知识分子与社会》，中信出版社2013年版，第338页。
③ 参见《胡适日记长编》，安徽教育出版社2001年版，第256—257页。
④ 中共中央文献研究室编：《习近平关于实现中华民族伟大复兴的中国梦论述摘编》，中央文献出版社2013年版，第3页。

　　一、个人与家庭之间伦理关系的自我调整

　　家庭革命是五四启蒙最为重要的核心命题,因为启蒙精英把"家族"制度视为制约中国社会发展前行的重要障碍,而"家庭"又是这一文化体制中的关键要素,所以他们认为只有彻底割断个人与家庭之间的血缘关系,个人才能获得真正解放,国家和民族才会有所希望。这既是一种典型的启蒙思维,更是新文学伦理叙事的第一维度。

　　启蒙将家庭革命作为变革中国社会的历史起点,原因就在于"家"是中国传统文化的牢固基石,而"忠孝"思想又构成了封建社会的伦理关系;故《新青年》阵营非常反感"忠孝"二字,认为这种"忠孝"观念根深蒂固"不可动摇",严重阻碍了中国社会的历史进化。① 比如,儒家要求中国人在家尽"孝"、出仕尽"忠",从来就没有考虑到他们自己的独立人格,因而使"个人无权利,一家之人,听命家长",全国之民臣服君王,并造就了一种延绵 2000 多年的封建专制文化。② 由于启蒙已经在它的理论假设中,把儒家的"忠孝"思想视为"绝不容有为我之念"③,因此他们希望中国青年能够在家庭内部发起一场轰轰烈烈的伦理革命,从源头上去摧毁产生这种封建专制文化的社会根基。启蒙精英崇拜"破坏"对于历史前行的推动作用,甚至不计后果地鼓动青年挣脱"家庭"这一封建"牢笼",强调必须通过反抗和叛逆才能够凤凰涅槃、浴火重生,并以一种全新的姿态去"肩负起再造国家民族之责任"④。于是,陈独秀呼吁国人不要再去相信儒家"忠孝"思想的骗人"鬼话",并公开主张"应毁全国已有之孔庙而罢其祀!"⑤不可否认,"变革"是知识分子的人格特性,但是他们对"变革"的后果却并不承担责任。五四反传统之所以会肆无忌惮,恐怕这是一个非常重要的关键因素。

　　思想启蒙鼓吹家庭伦理革命,"父权"必然会成为广大青年反封建的明确

① 吴虞:《家族制度为专制主义之根据论》,《新青年》1917 年 2 月第 2 卷第 6 号。
② 陈独秀:《东西民族根本思想之差异》,《新青年》1915 年 12 月第 1 卷第 4 号。
③ 李亦民:《人生唯一之目的》,《新青年》1915 年 10 月第 1 卷第 2 号。
④ 李大钊:《青年与老人》,《新青年》1917 年 4 月第 3 卷第 2 号。
⑤ 陈独秀:《再论孔教问题》,《新青年》1917 年 1 月第 2 卷第 5 号。

目标。比如傅斯年就曾用"猪圈"一词，来形容中国人在家庭内部的生存惨状。① 启蒙精英大张旗鼓地诽谤以"父权"为象征的中国"家文化"，其真实意图则是希望广大的新青年，应"以特立独行之我，立于行健不息之大机轴"②。故他们认为"父权"文化的最大弊端，是使中国"终颠顿于宗法社会之中而不能前行"；如果不破除这道历史障碍，思想启蒙便无法顺利地展开。③ 长期以来，学界一直都把这种先"破"后"立"的启蒙话语，视为一种启蒙精英敢于自我否定的理性精神，但我个人却并不认同这种观点。因为在启蒙精英的视域中，"破"有着一个具指对象——"家庭"，而"立"却只是一个抽象符号——"西化"；他们深知社会制度与生活的不完美性并不能毁灭一个国家或民族，"但是社会纽带的瓦解、人们信心和忠诚的丧失"，却能够将一个国家或民族彻底地毁灭掉。④ 毁灭了"传统"是否就能实现"西化"呢？就连启蒙精英自己也不得而知。因为他们只是在向社会提供一种思想，却并不管社会如何去理解以及如何去行动。

　　家庭革命的理论主张，不仅通过报纸杂志广泛宣传，更是通过新文学的形象叙事，将"家"之罪与"父"之恶，直接转化成一种视觉意象，进而极大地激发了中国青年的反叛情绪。鲁迅的小说《狂人日记》，其本意是对家族制度展开猛烈批判；由于"家族"是一种制度性的文化概念，所以具有反封建文化体制的积极意义。但五四作家却误读了鲁迅的这一本意，他们全都把"家族"制度批判理解为"家庭"伦理批判，并以一种反"家"仇"父"的非理性情绪，去回应《新青年》家庭革命的启蒙口号。反"家"仇"父"明显是在颠覆以血缘为纽带的家庭亲情关系，甚至还表现出了一种"个人"与"家庭"势不两立的决绝姿态："从前的人，是为君而存在，为父母而存在的，现在的人才晓得为我而存在了。"⑤新

---

① 傅斯年：《万恶之原》，《傅斯年全集》第 1 卷，湖南教育出版社 2003 年版，第 105—107 页。

② 李大钊：《青春》，《新青年》1916 年 9 月第 2 卷第 1 号。

③ 吴虞：《家族制度为专制主义之根据论》，《新青年》1917 年 2 月第 2 卷第 6 号。

④ ［美］托马斯·索维尔：《知识分子与社会》，中信出版社 2013 年版，第 366 页。

⑤ 郁达夫：《中国新文学大系·散文二集》导言，上海良友图书印刷公司 1935 年版，第 5 页。

文学反“家”仇“父”并极力张扬为“我”而存在的启蒙思想，其出发点就是要去引导广大青年不再做传统家庭的“奴隶”，这种中国式的思想启蒙在文学创作中的具体表现，则又涵括“控诉”“自由”和“放纵”三个方面内容：首先是围绕着青年人最为关心的婚恋问题，将“父亲”的实体直接等同于“父权”的概念，并替其罗织出扼杀子女自由人格的各种罪名，以便为青年一代的“离家出走”去制造令人同情的社会舆论。于是，“娜拉剧”和“娜拉小说”在五四时期盛极一时，不仅流传甚广而且还影响极大。比如杨振声的小说《玉君》，周玉君与杜平夫二人自由恋爱，却遭到其父周胡子的百般阻挠，玉君万念俱灰只能愤然投湖以死明志（后来被救），“父”之“恶”被描写得令人发指、怒不可遏。像这类题材的文学作品，还有沉樱的《妩君》、陈大悲的《幽兰女士》、田汉的《获虎之夜》、谢冰莹的《一个女兵的自传》等。其次是反映青年人在摆脱了家庭束缚之后，那种自由解放、逍遥自在的精神状态，就像郭沫若《女神》里的那条“天狗”，敢于把日月星辰全都给“吞”了，使整个宇宙万物都变成了“自我表现”。另外还有孙俍工的小说《海的渴慕者》，作者塑造了一个既不要“父亲”、也不要“国家”更不要“爱”的个人主义者，在他的人生价值观里除了“自我”，其他一切均应抛弃。茅盾认为《海的渴慕者》将个人凌驾于社会之上，把个人的绝对自由做了无限夸大，而这种所谓的“个人自由”，只能是作者本人的一种幻觉而已。① 再者新文学作家将“离家出走”理解为是放纵自我，而放纵自我根本就不需要任何理由，只要敢于背叛自己的“家庭”，都应是“封建礼教”的叛逆者。比如丁玲的小说《莎菲女士的日记》，便是这类作品的典型代表。莎菲女士的“离家出走”，我们很难为她找出一个反封建的合理由头：父亲和姐姐都溺爱和宽容莎菲，说明她莫名其妙的“离家出走”同“父权”或“礼教”都扯不上干系；莎菲住在北平的旅馆里，成天在那里幻想着她的“白马王子”的出现，说明她也不是一个追求“进步”或“光明”的“现代女性”。其实《莎菲女士的日记》的真正价值，就是在向社会青年发出一种强烈的暗示：“出走”不仅可以使青年人得到“自由”和“解放”，更能从根本上去瓦解“家”文化的血

① 茅盾：《中国新文学大系·小说一集》导言，上海良友图书印刷公司 1935 年版，第 21 页。

缘关系。对于丁玲本人而言，创作《莎菲女士的日记》也许是一种无意识；但从客观效果来看，这部作品却迎合了思想启蒙的社会需求。新文学以"离家出走"为"个性解放"前提的伦理叙事，并没有因为五四新文化运动的退潮而终结，它在 20 世纪三四十年代的中国文坛，仍在持续地发酵且产生着广泛的社会影响，比如巴金的小说《家》《寒夜》，曹禺的话剧《雷雨》《北京人》等，都是表现这一方面内容的经典之作。

然而，启蒙把"家庭"视为黑暗的"牢笼"，将"父亲"作为"父权"的形象代言人，这种强加给中国人的启蒙理念，从一开始便受到了社会各界的强烈质疑。比如，当时就有读者写信给《新青年》辩解说，"孝亲"思想本是一种人之天性，与孔儒思想没有什么直接关系。[①] 还有读者忧心忡忡地写信对陈独秀说，《新青年》提倡新思想精神固然可嘉，但"少年之人血气方刚，知识浅薄"，倘若在理解上有误，其后果不堪设想。[②] 这种忧患意识不无道理。因为五四启蒙精英大都是教师身份或教师出身，深知那些涉世未深的青年学生思想活跃、生性好动、叛逆心强，是反传统与变革社会的最佳人选；加之陈独秀又把他办《甲寅》刊物时，"故作危言，以耸国民"并以"正言若反"等吸人眼球的操作策略[③]直接套用到了办《新青年》杂志上，故很容易引起青年学子的思想共鸣。所以，启蒙原本是想通过影响青年去实现他们改变社会的主观意志，但其客观效果却直接导致了家庭伦理关系的濒临崩溃。启蒙精英将自己置于社会道德的制高点上，为了"变革"他们可以不惜代价地去攻击一切，这种目空一切的自由意志就像一把"双刃剑"，既在创造现代思想价值又在消解传统文化价值——在他们极度膨胀的主观意识里，"现代"与"传统"之间绝无相容之可能。其实，他们犯了一个人类常犯的低级错误：对于现实世界缺乏足够的耐心，总是"过于匆忙地将按部就班的程序打乱"，并"用似是而非的桩子把似是而非的事物圈起来"；[④]启蒙诋毁和诅咒自己的历史文化，试图用"西化"标准

---

① 刘竞夫：《通信》，《新青年》1917 年 5 月第 3 卷第 3 号。
② 莫芙卿：《通信》，《新青年》1917 年 3 月第 3 卷第 1 号。
③ 参见唐宝林、林茂生编《陈独秀年谱》，上海人民出版社 1988 年版，第 64 页。
④ 参见《卡夫卡全集》第 5 集，河北教育出版社 1996 年版，第 3 页。

去建构起一个未来型的理想社会,可是"从来就没有任何人类社会能够满足或者可能会达到那些标准"①。他们甚至还幼稚地认为,只要青年人"离家出走"了,中国传统的"家"文化就会自然解体,殊不知"出走"以后他们还是会"回来"的。比如胡适在话剧《终身大事》里,让田亚梅在"离家出走"时留下"暂时告辞"四个字;就说明他早已清醒地意识到了这一问题。理由十分简单,中国人对于"家"文化的情感是神圣不可侵犯的,无论任何人都不可能撼动他们内心世界的这种情感。英国历史学家汤因比对于中国"家"文化的凝聚力与包容性,不仅非常惊叹而且还大表敬意,他说这种文化"几千年来,比世界上任何民族都成功地把几亿民众,从政治文化上团结起来。他们显示出这种在政治、文化上统一的本领,具有无与伦比的成功经验"②。

家庭伦理革命并没有给中国青年带来"自由"与"解放",相反非理性的叛逆行为还造成了他们与家庭之间的情感裂痕。因此当启蒙热情冷却之后,新文学创作必然会去修复这一裂痕;而这种主动性的"修复"工作,又是源自启蒙本身的不彻底性。最为显著的一个特征,就是许多新文学作家在攻击"父权"文化时,一方面把"他者"的父亲都描写成十恶不赦的封建"暴君",另一方面又与自己的"父亲"保持着一种难以割舍的亲情关系。比如,顾颉刚一方面在猛烈抨击"父权"文化的历史弊端,一方面又对自己的父亲强烈依赖,就连自己的终身大事,也主动去征求父亲的意见。③ 又如,郭沫若是五四时期最典型的个人主义者,他对"家庭"和"父亲"的批判之猛烈,只要看看话剧《卓文君》便一目了然了,可是对于自己的父亲却倍感自豪。④ 再如,巴金作为一名反封建家庭专制的坚强战士,他也认为自己的"父亲是很和善的,我不曾看见他骂过人"。他说在父亲去世后的很长一段时间里,"仿佛我还是依依地跟着

---

① ［美］托马斯·索维尔:《知识分子与社会》,中信出版社2013年版,第366页。

② 张广智编:《历史学家的人文情怀》,北京师范大学出版社2011年版,第279页。

③ 见1919年1月15日《顾颉刚日记》,《顾颉刚全集》第5集第1卷,中华书局2011年版,第68页。

④ 关于郭沫若谈自己的父亲一事,可参见郭沫若的《我的童年》(《郭沫若选集》第3卷,人民文学出版社1997年版)和年先春、王莎的《郭沫若泪洒〈家祭文〉》,《四川统一战线》2002年第5期。

父亲走路"①。新文学作家受五四启蒙的思想影响,为了追求主体自我的"个性解放",曾义无反顾地同"父亲"和"家庭"决裂;可是"离家出走"之后不久,却因"外面的风浪"太大(《北京人》中曾文清之语),便又思念起"父亲"想要"回家"了。我们究竟应该如何去理解他们思想上的两面性呢?早期共产党人沈玄庐的一段告白,也许能为我们揭开这一谜底。他说父慈子孝"是一种不自觉的天然情感,是一种从父辈和祖先那里传承下来的、延绵不绝的情感",无论新文化运动怎样反对"孝悌",都不可能割断中国人的血亲关系。②由此我们不难看出,启蒙和新文学的反"家"仇"父",从一开始便给自己留好了一条后路;故重新修复自己与家庭之间的关系裂痕,虽然没有任何人去主张,但却一直都在悄无声息地进行着。鲁迅很早就注意到了这一点,比如他在《〈中国新文学大系〉小说二集序》中指出:自从《新青年》阵营"风流云散"之后,那些"侨寓"异地他乡的新文学作家,不仅不再反感"家庭"和敌视"父亲",反倒心中不断地"隐现着乡愁",而且还自觉地去"回忆'父亲的花园'"了。"父亲的花园"折射的是一种"家"的意象,"不得不舍弃"(谋生)却又"仍不能舍弃"(情感),反映的则是新文学作家"思家"与"想家"的凄凉心态,③新文学对于"后花园"的激情书写,几乎是一种非常普遍的创作现象,像许地山《落花生》中的"半亩隙地",许钦文《父亲的花园》中的"花园"、萧红《呼兰河传》中祖父的"后花园"、路翎《财主底儿女们》中的"苏州故园"等,都是作者"仍不能舍弃"的情感表达。更重要的是"父亲的花园"一词,重心是在"父亲"而不是"花园",它标志着新文学作家对于"父亲"的态度,已经在思想上发生了很大变化——他们在"父权"与"父亲"这两个概念中,重新选择了"父"之"亲"这一血缘关系;而朱自清在其散文《背影》中所表达的忏悔意识,就是新文学自觉去"修复"家庭伦理关系的一个起点。其他如彭家煌的小说《父亲》、林语堂的小说《京华烟云》、张天翼的小说《包氏父子》、老舍的小说《四世同堂》等作品,也都是这种"修复"性工作的具体表现。但我个人认为路翎

---

① 巴金:《谈自己》,《巴金选集》第 10 卷,四川人民出版社 1996 年版,第 36、56 页。

② [美]萧邦齐:《血路:革命中国中的沈定一》,江苏人民出版社 1999 年版,第 60 页。

③ 参见《鲁迅全集》第 6 卷,人民文学出版社 1981 年版,第 245—247 页。

的小说《财主底儿女们》,作者本人的反思与忏悔表现得最为深刻:主人公蒋少祖与蒋纯祖这两位五四时期的叛逆青年,他们通过自己"离家出走"的亲身经历,终于意识到"所谓自由,便是追求虚荣和享乐",因为"离家出走"并没有使他们获得"精神自由"与"个性解放",反倒落得个国破家亡、四处漂泊的悲惨境地。所以他们"痛恨五四时代底浅薄浮嚣",并从内心深处大声呐喊道:"我爱我底父亲,我爱我往昔底爱人,我爱我底风雪中的苏州底故园,我心里知道这爱情是如何强烈⋯⋯唯求在将来能够回到故乡,能够回到故乡去!"

以"修复"性叙事去重新理解"家庭"和"父亲",不仅意味着新文学作家的思想成熟与理性回归,同时也标志着具有几千年历史的中国"家"文化,经受住了"西化"启蒙浪潮的巨大冲击。它给后人留下了这样一个重要的启示:"家庭"并不是什么封建"牢笼",而是儿女们获得呵护与关爱的温馨港湾;"父亲"也不是什么封建"暴君",而是儿女们精神与物资上的坚强后盾。正是因为新文学作家都曾有过这种刻骨铭心的"出走"体验,所以路翎才会在小说《财主底儿女们》中,借蒋捷三之口说出这样一番语重心长的话来:"过去的错处,你们推给我们,是可以的,但是未来的⋯⋯那是你们自己。"对于中国"家"文化的历史弊端,他们做父辈的愿意主动去承担责任;那么对于中国"家"文化的肆意破坏,做儿女的是不是也应该去主动承担起自己的责任呢?这的确值得我们去认真地思考。

二、个人与社会之间伦理关系的重新定位

个人与家庭之间,因血缘关系变得坚如磐石;个人与社会之间,更是因生存的依赖关系变得不可分割。所以由思想启蒙转向社会革命,完全是中国人求真务实精神的一种体现,它使"变革"从理论走向了实践,最终推动了中国社会的现代转型。所以,表现中国现代社会革命的历史合法性,便成为了新文学伦理叙事的第二维度。

胡适在谈到五四新文化运动的基本性质时,曾把它与欧洲的文艺复兴运动相提并论,可是严格地讲,这两个运动之间根本就没有什么可比性。欧洲文艺复兴运动的口号是"复兴"古罗马时代的共和精神,即古罗马统治者在所有

建筑上都刻下的那句名言:"我只有一个愿望,让我的人民强大、繁荣、伟大和自由。"①这句名言的意思非常清楚,就是强调"人民本位"的人文理想,而五四新文化运动,则是张扬"个人本位"的启蒙理想。将"个人"凌驾于"人民"之上,虽然能够引起少数青年知识分子的思想共鸣,却很难得到全社会广大民众的理解与支持,更不要说去推动中国社会的历史变革了。仅就让"人民强大、繁荣、伟大和自由"的奋斗目标而言,我个人认为中国共产党人所领导的无产阶级革命,才是一场属于中国自身的文艺复兴运动,因为他们的革命宗旨就是要造福于民众,以期实现中国古代圣贤所渴望的"大同理想"。比如,他们强调"我们要四万万人都自由"而不是个人的自由,所以在全中国人民"都不能自由"时,共产党人"没有权利要求比他们要自由多一分一毫"。② 为此他们要求全党同志,必须抛弃一己私利,只有紧紧地依靠人民大众的革命力量,才能实现中华民族的伟大复兴。陈独秀与李大钊等人最早抛弃了启蒙幻想,他们意识到单凭知识分子内部的思想启蒙,并不能真正解决制约中国社会历史变革的实际问题;所以,他们决定把《新青年》杂志办成一种政治革命的宣传工具,并率先实现了从"启蒙"到"革命"的思想转型。另外,作为五四新文化运动的"旗手"和"闯将",鲁迅也自觉地放下了为"启蒙"而弹奏的"箜篌",不再相信文学具有改变中国的启蒙作用,他说"中国现在的社会情状,止有实地的革命战争,一首诗吓不走孙传芳,一炮就把孙传芳轰走了。"③当然不只是陈独秀、李大钊、鲁迅等启蒙精英,五四中后期郭沫若、茅盾、郁达夫等新文学的领军人物,也都纷纷告别了"个人主义"的人生价值观,并站在革命立场上去大力提倡新兴的"无产阶级文艺"。"无产阶级"对于"个人主义"的概念取代,实际上已经宣告了五四启蒙运动的历史终结。

20世纪20年代,是决定中国社会未来走向的关键时期:1921年中国共产

---

① 转引自[法]班达《知识分子的背叛》,上海人民出版社2005年版,第7页。
② 恽代英:《革命青年的缺点》,《恽代英全集》第8卷,人民出版社2014年版,第382页。
③ 鲁迅:《革命时代的文学》,《鲁迅全集》第3卷,人民文学出版社1981年版,第419、423页。

党成立、1923 年中国青年党成立、1924 年中国国民党改组,都对中国社会的后续发展产生过重大影响。由于这三大政党均主张"国民革命",故一时间社会上"革命"词汇的使用频率迅速上升,而"民主"等启蒙词汇的使用频次则大幅下降,据有研究者所提供的统计数字,还"不及'革命'的二十分之一"①。由此不难看出,"民主"的务虚性已经被"革命"的务实性所取代。不过三大政党关于"国民革命"的思想宗旨,却有着本质上的巨大差别:青年党的"国家主义",代表着上层知识分子的根本利益;国民党的"三民主义",代表着大地主资产阶级的根本利益;而共产党的"共产主义",则代表着人民大众的根本利益。中国共产党从成立伊始,便自我定位是"为无产群众奋斗的政党"②,因此工农大众这一社会主体的自由解放,则成为了每一名共产党员为之奋斗终生的使命意识。无产阶级革命文学运动的勃然兴起,无疑为已经陷入启蒙困境的新文学带来了重大转机,鲁迅本人从思想彷徨到认同革命,便是一个非常有代表性的典型事例。我个人认为,1928 年"革命文学"口号的提出,表面观之是论争双方之间的意气用事,但实质上却是传统文化的务实性与"西化"启蒙的务虚性,在精英知识分子内部所展开的一场巅峰对决——如何去理解"个人"与"社会"之间的伦理关系。"创造社"与"太阳社"认为五四启蒙所倡导的"个人主义"这一"可诅咒的名词",不但不能解决中国社会落后挨打的现实问题③,而且还以资产阶级"自由主义"的精神毒素,毒害了鲁迅、郭沫若、茅盾、叶圣陶等整整一代作家。所以他们宣称"个人主义的文艺老早过去了"④,并主张应"批判一切个人主义,人道主义和自由主义的腐化的意识"⑤;他们强调"革命文学的任务,是要在此斗争的生活中,表现出群众的力量,暗示人们

---

① 王奇生:《革命与反革命:社会文化视野下的民国政治》,社会科学文献出版社 2010 年版,第 73 页。

② 参见《中共中央文件选集》第 1 册,中共中央党校出版社 1989 年版,第 58 页。

③ 钱杏邨:《死去了的阿 Q 时代》,《阿英全集》第 2 卷,安徽教育出版社 2003 年版,第 6 页。

④ 郭沫若:《英雄树》,《中国新文学大系 1917—1937·文学理论集二》,上海文艺出版社 1987 年版,第 23 页。

⑤ 瞿秋白:《"五四"和新的文化革命》,《瞿秋白文集》第 3 卷,人民文学出版社 1998 年版,第 23 页。

以集体主义的倾向"①。"革命文学"口号的倡导者们之所以要对五四文学展开猛烈批判,并不是因为他们真正走出了"象牙之塔"的艺术宫殿,摆脱了自己思想上的布尔乔亚情趣,完成了世界观方面的彻底改造;而是他们看到了中国正在发生的无产阶级革命,是一种任何人都阻挡不了的历史大趋势,而且在主观上也愿意去与工农劳苦大众为伍,并成为他们思想与情感方面的忠诚代言人。换言之,他们几乎都是在通过批判"他者"的个人主义思想,去逐渐消解自己身上的个人主义思想;至于真正将思想立场"移到工农兵这方面来,移到无产阶级这方面来"②,那是他们参加具体革命实践以后的事情了。

"革命文学"口号固然不能令所有的新文学作家全都放弃他们的个性意识,但是以"左联"为纽带所形成的左翼文学作家联盟,却由此树立起了一种为工农大众服务的思想理念,并将这种思想理念逐渐扩展成了文学创作领域中的主流意识形态。我认为有两个重要因素,在促使着"革命文学"的成长壮大:一是新文学作家"知识分子"与"乡下人"的双重身份,使他们始终都与土地文化保持着千丝万缕的情感联系,就像诗人臧克家所深情追述过的那样:"我生于穷乡,长于穷乡",在十六岁之前,就没有离开过农村。③ 当现实生活苦难消解了他们身上那种"知识分子"的清高傲气时,"乡下人"的身份又会使他们自觉地去同农民结盟,并顺理成章地成为农民阶级的代言人,这无疑是革命文学能够取得统治地位的制胜法宝。二是从 20 世纪 30 年代开始,读者对于启蒙文学作品已经失去了兴趣,比如巴金的长篇小说《家》被上海《时报》终止了连载,中途换上了沈从文纪念左翼作家胡也频的长文《记胡也频》,就是启蒙遭遇社会冷落的真实写照。而表现无产阶级革命的文学作品,尽管还有些幼稚和不成熟(像"革命+恋爱"小说之类)却大受社会读者的欢迎。比如,

---

① 蒋光慈:《关于革命文学》,《蒋光慈全集》第 6 卷,合肥工业大学出版社 2017 年版,第 75—76 页。

② 毛泽东:《在延安文艺座谈会上的讲话》,《毛泽东选集》第三卷,人民出版社 1991 年版,第 857 页。

③ 臧克家:《〈十年诗选〉序》,《臧克家全集》第 10 卷,长春时代文艺出版社 2002 年版,第 603—604 页。

蒋光慈的小说"《冲出云围的月亮》在出版的当年,就重版了六次"①。他的其他作品也因深受青年读者的由衷喜爱,被不良书商大肆盗版广为流行。② 这充分说明,除了新文学作家的自身因素,社会读者的客观需求,也是推动他们思想转变的重要因素。

　　思想转变激发了知识分子的革命热情,但问题也随之而来,他们究竟应该以一种什么样的身份,去参加这场史无前例的无产阶级革命呢? 因为历史的经验一再证明:没有知识分子参加的革命,是不可能取得胜利的;但知识分子为了个人的利益去参加革命,革命也是不可能取得胜利的。故"革命"要求知识分子作家,必须进行世界观的彻底改造,并自觉地与工农大众相结合,然后才能成为革命队伍中的一员。否则他们那种崇尚空谈的人格缺陷,对于革命而言则有百害而无一利(这一点在丁玲小说《太阳照在桑干河上》里知识分子革命者文采的身上就表现得一览无余)。因此,革命不但主张作家要与劳苦大众为伍,而且还要真正以他们的利益为重,否则"决不能了解无产阶级的每一种潜在的情绪,决不配创造革命的文学"③。有意思的是,尚处于思想转型期的鲁迅,要比那些"革命文学"口号的倡导者们,更加认同这一观点。他的至理名言是:"从喷泉里出来的都是水,从血管里出来的都是血。"④鲁迅后期思想之所以没有完全转向革命,那是因为他很有自知之明,知道自己的个性很难被"革命"所接受,所以干脆作为一个革命的同情者去为其呐喊助威。然而,大多数倾向革命的知识分子却愿意接受世界观的改造,以便"彻底解决个人和群众的关系问题"⑤。比如,殷夫在《别了,哥哥》一诗中,便以视死如归的大无畏精神,向身居国民党高官的哥哥诀别道:"再见的机会是在/当我们和你隶属着的阶级交了战火。"艾青也在叙事长诗《我的父亲》里,公开向自己

①　郁达夫:《光慈的晚年》,《现代》杂志1933年5月第3卷第1期。
②　参见唐弢《翻版书》《再谈翻版书》,载《晦庵书话》,生活·读书·新知三联书店1980年版。
③　沈泽民:《文学与革命文学》,《民国日报·觉悟》1924年11月6日。
④　鲁迅:《革命文学》,《鲁迅全集》第3卷,人民文学出版社1981年版,第544页。
⑤　毛泽东:《在延安文艺座谈会上的讲话》,《毛泽东选集》第三卷,人民出版社1991年版,第877页。

的地主家庭宣战,"我要效忠的不是我自己的家",而是共产主义的政治理想。何其芳更是在诗歌《快乐的人们》里骄傲地说,融入到革命这个大家庭之后,同志与同志之间的阶级友情,"更大于一个母亲,一个姊妹!"知识分子的世界观改造,无疑是一种触及灵魂的精神炼狱,蒋光慈在其小说《咆哮了的土地》里,便形象化地描写了这种精神炼狱的强烈痛感。这部作品的最大看点,就是蒋光慈明确地指出:知识分子革命者李杰尽管自觉地接受了世界观改造,他也只能在农民革命军中当一个"参谋长";而负责领导革命走向的"总司令"一职,则必须要由工人出身的革命者张进德来担任。"参谋长"其实就是古代农民起义中的"军师"角色,蒋光慈无疑是在借助李杰这一形象,去告诫那些参加革命的知识分子,他们虽然可以成为革命队伍中的一分子,但却绝不是无产阶级革命的主体力量。

中国无产阶级革命的基本性质,直接决定了革命文学不再是描写作家个人的苦闷和寂寞,而是密切配合革命斗争的实际需求,去表现"全中国四百兆人心中的痛苦和希望"[1]。因此革命文学的叙事方略,完全不同于五四启蒙文学:它不是以一种高高在上的俯瞰视角,去批判中国农民的思想保守性;而是真正站在农民阶级的立场上,去分析中国农村中的阶级矛盾和阶级斗争。比如,出身于地主家庭的诗人艾青,他从保姆"大堰河"的身上,看到了所有穷苦农民的悲惨人生,因此他宁愿去认"大堰河"为自己的"母亲",也不愿去认自己那个地主"父亲"。同样是出身于地主家庭的诗人臧克家,他说自己是"从农民的饥饿大队里"[2]长大的,所以他了解农民、同情农民,并以"浓厚的同情,难以抑制的愤慨",去强烈控诉自己家庭对于农民的剥削和压迫。[3] 原本就是贫苦农民出身的叶紫,更是了解农民所遭受的种种苦难。他的中篇小说《丰收》与《火》,不仅描写了农民云普叔一家所遭受的"天灾",更是描写了他们一家所遭受的"人祸"——地主何八爷抢走了云普叔家的全部粮食,把他们全家

---

① 沈泽民:《我们需要怎样的文艺?——对〈小说月报〉西谛君的话的感想》,《民国日报·觉悟》1924 年 4 月 28 日。

② 臧克家:《〈十年诗选〉序》,《臧克家全集》第 10 卷,长春时代文艺出版社 2002 年版,第605 页。

③ 臧克家:《学诗纪程》,《臧克家全集》第 12 卷,长春时代文艺出版社 2002 年版,第99 页。

人逼得已经没有了活路。可以毫不夸张地说,从左翼文学到解放区文学,农民
"活不下去了"的悲惨状况,是作家对于现代乡土中国最生动、最真实的艺术
写照。像洪灵菲的小说《在木筏上》、孙谦的小说《村东十亩地》、陶纯的小说
《庄户牛》、陈登科的小说《杜大嫂》等一大批作品,都深刻地揭示了中国现代
农村社会中阶级剥削与阶级压迫的严重程度。正是因为如此,革命文学才会
充分肯定农民阶级奋起反抗的历史合法性。比如,蒋光慈在小说《咆哮了的
土地》里,就让张进德去公开质问这个不公正的社会:"为什么我们一天劳苦
到晚,反来这样受穷,连老婆都娶不到?为什么李大老爷,周二老爷,他们动也
不一动,偏偏吃好的、穿好的,女人成大堆?"因此他告诉乡亲们:"这世界是太
不公平了。我们穷光蛋要起来反抗才是。"华汉的小说《地泉》、丁玲的小说
《水》、茅盾的小说《秋收》以及叶紫的小说《火》等作品,更是生动地描绘了广
大贫苦农民不堪忍受地主阶级压迫的造反场面。曾有学者认为革命文学中的
农村叙事,都是作家本人凭空想象的艺术虚构,因为在他们看来,1927 年至
1936 年是民国经济发展的"黄金十年",中国农民的生活相对比较稳定,农村
社会不可能出现革命文学所描写的那种惨况。① 但历史本身所给出的答案,
却是对这种观点的直接否定。比如,1930 年江浙一带因天灾人祸,"一般贫民
无以谋食,因之遂发生抢米吃大户风潮"②;1932 年江西临川等地军警大肆抓
捕无力交租的贫苦农民,"辄以非刑滥施",结果导致农民暴动③;1931 年四川
饥民无以为生,便"群集为匪"、啸聚山林,"四出劫掠米粮谷物"④;1932 年陕
西农民因无法交租,于是他们自发地组织起来,"反抗苛捐的地方有七十余
县。"⑤全国各地农民纷纷造反的客观事实,足以支持革命文学有关农村叙事
的历史真实性。甚至连国民党政府官员也不得不承认,由于中国农村土地分

---

① 　陈晋文、庞毅:《现代化视阈下的民国经济发展(1912—1936 年)》,《北京工商大学学
报》2010 年第 5 期。
② 　司马长风:《最近中国农村经济诸实相之暴露》,《中国经济》1933 年第 1 卷第 1 期。
③ 　中国第二历史档案馆编:《中华民国史档案资料汇编》第五辑第一编"政治",江苏古籍
出版社 1994 年版,第 622—623 页。
④ 　裴荣:《军人割据下的四川农民》,《新创造》1932 年第 2 卷第 1—2 期。
⑤ 　许涤新:《捐税繁重与农村经济之没落》,《新中华》第 2 卷第 3 期。

配的不均衡性,农民与地主之间的矛盾日益加剧,农民因此"揭竿而起,一呼百应,星星之火,至于燎原,是赤匪之起也,在土地问题上,不无重大之成因"①。

革命文学不仅真实地反映了中国农村的濒临破产与农民阶级的奋起反抗,同时更是深刻揭示了革命与农民结盟的历史必然性。因为以毛泽东同志为主要代表的中国共产党人,一直都把解决农民的土地问题作为革命的首要任务,他们深知农民占中国人口的绝大多数,在决定中国未来命运的政治博弈中,"谁赢得了农民,谁就会赢得了中国,谁解决了土地问题,谁就会赢得农民。"②所以,中国革命与农民阶级之间,是一种互为依存的辩证关系——革命给予农民以土地,农民则以参与革命作为回报。像萧也牧的小说《站长》、雷加的小说《路》、孙犁的小说《光荣》、陶纯的小说《庄户牛》、白桦的小说《刘老爹的骡子》、那沙的小说《一个空白村庄的变迁》、刘祖武的小说《李海牛参军》、西虹的小说《英雄的父亲》、荒草的小说《土地和枪》、董均伦的小说《血染潍河》、丁玲的小说《太阳照在桑干河上》、周立波的小说《暴风骤雨》等一大批作品,都是以革命与农民之间的直接对话,去展现中国无产阶级革命的历史进程。比如,周立波在其长篇小说《暴风骤雨》里,就以老孙头的那辆"马车"作为一种象征符号,开篇是拉来了八路军的工作队("拯救"),结尾则是送走了元茂屯的参军青年("报恩"),巧妙地讲述了革命与农民结盟的逻辑关系。革命文学"拯救"与"报恩"的叙事模式,并不是一种"愚忠"思想的艺术表现,而是充分体现了中华民族知恩图报的传统美德。这种传统美德又使中国革命与农民阶级之间,形成了一种荣辱与共、休戚相关的命运共同体:由于"没收地主和富农的财产分配给贫下中农——中国的农民革命加强了农民和共产党之间原有的政治联盟,并且鼓励农民加倍地支援红军,因为红军的胜利是保障农民社会革命、维持其获得农村财产的依赖"③。曾有许多带有政治偏见的西方记

---

① 汪浩:《收复匪区之土地问题》,正中书局 1935 年版,第 3 页。

② [美]洛易斯·惠勒·斯诺:《斯诺眼中的中国》,中国学术出版社 1982 年版,第 47 页。

③ [美]西达·斯考切波:《国家与社会革命:对法国、俄国和中国的比较分析》,上海人民出版社 2007 年版,第 313—314 页。

者,都认为中国共产党人只是在利用农民,但是通过对延安或其他革命根据地的考察之后,却彻底改变了自己先前那种错误看法。他们发现共产党人的确代表着中国农民的根本利益,所以中国农民才愿意与八路军通力合作、并肩战斗。①

在表现革命与农民对话的文学作品中,我们注意到知识分子很少以正面形象出现,即便有少数作品偶尔涉及一下,多半也是作为负面形象受到批判。像叶紫小说《山村一夜》里的曹德三、许钦文小说《西湖之月》里的方子英,丁玲小说《太阳照在桑干河上》里的文采等,他们不是意志薄弱、背叛革命,便是思想颓废、情绪低沉,抑或自以为是、夸夸其谈。这种描写方式的真实目的,并不是在嘲讽知识分子的人格缺陷,而是在消解个人主义的思想影响,引导他们去正确理解个人与社会的伦理关系。因为伴随着中国无产阶级革命的快速发展,大量的知识分子纷纷从国统区涌向了革命根据地,仅延安这样一个弹丸之地,就容纳了6000多人。由于这些知识分子"尚未完成从小资产阶级到无产阶级的转化",他们身上都带有极强的个人主义习性,对于工农兵大众的革命主体地位,还有一个"从口头承认到彻底解决"的漫长过程。② 因此,在当时那种政治环境极其恶劣的历史背景下,革命以其严格的组织纪律性和思想统一性,去约束知识分子浸透于骨子里的自由个性,防止他们"按照小资产阶级知识分子的面貌来改造党,改造世界"③,直接关系中国革命的前途命运。

三、个人与民族之间伦理关系的文化认同

1937 年抗日战争的全面爆发,直接导致了民族矛盾的迅速激化,全国上下形成了一种空前团结的历史局面,"保家卫国"变成了中华民族的首要任务。诚如罗家伦所言:我们应感谢这场伟大的民族战争,它"把我们萎靡颓废

---

① ［美］马克·塞尔登:《他们为什么获胜?——对中共与农民关系的反思》,南开大学历史系编:《中外学者论抗日根据地》,档案出版社 1985 年版,第 608 页。
② 胡乔木:《延安文艺座谈会前后》,张军锋编:《延安文艺座谈会的台前幕后》(下册),陕西师范大学出版社 2014 年版,第 1—6 页。
③ 毛泽东:《在延安文艺座谈会上的讲话》,《毛泽东选集》第三卷,人民出版社 1991 年版,第 875 页。

的民族打得振作起来,把我们散漫松懈的民族打得团结起来"①。故"民族复兴"不仅是一种时代情绪,同时也是新文学伦理叙事的第三维度。

"民族复兴"这一口号,始于九一八事变以后。精英知识分子从东北三省沦落的严酷现实中,清醒地意识到了一场民族危机即将来临。于是"民族复兴"这一问题,便越来越受到他们的重视。比如1934年,鲁迅就写过一篇带有反思性质的《拿来主义》,指出中国人应客观公正地去看待传统文化,他说对于传统文化"一把火烧光"那是"昏蛋",不加选择地全盘接受则是"废物"②,这无疑是对五四启蒙时期历史虚无主义倾向的一种纠偏。1935年1月,王新命等10位教授又在《文化建设》月刊上发表了《中国本位的文化建设宣言》一文,不仅客观总结了五四以来"迷失中国"的社会乱象,同时更是以倡导"中国本位"的文化建设,去否定胡适"全盘西化"的理论主张,曾在思想文化领域里产生过强烈的反响。而中国共产党人一直都在关注着时局的变化,"华北事变"刚一发生他们便向全中国人民发出呼吁:在"当今我亡国灭种大祸迫在眉睫之时……大家都应该有'兄弟阋墙外御其侮'的真诚觉悟,首先大家都应当停止内战,以便集中一切国力(人力、物力、财力、武力)去为抗日救国的神圣事业而奋斗"③。抗战全面爆发以后,中国共产党人再次向全国人民发出号召,各党派政治团体应消除历史成见,"全中国人民、政府和军队团结起来,筑成民族统一战线的坚固的长城。"④以共产党人和左翼人士为主体的中国"抗协",更是代表全体中国作家向全世界发出了铮铮誓言:"我们是中国人,当此祖国阽危,全民族遭逢空前浩劫的时候……我们知道我们的职责所在!"⑤因为他们懂得在"国破家亡"的紧急关头,民族内部的矛盾已经变得不重要了,如果失去了民族这一精神和物资实体,"个人"的前途与"集团"的利益

---

① 罗家伦:《民族与民族性》,《中国近代思想界文库·罗家伦卷》,中国人民大学出版社2015年版,第269—270页。
② 鲁迅:《拿来主义》,《鲁迅全集》第6卷,人民文学出版社1981年版,第39页。
③ 参见《中共中央文件选编》第10册,中共中央党校出版社1991年版,第521—522页。
④ 毛泽东:《反对日本进攻的方针、办法和前途》,《毛泽东选集》第二卷,人民出版社1991年版,第348页。
⑤ 中华全国文艺界抗敌协会:《告全世界的文艺家书》,《文艺月刊》1938年第9期。

也无从谈起。故他们一再表示说,"我们要牺牲一己自由求民族之自由,牺牲一己生命求民族之生命,不但鞠躬尽瘁,死而后已,还要鞠躬尽瘁至死不已!"①毋庸置疑,"民族"二字是抗战时期中国文化界使用频率最高的核心词汇。

面对日本帝国主义的野蛮侵略和中华民族落后挨打的被动局面,中国知识精英从文化建设的角度展开了极为深刻的自我反省。他们认为五四时期的"西化"启蒙,在很大程度上动摇了中华民族的文化根基:一谈西方文化必言笛卡尔、卢梭、康德、歌德、达尔文、莎士比亚,根本就无视中国也有"孔子、屈原、司马迁、杜甫、李白"等伟大的历史人物。② 其所造成的严重后果,便是使国人逐渐丧失了对于自己民族文化的坚定信心。因此 1938 年 2 月,罗家伦在重庆北碚中央大学创办了一个《新民族》周刊,由于多是"由当时在中央大学执教的第一流学者执笔,因此在当时的学术水平来说是国内一流的"③。《新民族》周刊围绕着"民族复兴"这一核心命题,集中讨论了民族意识、经济发展、行政体制、国防建设、医疗卫生、文化教育等诸方面问题,目的就是要去全面振兴民族精神。什么是"民族精神"? 钱穆认为"民族精神"是一种民族文化的生命力,世代相传、生生不息从未间断过④。罗家伦则认为"民族精神"是一种"国魂",它一旦形成无论何种外来因素都不能征服。⑤ 问题在于,究竟应该拿什么去做"民族精神"的"灵魂"呢? 顾颉刚、罗家伦、梁漱溟、李长之、废名等知识精英,几乎都异口同声地提到了孔子和儒家思想。比如,罗家伦说:"我们中国人的民族性……应该拿夹谷之会的孔子来代表。"⑥又如,曾经推崇

① 参见《新华日报》报道:《全国文艺界空前大团结》,《中国抗日战争时期大后方书系》第 1 卷,重庆出版社 1989 年版,第 9 页。
② 李长之:《论如何谈中国文化》,《李长之文集》第 1 卷,河北教育出版社 2006 年版,第 9 页。
③ 参见高澎编《永恒的魅力——校友回忆文集》,南京大学出版社 2002 年版,第 69 页。
④ 钱穆:《中国文化传统之演进》,《钱宾四先生全集》第 29 卷,台北联经出版事业股份有限公司 1998 年版,第 242 页。
⑤ 罗家伦:《民族与民族性》,《中国近代思想界文库·罗家伦家》,中国人民大学出版社 2015 年版,第 267 页。
⑥ 罗家伦:《民族与民族性》,《中国近代思想界文库·罗家伦家》,中国人民大学出版社 2015 年版,第 269 页。

"道家"而否定"儒家"的废名,也转而强调"我们的民族精神表现于孔子"。①
从五四时期的反"孔"非"儒",到抗战时期的呼唤孔子,中国知识界这种自我
修复性的思想变化,其对复兴"民族精神"的意义重大。这一口号体现在文学
创作方面,则是要求广大作家去激情书写"民族精神",如果一个民族的文学
没有自己民族的显著特征,"不但文学是没有价值的文学,民族也是没有出息
的民族。"②故在复兴"民族精神"口号的激励下,抗战文学也呈现出了一种
"天下兴亡,匹夫有责"的强劲意识。

首先,抗战期间知识分子的集体逃难,使他们对"家国"文化有了全新的
理解,因为他们是被迫离开了自己的故土家园,就像一只"丧家之犬","在流
亡线上""远离了老家"(管火陵诗歌《家》),没有人知道何处是尽头,只知道
"还向更远的方向走去"(刘白羽小说《在艰辛里成长》)。据有关资料统计,
1938 年前后"高级知识分子十分之九以上西迁,中级知识分子十分之五以上
西迁,低级知识分子十分之三以上西迁"③。由于缺乏交通工具,这种"西迁"
几乎全是靠长途跋涉完成的。比如闻一多就曾亲自带领着清华学子徒步西
行,一路走到了云南昆明。在 1944 年的豫湘桂战役中,聚集在桂林的知识分
子和文化人,又开始了他们人生的第二次逃亡:"黔边难民组成了一个长达几
十里的行列,向贵阳行进"④;"数百万人,扶老携幼、流亡载道、饥寒交迫",完
全堵塞了交通。⑤ 那些知识分子或文化人在"迁徙"与"逃亡"的过程中,离开
了自己的故土和亲人,在西南或西北的陌生土地上,"感到异常的孤独"和忧
郁(仆仃散文《远方的城》);他们每天都在期盼着远方的来信,哪怕是一句报
平安的简单话,心里也会"感到莫大的欢慰"(包白痕散文《忧郁底山城》)。
"西迁"或"逃亡"的仓促性,使留在故地的"家"和"亲人",成了他们割舍不下

---

① 废名:《响应"打开一条生路"》,《废名集》第 3 卷,北京大学出版社 2009 年版,第
1421 页。
② 陈铨:《民族文学运动》,张昌山编:《战国策文存》下册,云南人民出版社 2013 年版,第
709 页。
③ 孙本文:《现代中国社会问题》第 2 册,商务印书馆 1948 年版,第 261 页。
④ 《新华日报》1944 年 12 月 3 日。
⑤ 重庆档案馆:《快邮代电》(1944 年 12 月 5 日),《市政府救济难民》179/B(三)。

的一块心病。比如老舍就曾说:"老母尚在北平,久无信示;内人又病,心绪极劣。"故只能是忧心忡忡、夜不能寐。① 由于"家"与"故土"的关联性,那么"想家"就必然会去"思乡",所以来自全国各地的流亡者聚在一起,总是会"把话题引到个人的故乡去;故乡里的骨肉,故乡里的田园"(白朗散文《流亡曲》)。此时此刻,他们每一个人心中的"家"与"家"联系在一起,便构成了一个"国家"的概念;而他们每一个人所思念的"乡土"与"乡土"联系在一起,则又构成了一种"国土"意识。因此在抗战文学创作中,无论是"嶙峋的山岳""蜿蜒的河流"还是"金色的谷粒""炊烟的芳香",都已摆脱了地域性的乡土意识,而是变成了"国家"与"民族"的象征符号。它所反映的思想情绪,正是一种舍"小家"而救"国家"的民族观念。

其次,抗战不仅激发了知识精英的民族意识,同时更是激发了普通中国人的爱国情感,他们将"家"与"国"紧紧地联系在一起,形成了一种坚不可摧的民族意志。翻开一部部抗战文学作品,最令我们感到震撼的艺术画面,就是那些已经觉醒了的中国人,从内心深处爆发出来的抗战热情:年轻女性纷纷到前线去运送伤员,"衣服上,鞋袜上统统染上了血迹"(谢冰莹《新从军日记》);无数爱国学生纷纷报名参军,"为着祖国生存,愿流尽最后一滴血"(佚名报告文学《在投奔前线的途中》);稚嫩的孩童也在战火中变得早熟,他们站岗放哨"防止汉奸活动"(罗汉夫《活跃的儿童剧团》);成群的农民更是手握大刀、火枪等原始武器,"不约而同地同时扑进日本兵营去"(司马文森报告文学《江的水流》)。中国人民的奋起反抗,就是为了要去正告那些侵略者:"滚回去,这是中国的领土,不许你进来"(黄震遐长篇小说《大上海的毁灭》)。究竟是一种什么样的力量,在推动着中国人尤其是中国农民,使他们前赴后继、不怕牺牲,敢于同武装到牙齿的侵略者去殊死搏杀呢? 碧野在其中篇小说《北方的原野》中所给出的答案,就是"小家"与"国家"、"乡土"与"国土"属于一个不可分割的命运共同体,"保家"即是"卫国"、"卫国"即是"保家",故"守土有责"应是每一个中国人的神圣职责。所以,几百名农民自发地组织起来去同

---

① 老舍:《南来以前》,《老舍文集》第14卷,人民文学出版社1995年版,第101页。

侵略者浴血奋战,他们唯一的信念就是要收复自己的土地和家园。茅盾对于这部小说的评价极高,他说:"在同类作品中,《北方的原野》是值得一读的……这是我们民族今日最伟大的感情,最崇高的灵魂的火花。"①黄仁宇的报告文学《雨雪中进行》,则是描写一位到前方参战的云南老兵,身边始终都带着一把家乡的油纸伞,无论路途多么遥远也舍不得丢掉它。这把油纸伞的象征意义就在于,它时时刻刻都在提醒着那位老兵,此次出滇不仅是为了保卫"国土"而战,更是为了保卫身后的"乡土"而战。而这种"保家卫国"的坚定信念,几乎就是中华民族的无声誓言。为了取得抗战胜利,中国人民表现出了一种大无畏的牺牲精神。比如云南人民耗尽了他们的物力、财力和劳力,用了不到半年的时间,便修建了一条长达"九百七十三公里的汽车路",保障了外援物资源源不断地运往抗日前线(萧乾纪实文学《滇缅公路》)。湘西凤凰数千名苗族、土家族子弟精忠报国、积极参战,3000多名各族青年战死沙场,但沈从文却引以为自豪地说:"这才像个湖南人!才像个镇篁人!"②马克思曾说"人们奋斗所争取的一切,都同他们的利益有关"③,而抗战恰恰又直接涉及了中华民族的切身利益;所以尽管中国当时还是个一穷二白的贫瘠弱国,然而为了维护自身"利益"不受侵犯,才会使"精神因素在战时会立即变成物质力量"④。就像穆旦在《赞美》一诗中所写的那样:"我要以带血的手和你们一一拥抱/因为一个民族已经起来。"

再次,"保家卫国"的民族情感,又将"杀身成仁、舍生取义"的儒家思想,直接转化为中华民族同仇敌忾、不怕牺牲的献身精神,进而谱写出了一曲曲感天动地的英雄赞歌。"杀身成仁、舍生取义"在抗战文学中,主要被表现为这样两个方面的思想内容:一是中国军人血洒疆场的英勇牺牲。比如在正面战场上,一位徐姓排长带着10名士兵阻击敌人,全部战死在阵地上没有一个人投降(魏伯、碧野短篇小说《五行山血曲》);一位年仅15岁的小号兵面对强敌

① 茅盾:《评〈北方的原野〉》,《碧野文集》卷2,长江文艺出版社1994年版,第43、47页。
② 沈从文:《莫错过这千载难逢的报国机会》,《沈从文文集》第12卷,花城出版社1984年版,第367页。
③ 《马克思恩格斯全集》第2卷,人民出版社1957年版,第82页。
④ 《马克思恩格斯军事文集》第5卷,战士出版社1982年版,第467页。

从容地拉响了手榴弹,既"毁灭了一群强盗"也献出了自己年轻的生命(曾克短篇小说《渡》);几位年轻的水兵炸毁了敌人的汽艇,自己却永远地沉入了江底(尹雪曼短篇小说《江上》)。在敌后战场上,八路军的一个连阻击日军两个联队的增援部队,最后只剩下了八个人硬是没让敌人向平型关前进一步(刘白羽报告文学《游击中间》);20 名八路军战士同 1000 多日本兵对垒,用顽强的意志打出了中国军人的血性(田间报告文学《最后的一颗手榴弹》);新四军"刘老庄连"82 名指战员为了掩护人民群众安全转移,同 3000 多日伪军血战一天全部壮烈牺牲(李一氓散文《淮阴八十二烈士墓碑记》)。中国军人在抗战中的表现,毫无疑问是可圈可点的,他们那种"杀身成仁、舍生取义"的民族气节,令外国记者都感到大为惊叹:"中国军队的英勇,无疑证明了中国几个月来的抗战胜过具有坦克车,飞机,大炮的日本军队。"①这正是军人式的爱国主义精神。二是中国民众深明大义的高尚人格。列宁曾说"爱国主义就是千百年来固定下来的对自己祖国的一种最深厚的感情"②,而这种"感情"在全民抗战时期又表现为"忠孝"不能两全;因此以民族伦理去代替家庭伦理的民族大义,便铸就了全体中国人民共同坚守的精神信仰。比如王平陵的小说《国贼的母亲》,描写一位具有爱国主义情怀的老母亲,亲手杀死自己当汉奸的儿子;丰村的短篇小说《望八里家》,描写农民程大方宁愿一把火烧掉自己的宅院,也不给日本鬼子拿去当炮楼;老舍的小说《敌与友》,描写张村和李村这两个宿敌,在民族危难的紧要关头,放弃个人恩怨去共同抗日。而白朗的小说《清偿》,则更是感人肺腑、催人泪下:全面抗战打响以后,深明大义的主人公毫不犹豫地奉献出了自己的三个子女——大儿子战死以后,又把二儿子送上了前线;二儿子被打残了,再把 19 岁的女儿也送上战场。为了解除女儿的后顾之忧,他以开枪自杀的方式去打消她对于自己的内心牵挂。小说《清偿》描写得慷慨悲壮、义薄云天,作者不仅以中国人民的无私奉献,生动地诠释了"民族大义"和"爱国精神",同时更是向侵略者展示出中华民族不可战胜的顽

---

① 　[苏]罗果夫:《前线一带》,《中国抗日战争时期大后方文学书系》第 12 卷,重庆出版社 1989 年版,第 405—406 页。

② 　参见《列宁选集》第 3 卷,人民出版社 1972 年版,第 608 页。

强意志。日本学者后来终于明白了这样一个道理,他们所发动的那场自不量力的侵华战争,不仅没有摧毁中国人的反抗意志,反倒促成了"中国历史上最大的民族觉醒"①。

1945 年 8 月抗日战争胜利以后,中国社会的中心问题又回到了国内的阶级矛盾。但这并不意味着是"民族复兴"的历史终结,而是"中华民族伟大复兴"的自然延续。因为中国共产党人的奋斗目标,就是要建立一个独立自主的新中国。毛泽东对此早已明确地指出,发生在中国的无产阶级革命,"没有一天不在反对帝国主义,这就是彻底的民族主义。"②对于这一问题,习近平同志总结得非常到位,他说实现中华民族伟大复兴的中国梦是近代以来中华民族的夙愿:"中国共产党成立以后,团结带领人民前仆后继、顽强奋斗,把贫穷落后的旧中国变成日益走向繁荣富强的新中国,中华民族伟大复兴展现出前所未有的光明前景。我们的责任,就是要团结带领全党全国各族人民,接过历史的接力棒,继续为实现中华民族伟大复兴而努力奋斗"③。从文学自身的角度来看,虽然五四时期有过短暂的"西化"倾向,但是经过几代中国作家的苦苦思索,他们终于意识到了"文学有'根'",并誓言一定要寻找和守住这个民族文化之"根"。④ 寻"根"既是对文学一度失"根"现象的自我修复,同时更是对民族传统文化的自觉承续。因为对于每一个中国人而言,无论他们怎样崇拜西方的人文精神,"最后还是需要回到中国文化传统之中,努力挖掘自身的思想源泉"⑤。这是由"民族性"所决定了的一种宿命。

---

① [日]池田诚编:《抗日战争与中国民众》,求实出版社 1989 年版,第 5 页。

② 毛泽东:《国共合作成立后的迫切任务》,《毛泽东选集》第二卷,人民出版社 1991 年版,第 368 页。

③ 中共中央文献研究室编:《习近平关于实现中华民族伟大复兴的中国梦论述摘编》,中央文献出版社 2013 年版,第 3 页。

④ 韩少功:《文学的"根"》,《作家》1985 年第 4 期。

⑤ 孙向晨:《何以"归一家"——一种哲学的视角》,《哲学动态》2021 年第 3 期。

第一章　新文学"我是谁"的理性思辨

　　回眸五四新文化运动,其宗旨无非就是要进行"个性解放"的思想启蒙;无论反传统还是"全盘西化",都与主体自我这一关键词息息相关。陈独秀早在《敬告青年》一文中指出,未来中国"新青年"的理想形态,应是指"脱离夫奴隶之羁绊,以完全自主自由之人格之谓也"①。若想造就这样一种"新青年",就必须全面效法西方"个人主义"的人生价值观,因为在陈独秀本人看来,"西洋民族,自古迄今,彻头彻尾个人主义之民族也。"②所以《新青年》推崇"个人本位"的西洋文明,势必要反对"家庭本位"的儒家文化。故李大钊率先将"君臣""父子""忠孝"等由儒家所制定的伦理观念,定性为一种严重束缚中国人自由意志的精神枷锁,并认为"君臣关系的'忠',完全是父子关系的'孝'的放大体"③。而胡适更是向国人大声疾呼道:"社会最大的罪恶莫过于摧折个人的个性,不使他自由发展。"④从这一意义上去审视五四时期的思想启蒙运动,我们也可以称之为是一场个性解放的伦理变革运动。

　　作为新文化运动思想启蒙的重要载体,五四新文学的"现代性"诉求,就像周作人在《人的文学》一文中所强调的那样,是"一种个人主义的人间本位主义"的文学理想。⑤ 与之遥相呼应,鲁迅则以一篇《狂人日记》,直接把批判

---

　　① 陈独秀:《敬告青年》,《青年杂志》1915 年 9 月第 1 卷第 1 号。
　　② 陈独秀:《东西民族根本思想之差异》,《青年杂志》1915 年 12 月第 1 卷第 4 号。
　　③ 李大钊:《由经济上解释中国近代思想变动的原因》,《新青年》1920 年 1 月第 7 卷第 2 号。
　　④ 胡适:《易卜生主义》,《胡适文集》第 2 卷,北京大学出版社 1998 年版,第 486 页。
　　⑤ 周作人:《人的文学》,《中国新文学大系·建设理论集》,上海文艺出版社 2003 年版,第 195 页。

的矛头对准了儒家"礼教"——让主人公"狂人"在长幼有序、等级森严的"狼子村"里率先"觉醒",并借助于"月光"(西方人文精神之喻)去获得了主体自我的独立意识,然后再让他以自身的生命体验去揭穿儒家礼教的"吃人"本质,进而为新文学塑造了第一个具有自由意志的叛逆者形象。《人的文学》与《狂人日记》珠联璧合,终于推动了中国文学的现代转型。新文学"个性解放"的启蒙口号,唤醒了中国作家的个性意识,使新文学创作呈现出一派蒸蒸日上的繁荣景象,其丰功伟绩固然不容抹杀;但是我们也必须清醒地意识到,新文学只强调主体自我的存在价值,而否定社会对于个人的制约作用,故又直接导致了中国社会伦理关系出现了危机,其负面作用同样不容小觑。比如,新文学所狂热追求的那个"人"之"个性",究竟是指"人"的自然属性,还是指"人"的社会属性?若是两者兼而有之,新文学又该如何去处理它们之间的辩证关系?学界对于"个体"反抗"社会"的道德合法性,早已给予了形而上的无限阐释;但是对于"个体"游离"社会"的非理性因素,却始终视而不见、闭口不谈。我认为这绝不是一种实事求是的研究态度。新文学作家一直都在追求主体自我的存在价值,可是他们又无法把握"主体自我"的"自由"尺度。故"我是谁"这一哲学意义上的巨大疑问,不仅深深地困扰着新文学作家,同时也在考验着我们研究者的思想智慧。因此,只有科学理性地去解答启蒙话语中"主体自我"的属性问题,我们才能更加接近"个性解放"的历史真相。

第一节　新文学主体自我的属性问题

当我们远离了"五四"再去观察"五四",也许我们的判断会更加理性也更加准确。新文学虽然一路披荆斩棘、高歌猛进,但是有一个至关重要的核心命题,学界迄今为止都没有给出一个令人信服的合理解释:即新文学作家群体对于"主体自我"的属性问题,从一开始就在思想认识上存在着很大分歧。鲁迅以及"文学研究会"作家群,他们都极力主张"为人生而艺术",那么也就是说他们并没有将"主体自我"完全与社会"人生"相对立,即:他们并没有完全脱离"人生"这一范畴,去宣扬"个体"超越"人生"的存在价值。这充分说明他们还是考虑到了个人"自由"的限度问题,故"人生"大于"个人"的思想认知,才是"血和泪的文学"①的创作宗旨。"为人生而艺术",本质上仍是儒家"入世"思想的一种反映,这就决定了鲁迅以及"文学研究会"的创作态度,都强调新文学应"具有表现人生、指导人生的能力"②,进而要求新文学作家以"自醒"去唤起"他醒"的现代意识,以便重新建构一种"人人平等"的社会秩序。鲁迅与"文学研究会"也不赞同无条件的、绝对性的"个性自由",比如周作人就曾说:"彼此都是人类,却又各是人类的一个。所以须营一种利己而又利他,利他即是利己的生活。"③这种"利他即是利己"的"自由"观念,无疑是19世纪西方哲学的中国翻版。他们都坚决反对"个性自由"的绝对化,认为在人类社会中根本不可能有绝对的"个性自由","个人只有跟大规模的组织联系起来,才能得到自由","个性自由"完全取决于"社会"自由的发展程度。④ 由此可见,鲁迅以及"文学研究会"所倡导的"个性自由",明显有着一个强大的"博爱"背景作为精神支撑。"博爱"又必然会涉及"个体"与"社会"之间和谐共存的伦理关系,后来"为人生而艺术"的文学口号,之所以能够自然而然地转变成"为工农大兵服务"的文艺主张,恐怕还并不是源自什么文学外部的意识形态压力,而是源自"人生"对于"艺术"、"社会"对于"个人"的内在限制性。"创造社"恰恰相反,他们提倡的文学观则是"为艺术而艺术",完全把"个人"从社会"人生"中剥离出来,去强调其不受任何限制的"绝对自由";并将主体自我界定为是一种与社会无关的自然属性,即:"个体"必须彻底摆脱"社会"的重重束缚,"主体自我"才能实现真正的"自由"和"解放"。比如郁达夫就明确地指出,人生下来原本是"自由"和没有"污点"的,他们可以随心所欲地按照自己的主观意志去行事,但"国家偏要造出法律来,禁止我们的行动"。所以他认为个人"自由"的前提条件,就是必须要摧毁一切"国家制度",

---

① 郑振铎:《杂谈·十》,《郑振铎全集》第3卷,花山文艺出版社1998年版,第490页。
② 沈雁冰:《新旧文学平议之评议》,《小说月报》1920年1月第11卷第1期。
③ 周作人:《人的文学》,《中国新文学大系·建设理论集》,上海文艺出版社2003年版,第195页。
④ [美]杜威:《自由与文化》,商务印书馆1964年版,第50页。

"另外造成一个完全以情爱为根底的理性的艺术世界"①。另外,"创造社"还将"主体自我"的自然属性,直接理解为是一种"人"的自然本能。郭沫若在谈及他的诗歌创作的体验时,便说自己从不相信"生活"只相信"直觉",由"直觉"去触发情感的"自然流露",才能创作出诗歌的"上乘"之作。他甚至说《女神》那种狂飙突进的恢宏气势,几乎都是他情感"自然流露的一种表示"②。过分强调主体自我的自然属性,必然会使人之"个性"完全超越其"社会性",所以郭沫若同"创造社"成员才会就像《天狗》一样,蔑视一切并将"自我"视为宇宙万物的绝对主宰。然而,当那个自以为获得了绝对自由的主体自我,在经历了短暂的精神狂欢之后,必然又会感到"高处不胜寒",因此一种"起舞弄清影,何似在人间"的凄凉感,最终粉碎了"创造社"同人的"自由"想象;于是他们不再以"天狗"或"零余者"自居去野性漫游,而是迅速回到了人间社会的现实生活中,不仅完全抛弃了"个人主义"的虚幻理想,而且还率先实现了自我身份的华丽转变,并成为了无产阶级革命文学的倡导者与代言人。

毫无疑问,新文学虽然一直都在倡导"个性解放",但是只要我们去细心观察一下其理论主张或创作实践,客观上都表现出了一种"我是谁"的思想困惑,以及对主体自我在认识上所流露出来的情感复杂性。所以回归历史现场去重新理解"人的文学",就必须从正面去回答"我是谁"这一启蒙话题。

一、新文学对"我是谁"的生命诘问

1916 年 9 月,《青年杂志》更名为《新青年》,从此之后,它便担当起了思想启蒙的历史重任,并以提倡西方人文精神为己任,用"新道德"对"旧道德"发起了全面攻击。陈独秀等人虽然都认为思想启蒙的重要任务,应"内图个性之发展,外图贡献于其群"③;但若要真正实现这一目的,则又必须"冲决过去历史之网罗",恢复中国人绝对自由的"人"之本性。④ 可是问题也随之而

---

① 郁达夫:《艺术与国家》,《郁达夫文集》第 5 卷,花城出版社 1982 年版,第 149、153 页。
② 田寿昌、宗白华、郭沫若:《三叶集》,上海亚东书局 1923 年版,第 5、46 页。
③ 陈独秀:《新青年》,《新青年》1916 年 9 月第 2 卷第 1 号。
④ 李大钊:《青春》,《新青年》1916 年 9 月第 2 卷第 1 号。

来,破坏传统的"旧道德"当然非常容易,但他们是否真正理解西方文化哲学中的"自由"概念,又该如何去看待自己与传统之间的伦理关系,无论陈独秀还是李大钊等启蒙精英,他们都人为回避了这一敏感问题。早在1917年《新青年》杂志倡导西方的"新道德"时,就已经有读者对于这种弃"旧"迎"新"的做法深表质疑了,他们认为提倡"新道德"不但不能彻底解决中国社会的现实问题,同时还会导致"新青年"产生"生之何处来? 化从何处去"的思想困惑。陈独秀显然无法回答这一哲学问题,故只能在回信中含糊其词地解释说:"不欲以哲学说以解,不欲以怀疑故遂放弃现世之价值与责任,而力求觉悟于自身,是正确之思想也。"①这封读者来信触及了思想启蒙的要害之处,即一旦彻底否定了几千年来的传统文化,那么每一个中国人都将面临"我是谁"的生命诘问;如果《新青年》不能从正面给予明确的回答,尽管思想启蒙可以博得社会的一时喝彩,却很难经受住历史对它的严格考验。所以,作为五四思想启蒙的重要工具,新文学运动从其发轫伊始,就肩负着解答主体自我属性问题的艰巨使命;而郭沫若在《凤凰涅槃》中那种面对宇宙苍穹的苦苦追问,学界历来认为是"新青年"觉醒反抗的时代呐喊,实际上却是他们那一代人迷失了"自我"的苦闷象征。

1920年1月30—31日,郭沫若开始在《时事新报·学灯》上连载他的叙事长诗《凤凰涅槃》,这首诗歌以否定一切、彰显"自我"的磅礴气势,强烈震撼着中国青年的心灵世界。如果依照我们现在人的眼光来看,《凤凰涅槃》的确有些"辞气浮露,笔无藏锋";但是它对当时青少年所产生的深刻影响,恐怕我们如今根本就无法去想象。比如沈从文说因为《凤凰涅槃》,中国青年无人不知郭沫若这个名字;②诗人臧克家说他在济南读书时,竟把郭沫若的照片贴在床头天天仰望;③巴金更是深情地回忆道:"《女神》中的诗篇对我的成长是起

---

① 叶挺:《通信》,《新青年》1917年2月第2卷第6号。

② 沈从文:《论郭沫若》,《沈从文全集》第16卷,北岳文艺出版社2002年版,第158、153页。

③ 臧克家:《得识郭老五十年》,《臧克家全集》第5卷,长春时代文艺出版社2002年版,第341页。

过作用的。"①五四青年为什么会对《凤凰涅槃》而发狂呢?实际上答案就隐藏在"凤歌"与"凰歌"中。几乎所有的研究者,都被郭沫若的话所迷惑了,即:"'五四'以后的中国,在我的心目中就像一位很葱俊的有进取气象的姑娘,她简直就和我的爱人一样。我的那篇《凤凰涅槃》便象征着中国的再生。"②对于郭沫若本人的这种"爱国主义说",我个人始终都表示怀疑。"爱国主义说"是郭沫若思想升华以后的追加说明,绝不是他创作《凤凰涅槃》时的原初旨意。五四前后因受疾病的痛苦困扰,郭沫若的精神状态既狂躁又偏执,甚至还想到过要以"自杀"的方式去结束自己的生命,比如他在《死》中就绝望地写道:"要得真正的解脱呀/还是除非死!"因此《女神》那种张扬恣肆的情感发泄,其个人因素要远远大于社会因素,他本人对此更是直言不讳地说,那时"我所著的一些东西,只不过尽我一时的冲动,随便地乱跳乱舞罢了"。郭沫若当然明白过去的那个"自我"非常病态,所以他才会誓言要像凤凰涅槃一般,"采集些香木来,把我现有的形骸烧毁了去,唱着哀哀切切的挽歌把我烧毁了去,从那冷静了的灰里再生出个'我'来!"③单纯去看《凤凰涅槃》的否定旧"我",的确与五四启蒙的思想宗旨十分吻合;但是这种生命的再生意识,同样摆脱不了"我是谁"的生命诘问。这就是为什么诗人在告别"过去"时,内心总是充满了迷茫和痛感的主要原因:"宇宙呀,宇宙/你为什么存在/你自从哪儿来/你坐在哪儿在?""你的当中为什么又会有生命存在?"这种生命的苦苦追问使他突然发现,自己根本就没有能力去回答这一问题;因此他只能是把失去了灵魂的那个旧"我",归结为是由"屠场""囚牢""坟墓""地狱"一般的"阴秽"世界所造成的一具"活动着的死尸"。《凤凰涅槃》有关"我是谁"的生命诘问,虽只是诗人自己情感上的苦闷象征,但在五四这一特定的时代背景下,却很容易引起正处于青春叛逆期的青少年的心理共鸣。因此,《凤凰涅槃》能够在青年群体中广为传颂,这才是一种合情合理的正确解释。

---

① 巴金:《永远向他学习》,《巴金全集》第15卷,人民文学出版社1990年版,第548页。
② 郭沫若:《创造十年》,《郭沫若选集》第3卷,人民文学出版社1997年版,第192页。
③ 郭沫若:《论诗三札》,《郭沫若选集》第4卷,人民文学出版社1997年版,第379、394、386页。

"创造社"的郁达夫也同样在其小说里,以一个"零余者"的身份去不断地诘问"我是谁"。郁达夫擅长塑造"零余者"的艺术形象,这是人所共知的一个事实。这些"零余者"形象的基本特征,就是没有亲人、没有家庭更没有友谊和爱情,他们经常是居无定所、四处漂泊、沉迷酒色、自暴自弃,几乎就是一个行尸走肉般的无用之人。研究者对于这些"零余者"形象,始终都感到有些困惑不解。比如,有人说"零余者"思想过于"颓废",对于人生失去了希望,他们唯一的生存目的,无非是要"逃避这世界,远离这尘世",表现出一种与时代相悖的灰色情绪。① 也有人说"零余者"形象,表明他们已经彻底地"觉醒了",由于传统社会不待见他们,因此那种看似消极的颓废情绪,其实就是一种对于旧世界的反抗态度。② 我个人认为,这些不实之词都没有真正进入郁达夫小说的精神世界。"零余者"是作者本人思想矛盾的一种表现,更是所有青春叛逆期青年的心性写真,郁达夫本人在《沉沦》开篇中已经有所交代:"他的早熟的性情,竟把他挤到与世人绝不相容的境地去,世人与他的中间介在的那一道屏障,愈筑愈高了。"我们当然可以将"早熟的性情",视为"零余者"通过启蒙获得了自我意识,不愿再与那些"醉生梦死"的"俗人"为伍,并试图逃离这个充满着自私欲望的污浊社会;但这些"零余者"又看不到自己人生的光明前景,且又找不到主体自我的未来出路,故"觉醒"以后的无所适从,才是导致他们人生悲剧的真正原因。所以,郁达夫笔下的"零余者"形象,都不是什么传统社会秩序的破坏者,而是被动地卷入了时代大潮中的迷途者,他们经过盲目的"叛逆"终于发现:"运命的使者,把我从母体分割出来以后,就交给了道路之神,使我东流西窜,一直漂泊到了今朝③。从"母体"(应视为传统文化)中"分割出来以后","零余者"竟不知道"我是谁",就像《怀乡病者》里的于质夫一样,"在茫茫的荒野中间"漫无目的地"走着","既不知道他自家是什么,又不知道他应该做什么,也不知道他是向什么地方去的"。这多少都带有一点对于思想启蒙的反讽意味。郁达夫小说中的"零余者"形象,身上都有一个十

---

① 袁凯声:《论郁达夫小说中的"零余者"》,《河南大学学报》1985 年第 2 期。
② 胡伊强:《鲁迅的觉醒者和郁达夫的零余人》,《江海学刊》1999 年第 2 期。
③ 郁达夫:《一封信》,《郁达夫文集》第 3 卷,花城出版社 1982 年版,第 80 页。

分显著的表现特征,就是他们在与传统文化"割裂"之后,思想上都曾有过一种极为深刻的自我反省:"喜新厌旧,原是人之常情,不过我们黄色同胞的喜新厌旧,未免是过激了。今日之新,一变即成为明日之旧,前日之旧,一变而又为后日之新"。他们甚至于对于"西化"现代性,也表现出了一种本能的拒斥心理,认为"文明大约是好事,进化大约是好现象,不过时代错误者的我,老想回到古时候还没有皇帝政府的时代——结绳代字的时代——去做人"①。从语言修辞学的角度去进行分析,"大约"是表示"不确定"的意思,并非指"肯定"的意思,说明郁达夫本人对于"文明"与"进化",始终都持有一种保留的态度。而"时代错误者的我",究竟是指"时代"错了还是指"我"错了呢? 郁达夫虽然没有对此加以明说,但"病态"的自我渴望回到远古社会,去做一个纯粹的"自然人",显然是在否定这个"时代"——因为"我"的身体和"我的精神,都被现代的文明撒下了毒药,恶化成零"②。郁达夫这番灵魂世界的真情告白,已经向世人表明了他的创作态度:所谓的"零余者",绝不是什么虚无主义者,而是一些清醒的现实主义者。

鲁迅无疑是《新青年》启蒙阵营当中,最具有批判理性精神的现代智者,他在思想启蒙刚刚发轫之际,便以小说《狂人日记》隐晦地表达了自己内心的忧患意识。对于《狂人日记》的创作主题,人们往往将其诠释为"反封建"与"反传统","狂人"更是常常被学界视为精神界之战士,我个人认为这都是研究者强加给鲁迅的一种思想。③ 如果说仅仅是一道"很好的月光",便使"有了四千年吃人履历的我",幡然觉醒且决定不再"吃人"了,那么未免把传统文化的改变看得太容易了。当研究者都把"月光"理解为是导致"狂人"觉醒的关键性因素时,那么困扰我们思维的问题也由此而产生:倘若说"月光"就是代表着西方人文精神,可是"月亮"本身却并不发光,它只不过是在折射太阳

① 郁达夫:《骸骨迷恋者的独语》,《郁达夫文集》第3卷,花城出版社1982年版,第122—123页。

② 郁达夫:《还乡记》,《郁达夫文集》第3卷,花城出版社1982年版,第29页。

③ 我个人曾对《狂人日记》的反传统启蒙说,做过较有深度的批判性论证,具体观点可参见拙文:《狂人的觉醒与鲁迅的绝望——〈狂人日记〉的反讽叙事与文本释义》,《学术月刊》2008年第10期。

的光线罢了；因此我们也完全有理由相信，鲁迅是在暗讽五四启蒙的思想资源，都不是西方现代意识的直接输入。既然"狂人"觉醒的思想动因，被剔除了异域"西方"文化的合法性，故"狂人"无师自通的那些"诳语"，也就跟着丧失了其思想"启蒙"的合理性——"月亮"那点的微弱之光，一下子就能令"狂人"从"发昏"中清醒过来，并且发现了几千年的中国历史，原来就是一部"吃人"史，因此他才会在"狼子村"里，宣传不再"吃人"的现代文明意识。这种叙事方略带有极强的反讽特征，与其是说鲁迅在肯定"狂人"的所谓"觉醒"，倒不如说他是在否定"狂人"的荒谬行为，进而通过"狂人"之"狂"，去表达一种理性思考的自省意识。当"狂人"遭到"狼子村"村民的敌视之后，他又不得不从反省历史走向了反省自我，终于明白了自己作为一个"吃人者"，根本就不具有开导他者的启蒙资格："四千年来时时吃人的地方，今天才明白，我也在其中混了多年"；自己本身就是一个"吃人者"，由于江山易改、禀性难移的缘故，又怎能去教诲他者不再去"吃人"呢？从这一意义上来讲，"狂人"最终放弃了"启蒙"前去"候补"，不失为一种头脑清醒的聪明之举。简而言之，《狂人日记》不是在褒扬思想"启蒙"，而是在提醒启蒙精英不要"发狂"。因为鲁迅让"狂人"回归"狼子村"的"吃人"谱系，从不知道"我是谁"的人生迷途中，重新认识了"我"与"传统"之间不可分割的血缘关系，这多少都带有一点对《新青年》阵营的嘲讽意味。众所周知，鲁迅的小说也擅长塑造"孤独者"的艺术形象，他们也同郁达夫笔下的"零余者"一样，都是些"觉醒"之后无路可走的现代知识分子。这些"孤独者"既没有"父亲"和"家庭"（像《药》中的夏瑜、《在酒楼上》中的吕纬甫等），又没有"血亲"或"挚友"（像《孤独者》中的魏连殳、《伤逝》中的涓生等）。这种从精神到物资都一无所有的"孤独"现象，研究者历来都认为责任在于封建社会。① 但是此说过于牵强附会，难道为了"反封建"的思想启蒙，一个人就可以不要"家"和"亲人"了吗？恐怕是于情于理都难以说得通。

---

　　① 张鸿生：《论郁达夫小说中的"零余者"——兼与鲁迅小说中的"孤独者"比较》，《中州学刊》1996年第6期。

在 20 世纪二三十年代,有关"我是谁"的生命诘问,一直都伴随着思想启蒙的时代大潮,不断地困扰着新文学作家们的创作思维。从郭沫若笔下的"叛逆者",到郁达夫笔下的"零余者",再到鲁迅笔下的"孤独者",可以说都真实地反映了知识分子的苦闷情绪。当徐志摩在哀叹《我不知道风是在哪一个方向吹》时,戴望舒也一个人徘徊在空旷寂寥的《雨巷》里,渴望能够"逢着"一个"丁香"般的美丽"姑娘"。关于《雨巷》这首诗,研究者几乎都把它当作一首爱情诗来加以诠释或解读。其实早在我读硕士研究生的时候,我的导师、现代派诗人吴奔星先生就曾一再告诫我们说,《雨巷》根本就不是在描写什么"爱情",至于戴望舒笔下的那个"丁香"姑娘,只不过是他们那一代知识分子在寻找理想人生的过程中,所创造出来的一个艺术象征符号罢了。这使我豁然开朗,一下子明白了《雨巷》的思想寓意性:无论戴望舒如何去苦苦地寻找,他都不可能见到那位美丽动人的"丁香"姑娘;因为"我是谁"以及人生出路究竟在何方,才是诗人所要表达的苦闷心声。

二、新文学对"我非我"的痛苦反思

五四启蒙精英关于"我是谁"的生命诘问,必然又会促使他们去反思"我非我"的民族历史。几乎所有的知识精英都在高声呐喊:"中国人向来就没有挣得过'人'的价格,至多不过是奴隶,到现在还是如此。"[①]他们还为启蒙建立起了这样一种思维逻辑:人类社会已经走向了现代文明,然而中国社会却止步不前,仍停留在原始野蛮的愚昧状态;缺乏"人之子"的自我意识,"没有自由权……便和做奴隶一样。"[②]故猛烈批判造成"我非我"的文化根源,便成为了思想启蒙的时代最强音。我们今天或许怎么也想象不到,五四启蒙为什么一定要把传统的中国人,全都比作是没有自由意志的"奴隶",并认为"中国人所以走到了这个地步,不能不说是受历史的支配"[③]。其实说穿了,不过这都

---

① 鲁迅:《灯下漫笔》,《鲁迅全集》第 1 卷,人民文学出版社 1981 年版,第 212 页。
② 胡适:《易卜生主义》,《胡适文集》第 2 卷,北京大学出版社 1998 年版,第 488 页。
③ 傅斯年:《中国狗和中国人》,《傅斯年全集》第 1 卷,湖南教育出版社 2003 年版,第 299 页。

是一种大有深意的启蒙策略而已。理由非常的简单，如果启蒙精英不从历史的纵深处去认定"我非我"的客观事实，那么"个性解放"的启蒙口号，也就失去了它的思想价值和存在意义了。

五四启蒙的核心任务，就是以"现代"去反"传统"、以"个人"去反"社会"。由于在《新青年》阵营已经事先设立了一个"我非我"的主体概念，因此反传统也就自然而然地变成了思想启蒙的逻辑起点。反传统当然首先要明确什么是"传统"，这一问题在启蒙精英看来似乎非常简单，无非就是以孔子学说为根基的儒家思想。值得注意的是，为了实现"西化"现代性的圣化理想，并将"西化"作为中国社会的发展样板，陈独秀等人还把传统的孔儒学说，直接等同于一种维护中国封建体制的"宗教"形式，并视它"为吾国伦理政治之根本"①。在他们看来如果"孔教"概念一旦成立，那么反传统也就同西方的文艺复兴运动属于同构性质了。为此，他们抨击儒家倡导"以家族为本位，而个人无权利，一家之人，听命家长"，是为"孝"；推而广之，儒家又倡导以社会为本位，"一如家族，尊元首重阶级"，是为"忠"。他们认为，正是这种"孝"与"忠"的儒家思想，造就了中国人亘古不变的奴隶秉性："一曰损坏个人独立自尊之人格；一曰窒碍个人意思之自由；一曰剥夺个人法律上平等之权利（如尊长年幼同罪异罚之类）；一曰养成依赖性，戕贼个人之生产力。"②陈独秀等人反孔非儒的理论主张，在五四启蒙时期时影响极大，可以说知识精英几乎都群起响应，纷纷去控诉孔子"民可使由之，不可使知之"的愚民政策，禁锢了中国人的思想长达数千年之久，既不承认人的独立人格，又不承认人的自由权利，所以在"数千年里政体民智沉滞废顿而一无竞进者以此"③。他们甚至说"孔子者，数千年前之残骸枯骨也"，"历代帝王专制之护符也"，如果不彻底清除掉"孔教"这一历史"毒瘤"，中国人将永无翻身之日，更谈不上什么获得"自由"和"解放"了。④ 反"孔"非"儒"势必又要涉及"家"的概念，因为"家国一

---

① 陈独秀：《宪法与孔教》，《新青年》1916 年 11 月第 2 卷第 3 号。

② 陈独秀：《东西民族根本思想之差异》，《青年杂志》1915 年 12 月第 1 卷第 4 号。

③ 光升：《中国国民性及其弱点》，《新青年》1917 年 2 月第 2 卷第 6 号。

④ 李大钊：《孔子与宪法》，《李大钊全集》第 2 卷，河北教育出版社 1999 年版，第 448—449 页。

体"是中国传统文化的本质特征;倘若不能够彻底颠覆"家"文化这一万恶之源,拯救"国家"和"民族"则无从谈起。这在很大程度上,导致了新文学反"家"仇"父"的激烈情绪。比如,傅斯年在谈到中国家族制度的历史之罪时,便说"空气恶浊到了一百零一度",儿女们只能无条件地服从长辈的主观意志,"根本不许'个性'发展",所以"想要知道中国家族的情形,只有画个猪圈"①。吴虞说得就更加透彻了,他在《家族制度为专制主义之根据论》一文里,从"孝"字去考证"教"字,又将"事亲"与"事君"联系起来,进而为陈独秀等人的反孔言论,提供了强大的理论支撑。吴虞的反"家"仇"父"固然有其个人因素,但是当他向全社会大声疾呼"到如今,我们应该觉悟! 我们不是为君主而生的! 不是为圣贤而生的! 也不是为纲常礼教而生的"时,②其对社会所产生的巨大震撼力和影响力却是不可低估的,否则胡适也不会夸赞他"是中国思想界的一个清道夫"③。

学界曾普遍认为,五四启蒙对于中国现代文化的最大贡献,毋庸置疑就是"人的发现";反映在文学创作方面,则是作家群体纷纷以封建大家庭的罄竹难书之"罪",去强烈控诉他们"我非我"的人生痛感。因此形成于五四时期的反传统与反家庭专制的激进思想,一直都是 20 世纪中国文学的鲜明主题;而新文学作家也都始终在坚守着这种启蒙信念,并将其视为建构现代文明意识的首要前提。故倡导"个性解放"、伸张"自由意志"的人文精神,也逐渐形成了中国新文学创作的美学理想。

新文学反传统的第一个批判目标和否定对象,就是儒家文化对于中国人的精神统治。一谈及新文学的反传统,人们自然都会首先想到鲁迅的《呐喊》与《彷徨》,因为这两部小说集通过塑造了一群"死魂灵"式的艺术形象,生动地再现了中国人"我非我"的真实现状,用鲁迅自己的话来说,就是一群哀其不幸、怒其不争的"奴隶"。比如像华老栓、阿 Q、祥林嫂、爱姑等经典形象,他

---

① 傅斯年:《万恶之源》,《傅斯年全集》第 1 卷,湖南教育出版社 2003 年版,第 105—107 页。

② 吴虞:《吃人与礼教》,《吴虞文录》,黄山书社 2008 年版,第 32 页。

③ 胡适:《〈吴虞文录〉序》,《吴虞文录》,黄山书社 2008 年版,第 2 页。

们都是些没有人格和灵魂的悲剧性人物,无论苦难如何使他们变得不堪重负,但却仍沉睡于"铁屋子"里不思觉醒。我们不妨以小说《祝福》为例,去深入分析一下"奴隶"人格的产生根源:祥林嫂新婚不久便死了丈夫,她认为这不过是自己的"命"苦;后来被婆婆抓了回去嫁给贺老六,她还是认为自己的"命"不好。鲁迅以祥林嫂为《祝福》里的主人公,其反封建与反传统的主观意图是显而易见的,因为在中国传统文化的理念当中,女性要比男性的社会地位更为低下。我们固然可以把《祝福》的创作主题,归结为是批判"礼教"吃人的文化现象,但揭露中国人"我非我"的可怕事实,恐怕更符合鲁迅本人的真实想法。包括鲁四老爷在内的"鲁镇人",在鲁迅的笔下也都是一群传统的"奴隶",至于他们是否懂得"礼教"为何物我们姑且不谈,但死守着"传统"的那股韧劲却令人发指。比如祥林嫂二次婚嫁,"鲁镇人"全都站在"传统"的立场上,视其行为是"败坏风俗"、违背"女德",他们固然应为祥林嫂之死去承担责任。然而祥林嫂本人,也是一个传统文化的自觉维护者。比如为了自我救赎,她主动去庙里捐献门槛,意在通过千人踩、万人踏这种荒唐想法,以取得"传统"和"鲁镇人"对她的宽容和谅解。如果我们进一步去分析,便会发现《祝福》对于传统文化制约性的猛烈攻击,实际上是鲁迅从《狂人日记》开始就已经形成了的一种理性思考。即:通过梳理传统"家族文化"的复杂关系,去探索中国人"我非我"的形成机制,最终希望以"人"之决心去呼唤中华民族的现代意识。这种由鲁迅所开创的叙事模式,受到了新文学作家的普遍模仿,像许地山的小说《商人妇》、彭家煌的小说《节妇》、许钦文的小说《模特儿》、杨振声的小说《贞女》等,全都是在讲述女性作为"奴隶"中的"奴隶"的悲惨遭遇。用我们现在人的眼光来看,似乎很难理解这种可怕的历史现象,甚至还会去质疑中国人到底是怎么了?他们为什么甘愿做"奴隶"也不思反抗呢?鲁迅对此早有先见之明,他用一个"细腰蜂"麻醉"小青虫"的生动举例,形象地回答了萦绕在读者心头上的这一疑问。他说:"细腰蜂……用了神奇的毒针,向那运动的神经球上一螫,它便麻痹为不死不活状态,这才在它身上生下蜂卵,封入窠中。"但传统对于中国人的精神控制,"实在比细腰蜂所做的要难得多。她于青虫,只须不动,所以仅在运动神经球上一螫,即告成功。"然而传统"却求其能运动，无知觉，该在知觉神经中枢，加以完全的麻醉的"。只有做到这样的"完美"程度，统治者"地位即永久稳固，统御也永久省了气力，而天下于是乎太平"。① 所以鲁迅一针见血地指出，传统文化对于中国人的思想束缚，更有甚于"细腰蜂"对于"青虫"的麻醉控制；故他鼓励中国人应该像"刑天舞干戚"那样，即使没有了头颅也要"猛志固常在"，并对封建传统文化去做殊死的反抗。

新文学反传统的第二个批判目标和否定对象，就是社会势力对于主体自我的外在压迫。因为在新文学作家启蒙思维的先入理念中，"传统"既然是通过社会来展示其存在价值的，那么它对中国人几千年来"我非我"的生命现象，便负有着不可推卸的历史责任。比如在小说《伤逝》里我们看到，涓生和子君两人的自由结合，无非是想从打破传统的重重制约，去追求一点有限度的个人幸福，但却受到了社会各方面的强烈排斥：先是"局长谕史涓生着毋庸到局办事"，接着涓生的"朋友"也断绝了同他的一切来往；虽然为了生存他一次次地去求职，却没有人愿意录用这位传统文化的叛逆者。因此在各种社会势力的围剿之下，涓生与子君的"爱情"也走到了尽头——子君不得不重新回到叔父家并寂寞地死去，留下涓生一人徘徊在"旧居"前忏悔与哭号。小说《孤独者》里的主人公魏连殳，其命运要比涓生更为悲惨，由于他曾在省城接受过新式教育，乡民都说他是"一个可怕的'新党'"。毕业后他先是在 S 城里教书，好坏总算还能混碗饭吃；然而县城里"小报"的匿名攻击，又迫使学校将其辞退。为了能够活下去，他只好委身去做军阀"杜师长的顾问"，对此他不无苦涩地自嘲说："我已经躬行我先前所憎恶，所反对的一切，拒斥我先前所信仰，所主张的一切。"做了军阀"杜师长"的顾问，物质生活方面固然有了保障，可是他在精神生活方面，却因失去了信仰而感到无比痛苦。魏连殳终于在自暴自弃中凄凉地死去，鲁迅形容他在生命的最后时刻，"像一匹受伤的狼，当深夜在旷野中嗥叫，惨伤里夹杂着愤怒和悲哀。"对于这段描写，学界已经做了太多的理论阐释，然而真正能够令人信服的精辟见解，却寥寥无几、屈指可

---

① 鲁迅：《春末闲谈》，《鲁迅全集》第 1 卷，人民文学出版社 1981 年版，第 204—206 页。

数。我个人认为，鲁迅是在借魏连殳发出的悲惨"嗥叫"，去控诉社会对于人的自由意志的摧残与戕害，其内心深处难以言表的强烈痛感，对于读者来说不啻为一次心灵上的巨大冲击。相比较而言，新文学对现实社会批判的力度之大，我个人认为当首推老舍的《骆驼祥子》和巴金的《寒夜》这两部作品。祥子是一个从农村到城市谋求发展的底层人物，他唯一的愿望就是能够有一辆属于自己的"洋车"，并通过个人艰苦不懈的努力奋斗，把"自己的生活"掌握在自己的手里。可是残酷的现实和命运，却在接二连三地捉弄他，三次"买车"又三次"卖车"，最终破灭了他的全部希望。祥子买车的奋斗经历，虽然谈不上是老舍在宣扬什么人格独立或个性解放的启蒙价值观，但这一故事本身所蕴含的思想启示，却应引起我们研究者的高度重视：祥子自始至终都没有搞明白，自己年轻力壮、拼命地拉车，完全是在靠卖力气吃饭，可为什么最后连买一辆车的愿望都难以实现呢？老舍并没有从正面去回答这一问题，而是在祥子的脑海里投影了这样一组醒目的画面："西山，骆驼，曹宅，侦探……都分明的，可怕的，联成一片"。换言之，老舍其实是在暗示读者，剥夺祥子生存权利的罪魁祸首，就是那个不公平的黑暗社会！由此类推，我们也就不难理解老舍本人对于思想启蒙的真实看法了——一个人连最起码的生存权利都得不到应有的保障，那么空谈人格独立或个性解放又有什么实际意义呢？再看《寒夜》中的汪文宣，虽然读过大学且怀揣着教育救国的崇高理想，然而到头来非但没有在精神上得到"自由"和"解放"，在现实社会中能否生存下去都成为了一个大问题：疾病、失业和家庭矛盾的接连打击，使他在生死边缘痛苦地挣扎，故巴金让汪母在绝望之际说出了这样一番话来："我只后悔当初不该读书，更不该让你读书，我害了你一辈子，也害了我自己。"小说《寒夜》正是通过"一个渺小读书人的生与死"①，将中国人"我非我"的悲惨境况，从文化认知转向了社会认知，进而极大地强化了新文学现实主义的批判功能。

新文学反传统的第二个批判目标和否定对象，就是扼杀青年一代的封建家长专制。在五四新文学的创作当中，反"家"情绪表现得异常强烈，几乎全

---

① 巴金：《〈寒夜〉后记》，《巴金选集》，四川人民出版社1996年版，第444页。

都在以一种"去亲情化"的叙事策略,去深刻揭示"家"与"我非我"之间的历史关联性。综观五四时期的小说和话剧,"家"都被作家们描写得充满了血腥气味,令人感到阴森恐怖、黑暗无比。我个人对此现象始终都感到有些困惑不解,新文学为了追随思想启蒙的时代大潮,就一定要视"家"为禁锢了青年人自由个性的封建牢笼,视"父母"为大量制造驯服奴隶的凶残暴君吗?然而在当时那种历史背景下,新文学作家就是这样去看问题的。比如,冰心小说《斯人独憔悴》中的颖明、颖石兄弟,孙俍工小说《家风》中的志清,杨振声小说《玉君》中的玉君,萧红小说《小城三月》中的翠姨,巴金小说《家》中的高觉新,曹禺话剧《北京人》中的曾文清,张爱玲小说《金锁记》中的长白等,都被描写成了传统文化熏陶出来的驯服奴隶。尤其是高觉新与曾文清这两个艺术形象,又是他们中间最令人同情的代表性人物。高觉新是一个接受过现代教育的新式青年,但是由于受传统文化与家庭伦理的精神制约,早已使他变得逆来顺受、性格懦弱,对于长辈总是俯首帖耳、唯命是从。巴金塑造这一艺术形象的真实用意,就是要告诉读者这样一个可怕的事实:在传统的中国"家庭"里,"亲情"只不过是一种麻醉剂,令子女们绝对服从"家长"的旨意,最终丧失了主体自我的自由意志。巴金曾反复地强调说,高觉新的原型就是自己的大哥,"他是《家》里面两个真实人物中的一个","我大哥的性格的确是那样的。"巴金从他自己大哥的身上,看到了在封建大家庭的绞杀下,信奉"作揖"哲学的高觉新之辈,正在一步步地走向万劫不复的死亡深渊。"我本可以拨开他的眼睛,使他能够看见横在面前的深渊。然而我没有做。……这是我终生的遗憾。""所以我要写一部《家》来作为一代青年的呼吁!我要为过去那无数的无名的牺牲者'喊冤'!我要从恶魔的爪牙下救出那些失掉了青春的青年。"①《北京人》对于封建大家庭的批判与攻击,我个人认为与小说《家》难分伯仲。仅以曾文清这一艺术形象而言,他对"家"的依赖性要比高觉新更为明显。曾文清是个灵魂堕落的纨绔子弟,"由于生长在北平的书香门第",那种衣来伸

---

① 巴金:《关于〈家〉(十版代序言)》,《巴金全集》第 1 卷,人民文学出版社 1986 年版,第 442—444 页。

手、饭来张口的生活方式,使他"染上了过度的腐烂的北平士大夫文化"气味,成为了一个没有进取心的"生命的空壳"。表妹愫芳曾劝他逃离这个濒临崩溃的封建家庭,"然而从未飞过的老鸟简直失去了勇气再学飞翔"①,他仅仅在外面闯荡了几天,便狼狈不堪地逃了回来。在《北京人》的第三幕第二景中,曾文清与愫芳两人的简短对话,读罢很是触及灵魂、发人深省。

> 曾文清:(大恸,扑在沙发上)我为什么回来呀!我为什么回来呀!明明晓得绝不该回来的,我为什么又回来呀!
>
> 愫芳:(哀伤地)飞不动,就回来吧!

一句"飞不动,就回来吧!"胜过启蒙精英的千言万语。因为没有任何一种恰当的词汇,比它更能深刻地去揭示中国人"我非我"的痛苦心境了。

因"驯服"而"飞不动"了,这句话的潜台词是在向人们传达一种必须奋起反抗的启蒙思想;由此去理解鲁迅"救救孩子"的激情呼唤,也便具有了振聋发聩的警世意义。"救救孩子"的思想本意,就是要求那些启蒙精英应该以身作则,"自己背着因袭的重担,肩住了黑暗的闸门,放他们到宽阔光明的地方去,此后幸福的度日,合理的做人。"②在鲁迅看来只有通过启蒙精英的率先垂范,中国人才能彻底摆脱"我非我"的"奴隶"身份,中华民族才能全面复兴并立足于世界不败之地。

三、新文学对"我是我"的艺术构想

思想启蒙使新青年从历史和现实两个层面上,终于意识到自己从来就没有"挣得过人的价值";因此挣脱"传统"的思想禁锢并致力于追求"我是我"的人生价值观,这变成了他们个性解放的时代诉求。如果用一句话去概括五四启蒙的思想精髓,那么《伤逝》里子君向社会发出的那句庄重誓言,即:"我是我自己的,他们谁也没有干涉我的权力",可以说这是响彻九州大地的时代最强音。几乎所有"觉醒"了的五四新青年,都沉浸在这种高度亢奋的精神狂

---

① 曹禺:《北京人》,人民文学出版社 1994 年版,第 21—22 页。

② 鲁迅:《我们现在怎样做父亲》,《鲁迅全集》第 1 卷,人民文学出版社 1981 年版,第 130 页。

欢之中。

五四是一个激情燃烧的火红年代，启蒙精英借助西方现代文明意识的外部力量，对于中国几千年来所形成的传统文化发起了猛烈攻击，其"力拔山兮"的磅礴气势是我们现在所无法想象的。由于启蒙精英一致认为，中国之所以会落后于西方世界，完全是因为封建"社会最爱专制，往往用强力摧折个人的个性，压制个人自由独立的精神；等到个人的个性都消灭了，等到自由独立的精神都完了，社会自身也没有生气了，也不会进步了"①。所以他们主张现代中国应该向西方看齐，重新去建构一种"个人"与"国家"的伦理关系："国家的特性，就是集合个人的本性所成的，所以说国家的根本，就在于个人。国家全靠着个人，个人全靠着自由。"②为了实现这一启蒙理想，《新青年》鼓励广大青年必须要彻底打破传统的伦理观念，义无反顾地逃离专制文化的历史樊笼，在文明社会里去做一个具有自由意志的"现代人"。为了能使这种启蒙主张站得住脚，《新青年》阵营还为自己制造一套令人信服的理论依据："人生天地间，乃自然之事实……舍我而外，更有谁哉？"他们认为"为我"二字天经地义，"乃人性之自然天赋权利，吾人所当自为主张者也"。③启蒙精英聪明就聪明在他们绝不是孤立地去空喊抽象的"自由"口号，而是把卢梭"自然的天性为原则"④拿来做他们的启蒙背景，由此将五四启蒙运动与欧洲文艺复兴巧妙地联系在一起，进而使他们所倡导的"我是我"的人生价值观，被涂抹上了一层光鲜亮丽的西方色彩。然而这种断章取义的功利做法，完全曲解了卢梭对于"自然"与"自由"的理论阐释。卢梭的启蒙哲学的确是在推崇人的"自然天性"，而这一点在其小说《爱弥儿》里更是表现得淋漓尽致；但他的"自然观"主要还是在强调人与人之间的平等权利，并不是主张"自我"应超越"社会"以获得绝对的"自由"。卢梭生怕社会误解了他的思想观点，故一再告诫人们千万不要把"自然"与"自由"，简单地理解成是主体自我随心所欲的行为放纵。

---

① 胡适：《易卜生主义》，《胡适文集》第 2 卷，北京大学出版社 1998 年版，第 481 页。
② 高一涵：《斯宾塞尔的政治哲学》，《新青年》1919 年 3 月第 6 卷第 3 号。
③ 李亦民：《人生唯一之目的》，《青年杂志》1915 年第 1 卷第 2 号。
④ 郁达夫：《卢骚的思想和他的创作》，《郁达夫文集》第 6 卷，花城出版社 1982 年版，第 27 页。

他说:"人的智慧是有限的;一个人不仅不能主导所有一切的事物,甚至连自己已知的那一点点事物也不可能完全知道。"个人智慧是有限度的,那么也就决定了"自然"人性的"自由"限度。为此他反复提醒人们注意,一定"要记住,人之所以走入迷途,并不是由于他的无知,而是由于他的自以为知"①。由此可见,五四启蒙精英虽然是以卢梭的启蒙哲学自我标榜,实际上他们只选取了卢梭启蒙思想中"回归自然"这一口号,却没有告诉国人即便是"回归自然"也应自我节制,这无疑是五四启蒙与文艺复兴之间的本质区别。

"自然人"在诗歌创作方面的具体表现,就最能反映出启蒙对于卢梭思想的主观误读。比如郭沫若的诗集《女神》,它之所以会流传甚广、影响极大,绝非是因为诗歌写得有多美,而是因为它宣泄了一种绝对"自我"的叛逆情绪。对于这种"天狗"式的"自然人",学界历来都认为是代表着中国人民的思想觉醒。比如他们说《女神》中的"破坏"与"创造",完全是在借助"自然"之力来实现的,由于"'全宇宙的本体'只是万物的'自我表现',而人则是自然界的一个组成部分",那么以此类推,"宇宙本体"也变成了一种"自我"的表现。② 学界无疑是在用卢梭的"回归自然"思想,去教条地解读《女神》那种放荡不羁的自我意志,进而主张"人"应该以回归自然去摆脱一切精神枷锁,并最终以"自然人"的身份去重构现实社会中的伦理关系。如果说郭沫若"误读"了卢梭还情有可原,因为当时对于卢梭书籍的译介还不成体系;但是现在的学界仍然在"误读"卢梭就有点不可思议了,因为我们毕竟可以通过阅读其全部著作去了解"回归自然"的思想本质。学界对于《女神》的价值"误判",恐怕还是与这部诗集的叙事结构有关,因为郭沫若崇尚"自然"、歌颂"力感"、鼓吹"破坏"、渴望"重生",目的不是呈现人与社会的直接对话,而是在刻意表现人与自然的灵魂沟通,即:人如果在现实社会中得不到"自由",就必须通过"回归自然"去实现其绝对的"自由"。无论《天狗》那种天马行空式的独来独往,还是《欲海》那种火山爆发般的情绪宣泄,《女神》都是在用一种浴火重生的悲壮情绪,

---

① [法]卢梭:《卢梭民主哲学》,九州出版社2004年版,第173—174页。
② 黄曼君:《论郭沫若的诗集女神》,《华中师范学院学报》1978年第1期。

去表达诗人企盼回归自然、重塑自我的强烈愿望："集香木以自焚"（《凤凰涅槃》），去除"我有生以来的尘垢，秕糠"（《欲海》）；然后再"赤裸着我的双脚"（《地球，我的母亲》），融入"无限的大自然"（《光海》）；并通过"自然与人的婚礼"（《笔立山头展望》），把自己"成就个纯洁的孩儿"（《岸上》）。在诗集《女神》的解读史上，我个人认为只有周扬，才没有被郭沫若那种张扬恣肆的气势所迷惑，他一语中的地指出《女神》只不过是用了一种"暴躁凌厉之气"，在宇宙自然当中去"表现自我，张扬个性，完成所谓'人的自觉'"，他说这种"暴躁凌厉之气"而非理性精神，恰恰是最为典型的"五四精神"。① 故诗集《女神》所推崇的存在于"自然"之中的巨大"力感"和破坏能量，正是启蒙精英所希望看到的一种反传统的社会效果，并非意味着郭沫若等新文学作家真正向往"自然"与"自由"，否则他们也绝不会很快便放弃了"自我"而转向了"革命"。诗集《女神》除了它的启蒙效应，同时"自然人"那种绝对"自由"的行为表现，又恰恰迎合了年轻人的青春叛逆心理，因此很容易使人将这种正常的生理或心理现象，误解为是一种由启蒙而造成的社会现象。五四青年喜爱《女神》是如此，当下学界推崇《女神》更是如此。

　　诗集《女神》推崇"自然人"的价值取向，又直接演化成了《凤凰涅槃》生命再生的创作主题。毫无疑问，"凤凰涅槃"的故事叙事，实际上就是郭沫若渴望"自我"更生的一种隐喻，而这种隐喻在叙事长诗中，又被诗人分成了这样三个逻辑环节：首先，若想重塑"自我"的形象，就必须同"旧我"彻底决裂。因此，"凤"与"凰"通过回顾自己的生命历史，对于过去那种"冷酷如铁"般的"缥缈的浮生"，从内心深处发出了一种强烈的质疑之声，"有什么意思/有什么意思"；故诗人以"凤凰"来自喻，希望能够像它们一样，悲壮地"衔着枝枝的香木"，在烈火中去迎接一个"新我"的重新诞生。其次，重塑"自我"不仅要同"旧我"诀别，而且也要同传统"社会"诀别。诗中的"群鸟"作为一种"庸众"的象征符号，目的就是要去凸显"凤凰"卓尔不群的高洁品格。由于诗人已经将"群鸟"视为"庸众"，那么"凤凰"若想成为一个具有自我意识的生命存在，

---

①　周扬：《郭沫若和他的〈女神〉》，《解放日报》1941 年 11 月 16 日。

它就必须使自己远离"鸟类"这一群体,变为一种超凡脱俗、独立不群的另类物种。再者,重塑"自我"的唯一路径,就是"回归自然"并与"自然"为伍。就像"凤凰"更生之后,进而同宇宙自然融为一体,形成了"一切的一""一的一切",把生命还原成了一种纯粹"自然"的原始形态。这种生命形态无拘无束,在一个虚拟而成的宇宙空间里,尽情地欢呼着"我们新鲜,我们净朗""我们欢乐,我们和谐""我们生动,我们自由"。说穿了,这都是诗人不切实际的空洞幻想。我个人所感兴趣的一点,并不是诗人诋毁传统与仇视社会的叛逆精神,而是"自然人"在他的艺术想象中,像《天狗》那样目空一切的狂妄情绪——不仅把日月星辰"吞"掉了,甚至还把宇宙世界也"吞"掉了。如果说这就是西方个性解放思想的中国呈现,恐怕那些西方人既难以理解又难以认同。因为在宇宙中有"天国"和"上帝"的存在,失去了宇宙也就意味着失去了天国和上帝,用艾略特的话来说,"我们的宗教规定我们的伦理",是绝不会容许西方人有这种非分之想的。① 鲁迅曾经讽刺过这样一种人,"愿天下人都死掉,只剩下自己和一个好看的姑娘,还有一个卖大饼的"②。我觉得这种人还是有点务实精神的,他至少还要去找一个"好看的姑娘"与"卖大饼的",以便解决生理问题和生存问题;可"天狗"却什么都不要,它独自飘浮在太空世界里,难道就不怕"高处不胜寒"了吗?《女神》以"回归自然"去诠释"个性解放",其对后来新诗创作的美学追求影响极深。比如,李金发崇尚"长发披遍我两眼之前/遂隔断了一切羞恶之疾视",然后"靠一根草儿,与上帝之灵往返在空谷里"(《弃妇》);穆旦则赞美"离开文明,是离开众多的敌人/在青苔藤蔓间,在百年的枯叶上/死去了世间的声音"(《人》)等。几乎所有的浪漫主义诗人,他们都渴望能够回到大自然中,去做一个无拘无束的"自然人",以便最终实现"我是我"的人生价值。

如果说浪漫主义诗人还只是在他们的艺术幻想中,去做着一个虚无缥缈的"自然人"的梦,那么胡适却以一部现实主义的独幕剧《终身大事》,将"我是

---

① 《托·史·艾略特论文选》,周煦良译,上海文艺出版社1962年版,第84页。
② 鲁迅:《病后杂谈》,《鲁迅全集》第6卷,人民文学出版社1981年版,第162页。

我"的愿望实现转化成了一种"离家出走"的行为方式。从纯粹艺术欣赏的角度来看,《终身大事》的审美价值并不是很高,胡适最初只是把它当作一个"游戏的喜剧",主观上并没有想过要把它拿来当作启蒙工具;但由于它的上演过程屡屡碰壁,却令胡适收获了一个意外的惊喜——虽然它在五四时期的话剧舞台上没能够公演,但《新青年》则急遽提升了它的思想影响力,并使这部原本是"游戏的喜剧",也在一夜之间变成了严肃的文学。《终身大事》以新女性田亚梅反抗父母干涉她个人的婚姻问题,敢于"离家出走"去寻找自己的终身幸福,不仅开启了中国青年反抗叛逆的精神源头,同时更是奠定了中国新文学反抗"家庭专制"的叙事模式。就像洪琛所评价的那样:"田亚梅是那个时代的现实的人物,而'终身大事'这个问题在当时确又是一个亟待解决的问题,所以也可以说这是一出反映生活的社会剧。"①我们甚至可以毫不夸张地说,"离家出走"被启蒙精英理解为是"个性解放"的必由之路,这在五四乃至以后很长一段时间的话剧创作当中,一直都被新文学作家不断地进行模仿。比如郭沫若的《卓文君》、欧阳予倩的《泼妇》、熊佛西的《新人的生活》、陈大悲的《是人吗》、余上沅的《兵变》、侯曜的《复活的玫瑰》、田汉的《获虎之夜》、白薇的《打出幽灵塔》等,几乎都是《终身大事》的艺术翻版。胡适将"离家出走"视为反传统的必由之路,我个人对此始终都感到有些难以理解。无论留美期间胡适接受了多少西方思想,但他毕竟还是一个地地道道的中国人,"家国"一体的文化结构,他本人绝不可能不知道。他可以让田亚梅走出自己的那个"小家",然而却不能让她走出社会这个"大家";既然"社会"仍然是一个封建性质的"社会",田亚梅又怎么可能独善其身去获得"自由"呢?尽管田亚梅的"离家出走",并不是直接回到"自然"当中去;可是"出走"等于"解放"的启蒙公式,却大有混淆"社会"与"自然"两者概念之嫌(仿佛摆脱了"家庭"制约就等同回归了"自然"似的)。鲁迅对于"离家出走"这种社会现象,一直都保持着一种头脑清醒的理性认识,他明确地告诉那些涉世未深的中国青年,"出走"与"自由"没有任何逻辑上的内在关联性。他甚至还不无嘲讽地说,

---

① 洪琛:《中国新文学大系·戏剧集·导言》,上海文艺出版社 2003 年版,第 23 页。

"娜拉"出走以后无非就是两种悲剧性的结局:"不是堕落,就是回来。"鲁迅还把"娜拉"比喻为关在笼子里的一只"小鸟","小鸟"飞出"笼子"不一定就是"自由"和"解放",因为外部世界到处都是凶残的"鹰"和"猫",它随时都可能成为这些猛禽的牺牲品。因此他劝诫青年人千万不要感情用事,"假使寻不出路,我们所要的倒是梦。"①言下之意,他反对"离家出走"这种极端方式。

不仅话剧创作在表现"离家出走",小说创作更是在表现"离家出走"。我们甚至可以这样去断言,若是没有小说连续性的"离家出走"作为支撑——无论走向社会去寻求自我,抑或投奔革命去寻找真理,中国新文学的30年,也就失去了它的思想深度和艺术魅力。从数量上讲,"离家出走"几乎占了小说创作的一半以上;从形式上讲,又大致可以分为这样三种基本类型:一是为情私奔的"离家出走",因其符合"个性解放"的时代需求,故此类"离家出走"现象最为常见,也最受青年读者的欢迎和追捧。比如,沉樱在小说《妩君》中,便讲述了这样一个故事:

> 妩君将这使父亲震怒,使全家人惊骇的消息告白了以后,严厉而神秘的空气随着主宰了这家庭,每个人都不大轻易说话或随意行动,到处弥漫着使人感到压迫似的严肃和静默。但同时又似乎处处不时听到私语低声的议论。

妩君所谓的"消息告白",是指她公开向家人宣布,自己要"离家出走",去追求一种婚恋自由的新生活。妩君敢于藐视父权的叛逆举措,在五四文学创作中屡见不鲜,至多不过是"子君"形象的艺术再现;但这一故事的最大看点,倒并不是妩君本人那种义无反顾的决绝态度,而是作为封建家长的父母在"震怒"后的无可奈何:"父亲认为耻辱,几日来不出门去,母亲不知所以地也只闷在房中伤心忧虑。整个的家庭是沉默着,沉默又将这家庭分作了各个的境界。"作者这种写法明显是一种暗示:新青年若想要实现"我是我",说"难"其实也

---

① 鲁迅:《娜拉走后怎样》,《鲁迅全集》第 1 卷,人民文学出版社 1981 年版,第 159—160 页。

并不难;只要他们真敢起来反抗,父母除了伤心和愤怒又能把儿女们怎样呢?我们不得不佩服沉樱的精准判断,一个"消息告白"便点中了家长专制的情感死穴。二是追求光明的"离家出走",由于这类作品都有一个反封建与反传统的时代背景,故不仅为广大的青年读者所喜爱,更是受到了精英知识分子的大力推崇。比如巴金《家》中高觉慧"离家出走"的思想内涵,就要比五四小说中的"离家出走"深刻得多。因为高觉慧已经从梅表姐、瑞珏、鸣凤等人的命运悲剧,以及高老太爷和高家长辈的荒淫无耻中,看穿了中国家庭伦理的虚伪性和残忍性,所以他才会愤怒地呐喊道:"我不能够在家里再住下去了。"小说《家》中的高觉慧,只不过是一个启蒙时代的象征符号,巴金的主观意图是要借助于这一象征符号,去向读者传达自己对于"大家庭"的生命感受:"那十几年的生活是多么可怕的梦魇!我读着线装书,坐在礼教的监牢里,眼看着许多人在那里面挣扎、受苦,没有青春,没有幸福,永远做不必要的牺牲品,最后终于得着灭亡的命运。"正是因为巴金了解中国封建家庭的黑暗内幕,所以他才会让高觉慧义无反顾地"离家出走",就像甩掉了一个心中的"可怕的阴影",从此走向了光明自由的人生道路。① 三是青春叛逆期的"离家出走",这类作品既不歌颂自由恋爱,也不暴露封建大家庭的罪恶,只是为了凸显"我是我"的独立人格。比如路翎小说《财主底儿女们》中的蒋少祖,是"蒋家底第一个叛逆的儿子",十六岁那年便因"某些机缘"而躁动不安,"多么希望和父亲们决裂。"小说开篇这种看似平淡无奇、十分自然的开篇交代,却客观上给我们读者或研究者提供了许多有价值的时代信息:作者告诉我们蒋少祖当年只有十六岁,正处于一种生理上和心理上的青春叛逆期;尽管他没有同父亲发生过任何矛盾冲突,但时代"机缘"却使他萌生了"离家出走"的强烈愿望;蒋少祖之所以要同"家庭"和"父亲"彻底决裂,无非是在追求一种"个性解放"的社会时尚。阅读小说《财主底儿女们》我们能够获得这样一种感觉印象,新青年通过"离家出走"去证明"我是我"的存在价值,虽然这其中有思想启蒙的外界

---

① 巴金:《关于〈家〉(十版代序言)》,《巴金全集》第 1 卷,人民文学出版社 1986 年版,第 442—444 页。

因素在诱导,但主要还是一种青春期的生理或心理现象。妧君是如此,高觉慧是如此,蒋少祖更是如此。

五四新文学以"个性解放"和"离家出走"为思想启蒙的表现特征,构成了新文学理论与实践完美统一的现代性追求。然而回归历史现场我们却不难发现,新文学作家对于"自然人"的艺术想象,几乎都表现出了一种极不自信的矛盾心态:一方面他们渴望"回归自然"去重新塑造"自我",进而使自己成为一个绝对自由的"自然人";但另一方面他们则又悲观地认为,"自然人"根本就不可能脱离社会环境而独自存在。如果用鲁迅批判"第三种人"的话来形容新文学"自然人"那种虚无主义的思想倾向,"恰如用自己的手拔着头发,要离开地球一样"①。其实,茅盾在评论孙俍工的小说《海的渴慕》时,就已经表达了他对"自然人"的强烈不满。他说:"'海'的渴慕者的'他'狂热地叫着什么都不要了,只要'海',然而如何使他主观地'不要'的东西客观上成为没有,他却是想也没有想到的。"②《海的渴慕》在五四时期并不是一种个例现象,而是新文学创作普遍存在的一大通病——作家们盲目去追求绝对的"自我"与绝对的"自由",可是到头来竟然却不知道"自我"与"自由"究竟为何物。所以子君"出走"以后的结局,便是重回旧家;妧君"出走"以后的结局,便是跳海自杀;莎菲"出走"以后的结局,便是处处受挫。至于高觉慧"出走"以后的结局,究竟会是怎样的一种情形,巴金本人对此并没有交代,也不可能给出明确的答案。因为高觉慧即使走出了个人的那个"小家",却仍然走不出社会这个"大家";只要他还身处传统文化的社会当中,那么他的命运结局恐怕也好不过《寒夜》里的汪文宣。

究竟应该怎样去评价五四反传统与"个性解放"的思想启蒙?这是一个令启蒙精英都倍感困扰的复杂问题,无论过去还是现在,人们一直都在争论同时也在一直都在思考。比如五四时期,茅盾对于"个性解放"思想推崇备至,可当时间过去了 20 年之后,他又开始以理性思维去辩证地看待这一口号。他

---

① 鲁迅:《论"第三种人"》,《鲁迅全集》第 4 卷,人民文学出版社 1981 年版,第 440 页。
② 茅盾:《中国新文学大系·小说一集·导言》,上海文艺出版社 2003 年版,第 21 页。

说:"'个性的解放',好的一面就是五四时期青年思想的新鲜与泼剌,坏的一面则为无政府主义的抬头,在彷徨苦闷的青年群中,'沙宁'型也居然出现了。甚至侵入了投身于社会运动的青年群中,直接间接使运动蒙受了损害,流不必要的血,走冤枉的路。"① 而"新感觉派"作家穆时英则公开抨击道,"个性解放"使人一窝蜂似的去追求所谓的绝对"自由",但"自由主义者真正懂得自由么?没有。他们不理解历史,不理解宇宙,社会,和人类,他们也没有理解自由的真义……他们以为自由者,就是个人意志与行动的绝对的,不受一点阻碍的发展。这样的理解实在是很表面的,不切实际地说瞎话"。② 我们绝不能将这些批评之言视为思想启蒙的异己力量,而是应该将其视为一部分头脑冷静的知识精英,对于启蒙运动本身所暴露出来的问题的自我纠偏。因为以"个性解放"为目的的"离家出走",虽然造就了新文学蔑视传统的精神狂欢,但却毕竟没能使新文学作家真正实现"我是我"的人生理想,这种矛盾正是五四新文学"西化"现代性的症结所在。实事求是地讲,当五四启蒙精英在那里大肆提倡西方"个人主义"的人生价值观时,西方思想界却早已开始了他们对于"个人主义"哲学概念的自我反省,他们认为"几乎所有现代性的解释者都强调个人主义的中心地位……这种现代的'进步神话'通过把'现代科学'和原始的以及中世纪的'迷信'加以对照的办法来诋毁过去和传统,把现代性说成是'启蒙',把过去则说成是'黑暗的时代'",完全是一种非理性的逻辑思维。③中西方思想观念因时差问题而导致了认知上的错位,结果却使新文学在现代性追求方面表现出了一种严重的滞后性。我们是否应该去认真地检讨一下在五四思想启蒙的过程当中,为什么没有能够同西方现代哲学相向而行,却总是去言说他们早已过时了的理论主张呢?从目前学界的情况来看,研究者们恐怕还没有意识到这一问题的严肃性和重要性。

---

① 茅盾:《"五四"精神》,《茅盾全集》第 16 卷,人民文学出版社 1988 年版,第 143—144 页。

② 穆时英:《自由之路——给自由主义者》,严家炎、李今编:《穆时英全集》第 3 卷,北京十月文艺出版社 2008 年版,第 58 页。

③ [美]大卫·雷·格里芬:《后现代精神》,中央编译出版社 1998 年版,第 4—6 页。

第二节　新文学主体自我的重新定位

五四新文学通过"我是谁"的生命诘问,终于找到了"我是我自己的"的满意答案;因此确立主体自我的绝对自由,便成为了思想启蒙的重要收获。重新阅读新文学作品我们不难发现,新文学作家所追求的主体自我,都带有"自然人"的明显倾向,就像郭沫若所热情礼赞的那样,在宇宙天地之间,"我"才"是大自然中的天骄"①。新文学关于"自然人"的艺术构想,又表现为以下三种基本形态:第一种表现形态,是叙事主人公脱离社会群体,与宇宙万物融为一体,变成为一种纯粹的"自然人"。不过这类"自然人"的思想理念,与卢梭"回归自然"的启蒙哲学毫无共同之处,倒是与老庄的出世哲学有着千丝万缕的联系,他们大都是因为过了"厌世",才去借助于"自然"以逃避现实社会,比如庐隐的小说《海滨故人》等作品均是如此。第二种表现形态,是叙事主人公受西方无政府主义思想影响,主张以一种虚无主义的人生态度,去彻底否定社会与家庭的存在意义,他们只是在主观上讴歌自然与崇拜自然,"自然"其实就是他们反抗现实社会的精神寄托。这类"自然人"的"厌世"思想更为严重,甚至还表现出了一种极端颓废的精神状态,比如孙俍工的小说《海的渴慕者》等作品均是如此。第三种表现形态,是叙事主人公奉行一种特立独行、随心所欲的人生态度,无论处理家庭亲情还是对待爱情问题,凡事都无所顾忌、率性而为,如果我们用一句话去加以概括总结,就是他们在思想行为上追求绝对的"自我"与"自由",比如丁玲的小说《莎菲女士的日记》等作品均是如此。

"自然人"作为新文学"个性解放"的思想诉求,对于五四思想启蒙的迅猛发展,曾作出过不可磨灭的积极贡献;然而"自然人"那种盲目地崇拜"自我",完全无视社会存在的思想倾向,其消极影响也是不可忽视的。所以我个人认为,倘若我们不能正确地理解和揭示"自然人"的历史真相,只是去空谈或维护新文学思想启蒙的历史合法性,就很难从理论上去说清楚新文学为什么一

---

① 郭沫若:《寄生树与细草》,《郭沫若选集》第4卷,人民文学出版社1997年版,第217页。

定要去颠覆传统文化的伦理关系。

一、新文学"自然人"的人生法则

从历史的角度去看问题,新文学"自然人"的观念形成,与《新青年》所倡导"自由"精神,有着密不可分的直接关系。《青年杂志》刚一创刊,陈独秀就要求中国青年"脱离夫奴隶之羁绊",绝对听命于主体自我的"智能"心声,这无疑是"个性解放"的理论核心。《青年杂志》后来更名为《新青年》,更是突出强调主体自我的价值和意义,启蒙精英认为"自我"就是一切"为我",这是"人生唯一之目的"。① 后来,胡适觉得陈独秀等人所说的"自我"概念,很容易被人们误解为是一种"自私自利"的思想倾向;因此,他又进一步补充说哲学意义上的"自我"概念,应该具备这样两个基本条件:"一是独立思想,不肯把别人的耳朵当耳朵,不肯把别人的眼睛当眼睛,不肯把别人的脑力当自己的脑力;二是个人对于自己思想信仰的结果要负完全责任,不怕权威,不怕监禁杀身,只认得真理,不认得个人的厉害。"②

《新青年》提倡"人"应具有自己的自由意志,"为我"的目的就是要彻底打破传统文化的精神枷锁,去解除中国人的思想禁锢以便使他们获得自由意志,这当然是启蒙精英的良好愿望;但是愿望却并不能代替效果,尤其是那些思想幼稚的青少年,一旦把"为我"看得高于一切,情况恐怕就变得令人担忧了。我们现在从众多史料中所看到的,只是思想启蒙对于青少年社会群体的正面影响,比如当时有青年学生在读了《新青年》上的文章之后,便激动不已地写信给陈独秀致谢说:"我们素来的生活,是在混沌的里面,自从看了《新青年》渐渐的醒悟过来,真是像在黑暗的地方见了曙光一样。我们对于做《新青年》的诸位先生,实在是表不尽的感谢了。"③这番言语固然反映了新青年因启蒙而觉醒,使他们清醒地意识到过去一直都是生活在一个"非人"的世界里;

---

① 李亦民:《人生唯一之目的》,《青年杂志》1915 年 10 月第 1 卷第 2 号。
② 胡适:《非个人主义的新生活》,《胡适文集》第 2 卷,北京大学出版社 1998 年版,第564 页。
③ 《通信》,《新青年》1919 年 3 月第 6 卷第 3 号。

但同时也使他们把自己青春期正在爆发的叛逆情绪,完全等同于一种反抗社会与家庭的正义之举。巴金本人在追述他青年时代的思想状态时,也表达过同那位青年一样的激奋心情,他说:"我是'五四'的产儿。五四运动像一声春雷把我从睡梦中惊醒了。我睁开了眼睛,开始看一个崭新的世界。"①这个"崭新的世界"无疑是指主体自我的绝对自由,以及由这种"自由"所导致的逍遥自在的生存方式。当然了,绝对的"自我"与"自由",恰恰又是那些涉世未深的青少年的极乐世界。

为了逃避现实苦难而"回归自然",这种颇具悲观色彩的思想倾向,在庐隐的小说《海滨故人》里,表现得尤为突出。《海滨故人》描写人在"自然"中的放纵与快乐,就是为了去表现主体自我远离社会的"自由"状态。作者在故事的开端,有意将露沙、玲玉、莲裳、云青、宗莹这五位新女性,人为地置放于"海边"这一艺术想象的自由空间里,把她们同现实社会完全隔绝开来,无拘无束地过着没有任何烦恼的暑期生活。这种写法的绝妙之处是在告诉读者,五位新女性之所以能够毫无顾忌地放纵"自我",原因就在于她们逃离了"社会"、回归了"自然":"她们对着白浪低吟,对着浪潮高歌,对着朝霞微笑,有时也对着海月垂泪。"无论是哭是笑,都是她们自我情感的真实流露。钱杏邨曾非常不满《海滨故人》中的"灰色"情调,他说庐隐是在借助所谓的"自然",去表现自己灵魂深处的"厌世思想",并以一种"'游戏人间'的态度处理着一切的问题"②。这种说法虽然不无道理,却不能完全概括《海滨故人》的创作主题。因为《海滨故人》虽然传达了一种"厌世"情绪,但这种"厌世"本身又包含有社会批判的理性因素;因为庐隐是在以一种象征隐喻的表现手法,去诉说由于"人"在"社会"中已经不可救药,故"回归自然"不失为一种灵魂救赎的有效方式。《海滨故人》有一个重要的细节,研究者却往往视而不见:露莎"因为小时候吃了母亲忧抑的乳汁",使她从童年时代开始便身体多病,"健康一天不如一天",就连她的母亲都认为难以养活。幸亏那位淳朴善良的"奶妈",

---

① 巴金:《觉醒与活动》,《巴金选集》第 10 卷,四川人民出版社 1996 年版,第 61 页。

② 钱杏邨:《庐隐》,《阿英全集》第 2 卷,安徽教育出版社 2003 年版,第 300 页。

把她带回到了自己的家乡农村,用健康而富有养分的乳汁,以及大自然的清新空气,既拯救了她的生命也拯救了她的灵魂。

> 露沙到了奶妈家里,病逐渐减轻,不到半个月已经完全好了,便是头上的疮也结了痂,从前那黄瘦的面孔,现在变成红黑了。

> 露沙住在奶妈家里,整整过了半年,她忘了她的父母,以为奶妈便是她的亲娘,银姊和小黑是她的姊姊,朝霞幻成的画景,成了她灵魂的安慰者,斜阳影里的牧童,是她的良友,她这时精神身体都十分焕发。

这段文字描写意味深长:世界上哪有什么"忧抑的乳汁"呢?可见这是一种作者思想的寓意性表达。如果说"母亲忧抑的乳汁"与"奶妈"健康营养的乳汁,分别代表着"传统"和"自然"两种文化符号,那么萦绕于读者心中的一切疑问也就一目了然、迎刃而解了:母亲的"乳汁"养育了露莎,暗示着她与"传统"之间有着千丝万缕的血缘关系;奶妈的"乳汁"拯救了露莎,又暗示着她"回归自然"获得了生命再生的一种希望。但人毕竟是生活在"传统"的社会当中,"自然"只不过是情感上的短暂快乐,尽管露莎意识到了这是一种矛盾,可是她却无法去解决这种矛盾。露莎思想上的苦闷情绪,其实正是庐隐本人思想苦闷的艺术呈现,即:她们对于回归"自然"去重塑"自我",心怀渴望却又倍感绝望。因为《海滨故人》从第二节开始,五位新女性便结束她们短暂而惬意的暑期生活,不得不脱离"自然"环境重新回到"传统"的社会中,再度陷入不"自我"与不"自由"的苦闷状态。所以庐隐在《海滨故人》的故事结尾处,执意要在海边修建一座理想的茅庐小屋,用意不仅是为了怀念其他四位曾经亲密相聚过的"海滨故人",更是要以她对"自然"的美好记忆去"饷故人中之失意者"——当她们为社会与生活所累而感到身心疲惫时,为她们提供一个心灵慰藉的避难场所。《海滨故人》虽然写得凄凄惨惨戚戚,充满了新女性作家的哀怨情调,但是它所涉及的"自我"与"自由",早已超越了单一性的性别问题。实际上,像郭沫若的诗集《女神》、倪贻德的小说《花影》等作品,在"自由"与"规范"的认识问题上,也都与《海滨故人》的思想矛盾相一致,即:虽然"个人"可以到"自然"中去寻得短暂的"自由",但最终还是要回到"社会"中去接受道德契约的"规范",这种充满着悖论逻辑的叙事方式,反映的正是新文学作家精神上的"苦闷"与"彷徨"。

　　说到"颓废"与"厌世",在五四新文学作品当中,孙俍工的小说《海的渴慕者》,应是当仁不让的头牌得主。这篇作品在大多数《中国现代文学史》中都没有提到,很多研究者甚至都不知道它的存在;但它在五四思想启蒙时期,却广为流传、影响很大。不仅当时的青年读者对它推崇备至,就连茅盾在《中国新文学大系·小说一集》的"导言"里,也用了不少文字去对其进行论述。《海的渴慕者》讲述一个无政府主义流浪者"我",用虚无主义的眼光去看世界,发现社会人生无比的丑陋,故在绝望之际渴望通过自然之"海",去获得主体自我的灵魂救赎。如果我们去做一个横向类比的话,这位叙事主人公"我"的艺术形象,很有点像鲁迅笔下的那个"狂人",他们二者都是在以一种惊世骇俗的"痴人妄语",无所顾忌地去批判传统和攻击现实。只不过孙俍工笔下的那个"我",颓废虚无得更加非理性罢了。在《海的渴慕者》里,叙事主人公"我"被三个虚拟的艺术形象,在地上任意地"踩踏"着,它们分别代表着"父亲""国家"和"爱",因此在"我"的内心世界里,便深深地埋下了仇恨的"种子"。首先,"我"是"家庭"的否定者。"我没有什么父亲……我只是我! 独立自由的我!"至于"我"为什么要去仇恨自己的父亲,那是因为"你在无意之中生了我,却有意地不给我自由! ……你用了对待仇敌般的威严,用了对待牛马般的权力驱役我底精神,你竟以为是你莫大的恩惠!"。其次,"我"是"国家"的否定者。至于"我"为什么要去否定"国家",那是因为国家充满着欺骗与压迫,社会充满着黑暗与血腥,因此"我诅咒你,万恶的国家! ……我厌弃你如同厌弃秽浊一样! 我愿你永离现世不得再见天日底光如同恶魔一样!"。再者,"我"是"爱"的否定者。仇视"父亲"与诋毁"国家"(社会)是典型的启蒙话语,对此我们并不会感到有什么诧异;但"我"更加仇恨"爱"就有点令人难以理解了,"爱"是启蒙现代性的一种体现,可在"我"看来:"世界上哪里有爱! 而且哪里用得着爱! 用爱来改造世界,用爱来救人类,这都不过是好听的名词!"作者既然彻底否定了人类的"爱",那么也就意味着他彻底否定了人性的"善",作者所能够给出的理论依据,无非就是卢梭的那句名言:"出自造物主之手的东西,都是好的,而一到了人的手里,就全变坏了。"所以他谴责说:"人类是这样的,那我就不但一点也不宽恕你们,一点也不可怜你们,而且要把你们如污秽般地厌弃,如蛇蝎般地避免,如恶魔般地诅咒了。"孙俍工对于现实人生的无情否定,当然自有他思想上的合理解释,即:否定现实社会中的一切伦理秩序,目的就是要去重塑"自我"。因为在他的主观意识里,"一切人类,没有什么希望,也不敢希望什么"了,那么回归"自然(大海)"去做一个"自然人",便是他理想中唯一的正确答案。

> 我所希望的只是在这个海。我只希望同海接吻,把海拥抱在我怀里。我想一个人,已然成了人形,断没有再堕落到人以下的地位去的道理;所以纵不能具有一种救人的伟大的能量,至少也应该有从黑暗的势力底下救出自己的决心。①

《海的渴慕者》发表以后,立刻引起了青年读者的强烈共鸣,他们一致认为"《海的渴慕者》之所以成为一个成功的作品,不在艺术上的高妙,而在它的人物都可以使我们同情,可以使我们奋发兴起,可以做我们的模范"②。新青年们纷纷把《海的渴慕者》,视为他们做人的"模范"和"榜样",可见"自然人"这一概念,在五四时代是多么地具有思想上的号召力。茅盾也注意到了这种社会现象,他说"海"(自然)作为一种"个性解放"的象征符号,是新青年"理想中的'自由'——绝对的自由"的意志表现。③ 毋庸置疑,孙俍工对于"海"的那种"渴慕",其实就是他对"自然"的强烈"渴慕",由于人的身体与灵魂都是"自然的一部分"④,故回归"自然"去做一个不受任何道德约束的"自然人",在他看来恰恰是体现了"个性解放"的思想真谛。如果我们进一步去展开分析,无论郁达夫的《迟桂花》还是李金发的《弃妇》,那种渴望主体自我置身于"自然"之中,以求解脱现实苦难的艺术构想,都是属于这一类型的文学创作。

我个人认为,过度追求"自然"与"自由"的主体意识,最终却完全曲解了

---

① 《海的渴慕者》,《小说月报》1923年第14卷第3期。
② 刘一声:《读〈海的渴慕者〉》,《民国日报·觉悟》1924年第6卷第15期。
③ 茅盾:《中国新文学大系·小说一集·导言》,上海文艺出版社2003年版,第21页。
④ [荷]斯宾诺斯:《斯宾诺斯书信集》,商务印书馆1993年版,第144页。

"自由"这一概念的哲学本义,当数丁玲的小说《莎菲女士的日记》。我至今都不太明白,为什么研究者都把这篇思想幼稚、艺术上也不太成熟的小说,视为中国现代文学史上的经典文本,它究竟"经典"在了什么地方不得而知。我当然并不否认《莎菲女士的日记》,的确能够吸引那一时代青年读者的眼球,甚至有人形容说它像"抛下一颗炸弹一样"①,"震惊了一代的文艺界"②。而左翼文学阵营为了维护自己的革命形象,干脆直接将它定调为"心灵上负着时代苦闷的创伤的青年女性的叛逆的绝叫者"③。当时间进入新时期以后,学界对于莎菲形象的思想认知,更是呈现出一种不断升华的发展态势,比如有人说莎菲"是一个封建礼教的叛逆者,在穷愁潦倒之中她并不想皈依封建家庭"④;也有人说莎菲"作为一个现代女性,她的性格特征恰恰与此毫不相容:她要反抗庸俗和追求光明"⑤。直到 21 世纪的今天,仍有学者认为"莎菲是一个自觉的个性主义者,一个封建礼教的叛逆者,一个女性'狂人':如果说鲁迅《狂人日记》借狂人之眼发现了中国封建社会的本质是'吃人',那么《莎菲女士的日记》以莎菲这个女性'狂人'之口宣告了中国婚姻史上从没有过'真爱'"⑥。这些奇谈怪论着实令我感到震惊。如果说左翼文学阵营维护丁玲是意在维护革命的话语权威,还情有可原的话;那么现在研究者的自我言说,则大都是些脱离文本实际的主观臆断。比如在作品文本中,丝毫没透露出莎菲与家庭之间的矛盾冲突,论者却偏偏认定莎菲女士的"离家出走",就是作者反封建、反家庭专制以及追求光明的思想表现,这种超越作品文本去言说自我观感的做法也未免太不严肃了。把莎菲比作思想启蒙的女性"狂人",将其随心所欲、任性而为的"自由乱爱",视为对中国传统婚姻制度的彻底否定,更是令人瞠目结舌、大跌眼镜。年仅 20 岁的莎菲正值青春叛逆期,研究者却要让其超越

① 毅真:《丁玲女士》,《妇女杂志》1930 年 7 月第 16 卷第 7 期。
② 钱杏邨:《丁玲》,《阿英全集》第 2 卷,安徽教育出版社 2003 年版,第 378 页。
③ 茅盾:《女作家丁玲》,《文艺月报》1933 年 7 月第 1 卷第 2 期。
④ 袁良俊:《论丁玲的小说》,《中国社会科学》1985 年第 4 期。
⑤ 严家炎:《开拓者的艰难跋涉——论丁玲小说的历史贡献》,《文学评论》1987 年第 4 期。
⑥ 李钧:《"莎菲性格"正解——兼谈传统文学对丁玲早期创作的影响》,《东岳论丛》2013 年第 12 期。

自身生理和心理上的局限性,去自觉地承担起时代启蒙先锋的历史使命,这样做是不是有点过于残忍了呢? 无论研究者如何去做辩解,借助作品文本去表达自我意志的研究模式,都不是一种实事求是的科学态度。若要真正读懂《莎菲女士的日记》这部作品,我们必须弄明白这样两个问题:一是莎菲为什么要"离家出走";二是她来北平到底要干什么。为了回答这两个问题,我反复翻阅了几遍作品文本,可是始终都没有找到能够与启蒙话语相对接的情节片段,换言之这部作品根本就无法用启蒙思维去进行解读。莎菲本人的"离家出走"与"封建婚姻"毫无关系,更缺乏她反对"家庭专制"的必要支撑;相反作者还毫不掩饰地告诉读者,"离家出走"完全是莎菲个人的盲动行为。比如作者开篇便交代说,莎菲的父亲、姊姊和朋友都很爱她,但因莎菲本人的"脾气"和"肺病",并没有去领情罢了。莎菲之所以会认为家人"不懂"她,友人也是"盲目"地"爱惜"她,其实理由并不复杂,说穿了就是她青春期的逆反心理在作祟——"骄纵"使她的"脾气"变坏,"肺病"又加重了她的焦虑情绪,一句"我想打他们",便将她这种青春期叛逆性格表现得淋漓尽致。莎菲在北平的生活状态,过得既安逸又悠闲:每天起床后有牛奶和面包侍候着,在那里百般无聊地打发时间,一张报纸从头看到尾,"都熟悉了过后才懒懒的丢开"。莎菲在北平的"旅馆"里逍遥自在,学界却偏要说她"穷愁潦倒",可见研究者的"深度阐释",有多么荒谬和不靠谱。另外还有,如果说莎菲果真是同自己的封建家庭"彻底"决裂了,那么她在北平生活的昂贵费用,又是从何处而来的呢? 当然是那个"封建家庭"所给予她的。仅此一点,就足以说明莎菲的"离家出走",既不是对封建家庭的彻底"叛逆",也不是在追求什么"个性解放"的理想人生,而是一种漫无目的的自我放纵。那么莎菲在北平都有哪些"现代性"的思想追求呢? 作者说她只做了一件事情,即随心所欲的情感"乱爱"。比如莎菲明明知道凌吉士根本不可能去真心"爱"她,并且还看穿了这位花花公子玩弄女性的丑恶嘴脸,可她却依然"倾慕他,思念他,甚至于没有他,我就失掉一切生活意义的保障了"。仅仅为了一个想象中的"白马王子",自己就甘愿去"牺牲一切",倘若我们将莎菲这种非理性行为,直接等同于"自由恋爱"的现代性诉求,话说得重一点,简直就是对五四思想启蒙的严重亵渎。所以我个人认为,丁玲塑造莎菲这一艺术形象的真正目的,无非是在张扬绝对"自我"的存在价值;而丁玲当时对于思想启蒙的全部理解,也不外乎是"人"只要摆脱了传统文化观念的道德约束,无论怎样为所欲为都是符合"个性解放"的时代精神。

通过对以上三个典型文本的论证分析,我们可以得到这样一种阅读印象:"自然人"追求绝对"自我"与"自由"的生存法则,几乎就是新文学参与思想启蒙的最大亮点。我并不否认这些轰动一时的文学作品,在思想启蒙过程中所起到过的积极作用,以及它们在中国现代文学史上应有一席合理的地位;然而"个性解放"的文学表述毕竟是一把双刃剑,如果掌握不好"自我"与"自由"的合理尺度,势必会造成家庭伦理与社会秩序的极度紊乱。这不仅是我们今天应该去认真反思的一个问题,同时也是近百年来有识之士的忧患意识。比如,在"个性解放"这一口号甚嚣尘上的五四时代,有一位中学教师就曾忧心忡忡地写信给陈独秀,他说《新青年》提倡"个性解放"的启蒙思想,"此其热忱,极可敬佩,唯是言论之中,稍有不慎,则影响青年前途甚大。"①朱自清先生后来也对"个性解放"这一口号,做过极为深刻的自我反省。他明确地指出五四启蒙强调人的绝对"自由",当时并没有意识到它会对中国社会带来什么样的危害性,现在看来"要是各个人,各社会都这样,岂不是人类自灭么?……绝对的自由很容易教逐渐衰弱的恶元素'死灰复燃','潜滋暗长'起来;这是退步的活动,不是进步的活动了"②。只可惜,这种出自理性主义的肺腑之言,至今都没有引起人们的足够重视,反倒往往被认为是保守言论而受到批判。当"个性解放"被直接演变成了绝对"自我"与"自由"的社会行为时,恰恰验证了朱自清先生"恶元素'死灰复燃'"的先期预言。

二、新文学"自然人"的伦理关系

"自然人"以"自我"为存在的唯一目的性,那么势必会对家庭伦理与社会

---

① 《莫芙卿致陈独秀》,《新青年》1917 年 3 月第 3 卷第 1 号"通信"栏。
② 朱自清:《自治底意义》,《朱自清全集》第 4 卷,江苏教育出版社 1990 年版,第 3 页。

秩序,采取一种彻底否定的极端态度。因为在他们的主观意识里,过去是"个人"无条件地服从"家庭"与"社会",可是现在"传统"已经被"打倒"了,应该反过来"家庭"与"社会"无条件地服从"个人"。所以"个性解放"的启蒙口号,使主体自我的一切行为,都被赋予了正确合理性,任何人都不能干涉"个人"的绝对自由。结果是延续了几千年之久的道德体系,遭到了启蒙精英的全面扬弃;而"自由"也因缺乏契约精神和道德节制,使人的"欲望"变得极度膨胀。从历史的角度去重新审视五四以来的新文学创作,可以毫不夸张地说"个性解放"对于家庭和社会所带来的巨大冲击,是令人震撼且又值得我们去深刻反思的;因为将"个人"凌驾于"家庭"和"社会"之上,究竟是一种批判理性精神还是一种思想盲动行为,我相信只有"时间"才是检验真理的唯一标准。

"自然人"攻击"传统"的第一个目标,则是由孔子和儒家所创立的家庭伦理关系。凡是有点中国现代文学史知识的人都知道,反"家"仇"父"是新文学创作的一大亮点,由于启蒙已经将"家"和"父"事先预设为了中国传统文化的基本单位,因此新文学所表现的"离家出走"与"父亲批判",便把矛头直接指向了以儒家伦理为基础的传统文化。新文学创作为什么要以批判"父权"为先导呢?这当然是与中国封建社会的家庭伦理制度有关联。儒家认为:"父慈,子孝,兄良,弟悌,夫义,妇听,长惠,幼顺,君仁,臣忠十者,谓人之义。"①仔细分析一下这十者关系的排列顺序,除了最后两条提到的"君臣"关系,其他八条全都是涉及家庭内部的各种关系,可见儒家是把家庭伦理视为维护社会稳定的重要基础。1919 年胡适在《新青年》上发表了独幕话剧《终身大事》,率先向等级森严的家庭伦理发起了猛烈攻击。我个人对于《终身大事》这出戏,始终都感到有些难以理解:女性主人公田亚梅的"离家出走",这种现象在中国古典小说或戏剧中比比皆是,充其量不过是"私奔"现象的现代演绎;胡适把"私奔"现象同"个性解放"联系起来,至多不过是将中国传统文化当中的合理因素,从历史的隐性存在引向了现实的显性存在。因为田亚梅对于家庭

---

① 杨天宇:《礼记译注》(上),上海古籍出版社 2004 年版,第 275 页。

内部秩序的大胆挑战,我们当然可以说是一种反封建的叛逆行为;但是这种行为却并不是新文学才具有的现代意识,而是中国古代文学一直都在致力于表现的思想诉求。只不过在中国古代文学的婚恋叙事中,无论《莺莺传》还是《墙头马上》,青年男女的"私奔"行为,最终都是以家长的谅解或妥协构成了"大团圆"的故事结局,矛盾也是以内部化解的方式去加以解决的,这无疑有助于稳定中国家庭的固有秩序。但《终身大事》却彻底打破了这种"大团圆"式的故事结局,胡适为了强化五四启蒙的思想力度,刻意设计了一个双方都不妥协的矛盾死结,从而人为地激化了家庭内部的亲情矛盾。另外,胡适创作的《终身大事》,原本只是一个"游戏的喜剧",并没有想把田亚梅同娜拉扯到一起;可是后续的新文学创作,却都把田亚梅式的"离家出走",直接等同于易卜生笔下的娜拉,并教条地认为这是一种"个性解放"的必由之路。即便是现在的研究者,仍未走出这一认识误区。易卜生创作《玩偶之家》的主观动机,是要让娜拉彻底摆脱女性依附于男性的尴尬地位,离开家庭走向社会去做一个独立自主的"自由人";而胡适创作《终身大事》的思想动因,却是让田亚梅从"父家"走到"夫家",意在做一个婚姻幸福的"小女人"。这种错位的认识,使新文学创作在反"家"仇"父"的道路上越走越远。比如像郭沫若的《卓文君》、杨振声的《玉君》、沉樱的《妩君》、田汉的《获虎之夜》等作品,女性主人公"离家出走"的真正目的,也都是在寻求自己终身大事的婚姻幸福;为了实现这一人生理想,作者不惜让他们"父女"(母女)之间剑拔弩张、生死对决,甚至还将"父亲"的形象丑化成凶残无比的封建暴君。这种去亲情化的偏执情绪,无疑是五四新文学创作中的普遍现象。

我们不妨以巴金的小说《家》为例,来谈一下新文学"离家出走"的思想动机。几十年来人们一直都在推崇《家》的反封建思想价值,并认为这部作品在暴露中国"大家庭"的罪恶方面,是思想启蒙所取得的最为重要的一大成果。对于这种"自信"而"乐观"的理论推断,我个人认为是很值得商榷的。如果我们重新去阅读巴金的小说《家》(我指的是"开明本"而不是"全集本",现在我们所看到的"全集本",先后经过了8次大修改,使许多原创性的历史真相,都被作者改得面目全非了),一定会得到一种迥异于《中国现代文学史》教材的另类印象。因为从初版的"开明本"中,我们很难发现《家》在反封建方面有什么太大的思想作为,高觉慧那种虚无主义的叛逆情绪,其实就是五四青春期心理综合征的自然延续,至多不过是添加了一些《新青年》与《新潮》的时代色彩而已。比如在"开明本"中,高觉慧参加"学潮"运动具有一定的偶然性,他对鸣凤的"爱"也缺乏必要的情感基础,至于说他反抗封建家庭专制更是无稽之谈。比如巴金在"开明本"中交代说,觉慧之所以会参加"学潮"运动,只不过是一种无意识的被动"卷入",就连他自己都不知道到底是"为什么事来的";他与鸣凤之间的所谓"爱情",是一种少男少女之间的情窦初开,不仅缺乏为爱坚守的心理准备,甚至还"准备着到了某个时候便放弃她"。另外,高觉慧与其祖父高老太爷之间,也并没有发生原则性的矛盾冲突,他虽然敬畏祖父的家长权威,但却始终都没有摆脱根深蒂固的至爱亲情:

> 祖父对于他简直成了一个谜,一个神奇的谜。但他对于祖父依然持着从前的敬爱,因为这敬爱在他底脑里是根深蒂固了……况且有许多人告诉过他,全靠他底祖父当初赤手空拳造就了这一份家业,他们如今才得过着舒服的日子;饮水思源,他就不得不感激他底祖父。

由此我们不难判断,巴金本人也认为长幼有序的儒家伦理,是具有它一定的合理性因素的,如果一定要说它是封建腐朽思想必须加以废除,那么中国人的家庭伦理观念便会彻底崩溃,高觉慧那种"舒服的日子"也就到了尽头。还有,巴金早年曾说他写《家》完全是为了他的大哥,[①]可是高觉新作为他大哥的影子,其悲剧也只是一种性格悲剧并非一种人文悲剧。如果一定要说他的懦弱性格是由家庭专制造成的,那么同样是生长在高公馆里比他小不了几岁的高觉民、高觉慧兄弟二人,为什么都没有变成这种专制文化的牺牲品呢?巴金自己也意识到了这是一种无法自圆其说的矛盾逻辑,于是他后来又改变了先前的那种说法,强调《家》的主题是"要控诉这个垂死的制度的罪恶"[②],并为此将"开明本"大刀阔斧地改写了八万多字。在我个人看来,"改写"虽然巩固

---

① 巴金:《关于〈家〉(十版代序言)》,《巴金全集》第 1 卷,人民文学出版社 1986 年版,第 444 页。

② 巴金:《法文译本序》,《巴金全集》第 1 卷,人民文学出版社 1986 年版,第 457 页。

了《家》作为文学经典的历史地位,但多少都遮蔽了巴金创作《家》时的思想模糊性。实事求是地讲,我个人更喜欢"开明本"《家》中那个高觉慧的艺术形象,他纯真幼稚甚至还带有明显的青春期症候,然而却真实地反映了五四青年追求"自我"与"自由"的思想诉求。小说《家》在历史上,的确为那些正处于青春叛逆期的青少年读者,"找到了追求光明和自由的路"①,即把"离家出走"直接等同于"个性解放"。如果说这就是《家》在思想艺术方面所取得的巨大成功,那么它同时也是中国家庭伦理方面的巨大悲哀。这不禁使我想起当时有一位青年读者,在读完了《家》后所爆发出来的激动情绪:"我永远不需要家,人没有家是顶自由,随便到哪里去都不必担心,又没有累赘"②! 这种盲目鼓吹"离家出走"的非理性情绪,在很大程度上动摇了中国传统文化的历史根基,对此我们究竟应该是喜是忧呢? 我相信中国人一定会有自己的正确判断。

"自然人"攻击"传统"的第二个目标,便是人与人之间和谐共存的社会伦理。新文学所倡导的"个性解放",不仅蔑视家庭伦理同时也蔑视社会公德;比如"自由恋爱"演变成了"自由乱爱",便是一个发人深省的荒诞现象。五四时期关于"自由恋爱"的社会大讨论,其热情并不亚于人们对于家庭问题的关注程度,但启蒙精英对于"自由恋爱"这对组合词汇,与其说他们是在关心"恋爱"(互动性),还不如说他们是在关心"自由"(自为性),强行将这两个互为否定的词汇捆绑在一起,便使社会上出现了这样一种十分混乱的思想认识:恋爱并不一定局限于一个女子和一个男子之间的交往关系,"一个女子可以恋爱几个男子,以致更多数,都应是不成问题的。"③由于在男女恋爱时"事实上必有性交的发生"④,因此他们认为:"即使如何变态,如构不成犯罪,社会别无顾问之必要。"⑤正是因为人们将"恋爱"与"性交",完全理解为一种"自然人"的"自由"行为,所以郁达夫在小说《她是一个弱女子》中,才会让女主人公李文卿毫无羞耻之心地言道:"恋爱就是性交,性交就是恋爱,所以恋爱应该不

---

① 星星:《巴金和青年》,《联声》1940 年第 3 卷第 2 期。
② 之文:《巴金,安琪那主义者》,《微言》1934 年第 2 卷第 2 期。
③ 毛伊若:《读"新恋爱道"后》,《新女性》1928 年 12 月第 3 卷第 12 期。
④ 陈威伯:《恋爱与性交》,《新女性》1926 年 8 月第 1 卷第 8 期。
⑤ 周作人:《读报的经验》,《谈虎集》,上海书店 1987 年版,第 461 页。

择对象,不分畛域的。"主要是双方愿意,"不管对方的是猫是狗,是父是子,一道玩玩,又有什么不可以呢?""自由恋爱"注重"恋爱"的"自由"性,还直接导致了新文学创作将"乱伦"叙事合法化,这更是大大突破了人类社会的道德底线,无论如何都会令人大跌眼镜、唏嘘不已。像黄庐隐的《父亲》、杨刚的《翁媳》、白薇的《打出幽灵塔》、穆时英的《上海的狐步舞》、张资平的《梅玲之春》、曹禺的《雷雨》、张爱玲的《心经》、苏青的《结婚十年》等,都是新文学"乱伦"叙事的代表性文本。不过在这众多的作品中间,《翁媳》和《雷雨》又格外引人注目。

杨刚的小说《翁媳》,读罢令人瞠目结舌。读者用一对男女的欲火焚身,去诠释"自由恋爱"的启蒙思想:年仅 18 岁的少女月儿,被卖给了一户人家做童养媳,可是夫君只有七八岁大小,难以满足月儿夜间的寂寞,于是便把自己的欲望需求,投向了身强体壮的公公朱香哥:"月儿似看出这个壮男子一身红韧的筋肉里,长着无数鲜红的小嘴成天叽叽呱呱讲心事。"她心底喜欢这个"色如紫铜、熊臂鹿腰的壮年男子",经常去偷看他的"圆的臀,粗莽的大腿","好奇而贪馋的望着,心里窜出许多揣测。她希望将来怎样会和那郎睡在一张床上,这男人会用温暖与轻松吹煦自己。"她最终冲破了乱伦禁忌,同未来的公公在一望无际的茅草丛里,以一个纯粹"自然人"的自由状态,品尝到了灵肉合一的"爱情"滋味。问题是当他们翁媳二人的奸情败露之后,月儿不仅不认为自己做了错事,反倒觉得"朱香哥是处处都叫人合意,叫人越看越恨不得粘在他身上"。月儿到死都不明白,乡民们凭什么要惩罚他们两人? 只要是两情相悦别说乡规乡约没有权利干涉,"就是玉皇大帝见了都不会有气的。"有意思的是,小说《翁媳》竟然让一个"村姑"和一个"农民",去扮演"个性解放"的时代先锋;无论人们怎样用现代意识去加以解释,"乱伦"都构不成"革命"性的启蒙话语,更谈不上挑战或颠覆儒家的道德观念了。用"乱伦"现象去诠释"自由恋爱",并将其视为反封建的"新道德"观,这绝不是在证明人类社会的历史进步,相反它只能是在折射中国社会的历史倒退。曹禺在《雷雨》中处理"乱伦"行为时,思想上表现得既睿智又矛盾:一方面他以不知者不为罪的描写手法,去为周萍与四凤二人进行开脱;另一方面他又让周萍在明知蘩漪是其继母的前提下,却偏要与她发生不道德的肉体关系。这引起了我个人的充分注意,《雷雨》对于周萍与蘩漪之间乱伦关系的处理方式,在新文学创作中带有普遍性意义,即:凡是描写母子乱伦关系的作品文本,均发生于"继母"和"继子"的身上,仿佛只要不存在直接的血缘关系,这种"乱伦"行为便可以获得人们的谅解似的。殊不知在儒家文化的道德体系中,"继母如母"也是一条重要训诫,无论他们之间是否具有血缘关系,同继母行淫都是一种令人不齿的卑鄙行为。曹禺对于周萍与蘩漪两人之间的畸形恋情,从反对封建家长专制的角度去表示理解与同情,其思想出发点当然是值得肯定的。可问题也随之而至,难道"道德"就是封建,而"乱伦"就是反封建吗? 这种荒诞无稽的悖论逻辑,实在与"现代性"扯不上任何干系。曹禺曾说他喜欢蘩漪的叛逆性格,尽管激情把她逼上了绝路,但他仍认为蘩漪"是值得赞美的",因为"她敢冲破一切的桎梏,做一次困兽的斗……总比阉鸡似的男子们为着凡庸的生活怯弱地度着一天一天的日子更值得人佩服吧"①。曹禺对于蘩漪的这段评价,大有替新女性去进行辩护之意。不错,仅就敢爱敢恨以及不甘平庸来看,蘩漪的确要比周萍那种"阉鸡似的男子们"可敬可爱。然而"敢爱敢恨"就可以无所顾忌地"乱伦"吗? 无论曹禺怎样去替蘩漪进行开脱,她与周萍之间的"乱伦"关系,都不可能使读者或观众站在"个性解放"的立场上,去对其表示同情、给予肯定甚至盲目地加以提倡。曹禺虽然曾熟读过《圣经》,而《雷雨》也颇具有基督教文化色彩,但他却忽略了即便是在信奉基督教的西方社会里,"乱伦"同样也是一种违反道德观念的可耻行为。因为在西方人的主观意识里,他们同中国人一样否定乱伦行为的道德合法性,认为"一社会若允许乱伦的存在,就不能发生一巩固的家庭……结果会使社会秩序完全破坏"②。人类自从进入到文明社会以后,便开始拒斥血亲之间的"乱伦"行为。由此可见,"自然人"以"乱伦"行为去彰显"个性解放",本质上却是回归原始而非走向现代。

---

① 曹禺:《〈雷雨〉序》,人民文学出版社 1994 年版,第 183 页。
② [美]R.M.基辛:《文化·社会·人》,辽宁人民出版社 1988 年版,第 31 页。

"自然人"攻击"传统"的第三个目标,便是文明所赋予人类社会的道德情操。新文学追求"个性解放"的理想诉求,并没有使"离家出走"的新青年获得"自由"和"解放",那么为了能够使自己在社会上立足生存,他们又必然会将"自由"转化为"自私",并通过由精神追求到物质追求的欲望转换,去再次寻找实现"自我"价值的便捷途径。这种歇斯底里的非理性情绪,在郁达夫的小说《她是一个弱女子》里,表现得尤为突出。新女性李文卿因追求"自由恋爱"而使自己的情感和肉体都受到了巨大伤害,于是她对女性解放的社会意义又有了一番语出惊人的全新解释。

> 世界上最好的事情是富,富的反对面穷,便是最大的罪恶。人富了,就可以买许多东西,吃也吃得好,穿也穿得好,还可以以金钱去买到许多许多别的不能以金钱换算的事物。那些什么名誉,人格,自尊,清节等等,都是空的,不过是穷人用来聊以自娱的名目。

李文卿的这种说法并不孤立,凌淑华小说《转变》中的徐婉珍,就以"自我"价值观的彻底转变,对其做出了积极的回应。《转变》讲述的也是一位新女性在经历了"个性解放"的精神狂欢后,不得不在现实面前发生思想蜕变的悲情故事:徐婉珍曾是个典型的五四青年,她积极响应思想启蒙的时代号召,自立自强尽可能凭借一己之能力,去做一个具有独立人格的"社会人";她不仅独自一人承担起了母亲住院治疗的医药开销,同时还靠她自己的努力负担起了弟妹们的读书费用,如果用启蒙精英所设定的新女性标准来衡量,徐婉珍绝对是个从思想到经济都全然独立的现代女性。但后续的故事情节,很快便出现了意想不到的大逆转:时间仅仅过去了几年,徐婉珍却突然变了,穿戴华丽、派头十足,"俨然是一个主妇",依偎在一个比她母亲还大两岁的老男人怀里,做起了享受富贵荣华的"三姨太太"。面对叙事主人公"我"的狐疑眼光,徐婉珍却不屑一顾地回答道:"我早就不坚持原来主张了","人的理想时时刻刻要变的,理想常常得跟着需要变是不是?!"她甚至还充满苦涩地自嘲说,"我从前常常骂女人是寄生虫,堕落种","现在若有人给我一千块钱叫我再骂一句,我都不忍心骂了。"作者如此去描写,无疑是在告诉读者,徐婉珍的人格变化,完全是由爱情欺骗与社会歧视所造成的;新女性在情感上受到了伤害,故只能以物质上的享受来弥补精神上的空虚,这是社会的过错,而不是女性的过错。海派女作家施济美在其小说《十二金钗》中,更是让主人公胡太太去发泄新女性因"爱"而"恨"的不满情绪:当她得知女儿艳珠背着自己去谈男朋友时,胡太太立刻便以"自由恋爱"的切身经历,严厉而不失善意地警告说:"欲知山下路,请问过来人。当初,我也是个清高不爱钱的人,我嫁给你爹,为的只是爱情,可是爱情这样东西,说起来伟大得很,其实有个什么用? ……我吃足了爱情的苦,艳珠,妈就是个镜子,不会骗自个儿的宝贝。"从郁达夫到凌淑华再到施济美,他们无一例外都在为新女性的人格堕落进行开脱,仿佛个人的道德观念完全是由社会意识形态所决定的,"自私"的欲望也因此被理解为一种反传统的正当行为。

曹禺《日出》对于社会道德沦丧的猛烈批判,是人所共知的一个事实。话剧《日出》的最大看点,当然是整个社会的道德堕落,但曹禺却把这种人性扭曲现象,归罪于"社会"之罪而非"个人"之罪。在话剧《日出》里,不仅陈白露不再相信"爱情",就连那位半老徐娘顾八奶奶,也从她同胡四的交往过程中,对于爱情有了全新的认识——她十分沮丧地对陈白露说:什么是"爱情"?"爱情是你甘心情愿地拿出钱来叫他花,他怎么胡花,你也不心痛"。对于"小人物"李石清而言,他更是头脑清醒地意识到所谓的"自我"与"自由",这些东西实在是太虚无缥缈了,人的一生最重要的就是要有"钱",有了"钱"你才会拥有一切,所以他愤愤不平地发泄道:"我恨,我恨我自己为什么没有一个好父亲,生来就有钱,叫我少低头,少受气。……他们跟我不同的地方是他们生来有钱,有地位,我生来没钱没地位就是了。"话剧《日出》对于人性的"自私"与"贪婪",给予了无情的批判和否定,对此没有人会去表示怀疑。但曹禺自己却非常清楚,在一个物欲横流的现实社会里,"自我"与"自由"早已为金钱欲望所代替,"务实"则成为了一种社会流行的新时尚。比如,陈白露教训方达生的那一番话,恰恰反映出了曹禺本人对于这一问题的真实看法。

　　我没故意害过人,我没把人家吃的饭硬抢到自己的饭碗里。我同他们一样爱钱,想法子弄钱,但我弄来的钱是牺牲过我自己最宝贵的东西换来的。我没有费着脑子骗过人,我没有用着方法抢过人,我的生活是别人

> 甘愿来维持，因为我牺牲过我自己。我对男人尽过女子最可怜的义务，我
> 享受着女人应该享受的权利！

陈白露一再申明，自己是在牺牲色相，才换来了"应该享受的权利"；她的意思说得很明确，人们为了生存可以运用一切手段，"道德"在一个物资社会里已经失去了它的价值和意义。尽管曹禺本人感叹地说："方达生不能代表《日出》中的理想人物，正如陈白露不是《日出》中健全的人物。"可是当他认为方达生的天真"不合时宜"，而陈白露的"庸俗"却"久经风尘"时，或多或少都表现出了他对陈白露那种务实性的人生观的无奈认同。① 我们当然理解曹禺对于现实社会的绝望心理，他同情陈白露和李石清这些生活在底层的"小人物"，实际上正是那一时代苦闷情绪的自我发泄；但是话又说回来，他们为了满足金钱欲望而完全抛弃了做人的道德准则，无论如何也谈不上是一种反传统的现代意识。

众所周知，以儒家思想为基础的中国传统文化，历来都崇尚"以德为本"的个人修养，而这种注重"修身"的人格培育，又被我们的祖先视为一种人类文明的显著标志。故孔子一再告诫其弟子说："君子固穷，小人穷斯滥矣。"② 说的就是那些品德高尚之人，即便是生活到了穷途末路，仍然不会失去自己的君子节操；而那些品德低下之人，他们一旦陷入生存困境，就会变得随心所欲、胡作非为。像李文卿、徐婉珍、胡太太、陈白露、李石清等人，他们以自私贪婪去对抗修身立德，不仅未能颠覆儒家所倡导的"修身"古训，反倒暴露出了他们这些无"德"之人的丑陋本性。

三、新文学"自然人"的生存困境

当"自然人"在现实社会中，已经陷入了思想茫然之际，"革命文学"则异军突起、闪亮登场，这无疑是对启蒙困境的一种拯救。"革命文学"主张以工农大众的阶级意识，全面取代"启蒙文学"的个性意识。为了实现这一目的，

---

① 曹禺：《〈日出〉跋》，人民文学出版社1994年版，第193页。
② 《论语·卫灵公》，《中国四大宝鉴》，海南出版社1995年版，第598页。

"革命文学"口号的倡导者们,便大张旗鼓地清算"个人主义"的文学倾向,并全盘否定了五四启蒙的历史功绩。他们认为,五四新文学作家受西方资产阶级"个人主义"的思想麻醉,除了强调主体"自我"的"自由"和"解放",根本就不关心正在迅速恶化的社会环境;他们甚至还毫不客气地抨击道,新文学作家"堕落到这个地步,这真是出人意表的怪状"①。至于五四新文学作家究竟"堕落"到了何种地步,钱杏邨则以诗人徐志摩的诗歌创作为例,说"他高唱着'返乎自然'的口号,他是一面渴望着更奢侈的生活,一面又渴望着回到自然。……他所以如此,不过是公子哥儿,闲来无事,在安逸生活之外想一逛青山绿水的愿望的扩大罢了"②。"革命文学"作家不买"启蒙文学"的账还情有可原,因为毕竟"阶级"与"个人"是两种水火不容的对立观念;但不可思议的是属于自由主义阵营中的一些作家,他们同样也对"启蒙文学"以"自我"为中心的创作倾向深表不满。比如,"新月派"批评家梁实秋在总结"启蒙文学"的成败得失时,就曾毫不客气地指出:五四作家太喜欢表现去"自我"了,"对于自己的生活往往要不必要的伤感,愈把自己的过去的生活说得悲惨,自己心里愈觉得痛快舒畅。"他甚至还十分尖刻地嘲讽说,这种"滥情主义"的"自爱"与"自怜",全都是一些毫无道理的"极端的假设",而"在事实上是不可能的,在理论上也是不应该的"③。当然了,无论"革命文学"还是"自由主义文学",它们对于"启蒙文学"的全盘否定,未免有些过于主观武断化了,启蒙毕竟实现了中国文学的现代转型;但是有一点还是值得我们充分肯定的,即他们都意识到了在人类社会的生活当中,"个体"绝不可能脱离"群体"而独立存在,故绝对的"自我"与"自由"都是思想启蒙的伪命题。

在中国新文学作家当中,鲁迅最早发现了"自然人"的生存困境。《呐喊》《彷徨》固然表现了鲁迅"国民性"批判的思想深刻性,他同时更关注他知识分

---

①　仿吾:《完成我们的文学革命》,《中国新文学大系(1927—1937)文学理论集二》,上海文艺出版社1987年版,第4页。

②　钱杏邨:《徐志摩先生的自画像》,《阿英全集》第2卷,安徽教育出版社2003年版,第142页。

③　梁实秋:《现代中国文学之浪漫趋势》,《梁实秋批评文集》,珠海出版社1998年版,第41—42页。

子形象失魂落魄的精神状态；比如《孤独者》中的"孤独"二字，恰恰表达了鲁迅对于"自然人"的真实看法。学界历来都认为《呐喊》《彷徨》的思想特质，是在建构一种以自由个体为核心的文化哲学，而他笔下那些身份不同但却命运相连的知识分子，"他们从自我的觉醒和与传统的分离开始，经由对现实社会的观察、反叛和否定，最终又回归到自我与现实传统的联系之中，从而达到自我否定的结论。"①换言之，鲁迅是从孤独的生命体验中，发现了历史"中间物"的人格弱点，并且主张通过传统知识分子的自我否定，去实现主体"自我"的人生理想。然而我个人却认为，《呐喊》尤其是《彷徨》的故事叙事，并不支持这种形而上的理论推断。我们不妨以《孤独者》和《伤逝》这两篇作品为例，它们分别写于 1925 年 10 月 17 日、10 月 21 日，从时间上看相差无几，说明两者之间具有一种思想上的关联性。《孤独者》当然揭示了魏连殳同现实社会之间不可调和的矛盾对立，人们也可以依据"我已经躬行我先前所憎恶的，所反对的一切，拒斥我先前所崇仰，所主张的一切了"这段话，去提升《孤独者》反封建与反传统的思想意义；但是细读《孤独者》我们却发现，鲁迅本人似乎无意将魏连殳塑造成一个反封建的时代斗士，而是把他描写成了一个傲世轻物、自视甚高的怪癖文人。比如，他仇视"家"但"一领薪水却一定立即寄给他的祖母"，说明他骨子里并非真反"家"；他身为"新党"可"架上却不很有新书"，其思想之"新"更是令人生疑。鲁迅之所以要这样去描写魏连殳，绝不是要去表现什么历史的"中间物"，因为"中间物"毕竟还有一点"新"的思想因素，而魏连殳身上又有哪些"新"的思想因素呢？其实鲁迅已经在作品文本中交代得一清二楚了，魏连殳所接受的"新思想"，无非是同他那几个为数不多的朋友一样，"大抵是读过《沉沦》的吧，时常自命为'不幸的青年'或'零余者'，螃蟹一般懒散而骄傲地堆在大椅子上，一面唉声叹气，一面皱着眉头吸烟。"然后便"一意喝烧酒，并且依然发些关于社会和历史的议论"。在这段颇带有调侃语气的文字描述中，我们注意到鲁迅是在用"自命"二字，去形容魏连殳之辈的人格特征；"自命"与"自负"的意思相差无几，鲁迅既然是选用了

---

① 汪晖：《鲁迅的精神结构与〈呐喊〉〈彷徨〉》，《社会科学辑刊》1989 年第 5 期。

"自命"这两个字眼,说明他并没有把魏连殳身上那种中国清流文人式的"自命不凡",直接等同于西方个性解放观念中的自由精神。如果我们能够摆脱启蒙言说的教条思维,从"自由"与"规范"的哲学角度去看问题,便能发现《孤独者》的叙事结构,是一种否定性的思想表达:魏连殳在一个绝对"不自由"的现实社会中,想要超越一切社会秩序和道德规范性,去实现他个人追求的绝对"自由",那么他必然会受到"秩序"与"规范"的全面绞杀。故鲁迅虽然同情魏连殳的不幸遭遇,但却并不认同他自暴自弃的消极反抗,否则我们就难以理解为什么在故事叙事的结尾处,突然间"我的心地就轻松起来,坦然地在潮湿的石路上,月光底下"。这个结尾大有深意,鲁迅是在告诉读者,魏连殳所追求的不切实际的"个人主义"理想,既不可能跨越"社会"这道障碍而存在,更不可能脱离道德规范而逍遥,所以"死亡"才是他获得"自我"与"自由"的唯一途径。

从这一意义上来说,《伤逝》理应是《孤独者》的一种补充,即:发生在魏连殳身上的人格悲剧,又在涓生与子君身上得到了更加具象化的艺术再现。小说《伤逝》的开篇,更是直接赋予了涓生以一种"自然人"的现实身份——他没有"家"、没有"亲人"更没有"故乡",只身一人住在"吉兆胡同"的一间"破屋"里,"寂静和空虚"地打发着自己枯燥乏味的独居生活。这是一种充满着悖论逻辑的叙事方式,无论研究者怎样用启蒙话语去加以升华,都难以解释鲁迅本人设定这种叙事方式的真实意图:既然涓生已经获得了"自由"并变成了一个不受任何社会羁绊的"自然人",那么他应该为此感到骄傲与自豪才对啊,可他为什么仍旧会感到"寂静和空虚"呢? 我们研究者虽然不理解,但鲁迅本人却十分清楚。涓生虽然挣脱了"家庭"的桎梏,却发现"自我"所获得的"自由",竟是一种"寂静和空虚";于是为了寻求自己情感上的慰藉,他又用"谎言"把子君从叔叔家中"骗"了出来,并试图"仗着她逃出这寂静和空虚"。这种叙事结构已经明确地告诉了读者,涓生根本就不是在"解放"子君,而是为了一己私利在"害"子君,子君的死与涓生的忏悔就是一个很好的证明。也许会有研究者对此强烈质疑,涓生明明是在向子君灌输西方人文精神,怎么能说他"害"了子君呢? 回答这个问题其实并不困难,从表面上看涓生读的"新书"

是要比魏连殳多一些,所以才能使"破屋里便充满了我的语声,谈家庭专制,谈打破旧习惯,谈男女平等,谈伊孛生,谈泰戈尔,谈雪莱";子君则是在涓生用这些西方爱情故事和时髦话语的启蒙之下,向"家庭"和"社会"发起了高调宣战,"我是我自己的,他们谁也没有干涉我的权力!《伤逝》以两位新青年获得了"自我"与"自由"为起点,又以他们丧失了"自我"与"自由"为终结,鲁迅竟然把一个"自由恋爱"的启蒙故事,写成了一个"个性解放"的时代悲剧,这多少都有点出乎了研究者的意料之外。因此为了维护思想启蒙的历史合法性,他们一致认为涓生和子君的悲剧,是"'个人'被整个'社会'吃掉"的悲剧,是"个性主义精神"被"世俗封建思想势力"压垮了的悲剧,鲁迅就是要通过这一悲剧,去表达自己对于思想启蒙的坚定信念:真正的个人主义者应"有傲视世俗的无畏态度、有强毅不挠的精神力量、有坚定不移的个人意志"①。可是《伤逝》文本的故事情节,又与阐释者的见解相反。尽管我们研究者可以把《伤逝》悲剧"甩锅"给外部世界的社会压力,但是鲁迅本人所关注的焦点却是涓生与子君的自身问题。首先,《伤逝》是通过爱情叙事,去暴露个人主义者的自私人格。涓生究竟爱不爱子君,或者说他为什么爱子君? 鲁迅本人在作品的开篇,就已经做了明确的交代:"我爱子君,仗着她逃出这寂静和空虚。"这句话有着一个逻辑清晰的因果关系,它表明涓生的"爱"是有前提条件的,即希望借助于子君的出现和存在,以帮助自己逃离寂寞与孤独的精神困境;一旦两个独立的"自我"合为一体,不仅没有使他逃离孤独和寂寞,反倒令他感到更加拘谨和不自由时,涓生的真面目便立刻暴露了出来——"其实,我一个人,是容易生活的"。一句"我一个人"的真实想法,凸显出涓生的人生价值观,就只有"自我"与"自由",说穿了就是他"自私"人格的真实再现。尤其是当他对子君说"我已经不爱你了"的时候,从来就没有"爱"过子君的涓生,却偏偏要用"爱"字去装饰自己的虚伪人格,更是将其丑陋的灵魂暴露无遗。其次,鲁迅创作《伤逝》的真实目的,并不是描写"爱情",而是在借助青年人最为关心的"爱情"问题,去表达自己对于人生价值的哲学思考。"人必生活着,

---

① 王富仁:《〈呐喊〉〈彷徨〉综论》(上),《文学评论》1985 年第 3 期。

爱才有所附丽。"这句颇为研究者所称道的人生格言,与其说是涓生讲给子君听的,还不如说是鲁迅讲给五四青年听的;他将"活着"置放于"爱"的前面,就是在强调"爱情"与"活着"相比较,"活着"要比"爱情"更为重要。因为在鲁迅本人看来,涓生与子君的"爱情"之所以会变成一场悲剧,就在于他们仅仅是为了抽象的"爱情",而忘却了还必须在现实社会中"活着"。"活着"就不可能离开"社会"和"人群",可他们"因为骄傲,向来不与世交来往,迁居以后,也疏远了所有旧识的人"。解读《伤逝》我们必须要保持自己的头脑清醒,鲁迅既然是在用"骄傲"这种"自我"与"自负"的表达方式,来说明涓生与子君主动地同"社会"断绝了一切交往,那么发生在他们身上的悲剧也就谈不上是什么社会悲剧,至多不过是一种新青年追求"自然人"理想的挫败感而已。

　　无论魏连殳还是涓生、子君,他们最后都是以死亡或颓废的人生悲剧,终结了对"自我"与"自由"的虚无幻想,这充分说明鲁迅并不赞成虚无缥缈的"自我"与"自由",至少他中后期的思想表现是如此。因为从五四新文化运动刚一开始,鲁迅便发现启蒙精英所倡导的西方"个性解放"思想,早已被诠释者改变了它在西方哲学观念中的原有内涵,甚至一经"传入中国,便如落在黑色染缸,立刻乌黑一团,化作济私助焰之具",故"此弊不除,中国是无药可救的"[①]。西方"个人主义"思想的原始初衷,是要提倡人的精神自由,但在魏连殳和涓生等人身上,却被转换成了绝对"自我"的行为自由,这种"偷梁换柱"与"济私助焰"的概念转换,必然会引起鲁迅本人的高度警觉。实际上,从20世纪初叶开始,西方思想界就发现"个人主义"这一哲学概念,客观上存在有很大的历史缺陷性,即人的"精神自由"如果缺乏必要的理性节制,很容易被转化为随心所欲的行为自由,并会直接危害到西方社会的"契约"文明。所以他们又一再地补充说明,"个人的行动和行为很自然地受到从根本上说是自私的激情、贪婪和欲望的刺激,因为个人自然地会寻求他或她自身的幸福、快乐以及满足。"而这种"个人主义"的自私本能,"从一开始就存在着将个人从社会背景中抽离出来,并由此强调他自豪的自给自足和目中无人的孤独这种

---

① 鲁迅:《偶感》,《鲁迅全集》第 5 卷,人民文学出版社 1981 年版,第 480 页。

趋势。"①正是基于这样一种思想认识,重新去审视并修正"自我"与"自由"在概念上的理论缺陷性,也就成为了西方现代哲学研究中的一个重要命题。鲁迅创作《孤独者》和《伤逝》等作品,其主观用意也是希望通过剖析魏连殳、涓生等人的种种表现,去严肃地探讨"个性解放"的功过是非问题;但他却并没有把新青年的理想失败完全悲剧归罪于社会对于个人的残酷虐杀,同时也在提醒他们去反思自己对于社会的应尽责任。这种远远超越启蒙本身的先知先觉,才是鲁迅思想人格的伟大之处。

20世纪20年代末到30年代初,是新文学面临着再次转型的一个思想过渡期。由于启蒙不可能使人真正获得"自由"和"解放",而动荡不安的社会环境又使他们变得穷困潦倒、生活窘迫,因此"个性解放"的追求者们,便呈现出了一种集体颓废的精神态势。如叶圣陶的《倪焕之》、胡也频的《欲雨的秋天》、茅盾的《蚀》三部曲、蒋光慈的《冲出云围的月亮》、洪灵菲的《流亡》三部曲、柔石的《二月》等经典作品,主人公几乎都是情绪颓废、倍感绝望。问题是这些曾经热衷于"离家出走"的"自然人",为什么突然间都会感到既不"自由"也不"自然"了呢?说穿了,就是他们把"个人"看得太重,完全无视"个人"对于"社会"的依存关系。就拿叶圣陶笔下的倪焕之来说吧,他曾是作者精心塑造的理想主义者,先后经历了"辛亥革命""五四运动""五卅运动"三个历史阶段,坚信只有通过启蒙教育才能拯救破败不堪的旧中国,并且表示思想启蒙"不但教学生,并且要教社会"。倪焕之崇尚启蒙教育,其目的无非是要改造"国民性",培养现代中国人自强不息的独立人格;然而亘古不变的传统、沉闷压抑的现实以及甜美爱情的变味,一次又一次地打磨着他的思想意志,最终只能是带着深深的遗憾寂寞而死。蒋光慈的《冲破云围的月亮》,虽说作者的主观意图是想表现五四青年转变为革命青年的历史必然性,但是在他的笔下,"革命"理想只不过是一种契合时代的政治符号,而"生存"困境才是故事叙事的中心话题:主人公柳遇秋和曼英两人,都是接受过五四精神洗礼

---

① [英]安东尼·阿巴拉斯特:《西方自由主义的兴衰》(上),吉林人民出版社2011年版,第33、25页。

的现代青年,可当他们面对着错综复杂的现实社会时,个人生存立刻就变成了一个无法回避的严酷问题。因此他们已不再相信什么"自我解放",甚至"不再相信人类有解放的可能了",柳遇秋干脆对曼英说"我们是青年,得享乐时且享乐"。曼英后来同柳遇秋分道扬镳,成为了一个"革命者",可她所从事的"革命"工作,却又是用自己的肉体去报复社会:"从前曼英没有用刀枪的力量将敌人剿灭,现在曼英可以利用自己的肉体的美来将敌人捉弄。"最值得我们去仔细琢磨的,还是茅盾的《蚀》三部曲。小说中的主人公都是曾经追求"个性解放"的五四青年,但是他们在"离家出走"以后,却全都在严酷的现实面前走向了"动摇"和"幻灭",最后变成了一群悲观厌世的颓废主义者。茅盾本人曾坦率地承认,当时"我有点幻灭,我悲观,我消沉",几乎同那一时代所有的青年人一样,找不到出路也看不到任何希望,"《幻灭》等三篇只是时代的描写,是自己想能够如何忠实便如何忠实的时代描写"。① 故他在《追求》中借主人公张曼青之口,向读者诉说了一个"自私"与"病态"的时代真相:"人人只顾目前,能够抓到钱时抓了来再说,能够践踏倒别人时就踏倒了先吐一口气,人人只为自己打算,利害相同时就联合,利害冲突时就分裂;没有理由,没有目的,没有主义,然而他们说的话却是同样的好听。"这段话虽然说的是大革命失败以后的青年心态,但却充分暴露了知识分子试图借助"革命",以摆脱"自我"颓唐以及精神困境的灵魂挣扎。如此一来便使我们得出了这样一种结论:"启蒙"将主体"自我"的"不自由",完全归结为是"传统"的强力制约;"革命"将主体"自我"的"不自由",则又归结为是"社会"的外在压迫。因此从社会与文学发展的逻辑来看,一旦个人与社会发生了不可调和的矛盾冲突,那么"革命"必然就会成为解决这种矛盾的最佳方案。"革命"究竟能否解决主体"自我"的生存困境无关紧要,重要的是知识精英通过"革命"可以暂时摆脱"无地彷徨"的尴尬局面。

值得注意的是,当"个性解放"已经在启蒙精英中达成了思想共识之际,庐隐却在小说《海滨故人》里反其道而行之,令人震惊地提出了"知识误我"这

① 茅盾:《从牯岭到东京》,《小说月报》1928 年第 10 期。

一概念。如果说庐隐口中的"知识误我",主要还只是在指"自由恋爱"口号对于新女性的身心伤害;未曾想巴金在小说《寒夜》里再次提到了这一概念,而且还明确地表示"知识误我"就是"读书无用"的同义词。巴金虽然是个意志坚定的无政府主义者,但在五四时期他也是思想启蒙的崇拜者,小说《家》正是以"个性解放"为创作主题,在中国现代文坛上引起了强烈的反响。然而到了20世纪40年代中期,巴金的思想发生了很大的变化,他从自己"离家出走"的经验教训中深刻地体会到,摆脱家庭羁绊当然非常容易,但是立足社会却十分艰难。故他创作小说《寒夜》时,不再只是去关注现代青年的"个性解放",而是更关心他们在现实社会中的生存困境。知识分子汪文宣的悲惨命运,赢得了无数读书人的同情眼泪:他受过现代大学的正规教育,也有着从事教书育人的远大理想,然而残酷的现实生活以及严重的肺病困扰,使他能不能够"活下去"都成了一个大问题,哪里还有什么心思去追求主体"自我"的独立人格啊!在汪文宣的工作环境中,人人都接受过高等教育,人人都戴着"现代"知识分子的假面具,隐藏在这种假面具背后的事实真相,却又是钩心斗角、尔虞我诈的传统人际关系。汪文宣至死都不明白,他同样是一个读过大学的文化人,为什么在经过了思想启蒙的现代社会里,像他这种人会活得那么艰难?汪文宣的生命诘问,无疑正是巴金本人的思想困顿,因为他发现在一个"权势"社会里,"知识"本身并不具有任何的实用价值,只有把"知识"与"权势"结合为一体,它才能从"无用"转化为"财富"!汪文宣对于上司"周主任"既恨又怕,是一种非常微妙的复杂心理——"恨"是因为"周主任"已经实现了"知识"向"权力"的转化过程,所以理所当然地过上了一种无比优越的舒适生活;"怕"则是因为"周主任"又代表着社会"权力",并牢牢掌握着主宰他命运的生死大权。当汪文宣欲哭无泪地对母亲说,"我怎么会变成这样一个(无用之)人"时,其实就是巴金本人在绝望地申述"读书无用论";因为"读书"不仅没有给汪文宣带来一丝"生"的希望,相反所谓的"知识"却加速了他的死亡进程,这是一种非常可怕的社会现实。汪文宣没有成功地把书本"知识"转换成现实"权力",最后使他失去了在现实社会中应付生存的基本技能,只有从这个角度切入,我们才能真正读懂《寒夜》中那些情绪激烈的愤懑话语:"我只后悔当初不该读书,更不该让你读书,我害了你一辈子,也害了我自己。老实说,我连做老妈子的资格也没有"(汪母);"在这个时代,什么人都有办法,就是我们这种人没用。我连一个银行工友都不如,你也比不上一个老妈子"(汪文宣);"我白读了一辈子书,弄成这种样子,真想不到!""这个世界不是我们这种人的"(唐柏青)。我们很难想象,当年那位狂热追求个人主义理想的叛逆者巴金,在《寒夜》里会变得如此消沉和绝望。还有女主人公曾树生,她也是一个现代青年,也曾有过"个性解放"的浪漫想象,然而"知识"在她的生存问题上,更是起不到任何的实际作用,最后还得靠自己的"美貌"去解决问题。"权力"与"美貌"超越了"知识"本身的社会价值,这是令巴金感到无比沮丧的思想根源,"一个渺小读书人的生与死"①究竟能否唤醒沉闷社会的人性良知,巴金本人对此显然是不抱有任何幻想。因为"一个渺小读书人的生与死",已经清晰地表达了巴金本人的深刻悲哀:个人与社会相比较是极其"渺小"的,他根本就不可能去对抗强大的"社会";故无论"自我"与"自由"多么诱人,它在现实社会面前都不堪一击。所以,又冷又黑的"寒夜",淹没了一切生命现象,一句"夜的确太冷了"的故事收尾,足以说明巴金对于思想启蒙的心寒程度。

由于"个体"无法与"社会"相抗衡,必然会导致新文学作家对于启蒙立场的思想转变,因为知识精英若要解决自身生存的现实问题,就必须投身到阶级社会的大众群体去寻求帮助,从"我们"而不是"我"的价值和意义,便开始受到了新文学作家的高度重视。比如郭沫若就率先"左转",并向社会大声宣布"个人主义的文艺老早过去了",他说中国当下最需要的文学创作,不是"个性解放"的狂热呐喊,而是为工农大众发声的"无产阶级的文艺"。② 紧接着,鲁迅与茅盾等五四新文学的代表性人物,也都纷纷加入到了"左翼文学"阵营,进而使每一个"自我",都在"我们"中间找到了自己的人生归宿。

到现在为止,学界仍未充分意识到五四新文学阵营的集体"左转",是一

① 巴金:《〈寒夜〉后记》,《巴金全集》,人民文学出版社1989年版,第703页。
② 麦克昂:《英雄树》,《中国新文学大系(1927—1937)文学理论集二》,上海文艺出版社1987年版,第23—24页。

个不以人们意志为转移的历史必然现象,这无疑是一个巨大的理论缺憾。其实对于以"自我"为中心的启蒙口号,新文学阵营内部早就存在着不同的看法。比如在20世纪20年代,石平梅便在小说《弃妇》中,强烈控诉了在"自由恋爱的招牌底,有多少可怜的怨女弃妇被践踏着!"。陈铨也在小说《恋爱之冲突》中,揭露了"自我"光环背后的"自私"本性,以及在"自由"口号遮蔽下的"欲望"放纵。到了20世纪三四十年代,有更多的新文学作家开始去反思五四。比如张爱玲便嘲讽说"离家出走",只不过是"'走!走到楼上去!'——开饭的时候,一声呼唤,他们就会下来的"①。但真正算得上是反思五四启蒙的文学作品,则应属路翎的长篇小说《财主底儿女们》。在这部鸿篇巨制中,作者让蒋少祖与蒋纯祖兄弟二人在"离家出走"之后,从居无定所的漂泊生涯中去重新理解"家"和"传统"的现实意义,并对自己过去那种"叛逆"行为感到内疚。比如最先觉醒的蒋少祖,"他对他底过去有悔恨。"他还在自责与忏悔中不断地扪心自问,中华民族有着几千年的文化传统,可人们却"为什么要崇奉西欧底文化"呢? 弟弟蒋纯祖后来也从茫然中觉醒过来,他发现自己"已经受了欺骗,因为他新生活的地方,不是抽象的,诗意的希腊和罗马,而是中国"。自我反省使他突然意识到,"所谓自由,便是追求虚荣和享乐"。因此他痛心疾首地呐喊道,"(我)痛恨五四时代底浅薄浮嚣"。对于蒋家兄弟的真诚忏悔,我们不妨将其视为一种新文学自我救赎的理性行为。

第三节　新文学主体自我的认识误区

新文学之所以会热衷于追求"自然人"的价值理念,并把主体"自我"凌驾于社会之上,这当然是与它对"自由"这一概念的理解有着直接关系。比如,郁达夫在《中国新文学大系·散文二集》的"导言"里,就深有感慨地回忆说:五四新文化运动"最大的成功,第一个要算'个人'的发现。以前的人是为君而存在,为道而存在,为父母而存在的,现代的人才知道为自我而存在了"。

---

① 张爱玲:《走!走到楼上去》,《杂志》月刊1944年4月第13卷第1期。

他还进一步指出,主体自我在文学创作中的具体表现,就是“个人”神圣不可侵犯的“自由”权利,这是五四新文学现代性的最大特点。[①] 郁达夫阐释得比较贴近历史情境,新文学作家渴望主体自我的绝对“自由”,不仅集中体现着他们对于西方现代“科学”与“民主”精神的思想认识,同时也直接导致了新文学创作的空前繁荣。然而,我们也必须去正视这样一种历史现象:“自由”原本是西方人文精神的哲学释义,但五四启蒙精英却急切地将其转化为变革中国社会的具体实践;由于普通的中国人缺乏认知“自由”的哲学素养,势必又会对中国传统文化的道德体系造成巨大的冲击。长期以来,学界出于维护思想启蒙的历史合法性,往往只是强调“自由”对于现代文明社会的积极意义,却极少谈及它对中国传统文化的破坏作用,这绝不是一种实事求是的科学态度。

问题在于,新文学究竟是如何去理解西方主体论哲学的“自由”观的?它对思想启蒙到底都产生过哪些直接的影响?新文学在其创作实践过程中又是如何去表现“自由”的?若要回答上述这些重大的理论命题,我们就必须回归到历史的“故纸堆”里,从历史“现场”去寻找还原历史的正确答案。

一、新文学个性解放的理论建构

当我们将视角重新投回到五四启蒙时期,发现《新青年》所倡导的“自由”思想,先后经历了一个从理论阐释到社会实践的时间分段:比如在 1917 年之前,主要是在介绍西方哲学中的“自由”精神;但是到了 1917 年以后,明显又转向了强调“自由”的社会意义。《新青年》阵营对于“自由”认识的转变之快,着实令人瞠目结舌、大跌眼镜。同样是从西洋留学归来的“学衡派”人士,对于《新青年》阵营这种断章取义的理论乱象,就曾表示过强烈的不满和愤慨,他们讽刺陈独秀、胡适等人对于“西方”人文精神的激情言说,“曰浅,曰隘。浅隘则是非颠倒,真理埋没。浅则论不探源,隘则敷陈多误。”[②]其结果是

① 郁达夫:《中国新文学大系·散文二集》,上海文艺出版社 2003 年版,第 5 页。
② 汤用彤:《评近人之文化研究》,《学衡》1922 年 12 月第 12 期。

使"今世思想混乱，精神迷茫，信仰丧失，行事无所依据"。① 人们固然可以说，这是"学衡派"对于思想启蒙的一种偏见，然而仔细回顾一下五四时期的社会现象与文学表现，人们对于"自由"的信仰就如同佛教的中国化一样，明显是被启蒙精英做了一种中国化的理论"俗解"。我这里所用的"俗解"一词，是指启蒙精英明显将西方哲学中的精神"自由"，庸俗化地理解成了主体"自我"随心所欲的行为"放纵"；而精神"自由"一旦被转化成行为"放纵"，就必然会失去其原本理论上所具有的哲学内涵，爆发出令人难以预料的巨大破坏力。因此我个人认为，"自由"观念的中国化释义，作为一种新文学创作上的"西化"方式，是一个非常具有学术研究价值的历史现象。

1915 年 9 月，《青年杂志》正式创刊，对于中国思想界而言，这无疑是一件大事。陈独秀在发刊词的《敬告青年》一文中，要求新青年应冲破一切传统的思想束缚，大胆地去追求"完全自主自由之人格"。他说一个人如果"以其是非荣辱听命他人，不以自身为本位，则个人独立平等之人格消灭无存，其一切善恶行为势不能诉之自身意志而课以功过，谓之奴隶"②。今天我们再去重读这篇文章，发现陈独秀对于"自由"概念的激情阐释，主要还是在强调人在思想上的独立性，并将"精神"自由视为"自由"的最高境界。高一涵在同一期杂志上，也发表了一篇题为《共和国与青年之自觉》的文章，比陈独秀更为全面地诠释了西方主体论哲学中的"自由"思想。他指出，"顾自由要义，首当自重其品格。所谓品格，即尊重严正，高洁其情，予人以凛然不可侵犯之威仪也。然欲尊重一己之自由，亦必须尊重他人之自由。以尊重一己之心，推而施诸人人，以养成互相尊重自由权利之习惯，谓之平等的自由也。"③高一涵在其文章里，一再强调个体"自由"是相对性的，而不是绝对性的，"自由"在人类社会共同体当中，必须遵守相互尊重的平等原则，这应该是对西方"自由"观念的正确理解。从 1916 年开始，陈独秀便率先尝试用"自由"这一哲学概念，去考察中国社会积弱落后的现实问题。他认为现代西方社会从经济到政体，都与

---

① 吴宓：《我之人生观》，《学衡》1923 年 4 月第 16 期。
② 陈独秀：《敬告青年》，《新青年》1915 年 9 月第 1 卷第 1 号。
③ 高一涵：《共和国家与青年之自觉》，《新青年》1915 年 9 月第 1 卷第 1 号。

"个人独立主义"密切相关,比如"人格独立"与"财产独立",就是西方现代文明的两大要素。反观中国社会,长期受儒家"礼教"的思想束缚,"人格之个人独立既不完全,财产之个人独立更不相涉",因此愚昧落后以至于今。所以,陈独秀大声疾呼必须废"孔教"、建立"共和",才能使中国人获得"自由"和"解放"。① 1917 年以前的《新青年》,所刊载的论述"自由"的文章并不是很多,大多都是属于一种纯理论性质的学术探讨;即便是像陈独秀等思想激进的改革派人士,偶尔结合一下中国社会的实际情况,也没有超出哲学释义的理论范畴,其功利主义倾向也没有那么过于明显。

但是 1917 年之后,情况却急转直下,《新青年》同人对于"自由"的思想认识,也从"学理"性转向了"社会"化,"自由"因此也被赋予了功利主义的实际内容。将"自由"实用功利化的理由十分简单,因为启蒙不能仅仅停留在理论探讨上,更是要付诸改造中国社会的具体实践中;所以视"自由"为变革中国社会的工具利器,势必会导致对它的原有内涵的中国化阐释。陈独秀与李大钊等启蒙先驱者,首先为"自由"之说建立起一个对立面,即将孔子和儒家思想定性为"孔教",并认为"孔教"与"共和"之"自由"精神完全相悖;因此他们声称"孔子之道,不能为共和国民修身之大本",既然已经把"孔教"看作是实现"共和"的一大障碍,故他们坚决主张"应毁全国已有之孔庙而罢其祀"②!启蒙精英在声讨国民"缺乏自由思想"时,几乎都将全体国民的"奴性"弱点归罪于儒家思想,依据他们那种"现代性"的观点,"吾民则数千年来,托政府为恩主,以盲从为义务",根本就不知道什么是"自由"。追根溯源,这都是"民可使由之,不可使知之"愚民政策所造成的严重恶果,所以主张以他们所理解的西方"自由"思想,去全面取代中国以儒家学说为基础的"固有之政制"和"固有之文化"。③ 而"只手打孔家店"的老英雄吴虞,则更是将批判的矛头直接指向了以"礼教"为核心的家族制度,他认为"礼教"的核心内容,就是要求中国人在家"事父"、在朝"事君",唯独没有主体自我的个人"自由",所以"共和

① 陈独秀:《孔子之道与现代生活》,《新青年》1916 年 12 月第 2 卷第 4 号。
② 陈独秀:《再论孔教问题》,《新青年》1917 年 2 月第 2 卷第 5 号。
③ 光升:《中国国民性及其弱点》,《新青年》1917 年 2 月第 2 卷第 6 号。

之政立,儒教尊卑贵贱不平等之义,当然劣败而归于淘汰"。不仅如此,吴虞还明确表示为了"自由"故,自己愿去效法老子的"六亲不和",即便"蒙'离经叛道'之讥,所不恤矣"①! 我个人最感兴趣的一篇文章,是商素素的《女子问题》。因为这篇长文刊发于1917年,理应被视为《新青年》杂志上最早的女性发声。作者以西方的"自由"学说为依据,公开为女性辩护并且猛烈抨击传统社会的性别歧视,进而慷慨陈词说"个人者非家庭之私有,女子者非男子之私有"。该文不仅批判了中国封建社会男尊女卑的丑陋现象,而且还信心满满地畅言了现代社会男女平等的人文理想。② 孤立地去看待这篇文章,似乎并没有什么特别之处,甚至还有些思想幼稚和语言不通;但如果将其置放于思想启蒙的历史大背景下,与陈独秀等人的文章联系起来去加以考察,便会发现《新青年》阵营在反传统方面的思想一致性:陈独秀认为社会的不自由罪在"孔教",吴虞认为家庭的不自由罪在"礼教",而商素素则认为女性的不自由是罪在"名教";无论"孔教""礼教"还是"名教"他们全都主张彻底清除,进而以他们所理解的"西方"现代文明为榜样,去建构一种中国现代社会的伦理关系。《新青年》以"自由"观念去否定儒家传统,说明启蒙已经在有意识地将西方的主体论哲学转化为一种改造中国社会的实用工具,五四以后"自由"一词在中国社会与新文学创作中的泛滥成灾,便是对这种中国式的"自由"观而非西方式的"自由"观的最好注脚。换言之,"自由"从理论转变为实践,虽然极大地推动了五四个性解放思潮的迅猛发展,同时也为后来的精神文明建设埋下了极大的社会隐患,其"双刃剑"效应理应引起我们的高度重视。

五四启蒙精英中最看重"自由"二字的胡适,历来都是一个备受争议的历史人物,可以说"自由"是他毕生追求的一种信仰,几乎涵括了他启蒙哲学的全部内容。我所关注的问题重点,并不是胡适对于"自由主义"思想的执着追求,而是他究竟是怎样去理解"自由"这一概念的。若要客观公正地去评价胡适的"自由主义"思想,我们就必须秉持一种不偏不倚的科学态度。1918年6

① 吴虞:《家庭制度为专制主义之根据论》,《新青年》1917年2月第2卷第6号。
② 商素素:《女子问题》,《新青年》1917年5月第3卷第3号。

月,胡适在《新青年》杂志第 4 卷第 6 号上,发表了著名的《易卜生主义》一文,这无疑是他对西方"自由主义"人文观念的最早陈述。该文之所以能够在当时社会产生巨大的轰动效应,并不是因为易卜生的话剧在中国具有多么大的艺术魅力(那时易卜生的话剧还没有在中国上演),也不是因为胡适对于"自由"这一概念做了多么精准的理论阐释;而是胡适在充分利用易卜生话剧所讲述的故事内容,把"自由"变成了批判社会与家庭的工具利器,进而直接推动了中国社会的历史转型。傅斯年说《易卜生主义》是五四思想启蒙运动最重要的纲领性文献之一,其实正是他对胡适将西方"自由主义"思想中国化阐释的一种肯定。①《易卜生主义》一文的核心论点,是强调"社会最大的罪恶莫过于摧残个人的个性,不使他自由发展"。"社会最爱专制,往往用强力摧折个人的个性,压制个人自由独立的精神;等到个人的个性都消灭了,等到自由独立的精神都完了,社会自身也没有生气了,也不会进步了。"②《易卜生主义》不仅把家庭与社会说得漆黑一团,而且还将个人同家庭和社会的对抗绝对化了,故胡适号召中国人都应该学习"娜拉"的反抗精神,敢于"离家出走"并同家庭彻底决裂。《易卜生主义》一文之所以能够引起社会的强烈反响,就在于思想启蒙为国人所设定的一套逻辑程序:启蒙以"西化"为榜样,而易卜生当然又是西方人;既然"娜拉"的"离家出走"是西方人获得"自由"与"解放"的先决条件,那么中国人又有什么理由不去进行直接的仿效呢? 胡适能够迅速取代陈独秀成为思想启蒙的精神领袖,《易卜生主义》一文可以说是功不可没。我并不否认胡适的主观用意,是想通过"个人"与"群体"之间的矛盾对立,以凸显"个人"存在价值的绝对合理性;但他似乎忽略了一个问题,即"社会"并不是一个抽象的概念,其本身就是由无数"个人"所构成的文化共同体。如果一定要将"个人"与"社会"视为一种相互排斥的矛盾关系,势必会使其观点脱离"实验主义"而走向"虚无主义"。因为世界上绝无独立存在的"个

---

①　傅斯年在《白话与文学心理的改革》一文中明确指出,五四时期最有社会影响力的两篇文章,一是胡适的《易卜生主义》,一是周作人的《人的文学》,见《中国新文学大系·建设理论集》,上海文艺出版社 2003 年版,第 206 页。

②　胡适:《易卜生主义》,《新青年》1918 年 6 月第 4 卷第 6 号。

人",只有由无量数"个人"所组成的"社会";所以"社会"中不同"个体"之间的互相尊重、共生共存,这才是"西方"主体论哲学的本质所在。胡适曾一再声称他是杜威"实验主义"哲学的忠实信徒,但杜威对于"自由"的理解却与胡适的说法截然不同。杜威并不承认个人"自由"的历史合法性,他说"个人只有跟大规模的组织联系起来,才能得到自由",而势单力薄的"个人"也只有依靠"社会"组织,才能真正实现其自身价值。① 后来,胡适自己也发现他对"自由"的理解,在逻辑上的确不够缜密,于是他又重新撰写了《非个人主义的新生活》一文,提出了一个"真的个人主义"的全新说法,以修正和弥补他对"自由"释义上的巨大漏洞。胡适认为:"真的个人主义——就是个性主义(Individuality),他的特性有两种:一是独立思想,不肯把别人的耳朵当耳朵,不肯把别人的眼睛当眼睛,不肯把别人的脑力当脑力;二是个人对于自己的思想信仰的结果要负责任,不怕权威,不怕监禁杀身,只认真理,不认得个人的利害。"② 胡适从强调"个人"与"社会"之间的对抗性,转向了强调"个人"独立思考的重要性,这使他对"自由主义"哲学的思想认识,呈现出了一些足可以拿来炫耀的"西方"色彩。我并不否认,《易卜生主义》一文的思想出发点是好的,胡适试图借助于西方社会的"自由"理念,去推动中国社会的现代转型;但是他却高估了国民的文化素养和思想觉悟,"自由"一旦从精神追求转变成行为放纵,不仅不可能实现"个性解放"的启蒙理想,反倒会动摇中国伦理文化的传统根基。新文学创作以"自由"去排斥家庭与社会的偏执情绪,恐怕就连胡适本人也事先没有预料到。

何为"自由"?西方学者对于这一概念也伤透了脑筋。英国哲学家阿克顿曾做过一个数字统计,他说"自由"一词在近百年的西方历史上,总共出现过两百多种概念释义,但却并没有达成一个令人满意的思想共识。③ 正是由于西方人自己都还没搞清楚"自由"究竟是指什么,所以美国共和党总统林肯才会无比沮丧地说:"世界上还未曾有过自由概念的精确定义,而美国人民目

① [美]杜威:《自由与文化》,商务印书馆1964年版,第50页。
② 参见《胡适文集》第2卷,北京大学出版社1998年版,第564页。
③ [英]阿克顿:《自由与权力》,商务印书馆2001年版,第14页。

前极需这样一个定义。我们全都声称为自由而奋斗：使用的虽是同一词语，所指称的却并不是同一事物。"①不过，西方学界虽然对"自由"的看法分歧较大，但是在关于两个关键问题上他们的思想观点还是比较接近的：一、他们都将"自由"归结为是人的本质；二、他们都认为"自由"只是一种相对性的概念。"自由"所以被定义为人的本质，因为人是一种具有思想判断力的高级动物，他完全可以按照自己的主观意志去行事，就像洛克所强调的那样，如果"离了思想，离了意欲，离了意志，就无所谓自由"②。"自由"所以又是相对性的，也是由人类社会集体生存法则所决定了的一种宿命，即"只有在共同体中，个人才可能获得全面发展其才能的手段，也就是说，只有在共同体中才可能有个人自由"③。从五四至今，中国学界一直都认为西方哲学所主张的"自由"观念是绝对性的，但是现在看来这完全是一种无师自通的自我心解。西方现代人文精神是由"自由"和"契约"这两种因素组合而成的文明理念；"契约"强调的是保护所有人的"自由"，而它所约束的恰恰又是个体的"自由"。在西方知识精英的主观意识里，只有保证了社会上所有人的"自由"，"个体"才会有真正的"自由"可言，这是一种绝不能被颠倒的伦理关系。卢梭是"契约"精神的提倡者，他本人对此就说得十分透彻："我们必须清楚地区分仅仅是以个人的力量为其界限的自然的自由，和被普遍意志约束的社会自由"；如果把个体"自由"凌驾于"契约"精神之上，那将会给人类社会造成无可估量的巨大灾难。④ 由此可见，西方学者大都认为，"自由"一词主要是限制在精神活动领域，而不是指人的社会行为可以随心所欲。因为他们早已清醒地意识到，精神"自由"一旦被转化成社会行为，人就会超越"契约"精神的规范与节制，最终导致自私自利思想的严重泛滥。所以在西方学者看来，自由并不是所有人的追求目标，"自由的意义是责任，所以大多数的人都怕自由。"⑤五四启蒙精英

---

① 转引自王海明：《论自由概念》（上），《华侨大学学报》2006 年第 3 期。
② ［英］洛克：《人类理解论》，商务印书馆 1958 年版，第 208 页。
③ 《马克思恩格斯全集》第 1 卷，人民出版社 2012 年版，第 199 页。
④ ［法］卢梭：《社会契约论》，商务印书馆 1991 年版，第 30 页。
⑤ ［英］萧伯纳：《萧伯纳的格言》，见《徐志摩全集》第 7 卷，中央编译出版社 2013 年版，第 90 页。

并不了解西方"自由主义"思想的历史全貌，他们只汲取了西方古典主义主体论哲学中的"自由"概念，把"自我"与"自由"机械教条地联系在一起，并号召国人起来反抗一切固有的社会秩序和道德体系——以反对封建专制为口实，彻底否定传统文化与伦理关系；以倡导个性解放为口实，把父辈们的经验理性视为一种精神枷锁——其结果虽然是破坏了传统文化的道德体系，"自由"却因背离了"契约"精神而受到人们的普遍质疑；虽然摒弃了中国家庭固有的至爱亲情，"自我"却因无家可归而变成了一个四处漂泊的"孤独者"；虽然打破了传统文化的婚姻观念，"恋爱"却因情感冲动变成了道德沦丧的"自由乱爱"；虽然废除了"礼教"的道德节制，肉欲的狂欢却因人性的退化而呈现出了一种动物的本能。尽管五四启蒙一直都是在以"西化"色彩去涂抹自己，但从19世纪中叶开始，西方社会蓬勃兴起的"新自由主义"哲学思潮，便开始去纠正古典主义哲学对于"自由"的错误认识，并对"自由"这一概念做了更加规范的科学释义。从格林到霍布豪斯，他们都认为在人类社会共同体中，个人"自由"必须符合人类社会的道德体系，个人"自由"无论被说得有多么重要，都不能置社会道德体系于不顾："自由并不意味着就是为所欲为，'为所欲为'的自由只是粗糙的消极的压抑他人的自由，事实上起着妨碍自由的作用。"①

五四启蒙给后人所留下的经验教训，就是启蒙精英只是在关注西方古典哲学的"自由"释义，却并不去关注西方现代对于"自由"概念的当下阐释；因此他们一方面在反对中国文化的古老传统，另一方面又在自觉地去负载起西方文化的古老传统，这种"化古"不"化今"的"西化"行为，必然会使新文化与新文学运动去重蹈欧洲浪漫主义时期的"自由"乱象。② 这绝不是我个人罔顾事实的无知妄言，而是一个不以人们意志为转移的历史真相。

二、新文学婚恋自由的具体实践

以"个性解放"为前提的五四启蒙，对于新文学创作产生了极为深刻的思

---

① 袁祖社：《西方自由主义批判性考察》，《山东师范大学学报》2006年第6期。

② 有意思的是，卢梭早期曾强调个体自由大于集体自由，而后期却又强调集体自由大于个体自由。这种思想变化，很有可能是由于他看到了浪漫主义运动所呈现的"自由"乱象，所以才会主张用"契约"精神，去保障每一个人的"自由"。

想影响。我们甚至可以用这样两句话,去概括其所宣扬的启蒙价值观,即:"个性解放"与"自由恋爱"。在这两者间的辩证关系中,"自由恋爱"又是"个性解放"的具体表现。新文学强烈关注青年人的婚恋问题,是因为在启蒙精英看来,沿袭了几千年的传统婚姻制度,历来都是封建"礼教"的重灾区,从家庭冲突到社会矛盾,几乎都与婚姻问题有着密切的关系。故把婚恋问题作为思想启蒙的重中之重,最能引发广大青年人的思想兴趣,进而引导他们走出"家庭"这一封建樊笼,使启蒙能够产生实质性的社会效果。另外,大多数启蒙精英都是封建婚姻制度的直接受害者,他们从自身的痛苦经历中深深地体会到,"数千年里视为不可侵犯的旧礼教……尤以婚姻问题为甚。"①由于"在纯粹的礼教观的社会里做人,就得死心塌地地做礼教的奴隶,实在讲不到恋爱";②所以他们积极主张"恋爱自由",并直接影响到了五四时期的新文学创作,婚恋题材占据主导地位就是一个最好的证据。

现实主义的文学主张,是强调文学与社会之间的相关性;而五四时期"自由恋爱"的社会风气,又为新文学创作提供了一种强大的时代背景。重新去浏览一下当时的报纸杂志,其思想上的前卫性与开放程度,不仅完全超出了启蒙精英的意料之外,同时也令我们这些后人望尘莫及、自叹不如。因为自从启蒙以"个性解放"为前提,提出了"自由恋爱"的响亮口号之后,社会对于这一口号的理解和认识,几乎达到了一种任性妄为的癫狂状态。什么是"自由"的"恋爱"? 社会所给出的答案则是:"恋爱的神圣在乎自由,不能有制度上和习俗上的束缚。只要他愿意爱任何人,他便可以实行,不必有所顾忌。一个女子可以恋爱几个男人,以至于更多,都应是不成问题的。"③毫无疑问,社会已经把恋爱中的"自由"绝对化了,认为"自由"比"恋爱"本身更为重要,所以人们对于"自由恋爱"的种种解释,更是五花八门、莫衷一是。比如有人认为:"因为是流动的,所以是有生机的。恋爱的花才会永远自由地灿烂着,而不被束缚

---

① 李树庭:《离婚问题商榷》,《妇女杂志》1922 年 4 月第 8 卷第 4 号。
② 世衡:《恋爱革命论》,《中国妇女问题讨论集》续集第 4 册,上海新华文化书社 1929 年版,第 74 页。
③ 毛尹若:《读"新恋爱道"后》,《新女性》1928 年 12 月第 3 卷第 12 号。

死。"①还有人说,什么"恋爱"不"恋爱"的,"男女间的关系不过是生理间的关系。换句话说,简直是性交的关系而已。"②对于"恋爱自由"中的道德问题,也就是五四启蒙所热烈讨论的"贞操"问题,人们更是不屑一顾、嗤之以鼻;参与讨论普遍认为,"贞操简直是垃圾箱中的废物,而不可以一用的废物。"③不仅一般的社会公众是这样认为,就连茅盾和周作人这样的精英人士,他们对于"自由恋爱"的看法也大致相同。比如,茅盾虽然不赞成恋爱的绝对"自由"化,但他却并不否定"性"在恋爱中的重要作用,"所谓恋爱,一定是灵肉一致的。仅有肉的结合而没有灵的结合,这不是恋爱。但对于那以恋爱必先有精神而及肉体的说头,却也不能赞成。"④周作人说得更为直率,他认为自由恋爱"即使如何变态,如构不成犯罪,社会别无顾问之必要"⑤。正是由于人们对"自由恋爱"的扭曲认识,各种报纸杂志又在那里推波助澜、火上浇油,再加上这些言论都被贴上了"西化"现代性的时髦标签,所以广大新青年才会热情高涨地狂热呐喊:"革命啊! 恋爱啊! 努力破坏一切伪道德恶习惯非人道和不自然的男女结合底婚姻制度! 重新建设新社会底平等的,自由的,真正恋爱的男女结合!"⑥值得我们研究者去高度关注的一点,是启蒙话语中"自由恋爱",竟然对正常的婚姻制度采取了一种敌视态度,他们认为"恋爱是自由的,结婚是束缚的",只要"恋爱"而不要"婚姻",故"恋爱也变成了绝对自由了"⑦。真不知道陈独秀、胡适等人,会对这些奇谈怪论有何感想。

　　鲁迅也曾认为"自由恋爱"是一种社会文明的进步表现,并对该口号反封建与反传统的现实意义给予了充分肯定。比如他对"某少年"的爱情诗,就大

———————

　　① 陈威伯:《恋爱与性交》,《新女性》1926 年 8 月第 1 卷第 8 号。
　　② 静远:《恋爱至上感的抹杀》,《新女性》1928 年 12 月第 3 卷第 12 号。
　　③ 谦弟:《非恋爱与恋爱》,《新女性》1928 年 5 月第 3 卷第 5 号。
　　④ 沈雁冰:《恋爱与贞操的关系》,1921 年 8 月 31 日《民国日报》副刊《妇女评论》。
　　⑤ 周作人:《读报的经验》,《谈虎集》,上海书店出版社 1987 年版,第 461 页。
　　⑥ 世衡:《婚姻自由》,梅生编:《中国妇女问题讨论集》续集第 4 册,上海新华文化书社 1929 年版,第 81 页。
　　⑦ 岂凡:《关于男女关系的提案》,《新女性》1929 年 4 月第 4 卷第 4 号。

为赞赏地说:"这是血的蒸汽,醒过来的人的真声音。"①不过话又说回来,尽管鲁迅赞成"自由恋爱"的启蒙口号,但却并不看好这一口号的社会效果。理由非常简单,他"见过辛亥革命,见过二次革命,见过袁世凯称帝,张勋复辟,看来看去,就看得怀疑起来,于是失望,颓唐得很了"②。鲁迅在这段话里虽然没有提及"五四",然而他在为小说集《呐喊》写"自序"时,短短的3000多字里"悲哀"与"寂寞"这两个词汇,竟出现过15次之多,足以证明他当时同样是"颓唐得很了"。对于这种"悲哀"与"寂寞",鲁迅自己解释说"再没有青年时候的慷慨激昂"了,可研究者们的心里却十分清楚,其实就是鲁迅失望与绝望情绪的一种表现。鲁迅并不看好思想启蒙这是一个客观事实,因为他非常清楚中国文化是个"大染缸","可怜外国事物,一到中国,便如落在黑色染缸里似的,无不失去了颜色。"③鲁迅的"悲哀"与"寂寞"不是没有道理的,就拿"自由恋爱"这一口号来说吧,"自由"一旦失去了法律与道德的制约性,"恋爱"必然就会变成一种动物本能的"性"游戏;实际上,五四思想启蒙无论有意识还是无意识,已将西方有关"自由"的哲学探讨,还原成了一种脱离人类社会的原始状态,"大染缸"的魔力也由此可见一斑。鲁迅对此万分沮丧地说,他不愿去惊醒"铁屋子"里沉睡着的国民,他知道倘若思想启蒙没有发生实际的社会效用,"国民性"不但会使"新思想"变得面目全非,同时还会令其变得人神共怒、逐渐消亡。五四时期国人对于"自由恋爱"的扭曲认识,就是对鲁迅"染缸"理论的最好验证。比如,吴稚晖曾经讲过这样一个故事:有一次他去武汉参加会议,看到一个陌生男青年走到一位女青年身边,突然拍着那位女青年的肩膀说:"走吧,我们交媾去!"女子听罢大怒,大骂男青年不要脸。而男青年却面无惧色,反以蔑视的口吻讥讽道:"你的思想真是落伍了。"女青年闻之立刻起身道歉,然后与那位男青年携手而去。④ 也许吴稚晖所讲的这个故事未

---

① 鲁迅:《随感录·四十》,《鲁迅全集》第1卷,人民文学出版社1981年版,第321—322页。

② 鲁迅:《〈自选集〉自序》,《鲁迅全集》第4卷,人民文学出版社1981年版,第455页。

③ 鲁迅:《随感录·四十三》,《鲁迅全集》第1卷,人民文学出版社1981年版,第321—322页。

④ 参见剑波《谈"性"》,《新女性》1928年8月第3卷第8号。

免有点过于夸张,那么苏雪林的亲身经历则多少还带有一些历史的真实性。她说:"五四后,男学生都想交结一个女朋友,哪怕那个男生家中已有妻儿,也非交一个女朋友不可。……男女同学随意乱来,班上女同学,多大肚罗汉现身,也无人以为耻。"①苏雪林以历史见证者的在场身份,客观讲述了一个真实的五四,即:新青年从"自由恋爱"到"自由乱爱",这便是他们对于"自由"概念的全部理解。

作为思想启蒙的工具利器,五四新文学对于"自由恋爱"的艺术表现,可谓是源自生活而又真实地再现了生活,同样呈现出了一种令人啼笑皆非的混乱状态。综观新文学有关"自由恋爱"的激情书写,我们可以将其归结为这样三种基本类型。

第一种基本类型,是打着反传统的时髦旗号,以"自由恋爱"去表现"个性解放"的时代意义。在这类作品当中,作者只不过是把"自由恋爱"作为一个"引子",目的则是要通过描写父子(母子)或父女(母女)之间的家庭冲突,去揭示封建大家庭固有秩序的彻底崩溃。比如像郭沫若的话剧《卓文君》、杨振声的小说《玉君》以及谢冰莹的传记文学《一个女兵的自传》等,都是表现这种创作题材的经典文本。《卓文君》是一个中国人家喻户晓的历史故事,她不顾父亲卓王孙的强烈反对,与穷书生司马相如为爱私奔,成就了中国历史上的一段佳话。为了迎合反封建的时代需求,郭沫若将这一历史故事做了大胆的改写,爱情已不再是故事叙事的主要内容,卓文君同父亲和公公的强势对抗,才是吸引读者或观众眼球的思想亮点。在郭沫若的笔下,以传统自居的卓王孙和程郑(公公),他们强制性地要求孀居的卓文君,必须坚守儒家"礼教"的道德规范:"'在家从父,出嫁从夫,夫死从子。''女人从一而终',这是古先圣王所定下的天经地义。""你如果还知道羞耻,你给我死了吧!"而卓文君则是以一个新女性的反抗姿态,针锋相对地回答道:"我以前是以女儿和媳妇的资格对待你们,我现在是以人的资格来对待你们了。""你要叫我死,但你也没有这种权利!"在话剧《卓文君》里,人们只看到父与女、翁与媳之间围绕着"礼教"

---

① 苏雪林:《浮生九四:雪林回忆录》,台北三民书局1991年版,第45页。

和"自由",展开了势不两立的殊死搏击,而司马相如在整个剧情当中,始终都没有出现过(虽然在落幕时他在舞台边缘有个亮相动作,但却没有剧情的实际意义)。小说《玉君》所讲述的悲情故事,更能够体现反抗封建家庭专制的正面意义。杜平夫与周玉君二人从小就青梅竹马、心生爱意,可是玉君的父亲坚决反对他们两人之间的交往。因为当年杜家曾"参过"周家一本,周父对此一直都耿耿于怀,故无论玉君怎样苦苦求情,就是不同意这门亲事。绝望后的玉君自杀未成,只能以"离家出走"去进行反抗。如果说《卓文君》和《玉君》这两部作品,描写的都是"恶父"的形象,那么谢冰莹在纪实小说《一个女兵的自传》里,则彻底颠覆了中国人心目中的"慈母"形象:"这东西简直不是人,父母大于天,岂敢和我们作对!送你读书,原望你懂得孝、悌、忠、信、礼、义、廉、耻;谁知你变成了畜生,连父母都不要了!婚约是父母在你吃奶的时候替你定下的,你反对婚约,就等于反对父母!"叙事主人公"我"在反抗无效后,也是以"离家出走"的极端方式,到社会上去追求她所渴望的绝对"自由"。以上三部作品,都是把婚恋问题作为导火索,让其引爆家庭内部不可调和的矛盾冲突,进而去为新青年"离家出走"的叛逆行为,提供一种不容守旧势力反驳的强大支撑。

第二种基本类型,是让"离家出走"的新青年,用"恋爱"去诠释"自由"与"自我"的存在价值。综观这类作品中的"恋爱"叙事,同样也不是以表现"情爱"为目的的,作者思想的重心所在,则是主体"自我"的价值实现。例如鲁迅的小说《伤逝》、丁玲的小说《莎菲女士的日记》以及曹禺的话剧《原野》等,无一例外都是如此。长期以来,学界一直都认为鲁迅的小说《伤逝》,是一部悲剧性质的"爱情小说",其实这完全是一种有违于文本的主观误读。因为包括《伤逝》在内的五四小说,绝大多数都是"爱情题材小说",而算不上是"爱情小说";作者都是在借助于"爱情题材",去表达"个性解放"的思想内涵,"爱情"本身却并不是被表现的主要对象。那么鲁迅在其小说《伤逝》里,究竟要借涓生与子君的爱情故事,去表达一种什么样的思想观念呢?我个人认为,子君那句个性解放的时代宣言,即"我是我自己的,他们谁也没有干涉我的权利"已经把鲁迅本人的思想意图表达得非常清楚了。鲁迅是在明确地告诉读者,涓生与子君的爱情组合,就是要向"他们"——家庭与社会,宣示"自我"不可侵犯的神圣权利,故子君才会同自己的"叔叔"彻底决裂,涓生也同从前的故友"绝了交"。当他们两人手挽着手"镇静地缓缓前行,坦然入无人之境"时,表面观之是"爱情"的胜利,实际上却是"自我"的胜利。因为《伤逝》在开篇,作者就已经明确地交代,涓生之所以会说"我爱子君",并不是出于一种情感欲望,而是希望"仗着她逃出这寂寞和空虚"。既然"爱"不是涓生本人的真实目的,那么我们完全有理由去这样推论:涓生是在利用子君或者说是"欺骗"子君,以实现绝对"自我"的自由意志。这种绝对"自我"的自私人格,是我们研究小说《伤逝》时不能无视的重要因素。丁玲的《莎菲女士的日记》,表现的也是"自我价值",比如她周旋在苇弟与凌吉士之间,更是"自我"意志的集中体现。特别是她在同凌吉士之间那种非理性的情感交往过程中,所表现出的"自我"轻狂的傲慢姿态和征服欲望,恰恰是在向对方显示其主体"自我"的存在价值。此外,莎菲更是从玩弄苇弟的精神快感中,以他者的痛苦去满足自己的虚荣心,表现出了"自我"征服"他者"的强烈欲望。还有曹禺话剧《原野》中的花金子,作者让其浑身"蓄满魅力和强悍",为了获得家庭内部的统治权,她通过不断地折磨丈夫焦大星,去公然蔑视婆婆焦瞎子的家庭权威,最终造成了焦家"灭门"的惨剧发生。花金子与仇虎之间本无爱情可言,她之所以要对仇虎去投怀送抱,一是为了报复焦瞎子对她的人格歧视,二是她从仇虎身上获得了性欲的极大满足。因此她才会对仇虎深情地说:"我一辈子只有跟着你,才真像活了十天。"这句台词的潜在内涵,是她发现自己在与仇虎偷情的短短"十天"里,才真正体会到了做"女人"的滋味,才真正明白了主体"自我"的存在价值与生命意义。所以这三部作品的叙事结构,都是"自我价值"大于"自由恋爱";如果没有主体"自我"的精神支撑,"爱情"也就失去了它的耀眼光环。

第三种基本类型,是以放纵"自我"的"性欲"描写,去展示"自然人"行为"自由"的道义合法性。这类作品主要是在借助"爱情"去描写"性欲",并通过"性"自由去表现主体"自我"的绝对"自由"。比如杨刚的小说《翁媳》,不仅把"翁媳"之间的乱伦关系,提升到了"个性解放"的思想高度,并且还把男女之间的"性"放纵行为,表现为灵肉合一的"爱"之境界——18 岁的月儿原本是一个没有文化的童养媳,她在封建思想浓厚的中国农村,究竟是如何获得了"自由恋爱"的现代意识,这本身就是一个令人生疑的伪命题;但杨刚却让月儿大胆地去想象"爱"与"性",完全超越了自己的"村姑"身份,并主动去与公公朱香哥"灵肉"结合,以满足自己对于"性"的强烈渴望。毫无疑问,小说《翁媳》揭示了一种五四时期的社会风气,认为"爱"是没有道德底线的,只要有"自由恋爱"作为媒介,一个女人和谁发生性关系都是无可非议的。因此,当他们两人在接受乡规惩罚时,作者竟让月儿没有丝毫的忏悔之意。张资平的小说《梅岭之春》,比《翁媳》有过之而无不及,他干脆抛弃了"自由恋爱"这块遮羞布,直接去表现"性欲"冲动是人之本能:15 岁的保瑛从农村来到城里,每天都被吉叔父与吉叔母风流快活的呻吟声所刺激,脑海里一直都幻想着自己能够替代吉叔母;一年后吉叔母不幸去世了,保瑛终于上了吉叔父的床并同他过起了一种真正的"夫妇生活",而且肚子里还怀上了吉叔父的亲生骨肉。这一荒诞不羁的乱伦故事,无非是在对"自由恋爱"做出另外一种解释,即:"性"是通往"爱"的必由之路,没有"性"根本就谈不上"爱",故"性"在张资平本人看来,要比"爱情"重要得多。而这一点在小说《昙花庵的春风》里,又被他表现得淋漓尽致、更为夸张:在宗教环境里成长起来的小尼姑月谛,原本是过着一种清规戒律的禁欲生活,一次下山化缘偶然碰到一对青年结婚,促使她情窦初开、浮想联翩;返回尼姑庵时,又窥见一对男女在草丛里偷情,她立刻又变得欲火焚身、魂不守舍。所以回到庵里,从内心苏醒过来的性欲冲动,把她折磨得近乎发狂。从此以后,她再也不能安心受戒,而是充满着对性的疯狂想象。叶灵凤否定宗教禁欲主义的非人道本质,并强调"性"作为生命本能的存在价值,其正面意义自不待言;但是他又强调"性"应超越精神和道德,是神圣不可侵犯的绝对人权,这种看法当然也是十分荒谬的。因为借"爱"之名去行"性"自由之实,很容易令新青年误解"性"自由是"恋爱"必不可少的先决条件,进而使"性"完全取代了人类"爱"的精神动能,退回到了一种原始野蛮的生存状态。

　　我们文学研究者在谈及五四时期的思想启蒙时,往往都只是在强调"自由恋爱"的历史进步性,却很少去分析这一口号所客观存在的历史弊端;而研究中国近现代史的学者们,却习惯于从正反两个方面去看问题,故他们的见解显然要比我们更为客观。比如他们坚持以历史事实而不是文学作品为依据去看问题,将"自由恋爱"视为导致传统伦理道德体系崩溃的直接原因,因为"这一时期青年男女对恋爱和婚姻的盲目性和草率程度有时候令人瞠目结舌,今天我们已经很难理解为什么很多女性在结婚以后很长时间才知道丈夫早有原配夫人并尚健在,有的甚至早已有了孩子。然而这种不可思议之事在当时却比比皆是"①。这倒不是历史研究者有意在非难五四思想启蒙运动,实际上对以"性"自由去代替"自由恋爱"的忧患意识,早已引起了启蒙阵营的高度关注。比如,周韬奋不仅不赞成"自由恋爱"过程中的"性"自由,而且还反复劝诫那些热衷于"自由恋爱"的新女性们,一定要洁身自好守住自己的道德底线,如果"未有彻底了解而且正式结婚之前",千万不要同陌生男子发生性关系。只有做到谨慎再谨慎,才"不至于有何凄惨的结果"②。庐隐更是一针见血地指出,思想启蒙"一天到晚喊打破旧道德、自由恋爱,不顾别人死活,只图自己开心"③;但"自由恋爱"的真正获益者,却是男性社会的欲望实现,而那些倒霉可怜的女子,则变成了被"新旧所不容的堕落人"④。庐隐本人在"自由恋爱"的时代大潮中,精神和肉体上都受到过巨大的伤害,但是她这番经验理性的苦口良言,却并没有引起新女性群体的足够重视。所以,新女性经常会以一种被玩弄后又遭抛弃的悲剧形象,成为那一时代各大报纸杂志上所刊登的花边新闻。

三、新文学爱欲文明的道德问题

五四新文学主张反传统与个性解放,的确具有推动中国社会进步的历史

---

① 余华林:《女性的"重塑":民国城市妇女婚姻问题研究》,商务印书馆 2009 年版,第 73—74 页。另外,杨念群更是在《五四前后"个人主义"兴衰史》一文中(《近代史研究》2019 年第 2 期),对五四"个性解放"思潮的两面性,做出过比较客观而公正的理论分析。

② 周韬奋:《新女子最容易上当的一件事》,《生活(周刊)》第 4 卷第 10 期 1929 年 11 月。

③ 庐隐:《歧路》,钱虹编:《庐隐选集》(上),海峡文艺出版社 1985 年版,第 398 页。

④ 庐隐:《兰田的忏悔录》,钱虹编:《庐隐选集》(上),海峡文艺出版社 1985 年版,第 304 页。

意义;但是它那种蔑视社会道德和家庭伦理的非理性情绪,也一直受到持反对意见者的批评和诟病。早在20世纪20年代,"学衡派"最早对思想启蒙提出了强烈的质疑,他们认为新文化运动"立言务求其新奇,务取其偏激,以骇俗为高尚,以激烈为勇敢,此大非国家社会之福,抑亦非新文化运动之福"①。这种质疑之声过去虽然一直都被人们视而不见,但现在却越来越引起学术界的高度重视。美籍华人学者林毓生指出五四启蒙所产生的破坏作用,并不仅仅局限于五四时代,在"以后数十年中,文化反传统主义的各种表现,都是以五四初期的反传统主义为出发点的,甚至后来出现的许多保守主义思想和意识形态,在不同程度上,也呈现着五四时期激烈的反传统主义对它们的影响"②。无论"学衡派"还是林毓生,他们都精通中国文化与西洋文化,因此才能够以一种批判理性精神,去客观公正地评价五四。他们发现传统文化的价值观念,在遭到"西化"现代性的破坏之后,人们的思想行为都失去了道德约束,他们甚至还怀疑"《新青年》'打倒孔家店'这样的历史未尝不会重演"③。然而,现在国内的知识界却依然在怀念五四,且深陷启蒙思维难以自拔;他们不断去追忆以知识分子话语为中心的时代辉煌,并通过这种"剪不断理还乱"的怀旧情绪,去寻找早已失落了的精神快感。我认为如果仅仅是为了维护启蒙而无视历史,将会直接影响到我们对五四新文学的全面了解与正确评价。

实际上,新文学从起步伊始,便对爱欲文明的道德问题,存在着一种自相矛盾的复杂心理:一方面,它充分肯定"人"应该享有精神上的绝对"自由",认为"新"与"旧"是一种不可调和的矛盾冲突;另一方面,它又清醒地意识到如果没有伦理道德的制约作用,社会生活将会变得混乱无序化了。所以在批判中去自我纠偏,通过纠偏再去重识传统,便构成了新文学现代性追求的运行轨迹。

首先,新文学未来推动思想启蒙,把家庭伦理视为"西化"现代性个性的

---

① 胡先骕:《论批评家之责任》,《学衡》1922年3月第3期。
② [美]林毓生:《中国意识的危机》,贵州人民出版社1986年版。
③ [美]余英时:《现代危机与思想人物》,生活·读书·新知三联书店2005年版,第36页。

最大障碍，鼓励新青年以"离家出走"的极端方式，去反抗以父权为代表的封建社会体制，虽然动摇了中国传统文化的历史根基，同时也重创了中国家庭生活的伦理关系。"学衡派"认为这种文化虚无主义的社会倾向，主要是因为启蒙精英心气浮躁、急功近利，养成了"一种厌故喜新之心理，举凡一切道德文物，殆无不欲尽泯国性以趋欧化"的缘故。① "学衡派"对于启蒙精英，多少还给他们留了点面子。我个人认为，这无疑是一种实事求是的科学论断。我们不妨举一个例子，五四启蒙主张反传统和全盘"西化"，可是法国启蒙主义者思想大师孟德斯鸠，就不这样情绪化地去看待问题。比如他在其《论法的精神》一书里，虽然抨击了中国封建社会体制已经跟不上时代发展的前进步伐，但对儒家所倡导的伦理道德体系却大加赞赏并给予了充分的肯定。他说尽管中国封建社会没有施行法制，然而儒家主张尊长爱幼、男女有别，并由这种"治家"理念提升到"治国"理念，同样把一个偌大的中国"治理得非常好"。他还进一步强调，儒家的"礼仪文化"虽然并非法律条文，但"我们如果想到，这些日常细节不断地唤起必须铭刻在心中的一种感情，而正是每个人心中的这种感情构成了中华帝国的治国精神，我们就会明白，此类具体行为没有一件是可有可无的"。而"所有这些都是伦理，都是美德"②。孟德斯鸠说得不错，家庭伦理是中国传统文化的重要基石，五四启蒙试图切断这种伦理关系，也并不符合以基督教文化为本色的西方人文精神。比如，五四启蒙极力推崇卢梭"回归自然"的人文思想，但却不知卢梭本人非但不反对家庭伦理，相反还对于父母和家庭心怀感恩，他说是家庭和父母给了他"一颗温柔的心"和"爱"的种子，他才懂得了"爱"的真正意义。③ 其实，新文学"个性解放"的精神狂欢的时间非常短暂，因为新文学作家"离家"之后不久便开始"想家"了；从"离家"到"想家"这是一个思想转型的明显信号，它意味着新文学回归理性的历史必然性。比如，许地山在《落花生》中重温其乐融融的家庭亲情，朱自清在《背影》中表达误解父亲的深深忏悔，许钦文在《父亲的花园》中再现童年时代

---

① 易峻：《评文学革命与文学专制》，《学衡》1933 年 7 月第 79 期。
② ［法］孟德斯鸠：《论法的精神》上卷，商务印书馆 2012 年版，第 365—368 页。
③ ［法］卢梭：《忏悔录》，译林出版社 1995 年版，第 5—8 页。

的美好时光,鲁迅更是在《祝福》中发出了"虽是故乡,然而已没有家"的凄凉呐喊等。特别是到了中华民族生死存亡的紧要关头,新文学作家都幡然醒悟明白了这样一个道理:"个人"与"民族"是一种生死与共的命运共同体,如果失去了"家"和"国"这一保障,哪里还会有"个人"生存的立足之地呢? 因此,对于《财主底儿女们》里的蒋少祖和蒋纯祖而言,什么"恋爱""自由"都已经变得不重要了,重要的是他通过对"家"和"父亲"的不断追忆,终于实现了灵魂上的自我救赎。老舍的《四世同堂》,也是以"祁家"四代人的悲欢离合,生动地讲述了"家"文化对于中国人的强大凝聚力,以及家庭伦理对于救亡图存的支撑作用。五四初期,傅斯年曾在《万恶之源》一文里,把"家"比作是一座"猪圈";可是到了老舍那里,这种看法却发生了根本性的改变。他在《小人物自述》里曾借主人公王一成之口,说出了这样一番意味深长的话:"家庭制度的破坏也是一些个思想前进的人所愿主张的",可是王一成却非常不赞成,他说那个"家"虽然破旧简陋,可毕竟"那是我的家,我生在那里,长在那里,那里的一草一木都是我的生活标志"[①]。我们不妨将这段"小人物"的话,看作是新文学作家通过自我纠偏,并逐渐走向成熟的一种标志。

其次,新文学创作热衷于表现"自由恋爱",自然受到了广大青年读者的普遍欢迎,但是也有部分头脑清醒的新文学作家,对于"自由恋爱"这一口号表达了不同看法。比如,鲁迅一生虽然只写过一篇恋爱题材的小说《伤逝》,但却表现了他对"恋爱"中的"自由"的质疑态度。小说《伤逝》的叙事结构,是涓生为了"自由"而去"恋爱",女性主人公子君的存在意义,只不过是作为涓生追求"自由"的牺牲品而已。关于这一点,鲁迅本人在《伤逝》的故事开端,已经交代得十分清楚了。他将涓生对子君的"爱",人为地设置了一个条件,即"仗着她逃出这寂寞和空虚",故使这种所谓的"爱",从一开始就带有极强的功利目的性。然而,当子君介入涓生的生活以后,发现自己不仅没有"逃出这寂寞和空虚",反倒是陷入更加"寂寞和空虚"的地步时,涓生却以"我已经不爱你了"为借口,试图去结束这种"无爱"之"爱"的尴尬局面。只有从这

---

① 老舍:《小人物自述》,《老舍全集》第8卷,人民文学出版社1999年版,第289—290页。

一认知角度去读《伤逝》,我们才能够明白鲁迅为什么要让涓生在故事的结尾处,去自责和忏悔以乞求得到子君的宽恕,其真实用意就是要通过涓生的自我否定,去否定社会上那些只要"自由"而无视"恋爱"的丑恶现象。新女性作家与男性作家完全不同,她们绝大多数人都在"自由恋爱"的过程中,有过痛彻骨髓的"情殇"经历,所以对于"自由恋爱"基本上都是持有一种本能的抵触情绪。比如凌淑华的小说《花之寺》,就讲述了一个看似喜剧实则悲剧的荒诞故事:燕倩与诗人幽泉通过"自由恋爱"结婚之后,为了考验幽泉对于"爱情"是否专一;于是燕倩便冒充一个清纯的女学生,不断地写一些肉麻的情书去勾引幽泉;结果幽泉很快便上钩,梳洗打扮了一番就去公园里"约会"。未承想前来"约会"的女学生,竟然是自己的妻子。作者并没有让燕倩撒泼打闹,只是悲哀地质问幽泉说:"我就不明白你们男人的思想,为什么同外边女子讲恋爱,就觉得有意思,对自己的夫人讲,便没意思了?"石平梅的小说《弃妇》,则回答了凌淑华的这一灵魂追问。她说女人是为"情"而"爱",男人是为"性"而"爱"。在她看来,男人在本质上都同作品中的那个"表哥"一样,他们为了追求"恋爱"的新鲜感,永无休止地去"自由"地"恋爱","弃了自己家里的妻子,向外边饿鹅似的,猎捉女性。"对此她愤怒地控诉道,在"自由恋爱的招牌底,有多少可怜的怨女弃妇被践踏着!"沉樱也在其小说《爱情的开始》里抨击说,"自由恋爱"不过是一种由男性话语所编造出来的美丽谎言,男性可以"同时向着别的女子追求恋爱",却又要求女性对他们无条件地忠诚;而那些独守空房的新女性们,只能是"牺牲了学业,牺牲了一切,毫不顾惜地蹂躏着自己的身心"。正是由于新女性作家大多都有过"自由恋爱"的"情殇"体验,所以她们才会言辞切切地告诫自己的同伴,千万"别上那些书本子的鬼当"(施济美《十二金钗》);因为在"自由恋爱"这种把戏当中,所有的"男人都是骗子,起先甜言蜜语把我们骗到手,不久就要拿出真面目来了"(汤雪华《死灰》)!无论鲁迅还是新女性作家,他们都是从社会伦理方面,去反思"自由恋爱"的道德缺失;而这一点,恰恰又是我们在充分肯定新文学"个性解放"的启蒙价值时,必须用理性精神去加以正视的悖论现象。

再者,"自由恋爱"的时髦口号,还导致了"重婚"现象的大量出现。而这种以"个性解放"为幌子的"重婚"现象,说穿了就是封建社会"纳妾"现象的现代翻版。启蒙赋予"重婚"现象以道义合法性,在很大程度上又引起了新文学创作的极度混乱。"重婚"现象始于东西洋留学生群体,蔡元培先生曾义正词严地批评说,男性留学生回国以后,无论是否解除了旧婚约,他们最热衷的一件事情,便是去找一个新女性再婚,"而耻其故妇之未入学校,则弃之,呜呼!此诚过渡时代之怪状也。"①由于这些留学生的示范效应,"重婚"现象很快便风行一时。仅以新文学作家群体为例,像鲁迅、郭沫若等精英人物,他们个人的婚姻状况都带有一种"重婚"色彩。这就是为什么在男性作家的笔下,"婚外恋"或"重婚"现象描写得并不是很多,即便偶尔有所表现也都被赋予了反对封建婚姻制度的思想意义,因为他们无一例外都是"自由恋爱"的直接受益者。但新女性作家却截然相反,她们所描写的"自由恋爱",多数都是已婚男子与未婚女子的情感纠缠,以及新女性从自由个体变成姨太太的悲惨遭遇。在五四初期,新女性作家因受启蒙的思想影响,她们对于"自由恋爱"这一口号还是给予充分肯定的,故对男性的"婚外恋"或"重婚"现象,在某种程度上也表示了她们的理解与同情。比如冯沅君的小说《我已在爱神面前犯罪了》,就讲述了一个已婚的男教师,爱上了自己的女学生吴秋帆,这在五四时期并不是什么离奇的怪事;然而令人感到诧异的却是他的妻子,知道了丈夫的情感出轨不仅并不反对,反倒是好言好语地去劝慰自己的丈夫不要有什么顾虑:"只要她也爱你,你同她亲密一下子也可以,我相信你不会因她而忘弃了我们当年患难中结合的盟誓。"只要不抛弃"我","你"就可以去"自由恋爱",这种叙事方式所表达的思想内涵,无疑是对新的"纳妾"现象的一种袒护。但是伴随着"重婚"现象的不断涌现,新女性变成了姨太太的社会悲剧愈演愈烈时,她们便开始对于"自由恋爱"这一口号进行了深刻的反省。梅娘在其小说《鱼》里,就表现得尤为激烈:女性主人公"我"在读书期间,受已婚男子林省民的诱惑和欺骗,"我叛逆了我的家,自以为是获得了新生",并同他有了爱情的结晶;

---

① 蔡元培:《读寿夫人事略有感》,《蔡元培全集》第 3 卷,浙江教育出版社 1989 年版,第 68 页。

未承想他已经有了家室,而公婆更是只认"旧媳"不认"新妇",走投无路的"我"只能带着孩子在外租房,成为了那个负心汉没有名分的姨太太。《鱼》这篇作品的思想深刻之处,是向读者披露了这样一个残酷的事实:在中国封建社会中,尽管"妾"的家庭地位不高,但至少还有个正当的名分与合法的地位;可是到了现代社会里,由"自由恋爱"派生出来的大量姨太太,她们的家庭地位甚至还远不如过去的"妾"。"重婚"现象令我们研究者深感困惑,为什么被启蒙精英所批判的封建糟粕,又被他们自己改头换面奉若神明了呢?如果我们读罢陈铨的小说《恋爱之冲突》(初版题目为《恋爱》),也许可以解开我们心中的一个谜团:作品中那个主人公云舫,在出国留学前是很爱自己妻子的,即便是在几十里以外的城里读书,也要经常跑回家去耳鬓厮磨一番。可是自从他去美国留学以后,思想便慢慢地发生了变化:"他妻子不会弹钢琴;他妻子不会说洋话;他妻子不会交际;不会跳舞;不懂莎士比亚;不会吃大餐;他是一个留学生,有了这样的妻子,是很可羞耻的;他也就藉打破旧礼教的时髦口号来摧残他的妻子了。"陈铨如此去描写,显然是认为"婚外恋"或"重婚"现象,其实都是思想启蒙所惹的祸;由于"姨太太"只不过是传统"妾"的现代翻版,并没有改变其在封建婚姻制度中的身份特征,所以他个人对此感到无比地痛恨和沮丧。

再次,新文学一方面在强调"自由恋爱"的启蒙意义,另一方面又不得不去面对这一口号所产生的破坏作用,究竟应该怎样去把握住"恋爱"中"自由"的限度问题,几乎是所有新文学作家都无法回避的一大难题。回归历史现场我们发现,当思想启蒙已经开始陷入困境时,兴起于1928年的"革命文学"口号,却在试图以一种全新的理论导向,去纠正社会对于"自由恋爱"的错误认识。比如1929年,胡也频曾写过一篇题为《同居》的短篇小说,尽管中国现代文学史很少提及这篇作品,但它不仅第一次涉及了"自由恋爱"的道德规范性问题,并且以苏区革命根据地为理想社会,描写了一种"自由恋爱"的全新模式:"自由恋爱"的男女双方,首先应具有思想与情感方面的牢固基础;如果两人经过一段时间的相互了解想要结婚,就必须去到苏维埃政府进行婚姻登记。这种写法初看上去好像并不稀奇,然而胡也频却是在强调要以一种"契约"的形式,去约束婚恋过程的“自由”限度,从而使其不至于违背人类社会的伦理道德关系。叶紫的中篇小说《星》,也是在强调“制度”或“契约”对于婚姻的保障作用:女性主人公梅春姐是个苦命之人,一直都是生活在丈夫的家暴阴影下,后来她爱上了革命者“黄”,并主动同他生活在了一起。这一故事的独特之处,并不是梅春姐与“黄”的为情私奔,而是当梅春姐的丈夫跑到镇上来闹事时,区农会干部解决婚姻问题的处理方式——“她已经不是你的老婆了。她是我们这里的人了。”这句话所表达的意思非常清楚,因为梅春姐和“黄”是“我们这里的人”,所以就必须按照“我们”所制定的“规章制度”,去保护他们恋爱同居的合法权益。革命政权对于这样婚恋的法律保障,在赵树理的《小二黑结婚》和阮章竞的《漳河水》中,表现得更为明显。赵树理的小说《小二黑结婚》,如果单从创作题材上来看,无非就是五四反抗封建家长专制的历史延续,并没有什么吸人眼球的特别之处;但由于区长同志的闪亮登场情况就大不一样了,区长同志是代表着保护广大人民群众利益的革命政权,正是因为有他所代表的革命政权的存在,才使小二黑与小芹这对有情人终成眷属。阮章竞的叙事长诗《漳河水》,更是以荷荷、苓苓、紫金英这三位农村女性的不幸婚姻,生动地述说了这样一个简单的道理:革命将她们从旧社会解救出来,并获得了真正的自由;而革命政权的强大存在,又使她们的婚姻幸福得以保障。毋庸置疑,从胡也频、叶紫到赵树理、阮章竞,他们都认为“自由”并不是一句抽象口号,而是一种社会革命的具体实践;“恋爱”也不像启蒙想象的那么随意,而是必须要遵守文明社会的道德规范。如果我们能够排除掉人为形成的历史偏见,仅就新文学对于“自由”限度的认识而言,我个人认为“革命”话语显然要比“启蒙”话语更能够得到社会民众的普遍拥护和思想认同。因为革命毕竟从中国社会的实际情况出发,解决了一个“自由”的制度保障性和道德约束性问题;而启蒙却只是关注主体自我的行为“自由”,根本就不去考虑什么道德不道德的社会问题。

　　综观新文学的创作实践,启蒙话语仅仅维持了十年时间,便完成了由“我”到“我们”的思想转变,进而走上了为民族复兴而呐喊的历史征程。因为伴随着年龄的不断增长和思想的逐渐成熟,新文学作家们终于明白了这样一个道理：从所谓的"个性解放"追求中，"我得到的是什么呢？"无非是个人欲望的彻底破灭（梅娘《鱼》）。这种带有反思性色彩的自我诘问，恰恰印证了英国学者安东尼·阿巴拉斯特对于"自由"的深刻见解：他说"自由"就是在强调将人的欲望"置于道德领域之外的至上的独立性"；并通过"自私的激情、贪婪和欲望的刺激"，去实现"自身的幸福、快乐以及满足"①。用这段话去评价新文学"个性解放"的创作表现，我个人觉得一点也不过分。比如，梁漱溟先生就曾一针见血地指出：乡土中国的伦理文化，既没有宗教思想也没有国家观念，更缺乏个人主义滋生成长的思想土壤，人终其一生都要同其他人发生各种各样的伦理关系。比如，"父子、婆媳、兄弟、夫妻关系一弄不好，便没法过日子。乃至如何处祖孙、伯叔、侄子以及族众，如何处母党、妻党、亲戚、尊卑，如何处邻里、乡党、长幼，如何处君臣、师弟、东家伙伴、一切朋友，种种都是问题。"所以，他认为五四思想启蒙作为一种中华民族的自救运动，其主观意图当然是希望通过大"破"去实现大"立"，并"情急而指望着变得一个结果来"；然而实际情况却是"东不成，西不就"，加速了中国固有文化的走向崩溃——"以自己为重，以伦理关系为轻；权力心重，义务念轻——旧日风气，破坏得厉害。"②

① ［英］安东尼·阿巴拉斯特：《西方自由主义的兴衰》（上），吉林人民出版社 2011 年版，第 33 页。

② 梁漱溟：《乡村建设理论》，上海人民出版社 2006 年版，第 35—56 页。

第二章　新文学"家之罪"的激情书写

　　五四思想启蒙运动提倡"个性解放",那么它首先就必须要扫清封建家庭专制这一历史障碍;而儒家"礼教"所推崇的家庭伦理,又是指以"父权"为象征的私有制家庭观念。著名历史学家钱穆先生曾经指出,中国人几千年来所形成的"家庭"或"家族"观念,"是中国文化最主要的柱石,我们几乎可以说,中国文化,全部都从家族观念上筑起,先有家族观念乃有人道观念,先有人道观念乃有其他的一切。"①这就是为什么五四思想启蒙运动,一定要以反抗家庭专制为突破口的原因所在。中国家庭内部的伦理关系,完全是建立在儒家"孝悌"学说基础上的道德观念,比如,在孔子所提到的五种社会关系中,即:"君臣、父子、兄弟、夫妇、朋友,其中有三种是家族关系。其余二种,虽然不是家族关系,也可以按照家族来理解。君臣关系可以按照父子关系来理解,朋友关系可以按照兄弟关系来理解。"②这种家庭伦理之所以能够成为中国传统文化的重要根基,是它从最初只是强调家庭内部"长幼有序"的等级秩序,到后来又逐步发展成社会中人与人之间的等级秩序,就像《礼记·昏义》中所记载的那样,"男女有别,而后夫妇有义;夫妇有义,而后父子有亲;父子有亲,而后君臣有正。"③值得注意的是,不仅儒家注重家庭内部的人伦关系,中国化的佛教同样也推崇这种家庭伦理的"忠孝"思想,比如在《杂阿含经》中佛曰:"所谓父母,故名根本。善男子以崇本故,随时恭敬"。并且还将这种"忠诚尽孝"思

---

①　钱穆:《中国文化史导论》(修订本),商务印书馆1996年版,第51页。
②　侯外庐等:《中国思想通史》第1卷,人民出版社1995年版,第11页。
③　杨天宇:《礼记译注》(下),上海古籍出版社2004年版,第817页。

想,视为人之"德行高尚"。① 由此我们不难看出,"忠"与"孝"最早只局限于家庭伦理,后来才被逐步延伸到了社会伦理,最终以"家国一体"的认知方式,铸就成了中华民族的人生价值观。"家国一体"的"忠孝"思想,对于中国人的思想影响极大,我们从夏完淳的《狱中上母书》中,便可以窥见一斑:夏完淳抗清失败而被捕入狱,临近行刑时他未感到丝毫恐惧,因为他受儒家伦理思想的长期熏陶,反倒认为这种死亡是"忠"与"孝"的最高境界。所以他非常自豪地对母亲说,"淳之身,父之所遗,淳之身,君之所用。为父为君,死亦何负双慈?"②

"家庭"与"家族"观念,曾经为稳定2000多年来的中国社会,做出过不可磨灭的重大贡献;而传统的家庭伦理,也因其血缘亲情关系,一直都在维系着中国人对于"家"的强烈认同感。但是到了五四时期,出于思想启蒙运动的客观需求,知识精英把中国社会落后的主要原因,都归结为由家族制度所造成的历史罪孽,故启蒙精英极力主张彻底铲除这一文化"毒瘤"。比如,吴虞就曾义愤填膺抨击道:"商君、李斯破坏封建之际,吾国本有由宗法社会转成军国社会之机;顾至于今日,欧洲脱离宗法社会已久,而吾国终颠顿于宗法社会之中而不能前进。推原其故,实家族制度之梗也。"③同时他还指出,中国传统的家族文化,由于受制于儒家"礼教",推崇"忠孝"治家的道德理念,其结果是"把中国弄成一个'制造顺民的大工厂'"。④ 而李大钊更是跟着呐喊助威,认为"中国现在的社会,万恶之源,都在家族制度"⑤。在他看来理由似乎非常简单,"中国的一切风俗、礼教、政法、伦理,都以大家族制度为基础",因此他断言五四新文化运动,就是一个"打破大家族制度的运动"。⑥ 新文学为了配合思想启蒙运动,也把"家"作为反封建与反传统的创作题材,无论是郭沫若、欧

---

① 转引自买小英《敦煌原文中的家庭伦理管窥》,《敦煌学辑刊》2015年第1期。
② 夏完淳:《狱中上母书》,《古代家书精华》,甘肃教育出版社2012年版,第119页。
③ 吴虞:《家族制度为专制主义之根据论》,《吴虞文录》,黄山书社2008年版,第1页。
④ 吴虞:《说孝》,《吴虞文录》,黄山书社2008年版,第9页。
⑤ 李大钊:《万恶之源》,《李大钊全集》第3卷,河北教育出版社1999年版,第298页。
⑥ 李大钊:《由经济上解释近代思想变动的原因》,《李大钊全集》第3卷,河北教育出版社1999年版,第438页。

阳玉倩、陈大悲、田汉等人的话剧,还是杨振声、罗家伦、谢冰心、巴金等人的小说,都是以"仇父"和"反家"为己任,纷纷发泄着他们对"家庭"的内心不满和怨恨情绪。然而,诚如西方学者所讥讽的那样,"启蒙运动的观点在任何社会中都未能取得全面胜利,即使是在最科学的社会中也是如此。"[1]而发生在中国五四时期的思想启蒙运动,当然也不可能例外。尤其是新文学从最初的"离家",到后来的"想家"与"回家",其自相矛盾的运行轨迹,就很值得我们去做深入的研究。

第一节　新文学父权批判的情感纠结

一谈到新文学反抗家庭专制的创作表现,人们自然就会联想到它对"父权"文化的猛烈批判;那么我们要科学评判这一历史现象,首先就应该对于"父权"文化有所了解。在《现代汉语大辞典》中,"父权"词条的基本释义,就是"父亲在家庭中的支配权力"[2]。这种解释源自恩格斯的一段话,即"罗马的父权支配着妻子、子女和一定数量的奴隶,并且对他们握有生杀之权"[3]。历史学者对于"父权"文化的产生原因,曾经做过十分详细的考察研究,他们认为在人类社会的早期形态中,"父权只有男人才能获得此权,祖母、母亲实不包括在内。"[4]因为"父权是夫权发展与强化的产物。当个人财富开始积累而且希望把财富传给子女的想法导致把世系由女系过渡到男系时,便第一次奠定了父权的坚固基础。为确保妻子的贞操,从而保证子女出生自一定的父亲,妻子便落在丈夫的绝对权力之下了,即使打死了她,那也不过是行使他的权力罢了"[5]。除此之外,在汉字中"父"原本是一个象形文字,其形似手持斧杖以彰显一种带有"杀气"的权威象征。

"父权"的产生既然是与"父亲"的家庭地位有关,那么我们就不能完全排

---

① ［美］E. 希尔斯:《论传统》,上海人民出版社 1991 年版,第 28 页。
② 《现代汉语大词典》,上海辞书出版社 2009 年版,第 2358 页。
③ ［德］恩格斯:《家庭、私有制和国家的起源》,人民出版社 1972 年版,第 54 页。
④ 瞿同祖:《中国法律与中国社会》,商务印书馆 2012 年版,第 20 页。
⑤ 王治功:《论家长制》,《汕头大学学报》1998 年第 4 期。

除"父权"存在的历史合法性。因为从古至今，"父亲"既要保护家庭成员不受源于外部势力的人身侵害，同时又要保障家庭内部成员的正常生活，正是由于他肩负着沉重的家庭义务和责任，所以才能够获得家庭内部的支配权力。然而，《新青年》阵营在批判"父权"文化时，其操作策略则是置"父"之责任于不顾，只是用了一个"权"字去概括"父"之本质，其给人造成了这样一种错觉印象，仿佛"父亲"就是封建家庭中的"恶魔"或"暴君"，根本就没有什么令人尊重的至爱亲情可言。我当然并不否认，五四启蒙意在通过"父权"批判文化，去颠覆中国人脑子里根深蒂固的"皇权"思想；但是以"父"代"权"并极力去丑化"父亲"的家庭形象，不仅功利主义的实用意图十分明显，而且还大有欲加之罪何患无辞之嫌。比如，启蒙精英无一例外都在控诉说："父家长正像那专制时代的皇帝一样，不论是非，皆要服从他的命令。"[1]"家长的权力，大半和专制魔王一般，什么经济呀，交际呀，子女的教育呀，婚姻呀，都要由他主裁"[2]。他们甚至于还片面地认为，既然"父为子纲，则子于父为附属品，而无独立人格"；那么觉醒了的新青年，就应该奋起反抗，"以脱离此附属品之地位，以恢复独立自主之人格。"[3]众所周知，作为五四思想启蒙运动的工具利器，新文学创作在表现"父权"之罪时，它不可能去抽象地谈论这一问题，必然要拿现实生活的具体"父亲"来说事。如此一来，"父亲"与"父权"便被牢牢地捆绑在了一起，进而使五四乃至以后很长一段时期的文学创作，人们都将"仇父"现象视为一种反封建与反传统的正义之举。

一、新文学"父权"批判的社会背景

"仇父"现象在新文学创作中的普遍性存在，致使现在的许多读者心里都会感到无比困惑，难道以前中国家庭生活中的"父亲"，都像新文学作家笔下所描写的那样凶神恶煞没有人性吗？如果让新文学作家自己来回答，我们得到的答案一定是肯定性的。因为他们都在那里言之凿凿地说，自己塑造的那

---

① 吴若男：《论中国家庭应该改组》，《晨报·论坛》1919 年 10 月 25 日。
② 郭妙然：《妇女与旧家庭》，《新妇女》1920 年 1 月第 1 卷第 2 号。
③ 陈独秀：《一九一六年》，《新青年》1916 年 1 月第 1 卷第 5 号。

些"恶父"形象,没有一个是艺术虚构出来的,都是他们人生经历的一个缩影。比如,巴金说《家》所讲述的就是发生在自己家庭中的悲剧故事,他亲眼所见"许多可爱的年轻的生命在虚伪的礼教的囚牢里挣扎,受苦,憔悴,呻吟以至于死亡"①。巴金这段话说得非常明白,"父权"文化体制是造成青春悲剧的罪魁祸首,故新文学所表现的"仇父"情绪,也就具有了令人信服的理论依据。但是与青年一代的"仇父"情绪相对应,又是父辈对于儿女们叛逆行为的忧患意识。比如,沈从文在散文《沅水上游几个县分》里,就描写了这样一种令父辈们深感不安的恐惧心理:老一代的湘西人,过去最怕"土匪"和"官军",可是"近年来一切都不同了,最大的压迫,恐怕是自己家里的子女'自由'"。因为"家庭一革命,作严父慈母两不讨好"。子女与父母之间,也就变成了势不两立的仇人。路翎在小说《财主底儿女们》中,同样是借父亲蒋捷三之口,对于青年人仇"父"恨"家"的非理性行为,感到了一种难以名状的情感焦虑。如果说巴金是在充分肯定现代青年反"家"仇"父"的叛逆行为,那么沈从文与路翎却又是在忧心忡忡地质疑这种行为;由于前者已经变成了思想启蒙的主流话语,当然就不会有人去关心后者的内心感受了。所以,新文学只注重单方面地表现青年一代的"仇父"情绪,根本就不在乎被他们视为对立面的"父愁"意识,从辩证唯物主义和历史唯物主义的角度去看问题,无论人们如何义正词严地去进行辩解,这都是新文学创作中的一大缺憾。

回归历史现场去追根溯源,社会生活中不断发生的人伦惨剧,似乎都能够为新文学创作的"仇父"情绪,提供足以去展开艺术联想的"事实"依据。换一种说法,新文学遵循现实主义的创作原则,而"现实主义"的理论核心,又是在强调"文学"对于现实生活的忠实反映;按照这种思维逻辑去推理,新文学所表现的"仇父"情绪,无疑就是社会"仇父"情绪的艺术再现,倘若仅凭艺术虚构似乎很难引起读者的思想共鸣。我当然并不否认在现实生活当中,会有那么一些"恶父"式的家长人物,五四时期至少有两个新闻事件,都曾产生过很大的社会反响。

---

① 巴金:《我的幼年》,《巴金选集》第 10 卷,四川人民出版社 1982 年版,第 94 页。

第一个新闻事件，是由长沙《大公报》报道的"赵五贞事件"。1919 年 11 月 15 日，一名叫作赵五贞的青年女子，在出嫁的途中用剃刀刎颈自杀，此事一经报纸披露，立刻引起了当时社会舆论的高度关注。赵五贞自杀的主要原因，是不满父亲为她选定的包办婚姻。这种事情在中国历史上并不稀奇，但是《大公报》记者却敏感地意识到，不能将"赵五贞之死"视为一个偶发事件，应该大力去发掘其思想启蒙的社会价值。新闻媒体则大显其能，充分发挥它对社会民众的巨大影响力，不仅将赵五贞这一可怜女子，直接定性"为女界争解放的急先锋"①，同时还将其父亲定性为十恶不赦的封建家长，由此在全国范围内引发了一场声势浩大的反传统与反"父权"的社会运动。我曾仔细阅读过那一时期的"声讨"文章，发现了这样一种有趣的现象："赵五贞之死"究竟是否与封建"父权"文化有关，其实并不是知识精英群体的关注对象，他们只关心如何能够让这一事件在社会上持续发酵，进而去为迎合新文化运动的启蒙诉求创造机遇。比如，有人就公开说："赵五贞自杀，我们得着一个'有证据有刺激'的好题目，大家便好痛痛快快将婚姻问题研究一番……所以不必将他死的原因尽地研究。"②"赵五贞之死"一旦被视为"父权"之罪，那么知识精英就完全可以去合理推断，"赵五贞之死"应是"被压死于那最古式不自然的'贞节'牌子的下面"的又一殉葬品。③ 他们甚至还毫不掩饰地表示说，社会关注这一事件的真正目的，绝不仅仅是在同情死者个人，更重要的应是去警示那些生者，即"无量数像赵女士这类的人"和她们的父母，不再发生像赵五贞这样的惨痛悲剧。④ 与此同时，他们还以该事件为契机向守旧派势力大肆发难，进而提出了彻底废除"父权"制家庭伦理的变革要求。毋庸置疑，"赵五贞自杀事件"，早已超出了这一事件本身的私家意义，新旧文化的两大阵营，都抓住这一事件展开相互攻讦，并展开了一场势均力敌的殊死较量。以毛泽东

① 陈启民：《赵五贞女士自刎纪实》，中华全国妇女联合会妇女运动历史研究室编：《五四时期妇女问题文选》，生活·读书·新知三联书店 1981 年版，第 206 页。
② 抱一：《旧式婚姻的罪恶》，《大公报》1919 年 11 月 26 日。
③ 殷柏：《对于赵女士"自杀的批评"的批评》，《大公报》1919 年 11 月 19 日。
④ 陶毅：《关于赵女士自刎以后的言论（选登）（一）》，中华全国妇女联合会妇女运动历史研究室编：《五四时期妇女问题文选》，生活·读书·新知三联书店 1981 年版，第 203 页。

等为代表的进步人士,他们把赵五贞女士之死,明确地提升到了反封建与反传统的思想高度,并强调"赵五贞之死"完全是一种新青年为了捍卫自己的独立人格的光荣之死,因此他们认为"天下类于赵女士父母的父母都要入狱"①。保守势力也不甘示弱,他们认为"赵五贞之死",则是一种"守节"之死,值得去大力弘扬和提倡。故纷纷给《大公报》发去挽联,"大概都不离一些'贞烈可钦'、'流芳百世'、'志行贯日月'、'名节重山河'的话,可见旧学说旧信仰的势力还是大得很"②。重新回顾"赵五贞自杀事件",启蒙精英显然是在借题发挥趁机向旧营垒发起挑战,他们睿智地将一个现实生活中的偶发事件,人为地转化为一种反抗封建家庭专制的启蒙话语,并强调这一事件所反映的恰恰就是"父权"之罪:"当这个女子解放声浪日高的时候,居然有这种惨剧演在我们的眼前",难道这不是万恶的"父权制度"在从中作梗吗?③ 可想而知,如果"赵五贞之死"没有引起新闻界的注意,或者没有思想界持续不断的积极跟进,一个女人出嫁途中刎颈自杀,至多不过是一种市民饭后茶余的街谈巷议,谈论几天也就热情散尽全然忘却了,根本就谈不上变为五四新文化运动的重要突破口。举一个例子,几乎是在同一时期,天津出版的《大公报》也曾报道过一则相类似的社会"新闻":一位名叫银贞子的扬州船娘,因反抗父母包办婚姻投河自尽,但是由于报社记者并没有去跟进报道,故社会各界人士对此事件既不知道更谈不上反响。所以,"赵五贞自杀事件"因媒体的介入走进了公众视野,它不但为思想启蒙提供了反"父权"文化的确切口实,又使当时社会上的保守势力陷入了被动局面,说它对推动新文化运动具有积极意义也并不为过。

第二个新闻事件,是发生在北京的"李超事件"。1919 年 11 月 30 日下午,也就是"赵五贞事件"刚刚发生半个月之后,北京社会各界名流齐聚女子高等师范学校,去为一个他们素昧平生的女学生送葬。这件事来得更为蹊跷,

---

① 毛泽东:《赵女士的人格问题》,中共中央文献研究室、中共湖南省委《毛泽东早期文稿》编辑组编:《毛泽东早期文稿(1912.6—1920.11)》,湖南出版社 1990 年版,第 417 页。

② 兼公:《我对于赵女士自杀的杂感》,《大公报》1919 年 11 月 17 日。

③ 陶毅:《关于赵女士自刎以后的言论(选登)(一)》,中华全国妇女联合会妇女运动历史研究室编:《五四时期妇女问题文选》,生活·读书·新知三联书店 1981 年版,第 203 页。

李超是一名"女高师"的广西籍学生,因患肺癌病逝于北京的法国医院。生老病死原本是再正常不过的一件事情了,但却被演变成了一场轰动全国的公共事件,其中起到推动作用的关键人物,当然还是胡适、蔡元培等启蒙精英或社会名流。"李超事件"的始作俑者是胡适,他本来并不认识李超,只是因为李超生前的几位同学,希望胡适能为这位可怜的女学生写几句话,未承想他竟灵机一动、思如泉涌,费时几天写了一篇数千字的《李超传》。胡适在这篇文章里,有意识地将李超称为一位敢于同封建家庭势力做斗争的现代女性,认为:"不但他个人的志气可使人发生怜惜敬仰的心,并且他所遭遇的种种困难都可以引起全国有心人之注意讨论。所以我觉得替这一个女子做传比替督军做墓志铭重要得多咧。"胡适同时还进一步指出,李超之死充分暴露了"旧家庭的黑暗,历历都可想见……他的一生遭遇可以用做无量数中国女子的写照,可以用做中国家庭制度的研究资料,可以用做研究中国女子问题的起点,可以算做中国女权史上的一个重要牺牲者"①。正是由于有胡适的出面"声援",北京城内的各界人士,为李超举办了一场规模空前、场面壮观的追悼大会,到场者可谓名流荟萃、大咖云集,像蔡元培、蒋梦麟、陈独秀、李大钊、胡适、梁漱溟、吴弱男、罗家伦、康白情、张国焘、黄日葵、邓中夏等人能够如此整齐地聚集在一起,这种场面应该说还是十分少见的。礼堂内外站着千余名各界来宾,李超遗像的上方是蔡元培亲笔书写的"不可夺志"四个大字。整个追悼会期间,社会名流纷纷登台演讲,他们既愤怒声讨封建家庭专制的残暴行为,又对李超的"悲惨"之死表示了极大的同情。比如梁漱溟等人慷慨陈词说:"现在重要在怎么使妇女界感觉她们自身种种问题,有了迫切的要求,自然会寻觅路子去解决。"蔡元培等人也大声呼吁道,必须切实解决女子教育和女子财产问题,个人财产不应私人继承而应充公,作为女子接受教育经费的国家储备。胡适等人则要求新女性,必须具有自强不息的独立人格,必须不屈不挠地同封建家长专制做斗争,如果不把"父权"制度彻底打倒在地,那么现代青年将永无翻身之日。在追悼会上,"女高师"两位女同学的激情演讲,引起了到场人士的强

---

① 胡适:《李超传》,《胡适文集》第 2 卷,北京大学出版社 1998 年版,第 590—591 页。

烈反响,她们泣泪洒血般地控诉道:"李女士受家庭专制之苦,如此其烈,而未向同学道过只字者,全以女士尚有两种旧观念未能打破,即'家丑不能外扬'与'以穷困为耻'之观念是也。吾辈女青年对于旧家庭之压迫,不可再抱家丑不外扬之陈腐观念,宜即宣于大众……"①这场追悼会从下午2点一直开到5点,实际上变成了一场声讨封建"父权"的批判大会。

通过以上两个偶发性的历史事件我们不难看出,新文学创作那种仇"父"恨"家"的情绪自有其特殊的时代背景。因为他们无一例外都自诩为"父权"专制的历史见证者,同时自己本人更是这种"父权"文化的直接受害者;所以无论"见证"还是"受害",都使他们意识到了思想启蒙的重要意义。但是上述两个历史事件,实属罕见的个例现象,并不具有中国家庭生活的普遍性意义。然而新文学作家对此却坚信不疑,认为"父权"文化就是一种残害青年的常态现象,并且搜肠刮肚地从自己身上去寻找这种被"残害"的有力证据,巴金本人就是一个敢于站出来现身说法的典型代表。比如他说:"那十几年里面我已经用眼泪埋葬了不少尸首,那些都是不必要的牺牲者,完全是被陈腐的封建道德、传统观念和两三个人的一时的任性杀死的。我离开旧家庭,就像甩掉一个可怕的阴影,我没有一点留恋。"②巴金这种充满着痛感的往事回忆,很能触发广大青少年仇"父"恨"家"的叛逆心理;尤其是当高觉慧对高觉新说"大哥,我不能够在家里再住下去了"时,巴金借高觉慧之口去表达"我控诉"的主观意志,最容易使读者混淆了青春期逆反心理与反封建思想启蒙之间的严格界限。

二、新文学"仇父"情绪的肆意发泄

新文学作为思想启蒙的重要工具,它以强烈的"仇父"情绪去宣传反对封建家长专制的理论主张,对此我们无可厚非;因为新文学所表现的"仇父"情

---

① 转引自李杨、傅艺明《李超之死演变成学界的公共事件》,《中国新闻周刊》2009年4月22日。

② 巴金:《关于〈家〉(十版代序言)》,《巴金全集》第1卷,人民文学出版社1986年版,第441页。

绪,应是社会"仇父"情绪的集中反映,它或多或少都与作家本人有着密不可分的直接关系。比如著名话剧文学大师曹禺,就曾反复强调自己在童年时代,便已经形成了一种仇视"父亲"的敌对情绪。他说:"我父亲毕竟是个军人出身的官僚,他的脾气很坏,有一段时间我很怕他。他对我哥哥很凶很凶,动不动就发火……他们父子两个人仇恨很深很深,父亲总是挑剔他。哥哥恨透了父亲,家中的空气是非常不调和的……整个家沉静得像座坟墓,十分可怕。"①曹禺在这段记忆追述中,表面上看去好像是在陈述父亲与哥哥之间的矛盾冲突,实际上却是在表达自己内心那种莫名其妙的"仇父"情绪,并且还将这种"仇父"情绪巧妙地投射到了话剧《雷雨》中。比如《雷雨》刚一拉开幕布,周萍就在那里无缘无故地说自己"恨"父亲周朴园,甚至表示"愿他死,就是犯了灭伦的罪也干"!再如现代著名诗人艾青,从小性格就表现得非常叛逆,因此经常会受到父亲的训斥和打骂,说他"天生就是个下贱坯"。艾青不仅没有被打服,反倒"拿张纸写上'父贼打我'四个字,塞在父亲的抽屉里,以发泄自己的愤慨"。② 小小年纪竟敢把自己的父亲称之为"贼",可见在艾青的心里对于"父亲"的怨恨有多么地深。这种仇"父"情绪也被艾青反映在了他的诗歌创作中,他发誓宁愿视自己为一个"农人的后裔"③,并去热情讴歌《大堰河——我的保姆》,也不愿去提及与他血脉相连的亲生父亲。

以上两个作家的典型事例很具有代表性。五四反封建家长专制的思想启蒙,不仅赋予了那一时代青年的"仇父"情绪以反封建的积极意义,同时也直接促使新文学创作的"父权"批判更加贴近于现实生活,并在艺术表现方面呈现出了以下三大特点。

首先,新文学创作是从青年人的成长环境入手,去揭示他们仇视父亲的思想根源。文学创作完全不同于社会新闻报道中的家庭悲剧,它往往是通过艺术夸张的手法去虚构人物和事件,并将读者带入作品文本所提供的故事语境

---

① 曹禺:《我的生活和创作道路》,杭州大学出版社 1998 年版,第 393 页。
② 骆寒超:《艾青评传》,重庆出版社 2000 年版,第 6 页。
③ 艾青:《雪落在中国的土地上》,《艾青全集》第 1 卷,花山文艺出版社 1991 年版,第 158 页。

中,去直观地感悟这些人物与事件背后的社会原因。因为新文学作家仿佛都是在以他们自己的成长经历,去述说封建"父权"文化对于青年人的残酷压迫,进而使他们都变成了没有思想和人格的家庭"奴隶","长辈们已使他们习惯于敬奉而不表达自己的观点",而这种"听话"与"顺从",久而久之便养成了"国民性"的人格特征。① 所以,他们认为中国人的"奴隶"性,并不是产生于儒家礼教的道德观念,而是产生于他们自身成长的家庭环境;因此以"父亲"作为"父权"文化的形象代表,并对其进行全面否定和无情批判,也就变成了新文学义不容辞的使命意识。比如,谢冰心在小说《斯人独憔悴》里,就讲述颖铭、颖石两兄弟因受"父亲"的严格管制,不能与同学们一道参加爱国活动,只能老老实实地待在家里唉声叹气,去向读者传达"斯人独憔悴"的凄凉心境。又如,巴金在小说《家》中,更是将高公馆内部的等级秩序描写得阴森恐怖:高老太爷永远都高高在上,他的话就是高家的法律,没有人敢违抗他的主观意志,更没有人敢去挑战他的家庭权威。像第十五章中的"祭祖仪式",表现的就是儒家制定的礼仪规范:祖父拜祭完毕之后才轮到父辈和孙辈,男性祭拜完毕之后才轮到女辈。还有第十四章中的"吃年夜饭":"上面一桌坐的全是长辈,按次序数下去……下面的一桌的全是觉新弟妹……老天爷举筷,大家跟着举筷,他的筷子放下,大家的筷子也跟着放下。"总而言之,把高老太爷在家庭里的威严表现得淋漓尽致。再如,曹禺在话剧《雷雨》中,对于周朴园的人格威严,则做了如此一番生动刻画:"冷峭的目光和偶然在嘴角逼出的冷笑,看出他平日的专横,自是和倔强。""他的威严在儿孙面前格外显得峻厉",没有人敢去顶撞他,不要说是周萍和周冲,即便是作为妻子的蘩漪,也必须俯首帖耳绝对服从。无论《斯人独憔悴》还是《家》抑或《雷雨》,作者都将"父亲(祖父)"的严厉视为神圣不可侵犯的家长权威,并由此去诠释中国青年仇"父"恨"家"的环境因素,以及他们"离家出走"去寻求光明前途的正义行为。

其次,新文学创作以青年人的婚恋问题,去诠释他们"仇父"情绪的道德合法性。新文学仇"父"恨"家"的极端情绪,几乎都与儿女们的婚姻大事密切

---

① 顾颉刚:《对旧家庭的感想》,《新潮》1920 年第 2 卷第 5 号。

相关。因为"个性解放"作为五四启蒙的主体思想,其核心内容就是"恋爱自由"和"婚姻自主",这就必然会使新文学创作将婚恋问题,"提到了至高无上的位置,成为社会变革所力图清理的首要目标。"①所以,新文学作家无一例外都把中国传统的婚姻制度,统统理解为是"父母之命、媒妁之言"的家长意志;若想真正实现婚恋自由的人文理想,首先就必须彻底清除掉封建家长专制这一历史障碍。故"父子"("母子")或"父女"("母女")之间的矛盾冲突,便毫无悬念地构成了新文学叙事的经典模式。由于婚恋自由又是以妇女解放为导向,而"女子解放的意义,在中国,就是发现恋爱"②;因此在新文学的家庭叙事中,表现"父女"矛盾的作品,要大大超过表现"父子"矛盾的作品。在话剧创作方面,比如陈大悲《幽兰女士》中幽兰与父亲之间的矛盾冲突,田汉《获虎之夜》中莲姑与父亲之间的矛盾冲突等,都是具有代表性意义的经典之作。在小说创作方面,杨振声《玉君》中玉君与父亲之间的矛盾冲突,丁玲小说《莎菲女士的日记》中莎菲与父亲之间的矛盾冲突等,也曾在社会上引起过强烈的反响。谈到"父女"(母女)之间的矛盾冲突,我想特别提一下谢冰莹的自传体小说《一个女兵的自传》,这部作品主要是以一种"去亲情化"的叙事方式,讲述主人公"我"为了争取自己婚姻自由的合法权益,同封建思想严重的父母之间的激烈较量。问题并不在于这部作品的题材选择,而在于作者把父母做了人为的"丑化":"'笑话!礼教也敢反对吗?'母亲越来越威风了,'它是数千年来圣人立下的'"规矩,"谁敢反对,难道你这丫头,也敢反对礼教吗?"相反,作为叛逆者"我"的执拗与出逃,又被作者描写成了一种反抗"父权"的英雄壮举。上述作品全都存在有"丑化"父母的显著特征,这是一个很值得我们去深入研究的文学现象——新文学毫无忌惮地用"去亲情化"的叙事方式,极力去"丑化"自己的父母尤其是父亲,将其描写得无比残忍冷血无情,实际上造成了文学与现实之间的巨大反差。这种非理性情绪虽然能够对思想启蒙起到一定的推动作用,但客观上却很容易使读者对中国家庭内部的亲情关系产生误

---

① 余华林:《女性的"重塑":民国城市妇女婚姻问题研究》,商务印书馆 2009 年版,第16 页。

② 茅盾:《解放与恋爱》,《国民日报·妇女评论》1922 年 3 月 29 日。

判。我并不否认新文学这种"去亲情化"的表现方式,本质上只是一种推动思想启蒙的操作策略;然而为了思想启蒙便可以去随意羞辱自己的父母,这究竟是一种文明进步还是一种道德沦丧呢? 我相信时间将会证明一切。

再次,新文学创作以青年人的父爱缺失,去透视他们"仇父"情绪的心理动因。新文学为了思想启蒙而采取一种"去亲情化"的叙事模式,而这种叙事模式最大的表现特征,就是在描写"父亲"的艺术形象时,往往只是在表现"父"之"权力",而彻底剔除了"父"之"亲情",因此新文学创作中的父亲形象,完全被作家人为地"陌生化"了。早期鲁迅就曾持有一种思想偏见,他说:"中国的孩子,只要生,不管他好不好,只要多,不管他才不才。生他的人,不负教他的责任。"所以他万分感慨地喟叹道:"我们中国所多的是孩子之父,所以以后是只要'人'之父!"①鲁迅这段话的重心所在,无非是在斥责中国的"父亲"都不称职,他们对子女只"养"不"教",既造成了"孩子"们的不健全人格,也导致了中国家庭生活中的父爱缺失。由于"父亲"已经被启蒙判定为是一个"不称职"的家长,那么新文学表现仇"父"心理也就变得无可非议了。比如,徐杰小说《赌徒吉顺》中的"父亲"吉顺,他虽然有四个儿子和一个女儿,可是却视他们为无物;他一天到晚都在外面喝酒赌博,结果为了能够让弟妹们吃饱肚子,大儿子被逼无奈只能铤而走险当了盗贼。另外还有许地山小说《商人妇》中的林荫乔,茅盾小说《昙》中张女士的父亲,巴金小说《憩园》里的杨老三等,也都是一些不称职父亲的负面形象。尽管这些"父亲"本人都不称职,对于"子女"只"养"不"教",但他们却要求子女,必须对自己去尽"孝",这既是新文学批判父亲的一大口实,同时也是他们替新青年"仇父"心理所设计的一个理由。比如《雷雨》中的"父亲"鲁贵,他不断向四凤要钱去供其挥霍,认为这是女儿对他应尽的"孝道";但是对于四凤如何去走正确的人生道路,他却从来不管不问随其自然,就连四凤与周萍私通他也装聋作哑视而不见。因此,四凤非常痛恨这个"父亲"。又如《骆驼祥子》里的刘四爷,女儿虎妞都已

---

① 鲁迅:《随感录二十五》,《鲁迅全集》第 1 卷,人民文学出版社 1981 年版,第 295—296 页。

经是三十多岁的人了,刘四爷不仅不让她嫁人,还利用她去诱惑和稳住那帮"臭拉车的",所以虎妞才敢在众目睽睽之下,撕破脸面同刘四爷断绝了父女关系。再看解放区文学,"仇父"现象依然存在,最具有代表性意义的一部作品,就是阮章竞的叙事长诗《漳河水》。长诗中荷荷、苓苓和紫金英这三位年轻女性,她们都是封建婚姻制度的牺牲品。诗人借助她们三人的婚姻悲剧,明确地告诉读者"爹娘盘算的是银和金",所以才会导致"荷荷配了个'半封建'""苓苓许了个狠心郎""紫金英嫁了个痨病汉"。从《赌徒吉顺》到《漳河水》,新文学为了推进思想启蒙和革命启蒙,将不称职"父亲"的个例现象,推演成了一种中国"父亲"的普遍现象。但是我们研究者对此问题却应保持头脑清醒,因为这些艺术虚构出来的"恶父"形象,虽然在视觉审美上非常地"好看",然而它却并不具有现实生活的真实性。

当我们同样以五四启蒙运动所倡导的批判理性精神,重新去考察新文学创作中所表现出的"仇父"情绪时,我并不否认其对推动中国家庭变革以及社会历史进步具有积极意义;因为在中国家庭内部生活当中,"父亲"对于子女和家人的严格管束,势必会引起他们的逆反心理和"仇父"情绪。[1] 但是我个人认为,我们不能简单地将"仇父"现象,仅仅理解为是一种社会文化学现象,进而忽略了其社会心理学现象的本质特征。因为从社会心理学的角度去看问题,"父亲的严厉管教使儿子畏惧,只能回到母亲那里寻找关爱……由此在面对强大的父亲时,幼儿就会产生对母亲关爱被剥夺的恐惧,进而仇恨父亲。"[2] 所以,新文学只是从反传统与反封建家长专制的切入角度,去片面地理解和诠释"仇父"情绪的产生原因,完全把外在的社会因素凌驾于内在的心理因素之上,这种主观自信既不利于我们去客观评价新文学在参与思想启蒙过程中的"得"与"失",而且更容易扰乱我们对于"传统"和"现代"的理性认知和价值判断。

---

① 马林诺夫斯基在 1914 至 1918 年初对布兰岛土人生活的人类学考察表明,家庭中严厉的管教方式必然会引起子女的逆反心理。可参见时蓉华《社会心理学》,浙江教育出版社 2000 年版,第 196 页。

② 刘光宁:《中国社会的父权家庭与权威人格》,《杭州师范学院学报(自然科学版)》2003 年第 6 期。

　　新文学创作以仇"父"恨"家"为表现中心,这是它参与思想启蒙运动的最大亮点。由于五四启蒙所运用的西方理论,几乎都是从日本这一窗口输入进来的,甚至连新文学反封建的创作主题也都带有"日本经验",这无疑引起了我个人的极大兴趣。我粗略地阅读过一些日本近现代历史资料和文学作品,发现日本的父权家长制文化要比中国严重得多。比如日本国的宪法就明文规定:"国君之于臣民,犹如父母之于子孙,即一国为一家之扩充,一国之国君指挥命令臣民,无异于一家之父母以慈心吩咐子孙,故我天皇陛下对全国呼唤尔臣民,则臣民皆应以子孙对严父慈母之心谨听感佩。"①日本学者对此解释说:"我国的政体是神权政体;天皇作为日本国民这个大家族的首长统治着国家,因此,我国的政体是家长式政体;天皇遵循以近代立宪主义最进步的各项原则为根据而制定的宪法行使大权,因此,我国的政体是立宪政体。换言之,我国根本的政体即神权的、家长式的立宪政体。"②与此同时,日本近现代文学所反映的主要问题,也是历史转型期的父子矛盾,但却不像中国新文学那样仇"父"恨"家",而是在以一种血缘亲情的感化方式,去化解家庭内部的矛盾关系。比如日本近现代作家岛崎藤村的长篇小说《家》(1910—1911 年)、志贺直哉的中篇小说《和解》(1917 年)等经典文本,虽然都是在致力于反映社会转型期的家庭矛盾,都是在致力于表现父子之间不可调和的思想冲突,但他们却认为"父亲"就是"父亲",既不是什么凶神恶煞的冷血动物,更不是什么丧失了人性的封建"暴君"。因此,他们在表现家庭生活题材的文学作品中,并没有去宣扬"叛逆"或"造反"的敌对情绪,而是采用了一种"和解"的叙事策略,有点像中国古代文学的"大团圆"结局。日本批评家关谷一郎在评论小说《和解》时曾经指出,日本近现代文学中的父子"不和"现象,"是在男子成长期中对父亲的一种本能抵触",故他认为主人公最终理解了父亲对于子女的一番苦衷,"可以看作是顺吉(主人公)长大成人的故事。"③我个人感到很是不

---

　　①　《近代日本思想大系 31》,《明治思想集 2》,筑摩书房 1977 年版,第 91 页。
　　②　[日]穗积陈重:《祖先祭祀与日本的法律》,有斐阁 1917 年版,第 98 页。
　　③　[日]关谷一郎:《〈和解〉私读》,日本文学研究资料新集《志贺直哉——自我的轨迹》,有精堂 1992 年版。

解,五四启蒙的理论资源和文学创作的基本"经验",几乎全都是东洋留学生从日本学后贩运回来的,可为什么我们在打倒了"孔家店"时,他们却堂而皇之地把儒家伦理写入了宪法?为什么五四新文学在极力宣扬反"家"仇"父"的叛逆思想时,他们的文学创作却在表现主张家庭"和睦"与父子"和解"?这种"师徒"之间截然相反的悖论现象,的确值得国内学界去认真地探讨和深刻地反思。

三、新文学"父亲"形象的艺术重塑

新文学试图颠覆中国"家文化"的激进行为,也引起了许多启蒙精英的高度警觉。比如李长之就认为,五四新文化运动与欧洲文艺复兴运动绝不同质,他说发生于中世纪的欧洲文艺复兴,主张恢复古希腊与古罗马时代的文艺繁荣,是"一个古代文化的再生";"可是中国的五四呢?试问复兴了什么?不但对于中国自己的古典文化没有了解,对于西洋的古典文化也没有认识。"他还进一步指出,由于五四启蒙既抛弃了传统文化,又没有西方那种"深奥的哲学"基础,结果才会导致了"有破坏而无建设,有现实而无理想"的被动局面。① 李长之这种说法究竟是否正确我们可以另行讨论,单就新文学用"父"之"权"去消解"父"之"亲",欲将"父亲"置于死地而后快的非理性举措来看,无论如何解释都是一种思想幼稚的行为表现。

不过话又说回来,新文学作家在反封建家庭专制这一问题上,始终都存在着一种自相矛盾的心理现象,最突出的表现就是自己的"父亲",完全不同于他者的"父亲"——他者的"父亲"可以被描写成封建"暴君",而自己的"父亲"却是和蔼可亲的敦厚"长者"。比如,曾经追随胡适热衷于思想启蒙的顾颉刚,他抨击封建家族制度时不遗余力,然而在自己的娶亲问题上,却又主动去听命于自己的父亲:他先是把女方的生辰八字寄回家里,等到父亲找人推算"尚无贬词",而且"合婚则甚为吉利"之后,他才放心大胆地去迎娶。② 按理

① 《五四运动之文化的意义及其评价》,《李长之批评文集》,珠海出版社1998年版,第335页。
② 见1919年1月15日《顾颉刚日记》,《顾颉刚全集》第5集第1卷,中华书局2011年版,第68页。

说,顾颉刚身为新文化运动中的一员大将,他在婚姻大事这一问题上,理应去反对"父母之命、媒妁之言"的传统陋习才对,可他崇"新"却又恋"旧",这难道不是一种非常荒谬的悖论逻辑吗? 又如反封建斗士的巴金,一部小说《家》写尽了封建家长的种种罪恶,但是谈起自己的父亲来,却在情感上充满了怀念之意。他说:"父亲是很和善的,我不曾看见他骂过人。"父亲去世之后,有很长一段时间他都感到难以适应,"我经常踯躅在街头,我总觉得父亲在我的前面,仿佛我还是依依地跟着父亲走路"①。再如,郭沫若在话剧《卓文君》里,把卓王孙贬得一无是处,对于自己的父亲却倍感自豪,认为父亲道德高尚、为人正直,其"盛德懿行"、广施仁义的社会行为,深受四乡八邻的齐声赞誉。②在新文学作家的思想观念中,"父亲"为什么会呈现出截然不同的两副面孔呢? 答案很简单,为了推动思想启蒙的顺利开展,用自己的"父亲"去做"父权"的象征符号,显然是一种有违人伦道德的忤逆之举。故只能去拿他者的"父亲"来做牺牲品,这样既可以兼顾思想启蒙和父子亲情,又不至于让自己陷入时代与道德的双重困境,不失为一种两全其美的"中庸"之道。伴随着新文学作家的自我成长,尤其是当他们结婚成家以后,为人父母的切身体验,使他们终于意识到了做"父亲"的不容易。所以,任何事情都是在发生变化的,仇"父"恨"家"的现象当然也是如此。回到五四现场我们发现,虽然"仇父"情绪十分强烈,但是仍有作家从正面去书写"父亲",尽管这种正面书写并非时代潮流,却为新文学重塑"父亲"的形象,埋下了一个可以期待的历史伏笔。

新文学对于"父亲"形象的理性认识,我个人认为应是始于朱自清的散文《背影》。不过研究者往往都在大谈《背影》中的"父爱"意识,但却并没有去深入探讨朱自清为什么要借助《背影》,去含蓄性地表达自己对于"父爱"的真诚理解。其实,"父亲"和《背影》是不可分开去理解的,如果我们没有明白朱自清的灵魂"忏悔",也就等于没有读懂他的散文《背影》。青少年时代朱自清与父亲之间的矛盾很深,人们出于维护朱自清的五四形象,一般都把责任归咎

---

① 巴金:《谈自己》,《巴金选集》第 10 卷,四川人民出版社 1996 年版,第 36、56 页。
② 转引自周亚琴《从郭沫若的血缘意识谈到他与传统文化的精神联系》,《中国现代文学研究丛刊》1990 年第 2 期。

为其父朱鸿钧的观念守旧、行事武断,所以才会造成他们二人在情感方面的严重隔阂。比如,研究者几乎都会提到这样一件事情:朱自清从北大毕业后回到扬州任教,其父朱鸿钧因家庭遇到了经济困难,故经常擅自从学校取走朱自清的薪水,朱自清对此十分不满。于是他负气带着全家去了杭州,使他们父子二人的关系降到了冰点。这一传说的可信程度,我们现在已经很难去考证了,但我个人更关心成为人父的朱自清,其化解"仇父"心理的复杂过程。尤其是当他接到父亲的来信,得知"我身体平安,惟膀子疼痛厉害,举箸提笔,诸多不便,大约大去之期不远矣"时,眼前立刻浮现出父子二人在徐州车站告别时的一幕幕情景。"我"之所以会四次"流泪",并非"我"宽恕了"父亲"过去的"不是",而是父亲"终于忘却了我的不好",这恰恰说明了他们父子二人的矛盾纠葛,错不在"父亲"而是在"我"。这使我突然意识到文中那句父亲"惦记着我的儿子",才是散文《背影》的"文眼"所在:作者是在明确地暗示读者,他现在也是一个"父亲"了;故他们父子矛盾的最终化解,就在于作者对"父亲"这一家庭角色已经有了切身体验。我一直都认为,《背影》并不是儿子和"父亲"之间的对话关系,而是两个"父亲"之间的对话关系,只有从理解"父亲"这一切入角度去阅读《背影》,才能真正把握住这篇美文的思想精髓。朱自清对于父亲的忏悔意识,在散文《荷塘月色》中同样表现得非常明显,只不过诠释者都在强调其书写景物的高超技巧,根本就没有意识到这一关键性因素罢了。《荷塘月色》开篇交代,"这几天心里颇不宁静",至于他为什么"心里颇不宁静"? 作者所给出的答案,无非是"我到底惦念着江南了"。许多研究文章都把《荷塘月色》这篇散文,理解为是作者本人的"思乡"之作,这种判断当然自有其一定的道理;但却忽略了作者在文中所使用的是"惦念",而不是"怀念"或"思念","惦念"一词一般是指一个人对于家庭亲人的情感牵挂。朱自清在北平深情地"惦念着江南",是因为那里住着自己年迈多病的老父亲,故《荷塘月色》里朱自清对于父亲的"惦念",与《背影》里父亲对于朱自清和家人的"惦念",不仅形成了一种血缘亲情的互动关系,同时都是在表达他对父亲的愧疚之情。如果说以上两篇散文,朱自清还只是在隐晦性地表达自己的忏悔意识,那么到了散文《儿女》中,朱自清已不再去做任何言辞上的掩饰或遮蔽:

父亲在来信中反复叮嘱朱自清,一定要善待孙子阿九,并特别强调说:"我没有耽误你,你也不要耽误他才好。"朱自清立刻感到自责和汗颜,他深刻地反思自己:"为什么不像父亲的仁慈?"这句发自内心的感叹,既是对"父亲"这一亲情概念的充分肯定,也是对过去那个狂妄"自我"的彻底否定。通过阅读这三篇散文我发现,朱自清以"和解"方式去化解父子矛盾的表现手法,与日本作家志贺直哉的小说《和解》如出一辙:《和解》中的主人公顺吉对父亲说"我做错了",而朱自清也在《儿女》中喟叹不如父亲"仁慈";实际上他们都是在以各自不同的忏悔方式,完成了一个青年人必须经历的成长过程。

彭家煌的小说《父亲》,与朱自清的散文《儿女》属于同一叙事模式,也是通过一个新青年的做"父亲"体验,以表达自己对于"父亲"的忏悔之意。故事讲述镜梅君有个儿子名叫培培,虽然只有十个月大却非常顽皮,经常把镜梅君闹得心烦意乱火冒三丈,故他每每用家暴的方式去惩戒儿子,长此以往儿子便得了一种"恐父症",并渐渐地对自己产生了一种陌生感。镜梅君百思不得其解,自己明明是为了儿子好才去管教他,可他为什么却要疏远自己呢?经过一番苦苦思索,他终于从自己的"过去"中找到了答案。

> 在许多兄弟中,他独为爹所重视,他虽则对爹如路人一般,但爹容忍的过着愁苦日子,毫无怨言,至今还满身负着他读书时所欠的巨债,岂仅无怨言,还逢人饰词遮掩儿子的薄情,免避乡人的误议……爹妈从来不曾以他对付培培的手段对付他过,将来培培对他又应怎样?培培的将来虽不能说,或许也如他对爹妈一样,应遭天谴。

用不着去做任何解释,在"仇父"情绪愈演愈烈的五四时期,彭家煌同朱自清一样率先醒悟过来,并用了一句"应遭天谴",去反思自己曾经的"仇父"情绪。彭家煌是鲁迅比较欣赏的一位五四作家,就连他这样曾激烈反传统的一员猛将,也会自觉地站出来去维护"父亲"的形象,这一悖论现象当然值得我们研究者去深度思考了。小说《父亲》的思想价值,就在于镜梅君通过自责与忏悔,并以一句"将来培培对他又应怎样"的灵魂追问,去向社会传达这样一种思想认识:父不仁子必学之,父不慈子必效之。尽管彭家煌没有公开去批评五四启蒙恨"家"仇"父"的思想倾向,但是小说《父亲》的故事情节则含蓄地表达了作者本人的真实心声——既然他们曾"仇视"和"抛弃"过自己的"父亲",那么儿女们将来会不会也用同样的方式去"仇视"和"抛弃"他们呢? 孤立地去看,小说《父亲》对于"父亲"的感恩之心,的确有违于"父权"批判的启蒙话语,但无论新文学作家表现得有多么叛逆,他们都难以否认"父亲"的养育之恩。在这一问题的认识上,许地山要比那些激进的新文学作家表现得更为理智,当全社会都在声讨"父亲"的滔天罪行时,他却把读者带到了自家屋后的"半亩隙地",去聆听"父亲"所讲述的《落花生》故事。

> 花生的用处固然很多,但有一样是很可贵的。这小小的豆不像那好看的苹果、桃子、石榴,把他们的果实悬在枝上,鲜红嫩绿的颜色,令人一望而发生羡慕的心。他只把果子埋在地底,等到成熟,才容易把他挖出来……所以你们要像花生,因为他是有用的,不是伟大、好看的东西。

散文《落花生》的绝妙之处,就是在表达父亲"经验"的历史传承性,即:作者殷切地希望儿女们都能够像父辈们一样,踏踏实实地做事、老老实实地做人,"努力于现在和将来,使中国能够发展成为一个近代的国家。"①许钦文散文的《父亲的花园》,更是倾情去讲述了家庭的温暖和父亲的慈祥。

> 父亲的花园在这一年可算是最茂盛的了,那时蕊姊还没未出嫁,芳姊也没有死。红的、白的,牡丹、芍药,先先后后地都开了泛勃勃的美丽的花。我跟着父亲每天到花园去看,给它们灌水,有时一天去看两三次……我能知道的,父亲在这一年可算最为高兴,家里的人也都很快乐,可是那时候何尝明白,这是最快乐的时候了。

我们注意到,许钦文在《父亲的花园》里,把"父亲"永远定格为一副慈祥和微笑的面孔,且告诉读者只有儿女们围绕在他身边时,才是令他感到幸福快乐的美好时光。然而,作者笔锋一转又接着叙述道:"父亲"将这些儿女们养大成人之后,为了生计他们都在外面四处奔波,谁"都不能请父亲休养"过;所以他从内心深处发出一声叹息,"我不能再看见像那时的父亲的花园了",这声叹

---

① 许地山:《青年节对青年讲话》,中国现代文学馆编:《中国现代文学百家·许地山代表作》,华夏出版社 2009 年版,第 294 页。

息既表达了作者对于"家"和"父亲"的思念之情,更是道出了在外"漂泊者"想家思亲的心灵之声。

　　谈到新文学对于"父亲"的理解和理性书写,我认为路翎的长篇小说《财主底儿女们》,是最值得我们去关注的一部作品。这部鸿篇巨制的思想价值,主要是在启蒙与救亡的双重背景下,通过追忆"父亲"和"家园",去重新思考中国传统文化的现实意义。"蒋捷三是苏州有名的头等富户之一",同时也是一位性格古板且又充满爱心的仁慈父亲,无论儿女们怎样造反作对,他总是以一种宽广的胸怀,去理解和包容他们的叛逆行为。比如老二蒋少祖觉得"离家出走"是一种社会时尚,年仅十六岁便跑到上海去独自闯荡,成了"蒋家底第一个叛逆的儿子",但蒋捷三却并没有去为难他。当蒋少祖在外面混得不如意回来时,他本以为父亲会怒发冲冠、大发雷霆,却发现"老人忽然凄凉地笑,扬动眉毛,眼里有慈爱的光辉",他知道父亲已经"饶恕了他"。还有女儿蒋淑华,因上学问题曾对父亲心怀芥蒂,然而蒋捷三非但不计前嫌,反倒事事都在替她着想,甚至还为她准备好了一份丰厚的嫁妆——蒋淑华哭了,"因为这口箱子里的晶莹的东西正是她梦想留给她底未来的孩子们的",没有想到父亲是这样了解她的心愿。小说中最能够表现蒋捷三父爱如山的故事情节,就是他对大儿子蒋蔚祖从始至终的拼命呵护:媳妇金素痕为了独吞蒋家的全部财产,千方百计地通过折磨蒋蔚祖去逼迫蒋捷三就范,"老人底逻辑是,尽可能地顺从媳妇,使得媳妇尽可能地顺从儿子——最初是这个逻辑,以后还是这个逻辑;以后是不得不是这个逻辑。"但金素痕却得寸进尺绝不罢手,反而变本加厉地把丈夫蒋蔚祖给逼疯了。当蒋蔚祖"走失"了以后,蒋捷三竟不顾自己的身体有病,急忙从苏州赶到了南京城,并带着警察在大街小巷中去四处寻找。蒋捷三呼唤儿子的凄凉呐喊,回荡在南京城的各个角落,而那苍老的声音每呼唤一声"蔚祖"的名字,都会令读者情不自禁地潸然泪下。蒋捷三这种无私奉献的父爱之心,也深深地感动着蒋家的儿女们,他们在后来居无定所的流浪人生中,终于明白了这样一个道理:"家"是他们安身立命的栖息之地,父亲是他们幸福人生的强大后盾。因此,已经变得成熟起来的蒋少祖,终于发出了撕心裂肺的心灵呼唤:"我爱我底父亲,我爱我往昔的爱人,我爱我底风雪中的苏州底故园,我心里知道这爱情是如何强烈!"另外,老舍在长篇小说《四世同堂》中,也塑造了祁老爷子这一值得人们敬重的父亲形象。祁老爷子给人的印象虽然有些迂腐,但却忠厚诚实、待人平和、一身正气、严格治家,直接影响了祁家儿孙们的做人准则。比如在第八十章里,瑞宣的媳妇韵梅的一席话,就非常耐人寻味、发人深思,她说:"祁老人万万死不得! 有最老的家长活着,不管家中伤了多少人,就好像还不曾损失元气似的,因为老人是支持家门的体面的大旗。"老舍其实是在通过韵梅之口,去生动地诠释中国人"家有一老,如有一宝"的传统观念。因为在老舍本人看来,只要祁老爷子还活着,祁家上下不仅有了主心骨,同时也有了家族复兴的未来希望。这无疑是老舍对于中国"家"文化的充分肯定。

新文学对于"父亲"形象的矛盾心理,恰恰是其成长过程中的真实写照。然而,五四启蒙精英当年究竟是不是真的"仇父",我个人对此问题一直都深表怀疑。就拿"全盘西化"的始作俑者胡适来说吧,他在留美期间就已经建立起了这样一种人生信念:"吾于家庭之事,则从东方人,于社会国家政治之见解,则从西方人。"①这原本是一种试图去融合东西方文化,再造中华民族新文化的宏伟理想,可是后来包括胡适在内的启蒙精英,却都严重地偏离了这一发展方向。当启蒙热情逐渐冷却之后,知识精英又不得不去面对因家庭伦理遭到破坏所造成的社会乱象。比如他们自我反省道:"五四新文化运动就是要打倒家族主义,这个功绩是我们应该承认的,但不幸家族主义打倒以后,没有新的更伟大的集团精神起而代之,结果反形成了个人主义的反动时代"②。还有那位"只手打孔家店"的老英雄吴虞,不仅自己早就不再反孔非儒了,同时还主动回到了传统家庭的"父亲"立场上,更加刻薄地去对待自己的儿女。所以杜维明毫不客气地指出,吴虞"在思想上,他可以打倒孔家店,甚至和他的父亲决裂;而在感情上,又不能不摆出一副'严父'的面孔,来对待自由恋爱的

---

① 《胡适日记全编》第一册,安徽教育出版社 2001 年版,第 516 页。
② 常燕生:《我对于中国本位文化建设问题的简单意见》,罗容渠主编:《从"西化"到现代化——五四以来有关中国的文化趋向和发展道路论争文选》(中册),黄山书社 2008 年版,第531 页。

女儿,甚至感到人心不古"①。这就是五四启蒙的悖论逻辑,即:中国人可以从观念上,去反对封建文化的"父权"家长制;但在情感生活方面,却又割舍不掉他们与"父亲"之间的血缘关系。故只要"亲情"二字仍是主宰中国人家庭生活的关键因素,那么无论新文学表现得有多么"仇父",它终究要回到"敬父"与"爱父"的传统老路。中国不是有句俗话,叫作"不当家不知柴米贵,不养儿不知父母恩"吗? 老舍本人就对此感触颇深。他说:"家庭之累,大半由儿女造成,先不用提教养的花费,只就淘气哭闹而言,已足使人心慌意乱。"②老舍能够说出这样一番话来,足以证明他对"父亲"与"家"的真实态度。

第二节　新文学血亲叙事的伦理问题

新文学以"个性解放"为启蒙口号,对封建家族制度发起了猛烈的攻击,不仅从根本上动摇了中国传统文化的儒学基础,同时也极大地破坏了中国家庭内部的固有秩序,其积极意义是加快了中国社会现代化的历史进程,但其负面影响则是造成了一种文化虚无主义的思想倾向。这就牵扯到了一个究竟应该怎样去认知和评价儒家伦理现代价值的重大命题。我们知道在中国几千年的封建社会里,儒家伦理一直都是维系中国人情感生活的精神支柱,它在具体的社会实践过程中难免会产生一些负面作用;然而因噎废食不加分析地将其进行全盘否定,必将会使缺乏法律意识的人失去约束自己行为的道德准则,最终给家庭和社会带来极大的不稳定性因素。从西洋留学归来的"学衡派"人士,最先意识到了这一问题的严重性,他们坦言如果废除了中国人坚守了两千多年的儒家伦理,"仅有自由,谓之放肆,任意任情而行,无中心以相继相系,则分崩离析,而群体迸裂"③。除了"学衡派"之外,当时还有许多有识之士,都对反传统的思想启蒙持有一定的成见,即便是蔡元培先生也不能例外。蔡元培虽然思想开明并鼎力支持新文化运动,但他却并不赞成启蒙对于中国

---

① 　[美]杜维明:《儒学传统的现代转化》,中国广播电视出版社1992年版,第78页。
② 　老舍:《有了儿女以后》,《谈风》1936年第3期。
③ 　刘伯明:《共和国民之精神》,《学衡》1922年10月第10期。

"家文化"的全盘否定，相反却坚持认为"家长制度者，实行尊重秩序之道，自家庭始，而推暨之以及一切社会也"。至于儒家所倡导的"五伦之说"，他确信除了"君臣"二字已经不再适用于现代社会之外，其他四伦如"父子""夫妇""兄弟""朋友"，仍然是现代中国人和中国社会所不可缺少的道德信仰。①"学衡派"人士对于中国传统的家庭伦理，更是立场鲜明、坚信不疑，他们一再强调"秩序之观念，为吾国伦常之基础，道德之本原"。他们甚至还断言说，孔子的五伦思想不仅没有过时，还"实为人类道德之一大发明"②。无论"学衡派"还是蔡元培，他们都对思想启蒙颇有微词，因为"吾国旧德，夙以孝治天下"，一旦这种道德体系受到冲击，势必会导致家庭与社会"百善淫为先，万恶孝为首"的混乱局面③。谈到五四新文化运动的彻底反传统，使我想起了美国哲学家白璧德对于五四精英的善意忠告："中国在力求进步时，万不宜效欧西之将盆中小儿随浴水而倾弃之。"白璧德说得非常清楚，中国人向西方学习当然很有必要，但绝不能急功近利丢掉了自己的文化价值观，"若信功利主义过甚，则中国所得于西方者，止不过打字机、电话、汽车等机器"而已。④

但五四启蒙精英却既拒斥"学衡派"的批评意见，又无视大洋彼岸白璧德的善意忠告，所以因启蒙而造成的父子仇视、夫妻反目、兄弟失和、亲情淡薄等家庭伦理关系的濒临崩溃，都被他们骄傲地视为思想启蒙的胜利成果时，从家庭到社会全面失序的混乱状态，无形之中又验证了"学衡派"与白璧德的先见之明。

一、新文学挑战父权的精神狂欢

新文学参与思想启蒙运动，其首要任务就是挑战"父权"文化；他们认为这种挑战能否取得成功，关键要看启蒙与青年之间是否能够形成一种默契的配合。为此，鲁迅把中国传统文化比作一场"人肉的筵宴"，"这人肉的筵宴现

---

① 蔡元培：《中国伦理学史》，《蔡元培全集》第5卷，中华书局1988年版，第488页。
② 张其昀：《中国与中道》，《学衡》1925年5月第41期。
③ 邵祖平：《论新旧道德与文艺》，《学衡》1922年7月第7期。
④ 胡先骕译：《白璧德中西人文教育说》，《学衡》1922年3月第3期。

在还排着,有许多人还想排下去。"所以他希望"扫荡这些食人者,掀掉这筵席,毁坏这厨房,则是现在的青年的使命!"。① 鲁迅这番话代表着所有启蒙精英对于新青年们的热切期盼,而那些"睁开了眼看世界"的新青年当然也没有辜负这种期盼,他们纷纷站出来向"家庭"和"父亲"发起攻击,究竟是理性还是非理性对他们来说都不重要,重要的是"不管父母、兄弟、妻子的责难,总是一意孤行,服从良心上的支配。其余都可以不顾,并且可以牺牲的"。只有在情感上做到如此决绝的狂热程度,"才不辜负我了。"②

因此,当思想启蒙把"家庭"和"父亲",统统视为中国传统文化的"万恶之源"时,那么反"家"仇"父"的叛逆之举,也就自然而然地变成了新文学创作的中心任务。将反"父权"文化理解为是新文学现代性的思想诉求,它在创作实践中又集中表现为以下三种叙事模式。

第一种叙事模式,是让青年直接向家长发难,以撼动"父权"文化的家庭基础。比如鲁迅小说《伤逝》里的女主人公子君,就是这一方面最有影响的形象代言人。子君为了获得自由婚恋的合法权利,公开向社会大声宣言:"我是我自己的,他们谁也没有干涉我的权利!"结果直接导致了她和"叔叔"之间的关系决裂。有趣的是,鲁迅笔下的子君是个无父无母之女,"叔叔"才是她的"监护人",故她对"叔叔"的思想叛逆,还只是一种反"父权"文化的间接行为,并没有直接触及"父亲"这一敏感字眼。而沉樱小说《妮君》中的妮君,情况就大不相同了,她把"父亲"直接放到了思想的对立面,其公开挑战"父权"的强大气场,更能代表五四启蒙的时代精神。正是由于新文学作家都对思想启蒙带有一种无比自豪的乐观情绪,因此反"家"仇"父"很快就变成了一种风行一时的文学时尚。我个人认为,郭沫若的话剧《卓文君》与老舍的小说《骆驼祥子》,都是挑战"父权"文化的经典之作。郭沫若的独幕话剧《卓文君》,是借古代题材来言说现代人文精神:寡居在家的卓文君爱上青年才俊司马相如,却受到了父亲卓王孙和公公程郑的强烈反对,所以卓文君同封建家长

① 鲁迅:《灯下漫笔》,《鲁迅全集》第 1 卷,人民文学出版社 1981 年版,第 217 页。
② 傅斯年:《万恶之源》,《傅斯年全集》第 1 卷,湖南教育出版社 2003 年版,第 107 页。

之间的矛盾冲突,便直接演变成了新旧两种思想的殊死对决。在"第三景"里,卓王孙与卓文君父女二人之间唇枪舌剑的火爆场面,便是作者对于五四时期新旧势力之间"骂战"场面的隐喻性再现。

> 卓王孙　我卓门不幸,生下这种逆女,我不愿甚么,我只愿她早死!败坏门风的淫奔妇!你如果还知道羞耻,你给我死了吧!(掷剑一柄卓文君脚前。)

> 卓文君　我以前是以女儿和媳妇的资格对待你们,我现在是以人的资格来对待你们了。

> 卓王孙　啊,不得了,不得了!造反了,造反了!(欲前扑打卓文君。)程郑急挽制之。

> 卓文君　你们一个说我有伤风教,一个叫我寻死,这是你们应该对着自己说的话。

> 卓王孙　造反了,造反了!(欲挣脱郑手。)程郑挽愈力。

> 卓文君　我自认为我的行为是为天下后世提倡风教的。你们男子们制下的旧礼教,你们老人们维持着旧礼教,是范围我们觉悟了的青年不得,范围我们觉悟了的女子不得! ……你要叫我死,但是你也没有这种权利! 从前你生我的只是一块肉,但这也不是你生的,只是造化的一次儿戏罢了! 我如今是新生了,不怕你就咒我死,但我要朝生的路上走去!

老舍的长篇小说《骆驼祥子》,则是在讲述一个现代故事。虎妞挑战"父亲"的叛逆性格一点也不比卓文君逊色,甚至还有过之而无不及。因为卓文君挑战"父亲"是发生在家庭内部,而虎妞挑战"父亲"却是发生在大庭广众之下。比如,为了能够同祥子两情相悦长相厮守,她竟然在寿宴上当众去羞辱刘四爷:"干脆说了吧,我已经有了,祥子的! 他上哪儿我也上哪儿! 你是把我给他呢? 还是把我们俩一齐赶出去? 听你一句话!"要不然的话,"就着这个喜棚,你再办一通儿事得了!"气得刘四爷当场发飙:"呸! 好不要脸!""我放把火把棚烧了,也不能给你用!"在这场"父女"冲突中,虎妞以其咄咄逼人的强大气场,使得刘四爷在众人面前斯文扫地、颜面全无,哪里还谈得上什么父亲的威严呢? 挑战"父权"也是左翼文学的一种常态,像蒋光慈《咆哮了的土地》中儿子王贵才对父亲王荣发的权威挑战,茅盾《春蚕》三部曲中儿子多多头对父亲老通宝的权威挑战,叶紫《丰收》与《火》中儿子立秋对父亲云普叔的权威挑战等,都是对五四启蒙反"父权"思想的自然延续。但是我们也注意到,五四文学为了完成反封建与反传统的历史使命,几乎彻底排除了父子(父女)之间的血亲因素;而左翼文学在表现非敌对政治立场的父子(父女)关系时,则是以"革命"启蒙这种变通的方式,去巧妙化解他们之间的敌对情绪——儿子虽然敢于公开去顶撞自己的"父亲",但结局却又是以"父亲"的妥协或觉醒,维持了家庭伦理关系的和谐稳定性。这的确是左翼文学比五四文学的高明之处:父子(父女)之间结成了一种志同道合的同志关系,并用"大团圆"的结局解决了五四以来水火不容的家庭矛盾。

第二种叙事模式,是以"离家出走"的极端方式,去挑战"父亲"的家庭权威。"离家出走"是由《终身大事》所开创的一种叙事模式,而《终身大事》又是模仿了易卜生的《玩偶之家》,胡适将娜拉移植到中国变成了田亚梅,于是便生成了一种思想启蒙的经典模式。"离家出走"的最大特点,则是子女虽然同父母存在着矛盾冲突,但却并不发生剑拔弩张的直接对抗,反倒是"一走了之"规避了这种家庭矛盾。比如,田亚梅与陈先生两人自由恋爱,母亲以八字不合表示反对,父亲则以宗祠族规加以阻挠,无论她怎样去进行申辩,父母就是固执己见绝不让步,最后干脆留下一张纸条:"这是孩儿的终身大事,孩儿该自己决断,孩儿现在坐了陈先生的汽车去了,暂时告辞了。"学界历来都认为话剧《终身大事》,表现了一种"现代"与"传统"势不两立的对立精神,并对宣传"个性解放"的思想启蒙,作出了不可磨灭的历史贡献。我个人对此观点却有所保留。如果说《终身大事》真是在"彻底"地反"传统",那么胡适为什么要让田亚梅"暂时"而不是"永久"性地"告辞"呢?这说明胡适是在有意为田亚梅的"离家出走",留下一个人们可以去想象的潜在伏笔——尽管她现在是意气用事"离家出走"了,但以后终究还是要"回来"的。我们今天再去反观新文学从"出走"到"归来"的运行轨迹,仿佛都是在印证《终身大事》中"暂时"出走的"离家"预言,"暂时"又暗示着新文学反对"父权"文化的主观意志,从一开始就在态度上有些举棋不定、犹豫不决。不过田亚梅式的"离家出走"，对于新文学创作的深远影响我们却绝不能低估，五四时期几乎所有表现新女性（也包括男性青年）"离家出走"的文学创作，差不多都是胡适《终身大事》的艺术翻版。比如冯沅君的小说《隔绝》，女主人公"我"与男青年青霭相爱，母亲和家族全都拼命反对，于是"我"便假装顺从他们的意愿，然后再设计出逃以解救自我。再如冯铿的小说《最后的出路》，也是讲述女青年若莲因自由恋爱，受到了母亲和叔叔们的百般刁难，结果她并没有同家族势力发生正面冲突，而是以"离家出走"去表示反抗而已。不过，《隔绝》与《最后的出路》都有一个相似之处，即父亲缺席而让母亲和家族去行使父亲的权力，这就使新文学在很大程度上，拓展了批判"父权"文化的表现空间。当然了，以"离家出走"去挑战"父权"文化，并非仅仅局限于婚恋题材的文学作品，像谢冰莹的《一个女兵的日记》、巴金的《家》等作品，更是涉及了主体自我的个性解放和人生道路。在纪实小说《一个女兵的日记》里，女主人公"我"的三次出逃，其目的绝不仅仅是为了"爱情"，更是为了要去参加"革命"：在她父母亲的传统观念当中，一个女人就应该老老实实地待在家里为人妻、为人母，跑到社会上去风风火火地瞎折腾成何体统？而她本人却立志"要以我们的头颅，换取人类的幸福——自由平等的幸福"。故她与父母之间的矛盾冲突，也由家庭内部矛盾被提升到了两种不同世界观之间的思想对决。巴金长篇小说《家》中的高觉慧，同样是以"离家出走"去反抗封建大家庭的"父权"威严。在《家》的"初版本"（开明本）里，高觉慧并不像"全集本"里所描述的那样，《新青年》和《新潮》杂志的思想启蒙，使他变成了"高公馆"里的反封建斗士；而是一个处于青春叛逆期的懵懂青年，思想与心智都不是那么成熟，研究者只不过是将新文化运动的外在因素，人为地理解为是他"觉醒"与"反抗"的主观性因素罢了。我们不妨举两个例子：一是研究者一直都认为，高觉慧受思想启蒙的深刻影响，不仅热心学生团体的爱国运动，并且还带头参加抗议军阀暴行的示威游行。但在"初版本"里，高觉慧根本就不知道学生们为什么要游行，他是被同学在"半路上"拉去看热闹凑数的，所以他是抱着一种置身事外的旁观心态，并希望"示威"活动能够早点结束他好回家吃饭。二是《家》之所以会令研究者赞不绝口，在他们看来高觉慧与高老太爷之间的矛盾冲突，分别代表着中国社会新旧势力之间的殊死较量。可是在"初版本"里,高觉慧虽然有些惧怕高老太爷,但却对他充满了难以言说的感恩之心。我认为巴金在"初版本"《家》中,并没有想把高老太爷描写成一个残害家人的封建"暴君",至多不过是一个思想迂腐、性格倔强以及固执己见的残烛"老人"而已;高觉慧的"离家出走",也不是因为高老太爷的高压政策,而是因为"祖父一死,家庭就变得更黑暗了"①。特别是大嫂瑞珏的死,更是成为压垮他精神世界的最后一根稻草。所以高觉慧决意要"离家出走",原因是他再也无法忍受高公馆内部钩心斗角、尔虞我诈的窒息气氛;因此他所憎恨的"父权"文化,也"并不是个人,而是制度"②。

　　第三种叙事模式,是以"断绝"父子(父女)关系,去蔑视"父权"文化的家庭权威性。与前面两种方式相比较,这种叙事模式大有壮士断腕的悲壮气势,虽然覆盖了五四文学和左翼文学,但两者的表现形式和文本意义却大不相同。五四文学中的家庭决裂,多半是由"父亲"(或父辈)主动提出来的,比如在小说《伤逝》里,就是子君的叔叔"气愤到不再认她做侄女",而不是子君不认自己的叔父;在《卓文君》里,也是卓王孙不认卓文君为女儿,而不是卓文君不认自己的父亲。"父亲"(或"父辈")主动断绝同子女之间的血亲关系,表面观之当然仍是"父权"淫威的一种表现,但却多少还保留了一点"父亲"的尊严。左翼文学却截然相反,由于革命意识形态的直接介入,在那些表现父子处于敌对政治立场的作品当中,家庭伦理关系已经变成了一种势不两立的阶级关系。比如,蒋光慈小说《咆哮了的土地》中的李杰,原本是成长在"李家老楼"里的地主大少爷,为了实现无产阶级革命的伟大理想,他主动表示要同自己的地主父亲彻底决裂,即便是回到村里也决不回自己的那个"家",而是自愿同贫苦农民生活在一起,并且还亲自带领着农民革命军队伍,放火烧掉了象征着地主阶级的"李家老楼"。又如,艾青在叙事长诗《我的父亲》里,也用讲故事的方式去回顾了他父亲的一生,并且还以一种胜利者的骄傲姿态,追述了他与父亲

---

① 巴金:《家庭环境》,《巴金选集》第 10 卷,四川人民出版社 1996 年版,第 59 页。
② 巴金:《关于〈家〉》,《巴金全集》第 1 卷,人民文学出版社 1986 年版,第 443 页。

决裂的根本原因。在艾青的笔下，父亲就"像无数的中国地主一样：中庸，保守，吝啬，自满"，对待子女他是"家庭里的暴君"，对待农民他则是阎王殿里的"阎罗"，正是由于诗人无比仇恨自己的父亲，所以他非常自豪地说："我没有为他举过魂幡/也没有穿过粗麻布的衣裳"，因为"我要效忠的不是我自己的家/而是那属于万人的/一个神圣的信仰"。以"断绝关系"这种极端方式去挑战"父权"文化，殷夫的诗歌《别了，哥哥》是最为经典的一篇作品。殷夫13岁的时候父亲就因病去世了，故大哥便承担起了"长兄如父"的家庭责任。殷夫在上海求学期间的所有费用，全部都是由他大哥提供的。1926年，17岁的殷夫就加入了中国共产党，1927年大革命失败以后，由于他人告密而被捕入狱。此时殷夫的大哥徐培根，已是国民革命军总司令部的参谋处处长，故他不得不亲自出面担保，才使殷夫免于牢狱之灾。殷夫出狱之后，大哥徐培根"以长兄代父的姿态，频频对小弟动之以情，喻之以理地作许许多多'周到的'、'柔软'、'熨帖'的规劝、告诫、鼓励和希望"①。但殷夫却并没有被哥哥的亲情所感化，依然我行我素去从事他的革命工作，故1928年他再次被捕入狱，仍然是由大哥出面将他保释了出来。1929年7月，殷夫第三次被捕入狱，当大哥要求他写悔过自新书时，殷夫却以一首《别了，哥哥》，在政治信仰与家庭亲情方面做出了他的最后抉择："你的来函促成了我的决心/恨的是不能握一握最后的手/再独立地向前途踏进/二十年来手足的爱和怜/二十年来的保护和抚养/请在这最后的一滴泪水里/收回吧，作为恶梦一场。"尽管"你诚意的教导使我感激/你牺牲的培植使我钦佩/但这不能留住我不向你告别/我不能不向别方转变"。因为"你的弟弟现在饥渴/饥渴着的是永久的真理/不要荣誉，不要功建/只望向真理的王国进礼。"所以，"别了，哥哥，别了/此后各走前途/再见的机会是在/当我们和你隶属着的阶级交了战火。"仅就我个人而言，每一次朗读这首诗歌，都会感到热血沸腾、眼眶湿润；因为殷夫能以他的年轻生命，坚定不移地去殉自己的政治信仰，这足以令后人深表敬意、赞叹不已了。但是

---

① 王艾村：《殷夫被捕经徐培根保释后被"关在家里"考缪及对〈写给一个哥哥的回信〉之我见》，《上海鲁迅研究（2012年夏）》，上海社会科学院出版社2013年版。

这里有一个问题,应引起我们研究者的高度重视:"革命"并非不要"家庭"和"亲人",而是要给更多的"家庭"和"亲人"带来他们所想要的幸福生活。所以左翼文学这种以政治伦理去取代家庭伦理的叙事模式,虽然同五四文学一样都带有挑战"父权"文化的积极意义;然而它对"革命"与"家庭"之间关系的教条式理解,也会对中国传统文化的道德观念产生巨大冲击。

新文学恨"家"仇"父"的精神狂欢,如果脱离了历史现场人们恐怕很难去理解,但是对于那些历史的参与者来说,却是一种终身难忘的情感记忆。比如巴金自己就曾回忆说,他之所以能够拿起笔来去控诉封建大家庭的累累罪行,并鼓励广大青年以"离家出走"的极端方式进行反抗,完全是因为有思想启蒙给他精神上所注入的巨大能量,"五四运动就像一声春雷把我从睡梦中惊醒了。我睁开了眼睛,开始看到了一个崭新的世界。"①高觉民与高觉慧两兄弟如饥似渴地阅读《新青年》《新潮》等进步杂志的那种情景,其实就是青年时代巴金思想进步的真实写照。然而,呈现在中国青年眼前的这个"崭新的世界",既是情绪沸腾的又是思想混乱的,理性与非理性的因素纠缠在一起,几乎使他们在那个"呐喊"与"彷徨"的年代里迷失了自我:一方面他们认为反封建与反传统,是一种追求现代文明的意志体现;另一方面他们又盲目地践踏家庭伦理,严重违背文明社会的道德准则。仅就"父权"文化而言,启蒙精英一直都把"父权"文化视为仇敌,那么他们所说的"父权"文化究竟指的又是什么东西呢? 新文学作家比较一致的思想看法,就是"父亲"对于"子女"成长过程中的干预行为;可问题是"父亲"为什么要去干预"子女"的成长过程呢? 说穿了,无非就是"过来人"以他们的经验理性,去指导那些涉世未深的青年人少走些弯路罢了。纵观人类文明的发展历史,经验理性与青春感性的激烈碰撞,是任何时代都会出现的正常现象;但由于五四思想启蒙运动的强势介入,青春感性被解释成了一种反封建与反传统的科学理性,而经验理性则变成了一种阻碍历史进步的非理性因素。这种理性与非理性的认知错位,在很大程度上误导了新文学的启蒙走向。除此之外,启蒙精英反传统的思想与行为,实际上

---

① 巴金:《觉醒与活动》,《巴金选集》第10卷,四川人民出版社1996年版,第61页。

也是自相矛盾、言行不一的。比如,作为思想启蒙的精神领袖,胡适自己就没有去实践"婚恋自由"的人文理想,而是遵照"父母之命、媒妁之言"的传统古训,娶了一个没有文化的农村女子江冬秀为妻,为了迎合母亲的心愿他甚至没有一点怨言;被誉为五四新文化运动旗手的鲁迅,更是在北京购买了一套四合院,把母亲、朱安以及两个弟弟全家都接来住在一块,并乐此不疲地去扮演"长兄如父"的家庭角色。我们究竟应该怎样去理解启蒙精英身上的这种自相矛盾性? 作为五四新文化运动的亲历者,许德珩的一段话真可谓是醍醐灌顶、令人警醒:"当时许多人主张打倒旧礼教,但是理论脱离实际,生活很浪漫,如陈独秀就是这样。"而"四川的吴虞也是这样的"。他们的共同特点,就是"说得到,做不到"。① 鲁迅也曾讥讽钱玄同说:"好空谈而不做实事,是一个极能取巧的人,他的骂詈,也是空谈,恐怕连他自己也不相信自己的话。"② 启蒙精英自己都不愿意去做的事情,却偏要让那些"初生牛犊不怕虎"的青年去做,故青春逆反心理一旦从家庭走向了社会,势必会扰乱社会生活的正常秩序。我个人非常赞同钱理群先生的自省精神,"我们从来都是说:'青春是美丽的'——这是作家巴金的名言,也是中国作家、现代知识分子的共同信念,甚至成为中国现代文学的基本主题。但是,现在,我们必须正视:'青春是可怕的'——连同所有与'青春'相联系的乌托邦幻想,一切非理性'抒情诗'都有导向'专制'的可能。正如昆德拉所说:'人世间凡属于上帝的一切也可以属于魔鬼。'"③钱理群先生曾是五四启蒙精神的坚定捍卫者,他这段肺腑之言不啻为一种"过来人"的经验之谈。

二、新文学家庭叙事的伦理崩溃

新文学肆无忌惮地挑战传统文化的家庭伦理,其对中国现代文化价值观所产生的负面影响是不容忽视的。我们甚至可以毫不夸张地说,中国近百年

---

① 中国社会科学院近代史研究所编:《五四运动回忆录》(续),中国社会科学出版社 1979 年版,第 7、356 页。

② 《鲁迅致章廷谦》,《鲁迅全集》第 12 卷,人民文学出版社 1981 年版,第 4 页。

③ 钱理群:《青春是可怕的》,《拒绝遗忘——钱理群文选》,汕头大学出版社 1999 年版,第 291—292 页。

来历次"反传统"的激进行为,或多或少都与这种非理性情绪有关。因此许多"过来人"在谈到这一问题时,他们都会情不自禁地发出感叹:"'五四'青年肯定了娜拉,认为反封建就是要学娜拉的离家出走,与故园告别。到了现在,很多年轻人仍觉得家庭对他是一种束缚,因为父母管我,我要独立、我要自由、我要人权,甚至不要父母提意见,一切由我自己来决定最好。为什么如此? 这个社会现象是怎么出现的? 大家都没有好好反省。"①我认为这种经验性的历史诘问,的确值得引起我们研究者去深思。思想启蒙批判"父权"文化的真实目的,是希望从家庭伦理这一根基上,去彻底颠覆统治了中国社会 2000 多年的"皇权"文化,其思想动机当然是好的,我们不能一概否认;但形上的"父权"与"皇权",同形下的"父亲"与"皇帝",社会实践意义却完全是两回事,我们绝不能混为一谈、等同视之。因为"父亲"的"权力"是责任和义务,而"皇帝"的"权力"则是独裁统治。所以对于普通的中国人而言,"父权"明显带有浓厚的情感因素,而无血缘关系的"皇权",却是一种可有可无的东西。难怪《六德篇》会如此写道:"为父绝君,不为君绝父",说明中国古人早就明白了这一简单的道理。

　　鲁迅对于"父权"与"父亲"的思想认识,要比其他启蒙精英理性得多。他虽然将"皇权"文化比作"人肉筵宴",并鼓励青年起来去"掀翻"它,但是他对"父权"文化却非常慎重。鲁迅一方面批判其"养而不教"的历史弊端,另一方面又对"父亲"充满了期待。他希望中国的"父亲"对待子女,应"自己背负着因袭的重担,肩住了黑暗的闸门,放他们到宽阔光明的地方去,此后幸福的度日,合理的做人"。鲁迅这段话经常被研究者所引用,但其深刻内涵常被人们所误解。其实鲁迅已经讲得非常明白了,中国的"幼者"能否"解放",完全取决于做父亲的思想觉醒;否则家庭"本来常有勃谿",搞不好就会引发一场轰轰烈烈的家庭革命。故他认为"解放幼者","这是一件极伟大的要紧的事,也是一件极困苦艰难的事。"②在思想启蒙开展得如火如荼的五四时代,鲁迅却

---

　　①　霍韬晦:《从反传统到回归传统》,中国人民大学出版社 2010 年版,第 52 页。
　　②　鲁迅:《我们现在怎样做父亲》,《鲁迅全集》第 1 卷,人民文学出版社 1981 年版,第 130—140 页。

从"救救孩子"转向了"救救父亲",在他本人看来,启蒙绝不能仅仅局限于青年,如果父亲没有觉醒,一切努力都是徒劳的;倘若只是寄希望于子女的"造反"或者"反抗",去改变中国传统文化的基础结构,不仅会造成家庭内部成员的敌对情绪,甚至还会导致家庭伦理关系的彻底崩溃。五四新文学的创作走向,恰恰印证了鲁迅的这种预言。

若想了解五四时期中国家庭伦理的混乱状况,我们不妨去看看彭家煌在小说《节妇》中所讲的一个故事:少女阿银十岁那年便"以八元的身价",卖给了候补道大人的夫人"做小婢";到了十七岁时因为"夫人"病故了,故候补道大人又将其纳为"续弦"。

> 候补道大人是年高有德的,丝毫没有把这件事当儿戏……结婚仪式是行的文明结婚礼,男女相对鞠鞠躬就完事,这是很合潮流的,所以大家对于这对红颜白发的夫妇并不觉得怎样出奇……长男循例叫她"亲姆"……长孙振黄和别的孙儿女们叫她"太婆"。

作为封建遗老的候补道大人,用一种现代文明的仪式去迎娶阿银,这件事本身就够荒唐的了,可是更为荒唐的事情还在后面。三年以后,那位候补道大人也一命归西,"阿银还只二十岁,孩子刚一岁。"长男柏年和族中的长老们,都认为阿银应该为候补道大人去守节,"改嫁在官家人家是不太成话的",并决定由柏年负责供养他们母子二人的后续生活。如果故事到此戛然而止也没有什么亮眼之处,至多不过是在复述礼教"吃人"的启蒙主题;但是接下来的故事情节,却发生了惊人逆转:阿银带着孩子到了北京以后,柏年突然对她发生了"兴趣","在一种诱惑的冲动中,无可讳言的,阿银又被结婚了……在她的生命上感觉着一种不可名状的需求和满足,在这样的少妇生活中,长男真没有冷遇她,她生活的比以前更好。"然而,这个伪"自由恋爱"的故事还在继续发酵,阿银的"孙子"振黄又把这位"太婆"接到了上海,他们二人因年龄相近,也发生了"恋爱"关系:振黄带着她看电影、看话剧,出入酒吧和舞厅尽情享乐,"阿银好像真正结了婚……刺激了,奋发了,强有力了,新鲜了,满足了,她是人间极乐的少妇。"柏年听到儿子与阿银有染的消息,立刻怒火中烧醋意大发,马上发电报给儿子说:"务嘱太婆即日回乡,青年嫠妇,应守先君坟墓,否则飞短流长,自隳家声,贻羞乡里,置我等颜面于何地!"于是阿银便被送回了乡下,一个人带着孩子开始了她的"守节"生活。小说《节妇》自然是想通过少妇阿银的"不幸"遭遇,去批判儒家"礼教"的荒谬性与虚伪性,但却客观上暴露了在"父权"文化缺失之后,候补道大人家庭内部的伦理崩溃。阿银名义上是长男柏年的"继母"、长孙振黄的"太婆",但实际上却又是他们二人的"地下情人";可怜的阿银变成了一家三代人的性"玩物",无论如何儒家"礼教"都不会去背负这种莫须有的罪名。试想一下,假如候补道大人(父权的象征)还健在的话,儿孙们又有谁敢去做这种大逆不道的可耻之事呢?小说《节妇》到底是在批判封建"礼教",还是描写"礼教"崩溃之后的道德败坏?倘若作者的主观意图真是在指前者,那就太具有反讽自嘲的意味了。

新文学家庭伦理叙事的混乱程度,的确是一种令人倍感困惑的普遍现象,许多以反封建为主题的作品文本,不仅没有达到它们的预期效果,相反还会引起人们对于启蒙乱象的本能反感,这是一个不可否认的客观事实。像卓呆的《父亲的义务》、何一公的《爸爸的儿子》、白薇的《打出幽灵塔》、曹禺的《雷雨》、张爱玲的《金锁记》等作品,研究者往往只是关注其反封建与反传统的启蒙意义,却又全然无视其违背道德良知的人伦关系,这种形而上学的启蒙思维,很难获得社会读者的思想认同感。比如,话剧《父亲的义务》讲的是陈姓父子二人,同时争夺一个妓女的荒诞故事;话剧《爸爸的儿子》讲的是王体乾背着父亲,去与庶母李氏偷情的故事;话剧《打出幽灵塔》讲的是胡姓父子二人,为争夺少女萧月林而大打出手的故事。这三部作品都有一个共同的特点,就是通过儿子抢夺父亲的女人为焦点,去激化父子之间的家庭矛盾,进而去表现反"父权"文化的思想主题。但是尽管作者极力在提升这类题材的反封建意义,却始终都遮掩不住家庭内部的道德沦丧。再看话剧《雷雨》中的主人公周萍,他也犯了乱伦之罪,并将这种犯罪的思想根源,归结为是自己对于父亲的"恨",甚至"愿他死,就是犯了灭伦的罪也干"!然而,曹禺显然要比五四作家聪明得多,他知道周萍以"乱伦"去挑战"父权",很容易引起社会舆论的道德谴责,所以他让周萍刚一出场,就在那里不断地表示忏悔,觉得自己的所作所为对不起父亲。曹禺本人对此也加以解释说:"并不是因为他怎么爱他的父亲(固然他不能说不爱他),他觉得这样是卑鄙的,像老鼠在狮子睡着的时候偷咬一口的行为,同时如一切好内省而又冲动的人,在他的直觉过去,理智冷回来的时候,他更刻毒地恨自己,更深地觉得这是反人性,一切的犯了罪的痛苦都牵到自己身上。"①在这段话里出现了"冲动""理智""反人性"和"犯了罪"等四个词汇,充分表明曹禺本人十分清楚周萍打着挑战"父权"的幌子,却干着与继母繁漪偷情的见不得人的勾当,从道德层面上来讲很难使其获得反"父权"的社会同情心。在这里,我要特意说一下张爱玲的小说《金锁记》。这部作品因夏志清的强烈推荐,现在已经成为中国现代文学的经典之作。《金锁记》在艺术表现技巧方面的确很有特色,可是它所表现的思想内容却很值得商榷。张爱玲将曹七巧塑造成了一个值得人们同情的不幸女人,自从她嫁给了姜家那位身有残疾的老二以后,根本就未尝到过"爱"和"男人"的滋味,仅从这一点上来看并没有什么过错;因为有夫权威严和族权威严的双重制约,她在夫家只能是安分守己、不敢造次,一个人饱受精神上与肉体上的孤独之苦,的确很值得人们去同情。但小说《金锁记》的叙事重点,却是曹七巧在丈夫死后的欲望释放,尤其是在自己儿子长白的身上,更是投射了一种令人震惊的不伦之恋:"她眯缝着眼望着他,这些年来她的生命里只有这一个男人,只有他,她不怕他想她的钱——横竖钱都是他的。可是,因为他是她的儿子,他这一个人还抵不了半个……现在,就连这半个人她也保留不住——他娶了亲。"为不再失去身边这"半个"男人,长白新婚刚刚三天,七巧便把他拉到自己的烟榻前,让其彻夜畅谈他和新媳妇的婚房秘事,以满足自己得不到而只能是精神"偷窥"的变态心理。难怪新媳妇芝寿最后会绝望地死掉,因为"这是个疯狂的世界。丈夫不像个丈夫,婆婆也不像个婆婆。不是他们疯了,就是她疯了"。曹七巧在精神上不断投影的"乱伦"想象,表面观之是一个女人在追求自己正常的情感需求;但客观上却反映了缺失"父权"文化的制衡作用,中国家庭成员之间伦理关系的混乱现象。故无论研究者怎样去为曹七巧进行辩护,这种变态心理都是不可能被现代文明社会所接受的。

---

① 曹禺:《雷雨》(第一幕周萍出场提示),人民文学出版社 1994 年版,第 45—46 页。

　　在中国传统文化体系当中,以血缘为纽带的家庭关系,构成了社会组织的基本单位;这也是几千年来,中华民族历经内忧外患的不断骚扰,一直都立于不败之地的关键因素。但五四却完全置中国人对于"家"的情感于不顾,大肆宣扬"个性解放"的启蒙口号,认为只要彻底摧毁了传统的"家文化",中国社会就能走向现代文明,殊不知失去了"家"这一黏合剂,本来就"一团散沙"的中国人将会更加缺乏凝聚力。所以,我个人一直都认为启蒙是把"双刃剑",理应从正反两方面去评判其历史功过。几乎所有的研究者都坚信,鲁迅的《狂人日记》是新文学反对"家族"文化的开山之作,并将其主题理解为是作者试图突破传统文化的血亲关系,去深刻揭示封建礼教的"吃人"本质。然而《狂人日记》的作品文本,却并不支持言说者所提出的这种观点,相反,鲁迅笔下的那个"狂人",头脑"清醒"要大于思想"发狂"。比如,"狂人"虽然发现了礼教"吃人",却又发现自己也是这一"吃人"文化体系的传承者。这一发现的重大意义,就是令"狂人"猛然警醒:自己既然也是属于"狼子村"的一员,那么按照"狼行千里也吃人"的常规逻辑,他心里当然十分清楚,自己已经丧失了批判"吃人"文化的合法身份。所以,"狂人"才会决定不再"发狂",而是选择了回归传统"前去候补"。鲁迅在《狂人日记》里,巧妙地为五四思想启蒙设置了一道理论障碍:是"狼"总要"吃人"的,而"狼"的"吃人"本性,则又是源自它族群的遗传基因;"狂人"发现了"狼子村"的这一秘密,那么他的及时"转向"与"回头",当然不失为一种聪明人的理性之举。并不是所有的新文学作家,都能够像鲁迅那样睿智而理性,他们大多数人除了去强调主体自我的存在价值,什么家庭伦理、社会公德都可以全然不顾。比如在何一公的话剧《爸爸的儿子》里,王体乾与庶母偷情并生下了一个儿子,这已经是离经叛道的忤逆之举,然而为了能够同庶母保持长期关系,他竟然想亲手杀死那个名义上的"弟弟",用他自己的话来说"咱们的秘密关系既然有了人证,咱们的爱情就不能持久下去。他只是罪恶的化身,罪恶将永远地在他的心灵上生长着。我若把他杀了,人证也就没有了"。仅仅为了一种大逆不道的乱伦关系,连亲生骨肉都敢去痛下杀手,这已经完全超越了道德范畴,变成了一个没有人性的畜生。无独有偶,梅娘在小说《鱼》中,也让那位女主人公"我",试图丢掉自己的儿子，与男青年"琳"一块私奔。曹禺的话剧《雷雨》也是这种叙事结构，繁漪为了能和周萍一道"离家出走"，不仅甘愿抛弃自己的儿子周冲，甚至还公然否认是他的母亲。从《鱼》和《雷雨》中我们可以清晰地看到，两个女人为了所谓的"爱情"，可以无怨无悔地抛"家"弃"子"，她们已经严重玷污了"母亲"这一伟大形象。因为在她们的身上既没有丝毫的"舐犊之情"，更没有"母子连心"的本能反应，启蒙竟然将这种人称之为"母亲"，实在是令人感到有些不可思议。海派女作家王纹黛的小说《小皮匠之恋》，则是从物资崇拜的切入角度，真实地再现了传统遭受扬弃之后，家庭亲情的异化表现。17 岁的上海姑娘凤子，爱上了一个钉鞋的"小皮匠"，但是他们二人的"自由恋爱"，却遭到了凤子母亲的强烈反对。因为凤子的母亲早有打算，她要把女儿的美丽当作一件待价而沽的出售商品，去换取足以令她满足的最大利益，至于女儿今后是否幸福她并不在乎。所以，当 50 多岁的源兴杂货店老板，"肯出一只金戒指，一只手表和五千块钱"时，凤子的未来便立刻被亲生母亲给卖掉了。王纹黛虽然并不是一个启蒙作家，但她所反映的问题却要比五四文学深刻得多：母亲只看重"金钱"而淡化亲情，彻底毁灭了女儿的一生幸福，这种失去了亲情的家庭关系，究竟又是由什么原因所造成的呢？尽管作者本人并没有给出明确的回答，却能引起读者对于现实社会的联想与思考。

家庭伦理关系崩溃的另一表现形式，则是兄弟阋墙、亲情淡薄，这也是在"父亲"缺席之后，家庭关系发生的新变化。作为封建大家族的一名成员，巴金对此问题感受得最深，他说自从爷爷死后，叔辈们"表面是兄弟暗中是仇敌"，相互之间钩心斗角争权夺利，"结果产生了更多的争斗和倾轧，造成了更多的悲剧"。① 鲁迅对于兄弟之间的情谊淡薄，同样有着难以言说的切肤之痛，他一生最大的情感伤害，就是"兄弟失和"这件事情。对于鲁迅与周作人的"兄弟失和"，学界一致都在刨根问底去揣摩其历史真相，我也曾仔细地查阅过《鲁迅日记》，但目的不是满足于一种"偷窥"欲，而是意在探索鲁迅所受到的伤害，究竟严重到了何种地步。1923 年周氏兄弟"绝交"之后，鲁迅曾去

---

① 巴金：《家庭环境》，《巴金选集》第 10 卷，四川人民出版社 1996 年版，第 59 页。

过"山本医院"13次;1924年周氏兄弟发生了第二次冲突,鲁迅又去过"山本医院"13次。可见"兄弟失和"一事,几乎击垮了他的身体与精神。鲁迅写于1925年的小说《弟兄》,更是通过讲述沛君与靖甫两兄弟之间的相亲相爱,去艺术化地追忆他与周作人二人曾经拥有过的手足之情:弟弟靖甫因病住院,怀疑是染上了猩红热,立刻急坏了哥哥沛君。他连忙请假赶到医院,无微不至地去照顾弟弟,直到靖甫被确诊为"出麻疹"时,他才真正把心放了下来。同事们都非常羡慕沛君与靖甫之间的兄弟情义,"像你们的弟兄,实在是少有的,我没有遇见过。""你昨天竟急得那么样,叫旁人也不能不感动,这真所谓'兄弟怡怡'"。小说中鲁迅多次借他人之口,反复去陈述"兄弟情义""兄弟怡怡",可见他本人对于血亲兄弟,在情感上有多么地重视。倘若小说《弟兄》还只是在重温兄弟之情,那么散文诗《风筝》则是在宣泄一种怨怒情绪:父亲去世以后,"我"作为长兄一直都对"弟弟"进行着严格管束;有一次"我"发现他在家里偷偷地做风筝,一怒之下便将其"踩扁了"。后来"我"曾就此事向弟弟致歉,可他却一脸茫然"什么也不记得了":"'有过这样的事么?'他惊异地笑着说,就像旁听别人的故事一样。"鲁迅之所以会感到怨怒与悲哀,是因为弟弟既然已经"忘却"了他对"我"的记恨,同时也就暗示着他"忘却"了过去所发生过的一切,因此他才会无比沮丧地说:"我还能希求什么呢?我的心只得沉重着。"到了散文诗《雪》,鲁迅对于周作人的绝情已经不再抱有任何的幻想。《雪》创作于1925年1月18日,这个时间点选择得十分微妙:一、那天是腊月二十四,即中国人开始过年;二、两天前的16日,正是周作人的生日。弟弟庆生和过小年,家里高朋满座觥筹交错,却把自己的哥哥排除在外,鲁迅对此又怎能不伤感呢?我仔细查阅了一下1925年初的天气情况,"腊月二十四"前后十天基本上都是晴天,北京根本就没有下过什么雪;没有下过雪而偏要去写《雪》,这其中肯定是大有文章的。《雪》的开篇是把思绪投向了江南,并以追述的形式去回顾故乡过年时的下雪情景:南方之雪"滋润美艳""粘连"且隐约着"青春的消息",那些欢呼雀跃的孩童,也同父母一道去"塑雪罗汉",呈现出一片其乐融融的祥和气氛。毋庸讳言,这种笔法显然是鲁迅在回忆过去的美好时光。紧接着,鲁迅又把思绪拉回到了北方的雪,"如粉,如沙,他们决不粘连",漫空飞舞旋转升腾。因此鲁迅万分感慨地说:"是的,那是孤独的雪,是死掉的雨,是雨的精魂。"从这种特定的时间背景去分析,散文诗《雪》无疑是鲁迅情感世界的一种隐喻:如果说北方"孤独的雪"是象征着孤独的鲁迅,那么"南方的雪"的"粘连"性则是象征着他和周作人之间曾经拥有过的至爱亲情。可是年关将至,周作人却表现得恩断义绝,尽管"我"是情丝之"雨"的"精灵",也只能是独自在空中"灿灿地生光"了。这种痛感倘若不是亲身体验,恐怕没有人能够真正理解。兄弟姐妹之间的情感淡薄,绝不仅仅是鲁迅一个人的切身感受,而是一种新文学创作的普遍现象。比如,曹禺《雷雨》中的周萍和周冲两兄弟,在整个故事叙事中连一句话也没说过,哪里还谈得上什么兄弟情分;路翎《财主底儿女们》中的蒋家三兄弟,更是天马行空、独来独往,关系冷淡得如同路人。另外还有张爱玲《倾城之恋》中的白流苏,在经历了一次失败的婚姻之后,备受亲戚们的冷嘲热讽,尤其是三哥气急败坏地认为,她住在娘家简直就是在"败家":"你住在我们家,吃我们的,喝我们的,从前还罢了,添个人不过添双筷子,现在你去打听打听看,米是什么价钱?"兄妹情义都到了这种份儿上了,白流苏还能说些什么呢? 只好背井离乡远走香港。

面对新文学创作中"父子反目""母女绝情""兄弟失和"等人伦悲剧,我突然想起了路翎的小说《财主底儿女们》里,那位老父亲蒋捷三在看到蒋家完全"破散了"之后,对女儿和女婿所说过的一番话:"在现在的时代,在你们底周围是些什么。是荒淫无耻,伤风败俗,不知道祖先底血汗,不知道儿孙底幸福……过去的错处,你们推给我们,是可以的,但是未来的……那是你们自己。"蒋老爷子这番话既令人伤感又发人深省:作为父辈他和他们那一代人愿意把自己的"错处"全都包揽下来,可是作为不肖子孙的后辈们又该为自己的"错处"去承担什么样的责任呢? 究竟有多少人读懂了这番肺腑之言? 还是让时间去回答这一历史诘问吧。

三、新文学婚姻叙事的道德缺失

在新文学的伦理叙事中,男婚女嫁的道德问题,是新旧势力激烈交锋的主战场;"启蒙"最终战胜了"传统",使"个性解放"与婚恋自由等思想观念,变成了现代社会的主流话语。但我们也必须实事求是地承认,新文学在其婚恋叙事中所表现出的道德缺失,也暴露了在传统家庭伦理关系崩溃之后,新青年在社会行为方面的主观随意性。所谓"婚姻",是指被社会制度所认可、由男女两性互为配偶的夫妻组合。中国传统文化非常重视婚姻制度对于家庭和社会的重要意义,因为中国古代先哲一再强调夫妻关系是"人伦之始"和"王化之基"。比如《周易·序卦传》中便这样写道:"有天地然后有万物,有万物然后有男女,有男女然后有夫妇,有夫妇然后有父子,有父子然后有君臣,有君臣然后有上下,有上下然后礼仪有所错。"而儒家更是强调夫妻关系对于家庭伦理和社会伦理的统领作用,在郭店出土的楚简《六德》篇中,古人早已明确地把夫妻关系,放在了中国家庭伦理和社会伦理的首要位置,即"生民斯必有夫、妇、父、子、君、臣此六位也。有率人者,有从人者;有使人者,有事人者;有教者,有学者,此六职也。既有夫六位也,以任此六职也,六职既分,以裕六德"①。在《礼记·中庸》里,也有"君子之道,造端乎夫妇"之说。② 由此可见,在我们祖先的眼里,"夫妇"之道要先于"君子之道"。

在人类社会发展史上,一夫一妻的婚姻制度,无疑是从野蛮走向文明的进步标志;而启蒙精英却认为儒家用"父母之命、媒妁之言",牢牢掌控着"夫妻"关系构成的绝对权力,完全是一种违反人性的不道德做法。故五四思想启蒙首先便是以恋爱自由、婚姻自主为突破口,进而拉开了中国社会现代转型的历史序幕。在启蒙精英看来,中国传统的婚姻制度一无是处,旧式夫妻"说不到感情,更谈不到爱情"③;男女青年只能听命于父母,被他们"当做阴阳螺旋,硬要用机械手段去凑合",哪里会有什么幸福可言。④ 所以他们认为,只有废除这种不合理的婚姻制度,"承认两性的结合须为双方有意志的相互的结合",并"使这意志不受一切有形的无形的束缚",中国青年才能收获自己两情相悦

---

① 荆门市博物馆编:《郭店楚墓竹简》,文物出版社1998年版,第187页。
② 杨天宇:《十三经译注·礼记译注》(下册),上海古籍出版社2004年版,第694页。
③ 青山:《镜影的婚姻史谈》,《妇女杂志》1923年8月第9卷第8号。
④ 陈德徵:《袁舜英底死》,《新妇女》(上海)1920年11月第4卷第3号。

的幸福婚姻。① 因此,五四新文学倾情关注婚恋问题,甚至可以说没有婚恋自由作为支撑,就不会有新文学创作的繁荣景象。比如,茅盾曾对1921年4—6月的《小说月报》做过一次考察,发现"描写男女恋爱的小说占了百分之九十八"②,这一取之历史现场的统计数字,足以说明婚恋自由对于五四新文学的巨大影响。

新文学既然倡导婚恋自由,就不能不把"父母之命"拿来说事,他们认为父母对于儿女婚姻的强制性干预,是葬送中国青年终身幸福的罪魁祸首。因此,通过批判旧式婚姻这一途径,去控诉封建"礼教"的"吃人"本质,不仅是新文学创作的主导性倾向,而且还是一种备受推崇的美学信仰。比如,台静农在小说《烛焰》中,便讲述了少女翠姑的悲剧故事:翠姑很早就被父母许配了有钱的吴家,虽然还未到婚嫁的年龄,但吴家少爷已是重病缠身,于是硬要把翠姑嫁过去"冲喜"。可是翠姑"嫁"到吴府仅仅四天,那位新姑爷便一命呜呼了,在送葬的队伍里,"一群妇女拥了一个白服啜泣的少妇",乡邻们纷纷地议论道:"娶了媳妇,死掉了儿子,谁也没想到。这年轻的寡妇……将来……"作者把翠姑今后的命运,都留在了这一连串的省略号中,目的就是要让读者自己去展开联想。其实,杨振声在小说《贞女》里,已经替台静农给出了回答:少女阿娇还没有过门,夫君就因病去世了,由于两家事先有过婚约,所以阿娇还是要坐着花轿嫁过去:"洞房的迎面放着一张供桌,桌上立着新郎的神主;一盏明灭的灯头,吐着青微微的烛光,射在神主上面。"阿娇实在无法忍受这种活人为死人"守节"的非人生活,于是干脆以上吊自杀的方式结束了自己的生命。不过,翠姑的命运也许还有另外一种结局,就像许钦文小说《老泪》中的彩云一样:"十八岁的时候早早预备出嫁,鸳鸯鞋、鸳鸯枕头都已做好了。忽然又传到王家的新郎死了的消息,他死得很惨,吐了狂血而亡的。"无奈之下,彩云只得"嫁给黄麻子做三垫房",可是"妇人重婚,在松村算是堕落五百劫,死去的时候在阴间要走'火砖头'"。从此以后,彩云既要背负着世人的骂名,

---

① 王平陵、章锡琛:《关于恋爱问题的讨论》,《妇女杂志》1922年10月第8卷第10号。
② 郎损:《评四五六月的创作》,《小说月报》1921年8月第12卷第8号。

还要受到鬼神的精神折磨。这些作品都把封建婚姻制度描写得阴森恐怖、鲜血淋漓,意图都是在为推动婚恋自由的思想启蒙开辟道路。然而,我们也应该理性地去看待这一问题:"节烈"当然是一种非人性与不道德的社会陋习,但它究竟是一种"礼教"所提倡的道德观念,还是一种宋朝以后逐渐形成的民间陋习? 这需要我们去做科学严谨的学理研究,而不应以欲加之罪去妄下定论。因为即便是在中国古代社会里,"节烈"也并非一种普遍现象。仅以清朝 295年的历史为例:"节妇"和"烈女"的总数为 12323 人,平均每年也只发生 42起;倘若再除以 1.2 亿的女性人口均数,那么所谓的"节妇"和"烈女",每年所占女性人口总数的比例,也不过为二百五十万分之一。① 故为了反封建与反传统的启蒙诉求,新文学把"节烈"现象由特殊性推演为普遍性,显然不是一种求真务实的科学态度。新文学不仅在痛批封建婚姻制度的"节烈观",同时还极力表现这种婚姻生活的"无爱"之痛,像高觉新与繁漪二人,无疑都是封建婚姻制度的牺牲品。《家》中的大少爷高觉新,本来同梅表姐青梅竹马、两小无猜,可是由于继母周氏与梅表姐的母亲在牌桌上闹了矛盾,高觉新不得不按照家长的意愿娶进了瑞珏,而梅表姐却孤身一人抑郁而死。《雷雨》中的繁漪,自从嫁到周公馆以后,一直都被囚禁在一座像牢笼般的周公馆里,既没有人身自由更没有人格尊严,最终只能在做"困兽的斗"中毁灭了自己。巴金和曹禺通过高觉新与繁漪两人的悲情故事,去暴露和声讨中国旧式婚姻制度的扼杀人性,当然要比思想启蒙那种连篇累牍的理论说教,更能调动广大青年读者的反抗情绪。比如,许多青年读了巴金的小说《家》后,纷纷表示再也不愿像高觉新那样,糊里糊涂地变成了封建婚姻制度的殉葬品,他们都勇敢地"挣脱了枷锁,找到了追求光明和自由的路"②。

既然新文学把传统的婚姻制度都描写得恶贯满盈、罪不容恕,那么新青年奋起反抗并彻底打破这种婚姻制度的精神枷锁,去大胆追求"自由恋爱"和

① 关于清代"节妇""烈女"的数字统计,可参见董家遵:《历代节妇烈女的统计》,载鲍家麟主编《中国妇女史论集》,台北牧童出版社 1979 年版,第 112 页。关于清朝人口的统计数字,主要依据葛剑雄主编的《中国人口史》"大清"部分,复旦大学出版社 2011 年版。

② 星星:《巴金和青年》,《联声》1940 年第 3 卷第 2 期。

"婚姻幸福"的人文理想,也就被思想启蒙赋予了一种现代性的价值观念。毋庸讳言,"个性解放"与"自由恋爱"的启蒙口号,最容易得到五四青年的热烈拥护,无论他们未婚还是已婚,都在争先恐后地去"自由恋爱";即便是家中已经有了妻子,也可用"父母之命、媒妁之言"去进行搪塞,并将"悔婚"的责任全都推给父母,自己反倒变成了"个性解放"的时代先锋。在这一问题上,启蒙精英纷纷去率先垂范,比如陈独秀、鲁迅、郭沫若、郁达夫、徐志摩、傅斯年等人,他们都是走在了那一时代的最前列。"没有恋爱的婚姻,完全是不道德",这是一句最令五四青年精神振奋的启蒙名言。① 于是,以"自由恋爱"作为旗号,"婚外恋"现象便成为了五四新文学的一大景观。比如,郭沫若的《漂流三部曲·十字架》、罗家伦的《是爱情还是苦痛》、许杰的《出嫁的前夜》、黄庐隐的《象牙戒指》、王统照的《遗音》、汪静之的《被残的萌芽》、滕固的《扫墓》、含星的《苦闷的灵魂》、方光焘的《业障》等作品,全都是以"婚外恋"为题材参与了五四启蒙。不过需要说明一点,对于"婚外恋"现象,男作家与女作家的表现态度却大不一样:男作家作为"婚外恋"现象的直接受益者,他们肯定是持积极赞同的正面态度。比如,许杰小说《出嫁的前夜》中的女主人公"她",明明已经许配给了人家,可是因为嫌弃未来的丈夫年小幼稚,偏偏看上了"肌肉光润"的农民"他"——"她想,要有勇气毁弃这虚伪的婚姻,才是真正的理智。"经过一番激烈的思想斗争,"她"和"他"终于不顾一切地"在这圣洁的枫林里的古庙中幽会,而高耸的宝塔,便是永久沉默着抚摸这一对爱人的心的老牧师"。叶灵凤的小说《内疚》,也是以书信体的表现形式,讲述了一个婚姻不幸的少妇"我",与一个男学生"你"的爱情故事:自从看到"你"的第一眼起,"我已在暗中爱你了。""我们两人的爱正不知融洽到了什么地步,已由二而一,由一而到消失了界线"。因此,"我"才会真切地感受到,"惟情人乃是由爱情得来的。"《出嫁的前夜》与《内疚》的最大特点,就是全都由男性去为女性代言"她们"内心世界的"性渴望",并以这种女性"自觉"的情感诉求,名正言顺地解脱了男性"婚外恋"行为的道德困境。但女作家却绝不承认男作家的"女

---

① 紫瑚:《中国目前之离婚难及其救济策》,《妇女杂志》1922 年第 8 卷第 4 期。

性"言说,她们笔下有关"婚外恋"的故事叙事,几乎都是在控诉男性欺骗女性的卑鄙行径,进而把批判的矛头指向了"启蒙"而不是"传统"。仅就"被骗"这一点而言,庐隐的小说为读者提供了太多的经验教训。就拿《海滨故人》来说吧,这篇作品之所以能够在五四时期产生强烈的社会反响,就在于它生动地讲述了"自由恋爱"对于女性所造成的身心伤害:露沙、玲玉、莲裳、云青、宗莹五位新女性,她们因被动地卷入到了"婚外恋"的旋涡里,所以全都患上了一种"爱情恐惧症"。玲玉、莲裳、云青、宗莹四人嫁给已婚男子的不幸遭遇,引起了主人公露莎本人的高度警觉,因此当已婚青年梓青向她表白说,想与自己的发妻离婚而去同露莎结合时,露莎则非常理智地回答道:"身为女性,已经不幸! 若再被人离弃,还有生路吗? 况且因为我的缘故,我更何心?"石平梅与庐隐的看法十分相似,她在小说《弃妇》中借"表哥"抛弃"表嫂"一事,对于男性喜新厌旧的不道德行为表示了极大的愤慨。在"自由恋爱"的时代大潮中,新女性作家始终都保持着自己的头脑清醒,她们不仅不相信"自由恋爱"的启蒙口号,并且还一再告诫那些情窦初开的年轻女性:"自由恋爱"这一启蒙口号,完全是男性在"利用妇女解放'冠冕堂皇'名目,施行阴险狡诈伎俩";[1]他们都把自己装扮成新女性的救世主,"其实中国的事情,那一件不是耍猴戏"?[2] 而"男人就这样永远获得成功,女人也就这样万劫不复的沉沦了"。[3]

我们还可以换个角度去看问题,思想启蒙既然把传统的婚姻制度说得一无是处,并鼓励广大新青年去冲破这一传统文化的精神束缚;那么由思想启蒙所主张的婚恋自由,是否就变得"人性"和"道德"了呢? 实际情况却并非如此。比如在 1924 年——也就是新文化运动已经轰轰烈烈地开展了 7 年时间,一个名叫方时英的 18 岁女学生,就在写给《妇女杂志》的信中抱怨说:"现在一般青年男女,对于'婚姻自由''恋爱'这种声浪,差不多将我们的耳震聋了;究竟没有看见几个得如何的好结果,弄到末后,不是抱着寂寞的独身,就是出

---

① 庐隐:《"女子成美会"希望于妇女》,钱虹编:《庐隐选集》(上册),福建人民出版社 1985 年版。

② 庐隐:《中国的妇女运动问题》,钱虹编:《庐隐选集》(上册),福建人民出版社 1985 年版。

③ 庐隐:《男人与女人》,钱虹编:《庐隐选集》(上册),福建人民出版社 1985 年版。

于自杀的下场。这是何等的危险！何等的悲惨啊！"①社会上的有识之士，也对自由婚恋感到忧心忡忡、心存芥蒂，他们认为"结婚是何等重大的事，怎可以随便遇到一个异性，连他的家庭情形都不明白，便谈到结婚的呢？如果这样忽视，不但会误嫁有妇之夫，便是更危险的事情恐怕也会得遇到的"②。落实到文学创作方面，新女性作家对于所谓启蒙所倡导的"新式婚姻"，普遍都是抱着一种嗤之以鼻的否定态度，这大大出乎了启蒙精英的意料。比如沉樱的小说《喜筵之后》，开篇便以沉重的笔调写道："这生活像缚着身体的锁链，又像咬着心灵的毒蛇，茜华近来常这样感觉着。生活并非困苦，只是寂寞，寂寞的生活使茜华的心无时间歇地承受着苦痛。"女主人公茜华所说的"苦痛"，是指她在新婚之后不久便发现，一年前还狂热追求自己的丈夫，"现在对自己是连普通的夫妇的感情都没有了"，因为他早已激情退尽，"近来正向别的女性追求"。茜华在伤感中深深地陷入了一种情感矛盾，"恋爱的欢情是飞也似的全无痕迹的消去了，淡漠、愁苦却永远地留住"。小说《喜筵之后》的题目本身，就蕴含着沉樱本人的思想焦虑——热热闹闹的"喜筵"刚一结束，茜华便预感到了自己的婚姻将发生危机，一句"就是旧式的丈夫对待也不过这样了吧"的生命感叹，明确表达了作者对于自由婚恋的失望情绪。还有邢禾丽的小说《出走》，对于已婚女性所受到的丈夫冷落，甚至要比《喜筵之后》表现得更为深刻："少女时代活泼爱动"的焕英，"婚后被'成年'的锁链，箍得紧紧地再也不能放纵地嬉笑自如了。白昼里她的丈夫出门以后，她就要给重重的寂寞之雾，包围得透不过一丝气来。她，她唯一的希望完全寄托在夜晚——丈夫的回家。"可是结婚才一年多的时间，她便从丈夫的冷漠表情里，感觉到了他要出轨"变心的前奏"。被丈夫冷落"次数太多了"的焕英倍感绝望，她已经意识到了自己可能被抛弃的危险处境，所以紧紧地抓住昔日的恋人，试图通过重温旧情去摆脱精神上的孤独感。自由婚恋所造成的社会悲剧，更使萧红小说《小城三月》中的那位"翠姨"，对自己即将到来的婚姻大事，产生了一种不可

---

① 方时英、章锡琛：《通讯》，《妇女杂志》1924 年 2 月第 10 卷第 2 号。
② 长青：《社评》，《民国日报》(上海)副刊《妇女周报》1924 年 1 月第 24 号。

名状的畏惧心理:"翠姨听说了很多故事。关于男学生结婚的事情,就是我们本县里,已经有几件事情不幸的了。有的结了婚,从此就不回家了;有的娶来了姨太太,把太太放在另一间屋子里住着,而且自己却永久地住在书房里。"而汤雪华小说《死灰》中的静英,也在经历了"醇酒般的恋爱"之后,突然发现曾经热恋自己的"表哥","一天冷淡一天",并且还变得"像野兽一样粗暴"。倒是那位早已对婚姻麻木不仁了的高太太,用自己的一席经验之谈使她恍然大悟、如梦初醒:"对你说吧,男人都是骗子,起先甜言蜜语把我们骗到手,不久就要拿出真面目来了。"因此静英决定远离爱情和婚姻,"不再受情感的搅扰和磨难了!"新女性对自由婚恋的戒备心理,令她们已不再奢望那种灰姑娘与白马王子的纯真爱情,故施济美在小说《十二钗》中,让胡太太这样去开导自己失恋的女儿:"人活在世上",什么都靠不住,男人和"爱情"更是靠不住,"只有钱才靠得住"!所以她语重心长地对女儿说,"艳珠,妈就是个镜子,不会骗自个儿的宝贝"。人们固然可以说,新女性由爱"人"到爱"钱"已经变得庸俗不堪了,表现出了一种令人失望的颓废情绪;但我个人却认为,男性社会群体是否也应该去认真地反思一下,他们自己的"自由乱爱"行为是否就符合现代文明的道德规范呢?

反"父权"文化导致了传统家庭伦理的秩序崩溃,而自由婚恋又造成了现代夫妻关系的道德缺失,这种有违于启蒙初衷的社会乱象,使我们不得不去重新认识五四启蒙的两面性。因为启蒙虽然完成了"破旧"的历史使命,却并没有实现其"立新"的理想诉求。尤其是新青年生理和心理上的"叛逆"现象,被启蒙赋予了反封建与反传统的思想内涵,那么他们所表现的理性或非理性的"反抗"行为,也都被启蒙精英做了道德合法性的现代释义。但是我们也必须清醒地意识到:"父亲"毕竟不是"父权"的代名词,中国人也不会抛弃自己的"家","父母之命"自有它的经验意义,"婚恋自由"未必就能使青年获得幸福。尽管启蒙精英对于这些问题都缄口不言,但是我们研究者却不能对此视而不见。此外,还有一个问题值得我们去关注,即:启蒙将中国落后的根本原因,完全归结为是"传统"文化之过,并且不计后果地去彻底地反"传统";可他们是否仔细去想过,如果"传统"被彻底否定了,世界上还会有中华民族吗?

为此,我个人非常赞同林毓生对于五四启蒙的客观评价,他说"全盘性反传统主义者不公开承认在中国传统解体后还存在着古老文化中的有益的知识和道德成分",只不过他们忙于"破坏"而无暇去顾及这些成分,"所以就置之不顾了。但是置之不顾并不能解决实际问题,并不能寻求一种新的构架将传统文化中有用的知识同西方的思想和价值相结合",因此启蒙的"局限性和成就"也是同时存在的。① 林毓生这种说法无疑是正确的。实际上在研究五四思想启蒙方面,我们一直都在刻意地回避这样一种矛盾:只批判"父权"的家庭专制性,却人为忽略了"父亲"的家庭责任与义务,如果去除了父子(父女)之间的血亲关系,"父亲"也就变成了一个缺乏实际内涵的抽象符号;只批判家庭环境对于子女的精神束缚,却忽略了"家"乃是中国人最主要的情感寄托,如果去除了家庭内部的血缘亲情,"家"同样是一个没有具体内容的空洞概念;只批判"父母之命"扼杀子女的人生幸福,却人为忽略了父母作为"过来人"的经验意义,因为没有任何一个中国的家长,会不负责任地将自己的子女去轻易地嫁娶;只提倡"婚恋自由"的启蒙口号,却无视人的"自由"的行为限度,故失去了伦理道德约束的婚姻关系,势必又会影响到现代家庭生活中的稳定秩序。这一系列被启蒙精英所"置之不顾"的"有益的知识和道德成分",的确应该引起我们研究者的理性思考,而不应盲目地"肯定"或"否定"五四启蒙的价值和意义。与此同时,子女因推崇"个性解放"并与家庭"彻底决裂",还使社会上呈现出了一种令人诧异的奇怪现象:子女"一方面根据新道理,不让家庭干涉他的思想、行动;一方面又根据旧道理,要求家庭供给;这种理与事的矛盾,他自己也不能自圆其说"②。莎菲女士就是这种矛盾体的典型证据,她花着父母给她的大量金钱,在北平城里尽情地享受着"个性解放",根本就不顾什么家庭伦理、父母亲情,无论辩护者去做何种解释,都是一场毫无意义的"解放"闹剧。有意思的是,就连有些启蒙精英也并不相信仅仅凭借一场五四思想启蒙运动,就可以全面摧毁中华民族具有几千年文明历史的文化根基。比如,傅

---

① [美]林毓生:《中国意识的危机》,贵州人民出版社 1986 年版,第 249—250、259 页。

② 梁漱溟:《乡村建设理论》,上海人民出版社 2006 年版,第 59 页。

斯年当年曾是一位激烈反传统的传奇性人物,可他后来却幡然醒悟并彻底推翻了自己原先的幼稚想法,并转而认为"传统是不死的。在生活方式未改变之前,尤其不死。尽管外国人来征服,也是无用的"。特别是当"一个民族在语言未经改变之前,全盘化成别人是不可能的"①。傅斯年这番话给了我们一种启示,其实启蒙精英的心里都非常清楚,无论他们鼓吹什么样的思想启蒙,都不可能背离文化自信的基本原则。

第三节 新文学婆媳矛盾的多元叙事

五四反传统所涉及的家庭伦理变革,并非仅仅要去解决"父子"(父女)之间的矛盾关系,同时还涉及了另外一层家庭伦理关系,即自古以来一直都困扰着中国家庭的婆媳矛盾。婆媳关系之所以难以相处,是因为媳妇除了和自己的子女具有血缘关系,同夫家的其他成员都不存在任何血缘关系,所以往往被"婆家"视为是一个"植入"性的"外来者"。从表面观之,尽管媳妇也将公婆视为"父母",但却绝不可能完全等同于自己的父母,由于血亲家族有着强烈的排他性,故"媳妇"与"公婆"之间的家庭关系,明显又是"敬"大于"亲"的伦理关系。这就决定了"婆媳"缺乏像"母女"那样的情感基础。在中国两千多年的封建社会里,儿媳先是称丈夫的父母为"舅姑",元代以后又改称"公婆",以区分"公婆"与"父母"之间的亲情关系。伴随着人类文明的历史进步以及为了强化家庭内部的人际关系,现代"媳妇"则直呼"公婆"为"爸妈",可是尽管这种称谓在不断地因时而变,却仍无法从根本上改变媳妇作为"外来者"的家庭身份。过去,学界往往会将婆媳矛盾视为中国传统文化的一大痼疾,实际上这也是人类社会普遍存在的一个世界性难题。比如,剑桥大学心理学研究者特·阿普特在《你要从我这得到什么?》一书中,曾公布了一份他在欧洲社会所做的调查资料,差不多有60%的受访女性都认为,她们与婆婆之间经常

① 傅斯年:《中国学校制度之批评》,《傅斯年全集》第5卷,湖南教育出版社2003年版,第211—212页。

会因为一些家庭琐事发生矛盾冲突，这令媳妇们在日常生活中压力倍增。而英国媒体也做了一次社会调查，有40%的英国女性认为婆媳关系难以相处，有10%的英国女性认为经常会同婆婆发生矛盾冲突，严重者双方甚至于还拒绝来往。造成婆媳矛盾的焦点问题，主要是婆婆完全不顾媳妇的存在，总是喜欢按照自己的主观意愿，去插手家庭生活的诸多事务。① 所以，日本著名律师丹山雅也曾幽默地说，对于人类社会永无休止的婆媳矛盾，"如果谁能想出一个绝妙的解决办法，应该授予他诺贝尔奖金。"②

我个人感到有些纳闷：既然婆媳矛盾在中国家庭伦理关系中，占有一席不容忽视的重要地位，可为什么五四启蒙只谈"父子矛盾"与"夫妻矛盾"，而对于"婆媳矛盾"则言之甚少呢？可能是启蒙精英把"婆媳矛盾"，视为由封建"父权"文化演化而来，因此伴随着"家庭革命"的走向深入，"婆媳矛盾"自然也就会消失了。这当然不是我个人毫无根据的主观臆想，因为新文学创作显然是把"婆媳矛盾"纳入了反孔批儒的反封建思想体系中，并以现代文明意识去解决这一复杂问题。但"婆媳矛盾"与"父子矛盾"的性质完全不同，由于不存在有"血缘"这层重要因素，就算是推翻了"父权"文化体制，"婆媳矛盾"依然会是家庭生活中的常见现象。所以，从"婆媳矛盾"这一切入角度，去深入分析新文学反封建与反传统的文化背景，并实事求是地评价其重建新型家庭伦理关系的人文理想，对于我们去正确地理解五四启蒙同样具有不可忽视的重要意义。

一、新文学婆媳叙事的文化背景

在中国传统社会的家庭生活中，婆婆压迫媳妇几乎是一种司空见惯的常态现象。造成这种"婆媳矛盾"的根本原因，自然又是与媳妇的"植入"性身份有着直接关系。虽然中国人常说"媳妇是婆家的人"，但由于缺少了"血缘"这一关键性因素，"婆家"实际上始终都对"外来"的媳妇抱有一种戒心；故媳妇

---

① 新闻网：《英国四成婆媳关系紧张　多为孙子引发分歧》，2012年11月15日，http://www.chinanews.com.cn/cj/2012/11-15/4331949.shtml。

② ［日］丹山雅也：《婆婆对付儿媳77计》，吉林人民出版社1986年版，第130页。

若想真正成为"婆家的人",除了要去承担生儿育女、传宗接代的家庭使命,还必须无条件地"服从"丈夫和"孝敬"公婆。就像《礼记·内则》中所要求的那样:"父母在,朝夕恒食,子、妇佐馂;既食恒馂。父没母存,冢子御食,群子、妇佐馂如初。旨、甘、滑,孺子馂。"并且主张"子妇孝者敬者,父母、舅姑之命勿逆,勿怠"。儒家不仅强调媳妇应对"舅姑"尽"孝",并且还要求她们洁身自好、品德高尚,即"妇将有事,大小必请于舅姑。子妇无私货,无私畜,无私器,不敢私假,不敢私与"。① 儒家"礼教"对于媳妇在婆家的身份定位,也体现在古汉语的字面意义上,比如《说文解字》就解释说:"妇,服也,从女,持帚洒扫也。"②"服"是指服侍"公婆","洒扫"则是指承担家务,因此千百年来,"媳妇"的家庭地位便早已被固定了下来。信奉儒家"礼教"的汉代女子班昭本人,就曾对作为媳妇所应具有的家庭"美德",做出过一番形象生动的道德说教:"姑云不,尔而是,固宜从令。姑云是,尔而非,犹宜顺命。勿得违戾是非,争分曲直。此则所谓曲从矣。"③儒家伦理一再强调要严格规范"媳妇"的道德品行,完全是源自一种对于家庭"外来者"内心潜在的忧患意识,认为"主内"的婆婆如果不使用一种强硬手段,媳妇既不可能"驯服"和"顺从",也不可能心甘情愿地成为婆家的正式成员。为了防止媳妇"造反"或"不听话",儒家"七出"之规的头一条,便是"不顺父母"者必须休掉。张家山出土的汉墓竹简,更是有这样的文字记载:倘若媳妇对于公婆不尽孝道,或者"妇告威公"和"贼伤、殴詈夫之泰父母、父母、主母、后母",都应对其施以"弃市"(杀头)之刑以警世人。④

"婆婆"压迫"媳妇",又牵扯到了一个"父权"文化体系中的"婆权"现象。因为在中国传统文化的家庭观念中,一直都遵循着"男主外、女主内"的分工

---

① 杨天宇:《十三经译注·礼记译注》(上),上海古籍出版社 2004 年版,第 334、336、338 页。

② 许慎:《说文解字附音序笔画检字》,中华书局 2013 年版,第 260、259 页。

③ 班昭:《女诫》,《中华经典藏书谦德国学文库·女四书》,团结出版社 2017 年版,第 33 页。

④ 张家山二四七号汉墓竹简整理小组:《张家山汉墓竹简(二四七号墓)》,文物出版社 2001 年版,第 151、140 页。

原则,由于"婆婆"掌握着管理家庭内部事务的绝对权力,故婆婆奴役媳妇的道德合法性几乎从未受到过质疑。有学者干脆把这种历史现象,称之为一种"婆权"文化现象。他们认为"婆权"文化是"从宗法制父权延伸出来的女性家长的一种权力,婆婆人格是在宗法制父权条件下产生的女性权威人格"①,我认为这种说法很有道理。2000多年以来,"婆权"文化经过儒家伦理的强化宣传,已经形成了中国家庭内部生活的道德规范。但儒家先哲同时也意识到,"婆权"文化如果运用不当,会直接导致"恶婆婆"与"苦媳妇"的两极分化,同样不利于维护家庭内部秩序的和谐稳定。比如,《后汉书·应奉传》中就讲述了这样一个故事:邓元义与父亲在京当差,留妻子一人在家侍奉母亲。尽管元义之妻"事姑甚谨",可婆婆就是打心眼里不喜欢她。所以"姑憎之,幽闭空室,节其食饮,羸露日困,妻终无怨言"。后来婆婆无情地休了她,就连元义本人也愤愤不平地说:"此我故妇,非有它过,家夫人遇之实酷。"②而《孔雀东南飞》里刘兰芝的悲情故事,在中国更是家喻户晓、人人皆知:刘兰芝"十三能织素,十四学裁衣,十五弹箜篌,十六诵诗书",在人品和家务诸事等方面,都堪称一个好媳妇;可是苛刻挑剔的"焦母",却仍说"此妇无礼节,举动自专由",并坚持要把她送回娘家,最终导致了刘兰芝的自杀殉情。由于"恶婆婆"与"苦媳妇"的负面形象,会直接损害到"婆权"与"父权"同构的文化根基,所以为了彻底解决这一棘手的家庭难题,儒学精英又千方百计地去树立"好婆婆"与"好媳妇"的正面形象,并试图通过她们的这种示范效应,去打造一种"婆媳关系"的全新模式。首先,他们要求"婆婆"应该以身作则、言传身教,为媳妇树立正确的做人榜样。比如杨礼珪《敕二妇》中的那个婆婆,便是用开导的方式去教育她的两个儿媳妇,"吾家不为贫也,所以粗食急务者,使知苦难,备独居时。"而儿媳妇也谨记婆婆的教诲,操持家庭事务"亦有淑训母师之行"。又如犍为太守赵宣之妻杜泰姬,毫不保留地将自己生养儿女的经验,全都教给了儿媳妇,"吾之妊身,在乎正顺。及其生也,恩存于抚爱。其长之也,

---

① 刘光宁:《中国社会的父权家庭与权威人格》,《杭州师范学院学报(自然科学版)》2003年第6期。

② 范晔:《后汉书》,中华书局1965年版,第1607、2785、2782页。

威仪以先后之,体貌以左右之,恭敬以监临之,勤恪以劝之,孝顺以内之,忠信以发之。是以皆成,而无不善。汝曹庶几勿忘吾法也。"①儿媳妇则在一旁虚心听之学之,故婆媳二人互相尊重、家庭生活其乐融融。其次,他们要求媳妇能够像对待自己的母亲一样,无怨无悔地去善待和孝顺婆婆,无论婆婆有了怎样的过错,都能够宽容忍让以示尊重。比如《后汉书》里鲍宣之妻桓少君,原是有钱人家的千金小姐,但拜见完婆婆之后,二话不说马上就"提瓮出汲",开始操持家务、侍奉婆婆和丈夫,因此受到了乡邻们的一致称赞。② 再如《华阳国志》里的公乘会之妻张氏,早年丧夫无子,婆婆和兄弟试图劝她改嫁,可张氏誓死不从。面对家人的一再劝告,张氏则以刀"断发割耳",封堵了众人之口。后张氏养丈夫族人之子,一直待在婆婆家"事姑终身"③。我们当然有理由相信,这些"好婆婆"与"好媳妇"的正面形象,都是儒家弟子为了维护"婆权"文化的历史合法性,所精心杜撰出来的道德榜样;然而我们也必须实事求是地承认,出于维护中国家庭稳定的客观需要,儒学精英又不得不去人为地营造一些"好婆婆"与"好媳妇"的正面形象,他们这种良苦用心理应得到我们现代人的充分肯定——因为他们的出发点毕竟还是善意的。

五四启蒙虽然没有直接涉及"婆媳矛盾",但反封建与反传统的新文化运动,"婆媳关系"问题当然不可能独善其身,只不过它是依附于"父权"文化体系而存在的。比如,李大钊在批判"父权"文化时说,"看那二千余年来支配中国人精神的孔门伦理,所谓纲常,所谓名教,所谓道德,所谓礼仪,哪一样不是损卑下以奉尊长? 哪一样不是牺牲被统治者的个性以事治者? 哪一样不是本着大家族制下子弟对于亲长的精神?"所以,他认为五四运动"是打破大家族制度的运动,是打破父权(家长)专制的运动,是打破夫权(家长)专制的运动,是打破男子专制社会的运动,也就是推翻孔子的孝父主义、顺夫主义,贱女主义的运动"。④ 由于"婆权"文化与"父权"文化具有不可分割性,因此解决家

---

① 任乃强:《华阳国志校注》,巴蜀书社 1985 年版,第 812 页。
② 范晔:《后汉书》,中华书局 1965 年版,第 1607、2785、2782 页。
③ 任乃强:《华阳国志校注》,巴蜀书社 1985 年版,第 734 页。
④ 李大钊:《由经济上解释中国近代思想变动的原因》,《李大钊全集》第 3 卷,河北教育出版社 1999 年版,第 434、439 页。

庭生活中的"父权专制",实际上已经包括了解决"婆权专制"的思想因素。正如当时有人所指出的那样,"媳妇"在夫家的生活状况,"无父母之恩,而有父母之虐",如果任凭这种势头发展下去,怎能不激化家庭内部的矛盾关系呢?①新文学参与思想启蒙运动,"婆媳矛盾"自然是它暴露封建大家庭罪恶的题材之一;综观其故事叙事的表现方式,主要又体现为以下几个主要方面。

首先,是将"婆权"与"父权"在概念上统一起来,并通过批判"婆权"文化去动摇"父权"文化的家庭基础。表现这类题材的新文学作品,虽然不像"自由恋爱"那样泛滥成灾,但还是涌现出了许多具有社会影响的优秀作品。比如《疯妇》(许钦文)、《最后的安息》(冰心)、《屋顶下》(王鲁彦)、《呼兰河传》(萧红)等作品,其思想主题都是在剑指中国封建社会的"婆权"文化。在小说《疯妇》里,双喜媳妇自从来到婆家以后,每天都是起早贪黑里外忙活,可无论怎样表现婆婆就是打心眼里瞧不上她。婆婆嫌弃双喜媳妇的原因有二:"第一,她的婆婆是会经布的,而她连卷花条,绩棉纱也不会,教她经布是简直无从入手,使她的婆婆有不得其传的慨叹。第二,自从她进门以后,双喜对于母亲常常有不顺从的神气,有时老太太诉说媳妇的不好,他总是老不开口,似乎不承认他老婆的错处。"于是婆婆便想着法子去折磨她,后来竟把双喜媳妇给逼得发了疯。在小说《屋顶下》里,阿芝婶按理说无疑是个好媳妇,她把婆婆照顾得无微不至;为了给婆婆多增加些营养,特意买了一条黄鱼去尽孝心,可是婆婆却把她狠狠地训斥了一通:"又买吃的东西! 钱当水用了! 水,也得节省,防天旱! 穷人家哪能这样浪费!"阿芝婶把家人吃剩下的骨头和虾头倒给狗吃,婆婆更是气急败坏地大骂道:"你想败我一家啊? 瞎了眼睛! 贱骨头! 它是你的娘,还是你的爹,待它这样好? 啊! 你得过它什么好处? 天天喂它! 今天鱼,明天肉!"结果阿芝婶只能是带着一肚子委屈,被婆婆以不仁不孝为借口赶出了家门。小说《最后的安息》里,翠儿刚进夫家公公就死了,在婆婆的眼里她就是家里招来的"克星",从此以后"挨冻挨饿,是免不了的事情"。

---

① 丁初我:《女子家庭革命说》,《辛亥革命前十年间时论选集》第 1 卷(下册),生活·读书·新知三联书店 1960 年版,第 928 页。

好心人惠姑不忍心看着翠儿受迫害,想办法要把她从苦难中解救出来,可是不知怎么走漏了风声,婆婆把翠儿抓回去活活地打死。若说最可怜的"媳妇"形象,恐怕还是《呼兰河传》里的那个小团圆。婆婆之所以会对小团圆不满,无非就是她"能吃"和"爱笑",故婆婆为了矫正她的这一"毛病","把她吊在大梁上,让她叔公公用皮鞭子狠狠地抽了她几回,打得是有点狠了,打昏过去了。可是只昏了一袋烟的工夫,就用冷水把她浇过来。"后来小团圆哭闹着想要回家,气得婆婆不仅"用烧红过的烙铁烙过她的脚心",甚至还把她按在大木桶里用滚烫的热水驱鬼驱邪,直到把一个鲜活的生命给折腾没了方肯罢休。值得注意的是,这四篇作品都有一个共同的特点,即作者都交代说"婆婆"们的本质并不坏,只不过她们是中"礼教"之毒太深而已。比如小团圆的婆婆"一生没有做过恶事,面软、心慈,凡事都是自己吃亏,让着别人。虽然没有吃斋念佛,但是初一十五的素口也自幼就吃着。虽然不怎样拜庙烧香,但四月十八的庙会,也没有落下过"。可是她的思想却又非常迂腐,相信婆婆如果不对媳妇施以严格管教,不仅降服不了"外来"的媳妇,而且还会丧失掉自己的家庭权威。如此一来,"婆权"批判与"父权"批判遥相呼应,极大地强化了新文学攻击封建家庭伦理制度的宣传力度。

其次,是将"婆媳矛盾"的根源直接归罪于儒家"礼教",并通过"虐媳"现象去揭露"婆权"文化的残暴行径。谈及"婆权"文化的野蛮本质,我们立刻就会联想到鲁迅的小说《祝福》:祥林嫂在丈夫死后,原本是想为丈夫守节的(这正是她思想愚昧的一种表现),但婆婆却伙同卫老婆子一道,把她卖给了山里人贺老六为妻。至于婆婆为什么要卖掉祥林嫂,卫老婆子则一语道破了天机:"我们山里人,小户人家,这算得什么? 她有小叔子,也得娶老婆。不嫁了她,那有这一注钱来做聘礼?"然而由于祥林嫂的再嫁"失节",鲁镇上所有的女人都躲避她和歧视她,就连"庙祝"也嫌她的身子"不洁",鲁四老爷更是禁止她参与祭祀活动。所以,祥林嫂因再嫁"失节"而被鲁镇人所抛弃,最后惨死在风雪之夜的鲁镇街头。许杰的小说《改嫁》,讲述了一个情节类似的悲剧故事:启清嫂在丈夫死后,从未想过要去改嫁,只想在家服侍婆婆以尽孝心,可婆婆却整天都在她身上打坏主意。媳妇"怀中虽然有一个女儿,但女儿还是这么幼小,就是费尽心机把她养得大了,将来也不是张姓人物,还要嫁给别家的东西"。因此婆婆与亲家公经过一番谋划,把启清嫂卖掉他们二人共同分赃。叶圣陶的小说《这也是一个人》,对于"婆权"文化的描写就更是骇人听闻了:女主人公15岁便嫁人为妻,丈夫和婆婆根本就没把她当人看,丈夫天天在外面赌博很少回家,婆婆在家里动不动就找借口去打骂她。有一次丈夫把她的嫁衣赌输掉了,气得她大哭起来,婆婆不但不训斥自己的儿子,反倒"拉起捣衣的杵在她背上抽了几下,他丈夫还加上两个巴掌"。丈夫死后,婆婆想到的第一件事情,并不是让她去"服孝"和"守节",而是想着怎样才能把她卖个好价钱。婆婆为此还振振有词地对人说:"不种了田,便卖耕牛。他是一条牛,——一样地不该有自己的主见。如今用不着了,便该卖掉。把他的身价充他丈夫的殓费,便是他最后的义务!"研究者历来都认为这三部作品的创作主题,就是对封建"礼教"吃人本质的强烈控诉,但我个人却对此深表怀疑。因为只要仔细去阅读一下作品文本,这些观点似乎都难以服众。如果说我们认同"守节"就是儒家"礼教"的思想主张,那么祥林嫂等人坚贞不渝、从一而终,我们若是去同情她们被婆婆贩卖的不幸遭遇,不是等于在变相地承认她们坚守儒家"礼教"的合理性了吗?我们再去进行反向推理,婆婆们把祥林嫂与启清嫂当作商品卖掉,虽然惨无人道但却又是对儒家"礼教"的公然背叛,我们若是对她们的所作所为去展开思想批判,不是同样在变相地承认儒家"礼教"的合法性了吗?我个人认为,婆婆"卖"媳妇的确是一种为人不齿的丑恶现象,但如果说这是她们在"礼教"的指使下所干的见不得人的勾当,恐怕儒家"礼教"背负不起这一历史的骂名。因为儒家"礼教"是为了节制"庸俗"而生,对此儒者在《礼记》中已经说得明明白白:"是故圣人作,为礼以教人,使人有礼,知自别于禽兽。"①意思是说"礼"文化的精髓要义,在于区分"人"与"禽兽"之间的本质差别,即"礼也者,理也"②。作为五四时期敢于同思想启蒙进行正面对抗的"学衡派",他们就坚决反对新文化运动将"礼教"与"庸俗"混

---

① 杨天宇:《十三经译注·礼记译注》(上),上海古籍出版社2004年版,第3页。
② 杨天宇:《十三经译注·礼记译注》(下),上海古籍出版社2004年版,第666页。

为一谈的荒谬做法,认为"女子贞节诸问题,不过为破除风俗之一端",与儒家的"礼"文化扯不上任何干系。① 其实"学衡派"说得很有道理,五四将"婆媳矛盾"这类封建社会的民间"庸俗",贴上儒家"礼教"的道德标签,恐怕很难达到令人信服的启蒙效果。

除了"婆媳矛盾",新文学创作也关注到了"翁媳矛盾"这一家庭内部生活中的特殊现象。"翁媳"与"婆媳"虽然都属于一种非血缘性质的伦理关系,但在新文学创作中的表现却截然不同。比如,在"婆媳矛盾"中婆婆当然是强势的一方,但是在"翁媳矛盾"中媳妇则是强势的一方。所以从理论意义上讲,"翁媳矛盾"要比"婆媳矛盾",更能够体现反封建家长专制的启蒙意义——因为"子女"同"父亲"之间发生矛盾冲突,人们还可以理解为是青春期的心理现象;但"媳妇"公然蔑视和挑战"公公"在家庭生活中的统治地位,却是一种实实在在的颠覆传统家庭秩序的叛逆行为了。不过在表现"翁媳矛盾"这类作品中,新文学作家又陷入了另外一种悖论逻辑,他们一方面希望通过"翁媳矛盾"去动摇"父权"文化,另一方面却又同情"公公"而去丑化"媳妇"。无论曹禺的话剧《北京人》还是路翎的小说《财主底儿女们》,无一例外均是如此。话剧《北京人》的一大看点,就是媳妇曾思懿与公公曾浩二人的明争暗斗。曾皓表面上是曾家这个封建大家庭的掌门人,但真正掌握曾家内部事务大权的人又是曾思懿。几乎曾家发生的所有矛盾冲突,背后都有她的影子存在。曹禺对于曾思懿这一人物并无好感,从舞台的形象设计上我们便能看出端倪。

> 曾思懿(大奶奶的名字),是一个自小便在士大夫家庭熏陶出来的女人。自命知书达礼,精明能干,整天满脸堆着笑容,心里却藏着刀,虚伪,自私,多话,从来不知自省。……她绝不仁孝(她恨极那老而不死的老太爷),还夸口自己是稀见的儿媳,贪财如命,却好说她是第一等的慷慨。
> (第一幕人物出场提示)

曹禺在话剧《北京人》中,将曾思懿塑造成了一个虚伪自负、不仁不孝的媳妇形象,让她无所顾忌地去欺凌和嘲弄自己的公公,并迫使曾皓凡事都只能是装

---

① 邵祖平:《论新旧道德与文艺》,《学衡》杂志 1922 年第 7 期。

聋作哑、不闻不问。曾思懿从曾皓手中强势接管了家庭大权,就像《红楼梦》中的王熙凤一样,释放出了浑身上下的全部能量,去维系着曾家这部破旧机器的艰难运行。曹禺设计曾思懿这一人物的主观用意,无非是在讲述一个客观事实:曾家这个曾经盛极一时的封建大家庭,早已土崩瓦解辉煌不再了,除了有社会发展变革所带来的外在因素,封建大家庭内部的伦理崩塌也是重要的原因之一。我个人认为,仅就"翁媳矛盾"导致家庭不和、道德沦丧这一方面而言,路翎小说《财主底儿女们》里的大儿媳金素痕,其刁蛮霸道、工于心计的狡诈性格,要比曾思懿有过之而无不及。在小说的"上部",最吸人眼球的故事情节,就是金素痕同蒋捷三之间的"翁媳大战";她对公公蒋捷三毫无尊重之意,一口一个"老头子"地叫着,完全无视"长幼有序""尊卑有别"的儒家观念(如果按照启蒙思维的评价标准,这能否被视为一种典型的反封建家长专制的叛逆行为呢?)。金素痕为霸占蒋家的全部财产,充分利用蒋捷三爱子如命的性格短板步步紧逼;蒋捷三则为了保护性格懦弱的大儿子蒋慰祖,只能对儿媳妇的贪婪索取一再妥协。作者赋予金素痕的现实身份,是一个接受过现代高等教育的"知识女性",而这种"知识"在她身上所体现的全部意义,就是用动用一切法律手段(即启蒙所倡导的"契约精神")从蒋家去为自己争得最大的经济利益:"她不断地声明房租收不到,不断地向老人索取。有一次她跑回苏州,说丈夫生病,逼着老人写支钱的字据;她推倒姨娘,劫取了老人底存折和图章。"金素痕从不隐瞒自己的人生价值观,在到处都充满了物质欲望的现代社会里,"她所需要的,并不是霉烂的生活,虽然这种生活显得荣华;她所需要的是煊赫的家庭地位、财产,和对亲族的支配权。她觉得她有这种家政的天才,几年来她为它而斗争。"因此,无论"索取"还是"劫取",金素痕一次又一次地向公公蒋捷三发起进攻,不仅是在展示自己掌管"家政"的天才手段,更重要的是在实现她夺取蒋氏家族"支配权"的贪婪梦想。在这场"翁媳"大战中,金素痕无疑取得了最后的胜利,而蒋家也因她的反复折腾被彻底整垮了。从这一结局来看,作者并没有为新女性金素痕的胜利而感到欢喜,反倒是在替蒋家不正常的败落过程而感到悲哀。

五四时期新文学先是通过批判"婆权"文化,去充分暴露儒家"礼教"的

“吃人”本质,后来又通过表现媳妇对于“公公”的“逼宫”行为,去为封建大家庭的分崩离析唱响了一曲送葬的挽歌。毫无疑问,这是思想启蒙最希望看到的一种结局,因为启蒙精英认为只有彻底清除掉传统文化的社会根基,才能建立起符合现代文明规范的社会道德和家庭伦理。故李泽厚一再强调说,五四思想启蒙固然会产生一种“破坏”性,但是不“破旧”就不可能“立新”,故它“在中国数千年的文化史上是划时代的”①。可是崇尚启蒙者是否想过,“婆权”文化虽然遭到了“破坏”,“媳妇”们也获得了自由解放,这当然是一种人道主义的胜利;然而,“媳妇”们在颠覆了“父权”或“婆权”文化,并最终取得了家庭内部事务的统治权之后,她们会不会又成为新的“婆权”文化的代表人物呢? 没有人能够去回答这一复杂性问题。所以我一直都认为,新文学“破”的目标是十分明确的,但究竟应该怎样去“立”以及“立”什么却是茫然抽象的,其在思想上的幼稚性也显而易见。

二、新文学婆媳矛盾的心理探秘

新文学关于“婆媳矛盾”的故事叙事,虽然侧重点在于文化批判方面,但同时也注意到了女性心理因素,在两者中间所起到的主导性作用。即:“‘性别差异’强调的是性别,归根结底指的就是女人不同于男人或女性不同于男性的地方……或者说得好听点,是人类自身差异的一种表现。”②“婆媳矛盾”始于父系社会的生存法则,女性在家庭与社会中的地位本来很低,“媳妇要生存就必须要学会顺应他人,特别是要忍受婆婆的刁难与苛责,在这种环境中,媳妇会形成受虐倾向。一旦自己做了婆婆之后,她又会像别人所施加于她的不公正对待那样对待自己的媳妇,表现出施虐倾向。”③所以从“受虐”到“施虐”,她们会形成一种集体无意识,进而构成“婆媳矛盾”永无休止的历史循环,女性作家对于这一问题都有着深刻体会。比如,苏雪林就非常赞赏袁昌英

---

① 李泽厚:《中国现代思想史论》,安徽教育出版社 1994 年版,第 12 页。

② [美]佩吉·麦克拉肯主编:《女权主义理论读本》,广西师范大学出版社 2007 年版,第 200—2001 页。

③ 刘光宁:《中国社会的父权家庭与权威人格》,《杭州师范学院学报(自然科学版)》2003 年第 6 期。

在《孔雀东南飞》一剧中,对于"焦母"描写的客观公正性。苏雪林说袁昌英很懂女人,她"能看出焦母隐痛,用极深刻极细腻的笔法,分析她的心理,把她写成一个悲剧的主人公,使我们的同情都集中于她身上,这就是作者的独到之点"①。

苏雪林说得有道理,女性作家在表现"婆媳矛盾"时,并没有一味地去谴责"婆婆"之"恶",同时也意识到她们与媳妇之间的矛盾冲突,在很大程度上都出于一种母性本能的"护犊心理"。因为在中国封建社会中,女性根本就不可能去掌握自己的命运,特别是儒家文化强调"男尊女卑",使女性更是只能依靠"母以子贵"的血缘关系,才能在男性家族中获得一席生存之地。加之长期受"养儿防老"思想的潜移默化影响,又使"寡母"在赡养问题上不得不依赖于儿子。此外还有一层"母子连心"的生理因素,即"儿子是母亲身上掉下来的肉",说的就是母子之间在情感上,有着一种非常微妙的亲密关系。因此,当儿子长大成人娶了媳妇之后,母亲会产生一种强烈的失落感,总觉得是媳妇把儿子从自己身边"夺走"了,这无疑是造成"婆媳矛盾"的一大症结。女性作家在讲述"婆媳矛盾"的故事叙事,几乎都离不开这一非常复杂的敏感话题。罗洪小说《念佛》里的周三太太,这种"怨恨"心理就表现得尤为突出:周三太太"痛恨"儿媳妇的主要原因,是她发现儿子锦官自从结婚以后,对于自己明显是疏远了:"儿子也用不到娘了。锦官本来是孝顺的,现在也不及从前。分了心,心已经分到别人身上去咧。"现在"儿子站到媳妇的一边去,媳妇是那么不孝的一个女人"。所以她一面与媳妇冷战,一面又对别人诉苦道:"儿子是自己生的,媳妇是外面娶来的,我不敢妄想她怎样的孝顺呢。"可以毫不夸张地说,周三太太一句"儿子是自己生的,媳妇是外面娶来的",要比思想启蒙的理论言说,更精确地点到了"婆媳矛盾"的要害之处。

新文学创作都把"婆媳矛盾"的触发点,归结为是"争子"与"争夫"的家庭混战,曹禺的话剧《原野》在这一点上,表现得尤其精彩并令人拍案叫绝。早在30多年前,我曾对这部作品做过专门的研究,可是现在看来,仍有许多问

---

① 苏雪林:《中国二三十年代作家》,台湾纯文学出版社有限公司1983年版,第510页。

题并没有真正吃透。比如焦瞎子与花金子两人之间的矛盾冲突,我们很容易从反封建的认知立场,去憎恨"婆婆"焦瞎子而同情"媳妇"花金子;因为在话剧《原野》里,焦瞎子无疑是一个封建家长专制的象征符号,花金子则更像是一个惨遭压迫的小媳妇。但仅就焦瞎子这一艺术形象而言,在她身上的确有许多令人费解的神秘之处:她虽然失去了视觉功能,但感觉系统却异常地发达,就像一个未卜先知的老巫婆,能够准确地预测焦家即将发生的一切悲剧——还未等花金子张开口,她便知道媳妇在诅咒什么;仇虎刚一进门,她便知道焦家将遭遇一场血光之灾。正如她自己所说的那样,"我没有眼比有眼的还尖。"学界历来都认为《原野》的创作主题,是在批判和否定封建家长专制,其实这是一个非常自信的主观误解。首先,焦瞎子是个双目失明的老年妇女,"残疾""年长""女性"这三个特征给人的感觉她就是一个弱者;其次,焦瞎子同时又是奶奶、母亲和婆婆的家庭身份,作为家长当然有义务去保护家庭成员不受侵害。在话剧《原野》里,焦瞎子这位"残疾"且"衰老"的封建家长,她对花金子和仇虎所采取的防御性敌视态度,完全是出自一个"母亲"和"奶奶"的生命本能。至于作为"媳妇"的花金子,她的所作所为同样令人感到匪夷所思。大幕刚一拉开,花金子便给焦大星出了一道难题,即:她和焦瞎子同时掉到河里,焦大星到底应该先去救谁;而这一难题的核心焦点,又恰恰体现着"婆媳"之间"争子"与"争夫"的激烈交锋。她们二人之间永无休止的相互攻讦,说到底思想根源就在于此。比如焦瞎子对花金子骂道:

> (爆发,厉声)婊子!贱货!狐狸精!你迷人迷不够,你还当着我面迷他么?不要脸,脸蛋子是屁股,满嘴瞎话的败家精。当着我,妈长妈短,你灌你丈夫迷魂汤;背着我,恨不得叫大星把我害死,你当我不知道,活妖精!(第一幕)

如果我们不问前因后果,仅就焦瞎子这一通臭骂而言,当然用不着去多费口舌,完全有理由把她直接划入"恶婆婆"之列;但是若把花金子通过折磨丈夫焦大星以及同仇虎偷情,当作一种报复婆婆焦瞎子的不光彩手段,一并带入整个故事情节的语境当中,那么焦瞎子"恨"花金子也自有她的道理。由于儿子是焦瞎子的唯一希望,所以她才会心有不甘地对花金子说:"我老了,没家没

业的,儿子是我的家私,现在都归了你了。"为了不使焦家分崩离析走向破败,她又不得不放下"婆婆"的架子去乞求花金子:

> 金子,你心里看我是眼中钉,我知道;我心里看你是怎么,你也明白。
> 金子,你恨我恨得毒,可你总忘不了我们两个疼的是一个。(焦花氏正要辩一句)你不用说,我知道。你说,你现在跟大星也完了,是不是?可是,
> 金子,你跟大星总算有过夫妻的情分,他待你不错。(第二幕)

然而,深深陷入了"仇恨"之中的花金子,早已被复仇的火焰遮蔽了双眼;所以无论焦瞎子怎样求情,她都态度冷漠、无动于衷。结果焦大星与小黑子都被仇虎杀死了,整个焦家遭到了灭顶之灾。在这场"争子"与"争夫"的"婆媳"大战中,焦瞎子和花金子都不是赢家。特别是当焦瞎子在空旷的原野中,抱着小黑子的尸体发出凄惨的嗥叫时,我相信凡是有良知的读者或观众,一定会产生一种源自人性本能的恻隐之心。就连曹禺本人也认为,《原野》"这部戏很难演好,主要原因是角色难找,尤以焦氏不易"①。

婆媳之间的矛盾冲突,目的无非就是在争夺家庭内部事务的主导权。因为中国传统文化强调"男主外、女主内",男性一般都不参与家庭内部事务,日常生活管理主要是由女性家长来负责,而女性家长当然又是指"婆婆"。但是儿子娶亲以后,媳妇开始介入家庭生活,先是作为"婆婆"的帮手,然后逐渐去取代"婆婆"的地位;在这个历史的转变时期,"婆婆"的心态是失衡的,其内心深处的危机感,也会变得愈来愈强烈。比如,在王鲁彦的小说《屋顶下》里,本德婆婆与媳妇阿芝婶之间的矛盾冲突,就很能反映出作为婆婆的这种心理。本德婆婆在"四十五岁以前的二十几年中,她很少休息,她虽然小脚,她可做着和男子一样的事情。她给人家挑担,舂谷,春米,种菜"。除了跟男人们一样下田种地,本德婆婆还把家庭事务打理得井井有条。但自从三年前得了一场大病之后,"眼睛,手脚,体力,都十分不行了。"无奈之下只好把家里的一切事务,都交给儿媳阿芝婶去管理。然而,无论阿芝婶怎么做,本德婆婆都认为不如自己,所以每天都在那里发牢骚,说媳妇是个没用的败家子:"前天猪肉,

---

① 曹禺:《原野·附记》,人民文学出版社1994年版,第180页。

昨天鸭蛋，今天黄鱼！豆油不用，用生油，生油不用，用猪油，怎么吃不穷！……我当媳妇，一碗咸菜，一碟盐，养大儿子，赎回屋子，哼，不从牙缝里漏下来，怎有今天！"罗洪小说《念佛》中的周三太太对于儿媳妇接管了家庭事务，同样是心有不甘且充满了一种敌视情绪。她成天都在数落着媳妇当家的种种"不是"，而且还想方设法去"搜罗了媳妇的许多坏处"。尽管自己已经不再管家务事了，却总是去"吹毛求疵地批评一切东西"，并百般刁难"绝不让媳妇放肆一点"。还有巴金《寒夜》里的那个汪母，她在曾树生面前失落感更强。汪母出生于一个大户人家，温文尔雅恪守妇道，由于到了她这一代家境已经衰败了，故只能前来"投奔"儿子一家。尽管这种"投奔"行为是迫不得已而为之，可她在儿媳妇面前却总放不下做"婆婆"的架子，因此婆媳二人为了家庭琐事剑拔弩张，把一个好端端的家庭闹腾得乌烟瘴气。发生在汪家的婆媳矛盾，表面观之是汪母瞧不上曾树生，因为媳妇不仅不管儿子和丈夫，而且还热衷抛头露面的社交活动，她为此气愤不已地对儿子说："我十八岁嫁到汪家，三十几年了，我当初做媳妇，哪里是这个样子？"这段话蕴含的潜台词，是汪母本人的自我标榜，即："我"曾经是个"好媳妇"，做任何事情都遵守妇道，绝不像媳妇曾树生那样，只想着自己在外面鬼混。其实却反映了汪母的无奈和心虚，她心里明白自己已经上了年纪，儿子汪文宣又身患重病躺在床上，家里全靠曾树生一个人挣钱在维持着；失去了儿子的经济依靠，过着一种寄人篱下的憋屈生活，使汪母意识到自己这个"婆婆"，已经毫无家长权威可言。故她心有不平地发泄道："她觉得她能够挣钱养活自己，我却靠你们吃饭，所以她看不起我。"为了不受媳妇的"气"，汪母绝不肯去向曾树生低头，她宁可当掉结婚戒指为儿子买药治病，也不去动用曾树生送来的一文钱。经济困顿却又清高自负，汪母终于找到了一个心理平衡点：自己本本分分地"做一个老妈子，总比做一个'花瓶'好"！在这场婆媳斗法中，汪母"觉得自己得到胜利了。她的愤怒消失了。她的痛苦消失了"。然而汪母所取得的这种"胜利"，又是以牺牲儿子的身体和婚姻为代价的。汪文宣到死都不明白，"为什么女人还不能理解女人？"这恐怕不仅是汪文宣的个人疑问，而是每一个中国家庭都存在的共同心结。

女性作家对于"婆媳矛盾"的复杂性,还从心理因素方面做了探讨分析,特别"母恋情结"的内在制约,也引起了他们思想上的高度重视。我曾在一篇文章里这样阐释过:"'母恋情结'与'恋母情结'完全不同,后者属于人类的'集体无意识',而前者却属于个人意识的'非理性'。"①所谓"个人意识的'非理性'",简单地说就是明知不可为而非要去为之。"母恋情结"在家庭生活中的具体表现,就是婆婆对于媳妇具有本能性的主观排斥,如果不及时进行心理疏导的话,其后果会导致家庭伦理关系的严重扭曲。比如,袁昌英在话剧《孔雀东南飞》里,就通过揭示焦母本人的"母恋情结",重新诠释了焦仲卿与刘兰芝两人的婚姻悲剧。袁昌英并没有去迎合五四新文化运动的启蒙思维,将焦母人为地刻画成了一个"恶婆婆"形象,而是细致入微地去分析一个"寡母",在情感方面的失落心态。比如当媒人前来为焦仲卿提亲时,焦母不仅没有一种喜悦感,反倒是表现得极为异常:"我的儿子正害着病,怎能谈到娶亲?"媒人说"冲喜"可以祛除病魔,但焦母却仍然固执地拒绝道,"让我再想想看吧……我们总得郑重点从事"。表面观之好像是焦母处事谨慎,实际上却隐藏着一种难以言表的灰色心理:"我……我二十二年来翼下的……现在要……要高飞了……我的儿!让我看看你的头发吧……儿呀!你的头发多美多光泽!"袁昌英在话剧《孔雀东南飞》里告诉观众,焦母之所以要"休掉"刘兰芝,并不是因为她犯了"七出"中的哪一条戒律,而是她的出现严重触犯了焦母的情感利益。因此这部古典悲剧的反封建性质,也就变成了"婆媳"之间的残酷争斗:"我这二十年的苦命都是为他……为他这命根儿受的……(怒又甚于悲)现在……现在让她这贼货一手夺去吗?天!天如有眼,你不会准许这种……这种没天理的事!两三年以来,我的这颗心……这颗已经残缺不全的寡妇的心……就不息地被她割得万千小片,掷与猪狗,做牙中物。"焦母为什么会有这样一种奇怪的想法呢?还是"姥姥"所说的一席话,道出了其中不可告人的真正原因。

---

① 可参见拙文《"金锁"未必是"金钱"——论张爱玲〈金锁记〉的女性自省意识》,《福建论坛》2008 年第 3 期。

说出来真太露骨了！其实其中苦味是一样。……我们寡妇的心，丈夫死后，就全盘放在儿女身上。儿女就变为我们精神上的情人。一旦儿女别有所爱……寡妇更加痛苦……骨子里几个婆媳是相安的？并且儿女多的或是有老头子的母亲又当别论。总而言之，我们这颗心有了安置的地方，它就不作乱了……可怜你的妈妈！我早就看见她的痛苦了。

女人在死了丈夫以后，无形之中就会把儿子视为她们"精神上的情人"，以便使自己那颗"作乱"的心，能够"有个安置的地方"，这种强大且神秘的"母恋情结"，在曹七巧的身上表现得更为直接。张爱玲的小说《金锁记》，是最受读者欢迎的一部作品。但张爱玲笔下的"金锁"并不是在指"金钱"，而是指女主人公那把打不开的"心锁"：从未真正尝过男人滋味的曹七巧，总是眯缝着眼望着自己的儿子长白，"这些年来她的生命里只有这一个男人，只有他，她不怕他想她的钱——横竖钱都是他的。可是，因为他是她的儿子，他这一个人还抵不了半个……现在，就连这半个人她也保留不住——他娶了亲。"曹七巧明明知道长白"是她的儿子"，但却控制不住自己内心的欲望冲动，非要将他视为是"半个男人"；正是由于这种理性与非理性的矛盾冲突，造成了曹七巧在精神上所形成的双重人格，最终上演了一场超越了"母子"关系的人伦悲剧。"长白娶亲"的故事叙事，从一开始便定下了这场婚姻的悲剧基调：儿媳妇芝寿刚一进门，七巧就一脸醋意地挖苦："你别瞧咱们新少奶奶老实呀——见了白哥儿，她就得去上马桶！真的！你信不信？"更有甚者，她还在大庭广众之下去调侃芝寿的风骚劲儿，"当着姑娘们，我也不便多说——但愿咱们白哥儿这条命别送在她手里！"面对年轻貌美且充满着生命活力的儿媳妇芝寿，人老珠黄的曹七巧竟然泛起了压抑已久的亢奋性欲，仔细品味一下她讥讽芝寿的那些言辞，字里行间都充斥着性饥渴的躁动情绪。新婚才三天，七巧便将长白从新媳妇那里强行拉回到自己的身边，让他彻夜畅谈婚房秘事以解内心之痒，更是充分暴露出了她精神"偷窥"的强烈欲望。新媳妇芝寿不堪忍受来自他们母子二人的精神折磨，仅仅一年时间就一命呜呼了；而娟姑娘作为续弦嫁进来以后，也因看不惯他们母子二人的那种丑态吞了鸦片。从此"长白不敢再娶了"，因为他终于醒悟到在这个家中，他只能同母亲曹七巧相依为命，绝不容许其他的"女人"介入进来。读罢《孔雀东南飞》和《金锁记》，我们虽然会感到惊诧和震撼，却不能不去表示由衷的佩服：因为无论男性作家怎样去描写女人，都比不上女性作家对她们自己的了解。

我个人认为，新文学作家创作了那么多有关"婆媳矛盾"的文学作品，都不如林语堂对于这一问题的认识深刻。他曾不无幽默地指出："实际上，所有对妇女的虐待都来自同一性别的压迫者。然而，这时的媳妇也在等待着自己当婆婆的那一天。如果她真能活到那朝思暮想的年龄，那么她的地位就真是既能给她带来荣誉，又能为她带来权力，那也是自己一生辛苦挣来的，是应该得到的。"①林语堂说得非常直白，谈论"婆媳矛盾"这一社会难题，必须要去充分考虑女性群体的性别因素；由于集体无意识的心理暗示作用，婆婆虐待媳妇是因为她自己就是这么过来的，媳妇能够忍受婆婆的折磨也是因为她对未来有所期待。这一见解看似一句"玩笑"话，但却切中要害、发人深省。

三、新文学婆媳矛盾的解决方式

"婆媳矛盾"作为家庭生活中的常见现象，儒家先哲自古以来一直都在试图寻找一种行之有效的解决方式。比如，他们在《礼记·昏义》中，就提出了明确的要求，"妇人"在出嫁之前，必须去进行一种"妇德"训练："先嫁三月，祖庙莫毁，教于公宫；祖庙既毁，教于宗室。教以妇德、妇言、妇容、妇功。教成祭之，牲用鱼。芼之以蘋藻，所以成妇顺也。"②在儒家看来，只有通过这种"妇德"训练，才能够使"媳妇"进入婆家以后，严格去约束自己的言行举止。儒家精英当然十分清楚，单凭"媳妇"一方具有"妇德"，并不能从根本上真正解决"婆媳矛盾"；他们同时也要求"婆婆"一方，去修行自己的"妇德"，只有这样才能避免婆媳之间发生矛盾冲突。故《颜氏家训》也告诫"婆婆"说："妇人之性，率宠子婿而虐儿媳。宠婿，则兄弟之怨生焉；虐妇，则姊妹之谗行焉。然则女之行留，皆得罪于其家者，母实为之。至有谚云：'落索阿姑餐。'此其相报

---

① 林语堂：《中国人》，学林出版社 2000 年版，第 154 页。
② 杨天宇：《十三经译注·礼记译注》（下），上海古籍出版社 2004 年版，第 819 页。

也。家之常弊。可不诫哉!"①可是到了五四,思想启蒙却把"婆媳矛盾"直接视为儒家"忠孝"文化的必然结果,不仅认为这种封建文化在现代社会行不通了,甚至还受到了启蒙精英不遗余力的猛烈攻击。他们认为儒家"教孝,所以教忠,也就是教一般人恭恭顺顺的听他们一干人在上的人愚弄,不要犯上作乱,把中国弄成一个'制造顺民的大工厂'"②。所以,他们强调只要废除了儒家"礼教",就可以从根源上彻底解决这一问题。

五四新文学作为思想启蒙运动的重要组成部分,它为自己所制定的现实主义创作原则,就是要使新文学具有"表现人生、指导人生的能力",并以此去推动现代文明社会的健康发展。③ 由于"婆媳矛盾"是一个由来已久的社会问题,因此新文学不仅要去"表现",而且更要去对其进行"指导",这无疑是一种典型的启蒙思维。新文学解决"婆媳矛盾"的艺术构想,在创作实践中又具体表现为以下三种叙事模式。

首先,是从反封建与反传统的认识高度,将"婆权"文化与"父权"文化归为一体,并积极鼓励"媳妇"以"离家出走"的反抗方式,去获得自己做人的合法权益。这启蒙思维既便捷又好操作,因为在新文学作家的主观意识里,过去人们一直都认为难以化解的"婆媳矛盾",在"反抗"面前都不是问题。比如,陈衡哲在其小说《巫峡里的一个女子》里,就为读者讲述了一个既浪漫又苦涩的"出逃"故事:女主人公嫁到夫家之后,一直都过着一种非人的生活,"天天挨打挨骂"饱受婆婆的折磨,于是她便同丈夫带着三岁的儿子,一起逃到了巫峡深处的大山里。他们一家"勤勤恳恳,忍忍耐耐,居然把一块斜坡上的土地,变成了一块谷田,不到半年,将够他们三口儿吃食了"。虽然这种野居生活十分艰苦,但是"媳妇"却获得了主体自我的自由解放。曹禺话剧《原野》里的花金子,更是一个敢于反抗"婆权"文化的典型代表。曹禺在塑造这一人物现象时,明显在她身上投射了一种强烈的现代意识:她"眉头藏着泼野","长的很妖冶,乌黑的头发,厚嘴唇,长长的眉毛……走起路来,顾盼自得,自来一

---

① 檀作文译注:《颜氏家训》,中华书局 2007 年版,第 41 页。
② 吴虞:《说孝》,《吴虞文录》,黄山书社 2008 年版,第 9 页。
③ 沈雁冰:《新旧文学平议之评议》,《小说月报》1920 年 1 月第 11 卷第 1 期。

种风度。"花金子的性格,更是放荡不羁,她那种咄咄逼人的强悍气势,就连"婆婆"焦瞎子都甘拜下风。比如,她敢公开宣称"我偷人养汉又不是一天的事","在娘家就关不住,名声就坏",恐怕我们很难用"村姑"这一概念,去界定其在作品中的真实身份。阅读《原野》我们可以发现,花金子与焦瞎子婆媳之间的钩心斗角,她们二人势均力敌、旗鼓相当,很难说清楚是到底谁在折磨谁。特别是故事情节发展到了第二幕里,花金子乖张暴戾的行为表现,令婆婆焦瞎子都感到自愧不如,她只能喟叹说:"金子,你真毒,你要做婆婆,比瞎子心眼还想得狠。"花金子最终也是以跟随仇虎私奔的"反抗"方式,去寻找那个想象中的"用金子铺的地"的理想世界。无论陈衡哲还是曹禺,他们都把解决家庭内部的"婆媳矛盾",想得过于简单化与理想化了,似乎只要"媳妇"能够一走了之,"婆媳矛盾"也就不复存在了似的。但这种套用青年男女"离家出走"的反抗模式,在现实生活中根本就行不通。

相比较而言,巴金却并不认为"出走"这种"反抗"方式,是解决"婆媳矛盾"的一剂良药,否则他也不会在小说《寒夜》中,情感上表现得那么痛苦纠结了。《寒夜》向读者讲述了这样一个客观事实:在汪母没有到来之前,汪文宣与曾树生夫妻二人的日子过得很平静,因为家庭大权在曾树生的手里握着;可是汪母到来以后,曾树生则失去了这一权力,这无疑是造成她们"婆媳矛盾"的根源所在。曾树生对此说得十分清楚:"你母亲更需要你。我不能赶她走。有她在,我怎么能回去!"这段话的潜台词,是曾树生已经意识到了汪文宣站在了自己母亲的一方,使她在这场家庭内部权力之争中,处在了一种孤立无援的尴尬境地;因此她才会强烈地暗示汪文宣,必须在"母亲"和"妻子"之间做出选择,如果他"母亲"仍留在这个家里,那么她将永远也不会再回来。由于性格懦弱的汪文宣无法去做出选择,那么曾树生只好"离家出走",同陈主任一道飞去了兰州。问题在于,曾树生跟随陈主任"私奔",是否就意味着她的"反抗"取得了胜利呢?巴金本人对此,却给出了一种否定性的答案。因为曾树生"出走"以后,在她心中始终都放不下两个人:丈夫汪文宣和儿子汪小宣。因此她一直都陷入在"旧情"与"新欢"的矛盾之中,饱受着精神上的痛苦折磨。

　　死的死了,走的走了。就是到了明天,她至多也不过找到一个人的坟墓。可是她能够找回她的小宣吗?她能够改变眼前的一切吗?她应该怎么办呢?走遍天涯海角去作那明知无益的寻找吗?还是回到兰州去答应另一个男人的要求呢?

　　……夜的确太冷了。

曾树生迷失了自我,其实就是巴金思想上的困惑表现:以牺牲家庭伦理为代价去换取新女性的自我解放,究竟是不是解决"婆媳矛盾"的最佳手段呢?巴金本人虽然没有从正面去回答这一问题,但作品结尾处的一连串问号又似乎回答了这一问题。

　　其次,由于"私奔"或"出走"这种极端方式,毕竟不是一个解决"婆媳矛盾"的好办法,因此又有新文学作家希望通过回归传统,去重新提倡儒家伦理文化中的"妇德"观念。在这一方面,林语堂小说《京华烟云》里的姚木兰与曾太太,就被作者塑造成了婆媳关系中的理想典范。在林语堂的笔下,姚木兰是中国女性的完美化身,她不仅人长得美而且还冰雪聪明,由于从小就受到过良好的私塾教育,所以"妇德、妇言、妇容、妇功"样样精通。木兰虽然性格温顺、恪守"妇德",但思想却并不迂腐陈旧,比如她大胆追求现代文明的生活方式,会吹口哨、唱京戏,经常带着丈夫荪亚下馆子,拉上足不出户的曼娘去看电影,甚至还和男性一道游山玩水,都足以证明她性格开朗、思想前卫。但在婚姻问题上又认同"父母之命",因为"木兰相信个人的婚姻大事"是命中注定的,当"她母亲和她父亲商量了一番"要把她嫁到曾家后,木兰便并无任何怨言而是表示服从。在夫家她孝敬祖母和公婆,把曾家内部的大小事务都打理得有条不紊,不久便"获得了曾太太的信任"。曾太太非常喜欢和信任木兰,她觉得"有一个年轻能干的儿媳妇像兰儿,从我手里把家里的事情接过去,我已经谢天谢地了"。林语堂不仅是在描写了姚木兰的淑女品德,同时也表现了她婆婆的"妇德"修养,比如,"曾太太为人谦虚安详……有中国妇女的落落大方、庄重贤淑,她处世合规中矩,办事井井有条,对仆人慷慨宽厚,治家精明能干,知道何时坚定不移,最重要的是,知道何时屈己从人,何时包容宽恕。"作者将这对"婆媳"塑造得完美无缺,目的就是要去表达这样一种理念:倘若天下的婆媳关系都能够像姚木兰和曾太太一样,多一些"妇德"少一些"敌视",互相之间包容谦让增强信任,那么"婆媳矛盾"也就根本不会存在了。学界对于《京华烟云》究竟是在表现道家思想还是在表现儒家思想,在见解上一直都存有很大的分歧。在我个人看来,尽管林语堂一生都信奉道家哲学,但在化解婆媳矛盾这一方面,林语堂却更倾向于儒家伦理。在这里可以举一个例子:当20世纪30年代知识精英都在鼓励女性走向社会时,林语堂却非常冷静地泼了一盆冷水,他说中国现代女性的最好职业,不是到社会上去做一个"花瓶",而是应该待在家里去做一个贤妻良母:"说一句良心话,女人治家很少混饭吃的,多半是与才调相称的……所以我们的结论是:出嫁是女人最好,最相宜,最称心的职业。"①由此可见,林语堂也认为妇女的社会职责,应该是"主内"而不是"主外",这是一种典型的儒家思想。

老舍《四世同堂》中的韵梅和天佑太太,也是新文学创作中一对难能可贵的好婆媳形象。《四世同堂》是否受过《京华烟云》的影响这并不重要,重要的是老舍对于林语堂自觉坚守中国传统文化的态度非常赞赏。比如,他在《代语堂先生拟赴美宣传大纲》一文中便幽默地写道:"男女平等,本是男的种田,女的纺线,各尽其职之谓。反之,像英美各国,男儿拼命挣钱,老婆不管洗衣作饭;哪道婚姻,什么平等!妇道不修,于是在恋爱之前已打听好怎样离婚,以便争取生活费,哀哉!中国古圣先贤都说夫为妻纲,已预知此害;西方无此种圣人,故大吃其亏。宜速迎东方活圣人一位,封为国师。"②老舍在这篇文章中,不仅把林语堂(当然也包括《京华烟云》在内)大大地颂扬了一番,并且还通过比较中西方文化,明确地表达了他自己对于中国家庭观念的基本看法。这一点在小说《四世同堂》里,又集中体现为韵梅的品德高尚:韵梅是一个文化程度不高的普通妇女,但她在祁家忙里忙外从无怨言,祁老爷子用一句话去评价,"她是天生的好脾气。"祁家上下都喜欢韵梅,因为"她既会持家,又懂得规矩",就连"与亲友邻居的庆吊交际",都是由她出面"一手操持"。可以说老舍

① 林语堂:《林语堂谈人生》,哈尔滨出版社2009年版,第206—207页。
② 参见《老舍文集》第14卷,人民文学出版社1989年版,第540页。

在这一人物的身上,同样寄托着重构传统妇德的美好理想。然而,韵梅仁慈却并不懦弱,当丈夫被日本人抓走以后,她在内心早已打定了主意,"就是不幸丈夫真的死了,她也须尽她所有的一点能力养活儿女,侍奉公婆与祖父。"韵梅之所以能够得到祁家老小的一致认可,一个重要原因就是她和婆婆天佑太太的和谐相处:韵梅事事都顺着婆婆的心意,而天佑太太则愈发对她信任和依赖,无论遇到什么心烦的事,只要韵梅一出面便会大事化小、小事化了。比如老二瑞丰认贼作父,把天佑太太气得够呛,"韵梅确是有本事,她不问婆婆为什么生气,而抄着根说:'老太太,又忘了自己的身子吧! 怎么又动气呢?'这两句话立刻使老太太怜爱起了自己,而觉得有哼哼两声的必要……心中可是舒展多了。"从小说《四世同堂》这一题目就能看出,老舍本人的家庭观念是很强的,而他认为婆媳关系的和谐融洽,又是家庭关系稳定的重要基础。所以老舍自己曾直言不讳地说,在中国人的家庭生活方面,他坚决拥护"贤妻良母主义",并坚决主张中国妇女应具有中华民族的传统美德。比如他说:"既来到家庭快乐上,就乘早不必唱高调,说那些闲盘儿……一个会操持家务的太太实在是必要的……尽管大家高喊打倒贤妻良母主义,你的快乐你知道。这并不完全是自私,因为一位不希望作贤妻良母的满可以不嫁而专为社会服务呀。假如一位反抗贤妻良母的而又偏偏去嫁人,嫁了人又连自己的袜子都不会或不肯洗,那才是自私呢。不想结婚,好,什么主义也可以喊;既要结婚,须承认这是个实际问题,不必弄玄虚。"①这也是老舍所主张的贤妻良母观,同林语堂的颇有相似之处。

再次,用传统文化的"妇德"思想,去化解现实生活中的"婆媳矛盾",文化复古主义倾向十分明显,很容易引起启蒙精英的强烈反感。所以,在解放区文学的创作实践中,又出现了一种全新的叙事模式,即:通过触及灵魂的世界观改造,去促使"婆媳矛盾"得到根本的解决。解放区辖地多处于远离城市的偏远山区,由于农民思想上的封建意识非常浓厚,故"婆媳矛盾"这一家庭内部问题,表现得要比国统区辖地严重得多。在具体的革命实践中,为

---

① 老舍:《婆婆话》,《老舍文集》第 14 卷,人民文学出版社 1989 年版,第 551 页。

了加强根据地的新文化建设,尽量给革命营造一种良好的社会氛围,解决"婆媳矛盾"一直都是共产党人的工作重点。但有些地方政府组织的工作人员,却常常以野蛮粗暴的斗争方式,将"恶婆婆"进行游街示众以示惩戒,此现象立刻引起上层领导的高度重视。比如,《新华日报》在《华北妇女运动的新方向》一文中,就列举了这样一个具体事例:解放区某地有一个马老婆子,对待自己的儿媳妇非常残忍,不给她饭吃、不让她参加妇救会,还让儿子经常打她、折磨她。于是区妇救会主任便发动群众去斗争马老婆子,叫村长用鞭子抽她,把她放在太阳底下暴晒,然而马老婆子根本就不服,高喊:"媳妇是我的,以后还要虐待,虐待的更厉害些,看你们把我怎么办?"文章还一针见血地指出:"不择对象不分具体情况,只为斗争而斗争,如将虐待媳妇之公婆或丈夫,罚站街,罚戴高帽游行,罚粮食等都是要不得的,这对根据地之社会秩序将有妨碍。"后来,县妇救会主任亲自给马老婆子赔礼道歉,同时还住在马家同马老婆子促膝谈心,经过县妇救会主任的循循诱导,马老婆子终于认识到了自己的错误,于是她"对于妇救会的误解,也逐渐消除,对媳妇也不像以前那样辣了"①。诸如此类的新闻报道,在解放区的报纸上登载有很多②,可见通过思想工作去解决"婆媳矛盾",在解放区辖地的确起到过很好的示范效应。1944 年长子地区举行纪念三八妇女节大会,革命政府就选出了十多对模范婆媳予以表彰,同样证明了政治思想教育工作,对于解决现实生活中"婆媳矛盾"的积极作用。③

　　解放区文艺在化解"婆媳矛盾"这一方面,毫无疑问是功不可没的,比如秧歌剧《开脑筋》的深受欢迎,就很能说明问题:河南林县戏剧训练班在下乡体验生活的过程中,发现一户农家婆婆和丈夫殴打媳妇,上前一问才知道媳妇想参加文化学习班,而婆婆和丈夫却认为她是到外面去"卖风流",因此他们

---

① 　该文刊于《新华日报》1941 年 3 月 7 日。

② 　《新华日报》1943 年 10 月 11 日刊登的《妇救会劝导下王老虎家庭和睦》、1945 年 1 月 21 日刊登的《纺织英雄翟大女》,《晋绥日报》1948 年 3 月 8 日刊登的《区农会女委员阎秀兰》、1948 年 9 月 12 日刊登的《做军鞋》等文,都是讲述了解放区干部通过耐心细致的思想工作,成功地化解了婆媳之间的矛盾冲突。

③ 　《长子纪念"三八"九百妇女参加开会》,《太岳日报》1944 年 3 月 18 日。

就以此为内容编了一出秧歌剧名叫《开脑筋》。该剧在林县各地巡回演出之后,在根据地农村引起了强烈反响,不仅那个婆婆赶紧向媳妇和政府赔礼道歉,其他有同样想法和做法的婆婆们,也都在思想上受到了很大的震动。比如有一个吴家的老婆婆,以为秧歌剧《开脑筋》里的"婆婆"演的就是她,所以跑到剧团里恳求干部:"你们要啥就给你们啥,你们可不要再演我的戏了,我以后可要叫俺媳妇去冬学念书哩!"①在文学创作方面,赵树理创作的短篇小说《变了》和《传家宝》,也是以一种宣传革命价值观的思想"正能量",参与到了解放区辖地解决"婆媳矛盾"的思想工作中。小说《变了》中的主人公得山媳妇,自从参加了"冬学"以后,懂得了许多革命的人生道理,所以婆婆非常讨厌她凡事说理,"认为这都是认识了字的过。"区里通知得山媳妇去参加妇救会活动,婆婆却大为不满地发牢骚说,一个"新媳妇家跑到庙里去,对着一庙院人",不是个"疯婆子"又是什么呢?"婆媳矛盾"的最终化解,是区干部李同志的积极介入:李同志来到得山家,同得山的母亲促膝谈心,对她讲破除旧习俗的革命道理,婆婆听后终于改变了态度,她对媳妇说:"我老了,你们年轻人应该跟人家学点本领!"小说《传家宝》所讲述的故事内容,几乎同《变了》如出一辙:李成的媳妇金桂,既是区妇联主席也是区里的"女劳动英雄",可是在家庭生活当中,婆婆有事无事总是和她闹别扭:"嫌她洗菜用的水多、炸豆腐用的油多、通火有些手重、泼水泼得太响……反正总觉着不能算个好媳妇。"最令婆婆不满的是,自从金桂当了区妇联主席之后,"差不多半年就没有拈过针,做什么事又都是不问婆婆自己就做了主,这才叫李成娘着实悲观起来。"婆媳两人的矛盾化解,也是由于有李成"姐夫"的及时出现。李成的姐夫是一位共产党员,当他了解到金桂与婆婆之间的矛盾起因,是婆婆认为金桂夺了她在家中的主导权;因此他故意让金桂把家中的一大堆账本都交给婆婆,可是婆婆自己连字都不识什么也看不懂。所以李成便开导她说:"我常叫你们跟金桂学习,就是叫学习这一大摊子! 成天说解放妇女解放妇女,你们妇女

---

① 璧夫:《道篷庵农村剧团的经验:关于农村剧团方面问题的研究》,《文艺杂志》1947年第2卷第1期。

们想真得到解放，就得多做点事、多管点事、多懂点事。"婆婆面对现实只能认输，并放下架子对媳妇说："实在麻烦，我不管了！你弄成什么算什么！我吃上个清净饭拉倒！"从《变了》到《传家宝》，我们可以清晰地看到，解放区文学并不是在用家庭伦理来解决"婆媳矛盾"，而是在用革命伦理去化解"婆媳矛盾"，其主观意图就是要去突出世界观的改造，对于中国现代革命的重要意义。值得注意的是，解放区文学这种先改造媳妇，然后再去改造婆婆的叙事模式，显然又是在借用左翼文学先改造儿子，然后再去改造老子的表现手法。在新中国十七年的文学创作中，我们甚至还能看到这种叙事模式的影子存在。

虽然新文学为了寻找解决"婆媳矛盾"的有效途径，每一位作家都曾为此作出过主观上的不懈努力；但是上述三种叙事模式所表现出来的简约化思维，也给我们留下了许多值得去认真总结的经验和教训：用"离家出走"的反抗方式，去颠覆家长专制的"婆权"文化，其思想出发点是强调"破"字当先，却并没有明确提出"立"的具体办法；因此"离家出走"只是在回避矛盾，而不是从根本上去解决矛盾，由于母子间有着无法割舍的情感联系，仅仅依靠媳妇的"破"又能起到什么作用呢？用塑造婆媳关系的正面形象，去引导和影响家庭内部的生活关系，其思想出发点是强调伦理道德的制约作用，但却人为地忽略了伦理道德的文化背景；因为伦理道德观念的形成过程，需要具有一定的文化素养，这对于绝大多数中国农村妇女来说，显然是一种脱离社会现实的空洞说教。把希望寄托在"人"的思想改造，并试图通过"人类在和自然界的不断斗争中，不断地改造自然界，同时也不断地改造着人类自己，改造着人们彼此间的关系"，①然后使"婆媳矛盾"在世界观的改造过程中得以解决；说穿了这只不过是一种革命浪漫主义的远大理想，它需要人们"活到老，学到老，改造到老"，并具有"狠斗私字一闪念"的崇高的政治觉悟，仍是一个可望而不可即的漫长过程。"婆媳矛盾"作为一个人类社会的普遍现象，我们就必须从人性的角度去看问题，而不能用"启蒙"或"革命"去解决问题。恐怕只有等到人类社

---

① 刘少奇：《刘少奇论党的建设》，中央文献出版社 1991 年版，第 93 页。

会彻底消灭了"家庭"和"私有制"以后,每一个人的思想觉悟都达到了一种绝对"无我"的精神境界时,"婆媳矛盾"才会在一个"人人平等"的共产主义社会里得到最终的解决。这绝不是一种悲观主义的消极情绪,而是由人的自私本能所决定了的社会现实。

第三章　新文学"国之难"的创作转向

新时期以来,李泽厚有一种理论影响很大,即他认为五四思想启蒙之所以会中断,那是因为"救亡"压倒了"启蒙"。比如他说:"救亡的局势、国家的利益、人民的饥饿痛苦,压倒了一切,压倒了知识者或知识群对自由平等民主民权和各种美妙理想的追求和需要,压倒了对个体尊严、个人权利的注视和尊重。"①按照李泽厚的这种说法,五四启蒙本应具有其自身发展的历史持续性与逻辑完整性,只不过是由于"革命"和"救亡"等外界因素的强势干预,最终使它严重偏离了自己正常的运行轨道,并直接影响到了中国社会现代化的历史进程。

我个人却并不完全认同这种说法,因为"启蒙"本身就属于"救亡"的概念范畴。只要我们稍作辨析便可以了解,"启蒙"在本质上就是一种"救亡"的表现形式,而"救亡"才是"启蒙"所要达到的真正目的;如果将二者视为一种完全对立的矛盾关系,认为是"救亡压倒了启蒙"并严重阻碍了中国社会现代化的历史进程,这无疑是一种本末倒置的反逻辑说法。明白了这一道理,我们完全可以去进一步推论:既然"救亡"才是"启蒙"的真正目的,那么"形式"问题也就变得并不重要了;只要能够实现中华民族的伟大复兴,无论使用什么"形式"都具有其道义上的合法性。这就使我们完全有必要去重新认识五四:思想启蒙虽然以提倡人的民主权利和自我价值为己任,但它客观上却存在着一个无法克服的致命弱点,即"西化"口号完全脱离了当时中国社会的实际情况。仅以新文学创作为例,它为什么会很快由"思想启蒙"转向了"革命启

---

① 李泽厚:《中国现代思想史论》,安徽教育出版社1994年版,第36—37页。

蒙",原因并不是它被动地、不情愿地放弃了个性解放的人文理想,而是社会现实促使它去自觉地完成从"自我"到"社会"、从"阶级"到"民族"的思想转型,这恰恰符合于新文学自身发展的客观规律。比如,"个性解放"的启蒙口号主张打倒封建专制、给予"人"以绝对的自由,却并没有意识到"社会"是由无数"个人"所构成的命运共同体,"个人"绝不可能超越"社会"去单独获得其"自由";所以,新文学"为人生"的创作口号,并非只是在强调个体"人生"的存在价值,同时更是在强调社会"人生"的普遍意义。当新文学创作一旦从关注"个人"转向了关注"社会",那么如何去理解和认识"人生"便成为了广大作家的思考重心。回顾中国新文学的百年历史,我们可以梳理出这样一种清晰的运行轨迹:五四反封建与反传统的启蒙话语,虽然希望通过"个性解放"去实现"社会解放",但由于它只是将"人生"归结为是一种"人"的精神状态,故并没有真正触及中国社会的根本问题。于是五四中期郭沫若、沈雁冰等人,又开始尝试着运用马克思主义的阶级斗争学说,把抽象的"人生"具象化为一种阶级的"人生",并坚信"阶级矛盾"是一切"人生矛盾"之首,而"阶级矛盾"当然只有通过"阶级斗争"才能得到彻底的解决。然而,"阶级"是否就是新文学"为人生"的唯一性目的? 正当人们为此争论得不可开交时,抗日战争的全面爆发与民族矛盾的迅速激化,新文学作家无论过去是持"左翼""右翼"或"中间"的政治立场,都在"民族"这一问题上形成了思想统一:"为人生而艺术"的价值观,说穿了就是为了要去实现民族富强、国家昌盛、人民幸福,如果没有一个强大而富足的民族国家作为支撑,一切有关民主与自由的人生理想都只能是痴心妄想。历史的经验告诉我们:改造国民"劣根性"的悲凉呐喊,是启蒙伦理的意志体现;"风展红旗如画"的阶级斗争,则是政治伦理的意志体现;全国同仇敌忾的英勇抗战,更是民族伦理的意志体现。在这三者的关系当中,"启蒙"与"革命"都是一种"为人生"的前期铺垫,只有民族伦理这一终极信念,才是凝聚新文学作家思想统一的精神源泉——因为在每一个中国人的心中,都有这样一种美好的愿望,即:"实现中华民族的伟大复兴"。所以,"启蒙"并不是"救亡"的唯一途径,而"救亡"却是中华民族的唯一目的。

第一节　新文学思想转型的历史必然

五四启蒙运动的历史短暂性,令许多研究者都为之感到惋惜,其实从推崇"启蒙"到追求"革命",这其中有着深层次的历史原因。如果我们不去认真分析思想启蒙的自身局限性,而只是一味地强调"救亡压倒了启蒙",并让"救亡"去替"启蒙"背负一种莫须有的罪名,这种教条思维势必会把我们的研究方向引入歧途。每一位中国学者都在说自己敬仰鲁迅,可是为什么在对待启蒙这一问题的认识上,却都不去尊重鲁迅本人的真实看法呢? 因为作为一个五四历史的在场见证者,鲁迅要比我们这些旁观者更有发言权。比如,他在《〈中国新文学大系〉小说二集序》里,就曾对五四启蒙转瞬即逝的历史现象,做过一个充满诗意化的形象说明:"那时觉醒起来的智识青年的心情,是大抵热烈,然而悲凉的。即使寻到一点光明,'径一周三',却更分明的看见了周围的无涯际的黑暗⋯⋯他们是要歌唱的,而听者却有的睡眠,有的槁死,有的流散,眼前只剩下一片茫茫白地,于是也只好在风尘涴洞中,悲哀孤寂地放下了他们的箜篌了。"①鲁迅在这段话里,所要表达的意思非常清楚:"歌唱"就是指思想"启蒙",而"听者"又是指社会"大众";由于已经没有了"听者",那么歌者不再"歌唱"也就不足为奇了。鲁迅不愧是一个伟大的思想家,他一下子就点破了新文化运动迅速退潮的根本原因。

一、自我解放与社会解放的伦理问题

学界通常都把五四启蒙的核心思想,归纳为"人"的"个性解放"。这一判断无疑又是源自胡适在《易卜生主义》中所说的一句话,即"社会最大的罪恶莫过于摧折个人的个性,不使他自由发展"②。这句名言不仅为个人反抗社会提供了理论依据,同时还营造了一种无政府主义的时代情绪;以至于造就了

---

① 鲁迅:《〈中国新文学大系〉小说二集序》,《鲁迅全集》第 6 卷,人民文学出版社 1981 年版,第 244 页。
② 胡适:《易卜生主义》,《胡适文集》第 2 卷,北京大学出版社 1998 年版,第 586 页。

一大批崇尚叛逆的狂妄青年,将"自我"完全凌驾于"社会"之上。朱自清很早便察觉到,五四启蒙倡导的"个人主义",同西方哲学中的"个人主义",在本质上存在很大的差异性。他认为在中国"个人主义抬头……结果只发展了任性和玩世两种情形,而缺少严肃的态度这显然是不健全的"。由于这种启蒙缺乏"时代和国家所需要的严肃"性,所以他说"这些影响非根绝不可"①。

西方主体哲学论中的"个性解放",是一种强调人的解放的理论主张,它的基本理念主张人应该具有绝对的"精神自由",故直接促成了西方社会的民主思想。不过,西方人对于"自由"观念的思想认识,也有着一个不断自我完善的发展过程,特别是在关于自由的"限度"问题上,并非像中国人所理解的那样"绝对化";他们认为"自由"一旦走向了"绝对化",就必然会导致"个人"与"社会"的对抗性,"其赤裸裸的意义就是人人都我行我素"②。因此他们强调"个人自由"不能超越"社会规范",就像弗洛伊德所说的那样,"只有当许多人联合起来其力量超过任何单个人并足以对抗所有单个人时,共同体中的人类社会才有可能"③。同时还有另外一个问题,也应引起我们研究者的高度重视,即五四启蒙把易卜生的《玩偶之家》拿来作为"个性解放"的西方样板,但娜拉的"离家出走"却并不被西方社会所完全认同。比如,有西方学者就曾指出,《玩偶之家》开启了一种放纵"自由"的"生活模式",并把"离家出走以改进一个人出身带来的命运",演变成了"个人主义者生活模式的核心特征","从一开始就存在着将个人从社会背景中抽离出来,并由此强调他自豪的自给自足和目中无人的孤独这种趋势。"④由"精神自由"演变为"行为自由",这使得西方社会感到忧心忡忡,因为从《玩偶之家》到《国民公敌》,易卜生一直都在强调"个人"同"家庭"和"社会"相对抗的道德合法性。故达朗贝尔称赞

---

① 朱自清:《生活方法论——评冯友兰〈新世训〉》,《朱自清全集》第3卷,时代文艺出版社2000年版,第828—829页。

② [英]雅赛:《重申自由主义》,中国社会科学出版社1997年版,第26页。

③ 转引自[英]安东尼·阿巴拉斯特《西方自由主义的兴衰》(上),吉林人民出版社2011年版,第53页。

④ [英]安东尼·阿巴拉斯特:《西方自由主义的兴衰》(上),吉林人民出版社2011年版,第25—26页。

孟德斯鸠《论法的精神》,赋予"自由"以每一个人都可以享有的公平权力,即"撇开一切宗教不谈,自然状态下的人在可能发生的各类争端中,只知道遵循动物的法则即弱肉强食,所以,我们把社会的建立视为对抗这种不公平权力的一种契约,这种契约的目的是在不同人群中确立一种平衡"①。请注意,达朗贝尔显然是把社会视为所有人都能够享受"自由"的可靠保障体,并且明确地把"契约"视为对个人"自由"的强制性约束,这似乎又使"社会"带有明显的"专制"性质。人们究竟应该怎样去理解社会"契约"与个人"自由"之间的矛盾冲突呢?我个人非常认同叔本华的一种说法:"人类社会的结构仿佛摆钟一样,不停地摆动于两种冲动、两种相互对立的罪恶,即专制政治与无政府主义状态之间。"专制政治自然会压制个人的自由意志,"但是,就无政府主义状态而言,其毛病的可能性与现实性是不可分割的。它会时时刻刻地将灾难降临到每个人的头上。因此,任何宪法应当更加接近专制政治,而不应当接近无政府主义状态。也就是说,它必须多少有一点专制政治的可能性。"②叔本华是西方近现代唯意志论哲学的创始人,他明确表示社会利益大于个人利益,认为"契约精神"中必须要有"专制政治",否则就不能保障社会公共体的稳定性。由此我们不难看出,五四启蒙所汲取的西方精神资源,并不是西方近现代人文精神的思想全部,而是启蒙精英本着功利主义的实用态度,有条件地去选择他们所需要的那一部分。

新文学创作后来一直都在自我消解"个性解放"的启蒙弊端,原因就在于那些"离家出走"的新青年几乎都无法在社会上独立生存。其中最具有代表性意义的艺术形象,就是丁玲笔下的"新女性"莎菲。一谈到莎菲这一人物,研究者历来都说她是"个性解放"的时代先锋,并从反封建、反家长专制的切入角度,去大肆赞美其"离家出走"的叛逆壮举。但我个人却认为,这部作品所讲述的故事内容,并不是莎菲本人的"离家出走",而是她"离家出走"以后的生存状态:缺乏生存技能的莎菲在北京,每天不是无所事事地待在旅馆里看

---

① [法]达朗贝尔:《〈论法的精神〉解析》,[法]孟德斯鸠:《论法的精神》(上),商务印书馆2012年版,第28页。

② [德]叔本华:《伦理反思》,《叔本华论说文集》,商务印书馆1999年版,第602页。

看报纸,便是游走在苇弟和凌吉士两个男人之间,去玩弄一些没有情感基础的"恋爱"把戏,就像一叶随风漂泊的无根浮萍,根本就没有明确的人生方向。莎菲这种既无视家庭又无视社会的"个性解放",当然也会被家庭和社会所抛弃,所以最后她只能是"决计搭车南下,在无人认识的地方,浪费我生命的余剩"。我认为《莎菲女士的日记》这篇作品,集中反映了一种"后五四"时期的作家情绪,而这种情绪又集中表现了那些"觉醒者"无路可走的思想窘境,并由此预示着新文学必将面临一次新的思想转型。

首先,是新文学创作对于"女性解放"口号的自我消解。在五四新文化运动当中,"女性解放"是个十分诱人的启蒙口号。因为在启蒙精英看来,女性只要敢于走出她的家庭,去追求自己人格上的绝对独立,其他一切问题都会迎刃而解。但新女性在"离家出走"之后,却发现"女性解放"其实并不那么简单,"决不是靠了一点纸上谈兵,或是头痛医头的局部方案所能得到解决的。"因为她们从男权社会的冷眼中,意识到女性若想真正摆脱性别歧视,一方面要看女性自身的努力程度,另一方面还要看社会文明的发展程度。① 所以,她们对于"女性解放"并不感到乐观,相反还认为抽象地去谈"女性解放"毫无意义;只有把女性解放与社会解放有机地联系在一起,才会使新女性避免"流着无穷尽的血泪做著罪恶制度下的牺牲品"②。

凌淑华在其小说《转变》里,就以主人公徐婉珍的思想变化,讲述了一个"女性解放"的悲情故事:作品开篇便告诉读者,主人公"徐宛珍在我记忆中真是个了不得的女子",她的"了不得"又表现为独立自强的个性意识。比如,在上大学的四年时间里,她不仅出色地完成了自己的全部学业,还靠打工还清了家里欠下的所有债务。大学一毕业她就去中学教书,独自承担起了全家人的花费开销。如果故事情节仅仅是停留在讲述徐婉珍个人奋斗的光荣历史,无非是作者在为"女性解放"的五四启蒙去歌功颂德,并没有什么特别值得称道的思想亮点;可是作者却突然笔锋一转,使后续的故事情节完全出人意料——

① 陈衡哲:《复古与独裁势力下妇女的立场》,《独立评论》1935 年第 159 号。
② 上官公仆:《三年来的中国妇女运动》,《女子月刊》1936 年第 4 卷第 3 期。

八年之后再次见到徐婉珍时,"我"发现她已经成为了一个老男人的"三姨太太"。曾经的那个自强不息的新女性徐婉珍,为什么会"变"得如此庸俗不堪了呢？这既是作者本人的思想困惑,同时也是广大读者的思想困惑。恐怕徐婉珍的前后变化,才是小说《转变》所要表达的思想主题。作者后来了解到,徐婉珍大学毕业以后,先是到一所中学去教书,虽然很辛苦但却能够勉强度日,可是新换的校长排斥异己,把她从学校里给解职了;于是她又到"财政厅里做小职员",但仅仅是因为有一次她与表叔同坐了一辆汽车,就被同事告到表婶那里闹得乌烟瘴气,结果财政厅的官僚也容不下她这个"道德败坏"的女子;为了生存下去,徐婉珍只好以家教谋生,不仅要为那个顽皮的男孩操心,还要去忍受学生家长的不断骚扰,最后她只能是落荒而逃再度失业。身心疲惫的徐婉珍终于大彻大悟,与其在一个男权社会里处处碰壁,还不如嫁一个有钱人去尽情享乐,"只要有钱脾气不太坏,哪怕他是个猪八戒或是个白胡子老头儿"都可以。在"我"的观察视角中,发现徐婉珍对于自己的堕落行为,不仅不以为耻反倒以为荣,"再也不用东奔西跑地求爷爷告奶奶地找几十块钱养家了","你看一个月四百块,一点事不用做,爱吃便吃,爱穿便穿,爱玩便玩,谁也不敢哼一句闲话"。小说《转变》通过新女性徐婉珍从"奋斗"到"颓废"的悲情叙事,深刻揭示了"女性解放"的社会谎言。男性们表面上都在鼓吹"女性解放",但骨子里却仍旧把女性当作发泄工具。庐隐对于这一点看得最为清楚,她说男人们只不过是在"利用妇女解放'冠冕堂皇'名目,施行阴险狡诈伎俩"而已①;因此"一切的伤痕,和上当的事实",都令新女性心有余悸。② 无论凌淑华还是庐隐,她们的看法完全一致:在一个由男性掌控话语权的社会当中,所谓的"女性解放"其实就是一个伪命题。小说《转变》的醒目标题,就已经表达了新女性社会群体不再相信启蒙话语的思想态度。

其次,是新文学创作幻灭了"个性解放"的虚无理想。五四思想启蒙的核心理念,就是"个人"同"家庭"与"社会"之间的矛盾对立,所以启蒙精英认为

---

① 庐隐:《"女子成美会"希望于妇女》,钱虹编:《庐隐选集》(上册),福建人民出版社 1985 年版。

② 参见《庐隐自传》,上海第一出版社 1934 年版,第 377 页。

只有突破"家庭"和"社会"的重重阻力,"个性解放"才有可能实现。毋庸讳言,这种启蒙理论完全违背了人类生存的基本法则。西方人文主义者休谟就曾经说过:"公道或正义的规则完全依赖人们所处的状态和状况,它们的起源和实存归因于对它们的严格的规范的遵守给公共所带来的那种效应。"①故他认为人类社会必须拥有一套完备的道德体系,这是人类与动物之间的本质区别。对于个人而言,可能会觉得社会的道德制约性是一种精神枷锁,但却不能为了一己之"自由"而违反了社会公众的道德准则,否则"个人"根本就不可能在这个社会上独自生存。

就拿小说《伤逝》来说吧,鲁迅所讲述的正是这个道理。子君为了"爱情"同叔叔决裂,反映的是个人与家庭之间的矛盾冲突,她那种敢爱敢恨的大无畏精神,的确要比涓生表现得光彩夺目。不过,当研究者都在高度赞扬子君那句"我是我自己的,他们谁也没有干涉我的权利"的女性解放宣言时,恐怕大多数人并没有意识到这种个体同家庭决裂的叛逆行为,在五四时期要比个人同社会决裂容易得多。因为子女同父母之间的矛盾冲突,有着一种无法割舍的血缘关系,无论子女表现得如何叛逆都能得到家庭的谅解,"叔叔"最终还是接纳了"回家"的子君便是一个很好的证明。然而,涓生同社会之间的对抗行为,才是我们最应该去关注的问题焦点。曾有许多学者都感到困惑不解,涓生既然能够用娜拉的故事,把子君"改造"成了一个具有叛逆精神的新女性;可为什么涓生本人,不仅没有子君那般勇敢和决绝,反倒是首先退却并向社会做出了妥协呢?答案其实非常简单,因为作为一个中国女性,子君把婚姻视为自己的人生归宿,这完全是她们梦寐以求的人生目的;即便同叔叔"决裂",至多不过是"使他气愤到不再认她做侄女"罢了,但是与自己的终身大事相比较,当然也就变得微不足道了。但涓生却完全不同了,在子君出现之前他只是"寂静和空虚",却仍然同社会保持着密切联系(他有工作和朋友便是证明);他"爱"子君的唯一理由,无非是想"仗着她逃出这寂静和空虚",除此之外并没有其他的奢望。当子君同她叔叔"闹开"以后,涓生则不得不被动地做出响

---

① ［英］休谟:《道德原则研究》,商务印书馆 2001 年版,第 39 页。

应,"陆续和几个自以为忠告,其实是替我胆怯,或者是嫉妒的朋友绝了交。"其实涓生与子君结合不久,心中就已经萌生了后悔的念头。比如,他频频向子君发出暗示:"人必须活着,爱才有所附丽。"涓生这句华丽而诗意的人生格言,意在提醒子君"活着"是"爱情"的必备条件,而"社会"又是"活着"的前提条件;若想在这个社会上体面地"活着",个人就必须遵守社会的道德规范,否则根本不可能在现实中生存。这才是涓生决定抛弃子君的真正原因。研究者历来都认为《伤逝》的故事结尾,涓生的忏悔是在忏悔他的性格懦弱,但我个人却并不赞同这种说法。涓生为什么要"将真实深深地藏在心的创伤中",并以"遗忘和说谎"做"前导",独自一人去"默默地前行"呢?对于这段抒情言辞,我们必须要去搞清楚"真实""说谎"以及"遗忘"的词义所指性。我认为"真实"是指涓生知道在现实社会中,个人绝不可能离群索居独自生存;"说谎"是指涓生为了"逃出这寂静和空虚",用各种启蒙的谎言对于子君所做的情感欺骗;"遗忘"则是指涓生在述说了事情的真相之后,必须重新坦然地回到他过去的生活状态。我们无须多做解释,用"遗忘和说谎"去遮蔽"真实",表现的正是鲁迅对于涓生虚伪的人格而不是懦弱的人格的彻底否定。因为对于鲁迅而言,他的心里比任何人都明白,"中国太难改变了,即使搬动一张桌子,改装一个火炉,几乎也要血;而且即使有了血,也未必能搬动,能改装。"①因此,在中国社会还没有完全过渡到现代文明阶段时,鲁迅并不主张新青年去追求什么"个性解放",而是鼓励他们以成熟稳健的理性精神,去同社会中的守旧势力展开一种"韧战"。

再次,是新文学创作对"个人奋斗"理想的彻底否定。在五四时期,还有一种与"女性解放"和"个性解放"并存的启蒙口号,就是鼓励知识分子通过自己的"个人奋斗",去彻底改变中国社会的落后现状。比如提倡"工读主义"教育,便是希望以知识分子的个人努力,去培养一批具有独立精神的新型青年,进而推动中国社会的现代转型。"工读主义"能够在20世纪初期的西方社会取得成功,那是因为"工读教育"最大限度地满足了西方工业化历史进程的实

---

① 鲁迅:《娜拉走后怎样》,《鲁迅全集》第1卷,人民文学出版社1981年版,第164页。

际需求,换言之,就是由"社会"力量而非"个人"力量推动的结果。但在以农业经济为基础的中国社会里,普通人连温饱问题都得不到解决,因此"工读"一体的教育理念肯定是行不通的。叶圣陶的长篇小说《倪焕之》,便深刻地揭示了这一理想破灭的历史真相。

长期以来,研究者都习惯性地把《倪焕之》看作是一部教育小说,并把蒋冰如和倪焕之等人推行新式教育理念的失败原因,统统归结为与"乡镇茶馆代表的乡土社会乃至整个社会环境密切相关"①。这种说法不能说没有一点道理,但却并没有真正揭示出《倪焕之》的思想价值。小说《倪焕之》的真正看点,并不是倪焕之从教育失败走上革命道路的思想转变,而主要是在讲述他经过几次个人奋斗后的理想破灭。比如,辛亥革命的胜利,使倪焕之备受鼓舞,他立志要从教育入手,"对于一切的改革似乎都有把握,都以为非常简单,直捷";可是"一所阴森而破旧的庙宇"改造成的乡村"学校",一个老态龙钟、令人生厌的老学究"校长",还有一群"奸诈,呆钝,粗暴"的顽皮"学生",立刻使倪焕之感到无比的绝望。如果不是因为蒋冰如要创办一所新式乡村学校请他来帮忙,倪焕之早就变得萎靡不振、思想颓废了。蒋冰如为倪焕之描绘了一幅工读教育的美好前景:"现在有我们这学校,又有五个初等小学,一个女子高小。只要团结一致,大家当一件事情做,十年,二十年,社会上就布满了我们的成绩品。——空口说大话,要改良国家,要改良社会,是没有一点效果的;从小处且近处做起,却有确实的把握。倪先生,我们一同来改变这个乡镇吧。"正是因为有蒋冰如对于倪焕之的思想启蒙,他才再次从迷茫中振奋起精神来,进而相信"教育事业是培养'人'的,——'人'应该培养成什么样子?'人'应该怎样培养?——这非有理想不可"。可是令他万万没有想到,蒋冰如宏伟的改革蓝图,首先就在教师队伍内部遇到了强大的阻力。比如,作为传统教育体制的代表性人物,陆三复认为当教师就是为了混碗饭吃,眼下最紧要的事情不是教育救国,而是怎样才能保住大家的饭碗。那位半新不旧的徐佑甫说得就

---

① 董诗顶、盛翠菊:《从问题小说走来——以〈倪焕之〉为例》,《湖北社会科学》2014 年第4 期。

更加离谱了,他把办学校比作经营商店,"货真价实,是商店的唯一的道德,所以教师拆烂污是不应该的。"至于顾客究竟如何去处理他们从商店里拿到的商品,"那是顾客自己的事,商店都可以不负责任。"还有镇上那些学生的家长们,一听说"耕读教育"就是教孩子怎样下田劳动,于是他们便群情激奋地质问学校说:"家长把子弟送进学校,所为何事?无非要让他们读书上进,得一点学问,将来可以占个好些的地位。假如光想种种田做做工,老实说,就用不到进什么学校了。"由于源自学校内外的重重阻力,蒋冰如和倪焕之所施行的教改试验不仅很快便草草收场,就连蒋冰如本人也在大革命时代的滚滚浪潮中,被乡民视为"土豪劣绅"四处去抓他准备进行游斗。所以,再次丢掉了饭碗的倪焕之万念俱灰,独自一人跑到了上海去参加社会革命。值得注意的是,倪焕之在临终之前,眼前突然出现了一种非常奇怪的朦胧幻觉。

> 他看见许多小脸相,奸诈,浮滑,粗暴,完全是小流氓的模型。倏地转动了,转得非常快。被围在中心的是个可怜的苍蝇。看那苍蝇的面目,原来是自己。再看那些急急转动马上把苍蝇擒住的,原来是一群蜘蛛。

这个幻觉实在是太有意思了,它应是作者创作意图的真实表达——"苍蝇"是一种最令人讨厌的昆虫,然而作者却用它来形容像倪焕之这样的个人奋斗的社会改革者,在普通社会民众心目中的真实印象;"一群蜘蛛"当然又是那些社会民众的象征符号,他们群起而去吞食"苍蝇"(改革者)的可怕隐喻,恰恰又是对小说《倪焕之》创作主题的很好注脚:个人奋斗如果背离了广大民众的主观意愿,无论理想有多么美好都不可能得到他们的认同和拥护。

"女性解放"与"个性解放"是个伪命题,然而"个人奋斗"的道路又行不通,那么究竟应该采取一种什么样的解决方式,才能够真正去推动中国社会的现代转型呢?这是一种"后五四"时期中国知识分子普遍存在的焦虑心态。虽然叶圣陶、王统照、王鲁彦、茅盾等人在他们的作品当中,都提及了社会"革命"这一概念,但是"革命"则需要有"民气"和"民意"来作为强大支撑,显然这又完全不符合"个人奋斗"的启蒙思想。故新文学作家在他们的思想矛盾中,客观上又揭示了中国社会发展的必然趋势:只有最广大的人民群众,才是改变旧中国的中坚力量。戴维·麦克莱伦曾有句名言:"当条件还没有发展到使意志的产生成为可能之前,这个'意志'的出现也只是存在于意识形态家的想象之中",而永远无法使其变成一种社会现实。① 我个人认为,用这句名言去概括启蒙终结的根本原因,恐怕是再恰当不过了——既然启蒙"意志"并不符合半殖民地半封建中国社会的实际情况,那么新文学抛弃以"个性解放"为口号的启蒙价值观,并从社会内部结构去寻求解决问题的最佳方案,便顺理成章地构成了新文学后续发展的主要路径。

二、社会矛盾与阶级矛盾的伦理问题

1928 年 1 月,创造社与太阳社的部分成员,率先在文坛上提出了"革命文学"的口号。这一口号的真实用意,就是要以"革命"取代"启蒙",进而去宣传无产阶级集体主义的价值观。对于"革命文学"这一口号,我们绝不能简单地将其视为五四新文学的异己力量,甚至将其视为终结启蒙理想的罪魁祸首;因为"革命"与"启蒙"具有逻辑上的关联性,只不过"启蒙"强调以思想革命去改变中国,而"革命"强调以暴力手段去改变中国——两者在改变中国面貌这一问题的认识方面,目标是完全一致的,不同点仅仅是对改变中国的主体力量,有着很大的思想分歧罢了。由于"革命"是从"启蒙"那里总结出来的经验教训,所以它也更具有中国现代社会的实践意义。尤其值得我们肯定的是,"革命"充分利用了中国社会内部的阶级矛盾,并借助于这种矛盾自身存在的巨大动能,最终推动了中国社会的现代转型。无论那些以坚守五四启蒙精神为己任的精英知识分子如何去辩解,都无法否定"革命"要比"启蒙"更能给中国人带来巨大的惊喜和真正的实惠。

新文学从"启蒙"走向"革命",集中体现了"社会解放"取代"个性解放"的历史必然性。在倡导"革命文学"口号的过程中,郭沫若以他那固有的诗人气质,向全社会大声地宣布"个人主义的文艺老早就过去了",文学已经进入到了一个无产阶级革命时代,故"革命的呼声便是无产阶级文艺!"②众所周

---

① ［美］戴维·麦克莱伦:《马克思主义思想导论》,中国人民大学出版社 2008 年版,第 162 页。

② 麦克昂:《英雄树》,《创造月刊》1928 年 1 月 1 日第 1 卷第 8 期。

知,郭沫若曾是五四启蒙的时代歌者,可是短短的几年时间思想便发生了惊天逆转,不仅彻底否定了"个性解放"的文学主张,同时还积极倡导"无产阶级文艺";由于郭沫若在五四时期拥有极大的社会影响力,因此他的思想转变,在当时文坛上引起了强烈的轰动效应,甚至还具有时代风向标的象征意义。"太阳社"成员也不甘示弱,比如蒋光慈在《关于革命文学》一文中,就明确地以集体主义的文学价值观,去反对五四个人主义的文学价值观,认为:"革命文学应当是反个人主义的文学,它的主人翁应当是群众,而不是个人……革命文学的任务,是要在此斗争的生活中,表现出群众的力量,暗示人们以集体主义的倾向。"①从郭沫若对于"个人主义"的全盘否定,到蒋光慈用意识形态去划分作家的政治立场,五四以来文学观念上的"新旧"冲突,也逐渐演变成了一种意识形态上的"阶级"对立。"革命文学"口号之争是个原则性问题,它反映的是中国文坛将向何处去的重大命题,进而使每一位正在思想彷徨的新文学作家,都必须在这一大是大非问题面前做出抉择。为此,郭沫若充满激情地向社会大声呼吁说:"青年们,中国的文艺青年们! 你们都是大中小资产阶级的少爷公子,你们不想觉悟则已。你们如想觉悟,那么你们请去多多接近些社会思想和工农群众的生活,那你们总会现出你们以往的思想的错误,你们会幡然豹变,而获得一个新的宇宙观和人生观,成为未来社会的斗士。"②郭沫若这段话说得简洁明了,"革命文学"就是要以"社会"意识去消解"个人"意志,以"工农群众"去否定"少爷公子",进而使广大青年作家告别"过去"走向"革命",完成中国新文学自我更新的历史嬗变。"革命文学"口号的强大震撼力,不仅直接影响了一大批"后五四"时期的青年作家,同时也极大地触动了鲁迅、茅盾等五四新文学巨匠;尽管鲁迅和茅盾都曾与"革命文学"口号的倡导者们发生过激烈论战,但是他们后来全都加入了"左联"组织的这一事实,说明他们已经在心中默认了"革命文学"的历史必然性与时代合法性。

"革命文学"口号之争的直接结果,是导致了"中国左翼作家联盟"组织的

---

① 蒋光慈:《关于革命文学》,《太阳月刊》1928 年 2 月 1 日第 2 期。
② 麦克昂:《留声机器的回音》,《文化批判》1928 年 3 月 15 日第 3 期。

成立。新文学作家之所以会思想转向并与"革命"结盟,说明他们已经开始走出了个人主义的认识误区,而把视角投向了中国社会的现实问题。比如在"左联"的成立大会上,与会者向社会公开申明:"我们的艺术是反封建阶级的,反资产阶级的,又反对'稳固社会地位'的小资产阶级的倾向。"①由于左翼作家已经获得了一种"革命"的全新身份,所以五四新文学"为人生"的理论主张,也就不再是局限于狭隘的个人"人生",而是转向了社会大多数人的阶级"人生"。比如思想转型后的鲁迅便认为:"无产者文学是为了以自己们之力,来解放本阶级并及一切阶级而斗争的一翼,所要的是全般,不是一角的地位。"②由此可见,连鲁迅这样的个人主义者,都认同了无产阶级的革命立场,足以证明五四新文学阵营的整体性"左转",是一种任何力量都阻挡不了的历史趋势,与"救亡压倒了启蒙"并无直接关系。仍以鲁迅为例,他放弃启蒙而倾向革命,并不是发生在"革命文学"口号之争以后,早在1927年他就对以暴力革命去改变中国社会现状充满了期待。因为在鲁迅本人看来,如火如荼的革命时代,必然会产生一种与之相对应的革命文学,但条件则是作家必须完成世界观的彻底改造:"从喷泉里出来的都是水,从血管里出来的都是血。"③毛泽东后来在《在延安文艺座谈会上的讲话》中,要求革命作家把思想立场转到工农兵大众的阶级立场上来,其实正是对鲁迅关于世界观改造思想的创造性发挥。与此同时,毛泽东还认为"资产阶级领导的东西,不可能属于人民大众,新文化中的新文学新艺术,自然也是这样"④。这种观点,也是他对左翼文学立场的认同和肯定。"左联"虽然是一个松散的作家群体,然而由于成员的思想信仰非常接近,故"左联"组织机构对于革命文学的创作实践,也提出了极其严格的硬性规定:必须反映帝国主义经济侵略所造成的严重后果,必须暴

---

① 《中国左翼作家联盟的成立》(报道),《拓荒者》1930年3月10日第1卷第3期"国内外文坛消息"栏。

② 鲁迅:《"硬译"与"文学的阶级性"》,《鲁迅全集》第4卷,人民文学出版社1981年版,第208页。

③ 鲁迅:《革命文学》,《鲁迅全集》第3卷,人民文学出版社1981年版,第544页。

④ 毛泽东:《在延安文艺座谈会上的讲话》,《毛泽东选集》第三卷,人民出版社1991年版,第855页。

露地主资产阶级欺压人民的凶残本性,必须描写中国社会不可调和的阶级矛盾,必须表现红军和工农群众的英勇斗争等,①几乎完全剔除了创作主体的个人因素。而蒋光慈的《咆哮了的土地》、茅盾的《子夜》、丁玲的《水》、叶紫的《丰收》等作品,无疑都是无产阶级革命文学规范化创作的历史产物。

"左联"对于革命文学创作所提出的一系列硬性规定,左翼作家虽然基本上都在遵照执行;但是在如何去表现"革命"这一问题上,却又因人而异、各显其能。我个人大致梳理了一下左翼革命小说,发现它们呈现出依次递进的三种叙事模式:

第一种叙事模式,是解决"恋爱"向"革命"的过渡问题。这种叙事模式的主观意图,就是要确立"革命"取代"启蒙"的合法地位。几乎所有的研究者都认为,"恋爱"与"革命"是两种完全不同的价值观,将它们强行捆绑到一起去加以艺术表现,足以说明早期"革命文学"在思想认识上的混乱程度。故作为"革命文学"的初级形态,"革命+恋爱"小说刚一问世,就受到了来自左翼文学阵营内部的强烈批评;原因就在于这类作品中的主人公只知道"革命",却并不知道他们为什么要去"革命","革命"在"文学"中更像是一场随心所欲的爱情"游戏"。阅读那些"革命+恋爱"的小说作品,我们可以发现有这样一个共同的特点:主人公无一例外都是在"恋爱"受挫之后,才去走向"革命"并借助于"革命"的暴力手段,去刺激自己已经变得麻木了的神经系统,进而摆脱无地彷徨的思想窘境。比如蒋光慈的小说《野祭》,女主人公章淑君起初只是把"爱情"看得高于一切,狂热地追求陈季侠这位不知为何"革命"而"革命"的"革命者",直到发现对方其实并不"爱"自己时,才莫名其妙地爆发出了一种"革命"的情绪冲动:"我要去革命……我想这样地平淡地活着,不如轰轰烈烈地去死倒有味道些。"男主人公陈季侠虽然被作者赋予了一种"革命者"的外在身份,可他除了在那里夸夸其谈一些抽象的"革命"道理,在现实生活中的活动轨迹无非就是到处"恋爱",读者从他身上根本就看不到有什么崇高的

---

① 《中国无产阶级革命文学的新任务———一九三一年十一月中国左翼作家联盟执行委员会决议》,《文学导报》1931 年 11 月 15 日第 1 卷第 8 期。

"革命"信念。当左翼作家对小说《野祭》展开批判时,钱杏邨却站出来为蒋光慈进行开脱,他说这部作品"是因为当时作者在武汉,目睹许多小资产阶级的青年反动,幻灭,悲哀……是有感而发的,是要把那时代的青年的矛盾心理的冲突表现出而写的"[①]。钱杏邨不仅是在替蒋光慈进行辩护,更有为自己的创作去进行辩护之嫌,比如他在小说《人生》中对于主人公"革命"动机的激情描述,就更是令人瞠目结舌、哭笑不得了:"人生的经过,是应该像辣椒那样富于刺激性,我们应该过狂风暴雨的生活,我们应该过低层阶级的生活,我们不该过平凡的生活。杀人也好,打倒也好,这都是我们要干的事!总之:生活应该是波澜型的,否则太没有意义!"[②]由此我们不难想象,"革命+恋爱"题材的小说,无非是在讲述一群"失恋"的年轻人,去向社会发泄他们内心的所谓"痛苦"罢了。除此之外,几乎所有这类小说都是在讲述一个人的"革命"故事,甚至还呈现出越"刺激"就越"革命",不"刺激"就不"革命"的怪异现象。蒋光慈的《冲出云围的月亮》,便是这种奇葩作品的典型代表:女主人公曼英"曾当过女兵,曾临过战阵",大革命失败后只身一人来到了上海,由于她人地生疏在生活上无所依靠,于是便沦落成了一个出卖肉体的风尘女子;可她却并不认为"卖淫"是一种堕落行为,反倒自我辩解说这是一种变相的"革命"方式,因为"当她觉悟到其它的革命的方法失去改造社会的希望的时候,她便利用着自己的女人的肉体来作弄这社会"。一旦将"卖淫"与"革命"联系在一起,曼英再也不觉得自己的行为可耻了,而是"觉得我的精神很伟大,因为……因为我是一个为人类解放而奋斗的战士呵"。曼英不仅把自己视为一名"革命"战士,同时还找到了向"敌人"复仇的战斗武器——当她得知自己已经在风月场上得了梅毒,不能同"革命"恋人李尚志去亲密接触时,于是便"利用自己的病向着社会进攻了……让所有的男子们都受到她的传染罢,横竖把这世界弄毁坏了才算完事"!虽然左翼文学阵营不承认"革命+恋爱"小说的"革命"合法性,但是这类作品对于社会青年的思想影响却非常之大,丁玲说当时有许多人

---

① 钱杏邨:《野祭》,《阿英全集》第2卷,安徽教育出版社2003年版,第660页。
② 钱杏邨:《人生》,《阿英全集》第3卷,安徽教育出版社2003年版,第468页。

都在一种飘飘然的亢奋状态中,"陷入了恋爱与革命冲突的光赤式的陷阱里去了。"①"革命+恋爱"的叙事模式,无疑是把青年同家庭之间的激烈对抗,演变成了青年同社会之间的激烈对抗,但却仍未摆脱以"恋爱"为中心的启蒙思维。尽管在这类作品中"革命"是个主题词,但本质上却是在表现个人的情感生活,丝毫没有触及"革命"的根本问题——如何去发动工农大众起来革命,彻底消灭阶级剥削与阶级压迫的社会现象。

第二种叙事模式,是揭示中国农村"丰收成灾"的背后原因。这种叙事模式的主观意图,是从外部因素去分析中国农村的经济问题。"丰收成灾"虽然是为了响应"左联"的号召去命题而作,但它毕竟要比"革命+恋爱"小说,更加深刻地反映了中国现代农村的历史真相,因此也具有更大的思想意义和审美价值。比如,茅盾说他创作《林家铺子》和《春蚕》的思想动因,就是要运用马克思主义的唯物辩证法,去深刻理解因"帝国主义的经济侵略","所引起的农村中各种矛盾的尖锐化,所造成的农村经济危机",以及"蒋介石的不抵抗政策"和国民党政府"卖国求荣"的丑恶嘴脸。② 仅以《春蚕》为例,作品开篇便是描写老通宝"坐在'塘路'边的一块石头上",望着"官河"里来来往往的"小火轮船",作者明显是在借助老通宝的观察视角,去揭示"真是天也变了"的原因所在。在老通宝的记忆中,"自从镇上有了洋纱,洋布,洋油,——这一类洋货,而且河里更有了小火轮船以后,他自己田里生出来的东西就一天天不值钱"。所以在他本人看来,这一切都是由那个"洋"字所惹的祸。但老通宝却并不甘心,他仍咬着牙去借贷种桑养蚕,经过"一个月光景的忍饥熬夜",再加上风调雨顺年景不错,望着渐渐长大的那些蚕宝宝,老通宝心里充满了喜悦之情。可是令老通宝万万没有想到,茧子获得了大丰收自己反倒赔了钱,因为上海发生了"一·二八"战事,多数茧厂"都关了门不做生意"。"上好的茧子!会没有人要,他不相信",但这却是一种残酷的现实。为了还上开春借下的高利贷,老通宝只好忍痛把茧子贱卖掉。老通宝所表现出的强烈痛感,其实正是

---

① 丁玲:《我的创作生活》,《丁玲全集》第7卷,河北人民出版社2001年版,第16页。

② 茅盾:《〈春蚕〉、〈林家铺子〉及农村题材的作品(回忆录)》,《新文学史料》1982年第1期。

茅盾本人的社会思考,《春蚕》把中国农村的经济破产与帝国主义的经济侵略联系起来,目的就是要去贯彻执行"左联"所规定的"反帝"任务。叶圣陶的小说《多收了三五斗》,其创作动因也是如此:一群辛苦劳作的普通农民,用船载着大丰收的新鲜稻米,运往集市上希望卖个好价钱,未承想稻米价格却出现了狂跌——一方面是今年的粮食普遍大丰收,"各处的米像潮水一般涌出来";另一方面则是国外的洋米、洋面,也正在由"大轮船"源源不断地运进来。赔了钱的农民一个个都垂头丧气,或是在船上借酒浇愁,或是无奈地表示认命,或是以赌博去发泄一下情绪。在小说的结尾处,作者还以黑色幽默式的表现手法,真实再现了社会各界对于"谷贱伤农"事件的不同凡响——金融界提出了一种放贷方案,暗示这对他们来说有利可图;工业界则集体沉默不语,因为米价大跌他们可以免除工人的"米贴";最无聊的还是知识界连篇累牍的理论"高见",全都是些解决不了任何问题的一纸"废话"。《春蚕》和《多收了三五斗》这两篇作品的共同之处,就在于茅、叶二人都把中国农村的经济破产,直接提升到了民族矛盾的认识高度,去强烈控诉外国资本主义的经济侵略。但是这里面却有一个疑问,马克思、恩格斯早就在《共产党宣言》中公开指出,"由于开拓了世界市场,使一切国家的生产和消费都成为世界性的了",中国社会当然也不可能置身事外。[①]　至于各民族之间的贸易平衡关系,则需要各国政府去宏观把握和调控,简单地把"谷贱伤农"现象理解为是由资本主义"经济侵略"所造成的严重后果,恐怕并不一定完全符合马克思主义的经济学理论。还有一点最应引起我们研究者的深度思考,为什么《春蚕》和《多收了三五斗》等描写农村破产的左翼作品,都只是在那里强调资本主义经济侵略这一外在原因,却并没有直接去揭露国民党政权的腐败无能呢? 给人的感觉好像没有外国资本主义的经济侵略,中国农村经济就不会沦于破产似的。忽略了中国农村阶级矛盾这一内在原因,应是"丰收成灾"之类小说在思想认识上的一大误区。

　　第三种叙事模式,是用"阶级"思维去解决分配不公的农村矛盾。这种叙

---

① 《马克思恩格斯选集》第 1 卷,人民出版社 1995 年版,第 276 页。

事模式的主观意图，是从政治层面去看待中国农村的破产问题。无论研究者是否愿意承认，左翼文学创作中的这种"阶级斗争"的叙事模式，与"革命+恋爱"或"谷贱伤农"的叙事模式相比较，更能揭示出中国农村经济破产的问题根源。这种叙事模式把土地分配不公的农村现象，视为影响中国社会发展的主要矛盾，并指出这一存在已久的贫富差距，只有通过"革命"的手段才能彻底得到解决。最早以这种叙事模式去表现土地革命的文学作品，应是蒋光慈的长篇小说《咆哮了的土地》；但真正具有思想深度的优秀作品，却是叶紫的中篇小说《丰收》及其续篇《火》。我个人认为，叶紫是一位值得我们后人去尊敬的左翼作家，他的全家都曾参加过土地革命斗争，许多亲人也在追求农民解放的道路上，献出了他们自己的宝贵生命。青少年时代的叶紫，不仅目睹了中国农村尖锐激烈的阶级矛盾，同时还亲身参加过农会组织的宣传工作，所以才会在《丰收》与《火》等作品中，用生命体验去真实再现了轰轰烈烈的土地革命运动。关于湖南农村的革命叙事，叶紫曾在《编辑日记》中真诚地对读者说，《丰收》与《火》所讲述的故事绝不是一种艺术虚构，而是他自己家庭和亲族的一部血泪史："云普叔是我自己的亲表叔，当家乡那里来一个年老的公公告诉我关于他们的状况时，我为他流了一个夜晚的眼泪……立秋已经被团防局抓去枪毙了，是在去年九月初三日的清晨。为了纪念这可怜的老表叔，和年轻英勇的表弟，这篇东西终于被我流着眼泪的写了出来。"[1]真实的云普叔和立秋我们已经无从去考证了，但是从《丰收》与《火》中我们却能看到他们的苦难和反抗：无情的"洪水"和"大旱"接踵，毁灭了云普叔一家的全部希望，他"跪着"向地主何八爷"加借"了三升"豆子"，仍无法维持全家人的艰难生计，于是只好含着眼泪卖掉了年仅十岁的女儿英英。然而"天灾"过后又是"人祸"，经过云普叔一家的不懈努力，虽然盼来了一个"丰收年"，可是收获的稻谷却刚够给地主何八爷抵债。云普叔一家忙碌了一年不仅没有得到一粒粮食，反而又新欠下了"团防局"三担三斗五升的"保甲捐"。《丰收》与《火》的最大看

---

① 叶紫：《编辑日记》，转引自胡从经《叶紫年谱》，《中国现代文学研究丛刊》1979 年第1 期。

点,不是单纯地描写"苦难"而是重在表现"反抗"。在这两部中篇小说中,已经出现了一位成熟的农民革命者癞大哥的艺术形象,他不但告诉立秋等青年农民"不久的世界,一定是我们穷人的",同时还启发他们稻谷就是农民的生命,"谷子在我们手里便能救我们自己的生命……我们不能将自己的性命根子送给人家。"正是在革命者癞大哥的革命启蒙下,立秋与云普叔再也不愿屈辱地活着,他们父子二人跟随着癞大哥和众乡亲们,带着满腔怒火冲向了地主何八爷的庄园。《丰收》和《火》不仅让读者看到了中国农村阶级压迫的严酷现实,同时还让读者真正了解了他们不得不起来反抗的革命动因。最令我们惊叹不已的是,在小说《火》的故事结尾处,叶紫先是让那些因破产而发狂的贫苦农民,捣毁了何家的老宅以及维护他们利益的武装组织"团防局",然后又拉起队伍去到雪峰山开展武装斗争。因此我们完全有理由相信:叶紫是在以他自己的生命感知,去生动地讲述"唤起工农千百万,同心干"的革命故事;并以"压迫""苦难""觉醒""反抗""成长"的表现手法,开创了"红色经典"革命现实主义和革命浪漫主义相结合的叙事模式。如果叶紫不是亲历过土地革命运动,他绝不可能把"风展红旗如画"的农民暴动场面描写得如此逼真。《丰收》与《火》在中国新文学史上的思想价值,就在于它形象化地诠释了毛泽东关于农村革命的伟大理论,即:中国农村的根本问题就是土地问题,如果不彻底解决这一问题中国革命就不可能取得胜利。

左翼"革命文学"的历史地位不容否定,但仍有一个重要的问题有待于我们去解决,即我们究竟应该怎样去看待"革命"取代"启蒙"在文学创作领域中的情感表现呢?我个人认为,"启蒙"在主观上固然是希望促使中华民族的意识觉醒,但由于过分强调主体自我的"自由"和"解放",完全脱离了中国现代社会的实际情况,所以它不可能产生那种改天换地的客观效果。"革命"则完全不同,它强调"社会"解放是"个人"解放的先决条件,只有抱着"无非一念救苍生"的雄心壮志,才能够引领人民大众去推动中国社会的历史进步。再进一步去推论"革命"的终极目标是什么?答案当然是为了实现中华民族的伟大复兴。这就意味着"革命文学"只是一种"民族文学"的阶段性现象,民族复兴与中华崛起才是它为之奋斗的使命意识。因此,"革命文学"过渡到"民族文学",只不过是一个时间上的问题。

三、阶级利益与民族利益的伦理问题

1937 年 7 月 7 日的卢沟桥事变,引发了中日两国之间的全面战争。全国各党派纷纷放弃了政治成见,组成了抗日民族统一战线的临时体制。反映在文学艺术领域,"中华全国文艺界抗敌协会"的宣告成立,则标志着新文学从追求"个性解放""阶级解放",进入到了追求"民族解放"的历史阶段。如何去评价"抗战文学"这一特殊现象,学界历来都有着不同的看法,但无论人们站在什么样的立场上,都必须承认"抗战文学"是走向"民族文学"的一个历史转折点。在中华民族到了生死存亡的危难时刻,"抗战文学"主张消除不同党派的政治成见,强调民族利益至高无上的创作原则,正像全国"抗协"在《告全世界的文艺家书》中所指出的那样:"我们是中国人,当此祖国贴危,全民族遭逢空前浩劫的时候,我们知道什么是我们的天职。我们是中国的文艺人,我们熟知我们历史上伟大的天才每一次临到民族对外作战以求生存的时候,是怎样做的,我们知道我们的职责所在!"①诗人艾青更是在诗歌《我爱这土地》里,生动地表达了中华民族要为"土地"而战的爱国情怀:"为什么我的眼睛常含着泪水/因为我对这土地爱得深沉!"

尽管那段苦难的历史早已离我们远去,但是当我们重新去阅读那些"抗战文学"作品时,仍能够从作家们的愤怒呐喊中,感受到中华民族空前团结的强大气场。因为面对着国破家亡的残酷现实,每一个有良知的中国人都深深懂得,如果失去了中华民族这一赖以生存的精神家园,还有什么资格去谈"个性解放"与"社会解放"的大道理呢?所以,左翼作家积极响应中国共产党所发出的抗战号召,他们率先放弃政治成见并向中国文艺界大声呼吁道:"我们——现代的中国人——是需要站在一个什么样的立场上来创作呢?这是明

---

① 中华全国文艺界抗敌协会:《告全世界的文艺家书》,《文艺月刊》1938 年 4 月 1 日第 9 期。

显的,第一个是为求得民族底解放;第二个是求得人类底解放,一切是为这'解放'而服务。"①检点一下抗战时期的文学主张,陈铨所提出的"民族文学"口号,虽然历来都因政治成见而被研究者所诟病,但它却是一种最有力度的思想发声。陈铨在《民族文学运动》一文中明确地指出:一个民族如果失去了自己的"血性",那么"不但文学是没有价值的文学,民族也是没有出息的民族"。陈铨还详细梳理了五四以来中国新文学发展的历史脉络,并将其概括为"个人主义""社会主义""民族主义"逐次递进的三个阶段:五四启蒙时期,"大家认为没有个人自由就没有社会自由";20 世纪 30 年代,"大家认为没有社会自由根本就没有个人自由";全面抗战以后,"中华民族第一次养成极强烈的民族意识"。所以,他认为由于中国作家不再以"个人"和"阶级"为中心,"中国的文学,从现在起,一定有一个伟大的将来。"②如果我们能够抛弃历史成见去看问题,陈铨对中国新文学发展的概括性总结,是一种迄今为止最有见地的理论见解,他要比我们现在那些新文学史家理性得多。

回到历史现场我们不难发现,自从抗日战争全面爆发以来,"民族"二字几乎成为了那一时代文学创作的标志性词汇,强烈激发着每一个中国人爱国思乡的民族情怀。比如,郭沫若就在他激情澎湃的社会演讲中,公开要求所有的中国作家,必须积极投身于这场伟大的民族战争中,以"牺牲一己自由求民族之自由,牺牲一己生命求民族之生命,不但鞠躬尽瘁,死而后已,还要鞠躬尽瘁至死不已!"③为此他还特别强调指出,发扬"民族精神"的首要前提,就是要全面去了解中华民族的光辉历史和民族精神,否则根本就不可能创作出反映民族抗战的伟大作品。正是在这种民族危亡的历史背景下,顾颉刚先生1938 年在全国范围内发起了一场关于"中华民族是一个"的学术大讨论,他以中华民族是一个完整的民族整体这一原则性立场为切入点,去宣传中国疆域

---

① 萧军:《对于当前文艺诸问题的我见》,《萧军全集》第 11 卷,华夏出版社 2008 年版,第543 页。

② 陈铨:《民族文学运动》,《中国抗日战争时期大后方书系》第 2 卷,重庆出版社 1989 年版,第 570—575 页。

③ 《全国文艺界空前大团结》,《中国抗日战争时期大后方书系》第 1 卷,重庆出版社 1989年版,第 9 页。

内各民族文化相互交融、之间不可分割的爱国思想。他说"民族"绝不能被错误地理解为一种狭隘的种族概念,而是一种有着文化共识性的国家体制。顾颉刚在解释他为什么要强调"中华民族是一个"的文化观念时,曾深有感触地说:"我游西北,刚踏进某一省境,立刻看见白墙壁上写着'民族自决'四个大字。我当时就想,在这国事万分艰难的时候……这不是中华民族的罪人吗!"因此他满怀忧患意识地向全社会大声呼吁道:"在我们中国的历史里,只有民族的伟大胸怀而没有种族的狭隘观念!"绝不能让日本帝国主义以阴险卑劣的"种族"观念,去实现他们企图分裂"中华民族是一个"的狡诈阴谋。① "中华民族是一个"事关中国领土的主权完整性,费孝通先生说他起初并不理解这一口号的真实用意,甚至还在学理上与顾颉刚展开过激烈的争论,他说:"后来我明白了顾先生是激于爱国热情,针对当时日本帝国主义在东北成立'满洲国',又在内蒙煽动搞分裂,所以义愤填胸,极力反对利用'民族'来分裂我国的侵略行为。他的政治立场我是完全拥护的",因此便主动放弃了自己与之相对的不同观点。②

　　"中华民族是一个"不仅在历史学界引起了强烈反响,同时也极大地激发起了中华民族大家庭成员奋起抗战的巨大热情。全面考察"抗战文学"创作,可以发现绝大多数少数民族作家,他们都是自觉地站在中华民族的立场上,以笔代枪去为中华民族的伟大抗战引吭高歌。比如,蒙古族作家萧乾的《血肉筑成的滇缅路》、维吾尔族诗人尼米希依提的《觉醒》、纳西族诗人李寒谷的《献诗》、白族作家赵式铭的《军歌》、朝鲜族诗人金学铁的《战歌》、满族作家端木蕻良的《轭下》、壮族作家华山的《鸡毛信》等,都是在以不同的文体形式去表现中华民族的抗战意志。读罢这些令人心潮澎湃、热血沸腾的民族战歌,我认为抗战文学是自五四以来,中国作家最有血性的情感表达;他们纷纷活跃在前线或者后方,去书写中国将士奋勇杀敌的英雄事迹,去讴歌中国人民杀身

① 顾颉刚:《中华民族是一个》,马戎编:《中华民族是一个——围绕1939年这一议题的大讨论》,社会科学文献出版社2016年版,第39、43页。

② 费孝通:《顾颉刚先生百年祭》,马戎编:《中华民族是一个——围绕1939年这一议题的大讨论》,社会科学文献出版社2016年版,第166页。

成仁的牺牲精神。尤其是在抗日前线的各大战区里,到处可见左翼作家的繁忙身影,他们或是主持战区日报的文艺副刊(比如碧野在河南南阳主持《阵中日报》的文艺副刊,姚雪垠在大别山区主编《中原副刊》等),或是从事战区的文化宣传工作(如臧克家等),这种空前团结的历史现象,足以证明中华民族的族群意识已经觉醒。在每一个进步作家的心目当中,他们都对抗战胜利充满了信心,甚至还乐观地向世界誓言道:"抗战的中国在我们的手里,胜利的中国在我们的面前,新生的中国在我们的望中。"①而戴望舒为1939年所书写的《元旦祝福》,更是表达了中国人民的坚定信念:"新的年岁带给我们新的希望。祝福! 我们的土地,血染的土地,焦裂的土地,更坚强的生命从而滋长。新的年岁带给我们新的力量。祝福! 我们的人民,坚苦的人民,英勇的人民,苦难会带来自由解放。"

在中国新文学史上,抗战文学创作异常繁荣,无论数量还是质量,都可圈可点令人赞叹。在诗歌创作方面,有田间的《假使我们不去打仗》、艾青的《我爱这土地》、臧克家的《走向火线》、郭小川的《一个和八个》、光未然的《保卫黄河》、贺绿汀的《游击队歌》、何其芳的《成都,我把你摇醒》、力扬的《射虎者及其家族》、李金发的《亡国是可怕的》、苏金伞的《我们不难逃走》、丽尼的《燃烧与埋葬》、杜运燮的《滇缅公路》、公木的《军队进行曲》等,都是在当时产生过很大社会影响的优秀作品。在小说创作方面,有黄震遐的《大上海的毁灭》、萧军的《八月的乡村》、李辉英的《松花江上》、万迪鹤的《自由射手之歌》、司马文森的《吹号手》、王平陵的《东方的纽伦堡》、许地山的《铁鱼的鳃》、老舍的《敌与友》、阿垅的《南京》、姚雪垠的《差半车麦秸》、王西彦的《海的喧嚣》、尹雪曼的《战争与春天》、陈铨的《狂飙》等,都写出了中华民族的顽强斗志与英雄气概。在话剧创作方面,有曹禺的《蜕变》、老舍的《残雾》、田汉的《卢沟桥》、郭沫若的《屈原》、洪深的《飞将军》、阳翰笙的《塞上风云》、夏衍的《法西斯细菌》、宋之的的《国家至上》、陈荒煤的《打鬼子去》、于伶的《夜上

① 朱自清:《新中国在望中》,《朱自清全集》第4卷,江苏教育出版社1990年版,第1587页。

海》、吕复的《胜利进行曲》、张道藩的《杀敌报国》、陈铨的《野玫瑰》等,其中不乏上乘之作。在报告文学创作方面,有谢冰莹的《在火线上》和《新从军日记》、马识途的《武汉第一次空战》、长江的《台儿庄血战》、小方的《血战居庸关》、田涛的《中条山下》、次霄的《我怎样炸出云舰》、白朗的《在轰炸中》、刘白羽的《游击中间》、克寒的《八路军的学兵队》、东平的《第七连》、碧野的《北方的原野》、骆宾基的《救护车里的血》、于方简的《在伤兵医院》等。其中谢冰莹的《在火线上》和《新从军日记》,是描写淞沪战场最真实、最生动的两部作品,作者与长沙女子战地服务团的年轻女性们,冒着敌人的炮火亲临前沿阵地去参加伤兵的救护工作,作者是以"日记"体的表现形式,全程记录了中国军人浴血奋战、奋勇杀敌的英雄事迹。这两部作品不仅是文学创作,更具有弥足珍贵的史料价值。

抗战文学以民族利益为重的创作理念,在很大程度上化解了新文学作家的思想分歧,进而使他们围绕着"抗"与"战",释放出了巨大的精神能量。我认为如果从时间概念上来讲,最早表现全面抗战的一部作品,并非是出自左翼文学阵营之手,反倒是出自被鲁迅调侃为日本帝国主义的"奴才"和"鹰犬",被茅盾讽刺为南京政府的"御用文人"的黄震遐。现在我们再回过头去考察这段历史公案,很容易发现无论鲁迅还是茅盾,左翼文学阵营对于黄震遐所有的批判和指责,都是因政治偏见而编织出来的莫须有罪名。我当然无意去替"民族主义文学运动"进行翻案,但却要为民族主义者黄震遐讨回一个公道。因为尽管1932年4月上海一·二八事变刚刚结束,左翼作家钱杏邨便组织出版了一部报告文学集《上海事变与报告文学》,然而这部作品却是一种纪实性的新闻报道;真正以纯文学形式去表现上海的"一·二八"抗战,则是由"民族主义文学"作家黄震遐所创作,上海《大晚报》从1932年5月28日开始连载的长篇小说《大上海的毁灭》。这部作品在中国新文学史上的思想价值,就是向国人去宣传一种同仇敌忾的民族意识。众所周知,东北九一八事变发生后,直到1935年才在萧军的小说《八月的乡村》里有所表现,所以我认为黄震遐的长篇小说《大上海的毁灭》,是中国文坛上打响抗战的第一枪。另外,无论思想内涵还是艺术水准,这部作品都要比《八月的乡村》更能够立足于新文学史而毫无愧色。《大上海的毁灭》究竟是如何去描写抗战的,我将在后面的章节里去做详细的分析,在这里我主要是想说《大上海的毁灭》,已经向全社会发出了一种"停止内战、一致对外"的明确信息:即中华民族应该放弃党派之间的政治博弈,团结一致去共同对付日本侵略者。就像他在作品中所描写的那样,为了维护国家利益和民族尊严,无论穿"西装的,短打的,长袍的,在房顶上跨来跨去,无论是洪门,三点会,国民党,共产党,国家主义者,现在都是同志,而且是不欺不骗的共生死的同志"。从这部作品中我们不难看出,黄震遐已经敏感地意识到,中国当时所面临的最大问题,不是阶级矛盾而是民族矛盾,如果中国人还在"兄弟阋墙",中华民族可就真的危险了。七七事变前夜,丁玲在其短篇小说《一颗未出膛的枪弹》中,也是以形象化的叙事方式,去传达抗日民族统一战线思想:一个年仅13岁的红军小战士,因为掉队被陕北农民隐藏了起来;后来他被东北军士兵发现,因为他是红军战士所以要被枪毙。然而,红军小战士却面无惧色地对东北军军官说:"连长! 还是留着一颗枪弹吧,留着去打日本! 你可以用刀杀我。"东北军连长深受感动,他"从许多人中跑出来用力地拥抱着这孩子",并大声对他的士兵说:"还有人要杀他么? 大家的良心在哪里? 日本人占了我们的家乡,杀了我们的父母妻子,我们不去报仇,却老在这里杀中国人。我们配拿什么来比他!"这个故事的真实与否并不重要,重要的是它与《大上海的毁灭》一道,终于使新文学作家暂时摆脱了信仰之争,进而迎来了一个民族复兴的文学时代。

在"抗战文学"的叙事当中,有一个现象非常值得我们去关注:即在"抗战文学"中出现的中国军人形象,已不再具有党派背景的政治色彩,而是都被作家们描写成了民族英雄。比如女诗人陆晶清在《献给将士》一诗中,便满怀深情地这样写道:"你们是今日中国的长城/你们是万众景仰的巨人/你们神勇,你们牺牲/你们用生命,用力量,用血和汗/保卫四万万黄帝子孙/保卫中华民族的永生!"不再将中国军人视为"匪兵",而是称其为中华民族的脊梁,这无疑是值得充分肯定的一种思想变化。阅读"抗战文学"作品我们可以发现,左翼革命作家只要是到过抗日前线,他们对于中国军人的理解和描写,几乎全都是一些令人景仰的杀敌勇士。比如女作家曾克的短篇小说《渡》,是描写中国军人同日寇之间的一场血战：吴姓连长带着30位弹尽粮绝的战士，死守在阵地上等待着大部队的增援，他们突然遭到了一群鬼子兵从背后偷袭，士兵们经过腥风血雨般的殊死搏杀，最后只剩下倒在血泊里的吴连长，还有一位年仅15岁的小号兵。吴连长在牺牲之前，让小号兵赶紧渡河逃亡，可是面对正在冲上来的大批日军，小号兵断然拒绝了连长的命令，他从容地拉响了最后一颗手榴弹，与侵略者同归于尽——"于是，河岸一阵爆裂的火花，毁灭了一群强盗，毁灭了那在苦难中为祖国而战的青年号手。"我相信中国读者对于这种英雄主义的壮烈场景，应该是再熟悉不过的了，然而那只是出现在具有崇高政治信仰的革命英雄叙事中。实际上，左翼革命作家在炮火纷飞的战场上，他们从"中国军人"前仆后继的英勇牺牲中，才真正体会到了什么叫作杀身成仁、舍生取义的民族气节。碧野的长篇小说《南怀花》更是以一种诗性语言，讲述了中国军人为祖国母亲而战的感人故事：一群着装不一的中国士兵坚守在阵地上，"敌人的炮弹像十二月的冰雹打向南怀花村来，带着一种巨人般的吼音"，但却没有一个人贪生怕死想要退却。因为在他们的内心深处，始终都抱有一个不可动摇的坚定信念，那就是宁可牺牲自己的生命，也要去捍卫祖国的尊严不受侵犯。"战士的眼里对远方燃烧着胜利的希望"，他们深深懂得自己所肩负的历史责任，"现在的时代赋予战士们的，是火与血的艰苦的使命。"这部作品将中国军人的神圣职责，同自己的"祖国"紧密地联系在了一起，既深刻地诠释了中华民族反法西斯战争的伟大意义，也热情讴歌了中国军人为国捐躯的牺牲精神。

全面考察中国新文学的运行轨迹，我们可以得出这样一种结论：从"启蒙"到"革命"再到"民族复兴"，三者结合起来恰恰展示出了中国新文学发展的内在规律性——无论"启蒙"还是"革命"，其最终目的还是要归结为中华民族的伟大复兴。所以，"民族文学"以抗战为历史契机，激发起了全中国人民的爱国热情，这种民族精神和民族意识绝非只停留在抗战时期，而且还奠定了中国现代文学后续发展的明确方向——它不断地激励着一代又一代的中国作家，去理解和认识为了实现中华民族的伟大复兴，他们自己所应当去肩负的历史责任和神圣使命。这不禁令我想起了扬·阿斯曼曾经说过的一句话：只有

"当一段历史不再属于当下群体的思想仍能触及的区域时,它便成为了真正的过去"①。由于中华民族过去所遭受的历史屈辱,从来就没有从中国人的记忆中被抹去过,那么书写这种情绪记忆的民族文学,当然也没有成为"真正的过去"。故"民族文学"除了它再现历史的艺术价值,更具有昭示民族自信的现实价值。

第二节 新文学救亡图存的家国情怀

当我们把抗战文学视为"启蒙文学"到"民族文学"的历史转折点时,首先就要对"抗战文学"去进行一个严格的概念界定:"抗战文学"不同于"抗战时期的文学",后者是一个时间概念,它涵括一切发生在抗战期间的文学现象;而前者则是一个特指概念,即只有那些以"抗"与"战"为题材的文学作品,才能被称之为真正意义上的"抗战文学"。我完全赞同秦弓先生的一种观点,尽管抗战期间曾产生了大量的新文学作品,但是像李劼人的《大波》、萧红的《呼兰河传》、巴金的《憩园》、曹禺的《北京人》等经典作品,虽然都是"产生于抗战时期,也确有其值得称扬的精神价值与艺术魅力",但它们还不属于真正意义上的抗战作品,"真正称得上抗战文学经典的作品应该是直接表现抗战题材、彰显民族解放之时代精神的佳作。"②另外,我们更不能用"分段论"的方法去切割历史,把抗战文学从整个新文学体系中单列出来,作为一种特殊的文学现象去加以诠释,而是应该将其视为中国新文学在创作上的思想转型和重新定位。因为包括新文学作家在内的所有中国人,他们都深深地懂得"皮之不存,毛将焉附"这一简单道理,所以在全面抗战期间,全国上下都达成了这样一种思想共识,即:在中华民族生死存亡的紧要关头,必须以牺牲个人之"小我",去捍卫民族之"大我","国"与"家"是一个不可分割的命运共同体。从历史的角度看问题,这种"小我"与"大我"的关系转换,不仅大大激活了国

---

① [德]扬·阿斯曼:《文化记忆》,北京大学出版社 2015 年版,第 37 页。
② 张忠良:《抗战文学经典的确认与阐释》,《山东社会科学》2018 年第 6 期。

人内在的民族情绪，同时也指明了新文学未来发展的正确道路。

一、民族危机与苟且偷生的严酷现实

"抗战文学"表现中国人的民族意识，并不是从一开始便去描写他们的高昂情绪，而是生动地揭示了在"国破家亡"的历史背景下，他们在情感上逐渐从"小我"融入"大我"的复杂历程。由于长期以来，中国人一直都受传统的"家"文化的思想影响，他们头脑里"国"的意识是十分淡薄的。比如在汉代以前，人们普遍认为"家"比"国"重、"父"比"君"亲，所以才会留下"为父绝君，不为君绝父"这样的千年古训。① 由此可见在中国人的主观意识里，所谓"家国天下"却又是"家"字在先。虽然后来儒家学者把"国"字提到了"家"字前面，但并未改变彻底"家"在中国人精神生活当中的重要地位。明代大儒顾宪成在《题东林书院》的那副对联里，也是把"家事"放在了"国事"和"天下事"之前，于是"家""国"和"天下"的排列顺序，便构成了千百年来中国人的思维逻辑。鲁迅曾深深地感叹"中国人好像一盘散沙"，② 说的就是在中国人的心目当中，只有"家"的概念而缺乏"国"的概念；由于"国"无法产生一种强大的民族凝聚力，因此在历史上频繁地受到外族的凌辱和侵略。

这一文化现象使我们注意到，"抗战文学"在表现民族意识觉醒时，几乎都涉及了"家庭伦理"转向"民族伦理"时，中国人心态所发生的微妙变化。即只有当"家"之利益受到了异族侵略者的严重侵害时，他们才会去思考"家"对"国"的依赖关系。所以，抗战文学描写中国人从"保家"到"卫国"的思想转变，目的就是要向世界宣示中华民族已经觉醒。黄震遐的长篇小说《大上海的毁灭》，就是通过描写上海市民在"一·二八"抗战中的种种表现，试图去用自己悲壮而苍凉的一声呐喊，去呼唤中国人奋起反抗的民族意识。

关于黄震遐这一历史人物，中国现代文学史对其提及甚少。由于鲁迅和

① 刘钊：《郭店楚简校译》，福建人民出版社 2005 年版，第 116 页。
② 鲁迅：《沙》，《鲁迅全集》第 4 卷，人民文学出版社 1981 年版，第 549 页。

左翼作家将其视为国民党政府的御用文人,同时又对他展开过猛烈批判,因此《大上海的毁灭》这部作品的思想艺术价值,历来都没有得到研究者的应有重视。比如,鲁迅当年曾这样去评价《大上海的毁灭》,他说:"现在,主战是人人都会的了——这是'一·二八'十九路军的经验:打是要打的,然而切不可打胜,而打死也不好,不多不少刚刚适宜的办法是失败。'民族英雄'对于战争的祈祷是这样的。而战争又的确是他们在指挥着,这指挥权是不肯让给别人的。战争,禁得起主持人的预定着打败仗的计画么?好像戏台上的化脸和白脸打仗,谁输谁赢是早就在后台约定了的。"①鲁迅在这段评语中明确地暗示:这场抗战"闹剧"完全是由南京政府精心策划的一个阴谋,然后再由黄震遐去为执政当局的"不抵抗政策"进行开脱,他们狼狈为奸、沆瀣一气,联合起来欺骗中国人民。现在看来,左翼文学阵营这种无中生有的欲加之罪,根本就是没有任何事实依据的主观臆想。阅读作品文本我们发现,黄震遐不但没有替国民党当局去进行辩护,反倒是在公开斥责执政者的不抵抗政策。比如在《大上海的毁灭》的故事叙事中,作者不止一次地借作品人物之口,去表达他对南京政府的不满情绪。比如,决死队队员在绝望之际,纷纷表示:"政府不派援军来,我们大众自己干!"十九路军官兵更是气愤不已地质问道:"事先替我们侦察的飞机在哪里?""掩护我们前进的炮火又在哪里?"还有主人公草灵,同样在抨击"政府的不争气"等。像这样一些义愤之词,怎么能说他与国民党当局是一丘之貉呢?仔细想想也情有可原,因为在鲁迅和左翼文学作家的主观意识里,绝不会容许那些左翼阵营对立面的作家,在民族大义的问题上走在了"革命"的前面。因此,他们只承认后来由萧军创作的《八月的乡村》,才称得上是一部反映民族抗战的优秀作品:"作者的心血和失去的天空,土地,受难的人民,以至失去的茂草,高粱,蝈蝈,蚊子,搅成一团,鲜红的在读者眼前展开,显示着中国的一份和全部,现在和未来,死路与活路。"鲁迅亲自为《八月的乡村》写序,除了有意识地提携左翼文坛的青年作家外,主要还是认为萧军

---

① 鲁迅:《关于战争的祈祷——读书笔记》,《鲁迅全集》第 5 卷,人民文学出版社 1981 年版,第 40 页。

描写了中国社会在民族危亡的紧要关头，"一方面是庄严的工作，另一方面却是荒淫与无耻"①的可怕现实。但是实际情况却并非如此，因为我们从《八月的乡村》里，只看到了"庄严的工作"，却没有看到"荒淫与无耻"。然而，被鲁迅所批判的《大上海的毁灭》，却恰恰表现了上述两方面的内容。值得庆幸的是，现在学界已经有人开始为《大上海的毁灭》发声，认为这部作品不仅是黄震遐本人的经典之作，同时"也是中国现代长篇小说中抗战文学的先声之作"②。因此，为了公正评价包括《大上海的毁灭》在内的那些被历史所遗忘了的优秀文学作品，有学者建议"应该尽可能地占有资料，努力回到当年的历史现场，认识这些现象的本来面目及其发生的原因与在文学史上的意义，而不应只以一方的言论作为根据，片面地剪裁历史"③。我个人认为，这才是一种实事求是的科学态度。

长篇小说《大上海的毁灭》，一共有三条故事线索：一条是十九路军汤营长和罗连长的抗战事迹，一条是露露、阿霓和密斯脱张等人醉生梦死的堕落生活，还有一条则是少数上海市民自发组织的民众抗战。不过这部作品给读者带来的思想震撼，既不是十九路军同日本侵略者之间的正面拼杀，也不是以主人公草灵为代表的少数民众的自发抗战，而是那些普通的上海市民在战时的精神状态。作者明确地告诉我们，战争把上海这座大都市，分割成了"地狱"和"天堂"两个世界：一方面是十九路军士兵，"端着上了刺刀的步枪，冒着敌人机枪的猛扫，向敌人的阵地冲去，他们同日军'扭着，绞着，刺刀，指挥刀，枪柄，盒子炮，旗子，像咆哮着的群兽似的，互相杀戮着，毁灭着'"。另一方面是风花雪月、歌舞升平，男女青年在绿荫下卿卿我我地热恋，豪华的汽车载着美女在大街上疾驰狂奔，另外还有"许多许多的饮食店里也正在奏着雅乐，闪动着那些蝴蝶般的纱裳"。十九路军的汤营长对于上海市民的冷漠态度，始终都感到无法理解：为什么他们军人在前方"打得这样苦，而这些人在租界却如

---

① 鲁迅：《田军作〈八月的乡村〉序》，《鲁迅全集》第6卷，人民文学出版社1981年版，第287—288页。

② 陈思广：《黄震遐与崔万秋抗战长篇小说简论》，《海南师范大学学报》2014年第10期。

③ 秦弓：《鲁迅对20世纪30年代民族主义文学的评价问题》，《南都学坛》2008年第3期。

此安乐"！汤营长困惑但上海市民心里却明白，当兵吃粮不就是要去"保家卫国"吗？"你们"打仗关"我们"什么事呢？这正是中国人"家"文化大于"国"文化的现实表现。由于当时战事主要集中在闸北地区，并没有触及上海繁华区域的市民利益，所以他们不仅不知道十九路军为什么要同日本人打仗，甚至还埋怨这场"突如其来"的炮火硝烟，彻底打乱了大上海平静而有序的生活节奏。比如，女主人公阿霓整天都在屋子里发牢骚："真讨厌，每天戒严，老早就关在家里，连影剧都没得看。"另一位女主人公露露更是愤愤不平地说，"打仗，老是打仗"，一天到晚就知道打仗。还是那位深谙世故的林老医生，一语道出了上海市民的真实想法："忠诚，义勇，以及责任心"等忠君报国思想，都是儒家君子的高尚道德，与普通老百姓扯不上任何关系。"在现在，前方大约还有不少迷信着这种道德的人，在那牺牲，流血，临命的时候高呼着中华民国万岁，然而，请看这些路上的人，房中的人，汽车里的人，他们可没有被这种道德所迷惑，他们躲在外人重重的保护之下，只是一面高呼口号，一面仍过其日常生活，只要大上海一旦不毁灭，敢说一句，他们必永远是这样地在形式与面子上用着功夫"。情况的确如此，如果战火并没有直接触及这些人的切身利益，他们绝不会去认真思考这场战争的真正意义，除了从报纸和广播中"迷信着关羽张飞式的大刀，时时刻刻被那些山海经似的捷音所鼓舞着"之外，似乎国家危难、民族存亡都与他们无关。即便是拉着伤兵的救护车呼啸着穿过闹市区，人们也照样熟视无睹地逛着马路、出入舞厅，在霓虹闪烁、光怪陆离的夜空下，过着一种纸醉金迷的放纵生活。

"荒淫无耻"这四个大字，可以说被《大上海的毁灭》表现得淋漓尽致。比如，十九路军的罗连长本应和阿霓结婚，但因战事爆发被暂时搁置了下来，可是就在停战前的那个晚上，他却与全连士兵全都战死在了"黄渡车站"。得知消息的阿霓虽然为此深感悲痛，但仅仅过去了一个月的时间，罗连长的尸骨未寒，阿霓便已经打扮得花枝招展投入了"密斯脱张"的怀抱。她坐着林肯车、住进了富丽堂皇的豪华别墅，沉醉于灯红酒绿的美妙幻觉，身上带满了吸人眼球的珠光宝气，耳边充斥着甜言蜜语的肉麻情话；于是她不再去怀念那位为国捐躯的未婚夫，更没有什么道德良知的愧疚感和负罪感，而是心甘情愿地把自己的第一次，毫不吝惜地奉献给了那位花花公子"密斯脱张"。又如那位露露小姐，每天都穿梭于各种社交场合去寻觅猎物，希望自己永远都活在一个美丽的童话世界里，在白马王子的陪伴下像公主一样浪漫。她望着那些追逐者们送给她的奢华礼物，一心只想着正在发生的流血战事能够尽快地从她眼前消失。在她那绝对自我的主观意识里，"男人的世界真大得多么可怜，除了一己的衣食住玩外，还要包含那许多污秽的，可怕的东西。机关枪，手榴弹，这些也都是在男人的世界里。"露露丝毫都不隐瞒自己肮脏堕落的人生价值观，她对阿霎说"像我们年纪尚轻姿色未退的女人，既不能，或许是不愿做什么女英雄，亦不能普度众生而劳苦地创造着，为自身计，为思想与灵魂的自由计，就只可学习从古以来我们那些聪明而懒惰的姊妹们一样，找一个主顾，把自己的肉体出卖"掉。再如，知识分子在"一·二八"抗战中的行为表现，同样令人感到无语和沮丧：一支由 20 名大学生组成的抗日"义勇队"，唱着战歌去奔赴闸北战场；他们义愤填膺、信誓旦旦，一定要把侵略者赶出大上海；可是临到上阵打仗的关键时刻，却被枪炮声吓得立刻不见了 17 个人。其他的大学生和知识阶层，每天也都在忙碌着四处演讲，"智慧与学历的烟雾塞满了空气"，一个比一个慷慨激昂，"而最后面，依旧是在形式与面子轻轻滑过，又恢复为那些滑头的，漂亮的青年，在租界的拥抱下，度其少爷的日子。"作者对于这种国民"劣根性"仰天长叹、感慨万千，他认为上海"一·二八"抗战之所以最后会沦于失败，"一方面，政府的不争气，固然也是出乎意外地使我们心惊胆跳，然而民众的偷安，苟且，尤其是智识阶级的空谈大论……也是多么地使人感到灰暗的幻灭。"读完这部作品后我们终于明白了，黄震遐其实是在用"毁灭"二字去诅咒"大上海"的堕落，其真实意图就是希望能够用自己的呐喊去唤醒中国人的民族意识，激发起他们对于"国破家亡"的强烈危机感。这种"世人皆醉我独醒"的忧患意识，理应得到我们研究者充分肯定。

"苟且偷生"当然不只是《大上海的毁灭》所表现的个例现象，几乎所有描写"抗战"的文学作品，都在一定程度上反映了国民"劣根性"，对于这场民族圣战所产生的负面影响。田汉就曾对抗战初期国民思想的愚昧状态，既感到非常愤慨又万分焦虑，他说："我们今日最大的危险仍是一般国民未能充分理解今日我中华民族所遭逢的危险和获得突破这一危险的充分自信。假使他们晓得,有钱的应该更踊跃地出钱,不致香港、上海外国银行的中国私人存款竟达数十万万元之多;假使他们晓得,有力的应该更踊跃地出力,一部分应征壮丁也不致发生'逃亡'等不应有的现象。"①郁达夫更是慨叹道,中国人"不到亡国的关头,不服奴隶的贱役,不至于家破人亡的绝境,民族自觉的意识,是不会普遍地发扬"②。田汉与郁达夫的激愤之情不是没有道理的,比如谢冰莹在《在火线上》和《新从军日记》里,便以她在前方的所见所闻,真实地描写了这种国民"劣根性"的可怕现实:她从前线官兵口中听到的抱怨往往不是战争的残酷性,而是中国老百姓对于中国军人那种冷眼旁观的消极态度——他们既不愿意给部队提供粮草,也不愿意为部队去当向导,更不愿意接纳或照看重伤员;他们只关心在战火中,自家的家产有无损坏、自己的亲人有无伤亡,心中根本就没有"民族"大义和"国家"观念。谢冰莹在《新从军日记》里,就心境凄凉地讲过这样两件事情:一件事情是中国军队需要渡河开赴前线,可是无论官兵们怎样招呼,船夫们就是无动于衷、视而不见,只是稳稳地坐在河对岸看热闹。另一件事情是一位身负重伤的国军连长,恳求几位老乡把他送往战地医院,可是老乡们在拿到佣金以后,竟把连长丢在了路上自己跑掉了。因此,在谈到中国老百姓对于抗战的消极态度时,一位国军师长不无沮丧地对谢冰莹说:"没有民众帮助的军队,这的确是太危险了!"这些国民"劣根性"的战时表现,令谢冰莹感到痛心不已,她说,"可怜的中国老百姓……只知道着急自己的生命和自己的家,他们似乎并不了解没有国根本就没有家;没有民族,根本就没有个人的生命"(《在火线上》)。但最让她感到揪心与焦虑的,还是老百姓对于侵略者的麻木心态。

　　"你知道你的家乡给鬼子占了去吗?"

　　"知道的。"

　　"你不怕他杀你吗?"

①　田汉:《〈戏剧春秋〉发刊词》,《田汉全集》第 15 卷,花山文艺出版社 2000 年版,第 362—363 页。

②　郁达夫:《谈谈民众文艺》,《郁达夫文集》第 6 卷,花城出版社 1983 年版,第 297 页。

"不会的，他还有饭给我们吃呢。"(《新从军日记》)

谢冰莹同老百姓的这段对话，使她清醒地意识到问题的严重性：五四启蒙只是停留在精英知识分子的层面上，却"太不把民众放在眼里，太不注意到他们的教育了"，所以他们才"不知道爱护国家，爱护为国牺牲的战士"(《新从军日记》)。恐怕就连谢冰莹自己也并没有真正意识到，"虽然知识分子跟平民大众的世界并非没有交集可言，可是知识分子的影响力最多也仅及于读书识字阶层，难以穿透至社会大众的日常生活当中。"①鲁迅对于这一问题就看得十分透彻，比如他说："市民是这样的市民，黎明也好，黄昏也罢，革命者们总不能不背着这一伙市民进行。鸡肋，弃之不甘，食之无味，就要这样地牵缠下去。五十一百年能否就有出路，是毫无把握的。"②

抗战时期对于国民"劣根性"问题的强烈关注，并不仅仅局限于谢冰莹一个人，许多进步作家在深入抗日前线以后，他们或多或少发现了这一问题的严重性。比如，魏伯在其小说《多多河》中，便向读者讲述了这样一个故事：农民张发顺当年逃难，"穿过平原，溜着有黄沙飞腾波涛叫哮的黄河"，从山东徒步走到了山西；他用自己辛勤的汗水，开拓着贫瘠的土地，收获着丰硕的庄稼；从此有了丰沃的土地，有了肥壮的牛群，更有了满堂的儿孙。张发顺对于自己的生活现状，打心眼里感到满足，所以当日本人打到了"多多河"时，他坚决反对儿子石头去参加游击队。张发顺并不相信日本人会有那么坏，在他那顽固而幼稚的想法中，"日本人也是人呀，是人就得论理呀。没见过长毛，没见过土匪吗？别看他杀人放火，可也有良心的呀。"张发顺式的自私观念与侥幸心理，可以说在抗战初期是非常具有代表性的。比如在阿垅的长篇小说《南京》(又名《南京血祭》)中，就描写了这样一个令人无语的尴尬场面：中国军队为了保卫南京，必须拆掉阵地前面的射击障碍，当士兵们去动员居民们搬迁时，却遭到了居民们的暴力反抗。他们带着嘶哑的声音咆哮道："让日本人来吧！让日本人来吧！你让我们自己死在日本人手里吧！你为什么这样一天天来逼

① ［英］埃里克·霍布斯鲍姆：《民族与民族主义》，上海人民出版社 2000 年版，第 21 页。
② 鲁迅：《太平歌诀》，《鲁迅全集》第 4 卷，人民文学出版社 1981 年版，第 103 页。

我们呢!""等不到日本人来我们就要死在你们手里了!"这些居民之所以会集体抗拒拆迁,是因为在他们那种愚昧自私的观念中,没有什么东西能够比自己的"祖居"更为重要;更何况他们认为日本人来了之后也未必会拆掉他们的"祖居",但眼下却要实实在在地毁在中国人自己手里,故他们在大敌当前竟然首先恨起中国军人来。实际上,《多多河》与《南京》都在无奈地讲述同一个事实:中国老百姓在国家生死存亡的紧急关头,他们不是选择爱"国"而是选择了爱"家";这种只顾"小家"却不顾"国家"的短视行为,毫无疑问会严重影响到中华民族的抗战大局。另外,王西彦的长篇小说《寻梦者》,还揭示了另外一种消极现象,即知识分子为了逃脱对国家民族的责任和义务,总是在那里替自己制造出各种堂而皇之的巧妙借口。比如主人公成康农是一位青年知识分子,他远离正在发生的民族战争,一个人跑到深山老林里去进行所谓的自我"修行",给出的理由足以令读者对其丑陋的灵魂感到汗颜。他说自己曾经为"抗战"摇旗呐喊过,但后来却又认为自己并不值得去为"抗战"做出牺牲。因为他发现"抗战"完全就是一场"骗局",是国家强加给人民的非自觉行为;所以,成康农以厌倦"政治"为借口,并以逃离"战火"为自豪。但是这种苍白无力的自我辩解,无论如何也掩盖不了他的灰色灵魂与自私人格。

如果说,那些"暂时做稳了奴隶"的中国人,因其自私观念而无视国家和民族的利益;而那些"想做奴隶而不得"的中国人,则是因其自私观念而出卖国家和民族的利益。在抗战文学创作中,"汉奸"书写是一个难以回避的痛心现象;至于为什么有些中国人会成为民族的败类,无非就是他们那种但求自保而背叛国家的自私心理在作祟。比如,谢冰莹在《新从军日记》里,就记载:许多农民仅仅是为了贪图一点蝇头小利,便在日本人的怂恿和恫吓之下,兜里揣着火柴、镜子和剪刀,频繁地活动于中国军队的布防区内;他们白天用镜子、晚上用火堆,去为日本轰炸机指示目标,要不然就是趁人不备,专门去破坏部队的通信线路。难怪中国士兵会对这些民众败类气愤不已,因为不管他们走到哪里都会有日本飞机跟着来轰炸,"汉奸"们不仅变成了日本侵略者的眼睛和耳朵,同时还把中国军队弄成了瞎子和聋子。老百姓式的"汉奸"的所作所为,主要是体现在正面战场上搞破坏;而知识分子类型的"汉奸"的所作所为,则是体现为他们替日本人去维持占领区的社会秩序。王平陵的短篇小说《委任状》，便讲述了这样一个令人不齿的汉奸的故事：日本人眼看就要打进苏州城了，人们开始纷纷向外地逃难，但绅士潘则民却因舍不得自己的万贯家产，早已在暗地里投降了日本人。他一方面慷慨激昂地宣称"苏州人要保卫苏州"，另一方面又在暗地里安排着迎接日本人的"入城仪式"：侵略者终于踏着无数被潘则民欺骗了的反抗者的尸体，耀武扬威地走在苏州城的大街上，"其中参杂了些无耻的中国人，都是潘则民的徒党，他们唯一的职务，除向导之外，就是为他们搬运笨重的杀害同胞的武器。跟随松山知义后面，像儿子侍候他父亲一般地殷勤，卑躬屈膝，唯唯听命的，那就是被日本司令部所特别赏识的潘则民。"对于那些没有文化知识的普通百姓，为了一己私利去出卖国家和民族的利益，我们还可以用"哀其不幸、怒其不争"去加以解释；但是对于潘则民之类饱读诗书的传统儒生，竟然也会不顾民族大义去卖身求荣，无疑会令人感到更加愤怒和悲哀了。旧式知识分子是如此，那么新式知识分子又会怎样呢？阳翰笙的话剧《前夜》，则给出了一个明确的答案：主人公白次山是个典型的新派物，在北京读大学时曾经参加过五四运动，"那时所有参加学生运动的人，几乎没有一个不认识我。"可是为了能够光宗耀祖出人头地，他竟不择手段地选择了去做汉奸。白次山认为他与日本人合作，并不是一种"卖国"行为，而是一种变相的"爱国"行为，为此他还得意扬扬地四处表白说："不管自己的力量大小总想靠着一点社会上的名誉资望，来维持维持地方的治安，免得一般老百姓们的身家性命，都受到伤毁蹂躏。"白次山与潘则民一样，他们全都忘记了这样一个简单的道理：民族与国家本是"一个伟大的、有力的、无限活跃和有生命力的整体的紧密联盟"，倘若一个人"使他自己脱离于整个公共秩序，即把他自己连同他家庭和私人的生活，他最神圣的感情，甚至连同宗教一道与同一个国家相隔绝"，那么他所做的一切就是对民族和国家的彻底背叛。①

德国著名的军事学家克劳塞维茨在《战争论》一书中指出，世界上发生的

---

① ［英］埃里·凯杜里：《民族主义》，中央编译出版社 2002 年版，第 41 页。

任何一种"战争",除了体现为敌对双方在经济能量上的相互较量,同时也必然会体现为敌对双方在精神意志上的相互较量;由于"精神要素贯穿在整个战争领域"的缘故,因此"善于运用民众战争这一手段的国家",从战争刚一开始就已经向敌人表明了他们不可被征服的"民族精神"。① 克劳塞维茨的这一观点,在中国反法西斯战争中得到了很好的验证。全面抗战刚一开始,中国共产党的政治领袖就认识到了发动民众的重要作用。比如毛泽东对于"民众"与"民气"的思想认识,明显要深刻得多。早在土地革命时期,他便清醒地意识到,谁赢得了中国农民,谁就会赢得中国革命的最后胜利。到了抗日战争时期,他又告诫全党同志:"民族战争而不依靠人民大众,毫无疑义将不能取得胜利。"②所以,他要求每一位中国共产党员,"不是将政治纲领背诵给老百姓听,这样背诵是没有人听的,要联系战争发展的情况,联系士兵和老百姓的生活,把战争的政治动员,变成经常的运动。"只有对广大民众晓之以理、动之以情,才能充分调动他们参加抗战的积极性。③

二、抗战卫国与自我保家的辩证统一

面对武装到牙齿的日本侵略者,中国人民究竟怎样才能取得这场战争的最后胜利,毛泽东所给出的答案则是,"在战争中学习战争"。他通过对中日两国的国情分析,认为中国人民必将取得抗战的最后胜利。因为"一方面是日本帝国主义的攻城、掠地、奸淫、抢劫、焚烧和屠杀,把亡国危险最后地加在中国人身上。另一方面是中国大多数人从此得到了深刻的认识,知道非进一步团结和实现全民抗战不能挽救危机"④。所以,当饱受苦难的中华民族,已经被逼到了"国破家亡"的绝境时,那么他们也只有通过"卫国",去实现"保家"的生存愿望。克劳塞维茨在《战争论》一书里,对于民众"被动"参战的可

① ［德］克劳塞维茨:《战争论》第2卷,商务印书馆2004年版,第671—672页。
② 毛泽东:《反对日本进攻的方针、办法和前途》,《毛泽东选集》第二卷,人民出版社1991年版,第347页。
③ 毛泽东:《论持久战》,《毛泽东选集》第二卷,人民出版社1991年版,第481页。
④ 毛泽东:《和英国记者贝特兰的谈话》,《毛泽东选集》第二卷,人民出版社1991年版,第374页。

能性,曾做过一个非常生动的形象比喻:他说:"当民众看到自己被置于深渊的边缘时,他们会像溺水的人本能地去抓稻草那样,想尽一切办法挽救自己,这是符合精神世界的自然规律的。"①抗战文学正是中国人民这种"挽救自己"的苦难书写,真实地再现了中华民族从"小我"汇聚成"大我"的觉醒过程。

重新去阅读抗战文学作品,进入到我们视野中的常见画面,就是一群群流离失所的难民队伍,"他们没有家,他们的田园村庄都被强占了,敌人的铁蹄踏碎了他们的土地、麦苗,放火烧光了他们的房屋和财产"(徐霏《夜的流火》);那些留在故土的平民百姓,则被日本侵略者集体屠杀,"鬼子向人群浇汽油,火点燃起来,立刻猛烈的燃烧着,把黄昏照得通红。烈火里发出难听的声音,不是呼叫,不是怒骂,不是呻吟,而是一种烧灼皮肉烧到骨头里去的'嗤嗤,灼灼'的声音"(阿垅《南京血祭》);"祖宗,坟墓,祠堂,学校,全完啦! 世世代代安居乐业的家乡,就这么一把火,化成一堆瓦砾,一片焦土了"(于伶《夜上海》)。于是,死亡气息令中国人开始醒悟,他们内心深处已蓄满了"予及汝皆亡"的复仇情绪,就像老舍在小说《敌与友》中所呼唤的那样,如果再不去打日本人,"咱们的祖坟就都保不住了!"

"宗祠文化"在五四时期都曾被视为封建传统的遗留物,遭到过启蒙精英的猛烈批判和无情否定;但是到了全民抗战时期,人们又开始重新认识它在中国人精神生活中的重要意义。因此,新文学作家全都抛弃了启蒙思维的短视行为,并用"家国一体""唇齿相依"的简单道理,去激发民众为了"保家"而去"卫国"的巨大热情,进而使抗战文学作品呈现出一派热血沸腾的动人场面。读罢碧野的长篇小说《南怀花》,令人心潮澎湃、激动万分:作品描写的就是忻口战役的主战场"南怀化",作者说他将"化"改为"花",是想为这场残酷的战争赋予"它一层诗意"。② 因为这场战役的惨烈程度空前绝后,仅仅两天时间就有郝梦龄等四位将军壮烈殉国。碧野目睹了中国军人的巨大牺牲,故怀着满腔热忱写下了这部扣人心弦的感人篇章。《南怀花》的"序篇",主要是讲述

---

① [德]克劳塞维茨:《战争论》第2卷,商务印书馆2004年版,第677页。

② 宋致新:《国统区抗战文学钩沉》(上),武汉出版社2016年版,第318页。

"南怀花"人对于故土的一往情深,以及对侵略者践踏他们家园的无比仇恨。"序篇"就像一首精妙绝伦的叙事长诗,它以"南怀花"人的独特视角,去赞美他们眼中的美丽故乡:"南怀花"人祖祖辈辈守在这大山里,过着一种平静自然的狩猎生活,虽然日子过得有些艰难,可是人们却安分守己、顺其自然。"在过去的悠久岁月中,居民们的生活就犹如一湖恬静的水,泛不起什么波纹……不知忧愁的年轻人,是爱斗叶子牌的,而年老的猎人,却静静地坐在炭火边的龙角松的椅子上,一口一口的吸着夏天由山上采来的粗烟叶,一边眯着眼睨望着上升的烟圈,一边细细的思量着今年的收获,和来年的生计。"然而,"南怀花"人的平静生活却瞬间被打破了,"是东方的魔王,用它的血蹄跨过了海洋,他的乱毛丛生的鼻子,闻到了这中华母亲大地胸脯的土香,它贪婪,它不顾一切,用它的腥臭而笨重的血蹄,踏灭了这块和平而温暖的土地。"所以,年老的猎人让那些年轻的后生们,"背着皮做的包裹,拿着猎枪和钢叉,带着娘儿和猎犬,远离村庄,到那更远更艰险的吕梁山中去,因为恶魔的炮弹已经落在云中山顶爆开了花。"而他们这些老猎人则拿起了猎枪,愿为保卫家乡去同侵略者决一死战:"死,在他们只是隔着一张薄纸的东西",他们要用自己生命的最后一点能量,去替儿孙们守住这块富饶的土地和美丽的家园。碧野在《南怀花》的"序篇"里,还只是讲述老猎人们用鲜血和生命为"保家"而战;到了《南怀花》的"正篇"里,则转变为讲述那些年轻的后生们为"保国"而战。战争教育了"南怀花"人和所有的参战者,使他们懂得了"卫国"就是"保家"这一道理;所以每一位铁骨铮铮的中国军人,都在同侵略者的血战中"思怀着母亲似的家乡"。尤其是那位蒙古族战士海格尔受伤以后,他唯一的愿望就是能够回到他的故乡大草原。是的,在每一个中国人的心中,都有着他们自己的故乡;而他们为之流血牺牲的目的,也是保卫自己的故乡。战士纳兰站在"南怀花"那片被鲜血染红了的土地上,用他凄凉悲壮的嗓音对着空旷的山谷大声唱道:"草儿青青花儿黄,骑匹马儿上山岗;不要什么黄金印,送我回去见亲娘!"回旋飘荡在云中山谷里的这曲悲歌,唱出了中华民族保家卫国的抗战意义,唱出了所有中国人绝不屈服的民族精神;同时更是以一种令人心碎的空谷回音,唱出了那些已经为国捐躯了的将士们,未能实现其抗战胜利把家还的临终遗憾。

萧军创作于 1935 年的《八月的乡村》,是一部较早反映黑土地人民反抗日本侵略者的长篇小说,但它与《南怀花》中"家国一体"的艺术构思有所不同,《八月的乡村》更侧重于表现东北人民捍卫自己家园的复仇意识,作者对于爱国主义精神的激情书写,也主要还是通过"保家"的行为来体现的。故事讲述一支以农民为主体的抗日"革命军",他们在失去了自己的土地和家园之后,自发地组织起来拿起了武器,在茂密的森林中同日本侵略者进行战斗。鲁迅对《八月的乡村》的评价极高,他说这部作品"显示着中国的一份和全部,现在和未来,死路与活路"①,认为作者是在用东北人民的屈辱和苦难,去震撼与摇醒那些仍旧在"铁屋子里"沉睡的中国人。《八月的乡村》的故事情节并不复杂,主要是讲述这支"革命军"队伍,在袭击了关东军运送给养的火车之后,同前来追击他们的日寇在大山里周旋。作品直接描写正面战斗的场景不多,而是意在揭示他们的反抗原因和愤怒情绪。从作品文本的故事叙事中我们可以清晰地看到,日本强盗侵占了他们美丽的家园,夺走了他们的土地、杀害了他们的亲人,黑土地上到处都是惨不忍睹的可怕景象——比如,被炮火摧毁了的"残垣断壁"、"孩子或是大人们的尸身"、妇女"被割掉了乳头"等。作者之所以不惜笔墨去描写这种令人恐怖的血腥场面,用意就是要去强化抗日"革命军"的复仇意志与反抗决心。比如,尽管共产党人陈柱司令和安娜秘书,一直都在给战士们灌输民族意识和革命理想,但是对于那些"面朝黄土背朝天"的农民而言,他们痛恨日本侵略者的主观意识,仍停留在"家亡"之仇而不是"国破"之恨的思想层面上——"妈的,这年头非干不行。反正不是你死,就是我活!——不干还不是教那些王八羔子们,白用刺刀给捅了?"这才是他们奋起反抗的思想动因。由于在他们的内心深处,最关心的就是"什么时候日本兵可以打完",以便能够去收复自己丢失了的家园;故他们奋起反抗的目的也表现得直截了当,"不前进即死亡,不斗争即毁灭"。像《八月的乡村》里的"小

---

① 鲁迅:《田军作〈八月的乡村〉序》,《鲁迅全集》第 6 卷,人民文学出版社 1981 年版,第286—287 页。

红脸"、孙二、刘大个子等人,他们没有一个人愿意去拿枪打仗,只希望能"有一个太平的春天和秋天",自己"可以自由耕田","手里把持着犁杖柄,也可以吃袋烟。——愿意吃点什么便做点什么"。但是他们现在又不得不去拿枪打仗,因为"这年头还等着太平日子来?你不去打仗,将来日本兵说不一定那一天碰到你,也杀了你"。而那位身体瘦弱的李七嫂,在目睹了孩子和情人被日本鬼子杀害之后,为了复仇她也擦干了眼泪拿起了枪,并咬牙切齿地发誓道:"等着吧!妈妈为你去报仇!睡吧!睡在这里吧!你底同志念着你咧!妈——妈妈念——着你咧!睡吧——念着你咧!"小说《八月的乡村》的思想价值要大于审美价值,它在人物塑造与故事叙事等方面都很不成熟,但是对于唤醒中华民族"保家卫国"的抗战意识,却起到了功不可没的积极作用。正是因为如此,当抗日战争全面爆发以后,萧军曾非常得意地炫耀说,"《八月的乡村》给中国文坛和时代开了一个新起点",并认为是"《八月的乡村》引激了'七七'抗战"。[①]

王西彦的中篇小说《海的喧嚣》,也是描写中国老百姓因"保家"而去"卫国"的巨大热情;不过它在笔墨文采和情节构思等诸方面,却明显要比《八月的乡村》高出一筹。故事讲述浙江沿海地区有一个名叫"贺大坞"的小渔村,这里生活着一群自称为是"神"的后裔的普通渔民:"大概是千万年以前吧","一位美丽的牧女"同"一个仙人"完美结合,便繁衍出了小渔村一代又一代的子民。作者告诉我们,由于有"神"的遗传基因,"贺大坞"人都变得"壮健而富于野性"。故从此以后,贺大坞人世世代代都靠捕鱼为生,大海也成为了他们顶礼膜拜的精神家园。可是日本军舰的大炮,却彻底打破了"贺大坞"人的宁静生活,"几天前的一个下午,这声音第一次从海边发出,立刻给渔民带来了恐怖和仇恨。"出海的渔船全都被炮弹打烂,船上的渔民更是非死即伤,忍无可忍的"贺大坞"人,终于发出了复仇的怒吼:"我们靠海吃海,有谁不让我们吃,不管他是什么人,不管他有没有洋枪洋炮,我们只有一条路好走",那就是为了生存必须去进行反抗。于是一群"神"的后裔,便同"妖魔"展开了一场

---

① 《萧军日记》1941 年 9 月 19 日,《萧军全集》第 18 卷,华夏出版社 2008 年版,第 526 页。

血战。

> 在海上,在怒涛中,无数点子一样的渔船在险恶的命运下作生死的挣扎。它们一下子被汹涌的波涛吞没,一下子又重新出现。渔民是不知畏惧的,他们在大海母亲的胸脯上,如同飞蛾扑向焚烧它们的火焰,一次又一次地企图冲近那载负着失掉人性的掠劫者的巨怪,用自己的短刀和拳头扑向敌人。

> ……那血色的太阳旗,妖魔的标识!从碧涛中,那些银灰色的巨怪喷射出弹火,随着一种撕裂大气一般的嘶声,轰然掀起半天的激浪。一个小点被浪涛吞没了,另一个重复急荡过去。海疯狂了。它的儿子们也疯狂了。被炮弹的袭击所伤害的海浪高高地涌起,互相撞击,然后发出巨响,飞溅着白沫,也飞溅着鲜红的血。

一群人战死另一群人又驾船冲了上去,双方已经在血战中杀红了眼。关键时刻,"贺大坞"的那位长者长兴爷,阻止了年轻人的进一步疯狂,劝他们要冷静下来好好去思考,"人家是海军,上海南京都给人家占去啦,凭你们这些匹夫之勇有卵用!"长兴爷不愧是目光如炬有胆有识,他把邻村的长者们都请了过来,语重心长地对他们说,地方政府靠不住了,必须自己去组织"义勇队",拿起武器来保卫家园。小说《海的喧嚣》是把一个神话传说嵌入现实生活当中,进而去展开丰富的联想以表现全民抗战的创作主题。由于"神话使我们发现自己的本来面目",使我们同自己的祖先建立起了联系,①所以作者通过"贺大坞"的神话传说,构成了他们从"过去"到"现在"的历史贯穿性。因此"贺大坞"人的自发反抗,也不再局限于一种区域性意义,而是延展成了一种普遍性意义,象征着炎黄子孙永不言败的民族精神。

表现民众自发抗战的巨大热情,是抗战文学创作的主题之一,因为在敌强我弱的大前提下,民众参战的积极性便显得至关重要。"一旦国家能顺利将民族主义融入到爱国主义当中,能够使民族主义成为爱国主义的情感,那么,

---

① [美]约瑟夫·坎贝尔、比尔·莫耶斯:《神话的力量——在诸神与英雄的世界中发现自我》,浙江人民出版社 2013 年版,第 13 页。

它将成为政府最强有力的武器。"①所以,抗战文学描写民众的自发抗战,重点并不是讲述他们杀死了多少日本侵略者,而是在以这种揭竿而起的反抗形式,去激发全体国民的抗战热情。比如从《大上海的毁灭》中我们看到,由上海市民自发组织起来的一支支武装队伍:"夜间,在流弹呼啸着的黑空之下……枪与水壶刺刀互击的声浪清脆地响着,他们一面跑,一面唱着'从军乐'的曲调,慷慨激昂地向着闸北跑去";他们都是些穿"西装的,短打的,长袍的"学生、工人和商人,埋伏在荣光大剧院周围,突然向日本海军陆战队发起攻击。这群爱国者端着枪勇往直前地向敌人冲去,前面的人倒下了后面的人接着冲上去,他们当中没有一个人贪生怕死,最后全都英勇地战死在了街头。在短短的几天时间里,主人公草灵目睹了日本兵的残暴罪行,亲身经历了同伴们的悲壮牺牲,更是直接见证了大上海这座城市的堕落;于是他带着满腔怒火,爬上了图书馆的顶楼,并以一个人的"抗战",去宣示中国人的民族尊严:

"滚回去,这是中国的领土,不许你进来!"

日本海军陆战队员正在搜索前进,突然被一声犀利的呐喊给镇住了。当他们意识到"义勇队"并没有被完全消灭时,便立刻包围了图书馆大楼,并用机关枪向楼顶上猛烈地射击。孤立无援的草灵,用枪里仅有的三发子弹,打死了一名日本士兵,而他自己也被迎面射来的机枪子弹击穿了胸口。尽管这极少数上海市民的参战行为,在整个"一·二八"战事中,所起到的作用是微不足道的,但作者毕竟为读者带来了一丝绝望中的希望。"一个人的抗战"看起来有些幼稚可笑,然而它在抗战文学创作中,却是一种行之有效的动员方式,并且还演变成了一种书写民众抗战的叙事模式。比如在靳以的笔下,一位名叫春花的年轻姑娘,偷偷在日本人举行的宴会上下毒,最终以毒死了四个、重伤五个的辉煌战绩,实现了她的"一个人的抗战"(小说《春花》);在白克的笔下,描写一位湖北农村的跛脚女人,不堪忍受鬼子兵对于她的身心侮辱,乘其不备用菜刀割断了他的喉咙,也实现了她的"一个人的抗战"(报告文学《失而复得的襄阳》)。我们有必要去说明一下,抗战文学表现"一个人的抗战",并

---

① ［英］埃里克·霍布斯鲍姆:《民族与民族主义》,上海人民出版社 2000 年版,第 106 页。

不是在宣扬个人英雄主义;作者是在明确地告诉人们,无数"一个人的抗战"汇聚起来,便构成了"人民战争的汪洋大海"。

抗战文学所表现的民众抗战,无论"群体"行为还是"个体"行为,都是在以形象化的叙事方式,直接或间接地印证着毛泽东的一句名言:"战争的伟力之最深厚的根源,存在于民众之中。"①因为中日双方在战争力量的对比上,比的并不是武器而是士气,若想要取得这场战争的最后胜利,武器固然是"重要的因素,但不是决定的因素,决定的因素是人不是物"②。意大利神父雷鸣远以他在中国40多年的生活经历,明确地告诉那些对中国抗战持悲观态度的西方人:"我永远这样相信,中国假定正规军完全被日本消灭,仅仅靠着中国广大的土地,广大的人民,和不死的人心,是仍然会击败日本的。"③历史最终给出的答案也是如此,在"国家民族生死存亡的关头,只要是有良心、有正义感的国民,没有一个不该把自己的生命、自己的所有,统统交给国家"④。这充分说明苦难已经使中国人觉醒,懂得了"国"之不保"家"亦难存的深刻道理,所以他们不再去患得患失、目光短浅,而是自觉地站在"国家"与"民族"的立场上去思考问题。为此,穆旦在《赞美》一诗中深情地写道:"我要以一切拥抱你,你/我到处看见的人民呵/在耻辱里生活的人民,佝偻的人民/我要以带血的手和你们一一拥抱/因为一个民族已经起来。"

三、杀身成仁与舍生取义的民族气节

抗战文学最令人动情的艺术画面,就是中国军人为了民族大义,手里拿着极其简陋的武器装备,去同日本侵略者进行厮杀的英雄事迹。如果说侵略者是在以现代化的军备来征服中国,那么中国军人则是在用自己的血肉之躯,去誓死捍卫着祖国母亲的神圣尊严,这种牺牲本身就是一种杀身成仁的意志体现。因此,当我们重新去阅读抗战文学作品时,对于那些"为挽救民族危亡、

---

① 毛泽东:《论持久战》,《毛泽东选集》第二卷,人民出版社1991年版,第511页。
② 毛泽东:《论持久战》,《毛泽东选集》第二卷,人民出版社1991年版,第469页。
③ 流萤:《会见雷鸣远神甫》,《阵中日报》1939年10月1日"军人魂"第457号。
④ 萧云:《扩大感情的圈度》,《国统区抗战文学钩沉》(上),武汉出版社2016年版,第29页。

实现民族独立和人民解放"而英勇牺牲的每一位先烈,我们都应该深表敬意、永志不忘。① 这不仅是中国人的历史责任,更是中国共产党人的博大胸怀。

　　然而,学界过去在研究抗战文学时,几乎都把目光集中在敌后战场的英雄叙事上,而对以表现正面战场为题材的文学作品,却并没有给予足够的重视。很显然,这完全不符合习近平总书记在纪念中国人民抗日战争暨世界反法西斯战争胜利70周年大会上的讲话精神。究其根因,主要还是人们并没有彻底摆脱意识形态方面的政治偏见。比如,全面抗战期间曾出现过许多表现正面战场的优秀作品,在新中国成立以后一直都没有被重新再版,而绝大多数中国现代文学史教材又根本不去提及,所以不但普通读者对此一无所知,就连许多年轻的研究者也知之甚少。这种极不正常的学术现象,的确值得我们去认真地反思。其实,中华民族的英雄崇拜,并非只是一种远古洪荒时代的情绪记忆,同时更是在现实生活当中,激励中国人自强不息的精神动力。特别是在全面抗战期间,全国人民团结一致、同仇敌忾,那种"驱逐日寇、救我中华"的雄心壮志,继承的正是"刑天舞干戚,猛志固常在"的英雄气概。即便是许多置身事外的外国友人,都对中国军民的顽强意志深表敬佩。他们说,中国人"英勇的举动在这次战争中成了每人的义务……是民众把他们中间最勇敢最忠于祖国的兄弟们送到前线来的。中国军队的英勇,无疑证明了中国几个月来的抗战胜过具有坦克车、飞机、大炮的日本军队"②。毫无疑问,中国军民之所以能够手里拿着原始落后的武器装备,彻底打败号称是世界强国的日本侵略者,就是因为在他们永不言败的灵魂深处,始终都保持着一种"坚贞不屈、视死如归"的民族气节。马克思曾指出:"人们奋斗所争取的一切,都同他们的利益有关。"③由于"抗战"事关到中华民族的切身利益,所以为了维护民族"利益"不受侵犯,中国人的"精神因素在战时会立即变成物质力量"。④ 从这一角度

---

　　① 习近平:《在纪念中国人民抗日战争暨世界反法西斯战争胜利70周年大会上的讲话》,《人民日报》2015年9月3日第3版。

　　② ［苏］罗果夫:《前线一带》,《中国抗日战争时期大后方文学书系》第12卷,重庆出版社1989年版,第405—406页。

　　③ 《马克思恩格斯全集》第2卷,人民出版社1957年版,第82页。

　　④ 《马克思恩格斯军事文集》第5卷,战士出版社1982年版,第467页。

去反观抗战文学,它所表现的也正是这种"精神因素"在战时释放出来的巨大能量。

阅读抗战文学作品,我们会由衷地感受到中华民族的抗战热情。比如,"不少青年女子,都在'丘八'的阵容里武装起来了。她们迈开大步,有谁会分得清楚她们是'女子'呀"(王天一报告文学《西京一瞥》)。这些年轻的女子们或是冒着敌人的猛烈炮火抢救伤员,"衣服上,鞋袜上统统染上了血迹",几乎白天黑夜都生活在血泊里(谢冰莹纪实文学《新从军日记》);或是手握钢枪胸前挂满了手榴弹,在她们心头涌动的唯一信念,就是"拿着枪,握着手榴弹打回老家去"(臧克家散文《潢川的女兵》)。又如,满脸稚气的孩童们,更是在战火中变得早熟,他们虽然顽皮地在路上玩耍,"玩石头,堆土,打架,弄得一身都是灰尘";但是一发现有陌生人到访,他们立刻便会警觉起来,冲上前去严加盘问,其抗战热情丝毫都不亚于成年人(荒煤报告文学《童话》)。在中国军队里还有不少娃娃兵,他们年纪也就十四五岁,"脸孔圆圆的,两颊绯红,全身的服装,是那样的不对称";可就是这样一群娃娃兵,却亲手杀死过日本鬼子,身上也留下了战争给他们造成的枪伤(毛兰短篇小说《江岸上》)。再如,大学生和中学生更是铮铮誓言,"我们要撞进敌人血腥的怀抱,我们要攫出敌人狠毒的心脏,变敌后方为前线,从战斗的熔炉中为大中华而战,用年轻的身手保卫世界和平"(方之中报告文学《第一步跨过黄河》)。还有更多的知识青年,他们活跃在大别山区的抗战第一线,使"如今的大别山是青年的世界,正如这时代是属于年轻的一代同样……他们为着过自由的和有意义的生活,千辛万苦的偷过重重封锁线,向大别山中奔来"(姚雪垠报告文学《大别山中的文化堡垒》)。在全面抗战的苦难岁月里,为了履行"保家卫国"的神圣义务,中国青年积极地报名参军,为取得抗战胜利提供了可靠的兵源保障。即便是在今天,抗战歌曲《在太行山上》里有两句歌词,仍为人们所耳熟能详,即:"母亲叫儿打东洋,妻子送郎上战场。"这并不是一种人为的艺术虚构,而是一种真实的历史场景。比如晋察冀抗日根据地,就出现过这样一种动人的场面:八路军发布了征兵动员令以后,仅一个自然村里就有48人报名参军,其中有一人因外出未归,还是其母亲替他报的名。农民们为什么要踊跃地报名参军?

一位姓魏的农民老汉以朴实无华的语言说道:他的大儿子年纪太大,二儿子已经参加了八路军,但他知道当兵是为了打日本鬼子,因此他毫不犹豫地又把三儿子送来。① 不仅抗日根据地是如此,全国各地的情况也大致是如此。就拿大后方的四川来说吧,根据现有历史资料所提供的统计数字,"抗日战争期间,四川总共出兵340万,包括40万川军部队和300万壮丁。……各战场几乎都有川军参战,以致当时有'无川不成军'之说。"②作家沈从文也曾在文中提到过,抗日战争全面爆发以后,在他的故乡湘西凤凰,就有数千名苗族、土家族的青壮年子弟,积极响应国家的号召报名参战;他们先后奔走于全国各个主要战场,几乎打遍了抗战时期所有的重大战役,"年在二十五岁以下的少壮,牺牲的数目更吓人。我实在不能想象一个城市把少壮全部抽去,每家陆续带来一份死亡给三千少妇万人父母时,形成的是一种什么空气! 但这是战争!"③尽管湘西子弟在抗战中伤亡惨重,然而他们那种绝不屈服、为国捐躯的牺牲精神,令沈从文从心眼里倍感自豪,他说:"这才像个湖南人! 才像个镇筸人!"④

习近平总书记在纪念中国人民抗日战争暨世界反法西斯战争胜利70周年大会上的讲话中指出,在整个抗日战争期间,正是由于中华儿女不屈不挠,浴血奋战,"彻底打败了日本军国主义侵略者,捍卫了中华民族5000多年发展的文明成果,捍卫了人类和平事业,铸就了战争史上的奇观、中华民族的壮举。"⑤抗战文学正是以一种历史"在场"性的艺术描述,用一幅幅悲壮牺牲的感人画面,用一个个前仆后继的英雄形象,真实地再现了这段中华民族反法西斯战争的光辉历史。当我翻阅一部部抗战文学作品时,眼前总会浮现出一连串的普通而又伟大的战士影像:比如,一位徐姓排长受命带领十名士兵,掩护

① 《志愿义务兵入伍大会》,《晋察冀画报·时事专刊》1942年3月20日。
② 高松:《刘湘率领川军出川作战的背景》,《成都大学学报》2007年第1期。
③ 沈从文:《一个传奇的本事》,人民文学出版社2017年版,第80页。
④ 沈从文:《莫错过这千载难逢的报国机会》,《沈从文文集》第12卷,花城出版社1984年版,第367页。
⑤ 习近平:《在纪念中国人民抗日战争暨世界反法西斯战争胜利70周年大会上的讲话》,《人民日报》2015年9月3日第3版。

主力部队从正面去进攻敌人,他知道此次任务凶多吉少,但却能够"换得无数同志的生存,他们将会接着他奋斗"。所以打完了所有的弹药,徐排长便和十名士兵一起,端起上了刺刀的步枪冲向敌人,最后没有一个人活着回来(魏伯、碧野短篇小说《五行山血曲》);一位年仅16岁的小号手,看到进攻部队遭到日军机枪阵地的猛烈射杀,一群群的士兵倒在了一片开阔地带,他气得两眼冒火、血脉偾张,"把铜号交给了一个同伴,要来八个手榴弹,和八个自动走出队伍来的弟兄一起冲上去。"敌人的机枪阵地终于被消灭了,"九个勇士死了八个,年轻的吹号手,瘫倒在自己的血泊里,神气昏沉,但手里还握着最后的一个手榴弹"(司马文森短篇小说《小号手》);几位年轻的中国水兵,为了炸毁停留在长江上的日寇军舰,他们冒着凛冽的寒风,偷偷地在江面上布雷。日军的巡逻艇发现了他们,射来一连串的机枪子弹,水兵们永远地同江水融为了一体,远处传来的敌人军舰的爆炸声,则变成了向烈士们致敬的礼炮(尹雪曼短篇小说《江上》);一位名叫刘平的年轻军官,带领着一群被打散了的受伤士兵,继续同日寇战斗不止,一颗子弹击中了他的要害部位,为了不被敌人活捉,他"从腰间抽出匣枪,向自己的头上放了一弹"(舒群短篇小说《战地》);班长老李带领着十几名新战士,打退了敌人的多次冲锋,自己却身负重伤倒在了阵地上,当敌人再次扑上来时,已经奄奄一息的老李拉响了最后一颗手榴弹,与冲在最前面的三个鬼子同归于尽(蒂克报告文学《拂晓歼敌》)。这些可歌可泣的中国军人,大多数人都没有在历史上留下自己的名字,但他们那种大义凛然的牺牲精神,将永远铭刻在中华民族的历史丰碑上。

谈到中华民族"威武不能屈"的民族气节,我们绝不能忽视阿垅的长篇小说《南京》(又名《南京血祭》)。这部作品创作于1939年,它在新文学史上有两个"第一":第一次用文学的形式去表现南京保卫战的残酷场面;第一次用文学的形式去揭露日军南京大屠杀的野蛮暴行。因此我个人认为,中国新文学史应该有它的一席地位。这部史诗般的作品并没有特指性的主人公,而是以一种全景视角、多重叙事的表现手法,即:通过对几个经典战例以及几个军人形象的生动描写,为读者精心塑造了一座中国军人的群体雕像。小说《南京》主要是以"汤山保卫战"为叙事中心,去生动地表现南京外围保卫战中充满着血腥气味的悲壮场面:日军大炮所发射的炮弹,像冰雹一般砸落在阵地上,然后在坦克集群的掩护下,日本兵拼命地往上冲。中国士兵手中根本就没有什么重武器,他们只能是抱着成捆的手榴弹,冒着敌人机枪射出来的密集子弹,去炸毁一辆又一辆敌人的坦克。可是这些令人敬佩的勇士们,却全都倒在了自己的血泊中。"汤山保卫战"打了六天六夜,一个建制团打到只剩下了二三百号人,可是日军的飞机和大炮,却仍然铺天盖地地进行轰炸。但中国士兵硬是咬着牙坚守阵地,打完了所有的炮弹和子弹,便拿起一切可使用的武器诸如刺刀、铁锹、镐头和木棍等,同浪潮一般攻上来的敌人展开激烈的肉搏。可是他们一直等到最后也没有盼来援军,迫不得已只能在夜色的掩护下实施突围。从阵地上撤下来的将士们没有一个人认为他们是战败了,而军人出身的阿垅更不承认这是一场败仗。为此,他愤愤不平地写道:"是的,是放弃,因为敌人根本没有从肉搏里占领过它,根本没有攻陷过它。"小说《南京》并没有对汤山保卫战做过多的艺术性虚构,因为中国军人在这场惨烈的战斗中所表现出的顽强斗志,使那些趾高气扬、不可一世的日本侵略者,都十分惊诧并感到不可思议。比如,牧原信夫在《阵中日志》中就大为感叹地写道:"敌人受到如此强大的炮击还仍然顽强抵抗到最后,实在令人佩服。"①在日军第9师团的战史中也留有这样的文字记载:坚守阵地的中国军人,"明知结果肯定是死,但还是顽强抵抗,一直奋勇地阻挡我军的进攻。"②日本侵略者或许永远都不会明白,中国军人明知是死却视死如归,其实这种战争现象,马克思早已做过精辟的说明:"战斗有精神和肉体两个方面。我认为前者最为重要。"③马克思所说的这种"精神",在全面抗战时期就是中华民族的意志体现;而小说中那位归国华侨黄德美连长,更是以"杀身成仁"去诠释了这种牺牲精神。黄德美原本是一位东南亚的华侨青年,上海"八一三"战事唤醒了他的民族意识,故他义无反顾地回国参战,以表达自己"为中国生,在中国死"的赤子之心。黄

---

① 《牧原信夫日记》,王卫星编:《日军官兵日记》,张宪文主编:《南京大屠杀史料集》第8册,江苏人民出版社2005年版,第602页。

② 《第九师团战史》,王卫星编:《日军文献》(上),张宪文主编:《南京大屠杀史料集》第56册,江苏人民出版社2010年版,第121页。

③ 《马克思恩格斯军事文集》第2卷,战士出版社1982年版,第261页。

德美带领一连士兵负责守卫南京的金陵兵工厂,一直坚持战斗到最后全部壮烈殉国。他本来可以带领士兵安全撤出阵地,但一想到"国家把金陵兵工厂交给我,我也要把金陵兵工厂交给它才是道理",所以他们宁肯牺牲自己也绝不让兵工厂落入侵略者的手里。老兵王洪钧同一群新战士,被日本兵压缩到了一个角落里,日军让他们缴械投降,可他和"所有的新兵都把手榴弹的拉火绳拉下来……手榴弹迅速爆发了,一个接一个的怒吼,阵地上一片弹烟,炸得敌人血肉横飞,屠杀者被屠杀了"。阿垅一再申明小说《南京》描写的抗战场面再壮观,塑造的中国军人形象再高大,也不可能"比抗战着的将士更伟大!没有作品比抗战本身这史诗更伟大"! 一切抗战文学作品同抗战本身相比较,无论作家表现得有多么恢宏壮丽都是"渺小"而"无光"的。至于说到作品为什么没有设计几个主要人物,并围绕着他们去展开故事叙事时,阿垅本人则回答道:"事实上,抗战并不是某一个英雄的业绩,也不是少数人壮烈的行为,而是属于全民族、属于全体中国人民,每一个将士都有血肉在内的。"①我个人始终认为,阿垅的小说《南京》应该"入史",因为作者是在用他那爱国主义的炽热之心,为我们后人留下了一段永志不忘的历史记忆。

抗战文学所表现的爱国情怀,并非仅仅局限于中国军人的悲壮牺牲,同时更注重去表现中国的普通民众,那种国家民族利益至上的奉献精神。什么是"爱国主义"精神? 假定"爱国主义就是千百年来固定下来的对自己祖国的一种最深厚的感情"②,而这种感情在中国传统文化中又体现为"忠孝不能两全"的话,那么中国人平时以血缘为纽带所建立起的家庭伦理关系,在民族生死存亡之际就必须让位于以文化为纽带的国家伦理关系。所以,"爱国主义"并不是只限定为军人在战场上的杀敌表现,同时也包括平民百姓在大是大非面前的识大体、明大义。比如,王平陵的小说《国贼的母亲》,就讲述了这样一个感人的故事:汉奸张大维是县里出了名的坏人,"县里凡知道他的人,都说他是一个大坏蛋,一提起他的大名,马上就会把土豪劣绅的称谓紧紧地联合在

---

① 阿垅:《南京血祭·后记》,宁夏人民出版社 2005 年版,第 201、205 页。
② 《列宁选集》第 3 卷,人民出版社 1972 年版,第 608 页。

一起,他的一生,从没有干过一件于民众有益的事,而他活着一天,就是用尽心计,诈取民众的利益,作为他自己的利益。"日本人来了以后,他担任了伪县长一职,尽心尽责地去为日本人卖命,不是把青壮年抓去"送到火线上打自己的同胞",便是四处搜捕爱国人士"斩首示众",搞得整个县城里都天怒人怨、人神共愤。但他的母亲则是一位仁慈善良、深明大义的老太太,她认为"中国人不应该做汉奸,她自己的儿子更不应该做汉奸",于是便苦口婆心地去劝说儿子能够改邪归正、弃恶从善。然而张大维却口是心非、一意孤行。当张老太太听到那些母亲或妻子,为了阻拦被抓走的儿子或丈夫的哭号声时,她既痛苦又绝望地拿起了儿子的佩枪,并亲手结束了他的罪恶生命:"孩子!杀了你,才可以救出许多母亲的儿子,许多妇女的丈夫,许多孩子们的父亲。不错,你是苦痛的,我也是苦痛的,但是……但是,我们不能不想到全县老百姓的痛苦。"如果说《国贼的母亲》是以大义灭亲去弘扬爱国主义精神,那么老舍的小说《敌与友》则是以民族大义去化解两个村落间的世袭仇恨。张村和李村原本是宿敌,结怨已久老死不相往来。抗战爆发以后,"两村的人一点也不感到关切,打日本与他们有什么关系呢?"他们虽然也打心眼里痛恨日本侵略者,"也不怕去为打日本鬼子而丧了命。可是,这得有个先解决的问题:张村的民意以为在打日本鬼子以前,须先灭了李村。李村的民意以为须先杀尽了张村的仇敌,而后再去抗日。"忽然有一天,张村村长的儿子张荣和李村村长的儿子李全,他们双双从抗日前线受伤归来,两位年轻人恳切地对父辈们说:"咱们两村子得把仇恨解开,现在我们两村子的,全省的,全国的仇人是日本……日本鬼子要是来到,张村李村要完全完,要存全存……为私仇而不去打日本,咱们的祖坟就都保不住了!"一句"祖坟"都保不住了,令张村和李村的所有人立刻警醒;并在这两位年轻人的化解之下,终于团结起来共同走向了抗日战场。我认为在表现"民族大义"这一方面,白朗的短篇小说《清偿》写得最为感人:主人公窦连长曾在上海"一·二八"淞沪抗战中失去了双腿,故他对国民党政府的不抵抗政策一直都铭心镂骨、耿耿于怀。全面抗战打响以后,他毫不犹豫地把大儿子送去了前线,但不久便战死在了沙场。作为一名曾经的军人,他知道战争的残酷性与牺牲的必然性,于是又把不满18岁的二儿子送上了战场,可他也在战斗中失去了一条胳膊。此时在窦连长的身边,就只剩下了一个19岁的女儿。窦连长本想把她也送上前线,可他知道自己的伤残身体,是女儿心中的最大牵挂,为打消她的顾虑,窦连长决定自杀。小说《清偿》的感人之处,就是窦连长留给女儿的那封遗书:

> 我的孩子,你知道爸爸为什么要死的吗? 你不是说过吗,"除非等我去世!"我的孩子,你不必再等啦,爸爸给你让开一条光明的道路,走上去吧,像你哥哥和弟弟那样的勇敢,坚决。……拿起枪,去吧,我可爱的孩子!

这篇小说写得慷慨悲壮、感人肺腑,它向日本侵略者发出了这样一个明确的信息:中华民族为了保护自己的家园,连自己的儿女都可以无私奉献,那么有着这样一种牺牲精神的民族,一定是一个不可被战胜的伟大民族。实际上一直到了战后,日本学者才逐渐明白了中国"家国一体"的文化结构,不仅具有强大的精神凝聚力,并且还可以铸就坚不可摧的民族意志。所以他们不得不承认,由日本军国主义所发动的那场自不量力的侵华战争,不但没有达到他们试图令中华民族臣服的狂妄目的,反倒促成了"中国历史上最大的民族觉醒"①。而抗战文学作为动员民众积极参战的重要手段,"用民族民主革命的精神去教育读者,提高他们民族的自信心和自尊心"②,同样为世界反法西斯战争作出不可磨灭的历史贡献。

第三节　新文学民族本位的文化构想

"抗战文学"在20世纪中国文学史上的突出地位,就是使新文学实现了从"启蒙文学"向"民族文学"的历史转型。可以毫不夸张地说,"抗战文学"成功地遏制了新文化运动的"西化"倾向,并且还重新提出了"民族本位"的文化构想,对于中华民族的伟大复兴意义重大。为此罗家伦先生曾经指出,中国人应该感谢这场伟大的抗日战争,它把我们萎靡颓废的民族"打得"振作了起

---

① [日]池田诚编:《抗日战争与中国民众》,求实出版社1989年版,第5页。
② 周扬:《从民族解放运动中来看新文学的发展》,《延安文艺丛书·文艺理论卷》,湖南人民出版社1984年版,第409页。

来,把我们散漫松懈的民族"打得"团结了起来。他认为抗日烽火激起了中国人固有的民族性,而这种民族性就是"一个民族的灵魂,为洪水所不能湮灭,烈火所不能焚化,武力所不能征服"。他还说文学艺术是传播民族性的最佳途径,所以他很期待抗战文学,能够成为一种具有"民族性"的民族文学。因为在他本人看来,"许多近代国家的形成,都有赖于一种民族文学为其先导。"①作为对罗家伦先生"民族"与"民族性"思想的积极回应,以陈铨为代表的"战国策派"文人,又在全国范围内发起了一场"民族文学运动"。在这场运动当中,他们强调抗战文学必须要表现出一种"民族本位"的文化意识,即通过弘扬民族文化与民族精神,去促使所有的中国人"对于祖国,他们有深厚的感情,对于祖国的自由独立,他们有无穷的渴想。他们要为祖国生,要为祖国死,他们要为中国展开一幅浪漫、丰富、精彩、壮烈的人生图画。有了这样的民族意识,伟大的民族文学运动才可以成功"②。

现在我们再去冷静地分析"民族本位"的文学口号,它不仅是特定时代对于新文学所提出的客观要求,同时也是一种新文学自我纠偏的自觉行为,因为它体现的是中国人难以割舍的民族情感。尤其当"中华民族到了最危险的时候",许多新文学作家都在自我反省中清醒地意识到:"文化是有机体的,所以他的生命不可中断。中断以后,是很难继续的。"③为此他们还扪心自问,五四启蒙究竟"对于中国文化的传统之认识如何呢? 态度又如何呢? 我们是虚心的,切实的研究过,还是一律加了封条,说是封建思想,扬言打倒孔家店,徒快一时之口而已呢?"④所以,他们认为中国知识界完全有必要去重新评价五四启蒙,一定要认识到它对传统文化所造成的巨大破坏,同时也要纠正其不符合中国国情的负面影响,"这种反省而沉着的态度是一个最正当的态度"。⑤

---

① 罗家伦:《民族与民族性》,《新民族》1938 年第 1 卷第 2 期。

② 陈铨:《民族文学运动的意义》,张昌山编:《战国策文存》(下),云南人民出版社 2013 年版,第 718 页。

③ 罗家伦:《抗战的国力与文化的整体性》,《新民族》1938 年第 1 卷第 7 期。

④ 李长之:《国防文化与文化国防》,《李长之文集》第 1 卷,河北教育出版社 2006 年版,第 16 页。

⑤ 李长之:《战争与文化动态》,《李长之文集》第 1 卷,河北教育出版社 2006 年版,第 97 页。

一、流离失所与骨肉分离的精神痛苦

抗战时期文化界与文学界重提"民族本位"这一口号,绝不是知识分子一时激愤的感情用事,而是有着令他们没齿难忘的时代背景。因为在全面抗战爆发以后,中国知识精英在战争动乱中,经历过一次生活居住地的大迁徙;在这次大迁徙的过程中,他们遭受了一生中不堪回首的痛苦磨难,因此才真正体会到了国家民族对于主体"自我"的重要性。根据历史学界所提供的统计数据,抗战期间"高级知识分子十分之九以上西迁,中级知识分子十分之五以上西迁,低级知识分子十分之三以上西迁"[①]。知识分子这次规模庞大的群体迁徙,彻底打破了他们养尊处优的生活环境,只能是以一个普通"流亡者"的客居身份,在全然陌生的大西南或大西北,"举头望明月,低头思故乡",无时无刻不在想念着自己的家乡和亲人。这种剪不断、理还乱的浓浓乡愁,不仅令他们理性地反思了五四启蒙所倡导的"个人主义",同时更是令他们理解了"民族"是"个人"与"家庭"的存在基础;"民族如果不能振作,不能自立,无论什么好听的'自由','平等','大同主义'或'世界主义',都是废话;无论什么优美的政治经济或社会的理想,都无着落"[②]。所以觉醒于"流亡"期间的民族意识,无疑是推动新文学走向"民族本位"的重要原因。

凡是有点中国新文学史常识的人,都知道这样一个客观事实:从五四到抗战,虽然只有短短的 20 年时间,但中国对于知识分子而言,却有过两次大规模的"离家出走"。第一次是五四时期,"离家出走"的主要原因,大致可以分为这样三种基本情况:一是郁达夫式的"零余者",无论《沉沦》中的"他"还是《迟桂花》中的"我",都呈现出一种既没有家庭更没有父母的"流浪"状态:"由一所学校到另一所学校,由一种工作换至另一种工作,由嗜书到嗜酒,朋友变成了敌人,由一个城市移居另一城市,由一日到另一日,一年到另一年",永远是"一个人在路上"那种漫无目的的四处漂泊。[③] 学界曾普遍认为,郁达

---

① 孙本文:《现代中国社会问题》第 2 册,商务印书馆 1948 年版,第 261 页。
② 罗家伦:《民族与民族性》,《新民族》1938 年第 1 卷第 2 期。
③ 李欧梵:《中国现代作家的浪漫一代》,新星出版社 2005 年版,第 79 页。

夫小说中主人公的"漂泊"人生,就是一种在"自然"中去寻求"自由"的自我拯救,即:"人的生命和生活应当是自然自由的,只有自然而自由的实现,才有可能拯救人的精神、思想、心灵、情感的沉沦……个体与国家的生存与强大,自我身心解放和民族的独立自尊,都必须依赖自然与自由的社会环境。"①然而,研究者却都人为地忽视了这样一个关键性问题,"零余者"将"自我"完全凌驾于"国家"和"民族"之上,并试图通过超越"社会环境"去获得主体自我的绝对"自由",这是一种永远都不可能实现的荒谬想法。故"零余者"那种自暴自弃的颓废情绪,很难同反封建或反传统建立起直接的联系。二是鲁迅式的"孤独者",比如《呐喊》《彷徨》中的那个"我",也是一个无家可归、四处漂泊的"流浪者";但这个"我"原本还是有"家"的,只不过由于世态炎凉和生活所迫,才不得已卖掉了自己祖居的那个老屋。关于这一点,鲁迅在小说《故乡》里交代得十分清楚:"我这次是专为了别他而来的。我们多年聚族而居的老屋,已经共同卖给别姓了,交屋的期限,只在本年,所以必须赶在正月初一以前,永别了熟识的老屋,而且远离了熟识的故乡,搬家到我在谋食的异地去。"一句"永别了",深刻地表达了鲁迅对于失去"故乡"和"家"的强烈痛感。从此以后,"故乡"与"家"一直都是鲁迅挥之不去的心灵梦魇:"虽说故乡,然而已没有家,所以只得暂寓在鲁四老爷的宅子里"(《祝福》);"觉得北方固不是我的旧乡,但南来又只能算一个客子,无论那边的干雪怎样纷飞,这里的柔雪又怎样的依恋,于我都没有什么关系"(《在酒楼上》)。因此,鲁迅笔下那个"我"的"离家出走",也构不成真正反封建或反传统的实际意义。三是丁玲式的"叛逆者",即在"个性解放"的思想启蒙下,新青年群体以盲目地"离家出走",去追求一种无拘无束的"自由生活"。这一类人物在五四新文学创作中最为常见,也最容易得到人们的同情与肯定。但是诸如莎菲之类的"反抗"与"叛逆",究竟是一种青春期的心理现象,还是一种思想启蒙的文化现象? 很值得我们研究者去深入思考。比如莎菲懵懵懂懂地跑到北平,除了玩弄一些

---

① 何锡章:《拯救"沉沦":自然与自由——重读郁达夫的小说〈沉沦〉》,《华中学术》2013年12月第8辑。

百般无聊的恋爱游戏便无所事事,根本就没有自己为之奋斗的人生目标,最终只能是带着情感上的巨大创伤,去寻找一个"无人认识的地方,浪费我生命的余剩"。所以莎菲本人的"离家出走",除了会令自己绝望和家人悲伤,并不会撼动传统文化的家庭根基,反倒是充分暴露出了五四青年的思想幼稚性。

第二次就是抗战期间。五四时期的"离家出走",虽然带有极大的青春期叛逆心理,但他们在潜意识里对于自己的盲动行为,心里还是抱有一定"底气"的;因为大不了在走投无路之际,还可以堂而皇之地再"回来"(子君就是一个典型的例子),反正仁慈的父母总会为他们敞开着"家庭"的大门,绝不可能在他们失魂落魄时置之不理。但抗战期间的"离家出走",则完全是知识分子群体被迫流浪的无奈之举:他们被侵略者用刺刀赶出了自己的家园,夹杂在2000多万难民中同他们一样疲劳奔波,完全消解了作为社会精英的清高傲骨,狼狈得就像一只"无主的狗一样",不知流浪到何处才是尽头,只知道"还向更远的方向走去"(刘白羽短篇小说《在艰辛里成长》)。他们跟随着那一望无际的逃难大军,"人,行李,家具,载满了货车,有的就坐在黄包车上,有的却只有背着包袱",自己也不明白要"逃到什么地方去"(燕军报告文学《广州受难了》)。许多人在逃亡的过程中既没有车也没有船,几乎全是靠着自己的双脚长途跋涉,比如闻一多就曾亲自带领着清华学子,徒步到达了昆明;而蔡楚生则是挤在装满难民的闷罐车上,忍饥挨饿了几天几夜不说,每天还要躲避日本飞机的轰炸,走走停停地逃到了昆明。也许我们现在根本无法去想象,抗战时期中国难民的大逃亡究竟有多么恐怖,但是仅以1944年11月豫湘桂战役时,报纸对于难民逃亡情况的报道就可见一斑了:"黔边难民组成了一个长达几十里的行列,向贵阳行进"[1];"数百万人,扶老携幼、流亡在道、饥寒交迫",完全堵塞了交通。[2] 这既是中华民族的奇耻大辱,也是世界历史上的一大奇观。"逃亡"使失去了"土地"和"家园"的中国人,从恐惧、失落、沮丧、哀叹中渐渐地觉醒过来,强烈的思乡之情与回家愿望,已经在慢慢地聚集成为一种即

---

① 《新华日报》1944年12月3日第2版。

② 重庆档案馆:《快邮代电》(1944年12月5日),《市政府救济难民》179/B(三)。

将爆发的复仇怒火。比如,蔡楚生在报告文学《龙江吟——乱离走笔之一》中,就生动地描写了这种情绪的产生和蔓延:在挤满了逃难者的闷罐车里,气氛压抑得使人喘不过气来,每一个人都面无表情,大家都目目相觑沉默不语。突然间,"一个带东北口音的中年士兵,用低沉的声调,在唱着松花江的流亡曲,歌声所带来的苍凉哀怨,像电流般不断在袭击每一个受了创伤的游子的心头,于是士兵们垂着头,所有的旅客也都被感染了。人们全沉默着。每个脸像化石般的僵硬与没有表情,每一对眼睛都泛溢着晶莹的泪光,在这泪光中从每个人的心头所漾起的,该是各个不同的故乡,各个不同的家庭,无数衰老的父母,亲爱的弟妹,可怜的妻子儿女,和无尽的江山,无穷的宝藏……"

阅读抗战文学作品我们可以发现,"家庭"和"亲人"就是它的创作灵魂。新文学作家早已不再视"家庭"为"囚笼"、视"父母"为"仇敌",而是把"亲情"变成了能够支撑他们活下去的精神力量。这无疑是抗战文学与五四文学之间的最大区别。因为经过五四启蒙的精神洗礼后,知识精英本以为他们的家庭观念淡薄了,却未曾想"男儿有泪不轻弹,只是未到伤心处"!所以,无论他们在"离家出走"时表现得有多么决绝,但是在四处漂泊、居无定所的逃难人生中,"家"和"亲情"立刻便会从记忆中迸发出来,成为他们割舍不下的情感挂念。比如仆仃说:"我开始离开平原,离开那父亲似的襄河,踏上这块陌生的土地,我感到异常的孤独,这儿的一切,全为我所不熟悉,陌生,一切都是那样的陌生呵。"每天醒来一走出房间,都要去面对着"陌生的面孔,陌生的装束,陌生的,为我所不能习惯的天气,像一个画家的调色板上,拙劣的,涂抹着横七竖八的不相调和的颜料,于是,我变得颇为忧悒"(散文《远方的城》)。白朗则哀叹道:

> 两三年来,总在流亡的人群里生活着,尤其是近几个月,许多的朋友——都纷纷地让敌人迫出了家乡,做了逃亡之客。骨肉离散了,家园里正驰骋着敌骑。大家聚在一起,谈起来,常是把话题引到个人的故乡去;故乡里的骨肉,故乡里的田园;故乡里受难的同胞和朋友;尤其是那无尽的富源哪,使人怎能忘怀呢(散文《流亡曲》)。

异地他乡的陌生环境与骨肉分离的强烈痛感,使那些暂时客居在大后方的知识精英们,在精神上或多或少都患上了一种"怀乡病",就像包白痕在散文《忧郁底山城》中所描写的那样:每一个流亡者都在"计算着日程",期盼着能够得到一封来自家乡亲人的"书信","不管是悲痛的还是欣幸的,在我,都会感到莫大的欢慰!"因为它尽管可能是些"碎纸零篇",但却可以"告诉我一些远方的消息"。"生活在这忧郁的山城,已有一年了啊,从春天到秋天,秋天到冬天,每天,我底心如压着一块铅石,是那么沉重呀!"逃难者这种思念家乡亲人的迫切心情,应是对"烽火连三月,家书抵万金"的最好诠释。

新文学作家的思乡之情,与自己留在那里的亲人有关。由于知识精英在大迁徙的过程中,大多数人都是独自西行,所以没有带走的父母妻儿,也就变成了他们难以释怀的一块心病。比如老舍就曾说他在"南来以前","老母尚在北平,久无信示;内人又病,心绪极劣。……每深夜至友家庭听广播,全无收获。归来,海寂天空,但闻远处犬吠,辄不成寐。"①老舍之所以会心情"极劣",除了"老母"尚在沦陷的北平,更重要的是当时济南战事正酣,夫人胡絜青怀有身孕没有同他一道撤离济南;尽管他委托朋友代为照料,但济南城六十多万居民全都在逃难,"仅剩万余人,几乎成为一座空城。"②所以老舍才会焦虑万分,精神几乎快要崩溃了。另外在抗战期间,许多人都因骨肉分离、各在一方,由于不通音讯、消息闭塞,故即使父母离世他们也全然不知。比如,顾颉刚的父亲原本就不同意他到西北,只希望能"全家团聚,不望我作远游"。对此,顾颉刚认为是父亲不理解自己,其实是他根本就不理解自己的父亲。因为顾颉刚并不知道,父亲此时已是重病在身,一再催他回去不"作远游",无非是想见上最后一面而已。所以,当他很久以后得知了父亲已经去世的信息,方才悔恨不已地仰天长叹道:"痛哉!我既不能侍疾,又不能奔丧,父大人既抱憾九原,我亦负疚殁世矣。……想彼临终时,不知怎样怨我。"③作家方令孺同样是在得知了父亲离世的消息之后,因无法回家奔丧而感到无比愧疚,故她只能以一篇《忆江南》,来作为她在异地他乡的隔空祭文:"我所最敬爱的老父,就

① 老舍:《南来以前》,《老舍文集》第 14 卷,人民文学出版社 1995 年版,第 101 页。
② 王同起:《抗日战争时期难民的迁徙与安置》,《历史教学》2002 年第 12 期。
③ 《顾颉刚日记》第 4 卷,台北联经出版事业股份有限公司 2007 年版,第 45、187、188 页。

在我远行之后逝世了!再也不会有在藤萝萧瑟的庭院里看见父亲雍穆而儒然的风度,再也不会在寒夜里的书斋里看见父亲白发苍苍在灯前垂首。"在所有怀念故乡亲人的抗战作品中,我认为老舍的散文《我的母亲》,写得最令人为之动容。老舍早年丧父,全是靠母亲一手把他养大成人的,因此他对母亲感情的非常之深,故自己南下后一直都怀有一种强烈的负疚感。他说:"母亲怎样想念我,我可以想象得到,可是我不能回去。每逢接到家信,我总不敢马上拆看,我怕,怕,怕,怕有那不祥的消息。"尽管他一如既往地给母亲写信,却始终都得不到家里的回音,终于有一天他接到了家书,"得知母亲已去世一年了!"老舍顿时泪如泉涌,只是用了四个字"心痛!心痛!"来形容他当时心如刀绞般的难言之痛。老舍虽然自己没有能够去为母亲尽孝,但他后来却在长篇小说《四世同堂》中,塑造了一个大孝子祁瑞宣的人物形象,这也算是他对自己情感欠账的一种补偿吧。

新文学作家在四处逃难的流亡生涯中,他们从"思家"到"忧国",极大地提升了自己的民族意识,并表现出了强烈的爱国情怀。所以他们认为"整个国土笼罩在火光里,浸渍在血海中……我们应当将小己的家的观念束之高阁,而同心合意地来抢救同胞大众的家要紧"①。舍"小家"而为"国家",这无疑是贯穿于抗战文学始终的坚定信念。比如,丰子恺在其"缘缘堂"系列散文中,就明确地表达了这种无私奉献的牺牲精神。"缘缘堂"是丰子恺在故乡建起的一座豪宅,用他自己充满深情的话来说,"你是我安息之所。你是我的归宿之处。"然而1937年11月6日,日本侵略者从杭州湾登陆,"缘缘堂"也在战火中被摧毁了。当他得知这一消息后,却并没有为其感到惋惜,因为他懂得这场战争,"是为公理而抗战,为正义而抗战,为人道而抗战……你做了焦土抗战的先锋,这真是何等光荣的事"(散文《告缘缘堂在天之灵》)。而路翎的长篇小说《财主底儿女们》,则是通过"家亡"去探索"国破"的根本原因。对于这部被胡风誉为"中国新文学史上一个重大事件"的鸿篇巨制,学界(包括胡风本人)一直都对其创作主题存在着一种主观误读。比如路翎曾写信告诉

---

① 苏雪林:《家》,《苏雪林代表作》,华夏出版社2009年版,第87页。

胡风说:"第一部快完结,有了怀疑。先是小小的,以为写下去就可以克服。但现在扩大了,怀疑到根本的东西。"①胡风认为路翎所说的"根本的东西",无非是指"封建主义底悲惨败战,凶恶的反扑,温柔的叹息"②,我个人的看法却恰恰相反。如果说《财主底儿女们》真是在指"封建主义底悲惨败战",那么路翎的"怀疑"我们也就有了一种合理的解释。实际上,《财主底儿女们》的第一部还没有写完,路翎的思路便走向了对五四启蒙的自我反思,并且与他最早设定的艺术构想——反封建或反传统产生了冲突。因此他才会毫不隐讳地说:"我不过觉得,我们现在的所谓文化,对我造成了极坏的效果:我觉得这真是一种危险。"③我提请研究者们注意,"我们现在的所谓文化"一句大有深意:"现在"无疑是在指"时间"的当下性,而"所谓"又是一个贬义词,这充分说明路翎创作《财主底儿女们》的思想动机,已经开始由反传统转向了质疑五四启蒙。比如,《财主底儿女们》上部主要是描写苏州蒋家的破败沦落,但是读后却令人感到十分诧异,蒋家的败落并不是发生于全面抗战爆发之后,而是发生在"国破"之前的启蒙时代。这种叙事策略本身就带有强烈的自嘲性质,即路翎是在暗示广大读者,蒋家的衰亡完全是由那些不肖的子孙所造成的:老大蒋慰祖为"爱情"而叛逆,老二蒋少祖和老三蒋纯祖为"时尚"而叛逆,三个儿子纷纷地"离家出走",没有一个人在乎蒋家的兴衰存亡。我们从路翎笔下所看到的事实真相,就是在"国"尚未"破"而"家"已破败。《财主底儿女们》下部主要是描写蒋家的"儿女们"客居重庆的思乡之情,以及蒋少祖和蒋纯祖二人在现实困境中的自我反省。动荡不安的流浪人生,使蒋少祖感到痛苦和茫然,他仰望墙上挂着的父亲照片,回想起"父亲底严肃的,光辉的相貌,他底声音和表情",越发觉得自己非常对不起父亲。蒋纯祖在度过了他的青春叛逆期之后,也突然发现"他已经受了欺骗",故他"痛恨五四时代底浅薄浮嚣,因为,中国假如没有五四,也还是有今天的"。我个人并不想在此去做妄加评论,但是路翎本人的心灵呐喊,我们却不能充耳不闻、视而不见——《财主底

---

① 路翎:《致胡风书信全编》,大象出版社 2004 年版,第 74 页。
② 胡风:《〈财主底儿女们〉序》,《财主底儿女们》,人民文学出版社 1985 年版,第 2 页。
③ 路翎:《致胡风书信全编》,大象出版社 2004 年版,第 79 页。

儿女们》就是在借蒋氏兄弟之口,去向读者讲述这样一个简单的道理:中国传统文化强调的是"家国"一体化,而"家国"二字"家"又是根本;如果中国人都像蒋家那样"国"未"破"而"家"先"亡"了,那么还谈什么中华民族的伟大复兴呢?因此,《财主底儿女们》的创作主题,是在告诉中国人一定要守住"家"这一文化根基,并以"保家"去召唤全民族"卫国"的抗战意识,进而继承和发扬中国"家国"文化的巨大凝聚力。

抗战文学因"思家"而激发起了强烈的民族复仇意识,这是一个学界最无争议的客观事实;然而在这一事实的深刻寓意性,又明显是一种对于五四启蒙的自我纠偏。新文学作家因其"落魄"而渴望"回家",已不再相信"个性解放"的启蒙思想,这种自觉的"回归"意识,无疑向人们展示了新文学民族化的光明前景。对于"个体"回归"群体"的文化现象,弗洛姆曾做过这样一番阐释:"人"既然是一种群居类的灵长动物,他们就不可能离群索居、独自生存。因此他们"宁愿冒生命危险,放弃自己的爱,舍弃自己的自由,牺牲自己的思想,为的就是成为群体的一员,与群体协调一致,并由此获得一种(哪怕是想象的)身份感"①。抗战文学的"回归"现象,便是一个很好的证明。曾经极端"叛逆"的新文学作家,他们意识到若想要回归到自己的族群里,并成为中华民族大家庭中的一名成员,那么重新认识和理解传统文化的现实价值,牢固地树立"民族本位"的文化意识,是一个必不可少的首要条件。所以,抗战时期文化界关于民族问题的历次大讨论,不仅是个性意识转向民族意识的强烈信号,同时也是启蒙文学转向民族文学的显著标志。

二、现实困境与传统文化的价值重估

九一八事变以后,国内知识界对于日本帝国主义侵占东北三省,试图将整个中国都置于其奴役之下的扩张野心,已经开始产生了强烈的忧患意识。比如,中央大学校长罗家伦就呼吁说:"身为知识分子,就应该抱有舍我其谁至死无悔的态度,去担当领导群伦继往开来的责任。当民族生死存亡的紧急关

---

① [美]E. 弗洛姆:《健全的社会》,贵州人民出版社 1994 年版,第 50 页。

头,知识分子的责任尤为重大。范仲淹主张——先天下之忧而忧,后天下之乐而乐。必须有这种抱负,才配作知识分子。"①而中国现代精英知识分子群体,也从20世纪30年代起,公开主张反思启蒙与重识传统,并以此去提振民族士气和民族精神。像1935年由王新命等10位教授联名发表的《中国本位的文化建设宣言》,1938年由中央大学(当时已经迁到重庆北碚)《新民族》周刊所发起的民族建国运动,1939年由顾颉刚《中华民族是一个》一文所引起的学术争鸣,1940年国统区和解放区关于民族文学形式的大讨论,1942年由陈铨等"战国策派"文人所发起的"民族文学运动"等,都曾对中国现代文化建设产生过深远的影响。

在这一系列关于"民族文化"与"民族文学"建设的大讨论中,1935年1月10日,王新命等10位教授联名在《文化建设》月刊上发表的《中国本位的文化建设宣言》,无疑是一个推动重建民族文化的纲领性文献。这篇气势恢宏的文化"宣言",首先把思想批判的矛头,直接指向了五四启蒙运动,并且心情沉重地指出:

> 中国在文化的领域中是消失了;中国政治的形态、社会的组织和思想的内容与形式,已经失去它的特征。由这没有特征的政治、社会和思想所化育的人民,也渐渐的不能算得中国人。所以我们可以肯定的说:从文化的领域去展望,现代世界里面固然已经没有了中国,中国的领土里面也几乎已经没有了中国人。

为了保住中华民族的古老文明,使"中国"真正成为"中国人"的"中国",故他们主张"中国本位"的民族文化,应遵循这样一种基本原则:对于传统要"去其渣滓,存其精英",对于西方则"取长舍短,择善而从";若要实现这一艰巨任务,就必须要彻底"清算从前的错误",即以胡适为代表的"全盘西化"论。②对于王新命等人的思想观点,胡适本人首先做出了回应,他承认"全盘西化"这一概念确有不妥,故又重新改用了"充分世界化"一词。不过他仍然固执地

---

① 罗家伦:《知识的责任》,《新民族》1938年第1卷第18期。
② 王新命等:《中国本位的文化建设宣言》,《文化建设》1935年1月10日第1卷第4期。

认为,现代中国必须无条件地敞开大门,从科学技术到政治制度,都应该去向西方学习,并认为"中国本位"的文化论调,是一种地地道道的折中主义。① 鲁迅此时的态度,早已变得十分明朗了,他既不赞同"全盘西化",也不赞同"泥古不化",而是主张辩证地去看待"传统"。比如,他于 1934 年 6 月发表的《拿来主义》一文,就与《中国本位的文化建设宣言》所表达的意思十分相近。他说对于传统文化,"一把火烧光"那是"昏蛋",不加选择地接受则是"废物";对于引进西方文化,同样要有一个"占有,挑选"的必要程序,然后再"运用脑髓,放出眼光,自己拿来"②! 由此可见,《宣言》是对鲁迅《拿来主义》一文的思想深化,两者都在强调学习西方并不是要人们去盲目地效法西方,建设"中国本位的文化"也不是要求人们一味地"守旧",而是应该在坚守"中国"二字的基础上,去兼容那些外来文化的优质因素。对于《中国本位的文化建设宣言》一文的重要意义,李长之先生曾有过一个比较公正的客观评价,他说"'九一八'是中国另一个文化运动的前奏号角。我们要回到中国来! 作为代表的意义的,这就是后来十教授'中国本位'文化运动宣言。"③

文学界其实并没有游离于这场文化讨论之外,只不过我们文学研究工作者往往是将文学问题,从大的文化环境中单列出来去加以论述,所以很容易使人忽略了文学与文化运动的历史互动性。中国文坛上所发生的那场关于"民族形式"的大论战,实际上就是中国文化界"中国本位"与"全盘西化"之争的重要组成部分。比如 1940 年 3 月,向林冰在《论"民族形式"的中心源泉》一文中就曾明确指出:中国新文学的服务对象是人民大众,那么就必须要以人民大众所喜闻乐见的文艺形式,去创造为"中国老百姓所喜闻乐见的中国作风与中国气派",进而形成中华民族自己的鲜明特色与文学风格。这就要求新

---

① 胡适:《试评〈中国本位的文化建设〉》,《胡适与中西文化》,台北水牛图书出版有限公司 1984 年版。

② 鲁迅:《拿来主义》,《鲁迅全集》第 6 卷,人民文学出版社 1981 年版,第 38 页。

③ 李长之:《中国文化运动的现阶段》,《李长之文集》第 1 卷,河北教育出版社 2006 年版,第 53 页。

文学应回归传统,将民族形式作为它的"中心源泉"。① 向林冰已经说得很明白了,在全民抗战的大形势下,"中国作风与中国气派"作为民族文学的发展方向,完全符合抗战建国的大政方针。另外,向林冰还严厉批评了五四文学在表现形式上的"西化"倾向,并指出若要克服这种脱离民族审美传统的毛病和缺点,"就不得不向民间文艺学习,也就是说,不得不以民间文艺形式为其中心源泉。"②叶以群、艾思奇、何其芳等延安文人,也都非常认可向林冰的这一观点,他们一致认为"新文学是中国文学底正常的发展,是与'五四'以前的旧文学脉络相承,绝非从天而降的怪物",故利用民族形式不仅不是对五四文学的彻底背叛,相反还是对五四文学继承民族文学传统的发扬光大③。同时他们也指出,五四新文学的"西化"色彩浓重,缺乏"民族气派和民族作风",因此主张促使其回到"民族形式"的正确轨道,这样做不仅是"把现实主义归还给我们的民族文艺传统"④,而且更"是新文学向前发展的方向"⑤。毛泽东对于向林冰的观点,明显是持一种肯定的态度,因为"中国作风与中国气派"这一口号,本身就是他于1938年在《中国共产党在民族战争中的地位》一文中提出来的,后来在《讲话》中又做了重新强调。

也许是因为不满于"民族形式"的社会大讨论,并没有涉及民族文学内容这一关键性问题,所以陈铨等"战国策派"文人,1942年又发起了一场"民族文学运动"。他们开宗明义"民族的命运,只有两条路可走:不是了解时代,猛力推进,做个时代的主人翁,便是茫无了解,即或了解而不彻底,结果乃徘徊、分歧、失机,而流为时代的牺牲品"⑥。若想在中华民族的危难时刻,能够让全国

---

① 向林冰:《论"民族形式"的中心源泉》,《中国新文学大系1937—1949·文艺理论》卷二,上海文艺出版社1990年版,第148页。

② 见向林冰在"文艺民族形式问题座谈会"上的发言,《文艺的民族形式问题座谈会(纪要)》,《文学月报》1940年第1卷第5期。

③ 见叶以群在"文艺民族形式问题座谈会"上的发言,《文艺的民族形式问题座谈会(纪要)》,《文学月报》1940年第1卷第5期。

④ 艾思奇:《旧形式运用的基本原则》,《文艺战线》1939年4月第1卷第3号。

⑤ 何其芳:《论文学上的民族形式》,《文艺战线》1939年11月第1卷第5号。

⑥ 林同济:《战国时代的重演》,张昌山编:《战国策派文存》(上),云南人民出版社2012年版,第6页。

民众真正觉醒,并激发起他们的爱国意识和民族精神,就必须开展一场轰轰烈烈的"民族文学运动"。他们认为理由非常简单,民族文学是民族文化的重要组成部分,而"一个民族有他特殊的血统、特殊的精神、特殊的环境、特殊的传统风俗。假如一个民族,不能把他的种种特殊之处,在文学里尽情表现出来",只是跟在西方的后面步步模仿,"不但文学是没有价值的文学,民族也是没有出息的民族。"陈铨还特别指出,中国人最值得"骄傲的地方",是中华民族有着比西方世界更早、更完备、更伟大的历史文明,有着血肉相连的共同利益与核心价值观。当"欧洲人的祖先还在树林里野蛮生活的时候,中华民族已经有光荣灿烂的文学。西洋文字象声,中国文字象形,形是固定的,声是变化的,西洋文字容易变化,中国文字不容易变化"。由于语言文字是一种民族思维的表现方式,中国人又将自己文化的厚重历史感,都熔铸进了亘古不变的文字符号里,因此通过语言文字便形成了中华民族世代相传的文化传统。比如,"二千多年以前孔、孟、老、庄的书,二千多年以后的中国人,一样的读诵",这足以证明中国文化在人类历史上不可取代的崇高地位。① 故陈铨认为"民族文学运动"的价值所在,就是要以文学的形式去传承中华文明。

重识"传统"与坚守"民族本位"的文化立场,又直接导致了新文学作家对于五四启蒙运动的深刻反省。如果我们细致观察一下便可发现,几乎所有主张"民族本位"的知识精英,都对五四以来的"西化"倾向大为不满。而李长之对此又表现得尤为激烈。他说"我不赞成用'文艺复兴'来称呼'五四运动'",他认为欧洲"文艺复兴运动"的性质,是"希腊文化的觉醒",是"西洋人对于其文化传统的再认识"。发生在中国的"'五四运动'却不然,试问我们的文化传统在哪里呢?"② 他批评五四启蒙精英的思想太过幼稚,"不但对于中国古典文化没有了解,对于西洋的古典文化也没有认识。"既然启蒙精英并不了解孔子与儒家的思想精髓,那么空喊"打倒孔家店"又有何实际意义呢?李长之还进一步指出,五四新文化运动崇尚西洋的古典哲学,但西洋古典哲学的

① 陈铨:《文学批评的新动向》,正中书局 1943 年版,第 33 页。
② 李长之:《国防文化与文化国防》,《李长之文集》第 1 卷,河北教育出版社 2006 年版,第 16 页。

"最高成就应该说柏拉图,而柏拉图的价值则在'玄学',则在建立一种'人生观',然而这也和'五四'学者的好恶相反"①。所以,他嘲讽启蒙精英都有一个怪毛病:一谈西方文化则必言"莎士比亚""歌德""笛卡尔""达尔文""卢骚""康德"这些哲人,可是为什么一谈到中国的传统文化时,就只剩下诸如"小脚、八股、辫子、姨太太、大烟枪"等社会陋习,却无视"孔子屈原司马迁杜甫李白"等人的伟大成就呢?② 陈铨则更是认为五四文学所倡导的"个人主义"思想,从表面观之"诗歌学美国的自由诗,戏剧尊崇易卜生的问题剧,一部分浪漫主义中间包含的感伤主义,弥漫于各种文体之间。个人主义,无疑地是这一个阶段的时代精神"。但中国人所宣扬的"个性解放"思想,却完全背离了西方文化哲学的"自由"精神,即"真正的自由,应当求之内心……只有这样讲自由,才没有极端个人主义的流弊"③。向林冰与艾思奇等人在谈论民族文学形式时,也都把五四文学视为现代都市社会的畸形产物,是那些"大学教授,银行经理,舞女,政客以及其他小'布尔'"不健康情调的艺术表现。故他们全都认为五四文学的"西化"倾向,绝不应该成为引领民族文学的发展方向。④ 因为在他们看来,五四新文学的最大缺陷,"就在于不能够深刻认识广大民众的生活,因此大多数徒有写实的外表形式,而无现实的内容。"这个"现实的内容",毫无疑问就是"我们民族的特色";如果"没有鲜明民族特色的东西,在世界上是站不住脚的。"⑤

"民族本位"的文化建设,并没有仅仅停留在理论探讨上,同时也在抗战文学实践中得到了很好的体现,陈铨的长篇小说《狂飙》就是一个例证。由于种种历史原因,绝大多数中国现代文学史教材都对这部作品缄口不言,但这并

① 李长之:《五四运动之文化的意义及其评价》,《李长之文集》第1卷,河北教育出版社2006年版,第19页。

② 李长之:《论如何谈中国文化》,《李长之文集》第1卷,河北教育出版社2006年版,第9页。

③ 陈铨:《民族文学运动》,张昌山编:《战国策派文存》(下),云南人民出版社2012年版,第711页。

④ 向林冰:《论"民族形式"的中心源泉》,《中国新文学大系1937—1949·文艺理论》卷二,上海文艺出版社1990年版,第148页。

⑤ 艾思奇:《旧形式运用的基本原则》,《文艺战线》1939年4月第1卷第3号。

不能说明《狂飙》没有达到"入史"的艺术水准和思想价值,我相信用不了多久人们一定会对它做出公正的历史评价。小说《狂飙》的故事结构,是以一个名叫铁崖的辛亥革命老人为灵魂人物,并通过他对五四以来"从个人的'狂飙'达到民族的'狂飙'"的深入分析,去揭示中华民族重新认识"自我"的心路历程。[1]《狂飙》作为一部思想性很强的哲理小说,如果用世俗的审美眼光去评判它的叙事逻辑,自然会认为它"像很多嘴的老太婆讲述一个毫不动听的故事一样"[2];但它却并不是在以"故事性"去迎合普通读者的阅读习惯,倘若真要是用"故事性"去评价《狂飙》的美学价值,人们当然会觉得它在"结构上严重失衡"[3]。实际上,小说《狂飙》是以三条主要线索,去串联起一个民族复兴的故事内容。首先是作者把铁崖这位辛亥革命老人,塑造成一个意志坚定的民族主义者,"民族至上"既是他一生的崇高理想,也是他参加辛亥革命的思想动机。因此铁崖始终认为:辛亥革命的目的是为了民族复兴而战,五四启蒙的宗旨则是为了个人主义而战;辛亥革命推翻了清王朝恢复了民族自信,五四启蒙却以个人主义葬送了这一成果。因此他非常不满地对好友薛先生说:"一个民族要生存,最紧要的条件,就是要牺牲个人,保卫团体。"如果人们都能够把民族利益置于个人利益至上,都能够把"国"看得比"家"重,中华民族才会有重新崛起的未来希望。可是"现在新文化运动所提倡的,大部分都是个人的自由。个人愈自由,国家愈分裂,政治更难得上轨道"。故他指出五四启蒙的历史弊端,"就是把个人看得太重了。"其次是作者让立群和国刚这两位青年,分别扮演了"后五四"时代的两种角色——立群热衷"自由恋爱"、追求"个性解放",他所接受的大学教育,就是中国传统文化早已腐朽了;"特别是孔子的学说,害了中国二千多年,我们必须要打倒他!"国刚则继承了铁崖的衣钵,一心要为民族利益而奋斗,他认为倘若人们都只去关心个人利益,"就不能反抗帝国主义",更不可能实现中华民族的伟大复兴。结果大敌当前的逼人形势下,立群却仍然痴迷于恋爱游戏,国刚则参加了中国空军加紧训

① 陈铨:《编辑漫谈》,《民族文学》1943 年 7 月第 1 卷第 1 期。
② 未生:《读〈狂飙〉》,《浙赣路讯》1948 年 11 月 11 日。
③ 袁昊:《〈狂飙〉与陈铨"民族文学"实践论》,《现代中国文化与文学》2017 年第 4 期。

练,随时准备着为国而战。再者是描写全面抗战爆发以后,国刚在武汉的空战中壮烈殉国,其爱人慧英也为了保护伤员而壮烈牺牲;而立群也从三角恋爱中解脱出来,参加了由铁崖所领导的江南游击队。在作品故事的结尾处,作者让铁崖对立群说过这样一番话:"这一次大战结束,非战主义、国际和平的思想,又要抬头,但是战争是人类不可避免的,中华民族必须时时刻刻准备战争,不要上别人的当。"因此他希望以后的中华民族,每一个人都能够成为战士,因为"只有一群战士组成的国家,才是独立自由的国家"。他还反复叮嘱立群:一定要摆正"个人"与"民族"、"小我"与"大我"的关系,"假如个人主义,太占势力,国家民族的前途,就很悲观了。"其实明眼人一看便知道,这番寓意深刻的深情告白,虽然是出自主人公铁崖之口,但却是陈铨本人的情感表达。

路翎的长篇小说《财主底儿女们》,其创作主题与《狂飙》非常相似(只不过学界的评价却截然相反,实在是令人感到有些困惑不解),同样是以五四青年的自我反省,来表达作者对于中国传统文化的重新理解和重新认识。路翎在《财主底儿女们》上半部,让蒋家的三个儿子尽情地精神狂欢,把一个原本好端端的大家庭,硬是给折腾得乌烟瘴气、家破人亡。蒋蔚祖追求自由恋爱,蒋少祖追求个性解放,蒋纯祖追求自我逍遥,他们每一个人都渴望"离家出走",其理由无非就是那个"封建"之"家",被他们视为囚禁青春的精神牢笼。这使父亲蒋捷三感到无比的沮丧,所以他在女儿蒋淑华的婚礼上,语重心长地说过这样一番话:"过去的错处,你们推给我们,是可以的,但是未来的……那是你们自己。"蒋捷三的话应该引起我们的高度重视:一方面他是在谴责从"自由恋爱"到"自由乱爱",新青年们都把爱情和婚姻都当成了一种儿戏,他们蔑视和扬弃了传统文化的道德观念,其结果是既破坏了家庭内部的和谐气氛,又造成了社会生活秩序的极度紊乱。另一方面他又是在提醒自己的儿女,年轻人当然可以把他们的过错全都推给自己的父母;但他们以后也是要为人"父母"的,他们是否会认同其子女的叛逆行为呢?蒋捷三用生命轮回和角色转换的形象比喻,暗示性地否定了新青年非理性的反传统行为,只可惜无论蒋家的公子哥还是学界的研究者,都没有理解他这番"苦口良言"的深刻内涵。到了《财主底儿女们》的下半部,蒋少祖和蒋纯祖兄弟二人面对着家也败了父亲和哥哥也都死了的残酷事实,终于在无家可归的现实窘境中,开始了他们对于自己叛逆行为的深度思考。比如,曾经接受过五四启蒙的精神洗礼,表示"要永远反抗生活……从自己底内心做一个自由的人"的蒋少祖,已经厌倦了"一种强烈的、壮大的、英雄的生活"。在客居重庆期间,他不断地扪心自问,为什么自己会从崇拜西方,又回到了崇拜传统呢?蒋少祖终于找到了答案:"中国底文化,必须是从中国生发出来的——蒋少祖想——这个民族生存了五千年,不是偶然的……能够产生孔子,老子,吕不韦和王安石。这个民族底气魄是雄浑的。"蒋少祖这种极为深刻的理性反思,当然是对五四"西化"启蒙的一种质疑。于是,他抨击那些思想肤浅的启蒙者,"早把中国自己底遗产忘记了,他们根本不明白,在屈原里面有着但丁,在孔子里面有着文艺复兴,在吕不韦和王安石里面有着一切斯大林,而在《红楼梦》和中国底一切民间文学里有着托尔斯泰。"再如,曾经"对他底祖国的东西,无论新的或是旧的,都整个地轻视"的蒋纯祖,也突然间发现"他已经受了欺骗",因为他意识到"最可怕的是,所谓自由,便是追求虚弱和享乐"。所以,他也宣称"我先前相信西欧文化,现在又崇拜我们中国古代底文化"。蒋氏兄弟的自我反省,使他们明白了文化问题,绝不能盲目地仿效西方;必须要走民族自己的发展道路,必须要有民族自己的文化特色,否则中国人就会迷失了"中国"。我曾在一篇文章里,对《财主底儿女们》的文学史价值,做过这样一种评价:小说《财主底儿女们》的与众不同之处,就在于它在中国现代文学史上创造了三个"第一":第一次以批判理性精神去对五四启蒙进行了极为深刻的自我反省;第一次让新青年以"不肖子孙"的负面形象去对"家"和"父亲"表示了忏悔;第一次形象地揭示了"西化"现代性对于民族传统文化所造成的巨大破坏。仅就这三个"第一"而言,《财主底儿女们》就足以名垂史册、令人敬佩。① 即便是到了现在,我个人仍然坚持这种看法。

抗战文学提倡"民族本位"的文化构想,完全是由精英知识分子在民族苦

① 孙伟、宋剑华:《家庭伦理崩溃后的自我反省——重识路翎〈财主底儿女们〉的现代文学史意义》,《文艺研究》2018 年第 11 期。

难中所自觉生成的一种信念，他们坚信中华民族一定会在困境中崛起和复兴，这是任何力量都无法阻挡的历史趋势。因为"经过长期英勇的抗战，我们在火的洗礼，炮的吼声之中，对于自己的民族该重新认识了"！中国现代知识精英正是通过不断的自我反省，他们才痛定思痛达成了这样一种思想共识："我们不但要复兴我们的民族，并且要重新鼓铸我们的民族性。"①所以，在抗日战争的烽火硝烟中，确立民族文化自信、理性地看待传统的社会呼声，也此起彼伏、不绝于耳，并得到了新文学作家的积极响应。

三、战火洗礼与民族复兴的理想诉求

为了全力推动中华民族的复兴运动，1938年2月罗家伦还创办了一本《新民族》周刊，目的就是充分发挥知识精英的聪明智慧，去为中华民族的伟大复兴献言献策。《新民族》周刊虽然只出版了64期，但撰稿人绝大多数都是来自全国各高校的著名教授，且主要是"由当时在中央大学执教的第一流学者执笔，因此在当时的学术水平来说是国内一流的"②。罗家伦在《新民族》周刊的发刊词中写道：在战火纷飞、硝烟弥漫的中国大地上，仿佛听到了旷野中爆发出了一声呐喊，"有一个新的中华民族降临，赶快预备他的路。"而《新民族》周刊的问世，就是要去做"新中华民族降临前的一个小小号兵"③。因此，《新民族》周刊围绕着"民族复兴"这一核心命题，涉及的具体内容也十分广泛，其中包括民族意识、经济发展、国防建设、文化教育等诸问题。正是由于《新民族》周刊群英荟萃，所谈之事又都是事关国家建设和抗战大局的现实问题，因此创刊"不一月而销数逾万"④，并"对青年思想有正确的指示，与莫大的启发"⑤。

抗战文学自然不甘落后，它同样愿意去做迎接"新中华民族降临"的"小小号兵"。如果我们从新文学发展的自身角度去追根溯源，那么很容易发现

---

① 罗家伦：《民族与民族性》，《罗家伦先生文存》第2册，裕台公司1976年版，第93页。
② 高澎编：《永恒的魅力——校友回忆文集》，南京大学出版社2002年版，第69页。
③ 罗家伦：《〈新民族〉的前奏曲》，《新民族》1938年第1卷第1期。
④ 罗家伦：《黑云暴雨到明霞》，商务印书馆1943年版，第18页。
⑤ 冯沪祥：《罗家伦论人生》，北京大学出版社2010年版，第46页。

它对中华民族未来远景的大胆想象,最早是始于胡也频的小说《同居》。尽管现代文学史对于这篇作品提到的不多,但它却是新文学乌托邦理想的最早呈现。比如,胡也频在这篇充满着革命浪漫主义色彩的小说当中,为读者描绘了一幅未来共产主义社会的美好蓝图:在苏维埃革命根据地里,男女平等、人人自由、衣食无忧、生活快乐,封建习俗一扫而光,精神面貌焕然一新;民选干部为人民服务,上下级关系亲如兄弟,每一个人都学习文化知识,就连"生下来的儿女也有'公家'来保管"。这种乌托邦式的社会理想,后来在左翼文学和解放区文学里,都有过不同程度的艺术表现。但抗战文学对于"民族复兴"的重大命题,显然要比左翼文学更加具有务实性和针对性,它完全是从民族大局出发,无论"批判"还是"歌颂",都以生动形象的故事叙事,去抒发爱国主义的满腔热情。如果我们去做进一步分析,抗战文学对于"民族复兴"的关注焦点,主要又是集中在"吏治问题""国防建设"和"文化教育"这三大方面。

首先,抗战文学非常关注"吏治问题",认为这是民族复兴的关键环节。比如陈铨的《狂飙》、郁茹的《遥远的爱》、张天翼的《华威先生》、沙汀的《代理县长》等作品,都是在以暴露当下社会的"吏治腐败",去提醒执政者应对此问题去引起注意。这与《新民族》周刊的基本理念,无疑是英雄所见略同。因为《新民族》周刊的撰稿者们都非常痛恨官场的黑暗腐败,所以他们才会纷纷向执政当局大胆地进言道:基层官员是执行国家意志的重要角色,他们的思想素质和文化修养,将对民族国家建设的长远战略,起到至关重要的决定性作用;若"要达到完成抗战建国的使命,必须培养训练新任大批干部人才",特别要"多奖励有为青年",对他们"留心提拔"、大胆使用。[①] 所以,他们建议应参考西方选拔公务员的用人制度,注重考察任用干部的思想品德和实际才干。所谓思想品德,是指行政官员应具有"强烈的爱国心和深刻的民族观念",如果没有这种道德修养的自我约束,他们"则必不能'负责任、说实话、做实事',必不能'躬身尽瘁死而后已'的忠于职守"。而所谓实际才干,则是指行政官员是否具有多学科知识,是否具有行政效率,是否具有行政手段,是否具有应变

---

① 杭立武:《政治建设的基本工作》,《新民族》1938 年第 2 卷第 17 期。

能力,乃至于是否能够深得民心,并得到群众的信赖和支持。①

"吏治腐败"问题不仅为文化精英所诉病,同时也是抗战文学普遍关注的创作主题。比如陈铨的长篇小说《狂飙》,开篇就猛烈抨击现实社会中的"吏治腐败"。铁崖这位作品中的灵魂人物,曾变卖了所有的家产去资助辛亥革命。然而当革命成功以后,他发现在新政府里任职的那些官员,大都是些旧政权留下来的遗老遗少;就像鲁迅在《阿 Q 正传》中所描述的那样,"知县老爷还是原官……带兵的也还是先前的老把总。"这些人摇身一变都成了革命功臣,一心只顾自己升官发财、飞黄腾达,根本就不去关心人民大众的生活疾苦,这令铁崖对于革命产生了一种绝望情绪,所以才决定回乡去做了一个普通的农民。无独有偶,郁茹在其短篇小说《遥远的爱》中,同样也塑造了一位辛亥革命老人陆放,他痛恨现实社会中的吏弊丛生,"憎恶军阀……和那些没有骨气,贪生怕死,失去了战斗意志的政客"。如果说铁崖与陆放两人有什么不同的话,后者对于执政当局根本就不抱有任何希望,而前者却对执政当局还抱有一线希望:"现在政府里边的领袖人物,也很能够励精图治。就是行政机构太坏,贪污、因循、麻木、无耻的官僚不少,政府许多极好的法令,一到他们手里,反而成了祸国殃民的工具。革命的血,不能洗涤这一般人的心。"换一种说法,铁崖痛恨民国政府的"吏治腐败",却又同情制造这种"吏弊"的政治"领袖",完全陷入了一个无法自圆其说的逻辑怪圈。这就是《狂飙》备受革命作家猛烈攻击的主要原因。而《华威先生》和《代理县长》这两篇小说,更是把抗战时期的"吏弊"现象,刻画得惟妙惟肖、入木三分:在张天翼的笔下,那位政客华威先生"永远挟着他的公文皮包",坐着一辆"像闪电一样快"的黄包车,不是在"开会"便是在去"开会"的路上。他表面上好像是在关心"抗战",实际上却是为了表现一种存在感。一旦人们忽略了他的存在,立刻便会气急败坏、暴跳如雷。沙汀笔下的那位"代理县长",更是中国新文学史上的一个奇葩形象:"他是军官出身,又住过半年县政训练班,所以当接到委任时,一看是重灾区,便很热情地表示他要苦干一番。"这位旧军官出身的"县大老爷",刚

---

① 吕学海:《行政效率的文化基础》,《新民族》1939 年第 3 卷第 7 期。

一出场给人的感觉印象,似乎很想为国分忧替民解难去大干一番事业,而且他的日常生活也过得比较节俭:"衙门里不大便于开火,每天吃饭时候,他得出去临时借用老百姓家的锅灶";于是一到了饭点,他便"一只手提着包米的手帕,一只手提着穿挂腌肉的草绳,探头探脑,挨门挨户地问起来:'锅空么?——帮我烧一下子!'"。有意思的是,正是这样一位看似非常自律的清廉官员,却在一个贫穷落后的重灾县里,残酷地欺压百姓、收刮地皮,公然叫嚣就是"瘦狗还要炼它三斤油哩!"。无论张天翼还是沙汀,他们揭露现实"吏弊"的主观意图,恐怕并非研究者所说的那样,仅仅是在批判和否定国民党政府的黑暗统治;张天翼对此曾做过一个很好的解释,他认为挖出这些"民族身上的小疮",目的在于"说明我们民族之健康,说明我们之进步"。①

其次,抗战文学对于"国防建设"的现代化问题,也从思想上给予了高度的重视。尤其是在许多抗战文学作品中,都不约而同地描写了这样一种堪忧的战场景象:那些士气高昂的中国军人,往往是在用一种最原始的武器,去同装备现代化的日本兵进行厮杀;他们那种不畏强敌的英雄壮举,虽然表现得气吞山河、令人敬佩,但却真实地反映了中国军队的落后现状。因此在抗战刚一开始,《新民族》周刊便提出了国防现代化的重大命题,他们认为应大力发展民族工业,使其成为战时军事的强大保障。② 中国军队素质低下、体能极差,上战场前既缺乏必要的军事训练,更不懂得各种武器装备的熟练操作,所以要大力创办现代军事院校,从理论素养与战术技能等方面,去培养合格的军官和士兵。与此同时,《新民族》周刊对于战地救护以及伤兵归宿等问题,也都做了很多较为深入的理论探讨,他们清醒地意识到战场上的伤员能否得到及时处理,将会"直接影响到前线的士气,和后方的秩序"。故他们认为不仅要对伤员进行积极治疗与康复训练,同时还要考虑到对他们伤愈以后的善后工作,只有这样才能令前线将士没有后顾之忧地去安心杀敌。③

抗战文学对于科技强军以及军队现代化问题,则是以艺术形象化的叙事

① 张天翼:《关于〈华威先生〉赴日——作者的意见》,《救亡日报》1939 年 3 月 15 日。
② 陈章:《电气工程在抗战建国中的地位》,《新民族》1938 年第 1 卷第 17 期。
③ 张查理:《怎样解决伤兵问题(二)》,《新民族》1939 年第 3 卷第 10 期。

方式,去表达广大作家的忧患意识。比如许地山的小说《铁鱼的鳃》,就讲述了一个科学家报国无门的悲情故事:主人公雷老先生长期在国外学习军事科学技术,他通过自己几十年的刻苦钻研和不懈努力,终于发明了一种名叫"铁鱼的鳃"的潜艇水下换气技术,并想将这一发明奉献给国家以推动中国海军的现代化建设。可是回国后却发现想要进入到造船厂,非"有点直接或间接的血统关系,不能得到相当的地位"。而科研机构更是令他感到大失所望,人人都吹嘘"不晓得多么有本领,爱迪生和爱因斯坦都不如",根本就没有人相信他的研究成果。万念俱灰的雷老先生,在一次躲避战乱的逃难中,一不小心把装有"铁鱼的鳃"的"小木箱掉进了海里",他自己"也跳了下去"沉入了海底。学界在解读这篇作品的创作主题时,几乎都是在单一性地强调作者对于执政当局的批判意识,这种说法未必就是许地山本人的全部用意;因为雷老先生一腔热血却没有伯乐,故作者让他悲惨地死去,自然又具有唤醒执政当局重视科技强军的深刻寓意性。阿垅的长篇小说《南京》,同样也反映了中国军队的现代化建设问题。在激烈残酷的南京保卫战中,由八名军校生亲自操作的高射炮,击落了一架又一架日本飞机,打出了中国现代军人的威风;但是在一次敌机的密集空袭中,八名学生兵一下子就牺牲了七个,区队长为此难过得悲恸欲绝、失声大哭。当那位仅剩的学生兵安慰他"这正是我们中国学生值得骄傲的地方"时,可是区队长却万分惋惜地回答道:"你们都是学生……假使你们毕业出去,至少,每一个人就有一排人的力量。"区队长说的话其实就是作者本人的意思表达,那些正在接受军校正规训练的中国军人,在阿垅眼里就是中国军队现代化的未来希望,如果他们能够再假以时日完成学业,必将会在抗日战场上以一当十、大显身手。而这一点,又在汤山保卫战中得到了证实。一群刚从中央军校毕业的年轻军官,他们用自己在学校里学到的战术知识,令所有的长官和老兵们都刮目相看:他们不仅智勇双全、巧妙设伏,并且还头脑灵活、运筹帷幄,正是因为有了这些新型的中国军人,不但使日本侵略者付出了惨重的代价,同时也为防守南京赢得了宝贵的时间。从某种意义上来说,小说《南京》既反映了日本帝国主义的残暴罪行,又充分肯定了中国军队在正规化建设方面所取得的初步成绩。而野渠的报告文学《伤兵未到以前的一个后方医院》,主要是在暴露战时后勤保障中所出现的腐败现象:在一座由国家出钱临时建立起来的后方伤兵医院里,"从官长到伙夫,大部分是院长的姐夫、妹夫、侄儿、外甥……小部分是医务主任的叔父、侄儿、妹夫……院长的情人与医务主任的太太是上尉司药。在医院成立的四个月后,医务主任的太太忽然又变成了上尉军医。"这座医院里所有的"医生"和"护士",既没有受过专门的救护训练,又不懂最起码的医学常识;如果战场上的伤员们真是被送到了这里,那么后果的严重性人们也就可想而知了。后方的伤兵医院是如此的荒唐,而前线的情况也同样令人担忧。比如,谢冰莹在《新从军日记》里就伤感地写道:她在淞沪前线亲眼所见战地医院里缺医少药,那些临时拼凑起来的救护人员更是缺乏责任心;他们经常会把重伤员丢弃在一边,任凭他们在野地里挣扎惨叫自生自灭。为此她感到无比的愤怒,认为"这些缺点,需要立刻纠正,因此我将一切耳闻目睹的真相,都写出来,作为前车之鉴",她说只有让所有人都看到一个真实的战场情况,才能够对得起那些正在为国牺牲的中国军人。①

再次,抗战时期的民族文化教育问题,更是抗战文学所要表现的重点对象。比如,陈铨在《狂飙》中便借主人公铁崖之口,直接指出了民族文化教育对于提振民族精神的现实重要性:"工业发展,科学研究,是目前中国刻不容缓的工作"自不待言;但民族文化教育问题,尤其应该得到国人的格外重视。因为"民族主义教育最重要的原则,就是要注重于团体,牺牲个人",只有强化民族文化教育,中华民族才不至于灭亡。由于陈铨与中央大学那些教授们交往甚密,故他的民族文化教育观受《新民族》周刊的影响也就无须赘言了。《新民族》周刊从创刊伊始,便把教育救国放在了首要位置,他们认为"教育是一种传递民族文化,延续国家生命之历程,民族文化为国家生命之精髓,其前后传递,宛如接力竞走接踵继进,绝对不容片刻停滞"②。因此"不但大学不能停办,就是义务教育也不能停办……脱节和断气都是生命最危险的事"③。《新民族》周刊还特别强调,从小学到大学,都应强化民族历史与民族文学的

---

① 谢冰莹:《〈新从军日记〉自序》,《新从军日记》,汉口天马书店 1938 年版,第 2 页。
② 常道直:《战时教育与平时教育》,《新民族》1938 年第 1 卷第 7 期。
③ 罗家伦:《抗战的国力与文化的整个性》,《新民族》1938 年第 1 卷第 7 期。

知识传播,要让学生们从小就懂得"中国的道德系统是优美的"①。他们认为这是一项长期而艰巨的任务,"所以我们教育上的着眼点,不仅在战时,还应该看到战后"②。除此之外,《新民族》周刊还对教材编写、课程规划、教育投入、奖励机制以及教师待遇等诸问题,提出过许多建设性意见,但鉴于抗战时期的特殊情况,大多数合理化建议都没有得到真正的落实。

抗战文学对于民族文化教育事业的艺术表现,主要是描写青年学子们在逆境当中,那种自强不息、奋发向上的学习热情。比如,从联升的散文《西南联大学生生活》里,我们可以看到联大的学生们,白天忙于上课,晚上挤在图书馆里看书,由于"位置太少了,所以每个同学,都抱着捷足先登的心理",早早便在图书馆门前排队等候着。即使生活条件和学习条件都极其恶劣,却从来没有人"旷课"或"逃学","不要说想到什么地方去玩一刻,就是松一口气的时候也没有,从大体上讲,联大的学生们是把功课当圣经的。"茅盾的报告文学《记"鲁迅艺术文学院"》,是描写他在延安"鲁艺"的所见所闻:"鲁艺"聚集着来自全国各地的青年人,他们中间既有中小学教员、邮局的职员,也有平津等地的"流亡学生"、南洋华侨子弟,"他们齐聚在'鲁艺'"为的就是一个信念:"娴习文艺这武器的理论与实践,为民族之自由解放而服务!"熊佛西的散文《不息的琴声》,则是描写"广东艺专"发奋读书、刻苦学习的动人场景:时间已是深夜时分,学生们仍然不肯就寝休息,"一个瘦弱的青年学子,伴着一盏细微的清油灯,端坐在一条长凳上,十指不停地弹着琴,抑扬顿挫地弹着,他全身充满了有节奏的动,他的兴趣是那样的浓厚,态度是那样的严肃,他完全忘却了天之将晓,他的灵魂和艺术凝成了一体!"不仅大学里的情况是如此,中小学的情况同样是如此。方敬的报告文学《雨夜,我想着》,就描写了在四川乡下的一所小学里,有这样一群失去了父母的幼小学童:他们住着由破庙改造成的简陋宿舍,里面"潮湿,阴暗,散发着霉腐的气息";平常吃的都是稀饭和粗粮,"几天见不着油,肉当然更不用提了"。然而孩子们却从无怨言,他们的

---

① 陈之迈:《论政治教育》,《新民族》1938 年第 2 卷第 10 期。
② 金以林:《近代中国大学研究 1895—1949》,中央文献出版社 2000 年版,第 254 页。

"书桌上放着书,枕边也放着书",一心只"从学习着想,从民族的劫运着想"。故作者说他从这些可爱的孩子们的身上,看到了中华民族的未来希望。特别值得一提的是,抗战文学对于成人扫盲教育,更是表现出了极大的兴趣。比如仓夷的散文《冬学》,便对晋察冀根据地的农民文化补习班,有过这样一番写实性的艺术描述:在窑洞做成的"课堂里,秩序是惊人地好"。青年、妇女还有一些老人,他们都聚精会神地端坐着,眼睛盯着前面的一块小黑板,跟随一个15 岁左右的八路军小战士齐声朗读:"中国人,爱中国!"抗战文学对于中国教育界的阴暗面,当然也不遗余力地去揭露和批判,像教授失业或收入低下等问题,都在作品中有所体现或反映。但总体而言,从正面去表现教育救国的深远意义,仍是抗战文学所要传达的时代正能量。

　　抗战文学所倡导的"民族本位"的文化构想,是精英知识分子从中国近现代史中总结出来的经验教训。他们清醒地意识到,从晚清到五四,中国社会在西方文化的逼迫之下,一直都在频频地作出"让步":先是"只让半步,这就是所谓'中学为体,西学为用';觉得连义理词章也不行了时,于是整个让步了,因而有所谓'全盘西化'"①。可是不断"让步"所带来的严重后果,却是丢掉了民族传统并造成了"个人主义的变态发达"。比如,思想启蒙摒弃和否定"家国一体"的传统文化,"崇拜的只有自己,在这一种空气之下,社会一切都陷于极端的紊乱。"②他们并不反对"个性解放"这一口号,只是认为启蒙精英"不能把这个解放放在一个适当的比例来谈,放在民族生存的前提下来鼓励提倡"③。所以他们希望中国文学经过这次抗战,应该去做一次深刻的自我反省,不要再去盲目地追逐所谓的"西化"现代性,必须回到民族文化的立场上来,"这才是真正的文艺复兴,我们以最大的热情期待着!"④伴随着时间的不

---

　　①　李长之:《中国文化运动的现阶段》,《李长之文集》第 1 卷,河北教育出版社 2006 年版,第 53 页。

　　②　陈铨:《论英雄崇拜》,张昌山编:《战国策派文存》(上),云南人民出版社 2012 年版,第127 页。

　　③　林同济:《二十年来中国思想的转变》,张昌山编:《战国策派文存》(下),云南人民出版社 2012 年版,第 575 页。

　　④　李长之:《国防文化与文化国防》,《李长之文集》第 1 卷,河北教育出版社 2006 年版,第16 页。

断推移,这种"期待"终于得以实现:综观在 20 世纪后半段的中国文学,民族意识和民族精神已不再是一种理论口号,而是变成了一种中国作家的具体实践,即:中国文学找到了自己的文化之"根"。正像习近平总书记所说的那样,"一个民族、一个国家,必须知道自己是谁,是从哪里来的,要到哪里去";只有真正明白了"我们生而为中国人,最根本的是我们有中国人的独特精神世界",①并且牢牢地守住这一民族传统文化的核心价值观,那么就一定能够实现中华民族伟大复兴。为此,我想到了郁达夫曾经说过的一段话:"文化是民族性与民族魂的结晶,民族不亡,文化也绝不亡,文化不亡,民族也必然可以复兴的。"②郁达夫说得没错。文学作为一种文化形态的表现形式,它本身就肩负有传承民族文化的艰巨使命;因此坚守"民族本位"的正确立场,当然是它不可或缺的思想灵魂! 这是我们研究新文学发展规律的基本准则。

① 习近平:《青年要自觉践行社会主义核心价值观——在北京大学师生座谈会上的讲话》(2014 年 5 月 4 日),《人民教育》2014 年第 10 期。

② 郁达夫:《抗战以来中国文艺的动态》,《郁达夫文集》第 7 卷,花城出版社 1983 年版,第46 页。

第四章　新文学"乡之恋"的真相还原

中国新文学最具有标志性的创作成果,无疑就是从五四启蒙到抗战时期乡土叙事。因为中华民族是一个具有几千年悠久历史的文化共同体,它以亲族关系为纽带、以乡土观念为核心,形成了一种"家国一体"的文化结构,进而又使"家国"伦理可以自由转换,即:"家"是"小国"、"国"是"大家",两者之间血脉相连、不可分割。故费孝通先生曾明确指出,中国基层社会是"乡土"性质的,"乡土"才是中国文化的牢固根基;研究中国文化必须要从"乡土"层面着手,而不能只去考察上层社会的"精英"思想,这是研究现代中国非常重要的前提条件。① 费孝通先生给出的理由是,中国农耕文化的时间长度,要远远超过任何西方国家,所以对于"乡土"的精神崇拜,便构成了中国文化的核心因素。这种文化经过千锤百炼,已经具备了一种"过滤器"的调节功能;尽管异族文化不断地对其进行浸透,但最终都无一例外地被它改造成了中国元素。所以,美国学者亨廷顿深有感慨地说:"中国人至今仍在不断挫败西方使他们基督教化的强大努力。假如在某一天,中国确实引入了基督教,那也只能期望它在中国文化的主要因素相容的前提下被吸收和改造。"②

"乡土"不仅造就了中国文化的独特形态,同时也决定了中国现代作家的文化身份,因为他们都是带着泥土的芳香踏入文坛的,所以蹇先艾、沈从文、臧

---

① 费孝通:《乡土中国·生育制度》,北京大学出版社1998年版,第6—7页。
② [美]塞缪尔·亨廷顿:《文明的冲突与世界秩序的重建》,新华出版社2010年版,第55页。

克家等作家都没有忘记自己就是一个"乡下人"的客观事实。①"乡下人"绝不是中国现代作家的一种自嘲,而是深刻揭示了他们与传统文化之间的血缘关系,如果我们从"乡下人"这一视角去看问题,许多复杂的文学现象都能够得到合理的解释。比如,鲁迅虽然批判乡土文化最为激烈,但却与故乡绍兴有着"剪不断、理还乱"的情感瓜葛;郭沫若虽然个性张扬绝对叛逆,但却率先回归传统去热情礼赞乡土文化;郁达夫虽然自诩是无家可归的"零余者",但内心却渴望重返"故乡"去做一个"农人"。尽管五四以后中国作家都纷纷地"离家出走",并试图借助"西化"现代性去挣脱乡土文化的精神束缚;然而他们"恨"之切的背后又是"爱"之深的情感表达,这恰恰说明了"乡土"在中国人的精神生活中的重要地位。就拿鲁迅本人来说吧,他对乡土文化的透彻认识是无人可比的,一句"大染缸"的形象比喻便胜过无数连篇累牍的理论说教;但是他在临终之前竟用一篇《女吊》,去含蓄地表达自己魂归故里的强烈愿望,那种难以言表的痛楚心绪很值得我们去咀嚼和研究。乡土中国之所以会具有如此强大的文化魅力,令每一个现代作家都为之魂牵梦绕、日思夜想,以至于批判之余又自觉地去坚守,答案则是以儒家思想为基础的伦理关系。儒家思想注重家庭观念,强调人与人之间和谐相处,提倡道德修养与人格自律,这种以农耕社会为基础的文化体系,无论在五四时期受到了多么强大的外力冲击,但"儒家哲学事实上并没有与孕育它的社会同归于尽,只不过是经历了一段蛰伏时期,并未死去的事物自然不可能成为'幽灵'"②。既然儒家传统文化只不过是"蛰伏",并没有完全与封建社会"同归于尽",那么它就必定会劫后余生,重新去主导中国人的精神生活。所以,我们研究20世纪中国文学史,不能只看到它对"乡土"的猛烈批判,还应看到它对"乡土"的狂热眷恋,这是一个不可回避的原则性问题。

---

① 见蹇先艾《乡村的悲剧·序》,《乡村的悲剧》,"文学研究会创作丛书第二集",商务印书馆1937年版,第3页;沈从文《习作选集代序》,《沈从文全集》第9卷,北岳文艺出版社2002年版,第3页;臧克家《〈罪恶的黑手〉序》,《臧克家全集》第10卷,时代文艺出版社2002年版,第579页。

② [英]阿诺德·汤因比:《历史研究》(下),上海人民出版社2005年版,第833页。

第一节 新文学乡土叙事的视角转换

"乡土文学"是由鲁迅提出来的一个概念,不过这一概念在学界几十年来的过度解读下,已经游离了鲁迅最早对它下的定义,几乎变成了一个研究新文学现象的泛指性概念。鲁迅在《中国新文学大系小说二集·序》中原本是说,"蹇先艾叙述过贵州,裴文中关心着榆关,凡在北京用笔写出他的胸臆来的人们,无论他自称为用主观或客观,其实往往是乡土文学"①。从此以后,研究者普遍都把鲁迅在"序"中所说的这段话,理解为他把"乡土"作为一种否定性的文化对象,去"深刻剖析和抨击中国社会的封建本质特征"②,进而以实现其改造"国民性"的启蒙理想。③ 为了能够使这种观点在逻辑上完美无缺,他们甚至还把"国民性"直接等同于"农民性",并信誓旦旦地说:"所谓的中华文明,其实就是农业文明……它代表了一种落后的、过时的文化传统,已经不再适应世界上蓬勃发展的时代大潮。"④但我个人却认为,研究者几乎都没有把鲁迅的"原话"读透,他们只是在引用鲁迅论述"乡土文学"的前半段话,却人为回避了更为重要的后半段话,即:蹇先艾等新文学作家"被故乡所放逐",不得不到"异地"去另谋出路,"无可奈何的悲愤,是令人不得不舍弃的,然而作者仍不能舍弃";于是"侨寓"异地的"悲愤"情绪,使他们聊做"看破"之态,可是在骨子里却又"看不破",故只能是借助"父亲的花园",去"隐现着"内心深处的浓浓"乡愁"。鲁迅本人说得十分清楚,蹇先艾、裴文中、许钦文、王鲁彦等远离故土的新文学作家,他们是为生活所迫被"逐"出了故乡,而不是自己主动地放弃了故乡,一句"仍不能舍弃"的"乡愁",一下子就点到了问题的本质。因为鲁迅自己非常清楚,中国人的"乡土"观念极深,无论他们漂泊到任何地方,"乡土"都是他们的精神家园。故鲁迅用"乡愁"二字去概括"乡土文学",

---

① 鲁迅:《中国新文学大系小说二集·序》,《鲁迅全集》第6卷,人民文学出版社1981年版,第247—248页。
② 丁帆:《重读鲁迅的乡土小说》,《当代作家评论》2018年第6期。
③ 李兴阳:《中国乡土小说叙事传统的承续与变异》,《中国现代文学论丛》2017年第2期。
④ 鲁枢元:《国民性改造与乡土文学反思》,《文艺争鸣》2011年第13期。

实际上已经预见性地看到了 20 世纪中国文学的未来走向,即:回归"乡土"文化与守望精神家园,必将成为中国文学后续发展的价值取向。所以,"乡土文学"绝不是一种单一性的文化批判功能,同时更具有一种民族向心力的文化召唤功能;倘若我们始终都是在以启蒙思维去诠释"乡土文学",将很难去解释当代乡土文学异常繁荣的创作现象。

一、思想启蒙与"乡土文学"的批判功能

"乡土文学"产生于五四启蒙这一历史背景,所以它带有"乡土"文化批判性质也在所难免。因为启蒙是在拿"乡土中国"去同西方社会的工业文明进行比较,那么很容易发现中国社会的陈旧落伍性;故启蒙主张中国走西方工业化文明的发展道路,自有其符合时代精神的合理性。我并不否认思想启蒙的良好愿望,但是我们首先必须去搞清楚,启蒙所说的"科学"与"民主",都包含哪些基本的内容。只要我们回到历史现场,这个问题其实并不难回答。启蒙对于"科学"的理解和释义,"就是物资主义,就是功利主义……如轮船,铁路,电车,电灯,电报,电话,机械制造,化学工业,哪一样不靠科学?"[①]因此,他们强调中国应该无条件地去向西方学习,充分运用这种"物资主义"的"科学"手段,"把血脉贯通,把肢体变活,把国家统一起来。"[②]启蒙对于"民主"的理解和释义,则是指西方现代社会的国家体制与文化形态,即"适用于现在世界的一切科学、哲学、文学、政治、道德,都是西洋人发明的。我们该虚心学习他,才是正办"[③]。启蒙的本意是想通过一种"西化"方式,去实现中华民族的伟大复兴;但如果"全盘西化"了以后,还会有"中华民族"吗? 这显然是一种于情于理都说不通的悖论逻辑。另外,启蒙还完全脱离了乡土中国的实际情况,对于文化的选择也都是出自他们个人的情感喜好,比如"先定我喜欢什么,我要什么,然后想出道理来说明所以喜欢以及要的缘故"[④];故他们为了思想启蒙,

---

① 任鸿隽:《何为科学家?》,《新青年》1919 年 3 月第 6 卷第 3 号。
② 胡适:《请大家来照照镜子》,《胡适文集》第 4 卷,北京大学出版社 1998 年版,第 28 页。
③ 钱玄同:《随感录三〇》,《新青年》1918 年第 5 卷第 3 号。
④ 见《杜亚泉文存》,上海教育出版社 2003 年版,第 416 页。

把乡土中国说得一无是处,如果再不洗心革面、脱胎换骨,就有被"从'世界人'中挤出"的危险。①

五四启蒙这种线性思维方式,明显是带有一种实用功利主义色彩,其真实目的无非是想通过"丑化"乡土中国,去为思想启蒙运动开辟出一条道路。而这种实用功利主义思想的文学表现,就是从浙东"鲁镇"到"贵州道上","故乡"在新文学作家的笔下,到处都是一派令人窒息的灰暗色调。比如鲁迅笔下的"故乡"绍兴,基本上就是一种"黑"与"暗"的冷色调:在小说《狂人日记》里,"黑漆漆的,不知是日是夜";在小说《药》里,"街上黑沉沉的一无所有,只有一条灰白色的路";在小说《故乡》里,"苍黄的天底下,远近横着几个萧索的荒村,没有一些活气。"没有"活气"当然就是"死气",五四文学的乡土叙事,几乎全都师承了鲁迅的这种笔法,作家们也擅长运用"荒凉""死寂""昏暗""霉气"等词汇,去刻意渲染乡土中国破败不堪的外在特征。比如许杰笔下的"故乡","是暴风猛雨的使人感到吃辣一般的夏夜,是细雨连绵使人感到吃酸一般的春朝,是黄梅时节的凄其,是白雪漫飞的凄厉"(小说《惨雾》);李渺世笔下的"故乡","死寂,沉定,畏缩的地皮上,只有长吹直锐的寒风……一种恶浊的干粪气味,时时吹散到屋子里去"(小说《买死的》);王统照笔下的"故乡","是些平板的斜脊的茅草掩盖的屋子,永久是不变化什么形式的,一律的古老的乡村的模型……它们还在那里强支着它们的衰老的骨架"(小说《山雨》)。五四新文学作家不惜笔墨去抹黑"故乡",是因为他们已经在自己的头脑中,牢固树立起了这样一种思想信念:越是把"故乡"描写得凄惨无比、目不忍睹,就越能够达到思想启蒙的良好效果。现在有些研究者,为了提升"乡土文学"反封建与反传统的启蒙价值,甚至还替这种"丑化"故乡的创作现象,找出了一个冠冕堂皇的理论依据:五四文学的乡土叙事,是试图在"记忆"中的"故乡"与"现实"中的"故乡"之间,建构起了一种跨时空的对话关系,这表明启蒙作家"开始意识到乡村乡民恰恰是共和失败和复辟重生的土壤,由此故乡就

---

① 鲁迅:《随感录·三十六》,《鲁迅全集》第 1 卷,人民文学出版社 1981 年版,第 307 页。

不再是'父亲的花园'，而成了精神弑父的对象"①。我个人认为，这完全是一种无稽之谈。所谓"记忆"与"现实"之间的跨时空"对话"，其实不过是"乡土文学"作家被"逐"出了故乡之后，由于他们的居住地发生了明显的"位移"，审视"故乡"的视角也随之发生了变化而已。但是这种"位移"后的乡土叙事，却并不意味着他们与"乡土"之间割断了联系，我们绝不能以此去盲目地断言，他们对于"故乡"或"乡土"的看法发生了质变。

出于思想启蒙的客观要求，新文学作家都将乡土中国的破败凋零，直接归罪于儒家思想的长期统治所产生的必然结果；故五四文学的乡土叙事，首先便把批判矛头指向了中国传统文化的家族制度，学界更是认为鲁迅的小说《狂人日记》，在这一方面为思想启蒙作出了无可比拟的开创性贡献。值得我们注意的是，五四乡土文学在批判"家"文化的过程中，对于"族"文化现象更是给予了高度关注，他们甚至认为"族"文化作为儒家思想的重要因素，其对中国社会发展的制约性要远大于"家"文化。比如许杰的小说《惨雾》，就是通过讲述两个族群之间的"械斗"故事，去揭示"族"文化在中国农村中的强大势力：在"始丰溪"的河中间，有一块被水冲积起来的"沙渚"，因其归属问题一直都没有得到解决，于是便成为了"环溪庄"与"玉湖庄"之间发生械斗的导火索。为了争夺这块没有任何使用价值的不毛之地，两村的族长把青壮年全都召集了起来，他们拿着杀猪刀、猎枪或棍棒等武器，去为各自"族群"的荣誉进行厮杀。两村之间全都杀红了眼，"始丰溪染着可怕的鲜血"，"被傍晚血泊一般的晚霞带着一种杀伐之气所笼罩着的！"鲁彦的小说《岔路》，同样是描写两个村落因为"鼠疫"问题，"族群"与"族群"之间所展开的大规模械斗："真正的械斗开始了……'宁可死得一个也不留！'吴阿霸这样说，袁载良这样说，两村的人也这样说。"《惨雾》与《岔路》中的"械斗"描写，让读者领略了以血缘关系为纽带的"宗族文化"，不仅在乡土中国拥有着不可小觑的强大势力，同时还是封建传统文化的牢固基石。这种"宗族文化"在中国封建社会里，完全

---

① 邱焕星：《再造故乡：鲁迅小说启蒙叙事研究》，《中国现代文学研究丛刊》2018 年第 2 期。

替代了法律制度和道德准则,没有人会去质疑它的存在合理性,反倒是自觉地去遵守族规乡约。关于这一点,蹇先艾在其小说《水葬》里就有所表现:骆毛究竟为何去偷东西这并不重要,重要的是族长按照惯例所施行的惩罚方式:"犯罪的人用不着裁判,私下都可以处置。"骆毛本人也似乎认同"沉潭"这种惩罚方式,所以他既不感到恐惧也不表示忏悔,反正"再过几十年,又不是一条好汉吗?"。"宗族文化"还会生成许多庸俗观念,妇女"守节"就是一种"俗文化"而非"礼文化"的历史产物。鲁迅小说《祝福》中的祥林嫂,她之所以会受到"鲁镇人"的强烈排斥,无非是二次嫁人"竟肯依了",因此按照他们的"族群文化",祥林嫂理应是个被唾弃的"不洁之人"。台静农在其小说《烛焰》里,则讲述了一个刚好相反的悲剧故事:少女翠儿一过门就变成了寡妇,小小年纪便开始为死去的丈夫"守节",故"族长"把翠儿作为"族群"妇女的效法榜样,并对其大张旗鼓地进行表彰。另外,"宗族文化"还因其自身结构的封闭性特征,成为封建迷信思想的滋生土壤。比如《药》里的华老栓,竟然相信人血能治病这种坊间谣言;《祝福》里的"鲁镇人",则相信祭祖拜神能够给自己带来希望。还有《明天》里的单四嫂,为能够使死去的宝儿在"阴间"不受罪,先是"烧了一串纸钱",第二天"又烧了四十九卷《大悲咒》"。"乡土中国"的庸俗文化,必然会造就出愚昧落后的国民"劣根性"。像阿Q"进了几回城",就"很鄙薄城里人";华老栓为了给儿子"治病",根本就不问这"血"是来自何人。不仅鲁迅笔下的"鲁镇"是如此,鲁彦笔下的"陈四桥"同样是如此:那位穷困潦倒的史伯伯,原本在村里很不受人待见,可是突然有一天,他接到儿子从城里寄来的一封家信,全村人都以为他儿子发了大财寄钱回来,于是便纷纷登门讨好史伯伯(小说《黄金》);许杰笔下的"赌徒吉顺",游手好闲嗜赌成性,不但输光了全部家产,还把自己的妻子也给"典"了出去,因为他唯一信奉的人生格言,就是"人生行乐耳"!

普通"乡民"庸俗不堪,那些"族群"里的乡绅人物,在作家笔下更是一些道貌岸然却人格低下的流氓恶霸,这是五四"乡土文学"的又一看点。乡绅在五四乡土文学叙事中,都只具有"乡"的社会身份,却完全丧失了"绅"的文化内涵;他们浅薄无知、装腔作势、欺男霸女、横行乡里,被新文学作家视为中国农村中的邪恶势力。比如,鲁迅小说《风波》里的乡绅赵七爷,虽然"是这三十里方圆以内的唯一的出色人物兼学问家",可是他肚子里面的全部"学问",无非就是一本《三国演义》。小说《高老夫子》中的乡绅高尔础,"他最熟悉的就是三国……满肚子都是,一学期也许讲不完。"鲁迅实际上是在暗示读者,"鲁镇"上那些装腔作势的"乡绅"人物,无非是靠着一部"三国"在蒙骗社会;他们甚至还能把《三国志》与《三国演义》混为一谈,这类人物的文化水准和丑陋表现,简直就是对传统乡绅形象的一种亵渎。鲁迅多次用《三国演义》去概括现代"乡绅"的知识结构,并不是单纯的讽刺而是大有深意,因为胡适说过,在中国古代社会里,一部《三国演义》曾使"无数的失学国民从这部书里得着了无数的常识与智慧,从这部书里学会了看书写信作文的技能,从这部书里学得了做人与应世的本领"[①]。由此可见,鲁迅是把"乡绅"降格为"失学国民",进而揭示了"儒学"在乡土中国的严重退化。由于文化水准不高,那么"未庄"或"鲁镇"上的"乡绅"人物,都只能靠以"势"去压人:孔乙己为生活所逼,偷了丁举人家的东西,被丁家打断了腿,人们都说是孔乙己的不对,"他家的东西,偷得的么?"阿Q因为"姓赵"挨了打,未庄所有人"都说阿Q太荒唐,自己去找打;他大约未必姓赵,即使真姓赵,有赵太爷在这里,也不该如此胡说的"。还有那位性格泼辣的爱姑,她同夫家争辩本来气势正盛、占了上风,可是一看到七大人"两眼向上一翻,圆脸一仰,细长胡子围着的嘴里同时发出一种高大摇曳的声音来了",立马没有了刚才那种咄咄逼人的强大气势,而是赔着笑脸改口说"我本来是专听七大人吩咐"。在五四文学的乡土叙事中,对于"乡绅"形象基本上都是采用这种"丑化"模式,即"乡绅"已不再被视为"读书人"了,而是被描写成一群不学无术的流氓无赖。比如许杰小说《子卿先生》里的英生与子卿,他们二人整天躺在"烟榻上过日子,谈论'敲竹杠'以及一切的猥亵琐事"。蹇先艾小说《乡绅》里的黎正宣一心想着怎样才能发大财,为此他摘掉了挂在堂屋墙上的孔孟画像,供上了"祖宗""观音""张神仙""财神"等牌位。孙俍工小说《家风》里的乡绅仲爽,则成天咒骂新文化运动,说废除孔教

---

① 胡适:《〈三国演义〉序》,《胡适文集》第3卷,北京大学出版社1998年版,第592页。

"是亡国败家的征兆！世道人心，何等地可忧！"。五四"乡土文学"刻意去"丑化"乡绅形象，目的就是要告诉广大读者这样一个事实："乡绅"作为中国农村中封建保守势力的代表性人物，他们牢牢控制着乡土中国的基层社会；如果不彻底清除掉这一社会毒瘤，"西化"现代性绝不可能实现。

然而，我们对于五四文学的乡土叙事，必须要有一种清醒的理性判断力：新文学作家为了推动思想启蒙，人为地去"丑化"乡土中国和农民形象，尽管其反封建与反传统的积极意义不容否定，但却并不意味着它就是对乡土中国的真实再现。对于这一问题，历史学家的务实态度，值得我们去认真借鉴。他们不仅对五四"乡土文学"的失真性描写不屑一顾，甚至还调侃说"假如有一天，历史固执地要揭开幕布去看文学的真实，那就麻烦了"，因为他们认为五四时期的乡土中国，并非像新文学描写得那样悲观。① 他们说五四前后的中国农村，经济发展情况相对稳定，乡土中国内部的文化结构，也未出现过太大的社会动荡。② 对于这一点，鲁迅恐怕要比任何启蒙精英都清楚，否则他也不会在小说《故乡》中这样写道，"故乡本也如此，——虽然没有进步，也未必有如我所感的悲凉，这只是我自己心情的改变罢了"。实际上，鲁迅在《呐喊》中一直都在暗示我们，华老栓和七斤等人都还能够悠闲地过着"小日子"，说明无论"鲁镇"还是"未庄"，农民并没有达到经济破产的严重地步。既然农民还能够自给自足地生存下去，他们当然不会像阿Q那样去"造反"了。他们非但自己不去"造反"，甚至还非常反感和仇视夏瑜、阿Q等人的"造反"行为。因为在"鲁镇人"的主观意识里，"造反"一定会引起社会"动乱"，社会"动乱"又会造成家破人亡，使他们最终落得个"想做奴隶而不得"的悲剧结局。对于中国农民这种由来已久的求稳心态，究竟应不应该由儒家"礼教"去担责，"乡土文学"作家同启蒙精英一样，他们既不去深究也不去考证，只要能够成为一个反传统的"借口"便足够了。这势必会促使我们去诘问历史：近百年来，中国知识分子一直都把儒家"礼教"视为仇敌，可是又有谁把"礼教"问题给说清

---

① 葛兆光：《文学与历史》，《国学》杂志 2010 年第 5 期。

② 张宪文等：《中华民国史》第 1 卷，南京大学出版社 2012 年版，第 456 页。

楚了呢？不知何为"礼教"而去批判"礼教"，这肯定会令人感到难以理解。故陈独秀不得不解释说："非谓孔教一无可取，惟其根本的伦理道德，适与欧化背道而驰，势难并行不悖，吾人倘以新输入之欧化为是，则不得不以旧有之孔教为非。"①陈独秀自己也公开承认，"以旧有之孔教为非"的真实目的，就是要给"新输入之欧化"让路，而"非谓孔教一无可取"。我们完全可以理解这种"非此即彼"的文化选择，是思想启蒙不得已而为之的操作策略，但落实到五四"乡土文学"的叙事方面，却或多或少都会影响到它的历史真实性。

二、革命话语与"乡土文学"的阶级分析

在 20 世纪中国文学史上，继启蒙话语的"乡土文学"之后，又出现了一种革命话语的"乡土文学"；启蒙"乡土"与革命"乡土"相比较，二者虽然都是把"乡土中国"作为表现重点，但是对于土地和农民的理解却完全不同。启蒙话语把中国农村的落后原因归结为传统文化，革命话语则把中国农村的破败原因归结为阶级矛盾，故从"传统文化"到"阶级矛盾"，预示着新文学作家的思想转向。所以，革命话语彻底否定了启蒙话语，并嘲讽五四精英全都是些"举人进士的老爷夫子变成了硕士博士的教授先生"，他们批判和否定儒家思想的真实用意，无非是想把自己从传统中分离出来，并以告别乡土中国的决绝姿态，去获得"西化"现代性的合法身份。② 革命话语认同马克思主义关于阶级斗争的思想学说，坚信农村是中国现代革命的大舞台，农民是它"强大的和不可缺少的同盟者"③；故全面表现乡土中国的阶级矛盾与阶级斗争，致力于去描写"星星之火，可以燎原"的工农革命，便成为革命"乡土文学"叙事的鲜明特征。

革命话语中的乡土叙事，在描写中国农村的外部特征时，依旧是在凸显"破败"而"荒凉"的凄惨景象；但是这种农村"风景"所承载的思想内涵，已不

① 陈独秀：《答佩剑青年》，《独秀文存》，安徽人民出版社 1987 年版，第 660 页。
② 郭沫若：《我们的文化》，《郭沫若全集》第 16 卷，人民文学出版社 1989 年版，第 83 页。
③ ［德］恩格斯：《未来的意大利革命和社会党》，《马克思恩格斯文集》第 4 卷，人民出版社 2009 年版，第 469 页。

再是乡土文化的愚昧落后,而是导致农民贫穷的土地问题。作为革命"乡土文学"的经典文本,蒋光慈在其长篇小说《咆哮了的土地》的开篇,便直接触及了地主与农民之间不可调和的阶级矛盾:"这乡间依旧是旧日的乡间⋯⋯乌鸦成群地翱翔着,叫鸣着,宛然如报告黄昏的到临,或是留恋那夕阳的西落。"作者以地主李大老爷的豪华"楼阁",同贫苦农民居住的低矮"茅屋",在视觉上形成了一种泾渭分明的强烈反差;进而再去告诉读者这片"土地中"所散发出的"怨气",已经"一年复一年地"积聚起来,正在逐渐地形成一种势不可挡的革命力量。《咆哮了的土地》揭示了农民贫穷的根本原因,就是中国农村中土地分配不公的剥削制度,那些无地的农民"在田野间所受着的风雨的欺凌,在家庭中所过着的穷苦的生活⋯⋯都是不公道的,不合理的,而这些罪源都是来自那树林葳蕤的处所"。既然矛盾的焦点已被锁定为阶级剥削和阶级压迫,故贫苦农民每一次路过"李家老楼"时,眼里都冒着无比"愤怒"的火焰,心中都在盼望着革命"快到了"的那一时刻。还有华汉的长篇小说《地泉》,篇目命名本身就寓意着"地泉"喷发的革命意象;作者在故事开篇用了一个"残"字,去形象化地概括乡土中国的破败景象:"残秋的山,残秋的水,残秋的草木,残秋的田野";而这种农村景象的"残",又与农民生活的"苦"相对应,他们"忙忙碌碌辛辛苦苦得来的每年的收获",都被恶霸地主"一升一斗"地"掠夺去"了。故主人公老罗伯经过革命的思想启蒙,终于明白了自己为什么会"穷"的深刻道理:"他过去身受的艰难,并不是什么天意⋯⋯都是他那田主人厚赐他的,假如没有他,在过去他绝对不会那么的困穷,在现在他也绝对不会这样的冻饿。"革命话语中的乡土叙事,在描写"天灾人祸"这两种因素给农民带来的苦难时,显然是更加注重去表现"人祸"大于"天灾"的阶级矛盾。比如,叶紫在中篇小说《丰收》与《火》中,就生动地讲述了云普叔一家遭受"天灾""人祸"双重打击的悲惨遭遇:二月的初春,"一连下了三十多天雨",大水冲毁了云普叔"半年辛辛苦苦的希望,一家生命的泉源,都在这一刹那间被水冲毁得干干净净"了,他像发了疯似的大声呼喊着:"天哪!我粒粒的黄金都化成了水!"然而大水刚刚过去,又是接踵而至的干旱,"田中的泥土干涸了,很多的已经绽破了不可弥缝的裂痕,张开着,像一条一条的野兽的口,喷出来阵阵的热气。"云普叔为了使全家人能够熬过饥荒，迫不得已把年仅十岁的女儿英英，以20块大洋的价钱卖给了夏胡子，买回两担谷子来维持一家人的生活。值得注意的是，尽管"天灾"接连不断，却并没有真正压垮云普叔；经过他们全家人的共同努力，秋天终于盼来一个好收成："穗子一天一天地黄起来，云普叔脸上的笑容也一天一天地加厚起来。"可是云普叔万万没有想到，谷子刚一入仓，恶霸地主何八爷便伙同团防局的陈局长，带着几个武装乡丁前来收租收税；他们酒足饭饱后一算账，云普叔家的谷子除了够交何八爷的田租，反倒欠下了团防局新的税款。绝望的云普叔只能眼看着"壮壮的谷子，一担一担地从仓孔中量出来"，"云普叔的眼泪跑出来了！"叶紫通过小说《丰收》和《火》的故事叙事，是想告诉读者这样一个客观事实：尽管"天灾"给云普叔一家带来了苦难，但同时也馈赠给他们以丰厚的回报；而何八爷和陈局长等"人祸"，却彻底破灭了他们全家的生存希望。因此作者借云普叔之口控诉道：这个世界上"真的有抢谷的强盗啊"！

在革命话语的乡土叙事中，"地主"是一个政治经济学概念的艺术形象，他们已经不再具有传统"乡绅"的文化身份，完全变成了巧取豪夺、贪婪成性的土地占有者。毛泽东在大革命时期就曾明确地指出，在中国现代农村社会当中，"乡绅"这一阶层早已"劣"化而不复存在了，因此他把"土豪"与"劣绅"重新命名为"地主阶级"。既然中国现代革命把"地主"视为中国农村中的统治阶级，那么"谁是我们的敌人？谁是我们的朋友？"[①]这一"革命的首要问题"也就显而易见了：中国"农村革命是农民阶级推翻封建地主阶级的权力的革命"[②]。国共两党在大革命时期，对于中国农村社会中的阶级矛盾，看法也是比较一致的，比如从谢冰莹的《从军日记》里，我们便可以看到当时农村革命的伟大壮举：北伐军无论打到哪里，第一件事就是发动农民群众，开展轰轰烈烈的"打土豪、分田地"运动，并让他们"知道自己的贫穷，不是'天赋之命'，

---

① 毛泽东：《中国社会各阶级的分析》，《毛泽东选集》第一卷，人民出版社1991年版，第3页。

② 毛泽东：《湖南农民运动考察报告》，《毛泽东选集》第一卷，人民出版社1991年版，第17页。

而是军阀,土豪劣绅,地主买办资本家的剥削使然"。而经过革命启蒙已经觉醒起来的贫苦农民,更是"对于土豪劣绅及地主等很不客气的只管'活打死','枪毙','刀杀'⋯⋯可怜平日被他们剥削的农民现在对着他们的死尸哈哈大笑起来了"。① 大革命失败以后,中国共产党所领导的土地革命运动,对于革命"乡土文学"提出的创作要求,则是积极配合土地革命的政治纲领,全力去表现中国农村中尖锐复杂的阶级矛盾,以及武装"夺取政权"的革命斗争。② 因此,革命话语的乡土叙事中,作家直接将地主阶级置于贫苦农民的对立面,并极力去"丑化"地主形象的外貌之"丑"与本性之"坏",进而形成了一种文学审美的思维定式。华汉在其长篇小说《地泉》中,就率先完成了由"乡绅"到"地主"的身份置换。比如地主王大兴的家中,墙上挂满了"题诗的彩画"或"名人的字画",书房里也摆放着众多"古而又老的文具"和书籍,给人的感觉仿佛就是一个饱读诗书的礼仪之家;但王大兴本人却并不是什么"为往圣继绝学"的谦谦君子,作者主要是在集中笔力去描写他的外表丑陋与灵魂邪恶,这种"地主"形象的塑造法则,对革命"乡土文学"起到了很好的示范效应。

> 这人生得矮而肥,他的腿和手又都是肥而又短,他的肚皮膨胀起来像
> 一个装满血汗的大酒坛。饱饱满满的似乎快要被那血汗的波动而爆裂。
> 他那肥大的脸上,偏偏又生满了一脸的小红疮,那浮肿起来的鼻子上更成
> 了这小疮盘踞的大本营,密密连连的把他那个鼻尖都染成了一片殷红,活
> 像一个将要破皮的烂桃子。

王大兴不仅形象丑陋令人作呕,对待农民更是残酷无比没有人性,老罗伯因交不起欠租,于是便被王大兴"轰轰轰的一阵密雨般的拳脚",打得口吐鲜血、四肢痉挛。叶紫的中篇小说《丰收》和《火》,虽然对地主何八爷的外貌着墨不多,但却将他那阴险奸诈的贪婪本性,同样刻画得令人印象深刻:云普叔眼看着何八爷要把仓里的谷子全部抢走,乞求他给自己全家留点活命的口粮,可是何八爷不但没有丝毫的怜悯之心,反而更加残忍地苛刻算计:"现在的租谷借

---

① 谢冰莹:《一个女兵的自传》,华夏出版社 2009 年版,第 4—5 页。
② 《中国左翼戏剧家联盟最近行动纲领》,《文学导报》1931 年 10 月 23 日第 6、7 期合刊。

款项下,一粒也不能拖欠。……明天你就要替我把谷子送来!多挨一天,我便多要一天的利息!四分五!四分五!"吴组缃的短篇小说《一千八百担》,描写一群地主在荒年榨取了佃户一千八百担稻谷,由于他们自己因分赃不均发生了争吵,结果导致了大批饥民蜂拥而至前来抢粮。具有讽刺意味的是,当饥民们开始疯狂地抢粮时,这些地主竟全然不顾自己的高贵身份,也拿着袋子跟着饥民们一道去抢。作者似乎是在有意暗示我们,尽管这些"地主"家境殷实,但却依旧摆脱不了"农民"习性;只要是有利可图,他们甚至可以降低身份,甘愿去同普通农民为伍。所以,在革命"乡土文学"作家看来,"乡绅"蜕变为"地主"是导致乡土中国走向衰败的一个重要原因。我个人的兴趣所在,是革命话语将外"丑"内"坏"作为地主阶级的形象标签,这种表现手法在新中国十七年的"红色经典"中同样被延续使用;它不仅形成了一种革命乡土叙事的美学风范,同时还在那些年长者的记忆当中,留下了挥之不去的深刻印象。

哪里有压迫哪里就会有反抗,这是革命乡土叙事的坚定信念。革命乡土叙事最大的艺术特点,就是没有把农民描写成绝对的思想保守型形象,而是更注重去表现他们对于中国革命的推动作用;因此作家将农民群体进行了代际分解,并对新老两代农民采取了不同的处理方式,这无疑是革命乡土叙事的一大发明。我个人历来都认为,蒋光慈的长篇小说《咆哮了的土地》,在这一方面为革命乡土叙事开创了一个不断被复制的经典模式。换言之,蒋光慈对于中国新文学(包括新中国十七年文学)所做的突出贡献,就是率先打破了五四启蒙对于中国农民的思想偏见,并以辩证唯物主义和历史唯物主义的敏锐眼光,第一次提出了要正确认识中国农民政治觉悟的重大命题。共产党员张进德从矿山回到故乡,他在领导农民开展土地革命斗争时,对于发动这场革命的依靠对象,从一开始心中就有着明确的答案:"他决心将自己的思想向一般年轻的农民们宣传,而对于年老的农民们,他以为他们的脑筋太腐败了,不大容易新鲜起来。"这说明张进德对于土地革命运动,心里早就有了通透的思想认识,即:"革命"首先要解决的问题,还不是"土地"而是"观念"。因此,蒋光慈花费了大量的文字篇幅,去描写新老两代农民的思想分歧与矛盾冲突,目的就是要通过中国农民的思想转变,去揭示土地革命运动的曲折复杂性。王荣发和王贵才父子二人,是革命乡土叙事中最具有经典意义的艺术形象:王荣发作为老辈农民的代表性人物,作者在他身上赋予了中国农民吃苦耐劳、忍辱负重的传统美德。然而,由于长期受到儒家思想的精神腐蚀,又使他在苦难面前只相信菩萨和命运;所以,当他听说儿子要跟着张进德去"闹革命"时,立刻火冒三丈地训斥道:"我看你发了疯! 什么革命土地,土地革命! 这是我们种田人的事吗?"王荣发觉得自己毕竟要"比他儿子多吃了几十年的饭,可是从来没听说过这些'违背天理'的思想。田地是东家的,为什么要把它夺来"? 可如今自己那个"浑账"的儿子,竟然要去"造反"作乱,他的心中突然涌起了一种不祥之感,"如果这些话传到李大老爷的耳里,那还得了吗? 说不定连他这样的老人家都要杀头定罪。"蒋光慈对于王荣发这一人物形象,并没有将其描写得冥顽不灵、食古不化,而是既去否定他的迂腐思想,同时也在发掘他的反抗动能。尤其是当他不堪生活的重负时,仿佛又觉得儿子的"思想是对的,谁晓得! 现在的世道是变了。也许这个世界的脸孔要改一改……说起来,我们种田的人也真是太苦了!"。王贵才作为青年农民的代表性人物,作者从他身上看到了革命成功的巨大希望。王贵才与其父亲截然相反,他厌恶这个不公平的社会世道,表示:"我不能够再这样了! 我不愿意这样了!"因此,他认为张进德讲的革命道理都是对的,故积极参加农会组织和自卫武装,并在"百万工农齐勇跃"的革命浪潮中,成长为一名意志坚定的共产主义战士。

王荣发和王贵才父子形象的示范效应,很快便在革命"乡土文学"创作中得到了全面模仿,甚至还从左翼文学、解放区文学,一直延续到了新中国十七年文学。比如,茅盾的中篇小说《秋收》和《残冬》,就率先对《咆哮了的土地》进行了模仿:主人公老通宝几乎就是另一个王荣发,他同样封建迷信、思想愚顽、屈从命运、不思反抗。当他听说是自己的儿子多多头在领头"闹事"时,气得他暴跳如雷,大骂儿子就是一个"忤逆孽种""杀头胚","有朝一日捉去杀了头,这才是现世报!"故老通宝教训多多头说,造反是"要杀头的呢! 满门抄斩! 我见过得多!"。老通宝始终都不明白,自己的儿子和那些年轻的农民,不安心去种田却成天想着去"吃大户",在他看来如今的"世道真是变了"。然而,继"春蚕"之后老通宝又再次受了"秋收"("谷贱伤农")的沉重打击,于是他不得不深有感触地对儿子说："真想不到你是对的！真奇怪！"多多头无疑又是另一个王贵才，农村阶级压迫的严酷现实，终于使他明白了一个道理，"杀头是一个死，没有饭吃也是一个死！"因此他带领着那些贫苦农民，高喊着"有饭大家吃"的造反口号，一个村子接着一个村子去"吃大户"，最后干脆领人抢夺了镇上"保卫团"的枪支弹药，把自己武装起来去同地主阶级进行面对面的暴力抗争。叶紫的中篇小说《丰收》与《火》，从故事情节构思到人物形象塑造也都是在模仿《咆哮了的土地》。云普叔与王荣发、老通宝属于同类，认为自己"原是应该发财的人，就因为运气不太好，连年的兵灾水旱，才把他压得抬不起头来"。尽管"水灾"和"旱灾"让他家损失惨重，可是从未敢有过任何的非分之想。"儿子他不听自己的指挥，是云普叔终身的憾事。"他心里清楚儿子在骨子里就是一个"反种"，现在又成天都跟着赖老大"在外面抛尸"；所以他也教训儿子说，农民的本分就是种田，"你不做事情天上落下来给你吃？"故他坚决反对赖老大和儿子带头去抢大户人家的粮食，认为这完全是一种不劳而获的"懒筋"行为。云普叔最后也是在残酷的现实面前，思想逐渐地发生了转变，他不仅积极支持儿子起来造反，而且自己也参加到了革命队伍中来。立秋与王贵才、多多头属于同类，他绝不甘心像自己的父亲那样，忍气吞声一辈子去受地主老财的剥削欺压，他坚信："不久的世界，一定是我们穷人的！"所以，他和革命者赖大哥率领着那些食不果腹的饥饿乡民，"像疯狂了的大海，像爆发了的火山"，冲向了地主何八爷的豪华庄园。以"儿子"去带动"老子"革命的叙事模式，在中国新文学的后续创作中不断被重复使用，如果我们把赵树理《小二黑结婚》中的"二诸葛"与"小二黑"、柳青《创业史》中的梁三老汉与梁生宝、周立波《山乡巨变》中的陈先晋与陈大春等父子矛盾冲突串联起来去加以考察，就不难看出这种革命乡土叙事模式的影响有多么深远。不过我们也必须实事求是地承认，红色乡土叙事将"家国一体"的传统观念，引向了"国家一体"的现代观念，后来又经抗战文学的自觉强化，彻底解决了一直都困扰着五四启蒙的一大难题，即：中国人由于没有"国家"意识，而造成的"一团散沙"的历史窘况。

　　革命乡土叙事所表现的中国农村社会的阶级矛盾与阶级斗争，对于推动中国无产阶级革命走向胜利作出了不可磨灭的巨大贡献。但是对于有些学者来说,却并不认同革命乡土叙事描写的就是一种历史真实,他们认为1927—1936年是民国经济的"黄金十年",中国农村绝对不可能出现腥风血雨般的阶级冲突。因为在他们的教条思维中,20世纪30年代的中国农村,多达70%的农户多少都拥有自己的土地田产,"其余30%是劳动——佃农家庭,他们靠工资收入弥补从租种的土地上获得的农业收入。"①故大部分中国农民都能够依靠土地去解决温饱问题,中国农村当然不会存在像左翼作家所描写的那种惨状。我不知道这些学者的理论依据究竟是从何而来,但是他们这种说法本身却同民国政府自己所给出的调查结论大相径庭。1937年民国政府农村复兴委员会,曾对陕豫苏浙粤桂六省农村1927年至1936年间的土地情况,做过一次十分详细的调查统计,他们得出来的结论则是:"3.5%的地主占45.8%的耕地,6.4%的富农占18%的耕地,19.6%的中农占17.8%的耕地,而70.5%的贫雇农只占有18.4%的耕地。"②这个统计数字由于贴近历史本身,应该说还是比较准确可信的。正是由于"豪绅地主之剥削,农村破产日益加剧",③所以就连当时的民国政府官员也不得不承认,20世纪20年代末到30年代初的中国农村,因土地问题导致了阶级矛盾的急遽恶化,农民为了能够生存下去"揭竿而起,一呼百应,星星之火,至于燎原……在土地问题上,不无重大之成因"④。这与革命乡土叙事所反映的农村情况是完全一致的,故根本就不存在什么"黄金十年"一说。

三、民族意识与"乡土文学"的价值回归

1937年7月7日,卢沟桥事变引发了中华民族的全面抗战,曾经是剑拔弩张、壁垒森严的文学艺术界,也呈现出了一种空前团结的历史局面。诚如周

---

①　[美]费正清、费维恺:《剑桥中华民国史》下卷,中国社会科学出版社1994年版,第241页。

②　转引自金德群《民国时期农村土地问题》,红旗出版社1994年版,第148页。

③　见1928年8月31日《鄂东巡视员曹大骏的报告》,《中国现代革命史料丛刊·湘鄂赣革命根据地文献资料》第1辑,人民出版社1985年版,第137页。

④　汪浩:《收复匪区之土地问题》,正中书局1935年版,第3页。

恩来所言:文学艺术家"不分思想,不分信仰的空前团结,象征着我们伟大的中华民族,一定可以凝固的团结起来,打倒日本帝国主义!"①。抗战在新文学作家当中所激发起的"保家卫国"的民族情绪,其本身就蕴含着知识精英对于"乡土中国"有了一种全新的思想认识。因为他们在躲避战乱的逃亡过程中,发现"家"和"故乡"在自己的情感生活中,竟然是如此亲切以至于难以忘怀;于是重新去审视"乡土"文化的自身张力,深刻地反省五四启蒙的"乡土"歧视,便在抗战文学中形成了一种文化"寻根"的时代潮流。就像白朗在散文《流亡曲》中所说的那样:"故乡,它是具有着诱人的魔力的,它牵制着每一颗流亡者的心——如今,'怀乡病'已经普遍在蔓延着了,蔓延深受过着病症的痛苦的朋友们,请不要骂他们自私吧,即使是在这样动荡而伟大的时代里。"②白朗这段话说出了流亡者的共同心声,尽管"乡土中国"先后经过了"启蒙"与"革命"的两次冲击,但是现代精英知识分子与"乡土"文化之间,却仍然保持着一种无法割舍的隐性联系。我们甚至完全有理由去相信:革命话语中的乡土叙事,是用"社会伦理"取代了"个人伦理";抗战话语中的乡土叙事,又用"民族伦理"取代了"政治伦理"。促使这种思想观念大转变的主要因素,就是中国人深深埋藏于文化记忆里的"乡土"情结。

由于"民族伦理"得到了新文学作家的普遍认同,所以在抗战话语的乡土叙事中,"乡土"已不再是令人伤感的萧条景象,而是变成了他们魂牵梦绕的美丽家园。比如诗人王璠在《河边》一诗中,就眼含着深情的泪水这样写道:"掘起的是一抔乡土;我带走/并一支最熟的田歌",因为祖祖辈辈都是"食于斯/衣于斯,生息于斯",所以故乡在"我"的记忆里,就是生命之源和文化之根。诗人张帆更是在《故乡》一诗中,表达了一个游子对于故乡的感恩之心:"故乡! 我生长的地方/本来是一个天堂/那儿有清澈的河流/垂杨夹岸/那儿有茂密的松林/在那小小的山岗/春天新绿的草原/有牛羊来往/秋天的丛树/灿烂辉煌。"中国人这种历史悠久、根深蒂固的"乡土"观念,又直接生成了

---

① 《全国文艺界空前大团结》,《新华日报》1938 年 3 月 28 日。

② 白朗:《祖国正期待着你》,秦牧主编:《中国抗日战争时期大后方文学书系》第 5 编《散文杂文家》,重庆出版社 1989 年版,第 215 页。

他们誓与侵略者决一死战的复仇情绪："八年流亡/尝饱了风霜/华北,华南,华中……/遍地响起了战争/哪里是,安全地带/哪里有,安全地带/谁再能像丧家之犬/谁再能在流亡线上苦爬/积年的愤火哪能消散啊/齐声呐喊吧/'打回我们的老家!'"①曾经有研究者认为,抗战诗歌能够撼动人心的真正原因,并不是诗人认为自己的"故乡"真的有那么美好,而是他们在用"思乡"去表达一种爱国主义情感罢了。② 我个人并不认同这种观点。抗战诗歌(包括其他文体形式)中的"故乡"叙事,是一种真实的"故乡"而不是什么虚拟的"故乡";这种"故乡"意象不断地从"记忆"中投射到创作上,它所表现出来的思想内涵正是中国人"故土难离"的文化情结。关于这一点,小说创作表现得尤为明显。比如,靳以小说《亡乡人》里的金桂奶奶,老人家已经过了古稀之年,以前一直都在黑土地上过着自己的安稳日子;可是自从家园被日本侵略者侵占了以后,她只能跟着孙子逃难到了关内。从此以后,金桂奶奶无时无刻不在思念着自己的"故乡"和"家园",尤其是到了"晚上她就能有许多梦,她梦到了家园……她的心为快活塞满了,她只重复着说:'到底我回来了,到底我回来了!'因为过于喜悦,她就会醒转来,这才知道那不过是一场梦"。明眼人一看便知道,金桂奶奶那个"还乡"之梦,传达的正是靳以本人的乡思之愁;它形象化地反映了一种时代情绪,即对于每一个逃亡者而言,"想要回家"是他们心中的强烈愿望。

"故土难离"是中国人的一种文化情结,由于是祖先用他们勤劳的双手,为中华民族开创了一个物质家园和精神家园,于是炎黄子孙才有了赖以生存的"土地"和"故乡",才有了与"土地""故乡"密切相关的传统文化。魏伯的小说《多多河》,所讲述的就是一个中国农民的"创世记"故事:"多多河"畔原本是太行山边的一块不毛之地,到处都是布满了坚硬石头的荒地沙滩。从山东济南推着独轮车逃荒的青年张发顺,"穿过平原,溜着有荒沙飞腾波涛叫哮的黄河,爬过一道道险阻而荒僻的山岭",来到了"多多河"这片荒无人烟的贫

---

① 所引用的三首诗歌作品,分别见于臧克家主编的《中国抗日战争时期大后方文学书系·第6编诗歌》,重庆出版社1989年版,第201、878、1759页。

② 王百伶:《抗战时期解放区文学中的农民想象》,《宜宾学院学报》2014年第7期。

瘠土地上。张发顺带领着全家老小"在这里开拓着,而且继续在山下开拓。汗珠伴着锄面伸进土里去,土地变了颜色"。终于"有了房屋,有了田地,有了粮食,且有了牛群",慢慢地变成了"多多河"畔的大户人家。创业的不易使张发顺深爱着眼前这片土地和家园,他告诫儿孙们无论今后遇到什么情况,都一定要守住这份用血汗换来的丰厚家业;即便是日本侵略者已经打到了"多多河"畔,他仍不愿跟随村民逃往重峦叠嶂的大山里,甚至还对劝他离开的儿子石头大发脾气:"庄稼人可不就靠土地吃饭呀,你人走了,田产土地都抬不走,到山里大大小小吃风喝沫呀?"碧野的小说《南怀花》,讲的也是一个热爱家园与守护乡土的动人故事:"南怀花"人祖祖辈辈都以打猎为生,他们崇拜自然热爱森林,男人们都有着一副壮实的身体,女人们则都有着一种"温驯的性格";他们虽然日子过得有些艰苦,"生活就犹如一湖恬静的水,泛不起什么波纹",但是每一个人都热爱这块贫瘠的土地——因为这是他们安身立命的故乡和家园。然而,"东方的魔王"却把它腥臭的"血蹄","踏灭了这块和平而温暖的土地",于是老猎人们把妻子儿女都送进了吕梁山的密林深处,而他们自己则拿起猎枪去为守护家园用尽最后的能量。无论魏伯还是碧野,他们作品所要表达的创作主题是完全一致的,即:中华民族几千年来的创业不易,但是作为他们的后辈们守业更难;因此一旦故乡和家园受到了外族侵犯,他们便会毫不犹豫地去殊死鏖战、以命相搏。这就是为什么在全面抗战期间,广大农民会纷纷拿起武器去同侵略者进行浴血奋战的根本原因。因为他们都深深地懂得,"国"之不保"家"亦难存。中国共产党的政治领袖,非常重视发动农民积极参战的重要意义,比如毛泽东就一再告诫全党同志说:"除非发动农民群众的人力和物力,否则中国就不可能打赢这场战争。"①事实已经证明,全民抗战是打败日本侵略者的制胜法宝。比如,英国战地记者贝特兰在抗战前线做了实地观察之后,便深有感触地对外界说:"中华民族的真正力量到底在哪里呢?不在沿海的大城市,不在省会。它的确是在这里,在乡村里,市镇里,在这里的农民群众中,他们过了许多年无知无识的生活,经历了许多年的内战,现

---

① [瑞典]达格芬·嘉图:《走向革命》,中共党史资料出版社1987年版,第9页。

在正在自觉地日益加强的目标下联合成一个有机的整体了。"①农民参战的目的非常直截了当,就是为了要牢牢守住自己的土地、家园和亲人。故委曲求全的张发顺在儿媳受辱、儿子被杀的危急时刻,瞬间爆发出了一种势不可挡的复仇力量,他不顾一切地冲了上去一刀刺死了那个日本"畜生",并带领着全村人去同侵略者进行拼命。而"南怀花"那些血气方刚的猎户们,也拿起了猎枪同中国军人一道,在自己世袭居住的土地上,向侵略者射出了复仇的子弹。

从为"乡土"而战到为"国土"而战,标志着中华民族的"族群"意识已经觉醒;而中国作家们也纷纷用他们手中的笔,去激情书写中国人民同仇敌忾的抗战意志。比如,李辉英的小说《松花江上》,讲述大户人家的儿子王中藩,劝说父亲把家里的粮食全部都奉献出来,去支援山上的"抗日义勇军"。他的觉悟就是源自一个执着的信念:"日本鬼子一天不打出去,我们是一天也不会有好日子过的。"祁东海的小说《浮尸》,讲述一位年轻的庄稼汉,看上了一个鬼子身上的"那支三八式枪",于是便偷偷地绕到他的后面,用绳索把他勒死后拿着枪消失在了青纱帐里。还有孙犁小说《芦花荡》里那位可爱的农村老人,划船送两个八路军小战士过封锁线,未曾想却被日本兵发现,还打伤了其中的一位小战士。老人发誓要为小八路报仇,一人驾船把日本鬼子诱骗到湖"洗澡";等到他们全都被鱼钩挂住以后,老人便用撑篙把这些鬼子兵全都消灭在了湖里。在抗战话语的"乡土"叙事中,作家们几乎都是从正面去描写农民形象,目的就是要去激发和鼓励他们参加抗战的爱国热情,一般很少带着批判眼光去表现他们的思想落后性。特别是抗日根据地的文学创作,农民更是被作家们视为民族战争的主体力量,他们不仅爱国主义热情空前高涨,而且思想上还具有很高的政治觉悟。比如孙犁的小说《荷花淀》,就是一篇讴歌农民革命英雄的经典文本:主人公水生从一个普通农民成长为一名优秀的革命战士,这种变化早已被研究者所津津乐道。但我更关注水生嫂这一艺术形象,她同样具备了这种身份置换的基本条件。比如,她从不阻拦丈夫去做他的"光荣事情",反倒嘱咐他在外面安心工作,"什么事也不要落在别人后面";而她

---

① [英]詹姆斯·贝特兰:《华北前线》,文缘出版社1939年版,第313页。

本人也和一群农村妇女一道,在经历了一场阴差阳错的遭遇战之后,终于完成了从"农民"到"战士"的思想嬗变——"她们学会了射击",并"配合子弟兵作战,出入在那芦苇的海里"。在全面抗战期间,农民身上能够迸发出强烈的民族意识和爱国热情,这并不纯粹是一种艺术虚构,而是有着众多历史资料作为支撑的客观事实。就拿华北地区来说吧,据历史学家所提供的数据统计,当时参加抗战的农民多达数十万之众,他们在晋察冀地区到处打击日本侵略者。而一些西方记者,也亲眼见证了这样一种壮观的场面:"整个河北的中部和南部,充塞着艰苦奋斗的武装华人……日军非有强力的部队不能侵入这些区域,而且非有侦察机在上空护卫,就随时有被伏兵袭击的危险。"①千万不要小看了这些农民抗日武装,他们以游击战的方式到处骚扰敌人,使"日军在晋进行甚缓,大有拿破仑在俄国受困之状"②。平时温顺善良的农民们,此时却群情激昂地高喊着"打日本保家乡,今天是时候了,绝不能坐以待毙"的抗日口号,③拿着古老而原始的武器,去"勇敢地袭击寇军,因为他们出没无常,弄得寇军惶惑不安"④。

抗战话语的乡土叙事,不仅表现了普通农民的民族情感,同时对于地主阶层的抗战态度,也给予了充分肯定与正面描写。这是一个值得肯定的文学现象。其实所谓的"地主",说穿了就是土地比较多的农民。由于他们的房产和农田要比一般农民多,所以在"家国"同难的紧要关头,他们自身的利益也往往会损失最大,并表现出截然不同的两种人格:极少部分人卖国求荣丧失了民族气节,像王平陵小说《委任状》里的潘则民、阳翰笙话剧《前夜》里的白次山等人,他们都是中华民族的可耻败类。但绝大部分的乡村地主,他们或多或少都读过一些儒家经典,还是懂得什么是民族大义、什么是浩然正气的;故在家

---

①　[英]W. Lewisohn:《无公可办的"临时政府"》,《华北官僚群像》,《每日译报》社 1938 年版,第 64—65 页。

②　见 1937 年 1 月 7 日《救国时报》的转述报道。

③　公孙旬:《孙永勤与民众抗日救国军》,冀热辽人民抗日斗争史研究会编:《冀热辽人民抗日斗争文献·回忆录》第 1 辑,天津人民出版社 1987 年版,第 385 页。

④　陈敷:《永定河失守前后》,转引自魏宏远《抗战第一年的华北农民》,《抗日战争研究》1993 年第 1 期。

园被毁、山河破碎的危难时刻,他们往往会利用自己在农村社会中的影响力,组织和带领普通农民去同侵略者决一死战。像这一类的地主形象,在抗战文学中描写得最多,而且也感人至深、令人敬佩。比如,丰村小说《望八里家》中的地主程大方,在当地是有着良田无数的"大主户",家中还盖有一座"四合头楼院",登顶一望便可以看到八里之外。程大方同他的儿女子孙们,原本过着一种平淡自然的农家生活,但是日本侵略者却彻底打破了冀中农民的平静生活,程大方的日子也开始变得不安生了。尽管为了保住眼前这份来之不易的祖传家业,他对侵略者还曾一度抱有幻想,可是当他看到日本兵的铁蹄踏进了丰村,到处烧杀抢掠、无恶不作,并且要强征他们家那座"四合头楼院"去建据点时,内心所积蓄的愤怒情绪立刻便爆发了出来——他一把火把自家的"楼院"点着,绝不留给日本侵略者去祸害中国人。王平陵的小说《荒村之火》,则讲述了这样一个故事:一群日本鬼子大摇大摆地来到了葛家村,强迫村民们交出村里的年轻女人,全村的长者都穿戴整齐地跪在路边,把这些没有人性的"畜生"迎进了村子里;他们在祠堂里摆下丰盛的酒席,乞求日本人饶过葛家村里的那些妇女,可是生性残暴的日本兵却举起枪托,把一位长者的头颅给砸开了花。于是葛家村人再也无法忍受了,"像是有谁在发命令似的,许多老头子都以同一的举动抽出坐着的长凳,死命地向鬼子的头顶砍下去"。鬼子兵一边放枪一边试图"冲出宗祠的大门",然而村里的青壮年又把他们重重围住,"弟弟打死了,哥哥冲上去,坚决要报仇;父亲打死了,儿子冲上去,坚决要报仇;丈夫打死了,妻子冲上去,坚决要报仇……鬼子兵终于在无数的草鞋的脚底,被踏成了泥浆。"

在全面抗战期间,地主阶层的态度至关重要,因为他们不仅拥有财力、物力和文化知识,而且还对普通农民具有非常大的影响力和号召力。因此,为了调动地主阶层的抗战积极性,中国共产党人率先用"减租减息"的政策主张去团结他们,一方面充分肯定他们的爱国热情,另一方面则动员"地主提供钱、粮来帮助抗战"①。这种政治宣传工作取得了良好的社会效果,比如陕西骥村的大地主马家出钱出粮支持八路军抗战,就是一个历史上的真实事例。"地

---

① ［瑞典］达格芬·嘉图:《走向革命》,中共党史资料出版社1987年版,第53页。

主"一词,说穿了就是中国传统的"乡绅"概念,由于他们受儒家文化影响很深,所以自古以来都懂得"国家有难,匹夫有责"这一道理。比如,陈铨长篇小说《狂飙》里的铁崖老人,为了推翻清王朝把全部家产都卖掉了去投身辛亥革命,只不过在革命成功以后因看不惯新政府的腐败现象,才重回乡梓过起了一种隐居生活。但铁崖后半生的隐居生活,并不是一种思想消沉的"出世"行为,相反他在民族矛盾日益加深的时代背景下,全力发动民间力量去厉兵秣马,积极为未来的反侵略战争提前做好准备。他这种"先天下之忧而忧,后天下之乐而乐"的忧患意识,无疑是传统"乡绅"中最为典型的儒者风范。正是因为铁崖在乡下享有非常高的社会声望,故当他发起组织农民武装自卫军时,立刻便得到了四乡八邻的普遍响应,很快就聚集起了一万多人的队伍;他们手里拿着各种各样的原始武器,在铁崖本人的亲自率领下,全力去配合中国军队的守土抗战,并给予日本侵略者以沉重的打击。还有郁茹短篇小说《遥远的爱》里的陆放老人,他隐居乡里却心系国家民族的前途命运,他知道日本帝国主义对于中国心怀叵测,所以一再告诫乡间的年轻后生们,一定要有备无患时刻准备着上阵杀敌、为国尽忠。当日本侵略者终于打到了家门口时,陆放又毅然决然地穿上了当年的革命戎装,手里拿着那把擦得明光锃亮的指挥刀,带领着平时由他训练过的全村壮丁,同日寇殊死血战了 15 个昼夜,最后全部都英勇地战死在了沙场。在王西彦的小说《海的喧嚣》中,也是在乡绅长兴爷的主持之下,"贺大坞"村那些莽撞的青年渔民,终于同其他村落结成了抗日同盟。他们明明知道用自己的血肉之躯,难以抵挡得住侵略者的钢铁"怪物";但"佛争一炉香,人争一口气",他们仍然在长兴爷的带领下去向侵略者复仇。在全面抗战时期,曾有许许多多抱有民族正义感和爱国心的"地主"或"乡绅",他们面对"国破家亡"的惨痛局面,都自发组织起来去参加抗战。据有关史料记载,辽宁有个名叫黄锡山的乡绅,通过变卖家产拉起了一支抗日武装队伍,他为了做长期抗战的思想准备,还在大山里建起了一座小型兵工厂。① 河北地

---

① 中国人民政治协商会议辽宁省委员会学习宣传和文史委员会编:《辽宁文史资料》,辽宁人民出版社 2002 年版,第 127 页。

区的乡绅宫长海,同样变卖了他的所有家产,"买了两挺轻机枪,20余支匣子枪",在本地组织了一支抗日游击队。另外,在华北地区的农村当中,还存在有大量的由乡绅领导的抗日游击队,其中有不少队伍在乡绅的亲自带领下,经过思想改造后都编入了八路军的战斗序列。① 由此我们不难看出,投敌变节的地主乡绅毕竟是少数,他们中的多数人还是具有爱国心和民族正义感的。

　　全面考察新文学的乡土叙事,我们会发现这样一种内在规律性:"启蒙"对"乡土"持一种否定态度,"革命"对"乡土"持一种辩证态度,"抗战"对"乡土"持一种肯定态度,如果我们把这三者联系起来,几乎构成了一部中国新文学史的完整过程。我非常赞同陈思和的一种观点,他认为应该"把1937年中日战争全面爆发作为中国现代文学史的重要分期",因为"一个新的伟大的民族主体觉醒了,千百万中国农民走上了战场,成为抗日救国的主要力量。随着农民阶级在政治上军事上地位急剧上升,他们在文化上的自我解放的要求也被激发出来,成为当代文化建构的重要内容"②。陈思和说得没错,但是我想再补充一句:抗战激发的不仅是农民阶层的爱国情感,而且还强化了知识精英的民族意识。远的我们姑且不论,仅以新时期文学创作为例,"乡土"文化观念不但没有随着时间的流逝被逐渐淡化掉,反倒是现代化程度越高中国作家对于"乡土"文化的认同性就越强烈。比如郑义的《老井》、莫言的《红高粱》、韩少功的《马桥词典》、阎连科的《年月日》、贾平凹的《山本》、刘醒龙的《黄冈密卷》等作品,可以说"乡土"文化对于这些"地之子"或"乡下人"的强烈诱惑,一直都是他们从事文学创作的精神支撑和力量源泉。这充分表明,"乡土"作为一种中国人所特有的民族情感和文化传统,"一旦为知识者拥有,便显出异常的坚固和异乎寻常的再生能力"③,并成为中国文学创作的永恒主题。

---

① 魏宏运:《抗战第一年的华北农民》,《抗日战争研究》1993年第1期。
② 陈思和:《有关20世纪中国文学史研究的几个问题》,《文学评论》2016年第6期。
③ 赵园:《地之子》,北京大学出版社2007年版,第14页。

第二节　新文学乡土叙事的土地情结

"土地"对于人类社会而言，是最不可缺少的生命要素。人不仅要以"土"为生，而且还要以"土"为"家"；如果失去了"土地"这一生存保障，也就根本不会有人类文明的历史存在。所以无论东方人还是西方人，他们都认为："土地是一切物资的源泉。我们使用的一切物品，获取的一切有价值的东西都来自土地；无论是食物、衣服、燃料、房屋、金属还是宝石，这些都与土地密切相关。我们生活在土地上，靠土地养家糊口；而当我们告别人世的时候，土地还是我们肉体（或说是我们的骨灰）的最终归所。"[①]

不过话又说回来，虽然东西方文化都强调"土"对于"人"的重要意义，但由于它们毕竟是两种不同类型的文化体系，因此对于"土"的理解和认识，也必然会呈现出一定的文化差异性。最显著的一个特点，就是西方人以基督教为精神信仰，他们相信自己生命的最终归宿是去往"天国"，故千百年来在他们头脑里所形成的思想观念，当然是"天"的意义要远大于"土"的意义。至于那个建立在"土"上的物资之"家"，只不过是一种短暂人生的过渡形式，肉体消亡以后的"天国"世界，才是他们灵魂不灭的精神乐园。中国人却大不相同，他们既没宗教信仰更没有"天国"意识，他们相信肉体生命消亡之后，灵魂的去处也是"阴曹地府"，即便是投胎转世后仍需活在地上。故"土"作为连接"现世"与"来生"的沟通渠道，是千百年来中国人唯一性的崇拜对象。所以，与西方人看重"天国"截然相反，中国人更看重"土地"对于人生的重要意义，这无疑会直接导致新文学的"乡土叙事"，既亲近"乡"又离不开"土"。因为他们深知中国人的生命是在"土"里轮回，中国人的文化也是在"土"里滋长；如果没有"土"便没有了"乡"，没有了"乡"又何来中国文化呢？诗人臧克家对此就感受颇深，比如他在诗歌《三代》中，便怀着对土地的感恩之心

---

① ［美］R.罗顿·辛普森：《土地法律及注册》，转引自［荷］何·彼特《谁是中国土地的拥有者》，社会科学文献出版社 2014 年版，第 1 页。

深情地写道:"孩子/在土里洗澡;/爸爸/在土里流汗;/爷爷/在土里埋葬。"
毫无疑问,诗歌《三代》所表达的思想情感,实际上代表着新文学作家的共
同心声,即:无论他们过去怎样推崇"西化",都不可能丢弃"乡土中国"的文
化传统;就像勤劳朴实的中国农民一样,脚踏实地地活在"乡土"中而不是
"天国"里。

一、以"土"为生的人生信念

"乡土中国"的文化特性,事实上新文学作家心里都非常清楚。因此,无
论他们把"乡土"描写得多么破败不堪,可是他们却始终都无法摆脱自己与
"乡土"之间的情感瓜葛。所以,蹇先艾、李广田、老向(王向辰)、沈从文等人,
都在那里反复地强调自己是"乡下人",①甚至还说他们的灵魂上都包有一层
厚厚的黄泥土。这既不是"推销"也不是"炫耀",②而是表明在他们的内心深
处,那种挥之不去的乡土记忆,一直都是他们这些人的一种心结。回归历史现
场,我们可以发现这样一个客观事实:对于绝大多数新文学作家而言,他们青
少年时代都生活在乡土社会,在"进城"并接受现代启蒙教育之前,他们早已
形成了一种根深蒂固的文化价值观。故面对"现代"和"乡土"的双重选择,他
们又表现出了一种十分复杂的矛盾心态——批判"乡"文化时,他们群情激
愤、斗志昂扬;但谈到"土"文化时,却又心怀敬畏、虔诚无比。俗话说得好:
"当局者迷,旁观者清",西方学者对于中国人的"乡土"之恋,恐怕要比我们自
己看得更为清楚一些,比如他们说:"中国人像是整个生态平衡里的一环。这
个循环就是人与'土'的循环。人是从土里出生,食物取自于土,泄物还之于
土,一生结束,又回到土地。"③这种说法是很有道理的。对于中国农民来说,

---

① 蹇先艾:《乡间的悲剧·序》,《乡间的悲剧》,"文学研究会创作丛书第二集",商务印书
馆1937年版,第2页。李广田:《〈画廊集〉题记》,《李广田代表作·圈外》,华夏出版社2008年
版,第57页。关于老向是"乡下人"的说法,转引自赵园《地之子》,北京大学出版社2007年版,
第5页。沈从文:《烛虚》,《沈从文全集》第12卷,北岳文艺出版社2002年版,第22页。

② 赵园在《地之子》一书中认为,"乡下人"一说是新文学作家的"自我卖弄"或"自我炫
耀",我并不认同她的这种说法。可参见该书的第9页。

③ 转引自费孝通《社会调查自白》,知识出版社1985年版,第33页。

"土"就是他们生命的全部意义；可是对于启蒙精英来说，他们却很难接受这种现实。因而当他们"进城"之后，第一件事便是以"城里人"自居，并试图通过批判"乡土文化"，去改变自己"乡下人"的社会身份。然而，无论他们在情感上如何去挣扎，"乡下人"记忆中的文化烙印，都在时时刻刻地提醒着他们，他们的"根"并没有离开"乡土"。比如，许钦文就说自己在城市里住得太久了，"我和故乡委实疏远，而且老是寄寓在都市，和田野太少接触了。……平时一想起故乡总就起反感，过去的故乡所给我的印象实在太坏了。现在却觉得故乡实在原是可爱的了；故乡改变了呢，还是自己的性情改变了呢？"①许钦文这段话很值得咀嚼，可以说它反映了"乡土文学"作家的一种心态：过去"故乡"在心中的印象"实在太坏"，是他们"批判"和"疏远"的一个理由；可是在"都市"住久了，又觉得故乡"原是可爱的"。"原是"一词大有深意，作者显然是在告诉我们，"故乡"其实并未发生"改变"；而是作家本人"进城"以后，由于"和田野太少接触了"，自己的"性情"发生了改变。我们用不着对这段话去做过度阐释，许钦文的文字表述是在暗示性地传达一种信息：当新文学作家不再去为"西化"启蒙而狂热呐喊时，他们仍然会对"乡土"保持有一种强烈的认同感和亲切感。我们不妨再举一个例子：叶紫是一位政治立场鲜明的左翼作家，他曾把湖南农村描写得像一座苦难深重的人间地狱，贫苦农民被地主阶级压榨得已经到了家破人亡的悲惨境地；可是当他在上海身染重病、卧床不起时，首先想到的就是要回到"故乡"去，即便是"死"也要埋在自己的"故土"里。返乡之后，叶紫对于"土地"和"故乡"有了一种全新的思想认识，尤其是四公公一句"农夫不努力，饿死帝王君"，令他陷入了深深的思考：已经年过不惑之年的四公公，却身体健硕仍能下田劳作，并且依靠劳动去养活自己，这对叶紫来说触动是非常大的。他从四公公身上重新认识了"土地"与"人生"，同时更是通过一种深刻的自我反省，真正明白了只有"乡土"，才是自己生命的最后归宿。于是他说："我不应该在那样的骷髅群中去寻求生路的，我应该回到这恬静的农村生活。我应该同他们一样，用自家的辛勤劳动，争取自家的应

---

① 许钦文：《回乡时记》，《许钦文代表作·鼻涕阿二》，华夏出版社 2008 年版，第 182 页。

得的生存。"①只可惜无情的病魔,最终还是破灭了他这种生命再生的美好愿望。

在"乡"与"土"之间,重新阐释"土"对于"乡"的重要意义,这是我从乡土文学的反向思维中,所获得的一种研究灵感。众所周知,乡土文学是五四思想启蒙的历史产物,它在创作上最为显著的表现特征,就是对"乡"与"土"采取了一种人为分割的处理方式,即作品文本基本上都是在批判"乡"文化的保守特性,却很少有作家去关注农村社会中"土地"的供给问题。由于文化的载体是"人",因此"乡"文化批判又被转化成了"人"的思想批判。如果我们仔细去分析一下便能发现,新文学从鲁迅的小说《狂人日记》开始,"乡土"文化批判的关注点就不是"土",而作为"乡"文化载体的那些农民,才是启蒙精英深恶痛绝的否定对象。仅以鲁迅为例,他对"乡"文化解构的思想深度,至今仍令后人无法完全超越。他在《呐喊》和《彷徨》两部小说集中,以"未庄人"或"鲁镇人"为叙事对象,将"国民性"与"乡"文化巧妙地融为一体,并通过日常生活场景将其转化为一种可以直观的视觉意象。比如,像"短衣帮"的麻木不仁、阿Q的"精神胜利法"、单四嫂的封建迷信、华老栓的愚昧无知等,都被他视为"乡"文化的形象载体,目的就是说明"乡土"是"传统"的滋生土壤和传播渠道。鲁迅对于这些"鸡肋"式的"故乡人",心中充满了悲哀与绝望的情绪,认为无论"哀其不幸"还是"怒其不争",启蒙都只能同他们"这样地牵缠下去,五十一百年后能否有出路,是毫无把握的"②。由于鲁迅在五四文坛上的崇高地位,因此由他所开创的"乡土文学"的叙事模式,很快便成为了五四"乡土文学"的创作范式,并最终形成了一种猛烈攻击"乡"文化的文学思潮。五四新文学对于"乡"文化批判的力度之大,在中国文学史上是前所未有过的,只要我们进入到启蒙话语的乡土叙事中,第一感觉就像来到了一个未曾开化的原始社会——无论"贵州道上"还是浙东水乡,到处都是一派冥顽不灵的愚昧景象:从蹇先艾的小说里,我们可以看到"水葬"这种中国历史上最暴虐的

① 叶紫:《插田——乡居回忆之一》,《叶紫文集》下,湖南人民出版社 1983 年版,第 497 页。

② 见《鲁迅全集》第 4 卷,人民文学出版社 1981 年版,第 103 页。

惩罚仪式(《水葬》);从台静农的小说里,我们可以看到"冲喜"这种古代文明中最残忍的婚姻仪式(《烛焰》)。但"乡"文化所造成的最大恶果,还是人性的丑陋和道德的沦丧。比如,在许杰的小说《赌徒吉顺》中,赌徒吉顺输光了全部家产,他可以"典妻"换钱然后再赌;在鲁彦的小说《黄金》中,"陈四桥人"最看重"金钱"和"权势",他们所表现出的人格特征就是嫌贫爱富。启蒙话语把"乡"文化描写得一无是处,其用意无非是想告诉读者:那些"面朝黄土背朝天"的中国农民,在中国传统的"乡"文化中,早已变得昏聩无知不可救药了,他们只能是伴随着这种文化"生长、结果然后腐烂"掉。①

五四乡土文学重"乡"轻"土"的创作现象,是一个任何人都不能否认的客观事实。如果我们一定要"较真"说"并非完全如此"的话,当然也可以从作品文本中找出个别案例来,比如鲁迅的小说《故乡》和许杰的小说《惨雾》,就或多或少涉及了"土地"问题。对于《故乡》,研究者是再熟悉不过了,鲁迅与闰土之间的那段对话,其中就暗藏有关于土地的某些信息:闰土说生活"非常难……什么地方都要钱,没有定规……收成又坏"。"收成"一词就与土地有关,没有土地又何谈"收成"呢? 不过鲁迅却话题一转,没有就此话题再深谈下去,因此我们还是不能理解,闰土为什么会"非常难"。好在周作人后来为鲁迅做了一个补充说明,闰土一家之所以会过得"非常难",那是因为"闰土结婚后与村中一个寡妇要好,终于闹到离婚",为此他不得不花钱去解决问题,结果"经过这一个风波,损失不小"②。由此我们不难推断,"土地"在《故乡》里只不过是一种铺垫,鲁迅的用意则是在凸显闰土的一种精神状态。许杰的小说《惨雾》,也有关于"土地"的情节描写,但他同样是"醉翁之意不在酒",主要目的还是在借"土"谈"乡",以揭示"乡"文化的原始蒙昧状态。一块根本没有任何利用价值的"沙渚",是"环溪村"和"玉湖庄"之间发生"械斗"的导火索。小说《惨雾》的叙事重点,不是"沙渚"的归属权问题,而是由"乡"文化所形成的封建宗法制度,对中国农村社会所造成的长期危害性。作者通过

---

① [美]明恩溥:《中国人的气质》,译林出版社 2011 年版,第 148 页。
② 周作人:《鲁迅小说里的人物》,河北教育出版社 2002 年版,第 70 页。

争夺"沙渚"的械斗事件,让读者从中看到因血缘、地缘和共同利益等关系,农民会以家庭或宗族为基本单位,结成一个具有强大能量的文化同盟;在这个文化同盟里"居民彼此了解,社会关系是直接的",它对外来者具有一种本能的排斥力(阿Q被"未庄"所排斥,就是一个典型的例子)。① 正是由于宗祠文化在作祟,"环溪村"同"玉湖庄"之间的大规模械斗,双方都不是在为"土"而战,而是在为族群的荣誉去厮杀。仅就这一意义而言,《惨雾》对以宗族为核心的"乡"文化的猛烈抨击,完全符合反封建与反传统的启蒙精神。

启蒙话语中的乡土叙事重"乡"轻"土",这种无疑是一种为了迎合思想启蒙所采取的叙事策略,但重"乡"却并不意味着完全无"土","土"在五四乡土叙事中一直都是一种"隐性"的存在。换言之,只要我们仔细去品味一下作品文本的故事情节,就能够发现"土"虽然并不是作为叙事主体,但却巧妙地隐藏于"乡"文化的背后,成为一种被"否定"性的影子存在。我个人认为,思想启蒙既然要把"乡"文化作为批判对象,就不可能回避"人"与"土"之间的依存关系,只不过启蒙精英又不愿意去面对这种关系,否则将会直接摧毁乡土作家为之奋斗的启蒙理想。在这一方面,鲁迅本人的思想矛盾性,就非常能够说明问题。《呐喊》《彷徨》给读者留下的深刻印象,还不是"贫穷"导致了农民的生存困境,而是他们那种虽然"平庸",但却悠然自得的生活状态:"花白胡子老头"与"驼背五少爷"等闲人,整天无所事事地泡在华老栓的"茶馆"里,即便是没有革命者夏瑜被"杀头"的这一话题,他们的日子依然会过得"无聊"却很"惬意"(《药》);尽管赵七爷的一番折腾,打破了七斤一家和所有村民的平静生活,可是一旦城里传来皇帝"不坐龙廷"的消息,"临河的土场上"立刻便恢复了往日的安宁气氛(《风波》);阿Q三番五次地惹是生非,把"未庄"搞得乌烟瘴气、鸡犬不宁,但他被抓到县城"杀头"以后,"未庄人"也迅速恢复了他们原来那种的生活秩序(《阿Q正传》);祥林嫂"被卖"的悲惨遭遇,不久便被"鲁镇人"所遗忘了,家家户户都在忙着杀鸡宰鹅,去迎接新的一年的即将到来(《祝福》)。长期以来,学界一直都认为鲁迅这样去描写中国农民的主观目

① ［美］李丹:《理解农民中国》,江苏人民出版社2009年版,第44—45页。

的,是意在揭示他们思想上的愚昧落后性,以便引起启蒙精英对于农民问题的高度重视。这种看法不能说没有一点道理,但却并不一定是鲁迅本人的真实意图。因为农民思想保守的根本原因,首先还不是"乡"文化的制约性,而应是"土"文化的决定性。因为"在农民的理念中,土地是财富的来源、生活的保障乃至生命的依托",故他们绝不可能离开土地。① 所以"土"不仅直接决定着中国农民的命运,而且还直接决定着由他们而生成的文化性质,这是一种不可颠倒的因果关系。由于五四乡土叙事基本上都是避"土"谈"乡",结果作家们只是看到了"乡"文化的非理性,却没有注意到"土"文化的合理性,这在很大程度上使乡土文学的文化批判,变成了一种脱离中国农村实际的理论空谈。我们仍不妨以鲁迅的《呐喊》《彷徨》为例,去进行一次形象化的抽样分析:无论"未庄人"还是"鲁镇人",他们大部分人都能够养家糊口维持生计,故还并未达到"穷则思变"的"造反"程度。这种衣食无忧的生存状态,唯一可以给出的合理解释,就是他们都拥有自己的土地,且能够依靠土地活得比较安稳。对此,我们可以参照民国时期浙江农村的两个历史资料,去比较一下《呐喊》《彷徨》中绍兴农民当时的经济状况。一个是浙江大学师生在 1935 年,对浙江兰溪县所做的农村调查:在 2045 户被调查对象当中,无土地农户仅 105 家只占5.1%,拥有 5—15 亩土地的农户 1462 家占 71%。② 这个调查报告所给出的数据表明,兰溪县的农民或多或少都拥有自己的土地,拥有少量的土地自然谈不上什么荣华富贵,但最起码可以解决一家老小的温饱问题。第二个是经济学者顾渭川,1932 年对浙江上虞县所做的农村调查,他说农民不仅自己拥有部分土地,同时还可以去租种一部分土地,"田租还给田主的,每亩约二石,所剩余的谷,适足人工及肥料的代价。……五口之家,替人家种十亩田,很能够温衣足食了。"③但凡有点历史常识的人都知道,民国时期中国农村中土地大规模的兼并现象,始于 20 世纪 20 年代末到 30 年代初,而浙江大学与顾渭川的

---

① 彭大鹏、吴毅:《单向度的农村:对转型期乡村社会性质的一项探索》,湖北人民出版社 2008 年版,第 64 页。

② 冯紫岗:《嘉兴县农村调查》,李文海主编:《民国时期社会调查丛编·乡村经济卷》(上),福建教育出版社 2009 年版,第 337 页。

③ 顾渭川:《浙江上虞县的农村生活》,《民生》杂志 1932 年第 20 期。

统计数据，又都是发生在土地兼并刚刚开始之际；由此我们可以去推断，在五四新文化运动前后（也就是鲁迅小说中所给定的时间段里），绍兴地区农村的土地分配情况，即使不会高于这一统计数字，恐怕也绝不会少于这一统计数字。所以，对于"未庄人"或"鲁镇人"那种安于现状、不思进取的精神状态，我们不能把原因单一性地归罪于"乡"文化的制约作用，同时更要充分考虑到土地供给关系的相对平衡性，在其中所起到的关键性作用。

　　中国农村土地供给关系的相对平衡性，其结果是使鲁迅等拿"乡土"说事的新文学作家，必然会陷入一种进退维谷的启蒙困境，因为他们突然间发现，自己与农民对于"乡"与"土"的理解认识，完全不在同一个思想层面上：农民祖祖辈辈都是以"土"为生，那么他们所关心的问题当然就是"土地"；五四新文学作家则是以启蒙为宗旨，那么他们所关心的问题当然又是"乡"文化。鲁迅很早便发现了"乡土文学"这一无法自圆其说的矛盾症结，所以他才会在思想情感上逐渐地堕入了"彷徨"和"绝望"。比如鲁迅曾经指出，中国历史一直徘徊在这样两个时代：一是"想做奴隶而不得的时代"，二是"暂时做稳了奴隶的时代"；为此他讥讽说无论中国人怎样挣扎，最终还是摆脱不了"奴隶"状态。学界历来都认为鲁迅的"奴隶说"，集中体现着他对中国文化的深刻认识；但是对于鲁迅本人而言，他对这种"奴隶说"是否就坚信不疑呢？我看未必是如此。首先，如果说农民不"造反"是"奴隶"，"造反"成功了他们还是"奴隶"，既然造不造反都是"奴隶"，那么"造反"与不"造反"又有什么区别呢？其次，"做稳了奴隶"当然会因循守旧、不思进取，但是做不成"奴隶"时又会家破人亡、流离失所，既然"做稳了"与"而不得"都是"奴隶"，那么又有什么理由让农民抛弃"做稳了"去选择"而不得"呢？再者，中国农民从来就不相信"这大清的天下是我们大家的"，同时更不会相信民国的天下"是我们大家的"，就连鲁迅这样的知识精英"看来看去，就看得怀疑起来"，①那么又怎能令那些没有文化的"未庄人"或"鲁镇人"对于思想启蒙不产生怀疑呢？鲁迅一方面创建了"奴隶说"，另一方面又在质疑"启蒙说"，究竟应该怎样去看待

①　见《鲁迅全集》第4卷，人民文学出版社1981年版，第455页。

这种悖论逻辑,恐怕连鲁迅本人也无法解释得清楚。毛泽东有一句名言说得好:"群众是真正的英雄,而我们自己则往往是幼稚可笑的"①。故"未庄人"或"鲁镇人"那种不思进取的"求稳"心态,其实就是民国初期绍兴农民的生活状态,我们不能强求他们具有"经世致用"之类的远大理想,因为生活经验告诉他们希望只能寄托在土地之上,"不仅将土地视为安生立命之本,有时干脆就将自己也看成是由土地派生的一部分,是大地的儿子。"②因此对于他们而言,人的一生就应该是踏实做事和本分做人,"求婚,结婚,养孩子,死亡",这就是他们生命的全部意义。③ 鲁迅自己对此当然是再清楚不过了,所以1926年以后他不再去为思想启蒙摇旗"呐喊",而是选择了赞成用暴力革命的手段去解决中国社会的现实问题,甚至还接受和认同了马克思主义的阶级斗争学说。瞿秋白曾把鲁迅比作是希腊神话中的"莱莫斯",又把中国农民比作是"狼",他认为用"野兽的奶汁所喂养大的"鲁迅,通过"痛苦的经验和深刻的观察",终于回到了"狼的怀抱",并"呼吸着小百姓的空气"。④ 如果这个比喻能够成立的话,农民莱莫斯回到了"狼的怀抱",就意味着鲁迅回到了农民和土地的怀抱,这不仅反映了鲁迅个人的主观愿望,同时更反映着新文学从反叛到回归的发展规律。

这不禁使我想起了诗人黎央的一首诗歌《土地》:"我们从母亲的怀里出来/便是属于土地的……/在我的童稚的记忆里/河流和土地总是不能分离/河流养了我们/土地哺育了我们/假使没有了土地/我们又怎样来生活呢?""就是有一天我们死去/我们也不能离开我们的土地"⑤。从黎央的这首抒情诗中我们不难看出,五四以后的乡土文学作家,他们已经开始贴近土地,并从"土"的角度去理解"乡"的文化内涵,即:没有"土地"便没有"我们",没有"我们"

---

① 毛泽东:《〈农村调查〉的序言和跋》,《毛泽东农村调查文集》,人民出版社1982年版,第17页。
② 周晓红:《传统与变迁:江浙农民的社会心理及其近代以来的嬗变》,生活·读书·新知三联书店1998年版,第43页。
③ 见《鲁迅全集》第2卷,人民文学出版社1981年版,第269页。
④ 瞿秋白:《〈鲁迅杂感选集〉序言》,《瞿秋白文集》第3卷,人民文学出版社1998年版,第97、99页。
⑤ 黎央:《土地》,《文艺杂志》1943年11月第2卷第6期。

便没有"故乡",没有"故乡"便没有"文化",这就意味着20世纪中国文学最终一定会走向它的寻根之路。

二、为"土"而争的革命诉求

革命话语中的乡土叙事,同五四乡土文学的重"乡"轻"土"截然相反,它在"乡"与"土"之间,更注重去表现"土地"对于农民的重要意义。导致这种变化的根本原因,又是中国农村土地情况的急剧恶化。因为连年不断的军阀混战,各地方政府五花八门的苛捐杂税,以及种种不可抗拒的自然灾害等因素,使中国农村的土地兼并情况变得异常严峻。据民国经济史研究者所做的数字统计,当时占全国农村人口总数11.8%的地主富农,却占有全国土地面积总量的61.7%;而占全国农村人口总数88.2%的普通农民,却只占有全国土地面积总量的38.3%。这种"广大中小自耕农、半自耕农普遍失地和无地化"现象,无疑大大激化中国农村社会中的阶级矛盾。[①]

俗话说"穷则思变",如果我们用这句话去诠释启蒙话语的乡土叙事,似乎有点牵强附会、不太合适;但是用它去诠释革命话语中的乡土叙事,却又言之成理、十分恰当。因为革命话语中的乡土叙事,是以"贫穷"而"革命"的叙事策略,并通过"土地"这一矛盾焦点,很快便主导了中国新文学的发展趋势。我们必须实事求是地承认,革命话语中的乡土叙事,虽然是服从于无产阶级革命的政治诉求,但这一政治诉求恰恰代表了广大农民的切身利益,所以革命话语中的乡土叙事,才会在中国新文学史上获得了合法的存在地位。毛泽东早在大革命时期,就已经在告诫全党同志:"农民问题乃国民革命的中心问题,农民不起来参加并拥护国民革命,国民革命不会成功。"[②]后来,他又对到延安来访的美国记者埃德加·斯诺说:"谁赢得了农民,谁就会赢得了中国,谁解决了土地问题,谁就会赢得农民。"[③]到了全面抗战时期,他再次重申"中国的

---

① 刘克祥:《20世纪30年代土地阶级分配状况的整体考察和数量估计》,《中国经济史研究》2002年第1期。

② 毛泽东:《国民革命与农民运动》,《毛泽东选集》第一卷,人民出版社1993年版,第37页。

③ [美]洛易斯·惠勒·斯诺:《斯诺眼中的中国》,中国学术出版社1982年版,第47页。

革命实质上是农民革命",“因此农民问题,就成了中国革命的基本问题,农民的力量,是中国革命的主要力量。"①毛泽东与中国共产党人一再强调农民问题的重要性,是因为他们高瞻远瞩地看到了中国革命的历史机遇,即他们敏锐地察觉到在大量失去了土地的农民身上,已经聚集起了一种蓄势待发的革命能量。因此,为了满足农民对于土地的要求,共产党人提出了“打土豪、分田地"“耕者有其田"等政治口号,很快便得到了广大贫苦农民的积极响应,进而使土地革命以“星星之火,可以燎原"之势迅速蔓延,并最终使中国无产阶级革命取得了彻底胜利。故“土地"在革命话语的乡土叙事中,起到了一种掌控全局的重要作用。

革命话语中的乡土叙事,由于作家是以历史的“在场者"身份,去见证中国农村的阶级矛盾与阶级斗争,所以它所表现的历史真实性,要远远超过我们研究者的理论推断。在中国农村经过大规模的土地兼并之后,革命作家不仅亲眼所见广大农民失去了土地,同时更是对他们生活困顿的艰难处境感同身受。比如,洪灵菲的小说《在木筏上》,讲述旭高家的四五亩田园被地主霸占了;孙谦的小说《村东十亩地》,讲述主人公“我"家的十亩良田也被地主“活财神"给霸占了等。与之相类似的文学创作,还有陶纯的小说《庄户牛》以及陈登科的小说《杜大嫂》等作品。“失去土地是农民最痛苦的事情,在更多的情况下,农民宁愿卖儿卖女,也不愿出卖土地。"②但问题是即使卖儿卖女,也不能保证农民就一定能够活得下去。像叶紫小说《丰收》里的云普叔,为了不让全家人忍饥挨饿,狠心把年幼的女儿英英卖了 20 块大洋,可是秋收交完租金之后家里一粒粮食也没有剩下,他们一家人还是活不下去。碧野小说《肥沃的田野》里大水獭一家的生存惨状,便是对云普叔一家后续生活的最好注脚:大水獭失去了自己的土地,于是他只好外出替别人撑船,但是那点可怜的工钱,却养活不了一大家子人口。他的老婆为了养活一群孩子,一年四季全靠“拾些麦穗子"或“拾些菜叶子"艰难度日。革命话语中的乡土叙事,在描写中

① 毛泽东:《新民主主义论》,《毛泽东选集》第二卷,人民出版社 1991 年版,第 692 页。
② 彭大鹏、吴毅:《单向度的农村:对转型期乡村社会性质的一项探索》,湖北人民出版社 2008 年版,第 64 页。

国农民的悲惨遭遇时,无一例外都把地主阶级和官府机构,视为一个相互勾结、狼狈为奸的政治集团,并将中国农村的经济破产,直接同这一利益集团联系在一起。比如,在叶紫的小说《丰收》和《火》里,地主何八爷到云普叔家中去收租时,身后就带着"两个佩盒子炮"的团防局大兵;在碧野的小说《卢大爷回来了》里,地主卢大爷更是带着镇上的保安队,拿着枪挨家挨户去逼债。革命话语对于农民的苦难叙事,并不是凭空杜撰的艺术虚构,历史上有着大量的事实依据。当时就有学者一针见血地指出,中国农民最真实的生存状况,"一言蔽之,生计困难而已。"①中国农民究竟"困难"到了何种地步? 他们通过详细调研得出了这样一种结论:在江浙地区,农民因其赋税过重导致破产,"一般贫民无以谋食,因之遂发生抢米及吃大户风潮"②。在安徽宿县,贫苦农民因无钱粮去交纳租税,官府"辄以非刑滥施",迫使他们"铤而走险"。③ 在广东台山,农民因群体抗租抗税,官府便出动警察抓人"拘县讯办",因而激起民愤聚众闹事。④ 在四川省的许多县市,饥民"群集为匪""啸聚山林",为了生存滋扰社会,"四处劫掠米粮谷物"等。⑤ 在广西和云南境内,苗族、壮族等少数民族,"为反抗军阀与地主的榨取,发生过很大的暴动,参加者计有十余万人。"⑥这些历史资料都可以拿来佐证,在 20 世纪 30 年代的中国农村,因土地兼并问题而导致的社会矛盾,的确是一种令人震惊的普遍现象。我们还可以换一个角度再来分析,20 世纪 20 年代初、中期,全国农村人口流失的平均值为 4.61%,但到了 30 年代以后,全国农村人口流失的平均值则高达 19.5%,足足增长了 4 倍之多。不仅是那些失去了土地的农民离乡外出,"一部分自耕农与生活尚堪维持的佃农也逃荒他乡"。⑦ 农村人口的大量流失,说穿了就是

---

① 安汉:《西北垦殖论》,南京国华印书馆 1932 年版,第 219 页。

② 马乘风:《最近中国农村经济诸实相之暴露》,《中国经济》1933 年 4 月第 1 卷第 1 期。

③ 见中国第二历史档案馆编《中华民国史档案资料汇编》第五辑第一编"政治",江苏古籍出版社 1994 年版,第 622—623 页。

④ 章有义:《中国近代农业史资料》第三辑,生活·读书·新知三联书店 1957 年版,第 1021 页。

⑤ 裴荣:《军人割据下的四川农民》,《新创造》1932 年 7 月第 2 卷 1—2 期。

⑥ 张觉人:《中国的农业恐慌与农村状况》,《中国经济》1935 年 12 月第 3 卷第 12 期。

⑦ 《农情报告》第 4 卷第 7 期,转引自王蓉的博士论文《民国农民贫困问题初探》第 64 页。

一个土地问题。

"压迫"与"反抗"是一种逻辑对应关系,土地兼并、农民破产以及农村社会中阶级矛盾的迅速激化,客观上为土地革命营造了一种良好的外部条件,所以毛泽东乐观地预言:"中国是全国都布满了干柴,很快就会燃成烈火。"①革命话语中的乡土叙事,作为一种宣传土地革命的重要手段,它不仅紧密配合了中国共产党人的政治纲领,集中去描写贫苦农民的反抗情绪,同时还把农民阶级对于地主阶级的反抗行为,分解成了两种不同的表现形式:第一种形式是农民的自发性反抗,比如茅盾的《春蚕》三部曲与洪深的《五奎桥》等作品,就是表现这类创作题材的代表性文本。茅盾在《秋收》和《残冬》中,讲述老通宝一家"养蚕"失败以后,已从小康人家变成了一贫如洗。残酷的现实促使儿子多多头率先觉醒,他带头把那些贫苦农民组织起来,不仅致使"周围二百里内"的饥民,天天都在"聚众滋事",而且还"用了'远征军'的形式,向城市里来了",最终酿成了一场你死我活的武装暴动。洪深的话剧《五奎桥》,围绕"五奎桥"的"拆"和"保",深刻反映了贫苦农民敢于蔑视地主权威的反抗情绪:农民要运送抽水的"洋龙船"去抗旱,一定要拆除那座碍事的"五奎桥";但地主周乡绅却认为桥是他祖辈留下来的产业,想方设法要去保护"五奎桥"。于是贫苦农民与地主周乡绅之间,形成了势不两立的冲突双方,结果在李全生带领下,终于捣毁了那座颇具有象征意味的"五奎桥"。无论多多头还是李全生,他们带领农民的反抗行为,都没有明确的革命目的性,当然也谈不上什么政治理想。于是在第二种形式中便有了革命启蒙者的闪亮登场,比如叶紫的《丰收》与《火》、华汉的《地泉》等作品,都是表现这类创作题材的代表性文本。在革命话语的乡土叙事中,革命者"介入"农民阶级的自发性反抗,不仅彻底改变了农民个人自私狭隘的利益诉求,并且还通过革命启蒙具有了阶级觉悟和政治理想。比如,在叶紫的小说《丰收》与《火》里,正是因为有癞大哥的革命启蒙,才使立秋真正认识到了地主对于农民的剥削和压迫,是造成中国农民穷

---

① 毛泽东:《星星之火,可以燎原》,《毛泽东选集》第一卷,人民出版社 1991 年版,第102 页。

困潦倒的根本原因;同样是因为癞大哥所讲述的革命道理,使他坚信:"不久的世界,一定是我们穷人的!"所以他毫不犹豫地跟着癞大哥,走上了武装反抗的革命道路。华汉《地泉》里的农民老罗伯,也是因为有共产党人汪森的革命启蒙,才使他明白了自己受苦贫穷的根本原因;王森用"我们"和"他们"的政治概念,让老罗伯懂得了自己和地主是属于两个完全不同的敌对阶级,"我们不扑灭他们,他们便要集中力量扑灭我们。"故为了"我们"的利益,老罗伯和陈镇的贫苦农民,都跟随着革命者汪森,走上了同地主阶级决一死战的革命战场。

对于革命话语中的"引路人"形象,尽管其公式化与概念化倾向十分明显,①但我认为蒋光慈《咆哮了的土地》中的张进德,却是一个非常具有思想价值和审美价值的艺术形象。尽管作者让张进德从"农民"到"工人"的身份转换有些突兀,比如对他的"出走"与"归来"过程就没有交代清楚;但作者却着重去表现他与土地和农民的亲密关系,借此去揭示中国现代革命的基本性质。蒋光慈是一位目光如炬的革命作家,他认为革命绝不是一种空洞抽象的政治口号,而是实实在在地去关心中国农民的切身利益,因此他在张进德身上倾注了饱满的阶级感情,并让他以朴实无华的农民语言,去向农民宣传土地革命的伟大真理。比如他对农民说:

> 这世界太不公平了。我们穷光蛋要起来造反才是。妈妈的,为什么我们一天劳苦到晚,反来这样受穷,连老婆都娶不到?为什么李大老爷,周二老爷,张举人家,他们动也不一动,偏偏吃好的,穿好的,女人成大堆?……这是太不公平了,我们应当起来,想法子,将他们打倒才是!

张进德贴近土地和农民,用他们听得懂的言说方式,让那些没有文化的贫苦农民,一下子就明白了为什么要革命的简单道理,即:只有彻底推翻了地主阶级的反动统治,农民才会拥有土地、娶上老婆,这种通俗易懂的革命话语,完全符合贫苦农民的生存愿望。农民出身的张进德,他当然了解中国农民的实际需

①　瞿秋白、郑伯奇和茅盾等人在评论小说《地泉》时,都公开指出了这一毛病,而在解放区文学的乡土叙事中,这种公式化与概念化倾向,其实并没有得到彻底的解决。

求,所以他充分利用土地对于农民的巨大诱惑力,这才调动了他们参与土地革命的积极性;如果没有"土地"和"老婆"的美好愿景,那些青年农民也绝不会无怨无悔地跟随着张进德,去到条件艰苦的"金刚山"里去打游击,更不要说去同地主反动武装展开"血"与"火"的革命斗争了。解放区文学的乡土叙事,虽然与左翼文学的乡土叙事具有异曲同工之妙,但两者在具体的表现形式上,还是存在有一定差别的:左翼文学的乡土叙事,主要是描写中国农民因失"地"而去夺"地"的激烈反抗;解放区文学的乡土叙事,则主要是描写中国农民因得"地"而去保"地"的高涨热情。但无论为夺"地"而战还是为保"地"而战,它们二者之间在革命的本质上,却客观上保持着一种自然承续的逻辑关系。

对于中国无产阶级革命的最终胜利,许多研究中国现代史的西方学者都曾感到有些困惑不解:中国共产党人为什么会在短短的 20 多年时间里,便推翻了经济基础与军事实力都非常强大的国民党政权? 在他们看来,这简直就是一件不可思议的事情。但是当他们认真地研究了中国现代革命史之后才终于明白,"共产党人对社会和经济变革的承诺,特别是他们所承诺的土地改革,是该党历史上许多时期获得大众支持和吸引人们加入革命的一个根源。"①革命把地主的土地分给了农民,那么为了保卫已经到手的胜利果实,他们就必须拿起武器去积极参战,这其中自然会包含有一种中国传统文化的"报恩"思想。而这种"报恩"思想在革命话语的乡土叙事中,又集中表现为这样两个方面:一方面是源自他们的道德良知,"多数农民认识到了'报'的必然性,但更强调的是'报'的公平性。公平性是指在'施'与'报'的过程中,'施'与'报'的基本对等,'施'与'报'的关系才能得以维系。"②另一方面则是革命对于农民的主观要求,因为小农经济往往会使他们变得自私狭隘、目光短浅,在"家国"观念上一般都是重"家"而轻"国",故完全有必要去提醒他

---

① [美]詹姆斯·R.汤森、布兰特利·沃马克:《中国政治》,江苏人民出版社 2005 年版,第 12 页。

② 齐小林:《"报"的逻辑在华北解放区参军动员中的多重呈现》,《开放时代》2015 年第 6 期。

们:"要饮水思源,不要'好了疮疤忘了痛'……更重要的还必须积极参军,壮大人民自己的武装。"①这就决定了在革命话语的乡土叙事中,"报恩"的故事情节被描写得格外感人。比如在白桦的小说《刘老爹的骡子》里,分得了五亩土地的贫苦农民刘老爹,一听说"蒋介石打内战,进攻延安",立刻便急了起来;因为他没有儿子且年纪又大,不能亲自上前线去杀敌,于是便把自己家里那头健壮的骡子送到部队,也算是他为"保卫延安""保卫毛主席"出了一份力。周立波长篇小说《暴风骤雨》的艺术魅力,就在于赵玉林和郭全海两人的"报恩"思想:赵玉林绰号叫"赵光腚",全家穷得真可谓是一无所有,自从八路军工作队来了以后,家里不仅分到了土地和粮食,赵玉林还当上了农会干部。俗话说"吃水不忘挖井人",赵玉林为了"报恩",任劳任怨地忘我工作,全身心都投入到了土改运动;即便是在同土匪的交战中受了重伤,牺牲前对郭全海说的最后一句话,也是"快去撵胡子,不用管我,拿我的枪去"。既没有家也没有亲人的郭全海,也是在八路军工作队来了之后,分得了土地也娶上了媳妇,从此他发誓要跟着共产党干革命,并在革命工作中表现得无比忠诚。比如,在《暴风骤雨》的故事结尾处,就是由他率先带头报名参军,并和"元茂屯"里的41名青壮年一道,义不容辞地走上解放全中国的革命战场。

　　然而,我们也注意到了这样一种现象:革命话语对于翻身农民的"报恩"热情,有时表现得过于理想化和简单化,好像那些翻身农民一旦得到"革命"的"馈赠",他们立刻便会对"革命"给予"回报"似的。中国农民当然具有勤劳勇敢、淳朴善良的优秀品格,但小农意识也造成了他们自私和狭隘的人格缺陷。农民对于"革命"的"馈赠",自然是心怀感恩的,但若要他们无怨无悔对"革命"去"报恩",仅仅凭借分配土地和财物的单一性手段,恐怕还不足以激发起他们参与革命的巨大热情。中国共产党人对此就有着非常清醒的思想认识,比如罗瑞卿就曾在一篇文章里提到过,解放战争刚开始时,华北解放区的青年农民,对于报名参军不但表现得并不积极,反而普遍都存在有一种抵触情

①　《淮北苏皖边区冬学委员会关于大规模开展今年冬学运动的指示》(1944年11月7日),豫皖苏鲁边区党史办公室、安徽省档案馆编:《淮北抗日根据地史料选辑》第7辑"文化教育部分",1985年,第249页。

绪:"我当兵去了家里没人管,我为什么当兵呢?"罗瑞卿并没有去指责农民群众的思想落后,反倒认为"这是农民心眼里的话"。① 翻身农民并不情愿去参军,不仅在华北地区有所反映,周立波在其小说《暴风骤雨》里,也描写了东北农民的抵触情绪。比如第二部第 27 节中,县委书记萧祥为"元茂屯"安排了41 个参军指标,可是动员了几天却只有 3 个人报名,大大出乎了萧祥本人的意料。如果不是后来郭全海带头报名,这次征兵任务恐怕很难顺利地完成。面对这一客观现实,中国共产党及时调整了政策:比如对于革命烈士家庭,人民政府在经济上给予全力帮助;对于革命军属家庭,人民政府则专门派人去帮他们种田。一系列优抚军烈属政策的相继出台,彻底解除了青年农民参军的后顾之忧。曾克的报告文学《走向前线》,就是讲述新兵役政策所带来的巨大变化:新补充到部队里的战士"都是翻身的农民",他们家里都"分了房子、地,帮助代耕",一切事务人民政府"都安排得很好";因此他们明白现在"打仗是为咱自己",家里再也不用他们去挂念,一心只想着在战场上多立战功,以报答党和政府无微不至的亲切关怀。中国共产党与中国农民结成了一种命运共同体,并将他们为"土"而争和保"土"而战的眼前利益,一步步地引向了建立民主国家的宏伟理想,这是革命话语对于新文学乡土叙事的最大贡献。

三、守"土"有责的民族气概

全面抗战爆发以后,暂时中断了革命话语的思维模式。过去由于"阶级、集团、世界观、艺术方法论的不同",从来就"未能调和在一起"的中国作家,"都亲爱地共处一堂,大家紧紧地团结在一起"。② 因为民族矛盾的迅速激化,要求各党派之间的政治利益,必须服从中华民族的整体利益。所以,抗战使新文学作家对于土地问题的理解和认识,也发生了极为深刻的思想变化,他们已不再纠缠于"土地属于地主抑或农民"的激烈争辩,而是转向了对"土地属于

---

① 罗瑞卿:《在整党与土改运动中关于军地团结、军队参加土改和军队整党诸问题》,《军政月刊》增刊 1947 年 12 月 27 日。

② 《中华全国文艺界抗敌协会》,楼适夷主编:《中国抗日战争时期大后方文学书系》第一编"文学运动",重庆出版社 1989 年版,第 4 页。

中国人抑或属于日本人"这一原则性问题的深度思考。① 故在抗战文学中所出现的"土地"概念，实际上已经变成了一种"国家"与"民族"的象征符号。仅以抗战诗歌为例，比如卢江《旅思》中的"血染的山川""田野的牧歌"，许幸之《走向自由祖国》中的"嶙峋的山岳""蜿蜒的河流"，江村《旷野的挹郁》中的"褐色的旷野""孤冷的村庄"，孙艺秋《村落·街巷》中的"炊烟的芳香""纺车的音响"，杨苏《被虐待的土地》中的"冰冻的黑土""荒凉的梯田"，杜谷《泥土的梦》中的"金色的谷粒""转动的水磨"等，诗人都自觉地把"乡土"意象，升华到了"国土"意象，并通过中华民族的苦难叙事，去表达他们爱国主义的坚定信念。

抗战文学的乡土叙事，其特点就是"国土"取代了"乡土"成为它的创作主题。这并不意味着"乡土"已经变得不重要了，而是"乡土"自觉去负载了"国土"的叙事功能。最能够体现"乡土"意识转化为"国土"意识的典型事例，便是《松花江上》这首歌曲的广泛传播。《松花江上》是由张寒晖创作的一首流亡歌曲，最早传唱于东北军士兵和流亡学生之口，但在全面抗战期间它却突破了东北黑土地的区域性特征，变成了一首家喻户晓、人人会唱的爱国歌曲。比如，白朗的散文《流亡曲》就讲述了这样一个故事：从内地流亡到了重庆，"不知是从什么时候起，我们的楼上忽然流行起《松花江上》那支流亡的歌曲。"来自全国各地的逃难者，"大家都有着说不出的苦闷，……一个唱，大家便都习惯地随着唱起来……它已经变成了我们的口头禅，变成了孩子们的催眠曲。"蔡楚生在报告文学《龙江吟——乱离走笔之一》中，也讲述了他自己亲身经历的一件事情：在逃往昆明的闷罐车里，拥挤的人群都带着满脸的苦闷愁绪。突然间"一个带东北口音的中年士兵，用低沉的声调，在唱着松花江的流亡曲，歌声所带来的苍凉哀怨，像电流般不断在袭击每一个受了创伤的游子的心头，于是士兵们垂着头，所有的旅客也都被感染了"。人们也用各种不同的口音跟着吟唱，每一个人都眼含泪花、表情凝重，脑海里不断浮现出"各个不

---

① 陈翰笙、薛暮桥、冯和法编:《解放前的中国农村》,中国展望出版社 1986 年版,第540 页。

同的故乡,各个不同的家庭,无数衰老的父母,亲爱的弟妹,可怜的妻子儿女,和无尽的江山,无穷的宝藏……"。无论白朗还是蔡楚生,他们二人都曾是那场"大逃亡"的亲历者,在跟随着难民们四处流浪的苦难人生中,才会真正理解一曲雄浑悲壮的《松花江上》,为什么能够激发起所有中国人的思乡情怀;而来自各个不同地方的流亡者,则又通过思念他们各自的故乡、家庭和亲人,不约而同地汇聚成了一个情感焦点,那就是中国人对于国家和民族的忧患意识,以及怒火燃烧的复仇决心。

萨义德说:"记忆仅仅是关于某种真实性的,而无论就原始人还是就最优雅的现代哲人而言,它从本质上说仍然是一种人性的真实性。不管看起来变化有多大,它都不可能大于或小于人性。"①而中国人对于自己"乡土"记忆的"真实性",毫无疑问就是祖先留下来的那片土地,中国人就像植物一样在这片土地上牢牢地扎下了根,热爱和熟悉它就像"母亲对于她的儿女一般"②。进而使一代又一代的中国人,千百年来形成了一种无法割舍的情绪"记忆":"乡"是他们的文化根脉,"土"是他们的生命源泉,无论日子过得多么艰苦,都不会背井离乡放弃"故土";"即使发生了迁徙,那些流往异地他乡的乡民们",他们也忘不了"家乡"和"故土",甚至"在几代人中都可能保持着溯祖念乡的情感"③。尤其是那些"以土为生"的中国农民,如果是因生活贫困而背井离乡他们只能去怨天尤人;如果是被侵略者赶出了家园,那么他们的愤怒往往又会体现为一种民族尊严。作家碧野对此就有着非常深刻的生命体验。在他的笔下,中原大地上的普通农庄,人们热爱自己的土地和家乡,尽管生活贫穷且平淡,可是他们却以坚忍不拔的精神,在美丽富饶的田野上辛勤耕耘,既有疾病死亡的苦难,又有男欢女爱的喜悦,农民和土地之间,形成了一种不分你我的亲近关系(小说《肥沃的土地》)。然而,自从日本侵略者来了以后,一位山东籍的流浪老人,失去了土地也失去了亲人,只能独自一人带着小孙子,像乞

① 〔美〕爱德华·W.萨义德:《世界·文本·批评家》,生活·读书·新知三联书店 2009 年版,第 207 页。

② 费孝通:《乡土中国·生育制度》,北京大学出版社 1998 年版,第 10 页。

③ 周晓红:《传统与变迁:江浙农民的社会心理及其近代以来的嬗变》,生活·读书·新知三联书店 1998 年版,第 46 页。

丐一样四处飘荡。他渴望回到自己的故乡,宁愿守着那三间茅草屋,在泥巴里打滚讨生活,也不愿寄人篱下、无家可归(小说《灯笼哨》)。王西彦的小说《乡井》中,更是描写了浙东某地一个村庄的逃难场景:日本侵略者的铁蹄,已经踏进了这个乡村,为了躲避杀戮与死亡,人们只能无奈地逃难:"女人们蓬头垢面,忘记了出门应守礼节。男人们捎着满满的担子,里面是谷米、衣着、牲畜、杂物,还有裹在破棉絮里的婴儿。"他们隐隐约约地感到,此次逃难不同于过去躲避"长毛","这一回离开自己的乡井,就将永远失掉它了! 失掉这块一向相依为命的地方,怎么可以想象呢?"中国有句古话,叫作"故土难离",说的就是中国人无论有多难,都不愿离开自己的家乡和土地。因为在他们看来,"虽然在自己的家乡受饥受苦,但是那一块土,一棵树都是熟悉的呵,死了埋在家乡自己耕作过的土地上,骨头也是重些的。"① 但是侵略者的残暴行径,又迫使他们必须离开"故土";因此内心积聚起来的民族仇恨,终于汇聚成了这样一种反抗之声:"齐声呐喊吧/'打回我们的老家'"(管火陵的诗歌《家》)。

　　抗战文学的乡土叙事,并不仅仅是在描写中华民族的苦难意识,同时更注重去表现中华民族的反抗情绪;这种如同火山爆发般的反抗情绪,在抗战文学创作中又可以分两种表现形式,即:民众的"自觉"和国家的"自觉"。但无论哪一种"自觉",都代表着中华民族绝不屈服的钢铁意志。

　　德国军事学家克劳塞维茨在《战争论》一书中曾指出,人的精神要素始终都"贯穿在整个战争领域"中,凡是有广大民众积极参与的"战争",一开始便已经显示出了一种不可战胜的"民族精神"。② 克劳塞维茨的这种观点,在中国人民的反法西斯战争中就得到了很好的验证。从抗战文学作品中我们可以看到,那些为了"土地"和"家园"而战的中国人,他们绝不会任人宰割、束手待毙;就连那些"最爱和平的农民也拿起了武器",英勇无畏地去"保卫自己的国土,田,地,家庭孩子"。③ 最早表现中华民族反抗意志的文学作品,应是黄震

---

① 碧野:《流落》,《碧野文集》卷2,长江文艺出版社1994年版,第475页。
② [德]克劳塞维茨:《战争论》第2卷,商务印书馆2004年版,第671—672页。
③ [苏]罗果夫:《前线一带》,戈宝权主编:《中国抗日战争时期大后方文学书系》第10集"外国人作品",重庆出版社1989年版,第410页。

遐创作于1932年的长篇小说《大上海的毁灭》,作者描写了一支支由工人、商人、市民和青年学生自发组织起来的抗日队伍,积极配合十九路军参加保卫大上海的"一·二八"抗战。他们用视死如归的牺牲精神去警告日本侵略者:"滚回去,这是中国的领土,不许你进来!"全面抗战爆发以后,反抗日本侵略者的复仇呐喊,更是成为了抗战文学的时代最强音。比如,佚名在报告文学《在投奔前线的途中》写道:一群爱国学生在国难当头放弃了学业,他们自发地组织起来跨过一道道艰难险阻,冒着敌人的炮火义无反顾地奔赴抗日前线,唯一的目的就是为了祖国他们"愿流尽最后一滴血"。司马文森的报告文学《江的水流》,描写粤北地区的一群农民,为了夺回被侵略者占领了的家园和土地,他们带着满腔怒火自发地组织起来,拿着大刀和火枪去同侵略者进行厮杀。对于中国人尤其是中国农民的自发性反抗,碧野在其小说《北方的原野》中,曾做过一个很好的形象说明:在中国传统文化观念中,由于"家"与"国"具有不可分割性,进而使得"保家"和"卫国"也具有了同一性质,故"守土有责"对于每一个中国人而言,则变成了义不容辞的神圣职责。所以当他们看到家园被占、亲人受辱时,数百名农民便自发地组织起来,拿着长矛大刀前赴后继地冲入敌群,顽强地同日本侵略者进行殊死拼杀。那位农民军司令在追悼死难烈士的悼词中,明确地将"祖国""土地""妻子儿女"视为他们的"保卫"对象,既诠释了这场全民族抗战的伟大意义,又体现了作者本人的家国情怀。茅盾读罢这部作品大受感动,他说:"在同类作品中,《北方的原野》是值得一读的……这是我们民族今日最伟大的感情,最崇高的灵魂的火花。《北方的原野》虽然不会是这方面的唯一的代表,但在目前,它却实在是第一部成功的著作!"因为作品里"处处闪耀着诗篇的美丽的色调"①。在抗战文学作品中,广大民众为了保卫自己的土地而自发性地参加抗战,并不仅仅局限于他们拿起武器走上战场,同时更体现为他们用自己的实际行动,力所能及地去支援前线抗战。比如,青年妇女在战地医院里看护伤员(谢冰莹《新从军日记》),儿童们站岗放哨监视敌人(荒煤《童话》),中国农民踊跃地报名参军(鲁彦《陈七

---

① 茅盾:《评〈北方的原野〉》,《碧野文集》卷2,长江文艺出版社1994年版,第43、47页。

奶》),后方人民为抗战的无私奉献(萧乾《滇缅公路》)等。这种民众自发性的抗战热情,用郭沫若的两句诗来形容的话,就是"四万万人齐蹈厉,同心同德一戎衣"(《归国杂吟之二》)。

抗战文学叙事中的"国家"自觉,则表现为中国军人杀身成仁、舍生取义的悲壮牺牲,我们看到无论正面战场还是敌后战场,"守土有责"在他们心中,都是一种不可撼动的神圣使命。因此,他们"脚踏着祖国的大地,背负着民族的希望",目的就是要把"日寇驱除国境",让那"自由的旗帜高高飘扬"(公木的诗歌《军队进行曲》)。谢冰莹在亲临前线后曾万分感慨地说,中国军人同侵略者之间的浴血奋战,是在用他们自己的悲壮牺牲,去"换取绝大多数人的生命";她认为中国军人之所以会如此去拼命,是他们因没有能够守住国土而深感自责,"自己如果不亲自来到军队中生活,谁也想象不出他们的痛苦和伟大。"①在这一问题的认识上,万迪鹤的小说《自由射手之歌》,表现得更为突出:张至连和宋彬都是国军机枪连的射手,作为"国军"士兵他们过去不仅没有"保家卫国",反倒稀里糊涂地卷入了"内战,一种最不幸的自相残杀的战争",结果日本人却乘着中国的内乱和动荡打了进来。"卢沟桥的炮火,唤醒了所有在迷梦中的中国人",也唤起了他们这些中国军人的民族自尊心:"他们现在找出要去拼命的理由",那就是"要收复失地,要收回南京,要收回北京⋯⋯打到东京去!"中国军人一旦明确了自己"保家卫国"的神圣使命,那么他们必定会抱着"为国捐躯"的坚定信念,去同气焰嚣张的侵略者决一死战。所以,我们可以从抗战文学作品中,看到这样一幕幕可歌可泣的动人场景:在黄震遐的小说《大上海的毁灭》里,一个连的中国士兵坚守在黄渡车站,他们用自己的悲壮牺牲去阻挡日军向上海方向的进攻;在司马文森的小说《小号手》里,年仅16岁的小号手为了给大部队开辟前进道路,身上绑满了手榴弹向敌人机枪阵地冲去;在爱博斯坦的报告文学《反攻:台儿庄之战》里,中国军人高唱着《义勇军进行曲》,从四面八方向侵略者发起冲锋;在阿垅的小说《南京》里,无论军官还是士兵没有一个人退缩,他们都在向敌人证明"我们是中

---

① 谢冰莹:《新从军日记》,汉口天马书店1937年版,第20页。

国军人"。中国军人这种大义凛然的英雄气概,无疑又是源自他们对"国土"和"乡土"之间辩证关系的深刻理解。比如,黄仁宇在报告文学《雨雪中进行》里描写了一位云南老兵,他在出滇抗战时身上总是背着一把家乡的"雨伞",无论路途多么遥远也舍不得丢掉。这把"雨伞"具有深刻的寓意性,即它时刻都在提醒着那位云南老兵,此次出滇不仅是为了保卫"国土"而战,更是为了保卫身后的"乡土"而战。其实,作者是在有意用那把"雨伞",把"国土"与"乡土"巧妙地联系起来,进而生动地诠释了"保家"即是"卫国","卫国"即是"保家"这一简单道理。共产党所领导的八路军、新四军,由于他们都具有无产阶级革命的思想信仰,所以直接决定了他们在这场反侵略战争中,应该而且必须要"成为英勇作战的模范"①。故他们无论在白山黑水、华北平原还是太行山上、江淮大地,以游击战和运动战的灵活方式到处打击日本侵略者。游击战虽然并不能决定战争的最后胜负,但却可以"牵制敌人,分散敌人力量,搅乱力量,搅乱敌人",能够最大程度地去支援正面战场。② 比如,在平型关战役中八路军一个连阻击千余人的日军部队,以巨大的牺牲支援了太原会战的正面战场(刘白羽报告文学《游击中间》);八路军的一个营深夜潜入阳明堡机场,用手榴弹炸毁了日寇的几十架飞机(丁玲散文《关于八路军种种》);八名"抗联"女战士在掩护大部队撤退后,她们宁可投江自杀也绝不当俘虏(白朗报告文学《八烈士》);新四军82名指战员为了掩护群众和党政机关的安全转移,他们同3000多日伪军血战了一整天全都壮烈牺牲(李一氓散文《淮阴八十二烈士墓碑记》)。由此可见,中国共产党所领导的八路军、新四军以及抗日游击队,他们之所以能够在侵略者面前表现出英勇无畏的牺牲精神,也是因为在他们灵魂深处的情感世界里,同样有着"保家卫国"和"守土有责"的坚定信念,就像马启明在诗歌《新四军》中所写到的那样:"这里是中国的人民/这里是中国的地方/你决心/赶走鬼子/你要老百姓得到解放。"

---

① 毛泽东:《中国共产党在民族战争中的地位》,《毛泽东选集》第二卷,人民出版社1991年版,第522页。

② 周而复:《战地日记》,黄钢主编:《中国解放区文学大系·报告文学编2》,重庆出版社1992年版,第1311页。

　　五四乡土叙事中的重"乡"轻"土",是为了满足新文化运动的启蒙诉求;革命乡土叙事中的重"土"轻"乡",是为了满足中国现代革命的政治诉求;而抗战乡土叙事中的"乡土"并重,则是为了满足中华民族的情感诉求。但无论新文学采取哪一种表现方式,都没有离开"乡土"二字。这不禁使我想起了叔本华曾经说过的一句名言:"一个人是幸福的还是痛苦的,完全取决于他倾注全力的是什么事物。"①由于20世纪初中期的"乡土中国",仍然是一种以农耕为主的社会性质,那么中国人"倾注全力"去关注的"事物",当然离不开生养他们的那片"土地"。如此一来,"土地"便成了中国人"幸福"与否的衡量标准。从这一角度去重新理解中国新文学史,我们发现"土地情结"既是它的创作动力,更是它最为显著的审美特征;因为中华民族既然具有"从泥土里长出过光荣的历史",这就充分说明"我们的民族确是和泥土分不开的了",绝不会因为外来文化的强烈冲击而丢弃了这份属于自己的文化传统。② 即便是中国现在已经进入了工业文明社会,"土地情结"在今后相当长的一段时间里,仍将主导着中国文学创作的发展方向。比如,20世纪80年代的"寻根文学",90年代以来大量涌现的"新乡土小说",都清晰地表明在中国作家的情绪记忆中,"土地情结"并没有离他们远去。

第三节　新文学乡土叙事的回归意识

　　乡土文学作为中国现代文学研究的热门话题,研究者的视野一般都聚焦于这样两个方面:一是思想启蒙的乡土批判,二是传统文化的乡土情结。但作家群体在现代都市的生存困境,研究者却并没有给予高度的重视。事实上都市困境与乡土叙事之间,明显存在着不可分割的逻辑关系。因为五四反传统的思想启蒙,毕竟给中国现代知识分子带来了一线希望,他们认为"现代化是可望的和必要的,本土的文化与现代化不相容,必须抛弃和废除;为了成功地

---

① ［德］叔本华:《叔本华论说文集》,商务印书馆2004年版,第122页。
② 费孝通:《乡土中国·生育制度》,北京大学出版社1998年版,第10、6—7页。

实现现代化,社会必须完全西方化"①。然而"西化"现代性的实际效果,却完全出乎了五四启蒙精英的意料,中西方文化之间并没有相互兼容,而是造成了"中国在文化的领域中是消失了"②。对于拥有着几千年悠久历史和文化传统的中国人而言,"迷失了中国"在情感上是绝对不可接受的一件事情;于是新文学作家痛定思痛,又重新思念起了自己的那个"故乡"。新文学的"乡土"批判与"现代"想象,使中国知识分子的人生轨迹,无论理想生成还是希望破灭,多少都有点像美国作家德莱塞笔下的《美国的悲剧》:"不同的人物被吸引到城市,但他们仅仅是瞥见城市大厦里面的美好生活之后,又被踢回到人行道上,希望幻灭甚至被摧毁。"③这就是为什么他们在"乡土"批判之后,突然又发现"西化"现代性的都市梦想,"唯一的能够理解的便是金钱财富、功名成就,以及肉欲的满足的最浅层的欲望。"④因此,当他们从噩梦中醒悟过来,终于发现了自己思想上的幼稚可笑性:"西洋物资文明的输入,都不过是最坏最浅薄的一面"⑤,若想要在这种物欲横流、畸形发展的现代都市社会中去"讨生活,那只是挣扎。……想补救,只有重返自然,再回到乡村,在孤独的安定中另求生机,重谋出路"⑥。故新文学乡土叙事的历史走向,便摆脱了单一性的"批判"尺度,并在重识乡土文化现实意义的基础上,踏上了寻找精神家园的"回乡"之旅。

一、理想破灭与知识分子的都市困境

五四文学的"乡土批判",目的就是要去打造一个"现代中国";然而"现代化"或"现代性"的衡量标准,无疑又是西方社会的都市文明。当新文化运动

① [美]塞缪尔·亨廷顿:《文明的冲突与世界秩序的重建》,新华出版社 2010 年版,第 52 页。
② 王新命等:《中国本位的文化建设宣言》,《文化建设》1935 年 1 月 10 日第 1 卷第 4 期。
③ 转引自张祥亭、宁乐:《〈美国悲剧〉的还原性阐释:乡下人进城的命运之殇》,《文艺争鸣》2019 年第 12 期。
④ [美]欧文·豪:《〈美国的悲剧〉后记》,《美国的悲剧》,南方出版社 2001 年版,第 960 页。
⑤ 郁达夫:《静的文艺作品》,《郁达夫文集》第 6 卷,花城出版社 1982 年版,第 209、209—210 页。
⑥ 《钱宾四先生全集》第 39 册,台北联经出版事业股份有限公司 1998 年版,第 107 页。

像脱了缰的野马直奔"西化"而去时，那些"离家出走"的新青年却突然发现，在以现代文明为象征的繁华都市里，并没有他们安身立命的栖身之地。爵青小说《青春冒渎之二》的最大看点，就是叙事主人公"我"在失望后的自我反思。他说启蒙所倡导的"个性解放"，"我们仅仅看见了陈独秀或鲁迅，但是我们可知有多少由四川的深山或云南的瘴气里逃出来的青年，到上海找不到职业，而睡在法国公园的木棚外或四川路的休憩椅上？"小说《青春冒渎之二》的创作意图，是在向读者揭示一个五四启蒙的历史真相：那些以"全盘西化"为口号的启蒙精英，他们发动思想启蒙的真实目的，无非是在借助新文化运动这一历史契机，去实现了他们在科举制度被废除之后，重新成为社会中坚力量的强烈愿望，他们这些人事实上已经取得了成功。① 可是受启蒙鼓动"离家出走"的新青年们，结局就没有那么美妙了，他们脱离了家庭这层生活上的"保护伞"，在现代大都市社会中根本就没有立足之地，连现实生存都成了大问题，还谈什么反封建与反传统呢？ 其实郁达夫早就发现了这一问题，他说那些"离家出走"的现代青年，并未成为启蒙所期待的推动历史前行的"砥柱中流"：②他们中有的人每天都狼狈不堪地奔走在都市里的各个角落，为了生存而不得不去拼命挣扎（《给一位文学青年的公开状》）；有的人则堕落成"在都市的沉浊的空气中栖息的裸虫！ 在利欲的争场上吸血的战士"（《苏州烟雨记》）。研究者常说郁达夫的小说"灰色"和"厌世"，却根本就没有理解他对"西化"现代性的自觉反省，所以不破除启蒙思维的理论教条，我们很难去揭示新文学发展的历史真相。

　　1928 年以后，新文学观念发生了急剧变化，"革命"取代了"启蒙"成为了一种社会流行的新时尚，"都市"也取代"乡土"变成了一种思想批判的新靶标。无论小说、散文还是诗歌、话剧，各种文体全都转向了对都市弊端的暴露与攻击，而"乡土"则成为了新文学重新审视和怀旧情绪的表现对象。

　　革命话语对于现代都市的猛烈批判，其理论指导思想是马克思主义的阶

---

　　① 　许纪霖：《断裂社会中的知识分子》，《20 世纪中国知识分子史论》，新星出版社 2005 年版，第 3 页。

　　② 　李大钊：《青春》，《新青年》1916 年 9 月第 2 卷第 1 号。

级斗争学说。由于马克思已经把无产阶级定位为资本主义的"掘墓人",那么彻底揭露现代都市文明的虚伪本质,便成为革命文学话语的使命意识。因此,革命话语将现代都市文明视为资本主义的嗜血本性,在它那"高耸碧霄的摩天建筑"以及表面繁华的糜烂生活的背后(茅盾小说《子夜》),隐藏着富人与穷人之间两极分化的阶级矛盾(冯铿小说《遇合》)。在众多都市批判题材的文学作品中,我个人认为左翼诗人吴奔星的叙事长诗《都市是死海》,对于现代都市社会的认识最为深刻。什么是"都市"? 诗人告诉读者"都市是死海":那里既没有"自由"和"人格",更没有"法益"和"贞操"。在这座深不见底的"死海"之城里,"衙门是暗礁/公馆是暗礁/银行是暗礁/医院是暗礁/餐厅是暗礁/饭店是暗礁/商场是暗礁/妓院是暗礁/乃至——/学校是暗礁/书店是暗礁",因此置身于其中的每一个人,他们都"没有安全的标志"。《都市是死海》以充满了痛感的诗性语言,不仅形象化地揭露了现代都市的社会真相,同时也生动地反映了绝大多数知识分子,他们在繁华大都市中生活无以为继的艰难处境。而这种毫无希望的苦难人生,在石平梅的小说《噩梦中的扮演》中,又通过主人公"我"的自暴自弃,表现为一种对于都市的绝望情绪和人格堕落:"流浪在人世间,曾度过几个沉醉的时代,有时我沉醉于恋爱,恋爱死亡之后,我又沉醉于酸泪的回忆,回忆疲倦后,我又沉醉于毒酒,毒酒清醒之后,我又走进了金迷沉醉五光十色的滑稽舞台。"学界历来都存有这样一种疑惑:五四启蒙为什么会在短瞬之间,便义无反顾地转向了"革命"? 其实原因十分简单,除了"革命"本身所产生的巨大社会影响力之外,大多数知识分子在都市社会中的生存困境,才是导致他们思想发生转向的根本原因。众所周知,中国现代知识精英绝大多数都是来自农村社会,他们农村家庭的经济状况一般都不会低于小康人家。然而,在农耕文明向工业化文明转型的历史过程中,"资产阶级已经使乡村屈服于城市的统治",农民已经开始从依赖土地,走向了依赖都市社会的资产阶级;由于工业化"使人口密集起来,使生产资料集中起来,使财产聚集在少数人的手里",故农村个体经济沦于破产也在所难免。① 郁达夫

---

① 《马克思恩格斯全集》第 4 卷,人民出版社 1958 年版,第 470—472 页。

对于这一历史变革现象就体会深刻,比如他在散文《移家琐记》中一针见血地指出:"农村中的有产者集中小都市,小都市的有产者集中到大都会,等到资产化尽,而生财无道的时候,则这些素有恒产的候鸟又得到转来从大都会而小都市而仍返农村去作贫民。"①所以,知识分子在"家道中落"以后,都只能是卑躬屈膝地在都市中漂泊。鲁迅自己就有过这样的人生经历:"从小康人家而坠入困顿",更"可以看见世人的真面目"。②故冯铿干脆直接告诉读者,知识分子之所以要去革命,那是因为他们在都市社会里,已经被逼得无路可走;故"时代的钟声把我们震醒,从沉沉的大梦中震醒起来了!经过了这样的物资的压迫,生活的困苦,流连,精神的苦闷,屈服……把我们梦想着的幽花样生存的理想打碎了,毁灭了!……(我们要去)推翻一切,破坏一切,干着真正伟大的革命事业!"(小说《最后的出路》)

革命话语对于都市文明的批判与否定,是源自他们政治意识形态的革命理论,即:都市是富人的天堂、穷人的地狱,资本家"与蚊子如出一辙,它们叮咬你,喝你的血,让你痛苦无比,有时还会置你于死地"③。所以对于左翼文学反都市化的创作倾向,人们并不会感到有什么稀奇。但是作为现代都市生活的直接受益者,"新感觉派"作家对于都市批判和否定,却多少都有点令人感到难以理解。几乎所有研究者都认为,他们这一派作家"非但是典型的上海城市中人,而且他们的作品也极为'城市化'"④,这种论断当然没有什么毛病;但是若说他们这些"现代都市之子",都在那里"津津乐道于自己的都市人身份",并一味地"沉醉于现代都市生活之中",⑤我认为这就有些主观武断、罔顾事实了。综观新感觉派作家的小说创作,他们固然擅长描写"爵士乐,狐步舞,混合酒,春季的流行色,八汽缸的跑车,埃及烟"等都市社会的奢侈生活

---

①　郁达夫:《移家琐记》,《郁达夫文集》第3卷,花城出版社1982年版,第212页。

②　鲁迅:《〈呐喊〉自序》,《鲁迅全集》第1卷,人民文学出版社1981年版,第415页。

③　[美]大卫·哈维:《为什么我们必须反对资本主义》,转引自凌霄《西方学者对现代资本主义社会矛盾的考察》,《思想教育理论导刊》2020年第3期。

④　[美]李欧梵:《现代性的追求》,人民文学出版社2010年版,第109页。

⑤　朱彤:《徘徊在都市与乡村之间——新感觉派小说的主题探索》,《湖北社会科学》2020年第6期。

（穆时英《黑牡丹》）；同时也擅长表现"电线,通水管,暖气管,瓦斯管",甚至于"机械似的"房屋建筑等都市风景(刘呐鸥《风景》)。但是我们必须透过这种"沉醉于现代都市生活之中"的感官刺激,去发现他们对于上海大都市这个畸形社会的绝望情绪。比如,穆时英就曾对新感觉派作家的创作心理,做过这样一番发人深省的自我辩解:他说:"这是一个苦难的时代,而我们正是被牺牲了的一代人。"他直率地承认新感觉派作家"几乎每一个人都是虚无主义者",但他们这种"虚无主义"的人生价值观,却并非希望得到感官上的强烈刺激,而是都市文明强加给他们的灵魂灾难。所以他们才会带着"怀疑"的眼光,去重新审视都市这一庞然怪物。由于那"渺小"的"自我",根本无法去对抗都市社会的"低级趣味";于是他们只好用"酒精"和"色情",去"麻痹"自己"疲倦"而"衰老"的"迷惘心理"。①

学界普遍认为新感觉派作家这种苍白无力的自我辩解,完全是在为他们自己那种放纵情欲的生活态度去进行开脱;但却很少有人去深度关注他们这种"虚无主义",其本身就是一种对都市文明的反抗姿态。我们应该注意到这样一个客观事实:新感觉派作家都不贫困,甚至完全可以置身于上流社会去享受生活;然而他们却在自己的文学创作中,同样表现出了一种积极"入世"的人文关怀——他们并没有被灯闪烁、流光溢彩的大上海所迷惑,而是明确地把它描写成了一座没有情感温度的人间地狱。比如穆时英的小说《上海的狐步舞》,作者开篇便带着敌视的眼光抨击道:"上海。造在地狱上面的天堂!"在小说《夜总会里的五个人》中,他又再次以轻蔑的口吻调侃道:"霞飞路,从欧洲移植过来的街道。"毋庸置疑,这种写法本身就带有深刻的思想寓意性——作者无非是在告诉读者,上海这座"天堂"般的大都市,竟然是建立在"地狱"之上的,进而去向读者发出这样一种暗示,"鬼"的世界已经取代了"人"的世界;而大上海的"街市"和"马路",又都是从"欧洲"移植过来的,作者所要传达的时代信息,则是"西方"已经吞噬了"传统"。如此一来,"西方"便与"地

---

① 穆时英:《晨曦文艺社成立宣言》,《穆时英全集》第 3 卷,北京十月文艺出版社 2008 年版,第 97—98 页。

狱"构成了一种逻辑关系,大上海的都市性质也就形象鲜明地跃然在了纸上。小说《南北极》中的乞丐"小狮子",为了生存而沿街乞讨,却发现那些有钱的都市人,"他们宁愿买花炮,就不肯白舍给穷人。"他终于明白了一个道理,在那些大都市人的眼中,"穷人是天生的贱种……有钱给瘪三,情愿回去买牛肉喂华盛顿。"小说《夜》里那些在舞厅鬼混的男男女女,"都是没有家的人啊!"他们全都陶醉于狂饮之后的精神幻觉中,竟然找不到自己的"家在哪儿? 家啊!"每一个人都似曾相识,却又都互不认识,于是他们只好在那里自嘲般地揶揄道:"可以快乐的时候,就乐一会儿吧。"最可悲的人物,还是小说《咱们的世界》里,那个失魂落魄的知识分子"我",就连海盗都讥讽他是一个没有用处的"废物":"先生,说老实话,咱们穷人不是可怜的,有钱的也不是可怜的,只有像你先生那么没多少钱又没多少力气的才真可怜呢!"以穆时英为代表的新感觉派作家,他们认为在充满着物资欲望的大上海,根本就不存在什么"人文关怀"这种现代文明意识;所以,刘呐鸥才会在小说《游戏》里,对毫无人情味的大上海感到无比绝望:"我今天上午从朋友的家里出来,从一条热闹的马路走过的时候,我觉得这个都市的一切都死掉了。……我的眼前有的只是一片大沙漠,像太古一样地沉默。"左翼批评家曾把新感觉派的小说创作,统统都贴上了一个"颓废主义"的醒目标签,新感觉派作家除了表示强烈抗议之外,穆时英本人还愤愤不平地回应道:"在我们的社会里,有被社会压扁了的人,也有被生活挤出来的人,可是那些人并不一定,或是说,并不必然地要显出反抗,悲愤,仇恨之类的脸来;他们可以在悲哀的脸上戴了快乐的面具。"①穆时英已经说得十分清楚了,他们表面上虽然没有像左翼文学那样去发泄一种"反抗,悲愤,仇恨"的时代情绪,但却并不意味着新感觉派作家的文学创作没有反抗精神,他们在"悲哀的脸上戴了快乐的面具",其本身就是一种反抗意志的艺术表现。

谈到新文学的都市批判,人们自然都会联想到曹禺的《日出》与巴金的

---

① 穆时英:《〈公墓〉自序》,《穆时英全集》第1卷,北京十月文艺出版社2008年版,第234页。

《寒夜》。如果说《日出》描写的是知识分子在都市社会中,因金钱诱惑而导致了他们的人格堕落;那么《寒夜》描写的则是知识分子在都市社会中,因知识贬值而难以生存的悲惨景象。这两部作品的共同之处,都是在以批判理性去暴露都市社会的黑暗现实。

曹禺在《日出》中已经明确地交代过,女主人公陈白露曾有过一个很好的个人背景:她出身于"书香世家",又是"爱华女校的高材生",曾经还同恋人方达生一起,对未来人生充满了浪漫幻想。但是在家庭败落以后,陈白露发现若想在都市社会里生存下去,一个人就应该遵循商品社会的交换原则,即必须用"付出"去获得"回报"。因此,在无依无靠的都市社会中,本身就缺乏生活技能的陈白露,很快便找到了可以去进行交换的有效"资本"——以自己的青春和肉体,去换取现实生活中的物资享受。值得注意的是,陈白露认为这种交换是商品社会中的"公平交易",同道德沦丧与人格堕落都毫无关系。比如她说:

> 我没有故意害过人,我没有把人家吃的饭碗硬抢到自己的碗里。我同他们一样爱钱,想法子弄钱,但我弄来的钱是我牺牲过最宝贵的东西换来的。……我对男人尽过女子最可怜的义务,我享着女人应该享的权利!

陈白露的自我狡辩当然是苍白无力的,人们也完全可以站在道德良知的立场上将其批得体无完肤;可是我们也不得不承认她这种理直气壮的自我申辩,却又带有一种新女性强烈控诉"女性解放"的愤怒情绪:五四时期"女性解放"的启蒙口号,使无数像陈白露这样的新女性"离家出走",然而她们既无生存技能又无经济背景,为了活下去只能变成男权社会的一具玩偶。她们的确是"变"了,甚至"变"得令启蒙精英无言以对。因此,当方达生幼稚地想要去对她进行灵魂拯救时,陈白露只是轻蔑地说了一句:"你养得活我么?"方达生立刻便哑口无言、默不作声了。不要说书生气十足的方达生回答不了这一问题,就是启蒙精英也难以去回答这一问题。"小人物"李石清也是一个读书人出身,尽管他对都市社会的理解和认识,要比陈白露更为深刻,可是混得却并不如意。所以,他充满仇恨地对妻子发泄道:

> 我恨,我恨自己为什么没有一个好父亲,生来就有钱,叫我少低头,少

受气吗？我不比他们坏,这帮东西,你是知道的,并不比我好,没有脑筋,没有胆量,没有一点心肝。他们与我不同的地方是他们生来有钱,有地位,我生来没钱没地位就是了。我告诉你,这个社会没有公理,没有平等。什么道德,服务,那是他们骗人。

李石清的悲剧就在于,他虽然"没钱没地位",却又幻想着通过个人奋斗,去实现出人头地的膨胀野心,可是到头来还是被潘月亭玩弄于股掌之中,发现自己就是一个"自作聪明的坏蛋"。曹禺曾经说过,陈白露与李石清都是见不得阳光的"魑魅魍魉",他们都只能"跟着黑夜"一同消失;而"日出"之后的"光明"世界,则是属于那些重建都市的打夯者,因为他们才是"象征伟大的将来蓬蓬勃勃的生命"。①

《寒夜》对于都市社会的批判与否定,则是由家庭矛盾去折射社会矛盾,并通过主人公汪文宣的家破人亡,去揭示知识分子都市困境的内在因素。研究者历来都把造成《寒夜》悲剧的主要原因,归结为"婆媳矛盾"与"社会压迫"这两大因素,而知识分子对于现代都市社会的认识不足,却往往都被他们给人为地忽略了。巴金在作品中交代得十分清楚,汪文宣和曾树生都曾在大学校园里,接受过现代人文精神的思想启蒙,他们坚信"知识"不但可以改变旧中国的落后面貌,同时还能够给他们带来精神与物资上的美好生活。然而他们二人既不了解现代都市的社会真相,更缺乏应对复杂环境的心理准备,只是天真地认为用自己所学到的书本"知识",一定可以在都市中换取到让自己逍遥自在的生存机会;却并没有清醒地意识到,"知识"只有在它能够产生出物资效益时,社会才会去认同它的有用价值,否则"知识"就是一文不值的一堆废纸。汪文宣与曾树生所学的那些"知识",在一个充满了铜臭气味的商品社会里,当然不可能立刻便显现出它的实用价值;因此为了维持最起码的生存需求,汪文宣只好去一家图书文具公司做校对,曾树生也只能到大川银行去当"花瓶"。可是问题恰恰就出在了"转行"上,"转行"使他们所学到的"知识"变得更无用处,而失去了"知识"的支撑,也就意味着失去了他们在都市生存

① 曹禺:《〈日出〉跋》,《日出》,人民文学出版社1994年版,第194页。

的基本手段。所以"压抑"导致了"疾病"、"疾病"导致了"失业"、"失业"又导致了"饥饿",最终磨灭掉了汪文宣的生存意志。在小说《寒夜》中,巴金还塑造了一个高学历的唐柏青,他怀揣着硕士文凭竟然在都市社会里找不到一份可供自己糊口的简单工作,因此他绝望地对汪文宣说:"这个世界不是我们这种人的。"汪文宣在失业之后,也深深地体会到"在这个时代,什么人都有办法,就是我们这种人没用"。尤其值得我们研究者注意的是,唐柏青与汪文宣都提到了"我们这种人"——知识分子社会群体,他们在现代都市里的生存处境,甚至还比不上"一个银行工友"或"一个老妈子"。这就使得《寒夜》的故事叙事,呈现出了这样一种悖论逻辑:"知识"赋予了"我们这种人"以未来理想,但"理想"却使"我们这种人"难以生存!庐隐早在小说《海滨故人》中用"知识误我",去强烈控诉"自由恋爱"对于新女性的身心伤害;而巴金在《寒夜》中又再次用"读书无用论",去重新审视了五四启蒙的实际效果:思想启蒙只强调人文精神对于现代文明的重要性,但却并没有意识到物资对于精神的制约作用,彻底否定传统而又没有建立起全新的道德规范,都市文明完全走向了启蒙诉求的相反方向。故汪文宣在绝望中发出的"我要活"的微弱呼声,很快便被淹没在了都市狂欢的嘈杂声中,而"一个渺小读书人的生与死",也并不会引起都市社会的丝毫同情心。我非常赞同陈思和的一种说法,《寒夜》是巴金写得最好的一部作品,几乎达到了"炉火纯青"的"无技巧"境界。① 仅以《寒夜》初版本中的收尾为例,仅仅是那一句"夜的确太冷了",就抵得上千言万语的血泪控诉,堪称《寒夜》主题的点睛之笔。因为正是这个"冷"字,恰恰印证了都市是"造在地狱上面的天堂"——在阴森冰冷的"地狱"里,又怎么会有人的情感温度呢?

二、思念乡土与想象故乡的情感冲动

知识分子从农村来到都市,然而都市又令他们倍感失望,这种无法排解的思想矛盾,使他们或多或少都患上了一种"都市恐惧症"。因为当启蒙在那里

---

① 陈思和:《人格的发展——巴金传》,上海人民出版社 1992 年版,第 230 页。

极力推崇西方现代文明时,西方社会则已经开始对工业化文明去进行自我反省。比如卢梭就鞭辟入里地指出,所谓现代都市文明,实际上"多数人总是为少数人做牺牲,公众的利益总是为个人的利益做牺牲……口口声声说是服务他人的上层阶级,实际上是在损害他人而利自己"①。叔本华对此看得更为透彻,他说人们置身于现代都市社会中,就好比去参加一个大型的假面舞会:"你在哪里都会遇见骑士、神父、士兵、牧师、博学之人或哲学家,可是我们根本就不知道他们是些什么东西! 他们从来就不是他们所自称的,作为一种角色,他们仅仅是面具,在面具的背后,你会发现一副唯利是图的商人嘴脸。"他认为每一个人都戴着假面具的真实目的,就是要去遮蔽自己的肮脏灵魂,"以便掩饰其工业、商业或投机业的真实目的。"所以,他嘲讽都市人都是假面小丑,而那些高大雄伟的都市建筑,则是"一座座护耻遮羞的高墙深垒"②。许多西方知识精英早已厌恶了资本主义社会的道德沦丧,所以他们从 19 世纪开始便以一种"怀旧"意识,点燃了"对那些消失社会的怀念以及对传统秩序失衡的怅惘之情"③。比如梭罗的《瓦尔登湖》、奥尔多的《沙乡年鉴》等作品,都是从精神生态学的切入角度,去反思西方工业化与都市化文明所带来的严重后果。实际上,当五四启蒙试图抛弃中国传统文化时,西方社会却萌生了"对作为家园的世界的某种前望式(projective)乡愁"④。对于这一问题,还是郁达夫看得远一些,他说:"中国现代的许多盲目男女,我倒很想劝他们去读读这些西洋人(指卢梭、尼采等,引者注)的鄙视物资的名言,以资调剂,因为中国目前之大患,原在物资的落后,但尤其是使我们的国命斩丧的,却是那一班舍本逐末,只知快乐而专谋利己的盲目的行尸。"⑤这在"西化"呼声甚嚣尘上的五四时代,不啻为一种振聋发聩的醒世恒言。

①　[法]卢梭:《爱弥儿》上卷,商务印书馆 1978 年版,第 328 页。

②　[德]叔本华:《论人的本性》,《叔本华论说文集》,商务印书馆 1999 年版,第 516 页。

③　刘姝曼:《"乡愁"的多元属性与现实意义》,《北京社会科学》2020 年第 10 期。

④　[美]罗兰·罗伯森:《全球化社会理念和全球文化》,上海人民出版社 2000 年版,第 232 页。

⑤　郁达夫:《静的文艺作品》,《郁达夫文集》第 6 卷,花城出版社 1982 年版,第 209—210 页。

新文学对于都市社会的批判与否定,毫无疑问是与它的"乡土"性质息息相关。我认为造成"乡土"同"都市"对抗的根本原因,当然又是"乡土"文化的内在制约性。首先,除了大都市上海之外,中国城市的现代化程度都非常低,"城乡"之间的生活差距并没有拉开得太大;其次,新文学作家"进城"以后还没有完全融入城市社会,他们的人生经验基本上都是在故乡中形成的,因此乡土叙事要比都市叙事来得容易;再次,启蒙的宗旨是反封建与反传统,而农村又是"封建"与"传统"的主要载体,故直接促进了乡土文学的创作繁荣。这三种历史"背景",自然容易引起研究者的高度重视;但是还有一个非常隐秘的关键性因素,却并没有进入他们的研究视野。即绝大多数的新文学作家,都具有"城里人"与"乡下人"的双重身份,而这种双重身份在现实社会当中,还可以因时而变、自由转换:当他们致力于改造"国民性"的思想启蒙时,无一例外都是在以"城里人"自居,并以一种高高在上的救世姿态,去批判"乡下人"不思进取的保守思想;当他们在城市里的生活中受到挫折时,又会以"乡下人"自居,并把自己装扮成一个"零余者"或"孤独者",对都市社会表现出一种绝望情绪。新文学作家这种"城里人"与"乡下人"的双重身份,在文学创作中往往又会表现为一种双重人格,即乡土批判与思乡情怀的同时并存、交替呈现;由于这种双重人格可以随意切换,故他们总是能够在"城乡"之间,找到一种自我调节的心理平衡感。落实到文体形式方面,"小说"与"散文"恰恰又将这种双重人格表现得淋漓尽致:"小说"主要是承担新文学作家作为"城里人"的现代意识,所以乡土叙事就必须去突出它的批判功能,因而鲁迅笔下的"鲁镇"、鲁彦笔下的"陈四桥"、蹇先艾笔下的"贵州道上"、许钦文笔下的"松村"等,都被作为否定性的乡土意象参与了思想启蒙。"散文"则主要是承担新文学作家作为"乡下人"的怀旧情绪,从某种意义上来讲它又是对乡土小说批判功能的一种补救,像郁达夫的《还乡后记》、沈从文的《湘行散记》、李广田的《桃园杂记》、穆时英的《故乡杂记》等,都是在以浓浓的"乡思"之情去修复因反传统所造成的心灵创伤。所以,新文学从批判"乡土"转变为怀念"乡土",表现为作家试图在"现实"与"记忆"之间,建立起了一种灵魂救赎的对话关系,即"城里人"永远都不能忘记自己是"乡下人"的文化属性:"我/在泥土里生长/愿意/在泥土里埋葬","因为,我是大地的孩子/泥土的人"(臧克家诗歌《地狱与天堂》)。

知识分子的都市困境,使他们对未来的人生倍感失望。如果说"现代性就是过渡、短暂、偶然……生活在芸芸众生之中,生活在反复无常、变动不居、短暂和永恒之中"的一种巨大的精神快感,①那么当这种快感渐渐消失以后,新文学作家就不得不去面对这样一个现实——自己其实还算不上是一个真正的"城里人",至多不过是一个生活在城市里的"乡下人"。既然骨子里仍然未脱掉"乡下人"的人格秉性,他们当然也就不会忘却自己的故乡。所以,在都市里漂泊了多年的郁达夫,突然间感到了身心疲惫、痛苦不堪,于是便深深地怀念起了自己的故乡:"当微雨潇潇之夜,你若身眠古驿,看着萧条的四壁,看看一点欲尽的寒灯,倘不想起家庭的人,这人便是没有心肠者,任它草堆也好,破窑也好,你儿时放摇篮的地方,便是你死后最好的葬身之地呀!我们在客中卧病的时候,每每要想及家乡,就是这事的证明"(散文《还乡后记》)。由此我们不难看出,乡土文学中的"思乡"情怀,要比"乡土"批判更具有审美价值,因为"思乡"是在昭示着一种文化归属感和身份认同感。比如,何其芳说他离开了"家""亲人"和"故乡","几乎是带着一种凄凉的被流放的心境",独自一人生活在北平这座城市的陌生环境里;为了能够摆脱心灵上的寂寞与苦闷,他经常把自己关在屋子里面,"用几篇散漫的文章描写出我的家乡的一角土地"。只有当记忆把他带回到遥远的故乡,自己重新"坐在庭前的藤椅上,对着天井里一片青青的兰叶,想起了我对这个古宅的最初的记忆"时,他才发现故乡的山川草木以及自然景观,"它们和《画梦录》中那些雕饰幻想的东西是多么不同啊。"②还有左翼作家叶紫,也在贫穷与疾病中看清了大上海的真面目,它绝不是人们想象中的"东方乐园",而是一个"遍身长满了恶疮"的吃人世界。③所以,他在散文《插田——乡居回忆之一》中充满痛感地写道:"失业,生病,将

---

① [法]波特莱尔:《现代生活的画家》,上海译文出版社2011年版,第14页。

② 何其芳:《怀乡杂记》,《何其芳全集》第1卷,河北人民出版社2000年版,第243—245、272页。

③ 叶紫:《回忆·感想·日记·笔记·杂记》,《叶紫文集》(下),湖南人民出版社1983年版,第627页。

我第一次从嚣张的都市驱逐到那幽静的农村。"看到古稀之年的四公公仍然在田里不辞辛苦地插秧种田,令叶紫本人顿时汗颜无地、羞愧难当,"深深地感到自家年来生活的卑微和厌倦了。……我应该同他们一样,用自家的辛勤劳力,争取自家的应得的生存"。

　　说到对故乡如痴如醉般的追思与感怀,人们首先都会想到沈从文这位湘西作家。他曾在《习作选集代序》中写道:"我实在是个乡下人……城市中人生活太匆忙,太杂乱,耳朵跟眼睛接触声音光色过分疲劳,加之多睡眠不足,营养不足,虽俨然事事神经异常尖锐敏感,其实除了色欲意识以外,别的感觉官能都有点麻木不仁。这并非你们的过失,只是你们的不幸,造成你们不幸的是这一个现代社会。"①沈从文明确地把城里人的都市病症,归结为"现代社会"的一大"不幸",他说20年前的人生幻梦,"把我灵魂带向高楼大厦灯火辉煌的城市里"(《烛虚》),但很快便发现"我是不适宜于住上海的人"(《由达园给刘廷蔚》)。于是他看清了都市人生的丑恶嘴脸,尤其是那些满嘴新名词的知识分子,"在外表上称绅士淑女的,事实上这种人的生活兴趣,不过同虫蚁一样,在庸俗的污泥里滚爬罢了"(《长庚》)。另外,他还从自己的都市体验中,意识到这"二十七年的生命,有一半为都市生活所吞噬,中着在道德下所变成虚伪庸懦的大毒……再也不配说出自你们(湘西人)一族了"。② 因为"我发现在城市中生活下来的我,生命俨然只淘剩一个空壳"(《烛虚》)。所以沈从文主张"乡下人"应保存他们自己的淳朴性格,为此他还特意以一种非虚构性的表现手法,在小说《虎雏》与散文《虎雏再遇记》里,讲述了一个很有象征意义的真实故事:沈从文的六弟身边有一个勤务兵,"这小兵乖巧得很"还认识字,故他很想把"小兵"留在上海,并断言"倘若机会使这小子傍到一个好学堂",一定会前途无量、大有出息。可是六弟却根本不相信,他说连自己"还不适宜同读书人在一处谋生,他自然更不适宜"。未承想还不到一个月的时间,

---

　　① 沈从文:《习作选集代序》,《沈从文全集》第9卷,北岳文艺出版社2002年版,第3—4页。

　　② 沈从文:《写在"龙朱"一文之前》,《沈从文全集》第5卷,北岳文艺出版社2002年版,第323页。

那位"小兵"就野性发作了,打伤了一个上海人之后,自己偷偷地跑回了湖南湘西(小说《虎雏》)。沈从文为此由衷地感叹道:"一切水得归到大海里,小豹子也只宜于深山大泽方能发展他的生命。……每当我想及自己所作那件傻事,总不免为我自己的傻处发笑"(散文《虎雏再遇记》)。问题是,那位"小兵"回到湘西乡下的自然环境中,就不会受到都市文明的浸染了吗?沈从文对此却并不感到乐观。

> 民国二十三年的冬天,我因事从北平回湘西,由沅水坐船上行,转到家乡凤凰县。去乡已经十八年,一入辰河流域,什么都不同了。表面上看来,事事物物自然都有了很大的进步,试仔细注意注意,便见出在变化中那点堕落趋势。最明显的事,即农村社会所保有那点正直素朴人情美,几乎快要消失无余,代替而来的却是近二十年实际社会培养成功的一种唯实唯利庸俗人生观。①

湘西世界曾是沈从文记忆中的一片净土,可现在就连远离都市的湘西边地,"那点正直素朴人情美"都已经"消失无余"了,那么他对故乡的"精神守望",到底还有没有现实意义呢?这正是新文学"怀乡叙事"的意义所在。

我们究竟应该怎样去理解新文学作家在思想启蒙的时代背景下,那种情不自禁的"怀旧"情绪与"故乡"情结呢?法国学者加斯东·巴什拉则认为:"人越走向过去,记忆与想象在心理上的混合就越显得不可分解。……在我们同时想象并回忆的梦想中,我们的过去又获得了实体。"②这种"记忆"尤以童年时代的情感沉淀最有价值,因为"童年的记忆最单纯最真切,影响最深最久;种种悲欢离合,回想起来最有意思"③。从这一角度去进行分析,我们的研究思路会变得豁然开朗,新文学作家把童年记忆作为叙事主体,可见童年记忆对于他们思想的深刻影响。比如,很小就来到了上海的穆时英,童年记忆对他而言同样是刻骨铭心的。他说"怀乡病"是一种"乡愁"意识,而"乡愁"意识

---

① 沈从文:《长河·题记》,《沈从文全集》第10卷,北岳文艺出版社2002年版,第3页。
② [法]加斯东·巴什拉:《梦想的诗学》,生活·读书·新知三联书店1996年版,第150—151页。
③ 朱自清:《我是扬州人》,《朱自清全集》第4卷,江苏教育出版社1990年版,第459页。

又是一种与生俱来的文化遗传。

> 家里的那几间小屋子已经空锁了八年了! 我是那么地怀念家乡啊! 院子里的那棵橘树,那几盆种在庭前的山茶花,马兰花;那阴暗的纸窗;门前那池塘里的绿苔……时常从我心里边引起一种淡淡的思恋的。这一次春假,父亲硬要我跟着伯父回去扫墓,他说:
>
> "再不回去,怕连祖宗的坟墓你也不认得了,叶落归根,将来总有一天要回去的。"
>
> 我才明白,这是遗传,种族的怀乡病,便提了只小提箱,带了支手杖,跳上了轮船,和一个轻快的灵魂一同地。……
>
> 我默默的站在那儿,童年的记忆依依地跑了回来。我曾经在菩提树下听祖母讲过故事的,我曾经在那边儿那间小屋子里偷甘蔗吃过的,也曾在这院子里骑了那只叫阿黄的大狗算是中了探花游街去的。现在我是二十二岁的年青人咧,祖母可死了,阿黄也死了,屋柱也像比以前老了些! 记忆是会跑回来的,现实是不会再回来的。(散文《故乡杂记》)

新文学作家这种源自于文化遗传性的浓浓"乡愁",不仅会使他们产生一种拒斥都市的文化心理,同时还在暗示他们渴望通过童年"记忆",去恢复或重建自己与"乡土中国"之间的情感联系。

我当然相信"记忆"与"怀旧"是一种文化传承的重要方式,但是新文学作家"记忆"中的故乡都过于完美了,其"修复性"痕迹也表现得十分明显,这说明他们并不是在忠实地描写自己曾经生活过的那个家园,而是在"尝试超越历史地重建失去的家园"①。这不禁使我想起了鲁迅在小说《故乡》的开篇中,曾对现实"故乡"有过这样一段描写:当他从"缝隙向外一望,仓皇的天底下,远近横着几个萧索的荒村,没有一些活气"时,立刻诧异地惊呼道:"啊! 这不是我二十年来时时记得的故乡?"可是冷静下来仔细一想,他又意识到自己的"故乡本也如此"。故乡在"记忆"与"现实"中,呈现出了一种巨大的反差性,原因就在于现实中的"故乡",早已在鲁迅的"记忆"中被美化了。何其

---

① [美]斯维特兰娜·博伊姆:《怀旧的未来》,译林出版社2010年版,第7页。

芳在散文《梦中道路》里,表达的心境也同鲁迅相类似,他说:"那年我回到我的生长地去,像探访一个旧日的友人似的独自走进了我童年的王国……那些巨人似的古木谦逊的低下头了,那压在我幼小的心灵上的影子烟雾一样消散了,'在我带异乡尘土的足下'这昔日的王国'可悲泣的小.'我痴立了一会儿。我叹息我丧失了许多可珍贵的东西。"鲁迅、何其芳二人对于现实"故乡"的心理失落感,恰恰印证了一种记忆心理学的常见现象,即:"记忆是对往事的想象性质的重构,回忆活动……不仅决定于特定往事的内容,而且同样也决定于回忆者的'态度'——即他关于应该会发生什么以及什么才有可能发生的预期和一般知识。"①在这一点上沈从文表现得最为突出,他明知故乡湘西已不再是什么"世外桃源",可是他仍坚持在《湘行书简》以及那些与"湘西"有关的小说中,把他所理解的"边城"世界描写得令人向往。他说,"我赞美我这故乡的河,正因为它同都市相隔绝,一切极扑野,一切不普遍化,生活形式生活态度皆有点原人意味……教给我智慧同品德"(《湘行书简》)。他认为生活在那里的人们,"根本上又似乎与历史毫无关系。……这些人生活却仿佛与'自然'已相融合,很从容的各在那里尽其性命之理,与其他无生命物质一样,惟在日月升降寒暑交替中放射,分解。"(《湘行散记》)。而长期漂泊在外的作家艾芜则说,并非每一个人都了解自己的故乡,只有那些无家可归的流浪者,才能从"乡愁"中体会到故乡对于他们的真正价值。

　　一道小河,一座树林,一块泉塘,一坝田地,哪里没有呢? 看起来寻常得很,可是你在那道小河里洗过澡,饮过牛马;你在那座林子里息过凉,捡过柴火;你在那块泉塘里车过水,灌过田地;你在那坝田地里耕过种过,收获过米粮,那你就恋恋不舍了。就是门外边,你早晚走惯的小路,都对你亲切得很,哪里有条埂,哪里有个洞,用不着眼睛细看,你就能容容易易走过,不会跌绊。我到外边去息过,不说晚上臭虫多得很,睡得不舒服,就是天刚亮的时候,听见鸡叫,也觉得没有家乡的鸡,叫得好听。一回来,还没

---

① 〔美〕丹尼尔·夏克特:《找寻逝去的自我:大脑、心灵和往事研究》,吉林人民出版社1998年版,第96—97页。

落屋,人再疲倦,脚再拉不动,只消望见那一向看惯的林子,小河,田地以及院落人家,就立即安心了,有着说不出的快乐。①

毋庸置疑,艾芜这段"修复性"的故乡写意,向读者回答了一个什么是"乡愁"的哲学命题:"乡愁"是一种隐藏于内心深处的怀旧情绪,它时刻都在提醒着那些出门远行的游子们,千万不要忘记了自己与乡土之间的文化联系;而"乡愁"又是一种精神世界的心理暗示,它不断地指引着那些生活在城市里的"乡下人",去寻找一条冲破现实阻碍并穿越时光隧道的"回家"之路。因此,作家对童年回忆的"修复性"表述,必然会直接导致"怀乡叙事"的失真性。倘若我们把新文学作家投影在创作中的童年记忆,视为构成他们个人成长历史的重要组成部分,那么这个"个人史主要地是由叙述的过程而不是叙述的真实事件所揭示的……个人史主要是关于意义而不是关于事实。在我们对往事的主观且加以修饰了的叙述过程中,我们建构出了往事——或者说,历史是虚构的"②。所以,尽管新文学的乡土叙事可以产生一种比"真实性"更具有震撼力的艺术美感,但它却是在以艺术想象去重构"故乡",故他们笔下风姿多彩的"故乡"叙事,也只具有审美价值而不具有历史价值。

三、魂归故里与情感家园的精神守望

新文学作家挥之不去的"乡愁"意识,势必会使他们这些长期生活在都市里的"乡下人",从内心深处产生一种情感冲动的"还乡"意愿;他们中有许多人甚至言之凿凿地誓言说,如果生前不能实现"还乡"的愿望,那么死后也一定要把自己埋在故乡。而这种情感在郁达夫的身上,就表现得十分强烈。他说,"若希望再奢一点,我此刻更想有一具黑漆棺木……在凋残的芦苇里,雇了一叶扁舟,当日暮的时候,在送灵柩归去"(散文《还乡后记》)。但是话又说回来了,这种愿望毕竟还只是一种"乡愁",并不代表着他们真想回到农村,去做一个真正的"乡下人"。沈从文对此就说得非常透彻,他虽然"明白了自己,

---

① 艾芜:《童年的故事》,《艾芜文集》第2卷,四川文艺出版社1989年版,第229—230页。

② [美]丹尼尔·夏克特:《找寻逝去的自我:大脑、心灵和往事研究》,吉林人民出版社1998年版,第88页。

始终还是个乡下人。但与乡村已经离得很远很远了"①。"离得很远"与"空间"上的距离无关,而是指被时间拉大了的"情感"距离。所以对于新文学作家而言,所谓"还乡"永远都只能是一种情感想象,而绝不可能转化为一种实践行动。

故乡已经"离得很远"的客观事实,使新文学作家感到十分地恐惧,因为失去了"故乡"也就意味着失去了"精神家园",这无疑会令他们在情感上无法接受。比如蹇先艾就曾抱怨说:"从老远的贵州跑到北京来……童年的影子越发模糊消淡起来,像朝雾似的,袅袅的飘失,我所感到的只有空虚和寂寞。"②所以,新文学作家为了不使自己脑子里那点残存的故乡记忆,从他们的精神生活中完全消失掉,只能是用"想象"去对碎片化的童年"记忆"去做一种"修复性"的整合,并赋予"乡下人"以一种超越"过去"并重现"过去"的全新意义。这就出现了一个问题:当"过去"已不再是历史性的"过去",而是由碎片化"记忆"重构过的主观性描述,那么它本身所表现的"真实性",就完全有理由受到人们的强烈质疑。因为"记忆"在"时间"的动态过程中,会使其"记忆"内容不断地发生着变化,故无论人们怎样去重构"过去",都不可能回到它的原始形态。尤其当新文学作家在用"记忆"的碎片去对"过去"进行重构时,他们又会自觉或不自觉地把"自己的道德观念悄悄地塞了进去",进而会使乡土文学的"乡愁"叙事,呈现出一种以主观性去消解客观性的明显特征。③ 这就为我们解开了一个历史谜团,新文学作家笔下的"乡愁"叙事,"完美"并不一定代表着"真实",这是一个我们不可忽视的文学现象。原因就在于作家那种碎片化的童年"记忆",根本不可能构成故乡"过去"的逻辑完整性,这就需要依靠他们成年之后所形成的"道德观念",并以想象力去对其进行"加工"和"修复",使残缺不全的"记忆"变得"完整"起来。换言之,新文学作家在现代都市社会里,已经失去了曾经养育过他们的传统故乡的物资家园,却不愿再失

---

① 沈从文:《烛虚》,《沈从文全集》第 12 卷,北岳文艺出版社 2002 年版,第 22 页。
② 蹇先艾:《〈朝雾〉序》,《蹇先艾文集》第 3 卷,贵州人民出版社 2004 年版,第 371 页。
③ [美]布鲁克·托马斯:《新历史主义与其他过时话题》,张京媛编:《新历史主义与文学批评》,北京大学出版社 1993 年版,第 75—76 页。

去他们为之守望的未来故乡的精神家园;故"乡愁"已不再是一种简单的"思乡"情绪,它既要去肩负起守望"故乡"的神圣使命,又要成为连接"过去"与"未来"的精神桥梁。所以,乡土文学中的"怀乡叙事",不仅具有否定都市文明的批判功能,而且还在致力于表现一种乌托邦式的前瞻性理想,以便使"乡愁拥有悠久的过去和令人振奋的未来"①。这充分说明了一个问题,新文学以艺术想象重新建构起来的"乡土"社会,已经是一个被作家"过滤"与"提纯"后的理想世界。

我们不妨以鲁迅的《朝花夕拾》为例,对这种"修复性"的故乡来做一次抽样分析。鲁迅曾在这本集子的"小引"中写道,"屡次记忆起儿时在故乡所吃的蔬果",一直都在触发自己"思乡的蛊惑","他们也许要哄骗我一生,使我时时反顾。"但是他又明确地告诉读者,"这十篇就是从记忆中抄出来的,与实际容或有些不同,而我现在只记得是这样。"②这段开场白为我们提供了一个重要信息:《朝花夕拾》中的故乡叙事,是以童年时代的碎片"记忆"为起点,又以成年后的"道德观念"为价值尺度,去对童年"记忆"中的故乡做了艺术性的重构。尽管《朝花夕拾》缺乏《呐喊》《彷徨》那种乡土批判的思想深度,然而鲁迅对故乡的认识却变得更加客观也更加理性了。我认为"带露折花"并不仅仅是为了回忆"过去",其本身就是一种理性思辨的"过滤"行为:像"庸医"这样"有意的或无意的骗子"固然滑稽可笑,但是乡间的"迎神赛会"还是令人心驰神往的;"谁也不实行"的《二十四孝图》固然荒诞不羁,但却不能把它同"三味书屋"去相提并论;那些"对于阴间神往"的"下等人"固然没有文化,但却比那些道貌岸然的"正人君子"诚实得多;"黄胖而矮"的长妈妈固然有些迂腐可笑,但却拥有着一颗令人敬佩的慈母之心。特别是在《无常》一文里,鲁迅通过对"下等人"和"正人君子"的人格比较,明确表达了自己对于"敝同乡"的强烈认同感;而认同"迎神会"这种民间情感的表达形式,又暗示着鲁迅认同了"故乡"的经验智慧。这无疑是他精神返乡的必备条件。

---

① 刘妹曼:《"乡愁"的多元属性与现实意义》,《北京社会科学》2020 年第 10 期。
② 鲁迅:《〈朝花夕拾〉小引》,《鲁迅全集》第 2 卷,人民文学出版社 1981 年版,第 229—230 页。

"朝花"只有经过"过滤"与"提纯",才会使"夕拾"变得更具有审美价值,因此鲁迅以"百草园""长妈妈"以及"藤野先生"这三组意象,在精神上为自己营造了一个完整的"家"和"故乡"。关于周公馆里的"百草园",周氏兄弟的记忆和表述截然不同:周作人说"百草园",其实就"是一个普通的菜园",后来由于没人去专门打理,早已变成了一个杂草丛生的"荒园"了(《鲁迅的故家·百草园》)。但鲁迅笔下的"百草园",却是花草茂盛、虫鸟争鸣的美好景象,在那里可以听长妈妈讲"美女蛇"的故事,还可以跟着闰土的父亲学习"捕鸟",人与万物生灵和谐相处,从中去感受着大自然神奇奥妙的"无限趣味"。仅就童年"记忆"的真实性与准确性而言,我个人更认可周作人所说的"荒园"说,鲁迅笔下的"百草园"显然是经过艺术加工后,主观性因素要大于客观性因素。不过,"百草园"仅仅是精神家园的物资条件,它还必须具备至爱亲情的人文环境,才能使那些在外漂泊的"游子"们,从情感上产生渴望"返乡"的强烈愿望。问题是鲁迅在《朝花夕拾》里,并没有刻意去表现"父爱"或者"母爱",似乎构不成去阐释这种亲情的必备条件,我个人对此也曾十分困惑;但是在细读了《朝花夕拾》之后却又发现,历来都很少谈及自己父母的鲁迅,却在"长妈妈"与"藤野先生"这两个人物身上,不露痕迹地投影了一种"慈母严父"的艺术形象:"长妈妈"既不高大也不漂亮,甚至还唠唠叨叨地爱管闲事,但是她对迅哥儿"我"却关爱备至,总是尽量去满足"我"的兴趣爱好,所以鲁迅亲切地称她为"阿妈",人们很容易从情感上去认同这一母爱形象。然而,身处异国他乡的"藤野先生"就完全不同了,他虽然没有种族偏见,对"我"在学术上严格要求、在人格上充分尊重,如果要将这种大爱无疆的人文关怀,视为鲁迅本人"父爱"意识的艺术投影,未必能够得到学界同人的一致认同。但无论我们会产生怎样的思想分歧,都改变不了鲁迅自己的真实想法。《藤野先生》的结尾文字颇耐人寻味:按照中国人的风俗习惯,房间里应悬挂父母的照片或画像,而鲁迅却换成了"藤野先生"。细想一下也有他的道理,《藤野先生》的原标题是"吾师藤野",而"一日为师,终身为父"的传统观念,也为鲁迅将"藤野先生"视为一个"严父"形象,找到了令人信服的充足理由。正是因为"百草园"作为一个理想的精神家园,既有环境之美又有至爱亲情,故它才会在鲁迅"荷戟独彷徨"的思想苦闷期,成为了一种魂牵梦绕的精神"蛊惑"。众所周知,鲁迅自从 1919 年回乡卖掉了周家的老宅之后,就再也没有回过故乡绍兴,"虽说故乡,然而已没有家"(《祝福》)的尴尬处境,实际上一直都令他内心惆怅、难以释怀。鲁迅在《呐喊》《彷徨》中对于故乡虽有微词,可是"思乡"之情却从来都没有中断过。比如他在生命的最后时刻,先后写下了《死》与《女吊》两篇文章,前者是对家人交代后事,后者却是在追怀故乡。特别是《女吊》这篇文章,最值得我们用心去细读:从表面上来看,鲁迅仿佛是在赞美故乡演戏的一个角色红衣"女吊",可是细想起来,却又令人茅塞顿开、猛然警醒——这是一种"生"与"死"的对话结构:因为鲁迅已经在冥冥之中,预感到了自己的大限之期将至,而那位突然出现在他眼前的红衣"女吊",就是来带他魂归故里的引路使者。鲁迅并不惧怕死亡,而是通过"女吊"去连接"故乡",他是想借助于"女吊"这一形象去告诉人们,就连故乡的红衣"女吊"都要"比别的一切鬼魂更美"①,那么他又有什么理由,不使自己的灵魂回到故乡去呢?

萧红与鲁迅不同,她不是在建构一个理想的精神家园,而是用了一部《呼兰河传》,去倾诉自己有家难回的心灵痛感。萧红是一位非常倔强的现代女性,当年她不顾一切地离家出走,并不是因为家庭专制或包办婚姻,而是她青春叛逆心理的一种表现。现在已有大量的史料证明,祖父与父亲对于萧红的过分溺爱,使她变得随心所欲、十分任性。比如,她的弟弟就曾回忆说:"我家生活状况是比较优越的,从某种意义上讲,对姐姐也算得上娇惯了。但她不喜欢这种生活,不喜欢这个家。……除祖父外,和别人似乎都没有什么感情。"②萧红跟随已婚的表哥陆哲舜私奔北平,在呼兰县城里闹得是满城风雨,她在家乡实在是待不下去了,才被迫"离家出走"、终生未归。综观萧红的悲剧一生,她渴望爱情却得不到爱情,追求自由却又屡遭挫败,最后只能带着身心上的创伤,在万里之外的"孤岛"香港,用灵魂去亲吻着故乡的黑土地。"什么是痛苦/说不出的痛苦最痛苦。"这是萧红《沙粒》里的两句诗,她心里到底隐藏着

---

① 鲁迅:《女吊》,《鲁迅全集》第 6 卷,人民文学出版社 1981 年版,第 614 页。
② 张秀琢:《重读〈呼兰河传〉回忆姐姐萧红》,《百年诞辰忆萧红》,北方文艺出版社 2011 年版,第 14 页。

什么样的"痛苦",以至于她竟不能说出也"说不出"呢？这就需要我们去从《呼兰河传》中寻找答案了。

曾有研究者认为,《呼兰河传》写得过于散漫,"给人以'略图'和草稿的感觉",故很难将其视为一部文学"经典"。① 这种说法其实并没有完全进入到《呼兰河传》的叙事语境,更没有注意到各章节之间环环相扣的逻辑关系,因为这种逻辑关系是以一种"思乡"与"返乡"的完整序列,去向读者隐秘地倾诉着自己心中那种"说不出的痛苦":第一章和第二章以全景扫描的表现方式,主要是去再现呼兰小城的自然景观与风俗民情,以展示"故乡"在她脑海中的强大记忆,以及向读者去传达她的"乡愁"意识。萧红对于故乡记忆的精确程度,令我感到十分震撼,比如她对呼兰小城街道及两旁建筑的细腻描写,像那个吞噬过许多生命的街面大坑,那些"牙医诊所""布庄""茶庄""油盐店""金银首饰店""药店""扎彩铺"等的具体位置,甚至连画着"一排牙齿"的牙医招牌,都与《呼兰县志》中的文字记载高度吻合。另外,像"四月十八娘娘庙大会""野台子戏""跳大神""放河灯"等民俗文化活动场景,不仅被作者描写得绘声绘色、别有情趣,并且还构成了萧红认知社会、理解人生以及敬畏天命的原始"经验"。所以蒋锡金先生认为,小说《呼兰河传》"着力刻画了的,是故乡的风俗画",②这种判断无疑是正确的。萧红记忆的精准性,与她20岁离家出走有着直接关系,成年人对于故乡记忆的完整性,自然要比碎片化的童年记忆深刻得多也真实得多。第三章和第四章作者将视角推向了"祖父"和"后花园",意在通过对"家"和"亲情"的激情写意,去重新体验曾经拥有过的情感温度,并以此去阐释人与故乡之间的辩证关系。"祖父"教"我"读诗歌《回乡偶书》,可是"我"当时却并不明白,"祖父"为什么要教"我"这首古诗,只是好奇地去问"祖父":"我也要离家的吗？ 等我胡子白了回来,爷爷你也不认识我了吗?"《千家诗》里一共收录有古诗近两百首,可是萧红却偏偏只记住了贺知章的《回乡偶书》,且把它融入到了"后花园"的记忆当中,其本意就是在借题发

---

① 王彬彬:《关于萧红的评价问题》,《中国现代文学研究丛刊》2011年第8期。

② 蒋锡金:《萧红和她的〈呼兰河传〉》,《百年诞辰忆萧红》,北方文艺出版社2011年版,第112—113页。

挥以表达自己的深深忏悔——"祖父"是在向她讲述一个做人的道理:人即便是走到了天涯海角,也不能忘记了自己的家和故乡;如果一个人若是忘记了自己的家和故乡,那么家和故乡也会把他忘掉!实际上,萧红是在借《回乡偶书》,去暗示自己无家可归的内心痛苦,古人都比她强还可以告老还乡,可她连这个机会都完全丧失了——这才是她心里"说不出的痛苦"。《呼兰河传》的后三章,分别是讲述"小团圆""有二伯"以及"冯歪嘴"的悲剧故事,而这三个人又都与呼兰小城的"规矩"有关,进而去表达她对于"传统"的理解和认识。研究者往往都把注意力放在这三章上,并以此为依据去发掘这部作品批判国民劣根性的思想价值。但是在我个人看来,这三位弱者虽然值得我们去深表同情,却绝不能因为同情而失去了理性判断力。萧红在《呼兰河传》中有一个非常重要的文字交代,可惜并没有引起研究者的足够重视:"小团圆""有二伯"和"冯歪嘴"三人,全都是呼兰小城中的"外来者",他们能不能在这里生存下去,完全取决于他们是否认同"呼兰人"的"规矩":"小团圆"不懂呼兰人的"规矩",故在被严格"规范"的过程中悲惨地死去;"有二伯"不守呼兰人的"规矩"(小偷小摸),故受到了人们情感上的歧视和冷落;而"冯歪嘴"却因为遵守呼兰人的"规矩",所以一旦有难街坊四邻都愿意出手相助。萧红固然对于这种"规矩"深恶痛绝,可是当她在《呼兰河传》中,用"规矩"去阐释三个人不同的人生结局时,除了感叹同时也是在暗示她的忏悔意识:如果想要返乡回家,她就必须认同故乡的"规矩";否则将永远被排除在族群文化之外,成为一个无处可依的精神流浪者。萧红当然知道"规矩"就是"传统",所以她在《呼兰河传》的结尾处说,对于故乡既"忘却不了"又回不去,含蓄地表达了自己这种"剪不断、理还乱"的复杂心情。

在中国新文学发展史上,沈从文对于故乡的精神守望,增强了乡土文学叙事的现代性意义。他并不像鲁迅和萧红那样,把"故乡"作为一个"实体"去加以表现;而是完全沉浸在一个与世隔绝的想象空间里,去精心打造自己梦寐以求的精神家园。因为他清醒地意识到现代社会的物资横流,已经"腐蚀我们多数人做人的良心、做人的理想,且在同时把每一个人都有形无形市侩化"了;[1]他认

---

① 沈从文:《云南看云》,《沈从文全集》第17卷,北岳文艺出版社2002年版,第310页。

为"一切由庸俗腐败小气自私市侩人生观建筑的有形社会和无形观念,都可以用文学作为工具,去摧毁重建"①。所以,他渴望这种"重建"过后的理想社会,能够回到"以前"的那个湘西世界去,"同都市相隔绝,一切极扑野,一切不普遍化,生活形式生活态度皆有点原人意味",进而显示出"生命单纯庄严"的固有本质。② 为此,他立志要用一种文学的表现形式,去建造一座属于自己的"希腊小庙",目的就是要去表现"一种'优美,健康,自然,而又不悖乎人性的人生形式'"③。沈从文知道仅凭他一个人的力量,绝不可能"重建"中华民族的精神家园,因此他希望能有更多的人参与其中,持之以恒地"来重新写作'神话'"④。而小说《边城》,便是他重写"神话"的个人实践。

沈从文说他为《边城》制定的叙事策略,就是要抱着一种净化灵魂的虔诚态度,"在充满古典庄雅的诗歌失去价值和意义时,来谨谨慎慎写最后一首抒情诗。"⑤这首优美的"抒情诗",在《边城》中又表现为一种无为而治的理想人生——既没有阶级压迫更没有人性丑恶,"自然"与"自为"构成了人们生活中的"自由"状态:70岁的"老船夫",每天守候在渡口迎来送往,"他从不思索自己职务对于本人的意义,只是静静的很忠实的在那里活下去";孙女"翠翠"更是一个在自然中"长养"的"小兽物",她"从不想到残忍事情,从不发怒,从不动气",纯真得如同清澈见底的"酉水"一般。"船总顺顺"则豪侠仗义,两个儿子同样是性格豁达、和气亲人,"故父子三人在茶峒边境上为人所提及时,人人对这个名姓无不加以一种尊敬。"研究者几乎都认为,沈从文是有意将"祖孙二人"同"父子三人",置放于山清水秀、风景如画的自然环境里,去刻意营造一曲不染尘世污浊的田园牧歌,但沈从文本人却并不认同这种说法。比如,他说刘西渭把《边城》评价为一部浪漫主义作品,是完全没有明白这篇作品的

---

① 沈从文:《烛虚》,《沈从文全集》第12卷,北岳文艺出版社2002年版,第39页。

② 沈从文:《湘西书简·滩上挣扎》,《沈从文全集》第11卷,北岳文艺出版社2002年版,第171—172页。

③ 沈从文:《习作选集代序》,《沈从文全集》第9卷,北岳文艺出版社2002年版,第4页。

④ 沈从文:《北平的印象与感想》,《沈从文全集》第12卷,北岳文艺出版社2002年版,第284页。

⑤ 沈从文:《水云》,《沈从文全集》第12卷,北岳文艺出版社2002年版,第128页。

创作意图;他还十分不满批评家用理论去"套解"《边城》的那种做法,并说"这本书不是为他们而写的"①。沈从文一再强调研究者没有读懂小说《边城》,原因就在于他们只看到了《边城》里的桃源仙境,却并没有看到这种"仙境"之美的脆弱性——"老船夫"在暴风雨之夜溘然长逝,"船总顺顺"也在酉水失去了自己的两个儿子,"边城"内外都缺失了它的守护者,它"终将受到一种来自外部另一方面的巨大势能所摧毁"②。所以沈从文在小说《边城》故事结尾,让少女"翠翠"陷入了一种进退两难的思维困境:"这个人(傩送)也许永远不回来了,也许'明天'回来!"我个人认为这个"梦"大有深意,它不是"翠翠"在企盼"傩送"的"'明天'回来",而是沈从文在用自己的生命去向每一个有良知的中国人发出呼唤,"明天"都能够自觉地"回来";"回来"的目的,就是要同他一道去守护自己的精神家园,并对"这个民族的健康给它一份注意",进而激发起中华民族"发生向上自尊"的巨大潜能。③ 这当然不是我个人的主观臆说,汪曾祺先生就曾非常困惑地质问道:"沈先生的重塑民族品德的思想,不知道为什么,多年来不被理解。"④因此,我们完全可以用这样去理解,沈从文创作《边城》的真实目的,就是在用他自己的生命呼唤,去提醒"我们的责任就是固守自己的家园"⑤。

新文学乡土叙事中的"精神家园",在艺术想象上它可以被描写成一种至善至美的理想形态,但在现实社会中它却只能是一种好梦难成的抽象理念,新文学作家对此当然心知肚明。即便是理想主义者沈从文,他自己也清楚这是一种悖论逻辑。比如他曾十分无奈地喟叹说:"我看到生命意志最完美的形式,这一切在抽象中好好存在,在事实前反而消失"了。⑥ 郁达夫对此说得更

----

① 沈从文:《〈边城〉题记》,《沈从文全集》第 8 卷,北岳文艺出版社 2002 年版,第 58、59 页。

② 沈从文:《〈湘西散记〉序》,《沈从文全集》第 16 卷,北岳文艺出版社 2002 年版,第 390 页。

③ 沈从文:《上海作家》,《沈从文全集》第 17 卷,北岳文艺出版社 2002 年版,第 44 页。

④ 汪曾祺:《沈从文的寂寞》,《汪曾祺全集》第 3 卷,北京师范大学出版社 1998 年版,第 260 页。

⑤ [美]爱默生:《心灵的感悟》,当代世界出版社 2002 年版,第 145 页。

⑥ 沈从文:《生命》,《沈从文全集》第 12 卷,北岳文艺出版社 2002 年版,第 43 页。

为直截了当,无论人们把乌托邦社会想象得有多么美好,若是"把文明利器——如电灯自来水等——的供给,家人买菜购物的便利,以及小孩的教育问题合计起来,却又觉得住城市是必要的了"①。这就使我们必须去面对一个非常棘手的重要命题:既然"精神家园"是一种脱离现实的抽象存在,那么坚守它又有什么实际意义呢? 答案就在新文学自身的"还乡叙事"中:所谓的"精神家园",指的就是中华民族的传统文化;我们不仅要去"继承"和"守住"这份遗产,而且更要去"发扬"和"光大"这份遗产。所以,"精神守望"不是要求人们回到混沌蒙昧的原始社会,而是要求人们牢固地守住中华民族的文化之根。

---

① 郁达夫:《住所的话》,《郁达夫文集》第 4 卷,花城出版社 1982 年版,第 23 页。

第五章 新文学"知天命"的人生信念

当我们谈到"乡土"这一词汇的时候,立刻便会联想到"大地原野"和"自然万物",同时也会联想到"人"与"自然"的伦理关系;因为从某种意义上来说,新文学以乡土叙事去重建"精神家园"的情感诉求,其本质就是一种人类渴望"回归自然"的潜在欲望。众所周知,"回归自然"的口号始于法国启蒙主义大师卢梭,他在西方社会工业化文明刚刚启动之际,便敏锐地预见到了它将为人类社会带来弊端,因此他向西方世界发出善意的警告说:在通往现代文明的道路上,物资的欲望正在侵蚀人类的灵魂,"人们放弃了任何对意义的探求……用公式代替概念,用规则和概率替代原因和动机",一切关于生命与人生意义的哲学思考,都被"当作旧形而上学的理论偶像而遭弃绝"[①]。故朱光潜在阐释卢梭思想时精辟地总结道:"'回归自然'有回到原始社会'自然状态'的涵义,也有回到大自然的涵义。浪漫主义派继承了这个口号,主要由于他们对资本主义社会的城市文化和工业文化的厌恶。"[②]

五四思想启蒙时期的情况大致类似,在西方文化影响下,启蒙精英无条件地接受了西方主体论哲学,故他们坚信:"自然蜕变成了完全为人类控制和改造的对象,任何对自然的崇尚都显得不合时宜。在这些启蒙思想家们看来,最值得颂扬的是人、人的理性或精神。"[③]比如像郭沫若那种"天狗"式的自我表现,就集中反映了"人"主宰"自然"的时代情绪。于是,在如何去认知"人"与

---

① [德]霍克海默、[德]阿道尔诺:《启蒙辩证法》,上海人民出版社 2006 年版,第 3 页。

② 朱光潜:《西方美学史》下卷,《朱光潜全集》第 7 卷,安徽教育出版社 1991 年版,第 397 页。

③ 彭锋:《完美的自然——当代环境美学的哲学基础》,北京大学出版社 2005 年版,第 175 页。

"自然"的伦理关系时,启蒙精英只强调"人"是自然的主体,完全无视"自然"对于"人"的决定性作用,进而形成了这样一种被思想启蒙所高度推崇的时代理念:宇宙万物是一种没有生命的存在,如果"没有人的感觉,人的情感,即便有自然,也就没有自然的美,质或神方面更无所谓人的智慧"。① 凸显"人"主宰"自然"的主体地位,启蒙精英直接将"顺其自然"的生活状态,理解为是"下等动物"与"野蛮社会"的基本特征②;但是,当思想启蒙并没有使"人"获得真正的自由与解放时,"把捉自然,将自然再现出来"③,则又必然会去促使新文学作家重新思考"自然"对于"人"的重要意义。尤其是当他们惊奇地发现,作为宇宙自然的主宰者"人",已经在他们所创造的文明社会中,变得"神经衰弱,意志力毫无,易动喜怒,惯作悲哀,好娇奇而立异,耽淫乐而无休",④并疯狂地在那里"用酒精和都市的色情文明来刺激并麻痹自己,用低级趣味来娱乐自己……几乎每一个人都是虚无主义者"时⑤,那么主张"回归自然"去进行人类灵魂的自我拯救,便成为了众多新文学作家的共同心声。

第一节　新文学自然叙事的生命感悟

在 20 世纪初、中期,新文学作家笔下的"自然"叙事,显然还没有摆脱"启蒙"与"革命"的思维束缚,更没有达到崇拜自然的自觉程度。他们对"自然"的认知或表述,基本上都呈现出这样两种状态:一种是借助"自然"去开启思想启蒙之旅,而并不是把"自然"当作启蒙者生命追求的理想归宿。就像郭沫若诗歌中所描写的那样,在"无限的大自然"中(《光海》),"像烈火一样地燃烧""大海一样地狂叫""电气一样地飞跑"(《天狗》),充分地释放着主体"自

---

①　林徽因:《一片阳光》,《林徽因文集·文学家》,百花文艺出版社 1999 年版,第 53 页。
②　陈独秀:《人生真义》,《陈独秀著作选》第 1 卷,上海人民出版社 1993 年版,第 346 页。
③　郁达夫:《艺术与国家》,《郁达夫文集》第 5 卷,花城出版社 1982 年版,第 150 页。
④　郁达夫:《怎样叫做世纪末文学思潮?》,《郁达夫文集》第 6 卷,花城出版社 1982 年版,第 288 页。
⑤　穆时英:《晨曦文艺社成立宣言》,《穆时英全集》第 3 卷,北京十月文艺出版社 2008 年版,第 97—98 页。

我"的生命能量,进而将"自然"理解为"自由"的一种象征。郭沫若倾其全力去热情讴歌"自然"物象,并不代表着他对"自然"本体已经有了透彻的生命感悟,而是在大力宣扬一种"人"是"宇宙自然"主宰的"泛神论"思想,通俗地讲就是"一切的自然只是神底表现,我也只是神底表现,我即是神,一切自然都是我的表现"①。对于"一切自然都是我的表现",诗人何其芳曾做过一个很好的自我诠释:他说自己虽然喜欢去描写"自然",可"事实上我从来不喜欢自然,只是把它当作一种背景,一种装饰"罢了,"自然"是因"我"而存在,它才具有被表现的价值②。另一种是对思想启蒙失去了耐心,把"回归自然"作为一种自我逃遁的情感慰藉。比如,郁达夫就曾喟叹道:"年龄也将近四十了,理想,空想,幻想,一切皆无;在世上活了四十年,看来四十年的结果,只觉得人生也不过这么一回事;富贵荣华,名誉美貌,衣饰犬马,学问文章等等,也不过这么一回事。"③于是他恨不能立刻回到远古社会,去与那些放浪形骸的文人骚客为伍,"虽没有资格加入竹林七贤之列,至少也可听听阮籍的哭声。或者再迟一点,于风和日朗的春天,长街上跟在陶潜的后头,看看他那副讨饭的样子,也是非常有趣。"④尽管新文学作家对于"自然"的理解,还没有真正达到生命本体论的思想高度,但是他们或多或少都意识到了"人"与"自然"关系的不可回避性;所以他们在理解"回归自然"这一口号时,必然又会去探索"生命"在"自然"中的存在意义,这就是新文学"自然"叙事的价值所在。

一、回归自然的精神动力

卢梭为什么要用"回归自然"去作为法国思想启蒙运动的口号? 这是中外学者一直都在诠释和争论的哲学问题。对于卢梭本人而言,其实他并不关心人们是否理解"回归自然"这一口号的真实含义,只不过是想去表达自己经

① 郭沫若:《〈少年维特之烦恼〉序引》,转引自《郭沫若研究资料》,中国社会科学出版社1986 年版,第 148—149 页。

② 何其芳:《给艾青先生的一封信——谈〈画梦录〉和我的道路》,《何其芳全集》第 6 卷,河北人民出版社 2000 年版,第 476 页。

③ 郁达夫:《所谓自传也者》,《郁达夫文集》第 3 卷,花城出版社 1982 年版,第 320 页。

④ 郁达夫:《骸骨迷恋者的独语》,《郁达夫文集》第 3 卷,花城出版社 1982 年版,第 122 页。

过对工业化文明的深度思考,内心世界所产生的一种生命感受而已。比如,他告诉人们"在这尘世之中,只有已逝的快乐;永久的幸福,我真怀疑是否存在"。在他看来物资享受并不代表"幸福",真正的"幸福是一种这尘世里似乎无法享有的永久的状态……没有人能担保自己明天依然还爱着今天之所爱。因此我们所有的幸福生活之计都是自欺欺人"①。卢梭还从自己的人生经历中,发现了这样一种令人费解的生命现象:为什么凡是"出自造物主之手的东西,都是好的,而一到了人的手里,就全变坏了"呢?经过苦心思索,他得出了这样一个结论:世界之所以会失去它的本来面目,那是因为"人"已经完全违背了自然规律,"他不知道生命的价值,所以他宁愿要那种财富而不要生命",欲望不仅使人在肉体上"变得这样的柔弱",而且还在精神上背负着巨大的痛苦和负担;所以,他认为"回归自然"是人类社会的必然选择,即"人愈是接近他的自然状态,他的能力和欲望的差别就愈小,因此,他达到幸福的路程也就没有那样遥远"②。卢梭"回归自然"的人文理想,不仅在西方社会引起了强烈反响,同时还使这一启蒙口号,变成了知识精英的实际行动。比如从19世纪开始,爱默生就回到了"大自然"当中,并"站在这旷野上,我的精神沐浴在自然的灵光里,思想提升到了至高的境界所有卑劣的念头都消失了。……在这里,人与自然合二而一,人显得是那么的渺小和陌生,只有自然是永恒的"③。而梭罗则是远离群居社会,独自一人栖身于瓦尔登湖,完全摆脱了都市文明"那套肮脏的体制",自己捕鱼种菜从事农耕生产,把大自然作为"最甜蜜温柔、最纯洁最鼓舞人的朋友",由此而感到无比的自由和快乐。④

卢梭"回归自然"的人文理想,也在东西洋留学生的全力引介下,漂洋过海传到了中国,并对五四新文化运动产生了深刻的影响。比如,郁达夫本人不仅对卢梭"回归自然"的口号推崇备至,而且还将"回归自然"视为自己后期思想的精神支柱。他说卢梭"爱好自然,诅咒现代社会的堕落,主张自由,主张

---

① ［法］卢梭:《一个孤独漫步者的遐想》,漓江出版社1996年版,第88、152、33页。
② ［法］卢梭:《爱弥儿》(上),商务印书馆2004年版,第5、77、78页。
③ ［美］爱默生:《心灵的感悟》,当代世界出版社2002年版,第5页。
④ ［美］梭罗:《瓦尔登湖》,译林出版社2011年版,第93、124页。

平等,想归到原始时代的自然状态去的这一种精神",一半是因为他的身体"羸弱",一半也因为他的天性。郁达夫的身体状况,与卢梭一样"羸弱",故他非常赞同卢梭的看法:

> 人类的野蛮状态,本来是健全的,不辞劳瘁的,天赋的敏感和动物中最上的组织,足使他征服野兽,保护族类的。原始人只知道现在的需要,只求肉体的满足。……(他们)既没有道德,也没有善恶,也没有其他的所有观念,也没有所谓阶级的不平。但是像这样的乐园中的自然人,因世纪的进展和文化的侵入,渐渐的堕落了。①

郁达夫对卢梭思想的理解与诠释,还是比较准确到位的;卢梭意识到了工业化文明是以牺牲"自然"为代价的,所以他主张"回归自然"就是要反其道而行之。比如,他认为"农村的景象是那么的神奇……淳朴的乡村生活使我得到了一种不可估量的收获:我的心发现了人与人之间友谊。在此以前,我对人的感情虽然是很高雅的,但却是虚假的"②。综观郁达夫后期的文学创作,几乎可以说就是对卢梭思想的积极回应,他不仅彻底摆脱了"零余者"的无病呻吟,还把"大自然"作为精神洗礼的讴歌对象。在郁达夫的笔下,大自然是那么地纯净空灵、美不胜收:"悠悠的碧落,只留着几条云影,在空际作霓裳的雅舞。一道阳光,偏洒在浓绿的树叶、匀称的稻秧、和柔软的青草上面。被黄梅雨盛满的小溪,奇形的野桥,水车的茅亭,高低的土堆,与红墙的古庙,洁净的农场,一幅一幅同电影似的尽在那里更换"(散文《还乡记》);他甚至渴望自己能够融入其中,像陶渊明那样"采菊东篱下,悠然见南山",去"营五亩之居,筑一亩之室。竹篱之内,树之以桑,树之以麻,养些鸡豚羊犬,好供岁时伏腊置酒高会之用"(散文《感伤的行旅》);或者干脆像爱弥儿那样置身于大自然中,"不与外界相来往,饥则食小山之薇蕨,与村里的牛羊,渴则饮清溪的淡水……晚上倦了,就可以在月亮下露宿,门也不闭关,电灯也可以不要,只教有一支雪茄,一张行军床,一条薄被,和几册爱读的书就好了。"(散文《出昱岭关

---

① 郁达夫:《卢骚的思想和他的创作》,《郁达夫文集》第 6 卷,花城出版社 1982 年版,第 20、22 页。

② [法]卢梭:《忏悔录》,译林出版社 1995 年版,第 26—27 页。

记》)。脱离尘世只与大自然去进行对话,这种想法又被他演绎成了小说《迟桂花》的创作主题,以一个"自然"拯救"病体"和"灵魂"的动人故事,给读者留下了极为深刻的阅读印象。诗人戴望舒也是卢梭思想的狂热崇拜者,他以自己在欧洲游历过程中的亲眼所见,深深体会到了卢梭思想的前瞻性。他说火车喷出的浓浓黑烟污染了美丽的自然风景,冰冷的钢轨切割了广袤无垠的草原和田野,因此那些"固执"而"生野"的欧洲人,宁愿躲在穷乡僻壤的乡下,"亲切地,沉默地看着那些熟稔的花开出来又凋谢,看着那些祖先所抚摩过的遗物渐渐地涂上了岁月的底色;对于一切不速之客,他们都怀着一种隐隐的憎恨"(散文《西班牙的铁路》)。

卢梭"回归自然"的思想核心,是强调"自然"对于人类灵魂的"净化"作用;而他在小说《爱弥儿》里提倡的教育方式,更是得到了许多新文学作家的思想认同。比如,宗白华就从审美意识形态的角度指出,"自然"不但可以净化人的心灵,由于"诗的意境"就是诗人心灵释放的缘故,所以他"与自然的神秘互相接触映射时造成的直觉感应,这种直觉感应是一切高等艺术产生的源泉,是一切真诗、好诗的(天才的)条件"①。徐志摩不仅崇拜卢梭"回归自然"的启蒙口号,更是以此去抨击现代社会的堕落与病态。他说现代都市生活"一切都为物资所支配,眼里所见的是飞艇,汽车,电影,无线电,密密的电线,成排的烟囱,令人头晕目眩,不能得一些时间的休止,实是改变了我们经验的对象。人的精神生活差不多被这样繁忙的生活逐走了"。在徐志摩本人看来,这一切都是由现代文明所造成的恶果。② 由于卢梭已经意识到"现代社会的状况,与生命的自然乐趣,是根本不相容的"③,因此他才会提出人类自救的唯一办法,就是"让我们重新做人……离却堕落的文明,回向自然的单纯,离却一切的外骛,回向内心的自由,离却空虚的娱乐,回向真纯的欢欣,离却自私

---

① 宗白华:《新诗略谈》,《宗白华全集》第 1 卷,安徽教育出版社 2008 年版,第 159—170 页。

② 徐志摩:《未来派诗》,《徐志摩全集》第 6 卷,中央编译出版社 2013 年版,第 77 页。

③ 徐志摩:《罗素又来说话了》,《徐志摩全集》第 6 卷,中央编译出版社 2013 年版,第 83 页。

主义,回向友爱的精神,离却一切懒弛的行为,回向郑重的自我的实现"①。这显然是卢梭思想的中国言说。

"回归自然"去进行灵魂的自我救赎,这种思想信念又直接确立了新文学"自然"叙事的价值取向。比如庐隐在小说《寄梅窠旧主人》中,就让那位叙事女主人公从困惑中觉醒,"离开充满了浊气的城市,而到绝高的山岭上";或同"质朴的乡民,和天真的牧童村女",去"倒骑牛背,横吹短笛";或一人独自行走于山水之间,举目"苍松翠柏"、低首"涧底流泉";或静静地对着蓝天白云,"怔坐神驰"、冥思遐想——"如果我能终老于此,可以算是人间第一幸福人了。"《海滨故人》中的露莎等五人,更是忘却了尘世间的一切烦恼,她们在大自然的怀抱里,流连忘返、自由徜徉:"呵! 多么美丽的图画! 斜阳红得像血般,照在碧绿的海波上,露出紫蔷薇般的颜色来。"尽管作者将这种纵情于"自然",浓缩在了一个极其短暂的时间里,但毕竟让她们"在这一个暑假里",真正体会到了什么是"自由"和"快乐":"寂寞的松林,和无言的海流,被这五个女孩子点燃得十分热闹,她们对着白浪低吟,对着浪潮高歌,对着朝霞微笑,有时竟对着海月垂泪。"王统照的散文《阴雨的夏日之晨》,也是在感叹大自然对于心灵的净化作用:"偶然得到一时的安静,偶然可以有个往寻旧梦的机会,那末,一棵萋萋的绿草,一杯酽酽的香茗,一声啼鸟,一帘花影,都能使他从缚紧的,密粘的,耗消精力的与戕毁身体的罗网中逃走。暂时不为了争斗,牺牲,名誉,恋爱,悲愤而燃起生命的火焰;放下双手内的武器,闭住了双目中的欲光,将一切的一切,全性收敛,全行平息",只求"一切消沉,一切安静"。叶圣陶在小说《倪焕之》里,更是让倪焕之通过"自然"找到了一种主体"自我"的归属感:倪焕之来到乡间之后,"曙色遍布时,田野,河流,丛树,屋舍,显现在淡青色的寒冷而清冽的大气里;小鸟开始不急不徐地叫;早起劳作的人们发出种种声响,汇合成跃动的人籁。"于是他深深地呼吸了一口新鲜空气,"啊,可爱的田野! 在这里,若说世间各处正流行着卑鄙、丑陋、残暴等等的事情,又说人类将没有希望,终于是长不好教不灵的动物,谁还会相信?"所以,他决心要

---

① 徐志摩:《青年运动》,《徐志摩全集》第3卷,中央编译出版社2013年版,第19—20页。

同蒋冰如一道,一方面在大自然中去研究人类的"性"与"习",一方面"着着实实发展儿童的'性',长儿童的'习'"。

　　新文学作家无论是借助"自然"去进行思想启蒙,还是为了自我拯救而渴望"回归自然",他们那种放飞自我的情感冲动,从本质上来讲都是一种人性本真的自然流露。即便是无政府主义的信仰者巴金,也说他自己在感到身心疲惫的时候,便"想乘云,是愿意将身子站在那个有着各种颜色的、似烟似雾、似虚似实的东西上面,让它载着我往上飞,往上飞,摆脱一切的羁绊,撇开种种的纠缠。我再看不见一切,除了蔚蓝的太空;我再听不见一切,除了浪涛似的风声"(散文《云》)。戴望舒则是去质疑人类,"我不懂别人为什么给那些星辰/取一些它们不需要的名称/它们闲游在太空,无牵无挂/不了解我们,也不求闻达。""星来星去,宇宙运行/春秋代续,人死人生/太阳无量数,太空无限大/我们只是倏忽渺小的夏虫井蛙"(诗歌《赠克木》)。这种让"自我"回归"自然"的抒情言志,虽然与卢梭的思想十分相近,但是由于"所有的文化,都是萦绕于对先前黄金时代的回忆"的缘故①,因此我们必须清醒地意识到,新文学"回归自然"的精神动力,道家生命哲学的思想影响,要远大于卢梭启蒙哲学的思想影响。鲁迅对于这一问题,要比我们任何人都看得清楚,他说:"前曾言中国根柢全在道教,此说近颇广行。以此读史,有许多问题可以迎刃而解。"②鲁迅把"道家"而非"儒家"视为"中国根柢",这在五四时期绝对是一种振聋发聩的思想见解。因为五四启蒙的思想主旨,就是将儒家思想作为中国传统文化的根基来加以批判的,可是鲁迅却认为"道家"才是"中国根柢",足见他对中国传统文化的理解之深。比如,他在《破恶声论》一文中就曾指出:"顾吾中国,则夙以普崇万物为文化本根,敬天礼地,实与法式,发育张大,整然不紊。"③而"普崇万物"与"敬天礼地"之"玄义",无疑就是道家生命哲学的集中体现。实际上,持这种看法的新文学作家并非只有鲁迅一人,闻一多也

---

① 　[美]李维:《现代世界的预言者》,黑龙江教育出版社 1989 年版,第 1 页。
② 　鲁迅:《致许寿裳》,《鲁迅全集》第 3 卷,人民文学出版社 1981 年版,第 532 页。
③ 　鲁迅:《破恶声论》,《鲁迅全集》第 8 卷,人民文学出版社 1981 年版,第 27—28 页。

说不谈文化则已,如果要谈文化的话,"中国人的文化上永远留着庄子的烙印"①。林语堂说得更为直截了当:"甚么使中国人成为哲学的? 不是孔子,而是老子。……老子是世界上第一深藏不露的哲学家,教人用质柔如水的力量。"②至于鲁迅、郭沫若、闻一多、许地山、废名、沈从文、林语堂等一大批新文学作家究竟是如何去理解道家思想的,我们不妨去看一看何其芳的自我告白:"谁是真受了老庄的影响? 谁是真沉溺于酒与清淡的风气? 都是对生活的一种要求。都是要找一点欢快,欢快得使生命颤栗的东西! 那狂放的阮籍,不是爱驱车独游,到车辙不通的地方就痛哭而返? 那哭声,那时代的哭声呵,就是王子猷这时抑在心头的哭声了。""我自己呢? 虽然我并不狂妄到自以为能够吹起一种发出巨大声响的喇叭,也要使自己的歌唱变成鞭子还击到这不合理的社会的背上。"③由此我们不难看出,新文学作家信奉道家、推崇老庄,其真正的目的则是要以"回归自然",去否定现实中"这不合理的社会"。这也正是新文学的"自然观"不同于卢梭的独特之处。

道家生命哲学的思想精髓,就是提倡"虚空自我"的精神境界;而老子"至虚极,守静笃"的人生格言,更是造就了新文学"自然"叙事的审美特性。比如庐隐的散文《空虚》,便这样去描写空灵之美的宇宙世界。

在深夜白云已经眠于幽谷,宇宙披上了黑色的大衣,沉沉睡去,这古亭上,只有我怔立凝盼。夜游之神呵! 请指示我:这个广大的空虚,是青天,是碧海,——怎都一样的不见涯涘?

我正如那渺小的孤舟——比水鸥还要渺小,挣扎于恶浪汹涛中;但是命运之神啊! 最后,谁能逃出你的掌握!

——可怜这渺小的孤舟终如雨雹打碎浮萍,只有缄默的向海里沉浮!

空虚——宇宙的一切,都无法使她充实。

吁! 这广大的空虚——是青天,是碧海,怎都一样的不见涯涘!

① 闻一多:《庄子》,《闻一多文集》,海南国际新闻出版中心 1997 年版,第 328 页。
② 林语堂:《信仰之旅》,四川人民出版社 2000 年版,第 115 页。
③ 何其芳:《〈刻意集〉序》,《何其芳全集》第 1 卷,河北人民出版社 2000 年版,第 146、148 页。

庐隐这里所说的宇宙之"空虚",其实就是对老子"虚极"概念的自我理解。徐志摩虽也是卢梭"回归自然"思想的崇拜者,但是在这种"崇拜"的背后,同样有着道家生命哲学的文化底蕴。比如,他在诗歌《归国杂感(二)——地中海》里以地中海作为历史的见证人,深刻揭示了在博大精深的宇宙自然面前,人类社会引以为荣的辉煌历史和灿烂文明,都只不过是一种"白驹过隙"般的短暂存在:"无数的帝王,英雄,诗人,僧侣,盗寇,商贾,曾经在你怀抱中得意,失志,死亡";而"埃及,波斯,希腊,马其顿,罗马,西班牙——至多不过抵你一缕浪花的涨歇,一茎春花的开落!"。只有那一望无际、波涛汹涌的地中海,"依旧冲洗着欧非亚的海岸/依旧保存着你年轻的颜色/依旧继续着你自在无羁的涨落/依旧呼啸着你厌世的骚愁/依旧翻新着你浪花的样式"。读罢这首诗,我总觉得与其说徐志摩是在歌颂"大自然"的神奇伟力,倒不如说是诗人在借助地中海去诠释道家生命哲学中的"无"之思想——无论人类文明有多么辉煌,与永恒的宇宙自然相比较,无非就是"一缕浪花"或"一茎春花",转瞬即逝、不足挂齿。说到新文学作家对于"无"的深刻理解,恐怕没有人能够超过无名氏(原名卜乃夫)的,他在长篇小说《海艳》里借主人公印蒂的父亲印修敬之口,对于道家思想中的"无",曾做过这样一番颇为深刻的哲学释义:"人本从'无'里面跑出来。'无'是人最初的躯壳,也是人最后的躯壳。……大自然是'无'的最高符号。"他还举例解释道,"(人)能抓得住水的湿,却抓不住水,人抓得住水,却抓不住流。……流水远拖人走,人却不能使流凝定。"所以他开导印蒂说:"凡存在,都是无,不过,我们眼见的,只是存在通到无的过程,这个过程叫做碎。……凡存在,都要碎。我们眼所见的,没有一样不会碎。金字塔要碎。万里长城要碎。喜马拉雅山也要碎。只因为它们碎得很慢,我们就误以为它们不会碎了。"在另一部小说《野兽、野兽、野兽》里,他再次借印修敬之口去进一步阐述说:"人过去是生物,现在是生物,将来也是生物。是生物,就是自然的一部分",而不是自然的主体。在印修敬的主观世界里,人类文明虽然已经具有了几千年的发展历史,但是"在大自然的永恒运转中",人类的时代需求算什么呢?无论希腊时代、印度阿育王时代,还是古罗马帝国时代、法国大革命时代,人类社会曾引以为傲的辉煌成就,如今"除了一座老旧的雅典城,一条静静的恒河,一些残缺的罗马废墟,一个千疮百孔的基督教,一些只能当做水陆道场装潢摆设的'自由、平等、博爱'口号,此外还剩些什么呢"?因此他坦然而自信地告诉印蒂,"假如大自然高兴,他可以毁掉一个地球,两个地球,甚至十个百个地球。……我们的所有努力、挣扎,只不过为了或迟或早投入那永恒黑暗的毁灭而已。"印修敬的此番释"道",说穿了就是庄子"察其始而本无生,非徒无生而本无形,非徒无形而本无气"(《庄子·至乐》)思想的现代翻版,只不过他把道家之"道"阐释得更加生动形象、更加通俗易懂罢了。

应该实事求是地说,无论庐隐还是无名氏,他们那些"自然"叙事的作品文本,的确都给我们提供了一种非常重要的历史启示:如果忽略了道家思想对于新文学的深刻影响,我们就不可能真正理解五四启蒙的历史真相。就像鲁迅所说的那样,"我们虽挂孔子的招牌,却是庄子的私淑弟子"①;既然启蒙精英都是"庄子的私淑弟子",那么批"儒"反"孔"的精神动力,究竟是不是真正源自西方现代人文观念就很值得我们去怀疑了。我个人曾多次强调说:五四新文化运动的精神资源,主要还是以"传统"去反传统;而这个反传统的"传统",现在看来正是打着"西化"旗号的道家思想。由于新文学是以"道法自然"的叙事策略,去彻底否定儒家"礼教"的道德规范;故"自然"(道家)与"礼教"(儒家)的截然对立,又使新文学呈现出了一种崇"道"非"儒"的思想色彩。

二、寻道之旅的过渡之桥

斯宾诺莎曾说过:"人的身体是自然的一部分……人的心灵,我认为同样也是自然的一部分。"②把身体视为"自然"的一部分,这当然是一种正确的判断;但是要把"心灵"也变成"自然"的一部分,则需要一座跨越现实障碍的过渡之"桥"。最早去关注这一问题的作品文本,无疑是废名的小说《桥》。

---

① 鲁迅:《"论语一年"》,《鲁迅全集》第4卷,人民文学出版社1981年版,第570页。
② 《斯宾诺莎书信集》,商务印书馆1996年版,第144页。

《桥》写得"晦涩难懂",曾为许多研究者所诟病,就连废名的崇拜者何其芳,也抱怨说:"高贵的作者常常省略去那些从意象到意象之间的链锁,有如他越过了河流并不指点给我们一座桥,假若我们没有心灵的翅膀便无从追踪。"①无论过去还是现在,何其芳的抱怨都不是一种孤立的现象,而是代表着大多数读者或研究者的真实看法,即他们都希望能够从废名的小说《桥》中,看到一座具象化的物资之"桥",可废名本人却是在描写一座意象化的心灵之"桥";由于在废名本人的主观意识里,《桥》指的是"尘世"与"乡野"、"现实"与"理想"、"此岸"与"彼岸"之间的连接纽带,如果"没有心灵的翅膀",也就"无从追踪"其存在了。仅就这一意义而言,新文学"自然"叙事的真正目的,无非是一种思想上的"寻道"之旅;但是这种"寻道"之旅,又并不意味着所有的新文学作家,全都跨越了那座由"此岸"到"彼岸"的心灵之"桥"——只有那些"在一种我得以安居下来的宁静状态里安憩"的精神贵族,②才能够真正实现他们"回归自然"的理想诉求。

　　既然新文学的"自然"叙事,或多或少都与道家思想有关,那么新文学作家对于"道"的理解与感悟,则完全取决于他们各自不同的思想智慧。《老子》第一章开篇便告诉我们,"道"是一种形而上的抽象存在,人们不可能用语言去描述它。既然"道"不可名状,因此庄子干脆就主张人应该"顺其自然"去"知天乐",因为知天乐者,"其生也天行,其死也物化。静而与阴同德,动而与阳同波……无天怨,无人非,无物累,无鬼责"(《庄子·天道》)。如果我们进一步去展开研判,新文学"自然"叙事的"寻道"之旅,与其说是受老子的影响至深,还不如说是庄子在推动其前行。比如,庄子认为"人"之行为背叛天道,并指出"牛马四足,是谓天;落马首,穿牛鼻,是谓人。故曰,无以人灭天,无以故灭命,无以得殉名。谨守而勿失,是谓反其真"(《庄子·秋水》)。我们完全有理由相信,五四启蒙时期所倡导的"个性解放",虽然是打着现代人文精神的"西化"旗号,但其本质上却仍是庄子"反其真"思想的一种反映。因为"回

---

① 何其芳:《梦中的路》,《何其芳全集》第 1 卷,河北人民出版社 2000 年版,第 192 页。
② ﹝法﹞卢梭:《一个孤独漫步者的遐想》,漓江出版社 1996 年版,第 88、152、33 页。

归自然"去重新获得"自由",说穿了就是老庄"道法自然"的生命哲学,在新文学"自然"叙事中的艺术呈现。就拿鲁迅来说吧,尽管他一直都非常欣赏道家思想,但是他对老子和庄子这两位"至人",在评价上却有着很大的区别。他说:"老子之言亦不纯一,戒多言而时有愤辞,尚无为而仍欲治天下。其无为者,以欲'无不为'也。"但庄子则不然,他"著书十余万言,大抵寓言,人物土地,皆空言无事实,而其文则汪洋捭阖,仪态万方,晚周诸子之作,莫能先也"①。鲁迅对庄子钟爱有加却对老子颇有微词,这一点郭沫若看得最为清楚,他认为无论鲁迅的思想还是人格,庄子的影响都要远大于老子:"鲁迅爱用庄子所独用的词汇,爱引庄子的话,爱取《庄子》书中的故事为题材而从事创作,在文辞上赞美庄子,在思想上也不免有多多少少的反映,无论是顺是逆。"②而"京派"鼻祖废名的一席话,更能够说明新文学的"自然叙事",与庄子思想之间那种渊源关系:"人何以能从束缚里得自由呢?教育又何其以加害于人为能事呢?……只有'自然'对于我是好的,家在城市,外家在距城二里的乡村,十岁以前,乃合于陶渊明的'怀良辰以孤往',而成就了二十年后的文学事业。"③这便是庄子"知天乐"思想的生动写照。

新文学"自然"叙事的"寻道"之旅,严格地讲,都带有一种以"天道"去否定"人道"的不满情绪,比如,林语堂对此曾做过一番很好的解释:"什么是大道?所谓的大道有天道和人道之分。无为而受尊崇的是天道,有为而致纷乱的是人道;主宰万物的是天道,饱受役使的是人道。"④林语堂的这种看法,无疑是始于庄子,因为庄子认为,人类社会原本就是处于一种"顺其自然"的生存状态,但是由于"三皇五帝之治天下,名曰治之,而乱莫甚焉"。所以,他不无抱怨地斥责说:"三皇之知,上悖日月之光辉,下睽山川之精华,中堕四季之

---

① 鲁迅:《汉文学史纲要》,《鲁迅全集》第9卷,人民文学出版社1981年版,第363—364页。
② 郭沫若:《鲁迅与庄子》,《郭沫若全集·文学编》第19卷,人民文学出版社1992年版,第53页。
③ 废名:《黄梅初级中学同学录序三篇》,《废名集》第3卷,北京大学出版社2009年版,第1416页。
④ 林语堂:《老子的智慧》,陕西师范大学出版社2004年版,第33页。

时施",其毒如蝎子之尾,"而犹自以为圣人,不亦可耻乎,其无耻也?"(《庄子·天运》)由此我们不难理解,新文学"自然"叙事的历史背景,就是要从"人道"回归到"天道",进而"越过那条间隔城乡的深沟"①,去实现"回归自然"的人生理想。曾经在很长的一段时间里,研究者们都把诸如废名、沈从文、林语堂、汪曾祺等人的文学创作,视为一种逃避现实社会矛盾的消极反抗;然而废名却不屑一顾地回答说:"一个人只能做他自己的梦,所以虽是无心,而是有因。"②废名所说的这个"因"字,其实就是重塑人性的美好愿望。所以,新文学"自然"叙事的"寻道"之旅,尽管情况复杂且又表现方式不同,但是只要我们去细心地加以分辨,仍能够梳理出这样三种基本类型,即:废名的"寻道"、何其芳的"悟道"与林语堂的"释道"。

从表面上来看,废名的小说不仅"晦涩难懂",甚至还远离五四启蒙的思想范畴,对此学界历来都颇有非议。比如,鲁迅就认为废名"过于珍惜他有限的'哀愁'",多少都有些表现他的"顾影自怜之态"③。而他的长篇小说《桥》,更是被人们视为一部无法理解的"难懂"之作。我个人认为《桥》之所以难懂,就在于废名是在描写一座意象之"桥",而人们却希望看到一座物象之"桥";故意象之"桥"与物象之"桥"的认知错位,才是导致作者与读者之间产生思想分歧的根本原因。废名虽然为这部作品取名为《桥》,可是从一开始他就没有打算去描写什么物象之"桥";小说的整体构思布局都是以《庄子》为立意,去揭示主人公小林"回归自然"去"寻道"与"悟道"的心路历程。小说《桥》的上部,主要是去讲小林在童年时代,跨过了那座连接城乡之间的物象之"桥",置身于山水之间去领略了"自然"所赋予他的"自由"与"快乐"。不过,此时小林对于"自然"的感受,还只是"亲切""新奇"和"好玩",像史家奶奶的和蔼慈祥、三哑叔的心地善良、金银花的美丽漂亮、田野草地的生机勃勃等,从"人"到"物"都令他心旷神怡、感到新鲜,几乎完全忘记了自己在城里还有个"家"。

---

① 沈从文:《习作选集代序》,《沈从文全集》第9卷,北岳文艺出版社2002年版,第6页。
② 废名:《说梦》,《废名集》第3卷,北京大学出版社2009年版,第1155页。
③ 鲁迅:《〈中国新文学大系〉小说二集序》,《鲁迅全集》第6卷,人民文学出版社1981年版,第244页。

解构与重构:新文学伦理叙事研究

小林在史家庄的生命体验,其背景是他在城里枯燥乏味的学习生活;琴子那种无拘无束的生存状态,又令他萌生了一种"乐不思蜀"的情感冲动。但童年小林的"回归自然",还不是真正的"寻道"行为,而是一种无意识的情感体验,目的是为成年小林的"寻道"之旅,去做符合后续叙事逻辑的必要铺垫。小说《桥》的上部下篇,情况却大不相同了,作者下笔便这样写道:重新出现在史家庄里的"小林——已经不是'程小林之水壶'那个小林了,是走了几千里路又回到这'第一哭处。'……我也曾起了一个好奇心,想知道他为什么忽然要跑回这乡下来,因为他的学业也似乎是中途而废了"(《"第一哭处"》)。小林辍学返乡、归隐山林,是要去实现他"鸢飞戾天,鱼跃于渊"的崇高理想;尤其是当他站在山顶"心"与"鹞鹰"一同自由翱翔时,很容易让人联想起《庄子·逍遥游》里的一幅画面:鲲鹏展翅高飞,扶摇直上九万里,背负青天而无所顾忌,潇洒自如地飞向南海。这说明小林对于"自然"与"自由"的理解认识,已经完成了从"无意识"到"有意识"的思想转变。到了小说《桥》的下部,作者又让小林在大自然中去苦苦地思索,为什么他"摸索出来的太阳是月亮"? 为什么"我自己做的事不称我的意"? 为什么"世事一点也不能解脱"? 当他和琴子在高处看到牛大千和细竹蹲在海滩上,远远望去就像两只小小的蚌壳时,终于醒悟到在一望无际的大海面前,"是我们太渺小了"。明眼人一看便知道,这样一个故事结尾,其实就是现代版的"望洋兴叹"。

何其芳受废名的思想影响很深,他本人对此也并不否认①。李健吾在比较何其芳与废名的文学创作时,就曾指出凡是有点审美眼光的读者,都能从何其芳的某些作品中看出"废名先生的文笔"②。何其芳与废名在思想艺术风格上的相似性,也使他在 1937 年由《独立评论》发起的"看不懂的新文艺"的论战中,受到了来自文坛各方面的批评和指责,比如梁实秋就公开声言说,何其芳的散文集《画梦录》,"我简直的不知道作者说的是什么。这样演变下去,这

---

① 何其芳在《给艾青先生的一封信——谈〈画梦录〉和我的道路》中,就坦然承认对他思想产生过影响的中外作家,有"伟里耶,巴罗哈,阿左林,纪德,梅特林克,废名",而废名则是他唯一提到的中国作家,见《何其芳全集》第 6 卷,河北人民出版社 2000 年版,第 476 页。

② 李健吾:《〈画梦录〉——何其芳先生作》,《李健吾批判文集》,珠海出版社 1998 年版,第 131、134 页。

346

样的文体绝不会有前途的。"①现在我们再去反观这段文坛公案,人们对于何其芳的误解就有如他们对于废名的误解一样,都忽略了何其芳的散文是在表现"悟道"的生命体验,所以才会认为《画梦录》的文字艰深、意思难懂。我并不否认何其芳当时确有"逃避现实"之嫌,但他说正是因为自己"乘桴浮于海"去"虚空自我"、静心"悟道",②才使自己在这种时局动荡的乱世之中,"竟没有在荆棘与歧路间迷失。"③《刻意集》中的《王子猷》一文,其实就是何其芳本人心灵"悟道"的艺术写真。王子猷一夜乘舟泛游,陶醉于河两岸的山水美景;但真正使他"悟道",还是隐居于山野中的那户农家:他"被引入一个低小的木门,从土墙上闻到一种泥草与牛粪混合的味。骤坠入阴暗的地方的眼光,有点迟钝才看清屋里有一张木桌,几条长板凳,挤在两侧的盛着粮食的箩筐,还有斜堆在屋角的芋头,番薯,马铃薯之属"。男主人盛情地邀请王子猷一同吃早餐,"饭桌上,有炒的鸡蛋,还有肥的腊肉,大块的腊豆腐干,这显然为贵客而有的菜。王子猷在感谢主人的殷勤的招待中努力把饭吃饱。"与这户农家的短暂相聚,王子猷发现他们虽然居所简陋、生活贫穷,但却和谐美满、家庭幸福,这种知足常乐的人生态度,令"王子猷,这自以为知道很多很多的人,自以为生活得解脱而又深入的人,这时被一种轻微的思想束缚着了……为什么快乐像一阵轻轻的风飘过人的心里,跟着扬起惆怅的尘土? 为什么人要伸手去捉那轻轻的风,而又不愿捉着的是一握尘土?"。他终于大彻大悟,什么才是"道"呢? "道"无非就是"那平凡的可祝福的家庭! 那平凡里是流着多温柔多充实的声音! 一锄,一犁,一块田地,一间草屋,一个妻子还有孩子。工作时的汗水,休息时的烟管,还有大家一块时的亲切的目光与笑语。晨到夜,春到冬,生到死,一首朴质而最妥帖的诗"。由于他已经从那户农家清净无为的生活态度里,彻底明白了"顺从自然"就是"道"的本真,那么还有什么必要再去向戴安道求"道"呢? 故一句"不是到了吗",真乃画龙点睛之笔。

---

① 絮如(梁实秋):《看不懂的新文艺·通信》,《独立评论》1937 年第 238 期。
② 何其芳:《扇上的风云》(《画梦录》代序),《何其芳全集》第 1 卷,河北人民出版社 2000 年版,第 72 页。
③ 何其芳:《刻意集·序》,《何其芳全集》第 1 卷,河北人民出版社 2000 年版,第 144 页。

　　林语堂对于道家思想,要比废名、何其芳理解得更为深刻。他不仅自己笃信庄子的思想,同时还向西方社会去传播《老子的智慧》,一部享誉中外的《京华烟云》,使他成为了中国现代文学史上"道家"学派的代表性人物。林语堂与废名、何其芳的不同之处,就在于他把"道"理解为一种"自然规律",而不是一种"自然世界"的物资实体。因为林语堂自己深深地懂得,现代人类社会相互依存的群居生活,已经不可能使人真正地"回归自然",所以他说道家的"至人无我",是指"人应藏天下于天下……就好像鱼在水中忘记了自己一样"①。他还进一步阐释说,退居山林去过隐居生活,那只能是一种"二流隐士",而"城中隐士实是最伟大的隐士"②。这种"大隐隐于市"的道家思想,不仅是林语堂自己的人生信念,更是长篇小说《京华烟云》的创作主题。《京华烟云》对于道家思想的艺术诠释,主要体现在以下四个方面:首先,林语堂认为"道家"不是"道教",而是一种博大精深的哲学思想。比如,他让姚思安对女婿立夫说:"庄子不用望远镜,不用显微镜,他就能预测到无限大和无限小。"庄子关于"以太"与"无限"、"光"和"无"、"云"和"星雾"等关系的对话,"他的观点是科学的,是现代的。"当木兰问他信道"会不会成仙"时,他立刻驳斥道:"完全荒唐无稽! 那是通俗的道教,他们根本不懂庄子。生死是自然的道理,真正的道家会战胜死亡。"其次,他让姚思安"沉潜于黄老之修养有年",成为了一个"真正的道家高士"。在行为上他"逍遥于天地之间而心意自得",在思想与人格上他知足常乐且"从不心浮气躁"。姚思安不仅自己渴望"反其真",同时还教育子女们也要去"反其真":"自我解脱的基础在于身体的锻炼,人必须无钱无忧虑,随时死就死。这样你才能像个死而复生的人一样云游四方。你要把每一天,每一刹那都当作苍天赐予的,你必须感谢上苍。"再者,他让姚思安主张道家的"自化"说,反对儒家的"教化"说。"想一想父亲是怎样教女儿唱呢! 音乐、跳舞、演戏完全是妓女、男女伶人的事,在儒家眼里看来即使不算越礼背德,也是下等人的事",可是姚思安"对正派的老传统是不在乎的"。他让

---

① 林语堂:《老子的智慧》,陕西师范大学出版社 2004 年版,第 45 页。
② 林语堂:《生活的艺术》,东北师范大学出版社 1996 年版,第 116 页。

女儿凡事顺其自然,绝不违背自己的主观意志,故姚木兰在父亲的影响下,也成了一个得"道"之人。再次,林语堂认为"看淡一切",是道家生命哲学的思想核心。"看破生死,所以能忘去年岁的长短;看透是非,所以能忘掉是非的名义。"①因此他让姚思安去开导木兰说:"家者一词语,征夫路中憩;傀儡戏终了,拆台收拾去。"而姚木兰后来也悟出了这一道理:"人本过客来无处,休说故里在何方。随遇而安无不可,人间到处有花香。"特别是当她登高远望如同鸟一般快乐时,"鸟"与"人"竟合二而一、浑然一体,大有"庄周梦蝶"那种无我之境,这无疑是道家"天人合一""归根复命"的思想体现。

我绝不怀疑新文学作家渴望"回归自然"的情感真实性,但却怀疑他们中间究竟有多少人真正渡过了那座灵魂之"桥"。因为人类文明已不可能回到茹毛饮血的原始社会,而企盼高质量物质生活的人性欲望也在逐次提高。所以,对于新文学作家的"寻道"之旅而言,都只不过是一种精神上的饕餮盛宴,而真正的得"道"者可谓是寥寥无几、屈指可数。仅以废名为例,他一生都在"寻道",但到头来却在那里自嘲说:"我是一个站在前门大街灰尘当中的人,然而我的写生是愁眉敛翠春烟薄。"②何其芳也曾去"悟道",可是后来却又表示不再留恋乡野自然的"清洁空气","现在我最关心的是人间的事情。"③林语堂一生都在"释道",可是在动乱的年代他并没有"大隐隐于市",而是携家带口躲到了美国,去安然自得地享受起了条件优越的物质生活。这不禁令我想起了《桥》中小林对琴子和细竹说过的一句话:"我的灵魂是永远站在这一个地方,——看你们过桥。"这段话大有深意:小林虽然渴望过"桥",却依然身处"尘世"说明他仍在"寻道",却并没有真正"得道"。这不仅是废名个人的思想矛盾,而且也是所有新文学作家的思想矛盾。

三、超越生死的忘我境界

新文学"自然叙事"与道家思想的渊源关系,必然会使其在"生"与"死"

---

①　林语堂:《老子的智慧》,陕西师范大学出版社 2004 年版,第 14 页。

②　废名:《斗方夜谭》,《废名集》第 3 卷,北京大学出版社 2009 年版,第 1265 页。

③　何其芳:《我和散文》(《还乡杂记》代序),《何其芳全集》第 1 卷,河北人民出版社 2000 年版,第 243 页。

的问题上,以一种超越世俗眼光的虚静心态,去看待人的"存在"与"消失"的生命现象。因为道家以"无"为本,强调"有"生于"无",而"无"即是"空";故"空灵"说在中国文学史上,不仅演变成了一种至高无上的审美境界,同时也演变成了创作主体的人生价值观。庄子对于"生"与"死",曾做过这样一个形象的比喻:"人之生,气之聚也;聚则为生,散则为死……故万物一也,是其所美者为神奇,其所恶者为臭腐;臭腐复化为神奇,神奇复化为臭腐。"(《庄子·知北游》)庄子以"气"的"聚"和"散",去形容人的"生"与"死";由于"气"具有其不可目视性,故它仍属于"无"与"虚"的概念范畴。既然道家认为生命的本质是"无",那么人之"生"就应该去"知天乐",故庄子曰:"知天乐者,无天怨,无人非,无物累,无鬼责。"若要真正达到这种"至人无我"的精神境界,就必须做到"虚静恬淡、寂漠无为"(《庄子·天道》)。

道家思想中的"虚"和"无",奠定了中国文学崇尚"空灵"之美的思想根基;而这种"空灵"之美的艺术境界,从本质上来说更符合文学自身的内在规律性。然而,由于"空灵"与"寂寞"的概念相通,因此无论古代文学还是现代文学,书写人在精神上的"孤独"状态,都是中国文人努力追求的审美理想。比如庐隐就认为,现代中国人早已经违背了道家的"知天乐"思想,"人与人的交接不得已而戴假面具,那是人间最残酷最可怜的事实……古人说'哀莫大于心死',——现在一般社会上的人物,哪一个是有着活泼生动的心灵?哪一个不是行尸走肉般在光天化日之下转动着?"而道家强调"天地间的东西最神秘的,是无言之言,无声之声……所谓沉默的时候,就是包容宇宙一切的时候"。所以她发自内心地感叹道,"我想'人'真是太可怜了:形体上受到许多剥蚀,同时精神上也要受各种各式的煎熬,最残酷的要算是不可捉摸的希望,它对于人用尽诱惑的手段,显示着无尽藏的优美和欢乐,于是可怜的人就一步一步向它走去,然而等到接近它的时候,一切又都是平凡而丑陋!"为此她无比沮丧追问道:"人到底是太愚蠢了,为什么一定要求人了解呢?孤独岂不更隽永有味吗?"①意识到"孤独"就是与生俱来的生命本质,一个人"只有当他

---

① 庐隐:《云鸥情书集》,《庐隐全集》第 3 卷,福建教育出版社 2015 年版,第 295—316 页。

孤独无依时,他才真正是自由的"时①,新文学创作的"自然叙事",几乎都呈现出了一种沉思凝想的苦闷状态,并在这种苦闷状态中去进行深刻的自我反省。比如庐隐喜欢以"月夜"去反思"白昼"。

> 月所照的世界为夜,日为奋斗于生活的时候,而夜是休养生息的时候,所以日所照的世界,各个自相皆异色而现,不免为外界引诱而此心亦烦乱了,此时只想如何对付事实,绝没有超卓之想;而月所照的世界,则无自相,使人觉得"实在世界之消失"而忘我相,这时的喜怒哀乐,绝不止以一身的喜怒哀乐为标准。因为在这种纯洁消沉的月光之下,已将人们的小我忘了,而入于大我之境,有限的现实的桎梏,既除去,于是想象波涛,高尚之情鼎沸,艺术的冲动就不可制止了。(散文《月色与诗人》)

王统照则喜欢以"幻觉"去反观"现实"。

> 偶然得到一时的安静,偶然可以有个往寻旧梦的机会,那末,一颗萋萋的绿草,一杯酽酽的香茗,一声啼鸟,一帘花影,都能使他从缚紧的,密粘的,耗消精力的与戕毁身体的罗网中逃走。暂时不为了争斗,牺牲,名誉,恋爱,悲愤而燃起生命的火焰;放下双手内的武器,闭住了双目中的欲光,将一切的一切,全性收敛,全行平息……(只求)一切消沉,一切安静。(散文《阴雨的夏日之晨》)

而何其芳却喜欢以"静思"去叩问"灵魂"。

> 我在荒废的园子里的一块石头上坐着,沐浴着蓝色的雾,渐渐的感到了老年的沉重。……我到底在想着一些什么呵?记忆起了一个失去了的往昔的园子吗?还是在替这荒凉的地方虚构一些过去的繁荣,像一位神话里的人物用莱琊琴驱使顽固的石头自己跳跃起来建筑载比城?……在你眸子里我找到了童年的梦,如在秋天的园子里找到了迟暮的花。(散文《迟暮的花》)

道家思想将生命的本质归结为"无",这不仅使新文学作家实现了对平庸之"生"的精神超越,同时也实现了对"死亡"恐惧的精神超越,而后者更是新

---

① ［德］叔本华:《了解自己》,《叔本华论说文集》,商务印书馆 2004 年版,第 125 页。

文学"自然叙事"的一大特色。不过，我们必须去做一个必要的区分：尽管"启蒙叙事"与"自然叙事"都擅长描写"死亡"，但是两者在对待"死亡"问题的认识态度上，价值取向却是截然不同的。"启蒙叙事"中的"死亡"描写，"死亡"本身并不是叙事重点，而造成"死亡"的社会原因，才是作家所要关心的核心命题。比如，鲁迅的《孤独者》、蹇先艾的《水葬》、台静农的《新坟》、杨振声的《贞女》等，都是把"死亡"作为反传统的叙事背景，目的则是要通过揭露儒家礼教的"吃人"本质，去推动新文化运动的迅猛发展。"自然叙事"中的"死亡"描写，却超越了文化层面上的思想负载，它以老庄哲学为理论依据，去深刻阐释作为自然规律的死亡现象：即"生死是命，就像白天和黑夜的变化一样，乃是自然的道理，人既不能干预，又无法改变"①。因此新文学在"自然叙事"当中，"死亡"既不会使人在精神上产生一种恐惧感，更没有儒家那种"丧礼"仪式的庄重感，平淡无奇就是它最为明显的表现特征。闻一多在解释这种现象时曾说："儒家所谓死人不死，是形骸不死，道家则是灵魂不死。形骸不死，所以要厚葬，要长期甚至于永远的祭祀。所谓'祭如在，祭神如神在'之在，乃是物资的存在。……道家是重视灵魂的，以为活时生命暂寓于形骸中，一旦形骸死去，灵魂便被解放出来，而得到这种绝对自由的存在，那才是真的生命。"故他赞同道家的"灵魂"说，却并不认同儒家的"形骸"说②。新文学的"自然叙事"，基本上也是持这种态度。

庄子将"生"与"死"，视为"气"之聚散；人"死"则"气"散，"气"散而"形"无；"形"虽然没有了，但"气"却永恒存在。这就是道家"灵魂"说的思维逻辑。道家生命哲学将人的"灵魂"，理解为是一种飘浮于自然世界中的"气"，它无时不在、无处不在，只不过人凭借肉眼是看不到的罢了。新文学的"自然叙事"，对此更是颇有心得。描写这一方面题材的经典文本，当数许地山的小说《黄昏后》：主人公承懂的母亲因生她而死，所以从小就记不起母亲的样貌，可她却又非常想念自己的母亲，为此心里特别地感伤和自责。于是，父亲关怀

---

① 林语堂：《老子的智慧》，陕西师范大学出版社 2004 年版，第 6 页。

② 闻一多：《道家的精神》，《闻一多文集》，海南国际新闻出版中心 1997 年版，第 319—320 页。

便开导她说："你要认识一个人，就得在他的声音、容貌之外找寻，这形体不过是生命中极短促的一段罢了。"关怀还告诉承懂，其实妈妈并没有死，坟墓只不过是"她的变化身"，她就像空气一样，是一种无形的存在；"她常在我屋里，常在那里（他指着屋角那石像），常在你心里，常在你姊姊心里，常在我心里。"作者如此去构思这一故事，其实就是在阐释道家的生死观——"死者"的形体虽然已经化为乌有，但是他（她）却是以另外一种生命形式存在，只要你与他（她）具有心灵感应，他（她）就会永远环绕在你的身旁。沈从文的小说《知识》，也是一篇描写看淡生死、顺其自然的上乘佳作："哲学硕士张六吉"从国外留学回来，因在城里找不到工作，只好回到乡下去谋求发展。在回乡的路上，他遇到一个老汉在田里除草，天气很热却并不休息，而一个年轻后生却在树荫下"睡着"。张六吉既困惑又纳闷地问那位老汉，年轻人为什么不搭把手，自己却躺在树荫下"睡觉"呢？老汉头也不抬地回答道："他不是睡觉。他死了。先前一会儿被烙铁头毒蛇咬死了。"张六吉感到实在有些不可思议，"儿子死了你不哭，你这个老古怪！"老汉却并不生气地回答道："世上哪有不死人的。天地旱涝我们就得饿死，军队下乡土匪过境我们又得磨死。好容易活下来！一死也就完事了。人死了，我坐下来哭他，让草在田里长，好主意！"当张六吉万分不解地离开时，老汉又大声喊住他："大爷，大爷，你过前面寨子，注意一下，第三家门前有个土坪坝，就是我的家。我姓刘，名叫老刘，见我老婆请就便告她一声，说冬福死了，送饭时送一个人的饭。"到了刘家，张六吉转达了老汉的话，令他意想不到的是，家中的两个妇人同样无动于衷，就好像什么事情都没有发生过似的，张六吉觉得这家人实在是太奇怪了。可是"冬福"姐姐的一番话，却让他茅塞顿开、大彻大悟："爸爸妈妈生养我们，同那些木簰完全一样。入山斫木，缚成一个大筏。我们一同浮在流水中，在习惯上，就成为兄弟了。忽然风来雨来，木筏散了，有些下沉，有些漂去，这是常事。"张六吉从老汉一家看淡生死的人生态度中，突然发现他在学校里所学的那些哲学"知识"，在现实生活中根本就没有任何的实际用处，故他咒骂自己的老师就是个"老骗子"，他"还不如我那地方一个大字不识的乡下人聪明"。因为他"所知道的全是活人不用知道的，人必须知道的你却一点不知道"！所以他再也不相信什么"哲学",而是"留在那个野蛮家乡里,跟乡下人学他还不曾学过的一切"。

既然人死"气"散,形体已不复存在,那么"坟"就只是一堆黄土,里面什么东西都没有。仅就写"坟"而言,在新文学作家当中,恐怕没人能够比得上废名了;像"死""坟""鬼火""棺材"等字眼,在他作品里比比皆是、随处可见,夸张一点说无"坟"就构不成其篇。废名为什么热衷于描写"坟"? 他自己曾做过这样一番解释:"中国人生在世,确乎是重实际,少理想,更不喜欢思索那'死',因此不但生活上就是文艺里也多是凝滞的空气,好像大家缺少一个公共的花园似的。……中国后来如果不是受了一点佛教影响,文艺里的空气恐怕更陈腐……中国诗人善写景物,关于'坟'没有什么好的诗句,求之六朝岂易得,去矣千秋不足论也。"①由此可见,废名把"坟"当作一种自然景观去加以表现,意在为中国文学营造一个"公共的花园",目的就是要去消除儒家文化所渲染的死亡恐惧。在长篇小说《桥》的系列文章中,"坟"是主人公小林思考人生意义的一个参照物,正是因为他和那些孩童们意识到了"坟"就是一堆"黄土",所以他们才会欢呼雀跃地说"坟怕什么呢? 坟烧得还好玩些……那简直比玩龙灯还好玩"(《桥·狮子的影子》)。小林本人更是语出惊人,竟然替废名道出了他对"死亡"的真实看法:"'死'是人生最好的装饰。不但此也,地面没有坟,我儿时的生活简直要成了一大块空白,我记得我非常喜欢上到坟头上玩。我没有登过几多的高山,坟对于我却同山一样是大地的景致"(《桥·清明》)。废名让小林和孩童们都不怕"坟",其实他是将死亡理解为"无";由于"死亡"是"气"散于无形,那么"坟"又有什么可怕的呢? 信奉道家生命哲学的何其芳,也在其散文作品中表现出了一种超越"死亡"的豁达姿态。比如《画梦录·墓》一文,作者不仅描写了一座荒野上的"孤坟",而且还奇思妙想地演绎了一出"人鬼恋"的浪漫故事:首先,他用想象复活了"坟"中那个农家女孩"玲玲",并赋予她"一个美丽的灵魂"和快乐的人生,她永远都是那么地质朴善良,纯净得就像一条山涧小溪清澈见底;其次,他让"玲玲"同

---

① 废名:《中国文章》,《废名集》第 3 卷,北京大学出版社 2009 年版,第 1371 页。

大自然融为一体,花朵为其讲述"快乐"的故事,星星为其讲述"悲哀"的故事,进而暗示"玲玲"的生命又回馈给了大自然;再者,他又让"玲玲"在大自然中,同一个从"外面的世界"回来的失意青年"雪麟",发生一场轰轰烈烈的"恋爱",形成了一种"自然之乐"与"人生之苦"的鲜明对比。作者当然知道"墓"里的"玲玲"肉身早已不复存在了,可是他又告诉读者"玲玲"的灵魂依然存在,这种"生"与"死"的隔空对话,完全消解了小说《聊斋》里那种令人惊悚的恐怖气息。而在诗歌《古代人底情感》里,何其芳更是将"死亡"视为一种生命的自然循环:"仿佛跋涉在荒野/循磷火的指引前进/最终是一个古代的墓圹/我折身归来/心里充满生底搏动/但走入我底屋子/四壁剥落/床上躺着我自己的尸首/七尺木棺是我底新居/再不说寂寞和黑暗了/坟头草年年地绿/坟侧的树又可以做他人的棺材"。这首诗最能够反映出道家思想对于何其芳的深刻影响,即:"生命"原本就是一种轮回再生的自然现象——"我"的生命变成了"坟侧"的树木,而树木的躯干又"可以做他人的棺材",这种自然界中循环往复的生命现象,完全是对庄子寓言所致出的积极回应:庄子曰,"死与生与,天地并与,神明往与"(《庄子·天下》)。诗歌《古代人底情感》所表达的意思,恰恰正是如此。

新文学在其"自然叙事"中,将死亡描写得平淡自然,既无"失亲"之痛更无"追思"之伤,那种内心豁达的超然神态,显然是对儒家"孝"文化的一种蔑视。众所周知,儒家的"孝"文化强调"活孝"与"死孝",比如孔子曰:"生,事之以礼,死,葬之以礼,祭之以礼"(《论语·为政》)。故一部《礼记》的大部分篇章,都是在讲述"祭礼"。由此可见,儒家对于"死孝"有多么重视。新文学"自然叙事"的"死亡"描写,虽然没有直接参与思想启蒙,但是在对待"死孝"的问题上,却明显带有批"孔"反"儒"的思想倾向性。换言之,如果说"启蒙叙事"是在批判儒家的"活孝",那么新文学的"自然叙事"则是在否定儒家的"死孝"。仅以废名的小说《竹林的故事》为例:女主人公三姑娘八岁那年,父亲老程便已经死了,此后她和母亲就住在竹林里,过着与世隔绝的平静生活。"母子都是那样勤敏,家事的兴旺,正如这块小天地,春天来了,林里的竹子,园里的菜,都一天一天的绿得可爱。老程的死却正相反,一天比一天淡漠起来,只有鹞鹰在屋头上打圈子,妈妈呼喊女儿道,'去,去看坟里放的鸡娃',三姑娘才会走到竹林那边,知道这里睡的是爸爸。到后来,青草铺平了一切,连曾经有个爸爸这件事实几乎也没有了。"在这段文字叙述里,有两个重点值得引起我们的注意:一是"三姑娘"在失去了父亲以后,她们母女二人并没有像"启蒙叙事"那样,日子过得凄惨无比;她们没有去"从"任何人,而是凭借自己的勤劳双手,同样把"家事"搞得红火"兴旺"。二是父亲死后,"三姑娘"从不去祭拜,更不去追思感怀,以至于"青草铺平了一切,连曾经有个爸爸这件事实几乎也没有了",这无疑是对儒家"死孝"文化的公然挑战。林语堂在小说《京华烟云》中,同样对儒家的"死孝"文化非常反感,比如姚思安对他的子女说:"我在你母亲去世时为什么一滴眼泪也没流,你们大概会纳闷儿。一读《庄子》,你们就会明白。生死,盛衰,是自然之理。顺逆也是个性格的自然结果,是无可避免的。虽然依照一般人情,生死离别是难过的事,我愿你们要能承受,并且当作自然之道来接受。"姚思安不仅在妻子去世时不掉眼泪,同时还要求子女在自己死后也不要悲伤,这是他从《庄子》那里所得到的思想启示:庄子妻死之后"鼓盆而歌",惠子觉得他不哭也就算了,干吗还要敲打着盆子无悲而歌呢?庄子答曰:"是其始死也,我独何能无慨然!察其始而本无生,非徒无生而本无形,非徒无形而本无气。杂乎芒笏之间,变而有气,气变而有形,形变而有生,今又变而之死,是相与春秋冬夏四时行也。"既然"气"可变"形",而"形"又能变"生",就像四季轮回一样,那么又有什么好去哭的呢(《庄子·至乐》)?废名与林语堂都认同道家思想的生死观,并将"死"视为"无"的一种境界,故他们淡化生死尤其是反对"死孝",认为"死"是绝对公平的一件事情,即"无君于上,无臣于下,亦无四时之事,从然以天地为春秋,虽南面王乐,不能过也"(《庄子·至乐》)。这说明在道家看来,"死"后没有尊卑贵贱之分,"以天地为春秋"逍遥自在,人们应该去为死者祝福,而不是感到恐惧与悲哀。所以,尽管新文学"自然叙事"中的"死亡"描写,崇"道"非"儒"的色彩非常浓重,并且也不同于相信耶稣就可以"获得永生"的西方人生价值观,但它却仍然间接性地参与了新文学现代性的历史建构。

这不由使我想起了美国哲学家罗素五四时期在中国所做的一系列讲演,

罗素坚决反对中国的启蒙精英全盘照搬西方社会的文化模式,他说:"我常劝以'谋社会改造为己任'的中国人,自己去规划自己的方式,不要全然依赖外国人智识上的帮助。"他在对儒家思想与道家思想做过一番比较之后,明确表示说"我无法欣赏孔子的价值","我对于他(老子)比对孔子要有兴趣",而"庄子比他的老师更让人感兴趣",因为老庄"他们所提倡的哲学是自由的哲学",其长处就在于他们"对于人生归宿的合理解释"。① 所以我认为,如果说新文学的"启蒙叙事"是一种"西化"现代性的思想表达,那么新文学的"自然叙事"则是对道家生命哲学的历史传承;因为在废名、何其芳、林语堂等人看来,只有超越物资层面去追求精神层面的"反其真",才更能够显现出文学艺术的美学价值和人文精神。

第二节　新文学自然叙事的生存法则

人类渴望"回归自然",去追求一种无拘无束的生活状态,那是因为他们发现了文明社会的契约精神,早已使其丧失了"自然的自由,和随心所欲,取其所能的无限权力。他所获得的是社会的自由,及其保有物的所有权"②。所以西方现代哲学认为获得了"物权"自由而失去了"精神"自由,完全是由人类社会的病态文化所造成的必然结果:"病态的文化造就了病态的人",反过来"病态的个人"又"使他的文化更加病态";故"病态的文化"与"病态的人",正在使人类社会面临着一场前所未有过的巨大危机。③ 如何去拯救已经变得"病态"了的社会与人性呢? 西方现代思想家几乎都异口同声地提到了"回归自然",并号召人们自觉地去担负起拯救灵魂堕落的神圣使命,为此他们还向人类社会发出呼吁说,"我们的责任就是固守自己的精神家园"④。然而,人类"回归自然"的自我拯救,又能否行之有效呢? 对此,他们又毫不犹豫地给出

---

① ［美］罗素:《罗素:唤起少年中国》,上海世纪出版股份有限公司 2014 年版,第 104—106、110 页。

② ［法］卢梭:《卢梭民主哲学》,九州出版社 2004 年版,第 18 页。

③ ［美］马斯洛:《马斯洛人本哲学》,九州出版社 2003 年版,第 93—94 页。

④ ［美］爱默生:《心灵的感悟》,当代世界出版社 2002 年版,第 145 页。

了一种肯定性的答案:"回归自然"不仅可以使那些乐观向上的人能在"自然"中净化灵魂,即便是"一个可怜的厌恶人类者,一个最忧郁的人也能在自然界的事物里面找到最甜蜜温柔、最纯洁最鼓舞人的朋友。对一个生活在大自然中而且还有感觉的人来说,不可能会有太过暗淡的忧郁"①。由于在传统文化概念中,"物资是躯壳,精神才是那意义所在"②,所以中国新文学作家同样在发出他们自己的心灵呼唤:"也许是性格定命吧,也许毕竟是文人吧,明知道了那边自然会愁更愁,我又想起了'不如归去'。"③新文学作家"不如归去"的情感宣泄,其实就是要去表达"离开文明,是离开了众多的敌人"(穆旦诗歌《森林之魅》)的主观诉求;而徐志摩的散文《想飞》,则更是具有那一时代的知识分子放飞自我、追求自由的象征意义:

> 是人没有不想飞的……飞出这圈子,飞出这圈子!到云端里去,到云端里去!哪个心里不成天千百遍的这么想?飞上太空去浮着,看地球这弹丸在太空里滚着,从陆地看海,从海再看回陆地。凌空去看一个明白——这才是做人的趣味,做人的权威,做人的交代。这皮囊太重挪不动,就掷了它,可能的话,飞出这圈子,飞出这圈子!

毋庸置疑,"不如归去"与"飞出这圈子",不仅成为新文学作家梦寐以求的人文理想,同时也构成了新文学"自然叙事"的主旋律。

一、重返自然的自我疗伤

新文学作家"回归自然"究竟能否真正实现他们灵魂的自我拯救,我们在此可以暂且不论;但他们却知道"回归自然"的前提条件,就是主体自我对于现代文明的深刻反省。比如,郁达夫在散文《苏州烟雨》中就这样发问道:

> 在都市的沉浊的空气中栖息的裸虫!在利欲的争场上吸血的战士!年年岁岁,不知四季的变迁,同鼹鼠似的埋伏在软尘里的男男女女!你们想发见你们的灵性不想?你们有没有向上更新的念头?你们若欲上空旷

---

① [美]梭罗:《瓦尔登湖》,译林出版社2011年版,第93、119页。
② 李长之:《论如何谈中国文化》,《李长之文集》,河北教育出版社2006年版,第11页。
③ 卞之琳:《"不如归去"谈》,《卞之琳代表作》,华夏出版社2008年版,第127页。

的地方,去呼一口自由的空气,一则可以醒醒你们醉生梦死的头脑,二则
可以看看那些就快凋谢的青枝绿叶,豫藏着一个来春再见之机,那么请你
们跟了我来……我要去寻访伍子胥吹箫吃食之乡,展拜秦始皇求剑凿穿
之墓,并想看看那有名的姑苏台苑哩!

新文学创作的"自然叙事",以反思现代文明为起点,又以"回归自然"作为终
结,这是它现代性的显著标志。只不过郁达夫本人醒悟得比较早而已。他说
作为一个"零余者","我的精神,都被现代文明撒下了毒药,恶化成零",可是
当他置身于大自然中以后,"想不到野外的自然,竟长得如此清新,郊原的空
气,会酿得如此的爽健的,啊啊,自然呀,大地呀,生生不息的万物呀,我错了,
我不应该离开你们,到那秽浊的人海中间去觅食去的。"①王统照也认为尘世
里的空气令人窒息,人们在贪婪而疯狂地去追求物资享受时,实际上已经没有
了丝毫的"幸福感"可言,于是他们发现"种种遭遇不只疲惫了它的身体,而且
它的精神也快要消散净尽了。它只好回到造物的大神那里去"②。许地山在
散文《乡曲的狂言》中,则是通过村中那位长老隆哥之口,对失魂落魄的知识
分子大加嘲讽道,"怎么一个好好的人到城里就变成一个疯子回来?"这真是
一个令哲学家们都倍感头痛的玄学问题,因为他们无论如何也不可能从理论
上去解释得清楚。

　　我认为在五四思想启蒙时期,反思现代文明最为深刻的新文学作家,应首
推从英国留学归来的诗人徐志摩。过去研究者都只注重徐志摩诗文的浪漫抒
情性,却并没有去理解其"回归自然"的思想深刻性,这不能不说是一种很大
的遗憾。因为徐志摩不仅亲眼见证了西方社会的物资横流,同时又具有中国
传统文化思想的深厚底蕴,所以他对于人类灵魂的自我拯救,表现出了一种超
乎常人的热切期待。

　　　　我相信我们平常的脸子都是太像骡子——拉得太长;忧愁,想望,计
　　算,猜忌,怨恨,懊怅,怕惧,都像魔魔似的压在我们原来活泼自然的心灵

---

① 郁达夫:《还乡记》,《郁达夫文集》第3卷,花城出版社1982年版,第29页。
② 王统照:《"幸福"的寻求》,《王统照文集》第5卷,山东人民出版社1982年版,第
541页。

上,我们在人丛中的笑脸大半是装的,笑响大半是空的,这真是何苦来。所以每回我们脱离了烦恼打底的生活,接近了自然,对着那宽阔的天空,活动的流水,我们就觉得轻松得多,舒服得多。每回我见路旁的息凉亭里,挑重担的乡下人,放下他的担子,坐在石凳上,从腰包里掏出火刀、火石来,打出几簇火星,点旺一杆老烟,绿田里豆苗香的风一阵阵的吹过来,吹散他的烟氛,也吹燥了他眉额间的汗渍;我就想到大自然调剂人生的影响;我自己就不知道曾经有多少自杀类的思想,消失在青天里,白云间,或是像挑担人的热汗,都让凉风吹散了。……我这一时在乡下,时常揣摩农民的生活,他们表面看来虽则是继续的劳瘁,但内里却有一种涵蓄的乐趣,生活是原始的,朴素的,但这原始性就是他们的健康,朴素是他们幸福的保障,现代所谓文明人的文明与他们隔着一个不相传达的气圈,文明的竞争、烦恼、问题、消耗,等等,他们梦里也不曾做到,文明的堕落、隐疾、罪恶、危险,等等,他们听了也是不了解的,像是听一个外国人的谈话。上帝保佑再没有懂懂的呆子想去改良,救渡,教育他们,那是间接的摧残他们的平安,扰乱他们的平衡,抑塞他们的生机。……我们要求的是,"彻底的来过";我们要为我们新的洁净的灵魂造一个新的洁净的身体,要为我们新的洁净的身体造一个新的洁净的生活——我们要求一个"完全的再生"。①

徐志摩看到了现代文明对于人类的"毒害",故他主张"回归自然"去"重新做人",渴望能够像"乡下人"那样自由自在地生活,这表明他在高歌猛进的启蒙时代,依旧保持着自己的头脑清醒,与其他"正人君子"的"进取"思想还是有所不同的。

新文学不仅是从理论上去探讨"回归自然",同时还在创作上去极力地表现"人"的"迷途知返"。比如郁达夫有一篇小说,题目就叫作《迷羊》:主人公"我"在喧闹繁杂的都市里,患上了一种无法安眠的"脑病",于是他便搬到长江边的一座小镇上,每天都到江边的山林里,"拿着几本爱读的书,装满一袋

---

① 徐志摩:《青年运动》,《徐志摩全集》第3卷,中央编译出版社2013年版,第18—20页。

花生水果香烟",自由自在地放松自我。"看倦了书,我就举起眼睛来看山下的长江和江上的飞帆。有时候深深地吸一口烟,两只手在背后,向后倾斜躺着身体,缩小了眼睛,呆看着江南隐隐的青山,竟有三十分钟以上不改姿势的时候。"在"回归自然"短短的一个月时间里,他颓唐的心境变得开朗乐观起来,每天都神情愉悦地爬山、读书,在自然山水之间流连忘返,几乎忘却了尘世间的一切烦恼,就连曾经羸弱的身体也渐渐变得"强壮起来了"。在小说《迟桂花》里,郁达夫再次展示了这种"自然"拯救肉体和灵魂的巨大魔力:翁则生得了肺病不得不中断学业,他曾试图以自杀的极端方式,去摆脱痛苦、结束生命;可是在叙事主人公"我"的劝说下,他回到了故乡翁家山,在"大自然"的关照下身体竟奇迹般地好了起来。当"我"应邀来到翁家山做客,发现这里不仅自然山水风景迷人,而且一直都生长在大山里的翁莲(翁则生之妹),更是身体康健、心性纯真,他不由得在内心感叹道:"怪不得他的病会好起来了,原来翁家山是这样一个好地方。"在翁家山小住的日子里,"自然"与"人"净化了"我"污浊的灵魂,并使"我"从"迟桂花"这一植物的生长特性中,透彻地领悟到了一种深刻的人生哲理:"迟桂花开得愈迟愈好,因为开得迟,所以经得日子久。"郁达夫以"迟桂花"作为小说的篇名,无非就是在暗示性地表达这样一种认知:"人"的思想其实就像"迟桂花"一样,成熟得越晚也就越趋于深刻。故"闻道"不必在乎先后,"得道"才是最终的目的。沈从文与郁达夫的看法比较接近,他的小说《雪》也是在讲述主人公"我",因厌倦了都市生活而回乡疗伤的故事:"到了这乡下以后,我把一个乡间的美整个的啃住……我才觉得我是虽然从乡下生长但已离开的时间太久,在我所有的乡下印象已早融化到那都市印象上面了。"而小说《芸庐纪事》,则是讲述一群在战时躲到湘西的大学生们,面对着一位身体强壮、充满了野性的"山里人",立刻感觉到了自己身体的羸弱和退化,于是他们无限感慨地赞美道:"这才是人物,是生命,你想想看,生活和我们相隔多远!简直像他那个肩头上山猫皮一样,是一种完全生长在另外一个空间的生物,是原生的英雄,中国人猿泰山!"(这段文字很有点像曹禺在《北京人》里袁任敢的独白台词)新文学作家渴望"回归自然"去重塑自我,与其说是一种厌世情绪倒不如说是一种拯救意识,因为生命在现实中的

"不完美性",已经促使人类对于自身文明开始了"形而上"的哲学思考。比如庐隐说:"我追求完美的生命,我追求自由的灵魂",然而社会却"布满了罗网,任我百般挣扎,努力的追寻,而完整的生命只是昙花一现,最后依然消失于恶浪,埋葬于尘海之心。自由的灵魂,永远是夜的奇迹!"。因此她发誓道:"我何爱惜这被苦难剥蚀将尽的尸骸——总有一天,我将焚毁于我自己郁怒的灵焰,抛这不值一钱的脓血之躯,因此而释放我可怜的灵魂!"(散文《夜的奇迹之一》)蹇先艾也是在大"病"了一场后,才逐渐意识到了现代都市这座"牢笼",把"人"囚禁在一个个的"铁窗"里,并使其与"自然"完全隔离了起来,"真宛如一个重罪犯关闭在一座狭小的狱中,形容憔悴,默对着铁窗风雨,和外面隔绝得非常裏远,新鲜的空气于我绝缘"(散文《病》)。由此可见,冲破"牢笼"与"铁窗",去尽情呼吸大自然的新鲜空气,反映的正是新文学作家的共同心愿。

新文学"回归自然"的自我疗伤,在创作实践中主要表现为两种叙事模式:一种是主张直接回到大自然去恢复"人"的原生状态,这种叙事模式用道家的话来讲,就是"小隐隐于野",其代表性作品应是曹禺的话剧《北京人》;另一种则主张尊重生活本身的"自然规律"才是"回归自然"的思想真谛,这种叙事模式用道家的话来讲,就是"大隐隐于市",其代表性作品应是徐訏的小说《吉普赛的诱惑》。

话剧《北京人》最大的看点,主要还不是因内部矛盾所导致的曾家这个封建大家庭的彻底崩溃,而是袁任敢与袁圆父女两人那种自由自在的生活方式以及完美人格,给读者或观众在心灵上所造成的巨大震撼。比如,在《北京人》里有这样一个细节:当曾文清下定决心出去闯社会,可是没有几天工夫便狼狈地逃了回来时,对他曾抱有一丝幻想的曾愫芳终于彻底崩溃了,她只绝望地说了一句"飞不动,就回来吧",其实这正是曹禺本人绝望情绪的一种表现。曹禺用曾家人的不可救药去否定中国传统文化因循守旧的育人方式,目的就是在倡导一种中华民族脱胎换骨的自救意识;而袁家父女和那位"北京人"的背景投影,则又承载着曹禺本人这种虽然幼稚但却真诚的美好愿望。因此,曹禺在刻画袁家父女和那位"北京人"的人物形象时,让他们一个个都充满了朝气蓬勃的生命活力。

  人类学者的家教和世代书香的曾家是大不相同的。有时在屋里,当着袁博士正聚精会神地研究原始"北京人"的头骨的时候,在他的圆儿的想象中,小屋子早就变成了四十万年前民德尔冰期的森林,她持弓挟矢,光腿赤脚,半裸着上身,披起原来铺在地上的虎皮,在地板上扮起日常父亲描述得活灵活现的猿人模样。叫嚣奔腾,一如最可怕的野兽。

而袁任敢带来的那位机器工匠("北京人"的投影形象),更是身体强壮、力大无比,"他整个是力量,野得可怕的力量,充沛丰满的生命和人类日后无穷的希望都似在这个人身内藏蓄着。"袁任敢望着他的背影心生感慨地说:"(这是)真正的北京人!""四十万年前的北京人倒是这样:要杀就杀,要打就打,喝鲜血,吃生肉,不像现在的北京人这么文明。"因此他坚信:"这是人类的祖先,这也是人类的希望。"女儿袁圆是父亲袁任敢的狂热崇拜者,她自幼便"顺其自然"、随心所欲,那种率性而为、放浪不羁的狂野个性,令曾家的所有人都感到难以理解,而逍遥自在惯了的袁圆,同样也不能理解曾家大院里的清规戒律。在《北京人》的第二幕中,袁圆与曾霆有过这样一段精彩的对话:曾霆问袁圆长大之后,是愿意嫁给那个"北京人"还是愿意嫁给他时,袁圆连想都不想就回答道:(指着那位长得像"北京人"的机器工匠的幕布投影)"他大,他是条老虎,他一拳能打死一百个人。"她还伤感地说,自己如果要是真的嫁给了曾霆,"那个小耗子再生下个小耗子,那个小小耗子有多小啊!"曹禺明显是在借助少女袁圆之口,去表达自己内心的忧患意识:如果中国人都像传统的曾家那样精神萎靡、身体孱弱,那么中华民族还有什么希望可言呢?故话剧《北京人》的创作主题,除了"批判"更有"拯救"的意思,即:"回归自然",从肉身到精神去整体性地重塑中华民族的全新形象。这并不是我个人的主观妄言,曹禺在《北京人》故事的结尾处,让那个机器工匠用拳头砸开曾家那扇上了锁的大门,并带领愫芳和曾家的年轻一代,跟着袁家父女一同去寻求一种"自然"与"自由"的新生活,就已经充分表明了作者本人的创作动机。

  在中国现代文学发展史上,徐訏是一位被严重忽视了的重要作家,他学贯中西、知识渊博,几乎每一部作品都带有相当深度的哲学思考。如果我们一定用"革命"话语去衡量他作品的政治价值,肯定会觉得它们都缺乏顺应时代和鼓舞人心的正能量;但是若从批判儒家"教化"说的角度去理解,它们又是对五四启蒙精神的自觉承续。仅以长篇小说《吉普赛的诱惑》为例,他以一个"爱情"故事作为叙事对象,深刻阐释了人类生存的自由法则,至今读来仍不失其现实意义。《吉普赛的诱惑》给人的深刻印象,就是获得"自由"并不一定要"回归自然",人类只要能够摆脱束缚"自我"的精神枷锁,去坚守一种符合内心要求的生活态度即可。作品中的主人公"我",是一个家财万贯的纨绔公子,他在法国巴黎游玩期间,无意间爱上了一位吉普赛女郎潘蕊。于是,"我"用东方人的道德标准去理解爱情,未曾想却遭到了吉普赛人的蔑视和嘲笑。吉普赛人认为"我"和潘蕊在一起是不可能幸福的,因为他们的人生价值观与东方人完全不同,由于吉普赛人自由放纵惯了,所以自古以来他们的"爱情"也都是"自然"与"自由"的。

> 爱情是自然的,一发生了爱情,双方等于干柴烈火,烧尽了就再会,各归各去流浪。……你平常是以达观、爱自由、喜流浪来自认的;但是你被你过去的教育所束缚,你还被那知识阶级对于爱情的理想所束缚。

可是"我"却偏不相信,仍然固执地相信能够用东方人的聪明智慧,把潘蕊调教成一个属于文明社会的窈窕淑女,并通过神圣的婚姻形式去凝固爱情使其永恒不变。于是"我"决定把潘蕊带回到中国。潘蕊终于跟随着"我",不远万里来到了中国,为了能使她在异域他乡生活得幸福快乐,"我时常伴她跳舞,散步,泛舟,骑马,登山,并且时时约朋友到我家来,我教她打牌,我带她看戏,但是她最多偶尔露一点笑容,在灵魂之中似乎终埋着无限的寂寞。"潘蕊在现代文明社会中,失去了她固有的笑容,日子过得一点也不快乐;无奈之下"我"只好同她返回欧洲,回到她自己原有的生活环境,潘蕊也重新恢复了她的精神活力。这时"我"才终于明白了,"吉普赛的爱是属于大自然的",她们根本就不迷恋纸醉金迷的物资享受,也并不去追求文明社会的生活方式;她们如果要去爱一个人的话,全凭感觉印象和自然缘分,只要是发自内心的"爱"就足够了,一束鲜花胜过珠光宝气的豪华服饰。所以"她们就相爱……最原始就是最接近上帝"。有意思的是,"我"这位文明的东方人,竟然在潘蕊和吉普赛人的影响下,扔掉了一切文明社会的道德面具,去同他们一道走上街头卖唱、算命和乞讨,过起了一种逍遥自在的流浪生活。尽管这篇作品是在讲述吉普赛人"不逆自然,不反常,不执拗"的人格品行,但本质上却是在宣扬道家"反其真"的哲学思想。比如他借吉普赛人之口说:"我们是上帝的儿女,不是帝王的奴隶",实际上就是对庄子"无君于上,无臣于下……虽南面王乐,不能过也"(《庄子·至乐》)思想的一种诠释。

"回归自然"的思想宗旨,是强调人类灵魂的自我拯救,但是真要达到这种思想境界,还必须要去理解"回归自然"的哲学意义;否则的话,很容易把"回归自然"这一口号,演变成一种逃避现实的托词或借口,并滋生出一种悲观厌世的消极情绪。故新文学的"自然叙事",也对此做了泾渭分明的严格区分。比如废名的小说《卜居》,就是一篇讽刺"伪道学"的幽默之作:A君一心求道,想要做一个"隐士",于是他特意到乡下租了一间农舍,以供他"悟道"之用。可是他发现即使住在农家的院落里,鸡鸣狗叫声仍不能使他内心安静,于是房东老妇便调侃他说山中有座破庙,那里人迹罕见绝对清净。A君听后当真,终于上山找到了那座破庙,但却令他大失所望:破庙里残垣断壁,遍地都是鸡屎人粪,里面还住着两个等死的病老婆子,A君吓得赶忙跑了回来。这篇小说是在意图明确地告诉读者,"回归自然"固然是"寻道"的一种途径,但如果心中无"道"必然会像A君那样,把"自然"当成逃避现实的一种借口,最终只能是理想破灭、无功而返。王西彦的中篇小说《寻梦者》,也讲述了一个与《卜居》相类似的故事:颓废主义者成康农厌倦了都市人生,一人独自到深山古庙里去休养生息。他对叙事主人公"我"说:

> 还没有投入到都市生活以前,我对乡下人很不满。我觉得他们既愚钝,粗鲁,又贫穷,吝啬。那时候,我非常羡慕都市生活,羡慕都市里的人,觉得他们既聪明,漂亮,又洁净,文明,说不尽的好处!我简直痛恨自己是一个乡下人!……可是经过几年都市生活的沉浮,使我看透了都市生活的内容,熟悉了都市里人的灵魂,才觉悟到原来的乡下才是世界上最干净的地方,乡下人才是人类中最洁净的灵魂。凡是都市里人没有的美德,乡下人都具有;都市里人具有的丑恶,他们都没有!

然而成康农在山里住了没有多久,他心里又感到"孤独"与"寂寞"了,后悔自己当初的情感冲动,并开始怀念起城里的繁华热闹。他发现"自己毕竟是一个凡人,所谓脱离尘世的念头,只是一时的愤恨,一时的冲动"。于是便卷起铺盖悄无声息地下山,重新回到了那个曾经被他"厌烦"过的"世俗"社会。

德国现代哲学大师叔本华曾经说,"人"如果远离了社会,他一定会感到"孤独";但"人"只有在"孤独"中,才能获得真正的"自由"。① 叔本华的这一见解,同道家思想有着一脉相通之处,即"虚空自我""寂若无人",是通达"自由"的首要前提。A君与成康农之所以"回归自然"却没有获得他们想要的"自由",原因就在于他们并不是为了自我拯救去"回归自然",而是为了逃避现实才去"回归自然";因此在新文学的"自然叙事"中,是否认同"虚空"与"孤独"的生命本质,便成为了衡量真假"自由"的唯一标准。

二、尊重生命的自然形态

新文学"自然叙事"的拯救意识,并不是要求人们"回归自然"去做什么"隐士",而是主张在物欲横流的现代社会,应保持一种平淡自然的人生态度。这在很大程度上,是道家思想的直接反映。比如庄子曰:"余立于宇宙之中,冬日衣皮毛,夏日衣葛絺;春耕种,形足以劳动;秋收敛,身足以休食;日出而作,日入而息,逍遥于天地之间而心意自得。吾何以天下为哉!"(《庄子·让王》)"日出而作,日入而息"以及"自己动手,丰衣足食",这种"逍遥于天地之间而心意自得"的人生信念,不仅造就了中华民族几千年来的文明历史,同时也造就了中国人朴实无华的精神品格。从这一意义上来讲,新文学"自然叙事"中的"自给自足"意识,显然就是对道家文化传统的自觉传承。尤其是当新文学作家意识到"物资文明底结果便是绝望与消极"②,"这样丑恶纷乱的城市无须会娇歌会哀唱的小鸟作闲情的啭弄,何况是已经变成一座'囚城',

---

① [德]叔本华:《了解自我》,《叔本华论说文集》,商务印书馆2004年版,第125页。
② 闻一多:《〈女神〉之时代精神》,《闻一多文集》,海南国际新闻出版中心1997年版,第99页。

一个存储记忆的'狭的笼'"时①,废名则桀骜不驯地回答道:"在这个不合理的社会中,什么是我的合理生活呢? 我想那应该是自己耕种。说实话,我是赞美和尚生活的。"②沈从文虽然并不主张现代中国人都去做"和尚",但是他却非常赞成"人当然应像个生物。尽手足勤劳贴近土地,使用锄头犁耙做工具以求生,是农民更像一个生物的例子"③。"日出而作,日入而息",不同于儒家"齐家治国平天下"的"入世"精神,因此长期以来一直都被儒家所诟病,认为这是一种不思进取的庸人哲学。不过鲁迅则调侃说,这个"世界正是愚人造成的,聪明人决不支持世界,尤其是中国的聪明人"④。由于"庸人"与"愚人",都是思想浅陋的代名词,故无论有意还是无意,鲁迅都为道家做了某种辩解。

新文学的"自然叙事",无一例外都把平淡视为完美,特别是对安然恬静的农家生活,更是表现出了极大的兴趣。从宏观的角度来分析,"启蒙叙事"与"革命叙事"关注现实人生,与儒家的"入世"思想一脉相承;而"自然叙事"尊重人的生命价值,又是对道家"出世"思想的薪火相传。两者看似矛盾却构成了中国传统文化的思想基础,即外"动"与内"静"合二为一的精神境界。因此,如果说"启蒙"与"革命"是在指"外动",那么"回归自然"当然就是在指"内静",两者间虽然有着"内外"之别,但却经常会呈现出一种自由切换的变更状态。比如,端木蕻良是一位左翼作家,他的小说擅长以"苦难叙事",去揭露现实社会中的阶级矛盾,进而理直气壮地去诠释无产阶级革命的历史合法性。然而,大草原上的成长经历,又使他对"自然"与"自由"难以释怀,特别是在小说《雕鹗堡》里,更是表达了他向往平淡人生的真实想法。

　　主宰这小村的命运的,就是那雕鹗。……早晨,天还蒙蒙亮的时候,雕鹗就飞出窝儿来了,雕鹗沙沙地打着翅子,在灰色的天空里盘旋,雕鹗像在查看这底下的居民。听到天空的翅子沙沙地响了,人们就说:"起来

① 王统照:《不易安眠》,《王统照文集》第5卷,山东人民出版社1982年版,第550页。
② 废名:《过中秋》,《废名集》第3卷,北京大学出版社2009年版,第1247—1248页。
③ 沈从文:《烛虚》,《沈从文全集》第12卷,北岳文艺出版社2002年版,第18页。
④ 鲁迅:《写在〈坟〉的后面》,《鲁迅全集》第1卷,人民文学出版社1981年版,第286页。

吧，天亮了，雕鹗都飞起来了。"到太阳快落的时候，雕鹗的翅子在西天上旋旋地折过来了，像车轮似地在村子的上空盘桓，沙沙的像一只柔软的手一样，挥动着太阳落下去了。雕鹗回到巢里来了，村里人都知道，天将晚了，吃完了晚饭，也不点灯，摸着黑儿就要睡觉了。

端木蕻良笔下的雕鹗堡，柳树垂杨、麦田杏黄、人情淳朴、生活安康，女人们一边在小溪里洗着衣服，一边同站在溪边的男人们打情骂俏；那些稚气未退的少男少女在湿润的树林里采蘑菇，"小姐姐帮着小妹妹采，小妹妹帮着小哥哥采，每次采完蘑菇……（都）唱着山歌走出林子去"。在《雕鹗堡》里，既没有阶级剥削也没有阶级压迫，作者把农家生活描写得诗情画意，完全摆脱了以往那种阶级斗争的浓厚色彩。到了小说《大地的海》里，端木蕻良对于故乡的人生态度，更是表现出了一种强烈的认同感——"这庄严的草原上，人工的笔触，还不能涂抹去原始的洪荒。"农夫们祖祖辈辈都生活在这片辽阔的大草原上，他们不仅有着健硕的身体，同时还"有着和肩膀一样宽的灵魂"；他们从不抱怨生活的单调乏味，也从不去关心外部世界的风云变幻，只是按照自己对于人生的理解，去踏踏实实过好每一天的生活。端木蕻良告诉读者：科尔沁草原上的人们，既没有过多的生活期许，也没有什么远大志向；平平安安地"活着"，自自然然地"死去"，就是他们最真实、最自然的生命状态。何其芳在散文《炉边夜话》里，通过讲述"三个少年出去寻找他们的运气"的故事，也向读者讲述了"平淡即是福"的人生道理。长乐老爹对一群孩子说，从前有三个少年，认为"雀儿的翅膀硬了就离开老巢，人站在生长起来的岩下是羞耻"，因此他们都畅谈了自己未来的人生理想：第一个少年说他没有见过海，渴望能够到大海中去寻找"海市蜃楼"；第二个少年说他想做一个武士，渴望能够像"鹰隼一样飞飏"。第三个少年沉思了一下说："自然我也羡慕飞鸟，羡慕水族，但我没有忘记感谢土地……我祝福你们。我却将从山间到更深的山间去。"结果当水手的那位少年淹死在了大海里，从军的那位少年则战死在了沙场，只有第三个少年也就是长乐老爹本人，无欲无求地留在了自己的故土，平平淡淡地度过了他自己的一生，所以他才能够活到今天，给孩子们讲述"三个少年"的寻梦故事。

推崇平淡自然的道家思想,使新文学作家摆脱了单一性的"苦难叙事",并从"劳作"本身去理解生存的价值和生命的要义,进而对中国人"日出而作,日入而息"的人生态度,有了更加深刻的思想认识。当然了,"回归自然"去"自己动手,丰衣足食",不仅是中国古代先贤的一种愿望,同时也是人类向往从"自然"中去获取"自由"的共同愿望。比如,美国作家梭罗在《瓦尔登湖》里就曾这样写道:"农事曾一度是神圣的艺术……由于我们大家都摆脱不了的贪婪、自私,加上卑躬屈节的习惯,把土地看成是财产或取得财产的主要手段,风景给损坏了,农事连同我们一起降格,而农民则过着最卑贱的生活。"①在他看来将"劳作"从一门生存艺术,"降格"为一种"贪婪"而"自私"的人性恶习,这无疑是人类社会自我退化的必然结果。其实新文学的"自然叙事",也对这一问题有过深刻的反思。比如爵青的小说《青春冒渎之三》,叙事主人公"我"就摆脱了都市人生的"贪婪"欲望,到大自然中苦苦思索"怎样去生活"。他认为人类现代社会为了"活着"而制定出来的那些"生活技巧","早该是我们所鄙弃的了";人们绝不能只去关心物质上的满足,更应去关心"肉身及灵魂在怎样生活"。带着这样一种人生思考,"我"终于从道家那里得到了思想启示……想要获得生命过程中的幸福感,就必须融入"自然"去辛勤劳作。"于是我便更忠实于我的劳作,以最善的方式为最善的目的使你的精力消耗,人类的幸福孰过于此呢?"由于"我"已经清醒地意识到了"站在'土'上不得幸福的人,后日升天国也难幸福",因此"我以最大的诚意"去告诫那些都市里的"可怜虫",只有理解了"劳作"的真实意义,才能够真正感受到"生命之欢悦!"《青春冒渎之三》对于"劳作"的幸福感阐释得未免有点过于抽象了,普通读者恐怕很难理解并接受他的这一见解;而沙汀的小说《老人》则通过一位老农在田间劳动的具体过程,生动地诠释了只有劳动者本人才能够从"劳作"中所体会到的那种"兴奋"与"快乐"。

　　凭着顽固和一种强烈的对大地赐予的爱,镰刀声是整齐的。……这当中虽然包含着无尽的肉体上的疲劳,无尽的担心,担心秋霖的到来,担

---

① ［美］梭罗:《瓦尔登湖》,译林出版社 2011 年版,第 119 页。

心倒毙。因为生之意志的亢奋,一切都崩退了,瓦解了,劳动和自然的胎儿分娩着。每一响镰刀的沙沙声,都给老人一种兴奋,一种快乐。那好像在说:"你们的精力一点也不会白费阿!"

还有汪曾祺的小说《戴车匠》,更是将"劳作"本身从一种生存需求,提升到了一种人生"艺术"的思想高度来加以认识;而戴车匠那种"所好者道也,进乎技矣"的精神境界,又与庄子的《庖丁解牛》篇如出一辙。

> 坐到与车床连在一起的高凳上,戴车匠也就与车床连在一起,是一体了。……木花吐出来,车床的铁轴无声而精亮,滑滑润润转动,牛皮带来回牵动,戴车匠的两脚一上一下。木花吐出来,旋刀服从他的意志,受他多年经验的指导,旋成圆球,旋成瓶颈状,旋苗条的腰身,旋出一笔难以描画的弧线,一个旋胆,一个羊角弯,一个螺纹,一个杵脚,一个瓢状的,铲状的空槽,一个银锭元宝形,一个云头如意形……狭狭长长轻轻薄薄木花吐出来,如兰叶,如书带草,如新韭,如番如瓢……木花吐出来,宛转的,缠绵的,谐和的,安定的,不慌不忙地吐出来,随着旋刀悦耳的吟唱。

追求平淡自然的人生意义,沈从文是最值得人们去关注的一位作家,因为湘西世界不仅是他的精神家园,也是他从事文学创作的题材资源。众所周知,沈从文一直都活在自己的湘西世界里,他甚至认为只有湘西那种没有受到现代文明污染过的风土民情,才能够真正体现人类社会的生存价值与生命意义,对于这一点沈从文本人历来都是深信不疑的。沈从文之所以会对湘西世界魂牵梦绕,就在于"两千年来这地方(湘西)的人民生活情形,虽多少改变了些,人和树,都还依然寄生在沿河两岸土地上,靠土喂养,在日光雨雪四季交替中,衰老的死去,复入于土,新生的长成,俨然自土中苗起"(小说《人与地》)。湘西人将自己的生命托付于土地,将自己的生计托付于田园,将自己的精神托付于神明,无论日子过得有多么艰难,他们都对"自然"怀有一份感恩之心。湘西世界的民风淳朴,还有一个重要的原因,即生活在那里的人们,"根本上又似乎与历史毫无关系,从他们应付生存的方法与排泄感情的娱乐上来看,竟好像古今相同,不分彼此。这时节我所眼见的光景,或许就与两千年前屈原所见的完全一样"(散文《湘行散记》)。特别是"同'自然'已相融合"一句,真可谓是说到了问题的关键处:他们热爱"自然"、尊重"自然",而"自然"则又回馈他们以优美的环境和强健的体魄,因此使湘西世界始终都保持着一种近乎原生态的自然之美。但沈从文却无比沮丧地喟叹道:"人民如此可用,景物如此美好,三十年来牧民者来来去去,新陈代谢,不知多少,除人为'蛮悍',竟别无发现"(散文《沅陵人》)。如果我们去仔细地分析一下,沈从文所留恋的湘西,恐怕还并不是那里的自然山水,而是那里居住者的人生态度——比如"看到石滩上拉船人的姿势,我皆异常感动且异常爱他们——这些人不需要我们来可怜,我们应当来尊敬来爱。他们那么庄严忠实的生,却在自然上各担负自己那份命运,为自己,为儿女而活下去。不管怎么样活,却从不逃避为了活而应有的一切努力"(散文《湘行书简》)。而湘西社会的人性之美,更是令沈从文引以为自豪的地方。比如在小说《草绳》中,那位"打了八年草鞋的得贵(一个退役的老兵),安安分分做着人",他和 16 岁的侄儿相依为命,没有什么宏大的志向或高远的理想,只是渴望能够有一只属于自己的小船,每天可以从河里打鱼来吃就心满意足了;如果再喝上一壶酒,有侄儿陪伴在他的身边,听他聊聊天、说说心里话,这便是他所想要的惬意生活。在沈从文的眼里,湘西人都与得贵一样,没有过分贪婪的物资欲望,即便是那些在河边向船客兜售的小商小贩,也讲求买卖公平、童叟无欺。沈从文在故事结尾处突然提问道:"为什么乡下同城里凡事都两样?"这既是他对都市人生的一种疑问,也是他对现代文明的一种困惑。

　　沈从文以湘西世界为范本,去刻意营造一个乌托邦的"桃源仙境",进而奠定了他中国现代文学史上的崇高地位;但是还有一位现代作家也写过一部同类题材的作品,却并没有引起研究者的足够重视,这就是徐訏和他的长篇小说《荒谬的英法海峡》。只不过作者把中国的"桃源仙境",搬到了西方的领地去加以表现,故很容易被人们所忽视罢了。这部小说讲述主人公"我",在乘船穿越英吉利海峡时所做的一场梦:"我"在"梦"中被一群"海盗"劫持到了一座无名的海岛上,这里不但不令人感到恐怖,相反,还是一个令人心旷神怡的人间仙境——"海盗岛"上没有政府、没有法律,更没有阶级压迫,男女平等、同工同酬,人人都把工作和劳动看作是一件快乐的事情。有意思的是,作者竟然把那位外国的"海盗"头目,描写成了一个道家的忠实信徒,他笃信老子"为学日益,为道日损"的思想教诲,认为:"'读书'……'最愚蠢的人才到大学里去读书!'""读书人不到我的世界,等于没有读书!"他还认同庄子"织而衣,耕而食"以及人性"天放"的生命哲学,"现在是世界以外的世界……他们都自己愿意来,愿意来过自由平等的生活。"叙事主人公"我"通过对"海盗岛"的全面考察,发现这里就好像是一个人们理想中的乌托邦世界。因此,"我"万分感慨地对"海盗"头目的妹妹培因斯说:

> 实话告诉你,所有别的世界都是龌龊的,你不知道那面多么不自由,多么不平等,穷人们每天皱着眉,阔人们卑鄙地享乐;杀人,放火,宣传,造谣,毁谤,咒骂,毒刑,惨死……没有自由,没有爱,人与人都是仇人。……假如说世界上最值得我留恋的,是今天的一刹那,在温和的天气中,天象征着和平,还象征着博爱,云象征着诗,太阳象征着热情,你象征着真善美,假如日子是永远可以这样过,我愿意老死在这里。

如果我们仔细分析一下,便能发现《荒谬的英法海峡》,其实就是对《庄子·盗跖》篇的一种改写;而"海盗"头目对"我"迂腐思想的严厉批驳,也是"盗跖"痛斥孔子的现代翻版。正像有学者所指出过的那样:《荒谬的英法海峡》虽然看似荒诞实则大有深意,海盗的居所完全是一个化外之地,那里已经完全消灭了阶级差别,没有商品也没有货币,食物供给各取所需,工作劳动全凭自觉,每周全员休息三天(比我们现在的双休日还多一天),子女教育全部免费,岛民直接选举首领,不称职可以随时撤换,说穿了就是一个"小国寡民"的理想世界。① 这种判断无疑是正确的。总体而言,《荒谬的英法海峡》的艺术虚构性,要远远大于《边城》的艺术虚构性;如果说《边城》还比较贴近现实生活中的乡野世界,那么《荒谬的英法海峡》则完全是一种人为虚构的理想社会。徐訏在另一部小说《阿拉伯海的女神》中,曾借主人公之口说过这样一句话:"我愿意追求一种艺术上的空想,因为它的美是真实的。"其实小说《荒谬的英法海峡》,就是作者这种审美理想的直接表达。故《荒谬的英法海峡》虽然是一种

---

① 刘保昌:《道家文化与中国现代浪漫主义文学观》,《社会科学研究》2004 年第 3 期。

纯粹的艺术虚构,但是它毕竟反映了人类"向往自然"与"回归自然"的理想诉求。

也许有人会追问,平淡自然的生存法则,为什么在现实社会中,却那么难以实现呢?其实用不着我们研究者去苦思冥想,新文学作家早已给出了他们自己的答案。林语堂和"京派"作家,几乎都把"民不聊生"的社会现象,归结为由儒家"人治"思想所造成的一种恶果。比如林语堂在《京华烟云》第 12 章中,曾对北京城里的生活景象有过这样一段全景描写。

> 夏天在露天茶座上,人舒舒服服地坐着松柏树下的藤椅子品茶,花上两毛钱就耗过一个漫长的下午。在那个地方,在茶馆里,吃热腾腾的葱爆羊肉,喝白干酒。达官贵人、富商巨贾与市井小民引车卖浆者,摩肩接踵。……穷人有穷人的快乐,有露天变戏法的,有什刹海的马戏团有天桥的戏棚子,有街道小贩各样唱歌般动听的叫卖声,走街串巷的理发匠的钢叉震动悦耳的响声,还有串到各家收买旧货的清脆的敲打声,卖冰镇酸梅汤的一双小铜盘子的敲振声,每一种声音都节奏美妙。

我个人认为这段描写的精妙之处,并不在于作者对市井万象的精准把握,而是林语堂借助北京人那种悠然自得的生活状态,不经意间所释放出来的一个重要信息:如果没有"内忧外患"——义和团与八国联军,北京人乃至中国人都不至于惶惶不可终日,定然会去过他们长此以往的自然人生。"乱"始于"政",这是道家批判儒家最重要的一个口实;而沈从文在小说《七个野人与最后一个迎春节》里,则把这一问题说得更为透彻。

> 迎春节,凡属于北溪村中的男子,全是为家酿烧酒醉倒了。据说在某城,痛饮已成为有干禁例的事了,因为那里有官,有了官,凡是近于荒唐的事是全不许可了。……将来的北溪,也许有设官的一天吧?到那时,人人成天纳税,成天缴公债,成天办战,小孩子懂到见了兵就怕,家犬懂到不敢向穿灰衣人乱吠,地方上每个人皆知道了一些禁律,为了逃避法律人人全学会了欺诈,这一天终究会要来吧。

人们带着一种深度的悲哀,全都怀念起没有官府的时代:男人们不用去当兵,女人们也不做娼妓,年轻人尊老爱幼朴实无华,"老年人则更能尽老年人的责任"。那位老猎人知道官府的到来,他们自由快乐的日子已经不多了,于是便带着他的六个徒弟,尽情地饮酒狂欢,希望把记忆保留在这最后的自然状态中。尽管他们"愿意自己自由平等的生活下来,宁可使主宰的为无识无知的神,也不要官。因为神永远是公正的,官则总不大可靠",但"官"终究还是来了——尽管他们七个人不顾一切地奋起反抗,最后都被官军围堵在了一个山洞里,"七颗头颅就被带回了北溪……因为地方进步了",已经不可能再容忍他们这种"野蛮人"存在于世。

"七个野人"被现代文明所杀,固然是沈从文的心头之痛;但湘西世界"人事今昔情形不同"的巨大变化,更是令他感到无比的绝望。因为他亲眼看到湘西社会,"老年多顽固堕落,青年多虚浮繁华,地方政治不良,苛捐杂税太多……所以当我拿笔写到这个地方种种时,本人的心情实在很激动,很痛苦"。① 沈从文这种精神上的巨大痛楚,不禁使我联想起了《边城》中翠翠对于二佬傩送的情感期待:"这个人也许永远不回来了,也许'明天'回来!"倘若我们把二佬视为沈从文重建湘西传统文化的一种象征符号,那么"回来"二字后面的那个感叹号,便代表着他不可动摇的终极信念。

三、敬畏自然的恐惧心理

"回归自然"首先需要人们去认识"自然",因为只有了解"自然"才能与其和谐相处,这是几千年来人类在"征服自然"的过程中,逐渐总结出来的经验教训。人类为什么渴望去征服自然,原因就在于他们对于自然的恐惧心理。就像霍克海默与阿道尔诺在《启蒙辩证法》一书中所说的那样,"对文明而言,纯粹自然的存在,不管是动物还是植物,都是极端的威胁。"②霍克海默与阿道尔诺还用了奥德修斯的神话故事,去形象化地诠释"启蒙"与"自然"之间的辩证关系:奥德修斯与他的部下凯旋,必须经过一个由海妖控制的岛屿,但海妖

---

① 沈从文:《湘西·题记》,《沈从文全集》第 11 卷,北岳文艺出版社 2002 年版,第 329—330 页。

② [德]马克斯·霍克海默、西奥多·阿道尔诺:《启蒙辩证法》,上海人民出版社 2006 年版,第 24 页。

塞壬却试图用她那美妙的歌声,将归航的勇士们诱惑到由她控制的海岛上;奥德修斯为了打破塞壬的魔咒,他想出了一个应对的方法,让部下把身体都捆在船上并堵住自己的耳朵,最终摆脱了女妖的魔法安全返航。霍克海默与阿道尔诺认为,在这个古希腊神话当中,海妖塞壬代表着自然诱惑,奥德修斯则代表着启蒙理性;按照他们所给出的解释,"人常常经不起这种诱惑,要返回自然状态……如果人回到自然状态,那么人就会面临'灭顶之灾'"。所以,"征服自然、摆脱海妖的诱惑是人类文明的唯一途径"。① 这种思想见解无疑是在暗示我们,人类文明无论过去还是现在,都难以摆脱对于自然的恐惧,"自然恐惧"是人类生存的最大障碍。霍克海默与阿道尔诺还认为,启蒙把神话视为一种人类"自身畏惧自然现象的镜像",但作为启蒙精神象征的奥德修斯,他躲避女妖诱惑的那种行为,恰恰又说明了"启蒙就是彻底而又神秘的恐惧"②。从表面上来看,这种说法似乎有些荒谬,启蒙是在通过科学知识使人类去认识自然,怎么能够说它是"彻底而又神秘的恐惧"呢? 其实霍克海默与阿道尔诺并没有错,因为他们发现"启蒙精神就是克尔恺郭尔所赞颂的新教理论,也是赫拉克勒斯史诗中的神话权力的原生形象。它摈除了一切不可度量之物。它不仅在思想中消除了质的属性,而且迫使人们与现实一致起来"。可是,"每一种彻底粉碎自然奴役的尝试都只会在打破自然的过程中,更深地陷入到自然的束缚之中。"③故敬畏自然的恐惧心理,始终都是人类精神世界中的一道阴影。

什么是"自然"? 美国作家、思想家爱默生所给出的答案则是:"在普通意义上,自然是指未被人改变其本质特征的事物,如空间、空气、河流、植物的叶子等等。"他认为自然不仅是一种宇宙空间事物的客观存在,同时也"是一幅既适合于上演喜剧又适合于上演悲剧的布景"。爱默生感叹宇宙自然的博大

---

① 王晓升:《对自然的恐惧与人类的厄运——〈启蒙辩证法〉的历史哲学观批判》,《哲学动态》2020 年第 7 期。

② [德]马克斯·霍克海默、西奥多·阿道尔诺:《启蒙辩证法》,上海人民出版社 2006 年版,第 11 页。

③ [德]马克斯·霍克海默、西奥多·阿道尔诺:《启蒙辩证法》,上海人民出版社 2006 年版,第 9 页。

精深,人类只能去欣赏它的存在,却"不能追究出它的秘密";①所以人类"征服自然"的喜剧表演,与他们"恐惧自然"的悲剧情绪,便构成了一种不可调和的矛盾冲突。

综观新文学的"自然叙事",同样存在着这种"喜剧"与"悲剧"的矛盾冲突,一方面它极力去表现"人定胜天"的乐观情绪,另一方面却又被神秘的宇宙自然所震撼。比如,郭沫若在《凤凰涅槃》中所表达的那种"天问",就很能反映出新文学作家对于宇宙自然既敬畏、又恐惧的复杂心理。

> 宇宙呀,宇宙,
>
> 你为什么存在?
>
> 你自从哪儿来?
>
> 你坐在哪儿在?
>
> 你是个有限大的空球?
>
> 你是个无限大的整块?
>
> 你若是有限大的空球,
>
> 那拥抱着你的空间,
>
> 他从哪儿来?
>
> 你的外边还有些什么存在?
>
> 你若是无限大的整块,
>
> 这被你拥抱着的空间,
>
> 他从哪儿来?
>
> 你的当中为什么又有生命存在?
>
> 你到底还是个有生命的交流?
>
> 你到底还是个无生命的机械?

郭沫若对宇宙苍穹情不自禁地发出感叹,是因为他已经意识到了人类在神秘的大自然面前,只不过是微尘一粒、渺小得不能再渺小了而已,人类又怎么可能自不量力地想去征服它呢? 那么人类究竟应该怎样去认知"人"与"自然"

---

① [美]爱默生:《自然沉思录》,上海社会科学院出版社 1993 年版,第 3—5 页。

之间的辩证关系呢？具有深厚哲学功底的无名氏，他创作小说《野兽、野兽、野兽》的目的，就是要去解答这一问题。无名氏把宇宙智慧比作是"海"，他说人类一直都想了解这个宇宙之"海"，但又从来都没有真正了解过它，人类只是不断地从大自然中去索取对他们"有用"的东西，而这些东西只不过是自然界的浮尘微粒。对于博大精深的自然本体而言，"人自以为是的那点了解，多分是一种夸大和虚伪"。无名氏的这番说辞，无疑是对老子思想的现代诠释，即"知不知，尚矣；不知知，病也"（《老子·第七十一章》）。正是怀着一种对于神秘自然的敬畏之心，无名氏在这部作品里这样去描写大自然的神奇威力：

> 大雷雨狂啸着，怒嚎着，奔突着，野兽般从天上俯冲下来，从地底汹然勃发，从东西南北剽悍旋涌，从四面八方潲沉激射，魑魅似的，魔魇似的，凶狞而阴险，蛮犷而跋扈。它吼着，号着，滚着，仿佛要撕碎整个宇宙，要毁灭全部地球。闪电邪恶的飞走如狂，银的光，白的光，蜡像的光，僵尸的光，大瀑布般地喷吐着，鲸鱼般地喷吐着，飞箭形的、连珠形的、穿幕形的、球形的、虎豹条纹形的，花花色色，倏亮倏灭，蛊诱眩惑，威凌恫吓，像平地涌起几十丈海啸，飚雷轰然崩炸，暴怒的咆哮，交织着大气疏密纵波，缠裹着死腾腾的苍白电光，愤愤然雷击山谷和云层，霹雳暴塌声猛烈地摇撼着大地、森林、原野、河流、城市。

从这段描写中我们不难看出，无名氏对于自然界变幻莫测的巨大能量，既赞叹又感到恐惧；他意识到"人"根本不可能与"自然"想抗衡，"自然"才是宇宙中的绝对主宰，"人"最多不过是大自然的寄生物而已。而作者本人的这种思想，又通过主人公印蒂的父亲印敬修之口，得到了进一步的强化阐释。他对儿子印蒂说："人过去是生物，现在是生物，将来也是生物。是生物，就是自然的一部分。人只有在精密观察自然时，才能了解人在自然宇宙中的地位和发展。"印敬修的意思是在告诉印蒂，"人"既然是自然界中的"生物"，那么"自然"就是决定他命运的真正主宰，"人"想以自己的主观意志去改变"自然"，那是一种极其荒谬的愚蠢想法。所以，他告诫正在挣扎着去探索人生真谛而不得的印蒂：大自然的生存法则是不以"人"的意志为转移的，它永远按照自身的规律去显示其存在和力量，"假如大自然高兴，他可以毁掉一个地球，两个地球,甚至十个百个地球。……我们的所有努力、挣扎,只不过为了或迟或早投入那永恒黑暗的毁灭而已"。印敬修的一席话,恰恰印证了霍克海默和阿道尔诺的思想见解:千万不要忽视"自然"对于"人类"的主宰作用,否则"人类"将成为"一种闭目塞听、残缺不全的存在"而已。① 就像穆旦在诗歌《大海》中也写道的那样,"表现了一切而又归于无有"。

不可否认,在新文学的"启蒙叙事"与"革命叙事"中,人们对"自然"同样也具有一种挥之不去的恐惧心理,他们都意识到了"自然"的力量是不可抗拒的,"人"在它的面前除了祈求和哀叹之外毫无办法。比如在叶紫的小说《丰收》里,云普叔望着刚刚绽开的"稻花","他几乎欢喜得发跳起来",可是未曾想第二天老天爷就变了脸,狂风暴雨铺天盖地而来。仅仅是一天的工夫,几条河流水势猛涨,形成一道巨大的洪流,像万马奔腾般地向村落袭来。"云普叔吃了一惊",他发现这"是四五十年来少见的怪事",曹家垄的人都拉家带口地向高处奔跑。如果不是儿子"立秋急急地背起云普叔返身就逃",恐怕他早就被洪水冲走了。一夜之间,"新渡口的堤溃开了三十几丈宽一个角,曹家垄满垸子的黄金都化成了水。"好不容易盼到了洪水回落,紧接着又是连天的大旱,"田中的泥土干涸了,很多的已经绽破了不可弥缝的裂痕,张开着,像一条一条的野兽的口,喷出来阵阵的热气。"于是,曹家垄的人又顶着火辣辣的太阳,开始焚香做法事去向上苍祈祷:"天老爷啊,请你老人家可怜我们降一点儿雨沫吧!"可是时间一天天地过去了,空中仍然万里无云,就连一丝风也没有,地里的庄稼也都因为天气干热而枯死了。云普叔和曹家垄的乡亲们,他们在变幻莫测的大自然面前,只能是束手无策、无可奈何,不但没有征服"自然"反倒被"自然"给征服了。王统照的小说《山雨》,也对"天旱"这种"自然"灾害有过很好的描述。

（陈家村）这一夏的干旱使得农夫们夜夜望着天河叹气……每年这个时候,高粱已经可以藏人了,现在却只是枯黄的有尺多高,满野中半伏

---

① ［德］马克斯·霍克海默、西奥多·阿道尔诺:《启蒙辩证法》,上海人民出版社 2006 年版,第 32 页。

着无力的披叶。豆苗出生不久,便遇到酷热如焚的天气,过于干燥的空气抑塞住初生的生机,一对对的小圆荚的边缘,变成焦黄的颜色。……他们终年纵然手足不闲地勤劳,不过是按着久远久远传下的方法分做春地、秋地的换耕。一锄一锄的努力,一遇到连阴的大雨,几个月的亢旱,虫灾,农作物的病状,只可仰首看天,凭了自然的变化断定他们这一年的生活的投机成功或失败。

人对于自然神威的心理恐惧,丁玲在小说《水》里表现得尤为明显:在一片锣声和喊叫声中,男女老少都拿着"短耙和短锄"冲上了堤坝,于是上演了一场"人"与"自然"的殊死搏斗:面对突如其来的大洪水,十里八乡的人们都手拿着火把"荒急的跑去又跑来。几十个人来回的运着土和碎石,有些就近将脚边田里的湿泥,连肥沃的稻苗,大块的锄起,不断的掩在那新有的一个盆大的洞口上。黄色的水流,像山涧里的瀑布,从洞口上激冲下来"。人们"充满着的是绝望,是凄惨,是与死搏斗的挣扎,是在死的深渊中发出求救的呼号"。可是自然之神却并不理会人类的苦苦哀求,波涛汹涌的大水带着一种雷鸣般的巨大声响,像发了怒似的急速地冲来,"土堤被冲溃了几十丈,水便像天上倾倒下来的卷来,几百个人,连叫一声也来不及便被卷走了。还有几千人在水的四周无歇止的锐声的叫。水更无情的朝着这些有人的地方,有牲畜的地方,有房屋的地方,带着死亡涌去。"

我粗略地查阅了一些历史资料,除了中国农村中阶级矛盾的日益激化,民国时期自然灾害的频繁出现,也是导致广大农民陷入贫困、濒临破产的主要原因之一。仅以 1935 年学界对湖北、湖南、江西、安徽、山东、河南、河北、江苏 8 省的统计为例,水灾受难人数为 21982500 人,损失财产金额为 776019000 元;而"旱灾"所造成的损失又大大超过了"水灾",仅损失的粮作物一项就高达 77027000 亩。[1] 所以人们那种对于自然的恐惧心理,当然有着可以理解的客观理由。由于人类认识自然的能力有限,只能把命运归结为由"神"来掌控;

---

[1] 《中国农村灾荒状况(一九三五年)》,于建嵘主编:《中国农民问题研究资料汇编》第 1 卷(下册),中国农业出版社 2007 年版,第 863—864 页。

所以他们又往往是通过隆重的"祭天"仪式,去祈求上天开恩以拯救苦难苍生。比如《丰收》里的云普叔,就非常不满自己家人对于"天"的责怨,"好像今年的命运,已经早在这儿卜定了一般。关帝爷爷的灵签上曾明白地说过了:今年的人,一定是要死去六七成的!"故他主张应到庙里去拜一拜,求得神仙菩萨的神灵保佑。王统照在小说《山雨》里,也描写了陈家村"祈雨"的宏大仪式:陈家村和附近的六七个村子一起,请道士做法事"给龙王爷求情",家家户户都来到了"龙王庙",他们坚信"按照古传的方法来一回'神道'",只要肯"在自然的伟力之下低首倾服,再不然便是祈求",上苍就会大发慈悲、施以仁心。

> 跪在地上的人……被热太阳直晒着,黧黑与黄瘦的脸上谁都是有不少的折纹,汗滴沿着衣领流下来,湿透了他们的汗臭与灰土肮脏的小衬裤。他们在这一时中真有白热以上的信心,对于冥冥中伟大的力量,——能以毁灭与重生的颠倒一切的神灵,他们什么也不敢寻思,只将整个的心意与生活的称量全交与"他"!

洪深的四幕话剧《青龙桥》,也一改《五奎桥》和《香稻米》中那种以意识形态为先导的叙事方略,对于江南某地农民为了生存而无奈地去"祈雨",也表现出了一种十分强烈的同情心:接连几十天都没有下雨,地里的庄稼全都被太阳晒焦了,"现在除了迎龙王求雨,还有什么法子?"农民在大旱面前只能无奈地说。值得注意的是,洪深并没有把农民的"祈雨"仪式,视为一种荒诞不羁的迷信活动,而是非常理解他们那种在自然灾害面前的无助心态:他们引进了抽水机等抗旱工具,可是小河干涸、大河见底,抽水机来了也无济于事;故恐惧自然并向自然妥协,并带着虔诚的心理去"迎龙王",便成为他们在绝望之际唯一的情感寄托。

> (乡民们把)国旗,五色旗,黄龙旗,八卦旗,全拿出来,一人捎着一面,和那持武器的人,排在一起;像出会似的,摆成长龙队子。一路敲着锣鼓,直到青龙潭。……到得青龙潭,供上香案,放动鞭炮,把一个瓷瓶降落潭底;大家跪倒,三拜九叩;再把瓷瓶从潭里拖出,用红绸一块包裹,挂在枪杆上,由两个男童抬起;龙王已经请在瓶里了。

"祈雨"仪式究竟能否真正得到上苍的回应,对于那些可怜的人们来说其实并不重要,重要的是"祭祀……体现着生生不息的自然,成为象征的核心：即存在或过程,我们可以想象它们是永恒的,因为它们在文辞象征仪式的过程中,应当能够不断地成为现实"①。换言之,人们通过"祈雨"这种祭祀仪式,一方面是在渴望"大自然"的神灵庇佑,另一方面又是在缓解自身对于自然的恐惧感。这不禁使我想起了艾青在诗歌《死地——为川灾而作》中,所描写的那幅令人感伤的凄惨景象："没有雨滴/甚至一颗也没有/看见的到处都是/像被火烧过的/焦黑的麦穗/与枯黄的麦秆/与龟裂的土地","在哑了的河畔/在僵硬了的田原","向着天/千万人一齐跪下/""给我们雨滴吧/让我们的妇女/再唱一支感恩的歌/让我们/再饮一次酬神的酒"。

　　恐惧自然与敬畏自然对于没有宗教信仰的中国人而言,往往又把大自然的神秘力量理解为一种"天意"或"宿命"。比如在鲁迅的小说《祝福》里,祥林嫂问叙事主人公"我",在这个世界上究竟有没有"灵魂"和"地狱"；作为一个"新党"式的人物,"我"竟无法去正面回答,只能吞吞吐吐地说："也许有吧……我想。"老舍的小说《月牙儿》,干脆直接让叙事主人公"我",去重蹈母亲做妓女的人生老路,更是表现出了一种"天意难违"的宿命论思想。我认为最能体现对神秘宇宙无限"憧憬"的一部作品,毫无疑问就是曹禺的话剧《雷雨》。长期以来,学界对于话剧《雷雨》的总体评价,基本上都集中在这样两个方面：一是批判"封建大家庭的罪恶",二是"基督教文化的影响"(我个人就是这种观点的始作俑者)。现在看来,这两种观点似乎都不如当年吕荧先生的判断准确。吕荧曾把《雷雨》的命运悲剧,归结为一种"自然恐惧"的心理表现,比如他说："《雷雨》与其说是一个社会中人的悲剧,不如说是一个自然中人的悲剧。人的故事只是这篇悲剧的形体,宇宙的主宰才是这幕悲剧的灵魂。"②这种看法不仅一语中的,而且还与曹禺本人的想法不谋而合。曹禺在《〈雷雨〉序》中,就直白而坦率地承认：

---

　　①　[德]马克斯·霍克海默、西奥多·阿道尔诺：《启蒙辩证法》,上海人民出版社2006年版,第12页。
　　②　吕荧：《曹禺的道路》,《抗战文艺》1944年第9卷第3—6期。

> 《雷雨》对我是个诱惑,与《雷雨》俱来的情绪蕴成我对宇宙间许多神秘的事物一种不可言喻的憧憬。《雷雨》可以说是我的"蛮性的遗留",我如原始的祖先们对那些不可理解的现象睁大了惊奇的眼。我不能断定《雷雨》的推动是由于鬼神、起于命运或源于哪种显明的力量。……这种宇宙里斗争的"残忍"和"冷酷"。在这斗争的背后或有一个主宰来使用它的管辖。这主宰,希伯来的先知们赞它为"上帝",希腊的戏剧家们称它为"命运",近代的人抛弃了这些迷离恍惚的观念,直截了当地叫它为"自然的法则"。而我始终不能给他以适当的命名,也没有能力来形容它的真实相。因为它太大,太复杂。我的情感强要我表现的,只是对宇宙这一方面的憧憬。

所以他强调"《雷雨》是一种情感的憧憬,一种无名的恐惧的表征"①。值得注意的是,曹禺还在《〈雷雨〉序》中,多次提到了诸如"宇宙""鬼神""命运""上帝""自然的法则"等字眼,由此可见他对"宇宙间许多神秘的事物"的恐惧与敬畏,明显都与《雷雨》的创作主题息息相关。我们甚至可以毫不夸张地说,话剧《雷雨》的核心思想,其实就是"天意难违"这四个字。比如,周萍与四凤为什么会阴差阳错地重蹈他们父母过去的"主仆恋",并由此而引发了一场为人不齿的乱伦悲剧?鲁侍萍又为什么会鬼使神差地再次回到了"周公馆",最终导致了周、鲁两家矛盾的全面爆发?细心的读者当然会注意到,曹禺在这部话剧中,只是让鲁侍萍说出了一个"命"字,便解答了悬在所有人头上的种种疑问。鲁侍萍所说的"命",无非是一种神秘宇宙的代名词,它在《雷雨》中是以某种自然现象,来展示它的客观存在性。最好的一个证明,就是鲁侍萍让四凤去发毒誓,永远不同周家人有任何来往,而四凤也违心地答应说如果她再去见周萍,就让"那天上的雷劈了我"时,突然间窗外便电闪雷鸣、风雨大作。实际上这"雷声"和"闪电",就是上天要惩罚周、鲁两家的一种暗示:四凤虽然没有遭"雷劈",却是在雷雨交加之夜被"电死";而"雷"与"电"这种自然现象,在曹禺的眼里当然又是一种不可抗拒的"天意难为"。尤其到了第四幕,一向

---

① 曹禺:《雷雨·序》,人民文学出版社 1997 年版,第 180—181 页。

专横跋扈的周朴园,竟然变得心神不定、方寸大乱,一个人在客厅里反复唠叨说:"天意很——有点古怪,今天一天叫我忽然悟到为人太——太冒险,太——太荒唐,(疲倦地)我累得很。"周朴园究竟是在自我忏悔还是在自我掩饰,我们姑且不去追问;但是曹禺让他感到"天意难违",却是他本人恐惧"自然"与敬畏"神明"的心理折射。中国人有句老话,叫作"人在做,天在看";而《雷雨》所要表达的,也正是这一意思。

"自然"是一个永恒而神秘的生命世界,它给新文学作家留下的印象既是"深刻"的、更是"不可琢磨"的;"深刻"使他们充满了恐惧之心与敬畏之情,"不可琢磨"则又是激发他们探索和想象的精神动力。所以,新文学从"征服自然"到"顺从自然"的思想转变,才是一种真正意义上的现代意识。不过,这却是一个漫长而复杂的认识过程。因为对于所有的新文学作家而言,他们虽然一直都在从理论上去探讨"回归自然",但却没有一个人真正从"自然规律"方面了解"自然",原因就在于他们并没有摆正"人"与"自然"之间的辩证关系。比如郭沫若就曾说,"二十世纪是文艺再生的时代;是文艺再解放的时代;是文艺从自然解放的时代;是艺术家赋与自然以生命,使自然再生的时代"①。这话说得再明白不过了,既然"是艺术家赋与自然以生命",并使"自然"因"艺术"而获得了"再生",那么他们显然还是在强调"人定胜天"的偏执思想。这一现象充分说明:在 20 世纪的前 50 年,由于新文学的历史使命,是表现"个性解放""社会解放"与"民族解放",其叙事重心一直都在迎合时代的变革,还没有闲暇去考虑"人"和"自然"之间的伦理关系。到了 20 世纪的后 50 年,在消灭了阶级剥削和阶级压迫以后,国家繁荣昌盛、社会和谐稳定、人民富庶安康,新文学才开始去考虑人类社会在向"自然"无限索取的同时,如何去保护"自然"并与"自然"和谐共存的重大命题。所以,像《狼图腾》《消失的绿洲》等一大批文学作品,作家已不再是去表现"与天奋斗其乐无穷"的人类意志,不再是只描写人在恶劣的自然环境面前"与天奋斗"的乐观情绪;

---

① 郭沫若:《自然与艺术》,《郭沫若全集·文学编》第 15 卷,人民文学出版社 1990 年版,第 215 页。

而是站在生命伦理与生态伦理的思想高度上，去认识和理解"人"与"自然"的生命脆弱性，并开启了探讨如何去同"自然"和平共处、协调发展的思维新模式。就像习近平总书记所指出的那样，我们必须重新审视"人"与"自然"的辩证关系，绝不能把"人"凌驾于"自然"之上，要知道"人因自然而生，人与自然是一种共生关系，对自然的伤害最终会伤及人类自身"①。正是基于这样一种价值理念，他要求国人一定要彻底摆脱传统的思维方式，"要从改变自然、征服自然转向调整人的行为、纠正人的错误行为。要做到人与自然和谐，天人合一，不要试图征服老天爷。"②习近平总书记的这一席话，真可谓是醍醐灌顶、振聋发聩，因为他强调"顺其自然"不仅是人类社会的生存之道，同时更是中国古代先贤聪明智慧的现代呈现。所以，新文学先后经历了"个性解放""社会解放"以及"民族复兴"等不同的历史发展阶段，但最终还是要转向去倾情关注"人"与"自然"的伦理关系，因为如果没有"大自然"的丰厚赐予，也就根本不会有"人类"社会的存在。故我们完全有理由去相信，只有尊重"自然"、关爱"生命"，才是人类命运共同体为之奋斗的正确方向。这绝不仅仅是衡量中国新文学现代性的重要尺度，同时也是世界现代文学发展的必然趋势。最后，我想用美国作家梭罗在《瓦尔登湖》里一段赞美大自然的话，来作为本书的结束语：

> 太阳，风雨，夏天，冬天，——大自然的不可描写的纯洁和恩惠，他们永远提供这么多的康健，这么多的欢乐！对我们人类这样地同情，如果有人为了正当的原因悲痛，那大自然也会受到感动，太阳暗淡了，风像活人一样悲叹，云端里落下泪雨，树木到仲夏脱掉叶子，披上丧服。难道我们不该与土地息息相通吗？我自己不也是一部分绿叶与青菜的泥土吗？③

① 《习近平谈治国理政》第二卷，外文出版社 2017 年版，第 394 页。
② 中共中央文献研究室编：《习近平关于全面建成小康社会论述摘编》，中央文献出版社 2016 年版，第 174 页。
③ ［美］亨利·戴维·梭罗：《瓦尔登湖》，上海译文出版社 1982 年版，第 127 页。

参考文献

一、书籍类

A. 国外书籍：

［奥］《卡夫卡全集》，河北教育出版社 1996 年版。

［德］恩格斯：《家庭、私有制和国家的起源》，人民出版社 1972 年版。

［德］克劳塞维茨：《战争论》，商务印书馆 2004 年版。

［德］马克斯·霍克海默、西奥多·阿道尔诺：《启蒙辩证法》，上海人民出版社 2006 年版。

《马克思恩格斯全集》，人民出版社 2012 年版。

［德］叔本华：《伦理反思》，《叔本华论说文集》，商务印书馆 1999 年版。

［德］扬·阿斯曼：《文化记忆》，北京大学出版社 2015 年版。

［法］波特莱尔：《现代生活的画家》，上海译文出版社 2011 年版。

［法］班达：《知识分子的背叛》，上海人民出版社 2005 年版。

［法］加斯东·巴什拉：《梦想的诗学》，生活·读书·新知三联书店 1996 年版。

［法］克洛德·列维-斯特劳斯：《种族与历史　种族与文化》，《列维-斯特劳斯文集(13)》，中国人民大学出版社 2006 年版。

［法］卢梭：《爱弥儿》(上、下卷)，商务印书馆 1978 年版。

［法］卢梭：《社会契约论》，商务印书馆 1991 年版。

［法］卢梭：《忏悔录》，译林出版社 1995 年版。

［法］卢梭：《一个孤独漫步者的遐想》，漓江出版社 1996 年版。

［法］卢梭：《卢梭民主哲学》，九州出版社 2004 年版。

［法］孟德斯鸠：《论法的精神》(上、下卷)，商务印书馆 2012 年版。

［荷］何·彼特：《谁是中国土地的拥有者》，社会科学文献出版社 2014 年版。

［荷］斯宾诺斯：《伦理学》，中国大百科全书出版社 2010 年版。

［美］爱德华·W.萨义德：《世界·文本·批评家》，生活·读书·新知三联书店 2009

年版。

　　［美］爱默生：《自然沉思录》，上海社会科学院出版社 1993 年版。

　　［美］爱默生：《心灵的感悟》，当代世界出版社 2002 年版。

　　［美］布鲁克·托马斯：《新历史主义与其他过时话题》，张京媛编：《新历史主义与文学批评》，北京大学出版社 1993 年版。

　　［美］丹尼尔·夏克特：《找寻逝去的自我：大脑、心灵和往事研究》，吉林人民出版社 1998 年版。

　　［美］大卫·雷·格里芬：《后现代精神》，中央编译出版社 1998 年版。

　　［美］戴维·麦克莱伦：《马克思主义思想导论》，中国人民大学出版社 2008 年版。

　　［美］杜威：《自由与文化》，商务印书馆 1964 年版。

　　［美］杜维明：《儒学传统的现代转化》，中国广播电视出版社 1992 年版。

　　［美］E.弗洛姆：《健全的社会》，贵州人民出版社 1994 年版。

　　［美］E. 希尔斯：《论传统》，上海人民出版社 1991 年版。

　　［美］费正清、费维恺：《剑桥中华民国史》（上、下卷），中国社会科学出版社 1994 年版。

　　［美］韩丁：《翻身——中国一个村庄的革命纪实》，北京出版社 1980 年版。

　　［美］罗兰·罗伯森：《全球化社会理念和全球文化》，上海人民出版社 2000 年版。

　　［美］罗素：《罗素：唤起少年中国》，上海世纪出版股份有限公司 2014 年版。

　　［美］李丹：《理解农民中国》，江苏人民出版社 2009 年版。

　　［美］李维：《现代世界的预言者》，黑龙江教育出版社 1989 年版。

　　［美］李欧梵：《现代性的追求》，人民文学出版社 2010 年版。

　　［美］李欧梵：《中国现代作家的浪漫一代》，大象出版社 2004 年版。

　　［美］林毓生：《中国意识的危机》，贵州人民出版社 1986 年版。

　　［美］洛易斯·惠勒·斯诺：《斯诺眼中的中国》，中国学术出版社 1982 年版。

　　［美］明恩溥：《中国人的气质》，译林出版社 2011 年版。

　　［美］马斯洛：《马斯洛人本哲学》，九州出版社 2003 年版。

　　［美］佩吉·麦克拉肯主编：《女权主义理论读本》，广西师范大学出版社 2007 年版。

　　［美］R. M. 基辛：《文化·社会·人》，辽宁人民出版社 1988 年版。

　　［美］梭罗：《瓦尔登湖》，译林出版社 2011 年版。

　　［美］塞缪尔·亨廷顿：《文明的冲突与世界秩序的重建》，新华出版社 2010 年版。

　　［美］托马斯·索维尔：《知识分子与社会》，中信出版社 2013 年版。

　　［美］萧邦齐：《血路：革命中国中的沈定一》，江苏人民出版社 1999 年版。

　　［美］西达·斯考切波：《国家与社会革命：对法国、俄国和中国的比较分析》，上海人民出版社 2007 年版。

　　［美］西奥多·德莱塞：《美国的悲剧》，南方出版社 2001 年版。

［美］斯维特兰娜·博伊姆:《怀旧的未来》,译林出版社 2010 年版。

［美］约瑟夫·坎贝尔、比尔·莫耶斯:《神话的力量——在诸神与英雄的世界中发现自我》,浙江人民出版社 2013 年版。

［美］詹姆斯·R. 汤森、布兰特利·沃马克:《中国政治》,江苏人民出版社 2005 年版。

［瑞典］达格芬·嘉图:《走向革命》,中共党史资料出版社 1987 年版。

《列宁选集》(全 4 卷),人民出版社 1972 年版。

［英］安东尼·阿巴拉斯特:《西方自由主义的兴衰》(上、下卷),吉林人民出版社 2011 年版。

［英］埃里·凯杜里:《民族主义》,中央编译出版社 2002 年版。

［英］埃里克·霍布斯鲍姆:《民族与民族主义》,上海人民出版社 2000 年版。

［英］阿诺德·汤因比:《历史研究》(上、下卷),上海人民出版社 2005 年版。

［英］阿克顿:《自由与权力》,商务印书馆 2001 年版。

［英］洛克:《人类理解论》,商务印书馆 1958 年版。

［英］休谟:《道德原则研究》,商务印书馆 2001 年版。

［英］雅赛:《重申自由主义》,中国社会科学出版社 1997 年版。

［英］詹姆斯·贝特兰:《华北前线》,文缘出版社 1939 年版。

［日］池田诚编:《抗日战争与中国民众》,求实出版社 1989 年版。

［日］丹山雅也:《婆婆对付儿媳 77 计》,吉林人民出版社 1986 年版。

［日］穗积陈重:《祖先祭祀与日本的法律》,有斐阁 1917 年版。

《明治思想集 2》,筑摩书房 1977 年版。

［日］关谷一郎:《〈和解〉私读》,日本文学研究资料新集《志贺直哉——自我的轨迹》,有精堂 1992 年版。

B. 国内书籍

安汉:《西北垦殖论》,南京国华印书馆 1932 年版。

艾青:《艾青全集》(全 5 卷),花山文艺出版社 1991 年版。

艾芜:《艾芜文集》(全 10 卷),四川文艺出版社 1989 年版。

阿英:《阿英全集》(全 12 卷),安徽教育出版社 2003 年版。

阿垅:《南京血祭》(原名《南京》),宁夏人民出版社 2005 年版。

巴金:《巴金全集》(全 26 卷),人民文学出版社 1994 年版。

鲍家麟主编:《中国妇女史论集》,台北牧童出版社 1979 年版。

碧野:《碧野文集》(全 4 卷),长江文艺出版社 1994 年版。

卞之琳:《卞之琳代表作》,华夏出版社 2008 年版。

班昭:《女诫》,《中华经典藏书谦德国学文库·女四书》,团结出版社 2017 年版。

陈独秀:《独秀文存》,安徽人民出版社 1987 年版。

陈独秀：《陈独秀著作选》（全3卷），上海人民出版社1993年版。

陈鼓应：《庄子今注今译》（上、下），商务印书馆2016年版。

陈翰笙、薛暮桥、冯和法：《解放前的中国农村》，中国展望出版社1986年版。

陈铨：《文学批评的新动向》，正中书局1943年版。

陈思和：《人格的发展——巴金传》，上海人民出版社1992年版。

曹禺：《雷雨》，人民文学出版社1994年版。

曹禺：《日出》，人民文学出版社1994年版。

曹禺：《原野》，人民文学出版社1994年版。

曹禺：《北京人》，人民文学出版社1994年版。

曹禺：《我的生活和创作道路》，杭州大学出版社1998年版。

蔡元培：《蔡元培全集》（全7册），浙江教育出版社1989年版。

丁玲主编：《延安文艺丛书》（全5卷），湖南人民出版社1984年版。

杜亚泉：《杜亚泉文存》，上海教育出版社2003年版。

邓晓芒：《批判与启蒙》，武汉崇文书局2019年版。

冯沪祥：《罗家伦论人生》，北京大学出版社2010年版。

废名：《废名集》（全6卷），北京大学出版社2009年版。

傅斯年：《傅斯年全集》（全7卷），湖南教育出版社2003年版。

费孝通：《社会调查自白》，知识出版社1985年版。

费孝通：《乡土中国　生育制度》，北京大学出版社1998年版。

范晔：《后汉书》，中华书局1965年版。

顾颉刚：《顾颉刚日记》，台北联经出版事业股份有限公司2007年版。

顾颉刚：《顾颉刚全集·书信集》（全5卷），中华书局2011年版。

葛剑雄主编：《中国人口史》，复旦大学出版社2011年版。

龚群：《伦理十讲》，中国人民大学出版社2008年版。

高澍编：《永恒的魅力——校友回忆文集》，南京大学出版社2002年版。

郭沫若：《郭沫若全集·文学卷》（全20卷），人民文学出版社1989年版。

霍韬晦：《从反传统到回归传统》，中国人民大学出版社2010年版。

黄候兴主编：《创造社丛书·文艺理论卷》，学苑出版社1992年版。

何其芳：《何其芳全集》（全8卷），河北人民出版社2000年版。

何九盈等主编：《辞海》，商务印书馆2018年版。

胡适：《胡适与中西文化》，台北水牛图书出版有限公司1984年版。

胡适：《胡适文集》（共12册），北京大学出版社1998年版。

胡适：《胡适日记全编》（全8册），安徽教育出版社2001年版。

侯外庐等：《中国思想通史》，人民出版社1995年版。

蒋光慈:《蒋光慈文集》(全四卷),上海文艺出版社 1988 年版。

冀热辽人民抗日斗争史研究会编:《冀热辽人民抗日斗争文献·回忆录》第 1 辑,天津人民出版社 1987 年版。

蹇先艾:《乡间的悲剧》,"文学研究会创作丛书第二集",商务印书馆 1937 年版。

蹇先艾:《蹇先艾文集》(全 3 卷),贵州人民出版社 2004 年版。

荆门市博物馆编:《郭店楚墓竹简》,文物出版社 1998 年版。

金以林:《近代中国大学研究 1895—1949》,中央文献出版社 2000 年版。

金德群:《民国时期农村土地问题》,红旗出版社 1994 年版。

廖申白等:《伦理新视点》,中国社会科学出版社 1997 年版。

李萍主编:《伦理学基础》,首都经济贸易大学出版社 2004 年版。

李长之:《李长之文集》(全 10 卷),河北教育出版社 2006 年版。

李大钊:《李大钊全集》(全 4 卷),河北教育出版社 1999 年版。

李广田:《李广田代表作·圈外》,华夏出版社 2008 年版。

李健吾:《李健吾批判文集》,珠海出版社 1998 年版。

李文海主编:《民国时期社会调查丛编·乡村经济卷》,福建教育出版社 2009 年版。

李泽厚:《中国现代思想史论》,安徽教育出版社 1994 年版。

林徽因:《林徽因文集·文学家》,百花文艺出版社 1999 年版。

林语堂:《生活的艺术》,东北师范大学出版社 1996 年版。

林语堂:《中国人》,学林出版社 2000 年版。

林语堂:《信仰之旅》,四川人民出版社 2000 年版。

林语堂:《老子的智慧》,陕西师范大学出版社 2004 年版。

林语堂:《林语堂谈人生》,哈尔滨出版社 2009 年版。

林语堂:《京华烟云》,湖南文艺出版社 2016 年版。

林默涵主编:《中国抗日战争时期大后方书系》(全 10 卷),重庆出版社 1989 年版。

林太乙:《林语堂传》,中国戏剧出版社 1991 年版。

刘少奇:《刘少奇论党的建设》,中央文献出版社 1991 年版。

刘钊:《郭店楚简校译》,福建人民出版社 2005 年版。

罗家伦:《黑云暴雨到明霞》,商务印书馆 1943 年版。

罗家伦:《罗家伦全集》(全 7 卷),湖南教育出版社 2003 年版。

罗容渠主编:《从"西化"到现代化——五四以来有关中国的文化趋向和发展道路论争文选》(上、中、下册),黄山书社 2008 年版。

罗竹风主编:《汉语大词典》,上海辞书出版社 2008 年版。

梁漱溟:《乡村建设理论》,上海人民出版社 2006 年版。

梁实秋:《梁实秋批评文集》,珠海出版社 1998 年版。

鲁迅:《鲁迅全集》(全16卷),人民文学出版社1981年版。

路翎:《财主底儿女们》(上、下册),人民文学出版社1985年版。

路翎:《致胡风书信全编》,大象出版社2004年版。

老舍:《老舍全集》(全19卷),人民文学出版社1999年版。

庐隐:《庐隐自传》,上海第一出版社1934年版。

庐隐:《庐隐全集》,福建教育出版社2015年版。

骆寒超:《艾青评传》,重庆出版社2000年版。

毛泽东:《毛泽东农村调查文集》,人民出版社1982年版。

毛泽东:《毛泽东早期文稿(1912.6—1920.11)》,湖南出版社1990年版。

《毛泽东选集》第三卷,人民出版社1991年版。

茅盾:《茅盾全集》(全42卷),人民文学出版社1988年版。

茅盾:《茅盾杂文选》,生活·读书·新知三联书店1996年版。

每日译报社编:《华北官僚群像》,每日译报社1938年版。

马戎编:《中华民族是一个——围绕1939年这一议题的大讨论》,社会科学文献出版社
2016年版。

南开大学历史系编:《中外学者论抗日根据地》,档案出版社1985年版。

彭大鹏、吴毅:《单向度的农村:对转型期乡村社会性质的一项探索》,湖北人民出版社
2008年版。

彭锋:《完美的自然——当代环境美学的哲学基础》,北京大学出版社2005年版。

彭放、晓川编:《百年诞辰忆萧红》,北方文艺出版社2011年版。

钱穆:《钱宾四先生全集》(全50册),台北联经出版事业有限公司1998年版。

钱穆:《中国文化史导论》(修订本),商务印书馆1996年版。

钱理群:《青春是可怕的》,《拒绝遗忘——钱理群文选》,汕头大学出版社1999年版。

瞿秋白:《瞿秋白文集》(全5卷),人民文学出版社1998年版。

瞿同祖:《中国法律与中国社会》,商务印书馆2012年版。

任乃强:《华阳国志》,巴蜀书社1985年版。

沈从文:《沈从文全集》(1—26卷),北岳文艺出版社2002年版。

沈从文:《一个传奇的本事》,人民文学出版社2017年版。

孙本文:《现代中国社会问题》,商务印书馆1948年版。

时蓉华:《社会心理学》,浙江教育出版社2000年版。

苏雪林:《中国二三十年代作家》,台湾纯文学出版社有限公司1983年版。

苏雪林:《苏雪林代表作》,华夏出版社2009年版。

宋致新:《国统区抗战文学钩沉》(上、下册),武汉出版社2016年版。

宋希仁:《社会伦理学》,山西教育出版社2007年版。

檀作文译注:《颜氏家训》,中华书局 2007 年版。

唐宝林、林茂生编:《陈独秀年谱》,上海人民出版社 1988 年版。

唐弢:《晦庵书话》,生活·读书·新知三联书店 1980 年版。

王人恩编:《古代家书精华》,甘肃教育出版社 2012 年版。

王训昭、卢正言编:《郭沫若研究资料》,中国社会科学出版社 1986 年版。

王奇生:《革命与反革命:社会文化视野下的民国政治》,社会科学文献出版社 2010 年版。

王统照:《王统照文集》(全 6 册),山东人民出版社 1982 年版。

汪浩:《收复匪区之土地问题》,正中书局 1935 年版。

汪曾祺:《汪曾祺全集》(全 8 卷),北京师范大学出版社 1998 年版。

闻一多:《闻一多文集》,海南国际新闻出版中心 1997 年版。

吴虞:《吴虞文录》,黄山书社 2008 年版。

《现代汉语大词典》,上海辞书出版社 2009 年版。

谢冰莹:《新从军日记》,汉口天马书店 1937 年版。

谢冰莹:《一个女兵的自传》,华夏出版社 2009 年版。

中共中央文献研究室编:《习近平关于全面建成小康社会论述摘编》,中央文献出版社 2016 年版。

《习近平谈治国理政》(1—3 卷),外文出版社 2018 年、2017 年、2020 年版。

萧军:《萧军全集》,华夏出版社 2008 年版。

许纪霖:《20 世纪中国知识分子史论》,新星出版社 2005 年版。

许钦文:《许钦文代表作·鼻涕阿二》,华夏出版社 2008 年版。

许慎:《说文解字附音序笔画检字》,中华书局 2013 年版。

徐志摩:《徐志摩全集》(全 6 卷),中央编译出版社 2013 年版。

夏征农、陈至立主编:《辞海》,上海辞书出版社 2009 年版。

恽代英:《恽代英全集》(全 9 卷),人民出版社 2014 年版。

郁达夫:《郁达夫文集》(全 12 册),花城出版社 1982 年版。

余华林:《女性的"重塑":民国城市妇女婚姻问题研究》,商务印书馆 2009 年版。

于建嵘主编:《中国农民问题研究资料汇编》第 1 卷,中国农业出版社 2007 年版。

严家炎、李今编:《穆时英全集》(全 3 卷),北京十月文艺出版社 2008 年版。

豫皖苏鲁边区党史办公室、安徽省档案馆(编):《淮北抗日根据地史料选辑》第 7 辑(文化教育部分),中央文献出版社 1985 年版。

杨天宇:《礼记译注》(上、下册),上海古籍出版社 2004 年版。

叶紫:《叶紫文集》(上、下册),湖南人民出版社 1983 年版。

田汉:《田汉全集》(全 20 卷),花山文艺出版社 2000 年版。

田寿昌、宗白华、郭沫若:《三叶集》,上海亚东书局 1923 年版。

宗白华:《宗白华全集》(全4卷),安徽教育出版社1994年版。

周谷平、赵师红编:《走向一流的历史轨迹:中外著名大学校长治校理念与办学制度文献选编》,浙江大学出版社2015年版。

周晓红:《传统与变迁:江浙农民的社会心理及其近代以来的嬗变》,生活·读书·新知三联书店1998年版。

周作人:《谈虎集》,上海书店1987年版。

张昌山编:《战国策文存》(上、下册),云南人民出版社2013年版。

张军锋编:《延安文艺座谈会的台前幕后》(上、下册),陕西师范大学出版社2014年版。

张枬等编:《辛亥革命前十年间时论选集》,生活·读书·新知三联书店1960年版。

张宪文等:《中华民国史》(全4卷),南京大学出版社2012年版。

张宪文主编:《南京大屠杀史料集》(全72卷),江苏人民出版社2005年版。

张家山二四七号汉墓竹简整理小组:《张家山汉墓竹简(二四七号墓)》,文物出版社2001年版。

朱光潜:《朱光潜全集》(全30册),安徽教育出版社1991年版。

朱自清:《朱自清全集》(全12卷),江苏教育出版社1990年版。

章有义:《中国近代农业史资料》第三辑,生活·读书·新知三联书店1957年版。

赵园:《地之子》第三辑,北京大学出版社2007年版。

郑振铎:《郑振铎全集》(全20卷),花山文艺出版社1998年版。

中国第二历史档案馆编:《中华民国史档案资料汇编》,江苏古籍出版社1994年版。

中华全国妇女联合会妇女运动历史研究室编:《五四时期妇女问题文选》,生活·读书·新知三联书店1981年版。

中国人民政治协商会议辽宁省委员会学习宣传和文史委员会编:《辽宁文史资料》,辽宁人民出版社2002年版。

中国社会科学院近代史研究所编:《五四运动回忆录》(续),中国社会科学出版社1979年版。

中共中央文献研究室编:《习近平关于实现中华民族伟大复兴的中国梦论述摘编》,中央文献出版社2013年版。

中央档案馆、江西省档案馆:《江西革命历史文件汇编(1932年)》(一),1987年编印。

《中国妇女问题讨论集》(续集),上海新华文化书社1929年版。

《中国新文学大系》(1917—1927),上海文艺出版社2003年版。

《中国新文学大系》(1927—1937),上海文艺出版社1987年版。

《中国新文学大系》(1937—1949),上海文艺出版社1990年版。

《中国现代革命史料丛刊·湘鄂赣革命根据地文献资料》,人民出版社 1985 年版。

《中国四大宝鉴》,海南出版社 1995 年版。

二、报刊文章

艾思奇:《旧形式运用的基本原则》,《文艺战线》1939 年 4 月第 1 卷第 3 号。

抱一:《旧式婚姻的罪恶》,《大公报》1919 年 11 月 26 日。

璧夫:《道篷庵农村剧团的经验:关于农村剧团方面问题的研究》,《文艺杂志》1947 年第 2 卷第 1 期。

陈独秀:《敬告青年》,《青年杂志》1915 年 9 月第 1 卷第 1 号。

陈独秀:《东西民族根本思想之差异》,《青年杂志》1915 年 12 月第 1 卷第 4 号。

陈独秀:《一九一六年》,《新青年》1916 年 1 月第 1 卷第 5 号。

陈独秀:《新青年》,《新青年》1916 年 9 月第 2 卷第 1 号。

陈独秀:《我之爱国主义》,《新青年》1916 年 10 月第 2 卷第 2 号。

陈独秀:《宪法与孔教》,《新青年》1916 年 11 月第 2 卷第 3 号。

陈独秀:《孔子之道与现代生活》,《新青年》1916 年 12 月第 2 卷第 4 号。

陈独秀:《再论孔教问题》,《新青年》1917 年 2 月第 2 卷第 5 号。

陈德徵:《袁舜英底死》,《新妇女》(上海)1920 年 11 月第 4 卷第 3 号。

常道直:《战时教育与平时教育》,《新民族》1938 年第 1 卷第 7 期。

陈衡哲:《复古与独裁势力下妇女的立场》,《独立评论》1935 年第 159 号。

陈铨:《编辑漫谈》,《民族文学》1943 年 7 月第 1 卷第 1 期。

长青:《社评》,上海《民国日报》副刊《妇女周报》1924 年 1 月第 24 号。

陈晋文、庞毅:《现代化视阈下的民国经济发展(1912—1936 年)》,《北京工商大学学报》2010 年第 5 期。

陈思广:《黄震遐与崔万秋抗战长篇小说简论》,《海南师范大学学报》2014 年第 10 期。

陈思和:《有关 20 世纪中国文学史研究的几个问题》,《文学评论》2016 年第 6 期。

陈威伯:《恋爱与性交》,《新女性》1926 年 8 月第 1 卷第 8 号。

陈之迈:《论政治教育》,《新民族》1938 年第 2 卷第 10 期。

陈章:《电气工程在抗战建国中的地位》,《新民族》1938 年第 1 卷第 17 期。

《长子纪念"三八"九百妇女参加开会》,《太岳日报》1944 年 3 月 18 日。

丁帆:《重读鲁迅的乡土小说》,《当代作家评论》2018 年第 6 期。

董诗顶、盛翠菊:《从问题小说走来——以〈倪焕之〉为例》,《湖北社会科学》2014 年第 4 期。

方时英、章锡琛:《通讯》,《妇女杂志》1924 年 2 月第 10 卷第 2 号。

《妇救会劝导下王老虎家庭和睦》,《新华日报》1943 年 10 月 11 日。

《纺织英雄翟大女》,《新华日报》1945 年 1 月 21 日。

杭立武:《政治建设的基本工作》,《新民族》1938 年第 2 卷第 17 期。

黄曼君:《论郭沫若的诗集女神》,《华中师范学院学报》1978 年第 1 期。

何其芳:《论文学上的民族形式》,《文艺战线》1939 年 11 月第 1 卷第 5 号。

胡适:《终身大事》,《新青年》1919 年 3 月第 6 卷第 3 号。

胡先骕:《论批评家之责任》,《学衡》1922 年 3 月第 3 期。

胡先骕:《白璧德中西人文教育说》,《学衡》1922 年 3 月第 3 期。

胡伊强:《鲁迅的觉醒者和郁达夫的零余人》,《江海学刊》1999 年第 2 期。

韩少功:《文学的"根"》,《作家》1985 年第 4 期。

何锡章:《拯救"沉沦":自然与自由——重读郁达夫的小说〈沉沦〉》,《华中学术》2013 年 12 月第 8 辑。

顾颉刚:《对旧家庭的感想》,《新潮》1920 年第 2 卷第 5 号。

郭妙然:《妇女与旧家庭》,《新妇女》1920 年 1 月第 1 卷第 2 号。

光升:《中国国民性及其弱点》,《新青年》1917 年 2 月第 2 卷第 6 号。

顾渭川:《浙江上虞县的农村生活》,《民生》杂志 1932 年第 20 期。

灌婴:《评废名著桥》,《新月》杂志 1932 年第 4 卷第 5 期。

高一涵:《共和国家与青年之自觉》,《新青年》1915 年 9 月第 1 卷第 1 号。

高一涵:《斯宾塞尔的政治哲学》,《新青年》1919 年 3 月第 6 卷第 3 号。

葛兆光:《文学与历史》,《国学》杂志 2010 年第 5 期。

剑波:《谈"性"》,《新女性》1928 年 8 月第 3 卷第 8 号。

兼公:《我对于赵女士自杀的杂感》,《大公报》1919 年 11 月 17 日。

蒋光慈:《关于革命文学》,《太阳月刊》1928 年 2 月 1 日第 2 期。

季红真:《萧红年谱》(上),《新文学史料》2014 年第 3 期。

蒋介石:《致全国各地绅士和教育界通电》,《现代农民》杂志 1932 年 2 月 10 日第 2 卷第 2 期。

静远:《恋爱至上感的抹杀》,《新女性》1928 年 12 月第 3 卷第 12 号。

记者:《中国左翼作家联盟的成立》(报道),《拓荒者》1930 年 3 月 10 日第 1 卷第 3 期。

刘伯明:《共和国民之精神》,《学衡》1922 年 10 月第 10 期。

刘保昌:《道家艺术与现代文学的逍遥美》,《社会科学研究》2005 年第 5 期。

李大钊:《青春》,《新青年》1916 年 9 月第 2 卷第 1 号。

李大钊:《由经济上解释中国近代思想变动的原因》,《新青年》1920 年 1 月第 7 卷第 2 号。

刘光宁:《中国社会的父权家庭与权威人格》,《杭州师范学院学报(自然科学版)》2003

年第 6 期。

刘克祥:《20 世纪 30 年代土地阶级分配状况的整体考察和数量估计》,《中国经济史研究》2002 年第 1 期。

罗家伦:《〈新民族〉的前奏曲》,《新民族》1938 年第 1 卷第 1 期。

罗家伦:《民族与民族性》,《新民族》1938 年第 1 卷第 2 期。

罗家伦:《抗战的国力与文化的整个性》,《新民族》1938 年第 1 卷第 7 期。

罗家伦:《知识的责任》,《新民族》1938 年第 1 卷第 18 期。

李钧:《"莎菲性格"正解——兼谈传统文学对丁玲早期创作的影响》,《东岳论丛》2013 年第 12 期。

罗瑞卿:《在整党与土改运动中关于军地团结、军队参加土改和军队整党诸问题》,《军政月刊》增刊 1947 年 12 月 27 日。

吕学海:《行政效率的文化基础》,《新民族》1939 年第 3 卷第 7 期。

李树庭:《离婚问题商榷》,《妇女杂志》1922 年 4 月第 8 卷第 4 号。

刘姝曼:《"乡愁"的多元属性与现实意义》,《北京社会科学》2020 年第 10 期。

刘西渭:《读〈画梦录〉》,《文学季刊》1936 年第 4 期。

李兴阳:《中国乡土小说叙事传统的承续与变异》,《中国现代文学论丛》2017 年第 2 期。

鲁枢元:《国民性改造与乡土文学反思》,《文艺争鸣》2011 年第 13 期。

李雅娟:《乡村"读书人"的"梦"——20 世纪 20 年代废名的文学创作理论与实践》,《文学评论》2020 年第 4 期。

李亦民:《人生唯一之目的》,《青年杂志》1915 年第 1 卷第 2 号。

刘一声:《读〈海的渴慕者〉》,《民国日报·觉悟》1924 年第 6 卷第 15 期。

黎央:《土地》,《文艺杂志》1943 年 11 月第 2 卷第 6 期。

流萤:《会见雷鸣远神甫》,《阵中日报》1939 年 10 月 1 日"军人魂"第 457 号。

吕荧:《曹禺的道路》,《抗战文艺》1944 年第 9 卷第 3—6 期。

马乘风:《最近中国农村经济诸实相之暴露》,《中国经济》1933 年 4 月第 1 卷第 1 期。

《莫芙卿致陈独秀》,《新青年》1917 年 3 月第 3 卷第 1 号。

孟石(朱光潜):《桥》,《文学杂志》1937 年第 1 卷第 3 期。

买小英:《敦煌原文中的家庭伦理管窥》,《敦煌学辑刊》2015 年第 1 期。

毛伊若:《读"新恋爱道"后》,《新女性》1928 年 12 月第 3 卷第 12 期。

裴荣:《军人割据下的四川农民》,《新创造》1932 年 7 月第 2 卷 1—2 期。

谦弟:《非恋爱与恋爱》,《新女性》1928 年 5 月第 3 卷第 5 号。

岂凡:《关于男女关系的提案》,《新女性》1929 年 4 月第 4 卷第 4 号。

秦弓:《鲁迅对 20 世纪 30 年代民族主义文学的评价问题》,《南都学坛》2008 年第

3 期。

《全国文艺界空前大团结》,《新华日报》1938 年 3 月 28 日。

邱焕星:《再造故乡:鲁迅小说启蒙叙事研究》,《中国现代文学研究丛刊》2018 年第 2 期。

《区农会女委员阎秀兰》,《晋绥日本》1948 年 9 月 12 日。

青山:《镜影的婚姻史谈》,《妇女杂志》1923 年 8 月第 9 卷第 8 号。

钱玄同:《随感录》,《新青年》1918 年 9 月第 5 卷第 3 号。

齐小林:《"报"的逻辑在华北解放区参军动员中的多重呈现》,《开放时代》2015 年第 6 期。

任鸿隽:《何为科学家?》,《新青年》1919 年 3 月第 6 卷第 3 号。

沈百先:《西南水道交通建设刍议》,《新民族》1938 年第 2 卷第 8 期。

沈泽民:《我们需要怎样的文艺? ——对〈小说月报〉西谛君的话的感想》,《民国日报·觉悟》1924 年 4 月 28 日。

上官公仆:《三年来的中国妇女运动》,《女子月刊》1936 年第 4 卷第 3 期。

宋剑华:《"金锁"未必是"金钱"——论张爱玲〈金锁记〉的女性自省意识》,《福建论坛》2008 年第 3 期。

宋剑华:《狂人的觉醒与鲁迅的绝望——〈狂人日记〉的反讽叙事与文本释义》,《学术月刊》2008 年第 10 期。

石明园:《论废名小说中的禅宗思想》,《小说评论》2019 年第 3 期。

商素素:《女子问题》,《新青年》1917 年 5 月第 3 卷第 3 号。

孙向晨:《何以"归一家"——一种哲学的视角》,《哲学动态》2021 年第 3 期。

孙伟、宋剑华:《家庭伦理崩溃后的自我反省——重识路翎〈财主底儿女们〉的现代文学史意义》,《文艺研究》2018 年第 11 期。

邵祖平:《论新旧道德与文艺》,《学衡》1922 年 7 月第 7 期。

《通信》,《新青年》1919 年 3 月第 6 卷第 3 号。

汤用彤:《评近人之文化研究》,《学衡》1922 年 12 月第 12 期。

王新命等:《中国本位的文化建设宣言》,《文化建设》1935 年 1 月 10 日第 1 卷第 4 期。

王平陵、章锡琛:《关于恋爱问题的讨论》,《妇女杂志》1922 年 10 月第 8 卷第 10 号。

王平陵:《抗战四年来的小说》,《文艺月刊》1941 年 8 月。

王富仁:《〈呐喊〉〈彷徨〉综论》(上),《文学评论》1985 年第 3 期。

王彬彬:《关于萧红的评价问题》,《中国现代文学研究丛刊》2011 年第 8 期。

王同起:《抗日战争时期难民的迁徙与安置》,《历史教学》2002 年第 12 期。

王治功:《论家长制》,《汕头大学学报》1998 年第 4 期。

王百伶:《抗战时期解放区文学中的农民想象》,《宜宾学院学报》2014 年第 7 期。

王海明《论自由概念》（上），《华侨大学学报》2006 年第 3 期。

王晓升：《对自然的恐惧与人类的厄运——〈启蒙辩证法〉的历史哲学观批判》，《哲学动态》2020 年第 7 期。

汪晖：《鲁迅的精神结构与〈呐喊〉〈彷徨〉》，《社会科学辑刊》1989 年第 5 期。

魏宏远：《抗战第一年的华北农民》，《抗日战争研究》1993 年第 1 期。

吴宓：《我之人生观》，《学衡》1923 年 4 月第 16 期。

吴若男：《论中国家庭应该改组》，《晨报·论坛》1919 年 10 月 25 日。

吴虞：《家族制度为专制主义之根据论》，《新青年》1917 年 2 月第 2 卷第 6 号。

吴晓东：《废名的踪迹》，《现代中国文化与文学》2015 年第 1 期。

吴晓东：《废名小说的"文章之美"》，《扬子江评论》2017 年第 3 期。

吴景明：《生态批评视野中的废名小说创作》，《中国现代文学研究丛刊》2014 年第 2 期。

未生：《读〈狂飙〉》，《浙赣路讯》1948 年 11 月 11 日。

习近平：《青年要自觉践行社会主义核心价值观——在北京大学师生座谈会上的讲话》（2014 年 5 月 4 日），《人民教育》2014 年第 10 期。

席建彬：《厌世的禅意——论废名文学禅风的转变》，《江苏社会科学》2016 年第 5 期。

席建彬：《禅意的"反刍"——废名小说精神再探》，《文学评论》2017 年第 6 期。

《文艺的民族形式问题座谈会（纪要）》，《文学月报》1940 年第 1 卷第 5 期。

絮如（梁实秋）：《看不懂的新文艺·通信》，《独立评论》1937 年第 238 期。

星星：《巴金和青年》，《联声》1940 年第 3 卷第 2 期。

殷柏：《对于赵女士"自杀的批评"的批评》，《大公报》1919 年 11 月 19 日。

《英国四成婆媳关系紧张　多为孙子引发分歧》，新闻网，2012 年 11 月 15 日，http://www.chinanews.com.cn/cj/2012/11-15/4331949.shtml。

袁昊：《〈狂飙〉与陈铨"民族文学"实践论》，《现代中国文化与文学》2017 年第 4 期。

郁达夫：《光慈的晚年》，《现代》杂志 1933 年 5 月第 3 卷第 1 期。

袁凯声：《论郁达夫小说中的"零余者"》，《河南大学学报》1985 年第 2 期。

袁良俊：《论丁玲的小说》，《中国社会科学》1985 年第 4 期。

袁祖社：《西方自由主义批判性考察》，《山东师范大学学报》2006 年第 6 期。

易峻：《评文学革命与文学专制》，《学衡》1933 年 7 月第 79 期。

严家炎：《开拓者的艰难跋涉——论丁玲小说的历史贡献》，《文学评论》1987 年第 4 期。

叶挺：《通信》，《新青年》1917 年 2 月第 2 卷第 6 号。

叶紫：《编辑日记》，转引自胡从经《叶紫年谱》，《中国现代文学研究丛刊》1979 年第 1 期。

《文艺的民族形式问题座谈会(纪要)》,《文学月报》1940年第1卷第5期。

以群:《抗战以来的中国报告文学》,《中苏文化》1941年7月25日第9卷第1期。

余上沅、何治安:《抗战四年来的剧本创作》,《文艺月刊》1941年7月号。

毅真:《丁玲女士》,《妇女杂志》1930年7月第16卷第7期。

依真:《自由婚姻在哪里?》,《妇女》(上海)1948年9月第3卷第3号。

张爱玲:《走! 走到楼上去》,《杂志》月刊1944年4月第13卷第1期。

张查理:《怎样解决伤兵问题(二)》,《新民族》1939年第3卷第10期。

张其昀:《中国与中道》,《学衡》1925年5月第41期。

张觉人:《中国的农业恐慌与农村状况》,《中国经济》1935年12月第3卷第12期。

张天翼:《关于〈华威先生〉赴日——作者的意见》,《救亡日报》1939年3月15日。

张忠良:《抗战文学经典的确认与阐释》,《山东社会科学》2018年第6期。

张鸿生:《论郁达夫小说中的"零余者"——兼与鲁迅小说中的"孤独者"比较》,《中州学刊》1996年第6期。

张祥亭、宁乐:《〈美国悲剧〉的还原性阐释:乡下人进城的命运之殇》,《文艺争鸣》2019年第12期。

周钢鸣:《文艺批评的新任务》,《文艺阵地》1939年12月第4卷第4号。

周韬奋:《新女子最容易上当的一件事》,《生活(周刊)》1929年11月第4卷第10期。

周扬:《郭沫若和他的〈女神〉》,《解放日报》1941年11月16日。

周亚琴:《从郭沫若的血缘意识谈到他与传统文化的精神联系》,《中国现代文学研究丛刊》1990年第2期。

朱栋霖:《论〈北京人〉》,《文学评论》1980年第3期。

朱彤:《徘徊在都市与乡村之间——新感觉派小说的主题探索》,《湖北社会科学》2020年第6期。

之文:《巴金,安琪那主义者》,《微言》1934年第2卷第2期。

紫瑚:《中国目前之离婚难及其救济策》,《妇女杂志》1922年第8卷第4期。

《志愿义务兵入伍大会》,《晋察冀画报·时事专刊》1942年3月20日。

《做军鞋》,《晋绥日报》1948年3月8日。

中华全国文艺界抗敌协会:《告全世界的文艺家书》,《文艺月刊》1938年4月1日第9期。

《中国无产阶级革命文学的新任务——一九三一年十一月中国左翼作家联盟执行委员会决议》,《文学导报》1931年11月15日第1卷第8期。

《中国左翼戏剧家联盟最近行动纲领》,《文学导报》1931年10月23日第6、7期合刊。

后　记

选择这一研究课题,实际上纯属偶然。2018 年春节刚过,学校社科处杨处长便打电话对我说,希望我能申报一个国家课题,我婉言拒绝了。但文学院院长程国赋教授很快又打来电话,让我为了集体荣誉一定要申报。盛情难却,我只好把手头上一个正在做资料准备的研究课题报了上去,未曾想被"命中"了,紧接着就是 4 年多的辛苦忙碌。

其实关于"新文学伦理叙事研究",是我从 2002 年便开始着手介入的研究领域。当时我刚刚出版了一本名为《百年文学与主流意识形态》的理论著作,在这本书里我所遇到的最大难题,就是五四以来中国文学在个人伦理与家庭伦理、家庭伦理与社会伦理、社会伦理与政治伦理关系处理上的矛盾冲突。在《百年文学与主流意识形态》一书中,我主要还是在谈中国现当代文学的政治伦理问题,个人、家庭以及社会层面涉及不多。因此,从湖南师大调入暨南大学以后,我的研究兴趣基本上都投放到了新文学伦理叙事这一方面,先后零零碎碎地写过几十篇文章,也出过几本书,主要涉及了这样几个方面的研究内容:一是鲁迅作品中的家族伦理和乡土伦理关系研究,曾发表过有关《狂人日记》《药》《阿 Q 正传》《祝福》《伤逝》等伦理问题的研究文章,并出版过一本书《"围城里的巨人":鲁迅的寂寞与悲哀》(华南理工大学出版社 2017 年版);二是现代文学对于儒家伦理批判性表述的片面性研究,主要是设计五四启蒙对于家庭伦理的破坏性作用、五四后期对于家庭伦理的重新认识、抗战时期对于家庭伦理的理想回归等,出版过一本书《现象的组合:中国现代文学史的另一种解读方式》(岳麓书社 2005 年版);三是对红色经典和新时期小说的伦理研究,曾经发表过关于《红旗谱》《红岩》《林海雪原》《苦菜花》《风雷》《白鹿原》

《红高粱》《罂粟之家》《欲望的旗帜》等一系列研究文章，重点分析了共和国文学对于伦理问题认识的历史走向，出版过一本书《生命阅读与神话解构》（广东人民出版社 2011 年版）；四是性别伦理问题的专题研究，主要是研究新文学在宣传女性解放问题时所遇到的困境，在《文学评论》等刊物发表了一系列论文，申报了一个教育部课题和一个国家课题，出版过一本书《"娜拉现象"的中国言说》（人民文学出版社 2016 年版）。所以，当"新文学伦理叙事"国家社科重点课项目批下来以后，我全面整理了研究思路，分别设计了五个章节，即："个人伦理"、"家庭伦理"、"民族伦理"（我把社会伦理也放入了其中）、"乡土伦理"以及"自然伦理"，进而写成了一部近四十万言的研究论著。但是结题之后，心中却留下了一个巨大缺憾，那就是本研究课题只以中国现代作家作品为研究对象，并没有涉及中国当代文学部分，似乎是一个有待完善的半成品。故我希望下次再申报一个国家课题，即"中国当代文学伦理叙事研究"，将百年中国文学作为一个整体考察对象去展开研究，进而科学地论述中国传统伦理文化在 20 世纪的"解构"与"重构"过程。

四年多的写作时间，既充实又惬意，白驹过隙、瞬间即逝，仿佛一切还都是在昨天。冬季驾车去海南猫冬，往返 1500 多公里；夏季驱车去腾冲避暑，往返 5000 多公里；春秋两季待在广州的校园里，呼吸着无尽的青春气息。可以说，大海拓展了我的思维，高黎贡山让我领略了自然之美，珠江则令我心静如水，不同的方言、不同的习俗与共同的文化信念，使我真正领略到了中华民族这个大家庭的价值观念的一致性，并更加坚定了我对"民族伦理"这一概念的深刻认识。毫不夸张地说，在这本书里，凝聚着我对传统伦理的深厚感情。

在这一课题研究的过程当中，我得到了许多新老朋友的鼎力支持，谨记在心、没齿难忘。比如，南开大学的乔以钢教授、中国人民大学的张洁宇教授、北京师范大学的刘勇教授、陕西师范大学的赵学勇教授、湖南大学的谭桂林教授、四川大学的李怡教授等，都曾对这一研究课题提供过不同的帮助。还有《鲁迅研究月刊》的姜异新女士、《东岳论丛》的曹振华女士、《广东社会科学》的韩冷女士、《山东社会科学》的陆晓芳女士、《湖南大学学报》的张海英女士、《暨南学报》的闫月珍女士、《中国社会科学》的王兆胜先生、《文艺研究》的方宁先生、《天津社会科学》的时世平先生、《江汉论坛》的刘保昌先生、《学术研究》的王法敏先生、《福建论坛》的陈建宁先生、《东吴学术》的丁晓原先生、《山东师范大学学报》的李宗刚先生等,也都曾为发表过本研究课题的阶段性成果,付出过辛勤劳动,在此一并表示感谢。特别值得一提的,是暨南大学文学院的梁建先副教授,她帮我写了第五章第一、二节的初稿,尽管我做了很大的修改,但对她为本课题顺利结题所做的贡献,我同样应该表示深深的感谢。

人们常说,对于一个学者而言,一个研究课题的结束,将是一个研究课题的开始。但我个人现在却已经没有了那样宏大的野心。虽然心里还有许多想法,然而是否能实现,则要看"天时、地利、人和"这三项条件的聚集情况了。前几天,兆胜兄还打电话鼓励我,希望我们都能够身体健康,深耕不辍到90岁,我非常感谢他的鞭策和祝福。故用曹操的一句诗来自勉:"老骥伏枥,志在千里"。

2022 年 12 月 20 日于广州暨南大学明湖苑

责任编辑:詹　夺
封面设计:姚　菲

图书在版编目(CIP)数据

解构与重构:新文学伦理叙事研究/宋剑华 著. —北京:人民出版社,2024.2
ISBN 978-7-01-026105-8

Ⅰ.①解…　Ⅱ.①宋…　Ⅲ.①新文学(五四)-文学研究　Ⅳ.①I206.6

中国国家版本馆 CIP 数据核字(2023)第 229768 号

解构与重构:新文学伦理叙事研究
JIEGOU YU CHONGGOU XINWENXUE LUNLI XUSHI YANJIU

宋剑华　著

人民出版社 出版发行
(100706　北京市东城区隆福寺街 99 号)

北京中科印刷有限公司印刷　新华书店经销

2024 年 2 月第 1 版　2024 年 2 月北京第 1 次印刷
开本:710 毫米×1000 毫米 1/16　印张:25.5
字数:377 千字

ISBN 978-7-01-026105-8　定价:98.00 元

邮购地址 100706　北京市东城区隆福寺街 99 号
人民东方图书销售中心　电话 (010)65250042　65289539